dtv

Katherines Leben in ihrem luxuriösen Zuhause hat einen hohen Preis. Sie versucht sich die Liebe ihres Mannes durch Anpassung und Unterwerfung zu erhalten, seine grausamen Spiele stumm zu ertragen. Schwach und unsicher, kann sie auch ihrer kleinen Tochter Jeanetta nicht helfen. Jeanetta ist kein hübsches Kind, nicht schlank und anmutig wie ihre Eltern. Sie ist dem Sadismus des Vaters hilflos ausgeliefert ...

Frances Fyfield wurde 1948 in Derbyshire geboren. Seit 1976 arbeitet sie in London als Anwältin, vor allem im Bereich des Strafrechts. Sie ist Verfasserin zahlreicher Romane, die sie zum Teil auch unter dem Namen Frances Hegarty veröffentlicht.

Frances Fyfield

Im Kinderzimmer

Roman

Deutsch von Uda Strätling

Deutscher Taschenbuch Verlag

Von Frances Fyfield
sind im Deutschen Taschenbuch Verlag erschienen:
Schatten im Spiegel (11371)
Feuerfüchse (11451)
Dieses kleine, tödliche Messer (11536)
Tiefer Schlaf (20192)

Ungekürzte Ausgabe
März 1992
8. Auflage September 1998
Deutscher Taschenbuch Verlag GmbH & Co. KG,
München

Titel der englischen Originalausgabe:
›The Playroom‹ (Hamish Hamilton, London)

Umschlagkonzept: Balk & Brumshagen
Umschlagbild: ›Mexikanisches Interieur, Mondlicht in Merida‹
(1993, Öl auf Leinwand, 160 x 120) von Henning von Gierke
Gesamtherstellung: C. H. Beck'sche Buchdruckerei,
Nördlingen
Gedruckt auf säurefreiem, chlorfrei gebleichtem Papier
Printed in Germany · ISBN 3-423-20143-6

Prolog

Das Kind erwachte, sein Gesicht war heiß von der sengenden Sonne, die ihm durch die Fensterscheiben genau ins Gesicht schien. Sie drehte sich auf den Bauch, um dem gleißenden Licht auszuweichen, wühlte sich tiefer in den Kleiderhaufen am Boden im Versuch, das tröstliche Gefühl des Schlafs wiederzuerlangen, doch ein Surren am Fenster störte sie dabei. Sie setzte sich auf und rieb sich die Augen. Außer dem Surren und dem leisen Ticken des Boilers im Schrank draußen vor der Tür des Kinderzimmers war nichts zu hören. Manchmal, wenn der Boiler in der Nacht rauschte und damit Leben irgendwo im Haus anzeigte, vielleicht jemanden, der Badewasser einließ und die Zündflamme hochschaltete, konnte sie sich vormachen, das Geräusch sei die Ankündigung ihrer Rettung, doch nie war darauf irgend etwas gefolgt. Inzwischen hatte sie sich an das Geräusch gewöhnt, doch mit dem Surren war es anders. Eine Wespe zappelte an der Fensterscheibe, krabbelte ein Stück hinauf, rutschte wieder herunter, schwirrte suchend um den Fensterrahmen, sank dann wie erschöpft zurück. Kopf weh getan wahrscheinlich, dachte die Kleine und versuchte, das Geräusch zu überhören, doch ihr Herz begann zu hämmern, und sie kroch blindlings vom Fenster weg. Sie wäre schneller vorangekommen, hätte sie nicht ihren ganzen Kokon von Röcken, Kleidern und Tüchern hochgerafft und mitgeschleift. Aber die Logik, mit deren Hilfe sie den Kleiderhaufen in Ermangelung einer Decke verwendet hatte, versagte nun. Außerdem war sie deutlich schwächer als gestern, und die Wespe beschäftigte sie mehr als der Hunger, der nachgelassen hatte. Vor der Wespe graute ihr mehr als vor dem Anblick des Erbrochenen in der Ecke des Raums und mehr als vor den Hungerklauen, die ihr sonst beim Aufwachen in die Eingeweide gefahren waren.

Während sie die Wespe einen Augenblick lang vergaß, wurde ihr bewußt, daß ihr heiß war, zu heiß unter den vielen Schichten von Kleidern. Heiß und stinkend fühlte sie sich, auch wenn sie nichts riechen konnte, feucht und erhitzt. Sie strampelte sich unter dem blanken Stoff frei, der sie bedeckte, schob ihr T-Shirt über den Bauch hoch und zerrte mit beiden Händen die Baumwollshorts bis zu den Knien herunter, überlegte es sich dann anders und zog sie wieder hoch. Reste von Schicklichkeitsgefühl waren ihr geblieben, sie erinnerte sich deutlich an eine Stimme, die sagte: »Laß das bitte, Schatz.« Sie bewegte lustlos ihre Beine, schaute sich die Wände zum hundertsten Male an. Von einer pastellfarbenen Fläche herab wurde in großen Filzstiftbuchstaben die Botschaft verkündet: HEUTE BIN ICH VIER. Auf einem anderen Plakat, etwas tiefer gehängt, stand: TINKER TAILOR IST ZWEI. Die Ecke ihres Posters war ausgefranst, dort, wo sie versucht hatte, daran zu kauen. Das andere war aus derart steifem, blankem Papier, daß sie es gar nicht erst probiert hatte. Während ein langer Ärmel des Satinkleids, den sie sich vorm Einschlafen in den Mund gestopft hatte, noch naß von Spucke war. Nebenbei bemerkte sie, daß die fleckigen Shorts, die sie trug, beinahe über Nacht weiter geworden zu sein schienen, mit Leichtigkeit herunterrutschten und lose um ihre Taille hingen, wenn sie sich bewegte. Sie genoß das Gefühl, gar nichts an sich zu haben, das ihren kleinen Kinderkörper einschnürte. Sie betrachtete ihre riesigen, vorstehenden Kniescheiben; Stunde um Stunde wurden sie größer. Das Geräusch der Wespe, undeutliche Erinnerungen an Wintergeburtstage und weniger Hitze brachten ihr das Insekt wieder zu Bewußtsein. Sie setzte sich auf, ganze drei Meter Abstand gaben ihr ein Gefühl der Sicherheit. Dann fing sie an zu wimmern, rieb sich nochmals die Augen und starrte.

Das Schiebefenster stand einen Spalt weit offen, war aber von seitlich versenkten Riegeln arretiert. Es hätte mehr als der durchschnittlichen Kraft eines Erwachsenen bedurft, das Fenster weiter hoch zu schieben. Sie hatte den unteren Rahmen zerkratzt, als sie ihn voller Verzweiflung mit den Nägeln bearbeitet hatte, nachdem ihre Schreie in der ersten Zeit unbeantwortet geblieben waren – nun vergessene Zeiten. Sie erinnerte sich, daß sie auf eine Kiste gestiegen war und mit einem der Blechspielzeuge gegen die Scheibe geschlagen hatte, doch weder Winkel noch Schlagkraft hatten genügt, um etwas auszurichten, und schließlich war das Spielzeug zerbrochen. Unter dem Schiebefenster in den Raum hineinragend, klemmte, bewacht von der Wespe, ein in Cellophan gewickeltes Sandwich. Sie blickte wild um sich, schwindelig vor Aufregung, die Furcht vor der Wespe war vergessen. Furcht vor solchen Wesen, die surrten und stachen, war ein Schrecken, der einst seine Bestätigung erfahren hatte durch eine grauenerregende Begegnung mit einer gestreiften Biene, die sich eines Tages auf ihrem rosigen Unterarm niedergelassen und einen Schmerz verursacht hatte, den sie nicht einmal mit Schreien beschreiben könnte. In ihrem anderen Leben, dem Leben in Freiheit, hatte sie Bienen und Wespen schon aus großer Entfernung angeschrien: »Geh weg, böses Streifendings, geh weg.« Oder gebeten: »Liebe Wespe, geh bitte weg, iß jemand anders, bitte.« Aber jetzt war der Anblick der Wespe ohne Bedeutung. Sie rappelte sich hoch, unsicheren Schritts und taumelte, alles vor sich her schiebend, zum Fenster. Spielsachen, Kleider, Schachteln, alles stießen ihre nackten Füße zur Seite, als sie im Fensterspalt nach dem schlüpfrigen Cellophan angelte. Als sie es zwischen den Fingern spürte, stand sie plötzlich Auge in Auge dem Schwarz-und-Gelb der Wespe gegenüber, die mit geschäftiger Aggressivität neben ihrer Hand sirrte. Ihr wäre es vollkommen gleichgültig gewesen, hätte das Biest sie mitten ins Auge gestochen. Sie ließ sich zurückfallen, sah die Wespe nach wie vor am Fenster, während sie schon mit den Zähnen am Cellophan riß, Fetzen ausspuckte, den Inhalt mit einer Faust umklammernd und mit der anderen Hand sich Brot in den Mund stopfend. Sie mochte den Geschmack nicht – Roastbeef, scharfer Senf auf schrotigem Brot, trocken wie Löschpapier und voller Klumpen –, aber es schmeckte nach Essen, und sie schlang die Brocken gierig hinunter, bis sich ihr der Hals zuschnürte und sie würgen mußte. Hustend spuckte sie das meiste der ersten halben Schnitte wieder aus, hielt inne, starrte auf die matschigen Brocken und steckte sie sich wieder in den Mund. Sie kaute jetzt langsamer, nicht ohne die zweite Sandwichhälfte ängstlich zu beäugen. Sie legte die freie Hand darüber, als ob das Sandwich sich von selbst bewegen könnte. Oder die Wespe ihr zuvorkommen könnte. Sie rutschte weiter in den Raum zurück, weg vom Fenster. Auch die Wespe würde sie notfalls aufessen. Bei diesem Gedanken, dem einzig bewußten seit dem Aufwachen – denn alles übrige war elementarstes Tun und Reagieren gewesen – zog sie eine Grimasse. Bäh!

Während sie die Brotrinde in einem Bissen hinunterschlang, kamen ihr die Maßregelungen ihrer Eltern in den Sinn. Es war noch mehr da; sie starrte die zweite Hälfte an, beeindruckt von deren Größe, wollte die Enttäuschung, daß sie aufgegessen wäre, noch hinauszögern, umklammerte die Schnitte und überlegte, wie sie den Genuß am längsten auskosten könnte. »Sitz still, iß langsam, kasper nicht herum«, dann schmeckt es besser. Als ob es auf den Geschmack ankäme! Sie schmeckte nur Salz auf den trokkenen Lippen, derselbe Geschmack auch an den Fingern, mit denen sie sich die Augen gerieben hatte. Die waren verklebt von getrockneten Tränen, eine Salzkruste, die sich anfühlte, als könne man sie in kristallgroßen Klumpen abpflücken. Mehrfach hatte sie es wirklich getan: der Geschmack glich dem des Sandwiches – körnig, interessant. Mehr als diese kurze Anstandspause konnte sie sich nicht abringen. Im Gefühl unbeschreiblich guten Benehmens, solch guten Benehmens, daß sie sich gewünscht hätte, es könnte sie jetzt jemand sehen, zwang sie sich, die zweite Schnitte in kleine Häppchen zu zerpflücken, wobei sie die Krümel gewissenhaft auflas, damit ja nichts verloren ging, und zwang sich auch, nur einen einzigen Bissen auf einmal in den Mund zu schieben, wenn auch schneller und schneller. Sie stierte dabei besorgt auf den schrumpfenden Rest, immer noch in Panik, die Bissen könnten ihr entkommen. Und bald schon, so schrecklich schnell, war da Leere, wo zuvor Eßbares in Fülle gewesen war. Alle-alle, Oma, alle-alle. Dafür empfand sie jedoch ein herrlich sattes Gefühl, ein wohliges Grummeln, als der Magen rebellierte. Sie war beinahe glücklich und voller Vertrauen, daß sich das Wunder wiederholen würde.

Danach nichts. Nur dieselbe wohlbekannte Müdigkeit, die Sonne ging unter und wandelte die Hitze, die sie zum Leben erweckt hatte, in Kälte um. Sie zog sich das Satinkleid um die Schultern und betrachtete das Schauspiel der letzten durchs Fenster fallenden Strahlen, die den Purpurstoff beleuchteten und ihn auflodern ließen. Sie strich mit der Hand liebevoll über den Stoff, so wunderbar glatt, und zog den gold-schwarzen Lurexschal zu sich heran, der ihr ebenfalls gefiel, der aber nicht so schön warm war wie das schwere purpurfarbene Kleid. Wenn sie die Sachen jetzt schon ein bißchen vorwärmte, wären sie später schön warm; sie waren jetzt schon mollig, und die Nacht war noch fern.

Sei brav, mein Kind, sei brav. Kannst du dich erinnern, was ich dir gestern gesagt habe? Sing mir vor, mein Liebchen.

Rotkehlchen rot,
liegt mausetot.
Wer ist's gewesen?
Kommt der Sperling geflogen,
mit Pfeil und Bogen:
Ich bin's gewesen.

Sie stellte sich ein Zimmer voller tröstlicher Stimmen vor. Stimmen, die zum Beispiel sagten: »Dummerchen, Dummerchen, Dummerchen. Natürlich ist das Rotkehlchen nicht tot, es ist doch nur ein Lied; sei still. Na gut, wenn dir das nicht gefällt, nehmen wir ein anderes. Ich versprech's dir, das Rotkehlchen wurde wieder gesund, die Leute haben nur Spaß gemacht, es fiel ihnen nichts Besseres zum Singen ein, dumme Leute. Dieses magst du aber, nicht? Weißt du noch, wie's geht?« Das Kind summte vor sich hin und zog das Abendkleid bis zum Kinn hoch.

Für den Papa ein Tänzchen,
klein Hänschen...

Wieso Hänschen, bin ein Mädchen, soll ein Junge singen, soll er singen, nicht ich. Sei nicht albern, er kann sich das nicht merken. Mach einfach mit der nächsten Strophe weiter. Die geht so:

Kriegst ein Fischlein,
aufs Tischlein.
Ein Fischlein,
wenn der Fischer heimkommt.

»Mag kein Fischlein«, murmelte die Kleine in den leeren Raum hinein. »Mag Fischlein nicht und mag Papa nicht.« Flüchtig tauchte wie ein Schatten an der Wand oberhalb des Geburtstagsposters ein vertrautes, halbvergessenes Gesicht auf, ein Kopfschütteln, das mit dem schwindenden Licht verging, während eine Stimme leise mahnte: »Das darfst du nicht sagen, meine Süße, wirklich nicht. Laß uns zusammen noch ein Liedchen singen. Du bist aber auch schwierig heute.« »Mag Papa nicht, mag Papa nicht, laß mich raus, bitte...«

Die Wespe schwebte über ihrer Stirn. Sie fühlte sich zu erschöpft, zu gleichgültig, um sie zu verscheuchen. Wenn das Streifendings stach, müßte sie vielleicht schreien, aber sie konnte nichts dagegen tun. Ihre Arme waren schwer, unmöglich, mit ihnen danach zu schlagen. Sing doch, sing zu den Fagottklängen, die das Bäuchlein von sich gibt.

Lotte fällt die Locke immer mitten in die Stirn... Wie ging das noch weiter? Sie war ungezogen, so war es. Nein, sie war artig, so war es. Oder vielleicht folgte ihr ein Lämmchen, weiß wie Schnee. Und wenn sie artig war, dann war sie unausstehlich.

Vor der Tür, kaum hörbar, das leichte Summen von Stimmen, die Wörter unverständlich, aber der Klang vermittelte trügerische Zufriedenheit. An der Innenseite der Tür war der Lack zerkratzt. Außen war der Lack makellos. Das Kind wurde von den Kratzspuren abgelenkt, die sich vor seinen Augen in phantastische Gestalten verwandelten – ähnlich wie bei dem Tapetenmuster in seinem Schlafzimmer. Als die Wespe sich auf die Hand niederließ und zustach, auf die Hand, die keinen Versuch machte, das Insekt zu verscheuchen, war es draußen vor der Tür still geworden. Niemand hörte den erstickten Schrei, diesen kleinen erschöpften Schrei. Nur nebenan im Nachbarhaus fing aus unerfindlichen Gründen ein anderes Kind zu weinen an.

1

Es würde alles wieder gut. Ganz bestimmt würde alles wieder gut werden. Sie zwang sich zur Ruhe, löste die verkrampften Arme vom Körper, hob sie seitlich und atmete einige Male tief durch, bis sie es müde wurde, Luft zu holen und dann das Ausatmen zu vergessen. Immer das gleiche: mittendrin vergaß sie es einfach. Mangelnde Konzentration – immer hatten sie es ihr vorgehalten, auf jeder der vielen Schulen. Bloß nicht verkrampfen, dann wurde alles nur noch schlimmer, ruhig und selbstbeherrscht mußte sie sein.

Um alles in der Welt wollte Katherine Streit vermeiden, und Streit gab es meist, wenn die Spannung überhand nahm. Also tief durchatmen. Bloß wurde ihr davon nicht nur schwindlig, sondern sie kam sich dämlich vor und ohnmächtig. Wirklich albern: Vielleicht wäre es besser, zu streiten und fertig. Er würde natürlich gewinnen. Eigentlich, bei seiner Geschichte wie bei ihrer eigenen, hätte ihm Streit eben so ein Greuel sein müssen wie ihr, doch dem war nicht so. Streit war entsetzlich, es war ihr unbegreiflich, wie er einen Streit auch nur riskieren konnte, aber er tat es. So war es eben. Gegen lärmenden Übermut war nichts einzuwenden, den erlaubte sie sich gelegentlich, doch nie wurde sie aus einem anderen Grund laut und erst recht nicht im Zorn.

Es würde alles wieder gut werden. Das Ganze war nichts weiter als ein Ritual, das sie jetzt über sich ergehen lassen mußte – und alles, weil die Frückstückseier auf irgendeiner Ladentheke liegengeblieben waren, zusammen mit der Seife –, beides heimliche, hastige Besorgungen der allerletzten Minute im Eckladen, wo sie gern einkaufte und ein wenig schwatzte, auch wenn David behauptete, die Ware sei alles andere als frisch. Ein so nichtiger Anlaß zu solchem Zorn, doch auf keinen Fall durfte sie die Retourkutsche fahren und ihm vorhalten, daß er doch auch gelegentlich, nicht oft, aber manchmal, Dinge vergaß und daß davon die Welt nicht unterginge. Nein, statt dessen hielt sie den Mund. Um des lieben Friedens willen.

Nicht, daß das Schweigen zwischen ihnen friedlich war. Es war ein spannungsgeladenes Schweigen, eine unheilschwangere Stille im Haus, während David sich – und auch Jeremy, den er mitnehmen würde – für den Besuch bei einem Kunden fertigmachte. Auch das hätte einen weiteren Anlaß zur Kränkung bedeutet, hätte sie dem Raum gegeben: Niemals ließ er Jeremy mit ihr allein, sondern nahm ihn überall mit hin, wie ein Maskottchen. So, als müsse der Kleine zwangsläufig die Treppe hinunterstürzen oder unter Qualen einen neuen Zahn kriegen, wenn er allein daheim bei der Mutter bliebe. Krankhaft übertriebene Vaterliebe; den Klienten schien das zu gefallen, es wies David als pflichtbewußten, verläßlichen Mann aus, so ihre Vermutung, ohne daß sie ihm auch nur ansatzweise unterstellen wollte, er nehme das Kind der Imagepflege wegen mit. Er brauchte es nicht zu beweisen: auf ihn konnte man sich verlassen. Ihr wurde warm ums Herz. Ach, Mist, verdammter! Warum hatte sie nur diese Eier vergessen, sie war sich ganz sicher gewesen, sie mit nach Hause genommen zu haben.

Es war so still; zu still. Aus Gründen oder zu Zwecken, die man lieber nicht hinterfragte, war Jeanetta in ihrem eigenen Zimmer, wo sie es der Mama gleichtat und »aufräumte«, während die Mama dies mit weniger Eifer, aber größerer Effektivität im Elternschlafzimmer besorgte. Samstag und ein Gefühl der Desorientiertheit, Strukturlosigkeit, ohne das Gerüst von Terminen und Aufgaben, ein Vormittagsloch – wo Katherine doch stets beschäftigt sein mußte, nicht unbedingt produktiv, aber zu tun haben mußte. Was für ein Unsinn, zu denken, es gäbe in diesem Haus nichts zu tun, und irgendwann, zu ungewisser Zeit, käme Sophie. Zum Lunch, zum Tee? Beides? David hatte es nicht gesagt, hatte seinen Kundenbesuch listigerweise so gelegt, daß er sich mit dem Besuch seiner Mutter überschnitt. O ja, David war schlau.

Katherine klammerte sich an die Vorfreude, als Gegengift zum Gefühl des Versagens und zu der leisen Panik, die sie stets so hilflos machte, wann immer David böse mit ihr war, und lächelte vor sich hin. Gott sei Dank, daß Sophie heute kam. Der Gedanke tröstete sie beinahe über sein Fortgehen hinweg. Sie würden gemütlich plaudern, sie und Sophie, und Jeanetta dürfte munter im Hintergrund zwitschern. Sophie konnte endlos reden, über alles und nichts, trug den Klatsch ihrer Freundinnen und Nachbarn ins Haus. Die sogenannten wichtigen Fragen, die weltbewegenden, waren ihr vollkommen schnuppe, und in ihrem lustvollen Staunen über das Tun und Lassen anderer waren sie und Katherine sich gleich. »Und weißt du, was ihre Tochter gemacht hat? Die, von der ich dir erzählt habe? Wieder abgehauen…« »Nein! Tatsächlich?« hauchte dann Katherine entsetzt, während sie mit aufgestütztem Kinn vor ihrer siebten Tasse Tee saß, gebannt den Berichten der Krisen anderer lauschend. »Was du nicht sagst!« Dann lehnte sich Sophie triumphierend zurück und zupfte an ihren Kleidern. »Ja, allerdings. Aber nun erzähl du, was hast du denn Neues gekauft, seit wir uns zuletzt gesehen haben? Ach, wie hübsch, meine Liebe. Habe ich dir eigentlich schon von Mrs. Major erzählt?« Ja, ja, erzähl. Erzähl, würde Katherine drängen, gierig nach der Art Klatsch, mit dem nur Sophie sie versorgen konnte. Den alten Freundeskreis aus der Zeit vor der Ehe hatte sie aufgegeben und es bereut, als es zu spät war, die neuen Freunde waren zu anspruchsvoll, um sich solch schlichten Freuden hinzugeben, so daß der Klatsch, ohne daß sie sich das eingestanden hätte, in dieser Nachbarschaft etwas zu kurz kam. Wie sollte man sich auch über den Gartenzaun hinweg unterhalten, wenn Gartenzäune drei Meter hohe Mauern waren, welche die stattlichen Häuser der Nachbarn abschirmten. Aber nein, auch wenn sie sich hier manchmal etwas verloren vorkam, fand sie die Straße, in der sie wohnten, ganz wunderbar.

Der Gedanke an Sophie spendete vorübergehend Trost, aber nur vorübergehend. Es bedurfte schon mehr, um die Glut des schwelenden Ärgers zwischen ihr und ihm, in der Etage unter ihr, zu ersticken, ehe ein gefährlicher Brandherd entstand. Und er könnte meinen, sie schmollte und wartete nur darauf, daß er fortging. Was zwar irgendwie stimmte, aber nicht im Sinne von sehnsüchtig darauf warten. Sie wünschte, irgend etwas könnte den David wieder hervorzaubern, den sie kannte und ohne den und alles, was er darstellte, das Leben unerträglich wäre. Draußen war es freundlicher geworden: Frühsommer, die Sonne lachte zum Fenster herein. Katherine schüttelte die Vorhänge aus und zog sie auf. Eine der Fensterscheiben war verschmiert. Sie wienerte sie mit der Rückseite des Vorhangs blank – wieder eine Hausfrauenpflicht, die um einen Tag hinausgeschoben werden konnte. Der moosgrüne, von der Sonne gewärmte Teppichboden war angenehm unter ihren nackten Füßen. Heute morgen würde sie barfuß die Hausarbeit erledigen statt in den geliebten Hausschuhen, den flauschigbraunen, die seit kurzem nicht mehr aufzufinden waren. David haßte Hausschuhe, Jeanetta dagegen war versessen auf jede Art Schuhwerk, in das ihre kleinen Füße schlüpfen und in dem sie umherschlurfen konnte »wie die Oma«. Weil sonst nichts Dringendes anlag, durchsuchte Katherine gedankenverloren den Flurschrank. Nicht zum erstenmal, sie hatte dort bereits nach den geschmacklosen Pantoffeln gesucht, einem der zahlreichen Mitbringsel Sophies, die diese auf einem ihrer heißgeliebten, von Katherine insgeheim nicht minder geschätzten Märkte mit den Wühltischen voll bunter, billiger Ware und dem Gedränge zwischen den Ständen entdeckt hatte. Futsch. O je, ständig verlor sie Dinge. Als nächstes den Kopf, meine Liebe. Im Schrank lag ein Wust anderer Sachen, Dinge, die Jeanetta versteckte. Neu dazu gekommen war Spielzeug, das Katherine nicht kannte. O Gott, nicht schon wieder. Das würde Ärger geben.

»Jeanetta?« rief sie. »Was machst du?«

Keine Antwort. Sie hörte nur ein gedämpftes Husten. Wahrscheinlich versteckte das Kind wieder irgend etwas. Katherine beließ es dabei, deckte rasch die fremden Spielsachen mit Jeremys Wäsche ab und huschte ins Schlafzimmer zurück, begann erneut tief durchzuatmen und versuchte verzweifelt, nur an Erfreuliches zu denken.

Sie hatte sich zu diesem Zweck auf die Bettkante gesetzt, aus der schlanken Taille vorgebeugt, bereit, beim Aufstehen ganz automatisch den schweren Stoff des Überwurfs zu glätten, und redete sich selbst gut zu: Nun, komm... Was immer sie verlegen oder ihre Tochter mit unbeirrbarer Bedenkenlosigkeit hamstern mochte, es gab in diesem Raum immer noch eine Reihe Dinge, die sie mit Fug und Recht ihr eigen nennen konnte. Die bunte Tagesdecke aus Seide etwa – von der konnte sie immer sagen: Katherine, so ungeschickt bist du ja gar nicht, immerhin hast du dieses Kunstwerk geschaffen. Alles bei ihren zahllosen Jobs in Läden und an Ständen erbeutete Restposten, in gleichmäßige Rechtecke geschnitten und zu diesem unglaublichen, schillernd blaugrünen Bettüberwurf verarbeitet. Katherine erlaubte sich einen Moment des Selbstlobs. Wie war es möglich, daß sie in den finanziell knappen Zeiten, den Zeiten abgebrochener Ausbildungen, für die sie nie die rechten Voraussetzungen mitzubringen schien, den Zeiten der mit Mary geteilten Wohnung, den Tagen der kurzlebigen Jobs in künstlerisch ambitionierten Boutiquen, deren Ambiente sie genossen hatte, ohne der Arbeit recht gewachsen zu sein, derartige Mengen Seide hatte zusammenraffen können. »Krämerseele«, hatte Mary gesagt – halb mißbilligend, halb bewundernd. »Wählerisch in deiner Sammelwut.«

Aus nichts wird etwas – in mühsamer Kleinarbeit. Ob's

an der lückenhaften Bildung lag oder ihrer Schusseligkeit, Katherine wußte, daß sie keinerlei analytischen Verstand besaß, und bei ihrer kurzen Besinnungspause auf der »mühsamen Kleinarbeit« in Gestalt der Tagesdecke begriff sie mit Schrecken, daß »aus nichts wird etwas« eine sehr treffende Beschreibung ihrer selbst an diesem Morgen wäre und daß, sollte sie in diesem Moment sterben, die Worte einen passenden Spruch für ihren Grabstein abgäben. An der Wand gegenüber hing in einem Gesso-Rahmen ein Stilleben: wild drängelnde Anemonen in einer Vase. Das Bild hatte sie ausgesucht; welch ungeheures Glück sie doch hatte, solch wunderschöne Dinge wählen zu dürfen, mit denen sie ihr Leben schmückte. Das mahnte zu Demut und Bescheidenheit, dazu, sich Davids Kälte, die Ungeduld, die auf sie niedergefahren war wie ein Peitschenhieb, nicht zu sehr zu Herzen zu nehmen. Es waren bevorstehende Pflichtbesuche, die ihn so verstimmten, den geliebten David. Noch mußte sie den »geliebten David« heraufbeschwören, während ihre Finger über die fein säuberlich gereihten Nähte des Bettüberwurfs strichen und sie sich selbst – drastische, aber notwendige Maßnahme – in Erinnerung rief: »Ich habe dich gemacht«, sagte sie zu der Tagesdecke. »Bist du nicht herrlich!« Derlei laut verkündete Liebeserklärungen an Dinge waren für Katherine nicht ungewöhnlich, doch was für sie lediglich eine Bekundung ihrer Freude an den Dingen war, wirkte auf andere exzentrisch und befremdlich. Die Angewohnheit rührte von dem Bedürfnis her, sich selbst Bestätigung zu geben und Mut zuzusprechen, da es sonst niemand tat. »Ich habe dich erschaffen, und David hat mich erschaffen.« Nein, das stimmte so nicht ganz. Eher konnte man sagen, sie war wie das Stilleben gewesen, einfach vorhanden, bereit, ausgewählt zu werden, vielleicht von einem schönen Zuhause träumend. Eine Prinzessin in Erwartung des passenden Prinzen, doch ohne die Einwilligung des Vaters erwirken zu müssen. Die ungewohnte Innenschau förderte weitere Erinnerungen, weitere Dankbarkeit zutage. Wenn David wütend war und kalt zu ihr wie heute morgen, dann suchte sie öfter Zuflucht in Tagträumereien. Das war zwar banal, es war sentimental, das wußte sie, doch die romantischen Rückblenden wirkten wie Balsam.

Sie blickte also zurück auf sich selbst vor fünf Jahren, sah sich am Messestand sitzen und nähen und auf die Waren eines Mannes mit dem unglaubwürdigen Namen Claud aufpassen, der die ausgestellte Seide importierte. Da saß sie also, zwischen den Fingern den Stoff eben der Tagesdecke, die sie jetzt streichelte, ihr Anblick ein hübsches Pendant zu dem hübschen Stand – für sagenhafte zwei Pfund Stundenlohn. Architekten, Inneneinrichter, Großhändler schlenderten durch die Reihen und sahen sich um. Gekauft wurde kaum, aus diesem Grund hatte Claud den Stand auch bedenkenlos ihr überlassen und war essen gegangen, ausgiebig essen, wie es eben die sinnenfrohe Art Clauds war. Auf die gleiche Art ging er mit der willfährigen, pro forma als Assistentin engagierten Katherine gern ins Bett. Katherine war, das gesenkte Gesicht vom langen Haar umrahmt, ganz in die Arbeit an der Tagesdecke vertieft gewesen, jedoch zugleich darauf gefaßt, Fragen über die Seidenstoffe zu beantworten. Ein Mann war gekommen, mit keinem anderen vergleichbar, hochgewachsen, kraftvoll, dunkelhaarig, lächelnd und konservativ gekleidet im Vergleich zur Paradiesvogelschar der Designer. Schon sein Anblick war eine Offenbarung gewesen, übertroffen noch von seiner Stimme. »Verzeihen Sie. Ich will erst gar kein Interesse an diesen aberwitzig teuren Stoffen heucheln, aber das da würde ich gerne kaufen, wenn Sie es fertig haben...« Er hatte auf die Tagesdecke gezeigt. Sie hatte sich die Haare hinter die Ohren gestrichen, hatte gelacht – wie damals oft noch, trotz all der Schwierigkeiten in ihrem Leben – ein spontan perlendes Lachen, das nach und nach zu einem Glucksen verebbte, ein Lachen, das ihren klaren Teint und die ebenmäßigen Zähne zur Geltung brachte. »Sie wollen sie wirklich haben?« hatte sie gefragt, auf gespielt ungläubige Weise das Gesicht verzogen und mit einer schmalen Hand ihre Kreation hochgehalten. Ja, hatte er versichert, ich will sie wirklich haben, und ihr dabei tief in die Augen gesehen. Ich will sie für mein eigenes Haus. Was halten Sie davon, wenn ich morgen noch einmal vorbeikomme? Ja, gerne, hatte sie zugestimmt, als Claud zurückgewirbelt kam und Besitz ergriff. Sie hatte dem Fremden nachgeblickt, der davonschritt, und hatte seine Worte nachklingen lassen: Ich will sie wirklich. Die halbe Nacht war sie aufgeblieben und hatte genäht, doch er war erst am letzten Tag wieder aufgetaucht, hatte geplaudert, beiläufig erzählt, er sei Architekt, sehe sich aber im Moment nur nach Dingen für den eigenen Bedarf um. Schade, daß der Bettüberwurf noch nicht fertig sei. Sie war wie hypnotisiert gewesen, machtlos unter Clauds eifersüchtigem Blick, außerstande, den Mann daran zu hindern, sich zu entfernen. Er hatte nur seine Karte hinterlassen. Er war bereits qualvolle fünfzig Meter weiter, als sie sah, daß er sein Portemonnaie liegenlassen hatte. Sie war ihm in bunten Sommerpumps und klementinenfarbenem Taftrock nachgeeilt, hatte sich durchs Gedränge gewunden – »Halt! Halt! Sie haben etwas vergessen!« – und hatte im Gewühl erst in dem Moment begriffen, daß er, der die meisten anderen um einen Kopf überragte, längst gehört hatte und stehengeblieben war, als sie ihn fast über den Haufen rannte. »Hoppla, hoppla, immer mit der Ruhe.« Dann waren sie voreinander gestanden, lächelnd, sie hatte ihm sein Portemonnaie wie eine Weihgabe hingehalten. Lachend hatte er sie plötzlich um die Taille gefaßt und mitten im vollen Gang im Kreis herumgewirbelt – eine so ausgefallene und unerwartete Geste, daß ihr der Atem stockte. Dieser Mann hatte nichts zu verbergen, hatte sich nicht gescheut, seine Freude über diese Begegnung auf der ansonsten eher uninteressanten Messe zu demonstrieren. Der »Verrat« an Claud machte ihr heute noch zu schaffen:

Von einem Moment auf den anderen hatte sie ihn fallenlassen, unerhörtes Benehmen, die Bereitwilligkeit, mit der er es verziehen hatte, unverdient. Aber schließlich war Claud verheiratet und hatte im Grunde kein Recht gehabt, eifersüchtig zu sein.

Genug. Schluß jetzt. Das hatte seine Wirkung getan. Wie jedesmal. Katherine versagte sich weiteres Schwelgen in der Vergangenheit, verbannte das Bild von sich, fünf Jahre zuvor, im langen Taftrock mit goldenen Ohrreifen, erhob sich vom Bett, strich die Falten aus der Tagesdecke und eilte die Treppe hinunter. Ihr war, als habe sie ein Echo seiner Stimme emporsteigen hören: ein Abschiedsgemurmel aus der Entfernung und die Haustür, die hinter seiner samstäglichen schlechten Laune ins Schloß fiel. Plötzlich konnte sie es nicht ertragen: Barfuß flog sie die Treppe hinab, zwei Stufen auf einmal, während die Haustür noch vibrierte. Auf dem Walnußtisch in der Diele sah sie sein Portemonnaie liegen. Ach nein, er vergaß nie etwas, wie? Ohne die Börse, das einzige, was er je liegenließ, würde er sich nackt fühlen, würde wütend sein. Schrecklich, zu schrecklich diese düstere Stimmung! Ach, David, geh nicht in dieser Stimmung fort, bitte! Warum so hastig? Sie öffnete die Haustür, geblendet von der hellen Sonne, und lief dann auf nackten Sohlen auf die Straße. Nicht, David, bitte, nicht ohne richtig Adieu zu sagen, auch nicht für wenige Stunden! Ich soll doch für dich sorgen. Ihre Aufgabe und ihr ganzer Stolz. Sie rannte ungraziös auf rosigen Füßen die Steinstufen hinunter und ihm hinterher, holte ihn auf der gegenüberliegenden Straßenseite ein. Er hatte eben Jeremy ins Auto gepackt. Er blickte überrascht hoch, bemerkte das Nahen ihrer zarten, fliegenden Person, ehe er es hörte – irgendeine Vorahnung der unfreiwilligen Komik ihrer Eile, die ihn erreichte. Wider Erwarten – ein unverhofftes Geschenk – grinste er. Fing sie auf und küßte ihren Hals.

»Na, na, was ist denn los? Wo brennt's denn?«

Sie legte ihm die Hände auf die Schultern und blickte mit strahlendem Lächeln hoch, entzückt über seine Reaktion, alle Beklemmung wie weggeblasen.

»Du hast dein Portemonnaie liegenlassen.«

»Ah, du bist ein Schatz. Und so flink. Fast könnte man meinen, du liebtest mich.«

»Aber ja. Natürlich liebe ich dich. Das weißt du doch. Sei mir nicht böse.«

»Scht.« Immer noch lachte er. »Ich bin dir doch nicht ernstlich böse; die Nachbarn könnten dich hören.« Das Lächeln schrumpftc, schwand aber nicht vollends. »Kath, du hast keine Schuhe an, und du hast die Tür offenstehen lassen.«

Katherine hatte sich gefaßt, sich beruhigt, war glücklich. »Ja, ich weiß. Ich gehe gleich wieder hinein. Bis später.«

»Halte Mutter bei Laune. Tschüs, mein Schatz. Wirst du das schaffen?«

»Aber ja. Für dich tue ich alles.«

Die Welt wieder im Lot. Es würde alles wieder gut. Katherine hielt Wache in der offenen Tür, winkte ihm nach, freute sich über das freundliche Abschiedshupen und wackelte mit den Zehen, die auf dem Asphalt kalt geworden waren. Stand noch einen Moment reglos. Sie trug an diesem Morgen einen champagnerfarbenen Rock. Vorbei die Zeiten des auffälligen klementinenfarbenen Taftfummels, der nie und nimmer die erlauchte Gesellschaft winziger Diamantohrstecker gekannt hätte, wie sie sie heutzutage trug. Was hatte sie doch für ein Glück! Aus nichts wird etwas; einem Mann hinterherwinkend, der zurückkehren würde. Heute, morgen, immer. Sie kreuzte die Arme vor der Brust, ohne daß ihr kalt war.

Als Susan Pearson Thorpe aus ihrer Haustür trat und ihren scharfen Verstand zusammen mit einem Armvoll Zeug für das obligate Wochenende auf dem Lande zum Wagen trug, nahm sie den exquisiten Rock der Schönen von nebenan nur flüchtig zur Kenntnis, dafür aber bemerkte sie mit Befriedigung die fehlenden Schuhe. Sie registrierte auch, und das ganz bewußt, was sie für das Markenzeichen der jungen Nachbarin hielt, was ihr aber bei ihren beiden letzten flüchtigen Begegnungen nicht weiter aufgefallen war – mal ganz abgesehen davon, daß Susan morgens in der Früh grundsätzlich wenig auffiel. Die Befähigung anderer zum Glück versetzte sie stets in Erstaunen. Katherine, so dachte sie mit leisem Groll und einem ziemlichen Brummschädel, hatte diese Befähigung. Man sehe sie sich doch nur an: Sehr elegant war sie geworden in den wenigen Jahren, die sie hier unter ihnen weilte, und dachte sich dennoch nichts dabei, vor der eigenen Haustür zu stehen und laut hinauszurufen: »Was für ein herrlicher Tag!«, so wie eben jetzt. Und tatsächlich, sie meinte es auch so. Katherine meinte immer genau das, was sie sagte. Es handelte sich bei der Gemütsverfassung, deren Zeugin Susan gerade wurde, nicht um *joie de vivre* – auch die konnte Katherine an den Tag legen, ohne daß sie gewußt hätte, was das war –, noch um Spontaneität, denn Katherine war im Grund eher verschlossen, sondern um die erstaunliche Fähigkeit, sich ganz dem Augenblick hinzugeben, ohne zugleich an etwas anderes zu denken. Susan nahm an, daß sich Katherine, sobald sie ihre Begrüßungs- und Begeisterungsrufe von der Art des »Was für ein herrlicher Tag!« losgeworden war, mit Eifer an die verdammte Hausarbeit machen würde, denn die Nachbarn beschäftigten keine Hilfe. Mit demselben Eifer, den sie beim Einrichten gezeigt hatte, als sie immer nur für kurze Momente draußen erschienen war, sprühend vor Begeisterung, hochschwanger, von Lackfarben faselnd. Eine unglaubliche Naivität, also ehrlich, kein bißchen Frau von Welt – oder jedenfalls nicht in einem Grade, der auf Susans Skala meßbar gewesen wäre.

»Fahrt ihr übers Wochenende weg?« rief Katherine – immer noch unnötig laut. Bei ihr klang es immer, als wolle sie es wirklich wissen. In der gleichen unverfälscht eifrigen Art bot sie auch ihre Hilfe an. Meine Güte, dachte Susan, es gibt wirklich und wahrhaftig solche Menschen. Fröhlich, gesund und munter. Irgendwo mußte die Sache doch einen Haken haben.

»Soll ich dir tragen helfen? Die Taschen sehen gräßlich schwer aus.« Wörter wie »gräßlich« hatte Katherine früher nicht verwendet; sie waren quasi der letzte Schliff gepflegten Ausdrucks, der Beweis dafür, daß sie in den richtigen Kreisen verkehrte, und sie wurden ohne jede Affektiertheit eingestreut.

»Nein danke, laß mal. Sebastian wird sich darum kümmern, und außerdem hast du keine Schuhe an. Auf dem Gehweg liegt ein unappetitlicher Haufen. Könnte unser Hund gewesen sein.«

»Ach«, meinte Katherine und grinste immer noch freundlich, wenn auch etwas beschämt. »Daran habe ich gar nicht gedacht.«

»Solltest du aber.« Die Worte klangen unabsichtlich scharf. Katherines guter Laune konnte das nichts anhaben.

»Na, dann ein schönes Wochenende. Tschüs.«

Sie hatte ins Haus zurückgehen wollten, und sie war auch tatsächlich bis über die Schwelle gelangt, sah jedoch, während sie mit einem Ohr nach Lebenszeichen von Jeanetta horchte, zu, wie die Nachbarn umständlich ihren riesigen Volvo vollpackten, der sie an einen Leichenwagen erinnerte. Susan war etwas außer Atem – wahrscheinlich vom vielen Nörgeln und Maßregeln der Kinder. Sie war wirklich zu pummelig, die Arme, dachte Katherine. Sie konnte sich an Zeiten erinnern, da sie selbst mollig gewesen war, und sie hatte Mitleid mit Susan, denn es war gräßlich gewesen, pummelig zu sein. Aber vielleicht spielte das für Frauen wie Susan keine Rolle, eine feministisch angehauchte und gräßlich tüchtige Karrierefrau in verantwortungsvoller Stellung – jedenfalls laut Susan, die das mit einer gewissen Herablassung betonte. Zu sehr Intelligenzbestie, als daß zwischen ihr und Katherine echte Freundschaft aufblühen konnte. Was eine von beiden bedauerte:

Katherine freute sich unbändig über jedes Freundschaftsangebot, das sie bereitwillig entgegennahm.

Das hielt sie aber jetzt keineswegs von Beobachtungen ab wie solchen, daß die Reisevorbereitungen dieser Nobel-Familie mit ihrem Nobel-Wagen durchaus zum Lachen waren oder daß Susan Pearson Thorpe auf die ihr eigene einschüchternde Art ein entsetzlicher Snob war und eigentlich »unsäglich« – um einen von Susans Lieblingsausdrücken zu gebrauchen. Nichtsdestotrotz hätte sie sie gern zur Freundin gehabt. Katherine gluckste. Susan hielt sich für überlegen, aber sie hörte sich ja auch selbst nicht, wenn sie ihren Mann ankeifte. Wie letztesmal, als sie die beiden zum Essen eingeladen hatten und Susan schon leicht angetrunken gewesen war: das reinste Fischweib! Hatte ihren Sebastian einen Langweiler geschimpft, was ja stimmte, genaugenommen, aber so etwas sagte man doch vor anderen nicht. Ich mag nicht ihren Grips haben, dachte Katherine, aber ich bin *netter*, und ich bin froh, daß ich nie so sein werde wie sie, rundlich und herumkommandierend.

Wie sehr sie sich jedoch auch über die beiden mokierte, sie selbst stellte sich irgendwie und allzuoft ungeschickt an im Umgang mit anderen, und im Beisein dieser Nachbarn wie auch anderer Leute ihres neuen Bekanntenkreises um so mehr. Mary hatte auch darüber einmal irgend etwas gesagt, bei einer ihrer endlosen Moralpredigten, früher. Du solltest kritischer sein in der Wahl deiner Freunde, glaub mir, Kath, du kannst nicht erwarten, von aller Welt geliebt zu werden, nur weil du es dir wünschst, so ist das Leben nun einmal nicht. David hatte in dieselbe Kerbe geschlagen, bis sie schließlich die Angewohnheit, mit ihrer Anhänglichkeit hausieren zu gehen, abgelegt hatte. Unter der Anleitung dieser beiden hatte sie als Ehefrau eine scheue Zurückhaltung kultiviert. Und lautete nicht eine viel ältere, gründlich gelernte Lektion: Du darfst niemandem zur Last fallen? Auch nicht zuviel reden, niemals.

Der Volvo glitt die Straße hinunter, die nun leer war, abgesehen von dem Obdachlosen, der vorm Gartenzaun des gegenüberliegenden Hauses stehenblieb. Ein neues Gesicht. Katherine schenkte ihm keine große Beachtung – einer dieser armen Teufel, denen man hier in der Gegend häufiger begegnete, der sie jedoch heute nicht weiter beunruhigte, wie sonst manchmal. Früher hatte sie diesen Leuten Geld gegeben, wenn sie welches übrig hatte, bis man ihr davon abgeraten hatte, weil sie die Penner sonst nicht mehr loswürde. Immer noch mit vor der Brust gekreuzten Armen lächelte ihm Katherine zu. Die Welt war im großen und ganzen schon in Ordnung. Alles in Ordnung. Abgesehen von den Spielsachen oben, die vielleicht irgendwo bald vermißt würden.

2

Wieder ein Montag, der erste in diesem Monat. Die drei Frauen saßen an einem Tisch am Fenster, zwei mit Blick nach draußen, eine nach innen. Monica und Jenny hatten sich sofort mit kleinen Juchzern der Genugtuung auf die Plätze am einzig freien Tisch mit Blick auf das Treiben auf der Straße gestürzt.

Katherine dagegen war ihnen in ihrer neuerdings geübten Zurückhaltung langsamer gefolgt, ihre schwere Tasche gemessen vor sich hertragend, fast unterwürfig – ein scharfer Kontrast zur energischen Unbekümmertheit, mit der sich die anderen beiden bereits ihrer Mäntel entledigt und gesetzt hatten, ehe Monica fragte:

»Ach, wolltest du hier drüben sitzen, Katherine? Weißt du, ich will immer Kate zu dir sagen, aber Kate paßt gar nicht zu dir. Willst du lieber auf dieser Seite sitzen? Sonst hast du nur uns als Aussicht.« Sie sagte es, ohne sich zu rühren, der höflich verneinenden Antwort gewiß.

»Nein, nein, bestimmt nicht. Ich sitze gut hier.« Am Fenster eingekeilt zwischen Tisch und verstaubter Grünpflanze, blickte sie dankbar auf ihre Begleiterinnen und auf das italienische Interieur, froh, einfach sitzen zu können, froh, die beiden zu sehen. »Wie sind denn die Preise hier?« fragte sie, weil sie meinte, etwas sagen zu müssen.

»Annehmbar«, versicherte Monica. Wenn Monica »annehmbar« sagte, meinte sie keineswegs billig. »Deshalb kommen wir auch oft her. Bedienung lahm, Essen vorzüglich. Aber du warst doch sicher schon einmal hier, oder?«

»War ich das?«

»Bestimmt. Also, her mit der Karte, ich sterbe vor Hunger.«

»Himmel«, stöhnte Jenny, »Pasta – nein. Knoblauchbrot. Desserts... Wein? Wollen wir uns einen teilen? Du kriegst keinen, du bist ja eisern. Also Perrier, wie immer. Was nimmst du, Katherine?«

»Ich habe gar keinen großen Hunger. Nur einen Salat, denke ich.«

»Was? Ich bitte dich...« Monica hatte von den dreien das lauteste Organ, die größte Präsenz, war robust, füllig, das Gegenstück zur schmalen Katherine, die sie um ihre Zerbrechlichkeit, wie geadelt auch immer durch den Porzellanteint, geschickt betont vom geschlossenen, reinleinenen Kragen des elfenbeinfarbenen Kleids mit seinem teuren seidigen Schimmer, keineswegs nur beneidete. Monica trug eine lange Strickjacke – ihren Märchenmantel, wie sie ihn nannte: in allen Regenbogenfarben, mit fröhlichen Reigen von Vögeln und Elefanten verziert. »Die Kinder finden ihn toll«, erklärte sie, »die Kollegen auch. Außerdem der perfekte Tarnmantel für alle Sünden wider die Figur.« Katherine fand die Jacke auch toll. Jenny trug adrette schwarze Hosen und eine Bluse, deren makelloses Weiß nur geringfügig durch eine eigelbbekleckerte Manschette beeinträchtigt war, die sie sofort zu verdecken suchte, eine instinktive Reaktion auf Katherines vollendete Erscheinung. Katherine strahlte etwas aus, was Jenny unwillkürlich an ihre ungezupften Augenbrauen, unrasierten Beine und klobigen Schuhe denken ließ. Sie nahm sich ja immer vor, das Haus gepflegt zu verlassen, doch der gute Vorsatz überlebte selten den allmorgendlichen Kampf mit zwei Kindern. Gegen Mittag spielte es dann kaum noch eine Rolle, und doch wunderte sie sich immer, wie Katherine es fertigbrachte, aus der Morgenschlacht unversehrt hervorzugehen.

»Los, los jetzt. Ach, sag mal, Kate, hast du die Muster mitbringen können. Jenny meinte...«

»Unmengen«, meinte Katherine lächelnd und deutete auf die Tasche neben sich. »Für jede ein Dutzend, je ein Quadratmeter. Wirklich hübsch, findet ihr hoffentlich auch. Für ein paar Kissen oder eine kleine Tischdecke, irgend etwas in der Art, sollte es reichen. Und wenn ihr mehr braucht, kann ich es euch jederzeit zum Einkaufspreise besorgen, wißt ihr.«

Die beiden Frauen gegenüber sahen sich an. »Ach, du bist wirklich ein Schatz!« rief Monica. »Hör mal, das Essen bezahle aber ich.«

»Aber nein, das kann ich doch nicht...«

»Doch, kannst du sehr wohl. Dann zeig doch mal... Ach nein, laßt uns erst mal essen.«

»Bin ich auch eingeladen?« wollte Jenny wissen.

»Könnte dir so passen. Du schleppst schließlich keine Schätze an wie unsere brave Kate. Los, los, Essen. Hab nur eine Stunde Zeit. Na ja, oder vielleicht ein bißchen mehr. Wo hast du denn deine Tüten abgestellt, Jen? Am Eingang? Daß du keine Angst um die Sachen hast! Ich wär da nicht so vertrauensselig.«

Monica war wirklich unheimlich nett, beschloß Jenny, eine unsinnige Feststellung eigentlich bei einer langjährigen Freundin, denn ihre Freundinnen pflegte sie nach kurzer Zeit kaum noch mit Attributen wie »nett, biestig, klug, schön« zu bedenken; sie nahm sie so, wie sie waren, ohne zu fragen, und verteidigte sie gegen jede Kritik. Jedenfalls Monica. Sie sprachen kaum über ihre eigenen Vorzüge und Schwächen, mit Ausnahme vielleicht der Tatsache, wie überlastet sie waren und wie schuldig sie sich fühlten. Monica existierte unverrückbar wie ein buntscheckiger Felsen, mit Monica traf sie sich zum Mittagessen, verbrachte in ihrer Gesellschaft endlose Stunden an Küchentischen. Wenn sie an Monica dachte, hatte sie kein Bild vor Augen, hätte keine Merkmale ihres Wesens aufzählen können, außer: nett, lustig. Anders Katherine, die Neue im Bunde, »aufgegabelt« – so Monica – als Anhängsel eines erfolgreichen Ehemanns. Hier war ein Gesicht noch frisch und fremd genug für eingehende Musterung, für Beschreibungen wie »rosig, hübsch, gazellenhaft, vornehm blaß« und, vor allem, »reizend«. Wie reizend, war noch keine ausgemachte Sache, war noch unentschieden. Sie verfolgte, mit welcher Anmut sich Katherine über die Stuhllehne zurückbeugte und ihre Handtasche zurechtrückte. Hatte wohl Angst, es könnte sie sich jemand schnappen, dieses wohlerzogene Mädchen, so reich, daß sie mit Geld umzugehen wußte. Mochten sie sich auch alle lamentierend ihrer Hypotheken, Zweitwagen, Schulgebühren, Kindermädchen und Zweithäuser erfreuen, manchmal reichte das Geld kaum für einen solchen Lunch. Heute wollte Monica zahlen, und da Jenny ihren Teil von Katherines Beute abbekäme, würde sie sich die Rechnung mit Monica teilen. Jenny studierte Katherine. Nein, zu ihr paßte das gewöhnliche »Kate« wahrhaftig nicht, paßte überhaupt kein Spitz- oder Kosename. Zwar fehlte ihr die leicht saloppe Souveränität Monicas, aber sie war reizend, wirklich reizend.

»Katherine, wo zum Teufel hast du bloß dieses traumhafte Kleid her? Phantastisch, macht gertenschlank.«

»Sie *ist* gertenschlank«, brummte Monica und blickte kurz von ihrer Speisekarte hoch.

»Dieses Kleid?« Katherine schien verunsichert, zeigte auf den hochgeschlossenen Leinenkragen. Ja, natürlich meine ich das Kleid, welches Kleid sollte ich wohl sonst meinen, dachte Jenny leicht irritiert. Mit einem Mal fiel ihr auf, daß es regelrecht eine Angewohnheit Katherines war, alles zu wiederholen, wie ein Papagei. Sie hatte es bei ihrer ersten Begegnung getan, und sie tat es sogar daheim in den eigenen vier Wänden.

»Das? Ach, das hat mir David gekauft.«

»Das ist aber nett von ihm«, meinte Monica. »Den meinen könnte ich unmöglich in ein Kleidergeschäft schicken: er würde mir einen Putzlumpen anschleppen. Abgesehen davon, daß er nie auf die Idee käme. ›Dein Buckel, kümmer dich selbst drum‹, lautet sein Motto. Was ich tue, mit mäßigem Erfolg. Man stelle sich einen solchen Mann vor. Muß traumhaft sein.«

»Ja, es ist sehr angenehm«, stimmte Katherine zu. »Er

kauft auch ein. Und räumt oft auf.« Weil sie David gegenüber in letzter Zeit ungnädige und illoyale Gefühle hegte, fühlte sie sich jetzt genötigt, ihm Gerechtigkeit widerfahren zu lassen und ihn in höchsten Tönen zu loben. Immer öfter war diese bewußte Anstrengung, gut von ihm zu denken, notwendige Voraussetzung dafür, ihm gut zu sein. Jenny kontrollierte, ob ihre Tüten noch am Eingang standen.

»Meine Güte, du bist mit einem regelrechten Traummann verheiratet. Wahrscheinlich füttert er auch den Kleinen?«

»Ja. Ja, er macht so etwas gern.«

Sie wurde verlegen, als die anderen beiden spontan und unbekümmert lachten. Monica legte ihr entschuldigend die Hand auf den Arm. »Verzeih, Kath, wir lachen nicht über dich, sondern über derart mustergültiges Verhalten. So sollte es sein, ist es aber leider selten. Und das bei diesem gestandenen Mannsbild! Ich sehe es bildlich vor mir: der große, gutaussehende David mit umgebundener Schürze hantiert mitten in der Nacht mit Johnsons Babypuder. Köstlich.«

O je, dabei kam David aber auch nicht unbedingt gut weg. Es mußte doch möglich sein, ihn auf eine Weise darzustellen, die ihn nicht gleich als Memme erscheinen ließ. Eine Überschrift aus irgend einer Frauenzeitschrift kam Katherine in den Sinn. Erleichtert verkündete sie:

»Er ist eben der Neue Mann. Der moderne Mann.«

»Na, wenn das so ist«, meinte Monica, klappte die Karte zu und winkte energisch dem einzigen Kellner, der wenig Interesse zeigte, da von den drei Frauen nur bescheidene, figurbewußte Bestellungen und kein nennenswertes Trinkgeld zu erwarten war. »Dann ist meiner direkt aus der Arche an Land gekrochen.«

»Wie meinst du das, ›Arche‹? Spült er etwa nicht ab?«

»Du meinst, das Geschirr in die Maschine stellen? Nein.

Manchmal. Er gibt vor, nicht zu wissen, wie sie funktioniert.«

Und verlangt er, wollte Katherine fragen, daß alles blitzt und glänzt? Wirft er Spielsachen weg, noch ehe sie in Kindergunst gesunken sind? Und hat er sexuelle Begierden, die täglich gestillt werden müssen? Wie gerne hätte sie dergleichen gewußt, wünschte, Monica würde es ihr sagen, wünschte, eine der beiden, egal welche, würde jammern und von Alltagssorgen berichten, damit sie trösten, mit ihren eigenen aufwarten und feststellen könnte, daß sie sich nicht von denen der anderen unterschieden. Taten sie wahrscheinlich nicht, aber sie war sich eben nicht sicher. Doch stand keiner der beiden je der Sinn danach, Monica schon gar nicht. »Ehemänner fertigmachen«, meinte sie abfällig.

»Also, hört zu. Wir sind hier nicht versammelt, um unsere besseren Hälften durchzuhecheln. Soll mir die meine auf ewig ein Rätsel bleiben, meinetwegen. Und nun zeig uns, wie wir unsere Häuser verschönern können, Katherine. Ich kann nicht mehr abwarten, beim besten Willen nicht.«

Katherine brannte die Sonne unangenehm auf den Rükken, während sie den beiden Freundinnen Schatten spendete. Monica und Jenny blickten auf die belebte Straße, sie selbst schaute auf die Restauranttische. Die entschiedene Absage an den Austausch von Vertraulichkeiten enttäuschte sie. Ein Vergleich der jeweiligen Erfahrungen wäre so beruhigend gewesen. Trotzdem freute sie sich über die auf ein, zwei Stunden befristete, aber mit ein klein wenig Geflunker vielleicht zu verlängernde Freiheit, die sie gewann, war froh, unter ihresgleichen hier sitzen zu dürfen, akzeptiert, sogar willkommen. Zum fünftenmal war sie jetzt von den beiden eingeladen worden, sich an der Sonne ihrer Gesellschaft zu wärmen. Schade, daß die Zeit eher knapp bemessen war: Sie hätte Stunde um Stunde hier sitzen mögen, notfalls auch allein. Sie saß gern müßig herum. Gleich, sobald die nebensächliche Angelegenheit des Essens erledigt wäre, die Monica hastig, Jenny bedächtig und Katherine lustlos stochernd hinter sich bringen würde, konnte die Nische sich in ihren privaten Basar verwandeln, würde die Tasche hervorgezaubert und das Gewirk bunter Stoffe ausgebreitet. Sie würde ihnen eine Freude machen; und was war schöner, als anderen Freude zu machen? Mr. Isaacs, ein Bekannter Davids und ihr Vorgesetzter im Inneneinrichtungstempel, in dem sie arbeitete, hätte Katherines Hamstern von Resten für ihre wohlsituierten, aber dennoch einem Schnäppchen nicht abgeneigten Freundinnen aufs schärfste mißbilligt. »Bei uns gibt es keine Sonderangebote, meine Liebe«, würde er sagen, wenn er davon wüßte. Aber was waren schon vierundzwanzig einzelne Meter, wenn er doch Ballen über Ballen bestellte: aus Italien, ausgesuchte Dekostoffe für schmucklose Fenster und stetig steigende Ansprüche. »Frauen«, versicherte er, »geben hierfür noch mehr Geld aus als für Kleider. Stellen Sie sich vor: mehr als für Kleider! Das will schon was heißen.« »Warum auch nicht?« hatte Katherine geantwortet. Sie konnten es doch gar nicht besser ausgeben, als für Dinge, von denen Katherine wirklich etwas verstand, denen ihr ganzer Stolz, ihre ganze Liebe galten. Sie lächelte verliebt auf die Stoffquadrate auf dem Tisch hinab.

»Gott, sind die herrlich!« Monica flüsterte fast vor Ehrfurcht. Nach der Geburt der Kinder hatte sie auf fast vorsätzliche Weise ihr Äußeres vernachlässigt und sich statt dessen voller Eifer auf die Ausstattung ihres Heims gestürzt. Sie tröstete sich damit, daß es Jenny und anderen Frauen ihrer Bekanntschaft nicht anders erging, so als wären sie alle simultan zu dem Schluß gelangt, daß Dekostoffe langlebiger waren als Frauenhaut.

»Woher nimmst du bloß dieses untrügerische Gespür, Katherine! Du bist einmalig. Was würdest du fürs Bad nehmen? Ich sehe es geradezu vor mir: wie das Haus lechzt nach diesen Farben!«

Ich auch, dachte Jenny, und registrierte belustigt Katherines freudiges Erröten, das Verlegenheit angesichts ihrer Begeisterung verriet, Dankbarkeit ob ihrer Billigung. O je, hoffentlich glaubt sie nicht, wir nutzten sie bloß aus! Nein, das konnte sie doch nicht ernstlich glauben, stimmt ja auch nicht wirklich. Jenny faltete die kostbaren Stoffquadrate, um sie zum profanen Inhalt ihrer Tüten zu stopfen, die sie auf dem Weg vom Büro mit Besorgungen gefüllt hatte, und beruhigte sich mit dem Gedanken an ihren Anteil an der Rechnung und mit dem Anblick von Katherines umwerfendem Kleid, das noch immer so tadellos unter dem Gazellengesicht saß wie zu Anfang. Sie vergaß nicht, Katherine nach den Kindern zu fragen.

»Ach, denen geht's prächtig.«

Die Frage war kaum mehr als ein höflicher Nachtrag und wurde entsprechend beiläufig beantwortet, obgleich Katherine auch hier gern ins Detail gegangen wäre. Nur diesmal wäre es ihr ungehörig erschienen – wie Monica vielleicht zuvor beim Thema Ehemänner? –, sich über ihre Sorgen auszulassen in der Gegenwart zweier Mütter, die die Erziehung ihrer Kinder so mühelos bewältigten, während das ihr, wie sie wußte, nicht gelang. Sie verkniff sich die Fragen, wollte sich nicht blamieren. Jenny hatte längst vergessen, daß es Zeiten gegeben hatte, da sie und Monica bei allen Umwegen über Häuser, Rezepte und Einrichtungsfragen kaum über etwas anderes gesprochen hatten als die Kinder und immer wieder die Kinder. Doch jetzt löste das Stichwort eine wahre Flut von Neuigkeiten aus, das Thema war ja – sofern nur alle Anwesenden gleich gesegnet waren oder gestraft, je nach Stimmung – erlaubt, wenn nicht gar obligatorisch, und nichts war von ähnlich weltbewegender Wichtigkeit wie die Frage »Womit fütterst du ihn denn?« Katherine schwieg, nickte nur hin und wieder, beteiligte sich jedoch nicht. Kaum dachte sie an ihre eigenen beiden, wurde ihr der Mund trocken, schmeckte sie Asche auf der Zunge.

Monicas italienische Muster auf dem Tisch wirkten plötzlich flach, hatten wohl doch nicht so ausnehmend gefallen. Katherine rutschte unruhig hin und her, auch wenn sie manierlicher an ihrem Kaffee nippte als die anderen beiden und immer noch lächelte. »Georgiana, Natigiano, Monteverni, Romana« waren geläufige Namen. Farben wie »Alexia« und »Veneta«, klangvoll wie die Namen mondäner Frauen, ließen, vor dem Hintergrund weißer Wände und Teppiche in verhaltenen Farben, die Dinge in neuem Glanz erstrahlen, adelten sie. Die Sonne ergoß sich über das leuchtende Blau und Gold, Grün und Rosa, ihren Segen erteilend. Katherine lächelte und lächelte, während die beiden sprachen, lächelte, beugte sich vor und entfernte vom gewöhnlichen Tischtuch eines ihrer eigenen goldenen Haare, legte die Stirn in Falten, untersuchte es, zwirbelte es zwischen spitzen Fingern zum Knoten und ließ es unter den Tisch fallen. Diese beiden Frauen waren ehrgeizig, sie war es nicht. Die eine Führungskraft, die andere Leiterin einer Werbeagentur – welche und wo, wußte Katherine nicht mehr genau, hätte es aber wissen müssen –, beide würden jedoch lieber nachmittags zu Hause sein können. In diesem Punkt zog Katherine ihre eigenen Pläne vor: wenn es nach ihr ginge, würde sie noch lange nicht nach Hause gehen.

Allgemeiner Aufbruch, ein Rempeln zwischen eng beieinander stehenden Tischen. »Himmel, ich komme schon wieder zu spät!« klagte Monica und blinzelte im Freien. Ein Taxi? Nicht teuer eigentlich, noch weniger, wenn sie die Fahrtkosten mit einer teilen könnte, die in die gleiche Richtung mußte. Diese Extravaganzen! »Ich muß in die andere Richtung«, bedauerte Katherine, sog das »Schön, dich mal wieder gesehen zu haben« gierig auf, leicht errötend, und trat zurück, als die beiden davonbrausten an ihre nahegelegenen Schreibtische.

Sie blieb auf dem Gehweg stehen, kehrte dem Passantenstrom verschämt den Rücken und prüfte, ehe sie selbst ein Taxi zu nehmen wagte, den Inhalt ihres Portemonnaies. Tat verdutzt ein paar Schritte. Im Portemonnaie so viel weniger Geld, als sie angenommen hatte. Dem Himmel sei Dank, daß Monica sie eingeladen hatte! Die mit knapper Not vermiedene peinliche Situation trieb Katherine das Blut in die Wangen. Unerträgliche Vorstellung, als Schmarotzerin dazustehen oder gar Geld pumpen zu müssen, was ihr schwergefallen wäre, unmöglich, selbstverständlich Geld zu borgen wie die anderen beiden es untereinander gelegentlich taten, zu empfindlich berührte die Frage des Verfügens über genügend Geld die Selbstachtung. Aber hatte sie es nicht irgendwo gelesen: »Je begüterter, desto knapper das Bargeld?« Hatten sie nicht alle oft genug darüber geklagt? Laß sie Taxi fahren; sie konnte zu Fuß gehen, die zwei, drei Kilometer zum Fitness-Center. Der Drei-Uhr-Kurs war Pflicht und Vergnügen zugleich, versprach er doch nach Mittelschichtsfrauen-Gymnastik-Fron mitten am Nachmittag die Aussicht auf ein paar Gesprächsfetzen. »Du mußt deine Figur halten.« David hatte darauf bestanden und die Anmeldung gezahlt. Sie kontrollierte abermals ihre Tasche. Handtuch, eine kleine Menge aus der größeren Flasche abgefüllten Shampoos, Trainingsanzug – ausgeleiert zwar, aber immer noch vom gleichen frischen Rosa, das ihrem hellen Teint so schmeichelte.

Sie hatte die Tasche bereits wieder geschlossen, so automatisch war die Überprüfung gewesen, ehe sie begriff, daß der Trainingsanzug gar nicht darin lag. Sie blieb stehen. Weg. Der zweite Beleg schon für ihr elendig unzuverlässiges Gedächtnis, der im Widerstreit lag mit der glasklaren Erinnerung an die Handgriffe, die den Anzug in die Tasche und das Geld ins Portemonnaie befördert hatten, und der sie zutiefst beunruhigte. Aber im hellen Sonnenschein gelang es, den Gedanken abzuschütteln. Sie würde sich im

Center sicher einen Ersatzanzug leihen können. Los jetzt. Und das nennt sich ordentliche Hausfrau! Stehst hier untätig herum. Los, los. Bevor dich irgend jemand sieht.

Das bißchen, das sie gegessen hatte, der kaum merklich gerundete Bauch, sie würden der bevorstehenden Aufgabe nicht im Wege sein. Trotzdem war ihr im Umkleideraum wohler als auf dem blanken Parkett des Tanzstudios, denn hier drängten sich halb bekleidete Frauen aller Größen und Formen, stöhnend, scherzend und lachend. »Hab mir den halben Tag ins Gewissen reden müssen, herzukommen«, gestand die eine. »Wie? Im Ernst?« lachte die andere. »Hallo, Katherine. Was für ein umwerfendes Kleid!« Hallo, hallo. Den regelmäßigen Teilnehmerinnen, die ihre straff organisierte Tagesroutine unterbrachen, um hier ihre nicht den Anforderungen entsprechenden Körper der Tortur der Übungen zu unterziehen und anschließend ihre Haare wieder zu richten, die zerdrückten Kleider zurechtzuzupfen, die, wie sie sich einbildeten, gleich viel besser saßen, um dann wieder heimwärts oder ins Büro zu eilen, Frauen einer neuen Generation, schenkte sie ihr sonnigstes, warmherzigstes Lächeln. Doch auch hier gab es keine Vertraulichkeiten. Irgend etwas mache ich falsch, hatte Katherine lange vermutet, alle Zweifel aber um der Freude an der unverbindlichen Kameraderie willen verdrängt. Vielleicht bin ich diesem Sammelsurium von Fettpölsterchen auch einfach zu schlank, zu stromlinienförmig, zu schick. Die Vorstellung war nicht unangenehm. Pech: Sie hatte immer Wert auf ihr Äußeres gelegt, konnte nicht anders, als entweder makellos gekleidet aus dem Haus gehen oder gar nicht. Bei ihr gab es keine halben Sachen, kein Schummeln. Und an der Ernsthaftigkeit dieser Katherine Allendale, die niemand Kate rief, konnte in der Tat kein Zweifel bestehen. Da stand sie, aufrecht in der Mitte des Raums, schlank und durchtrainiert wie eine Ballerina, keine Spur von überflüssigen Pfunden, die beim Laufen hätten wabbeln können. Und sie lief mit mühelos zäher

Ausdauer, bis ihr Schwanenhals vor Schweiß glänzte und Schweißperlen in die kleine Vertiefung ihres Ausschnitts rannen. Die Kursleiterinnen wunderten und freuten sich über Katherine, diese Teilnehmerin, die so ganz bei der Sache war. Und mit welcher Hingabe! Jeder Anweisung – Springt höher! Dehnen! Los, preßt die Pobacken fester zusammen! – folgte sie so gewissenhaft, als hinge ihr Leben davon ab. Befahl man: »Strecken bis zur Decke!«, dann langte sie hinauf, als wollte sie diese wirklich und wahrhaftig berühren, mit unglaublich langen Fingern und Armen, wo die anderen sich mit der halben Anstrengung zufrieden gaben und niemals die Schmerzgrenze überschritten. Um so liebenswerter, daß sie nicht tat, als wäre es ein Leichtes, nie behauptete, es wäre das Einfachste von der Welt. Ein Handtuch, eine Bürste, einen Kamm borgen? Bei Katherine kein Problem. Sie nahm sich sogar des Farns im Foyer an, goß ihn regelmäßig. Nur zum Kauf eines neuen Gymnastikanzugs konnte man sie partout nicht überreden. Zwar besah sie sich die angebotenen Bodys, strich gern über den glatten Stretchstoff, kaufte jedoch niemals einen neuen. Die Mähne streng zurückgekämmt und gebändigt, streckte und beugte und streckte und beugte sich Katherine, überließ ohne zu murren ihren Stammplatz einer anderen, die sich dort hingestellt hatte. Laß sie doch, was machte das schon. Sie war allseits beliebt.

Vier Uhr. Höhe- und Tiefpunkt eines durchschnittlichen Tages. Katherine saß im Café an der Ecke hinter dem Center. Und zum erstenmal an diesem Tage entspannte sie sich. Der Nachmittag neigte sich dem Ende zu, die Sonne der längst vergangenen Mittagsstunde hatte sich hinter Wolkenbänken verschanzt, aus denen dicke Regentropfen fielen und gegen die Scheiben klatschten. Von innen beschlug das Glas. Sie trank den ersten Schluck Tee, gesüßt mit etwas Zucker, schwelgte in dieser unüberbietbaren Köstlichkeit. Katherine liebte Cafés wie dieses, die nichts gemein hatten mit den Bistros der Bugholzstühle, der Espressos und Croissants, liebte die guten, alten Cafés mit den großen, klobigen Tassen Tee zum Spottpreis, den Tischen mit je einem Gast, der stickigen, vom Geruch von ranzigem Fett, Bacon und Toast geschwängerten Luft. Die Cafés ihrer Kindheit und Jugend, in denen es keinen kümmerte, ob sie allein am Tisch saß – das war normal mitten an einem endlos leeren Spätnachmittag. Noch nahm irgend jemand an, daß man es sich leisten konnte, Essen zu bestellen, hier, wo chronischer Geldmangel der gemeinsame Nenner war, wo es Trost fast zum Nulltarif gab und Gespräche frei Haus – wenn man wollte. Hier fühlte sich Katherine ganz und gar zu Hause. Umhüllt vom Duft der Baked Beans listete sie auf einem Zettel die notwendigen Arbeitsschritte für das Abendessen daheim auf. Komisch, dieses Knausern hier und das Prassen dort – Widersprüche, die sie nach und nach als Begleitumstände im Leben vieler erkannt hatte, mit denen sie zusammenkam. Auch das hatte sie in einer Zeitschrift bestätigt gefunden: Je stattlicher das Haus, desto wahrscheinlicher fehlte das Kleingeld für den Milchmann. Also war an ihrer Situation nichts Anormales.

Getröstet schrieb Katherine: »Avocado Mousse auftauen; Heilbutt? Beilage: Wildreis?« Die Vorstellung von wild gewordenem Reis erheiterte sie. So ging es ihr oft mit mehrdeutigen Wörtern »Nachtisch: Mousse au chocolat«. Nein, zweimal Mousse, das ging nicht. Oder hieß der Plural Musen? Sie mußte grinsen. Dann also Sorbet, frisch aus der Tiefkühltruhe. Die leichte Übelkeit, die sie immer nach einer Stunde harten Trainings befiel, hatte nachgelassen, der unverdaute Salat vom Mittagessen verursachte ein letztes Aufstoßen. Sie prüfte ihre Liste. Das Essen müßte um halb neun in Vorbereitung sein, davor die Kinder. Zeter und Mordio bei Jeanetta, wenn sie nebenan von Mrs. Harrison losgeeist wurde. Mrs. Harrison, die sich aufführte, als täte sie ihnen einen Riesengefallen, wo sie doch bezahlt wurde für ihre Mühe. Beide heimschleppen, in der

Küche mit Papp abfüttern. Jeremy bekam noch Brei, Jeanetta verwandelte alles in Brei, ehe sie es verschlang. Katherine dachte sehnsüchtig an schlichte Kost wie ein Sandwich mit Bacon und Ei, an Folienkartoffeln mit Butter, an Popcorn. Egal, solange nur Fett, Zucker, Kohlenhydrate im Spiel wären. Dann streckte sie ihre schmale Gestalt und kam vom Kunststoffpolster der Sitzbank hoch, bereit zum Aufbruch. Wenn sie sich doch nur auf das Wiedersehen mit den Kindern freuen könnte. Aber sie freute sich kein bißchen.

Am anderen Ende des Cafés, mit dem Rücken an den kalten Heizkörper gelehnt, beobachtete John Mills sie mit säuerlicher Miene und fragte sich ärgerlich, was es denn da zu lachen gab. Vermutlich war er selbst der Anlaß, oder vielmehr der Streich, der ihm gespielt worden war. Während seine Hand in der Hosentasche mit dem plastikverschweißten Ausweis spielte, der ihn als Mitarbeiter von »Kinder in Not« auswies, ließ ihn die Erinnerung an seinen vergeudeten, blamablen Nachmittag nicht los und die fixe Idee, alle wüßten davon. Wüßten, daß er höflich an der Tür dieses fetten alten Drachens geklopft hatte, die ihren Kopf in den Türspalt geschoben hatte wie ein angriffslustiger Kampfhahn.

»Was wollen Sie?« Selbst die drallen Oberarme hatten vor Zorn gebebt, und der Kopf war auf dem kurzen, dikken Hals vor- und zurückgefahren wie ferngesteuert.

»Ich hoffe, ich störe nicht, Mrs. Harrison...«

»Nicht Harrison, Jones.«

»Ja, natürlich. Also, Mrs. Jones, ich hoffe, ich störe nicht...« – er hatte sein bestes schiefes, halb besorgtes Grinsen aufgesetzt –, »...aber eine Bekannte von Ihnen bat mich, vorbeizuschauen und mich zu erkundigen, ob Sie möglicherweise Unterstützung brauchen. Der Kinder wegen...«

»Ach ja? Und welche ›liebe‹ Bekannte mag das gewesen

sein?« Das »liebe« spuckte sie verächtlich hervor und verschränkte die Arme vor der Brust.

»Der Name ist mir leider entfallen. Eine Nachbarin.« Er tat so, als suchte er in seinen Taschen, zugleich warf er unauffällig einen Blick zum Souterraineingang hinunter, spähte nach Anhaltspunkten. So sehr war er damit beschäftigt gewesen, daß er zunächst nicht bemerkt hatte, daß sie ihn auslachte, der massige Leib ein einziger Wakkelpudding, auf dem die auf der Brust verschränkten Arme auf und ab tanzten. »Oho, oho, haha!... das schlägt dem Faß den Boden aus, muß man ihr lassen! So eine Frechheit, die schreckt ja vor nichts zurück, mir auch noch den Kinderschutzbund auf den Hals zu schicken.«

»Ich bin nicht vom Kinderschutzbund –«, hob er an.

»Dann das gleiche in Grün, möcht' ich wetten. Ist mir scheißegal, woher. Erst der Buchklubheini, dann vergangenen Monat die Fürsorge und letzte Woche die Tierschützer! Das geht ja noch, eine Katze habe ich immerhin.«

»Tja, und was die Kinder angeht –«

»Kinder?!« kreischte sie. »Kinder?! Du Armleuchter! Willste nachsehen? Kannst meinen Alten zum Abdecker mitnehmen, aber Kinder?! Das soll wohl ein Witz sein!« Sie schob ihm ihr Bulldoggengesicht vor die Nase. »Ich bin vierundsiebzig, du Armleuchter. Und dich hat man ganz gewaltig verarscht.«

John Mills wand sich, als er daran dachte. Längst hätte er über die Blamage hinweg sein müssen, aber er war immer noch beschämt, stierte mißmutig in seinen dünnen Kaffee und hätte dieser Elfe gegenüber im perfekt sitzenden Kleid glatt eine herunterhauen mögen, einfach wegen ihrer unverschämten Eleganz und wegen ihres flüchtigen Lächelns.

Sechs Uhr. Monica kam zur eigenen Haustür hereingerempelt, beidseits mit Einkaufstüten bepackt, was sie noch mal so breit machte wie ohnehin schon. Auf dem Heimweg hatte sie überlegt, daß sie wirklich in dieses Gymnastik-Studio gehen sollte, von dem Katherine Allendale gesprochen hatte. Ach nee, eigentlich keine Lust, und außerdem sollte ich weiß Gott fit genug sein, bei den vielen Treppen, die ich steige, dem Zeug, das ich schleppe, dem Kochen, Putzen, dem ständigen Kampf! Ja, sogar die Gartenarbeit mache ich! Du kannst noch soviel Geld haben, irgendwie findet sich trotzdem keiner, der dir die Arbeit abnimmt. Ha! Einkaufen tut er, der schmucke David Allendale? Zum Schreien. Muß ich Colin erzählen – auch, daß er Katherine Kleider kauft. Derselbe David Allendale, der demnächst den Anbau ihres, Monicas, Wintergartens überwachen würde, eines Wintergartens ähnlich dem, den sie jüngst bei anderen gesehen hatte. Wenn auch natürlich nichts im Vergleich zu Katherines Küche. Katherine war nicht bloß gertenschlank, besaß nicht nur ein einmalig schönes Haus, nein, der dazugehörige Mann erledigte sogar die Einkäufe! Kunststück, dann so sorgenfrei und spendabel zu sein! Monica schob sich durch die Türöffnung, der von diesen flüchtigen Gedanken geweckte Ärger war rasch verflogen, als sie mit unsichtbaren Antennen registrierte, wer da war und wer nicht: Mann ein paar Kilometer von hier bei der Besprechung des Umbaus mit David Allendale, eine ausführliche Besprechung, wie er sie liebte. Na, jedenfalls wußte sie, wo er steckte, das war keineswegs selbstverständlich. Und wer würde – nach den ausführlichen Besprechungen – die Sägespäne, den Ziegelstaub und Mörtel auffegen, in dem die Kinder tobten? Scheiße.

»Mama, Mama, Mamaa…!« Geschrei vom Treppenabsatz, Freudengeheul und Gezänk weiter oben. Der erste der beiden Jungen schoß kopfüber vom Treppenabsatz auf sie zu, wie ein Schlitten sauste er über die mit Teppich ausgelegten Stufen. Nur hin und wieder mit den Händen bremsend kam er in affenartigem Tempo auf sie zugerutscht. Die neueste Masche, angetan, ihr das Herz stokken zu lassen. Ohne auch nur Luft zu holen, ließ sie ihren ersten Anschiß los, noch ehe die Einkaufstüten zu Boden sanken.

»Himmelsakrament! Wie oft muß ich dir noch sagen: Du sollst das lassen!« Da stand er schon vor ihr, kein Stück eingeschüchtert, grinste keck hoch, die Hosen durch die Reibung des Teppichs über den Po heruntergezerrt. »Hallo, hallo!«

»Erpresser!« schimpfte sie, schwang ihn in die Arme hoch, knuffte ihn. »Du unwiderstehlicher kleiner Schuft!«

Jennys Haus ähnelte Monicas, es lag nur sechs Kilometer nordwestlich von dem der Allendales entfernt – in bequem erreichbarer Nähe für die gegenseitigen Abendeinladungen. Die drei Häuser bildeten ein Dreieck, mit dem der Allendales an der Spitze, und denen Jennys und Monicas an der Basis – weniger gediegen natürlich und halb so groß, aber trotzdem ganz beachtlich und, auch wenn sie das abgestritten hätten, mit Geld im Rücken, wie ihre Besitzer. Jenny war beim Vergleich der Möbel einmal aufgefallen, wie sehr ihr Heim doch dem Monicas ähnelte, wie sehr die Entwürfe, die Sofas, die Art der Stühle und der im Landhausstil eingerichteten Küchen sich glichen. Die leise Verärgerung, die sie spontan bei der Erkenntnis empfand, wie stark sie von ihrer langjährigen Freundin doch beeinflußt worden war, verbannte sie sogleich aus ihrem Bewußtsein und sagte sich nüchtern: Ja, so ist es, und warum auch nicht? Außerdem beeinflußten sie sich doch wohl alle gegenseitig, waren bei weitem nicht die Individualisten, für die sie sich hielten. Alle hatten sie ähnliche Wege eingeschlagen bei der Suche nach dem unverwechselbaren persönlichen Stil, hatten ihre Stücke sorgfältig ausgewählt und nur selten leichtfertig gekauft, verließen sich bei ihrer Jagd nach Stil und Klasse auf einen ähnlich gearteten Spürsinn und Kreditkarten – kein Wunder, daß sich die Ergebnisse wenig unterschieden.

Was ihr Haus auszeichnete, es von dem Monicas unterschied und einen Vergleich mit Katherines verbot, war die Unordnung. Jenny wurde ihrer nicht Herr, während Monica zwar selbst herumlaufen mochte wie eine Stammesangehörige in ihrem teuren Ethno-Look mit Troddeln, Ohrhängern und Regenbogenfarben, ihren Haushalt jedoch einem strengeren Regime unterstellte, an das er sich auch einigermaßen hielt. Nicht, daß es bei Jenny schmutzig gewesen wäre, aber wie sehr sie sich auch bemühte, es gab nirgends eine freie Fläche, nicht einmal auf dem Fußboden, Krimskrams wie Kunstobjekte fanden ihren Weg aus diversen Verstecken in die Räume und bildeten ein heilloses Durcheinander. Alles eine Frage der Einrichtung, sagte David Allendale. »Nimm es nicht krumm, aber in deinem Wohnzimmer steht nichts am rechten Platz. Wenn nie ein Schrank oder Fach in bequem erreichbarer Nähe ist, ohne daß es nötig wäre, das Zimmer zu durchqueren, um etwas wegzutun, dann ist es kein Wunder, daß es niemand tut. Und du solltest die Möbel – von denen es übrigens zuviele gibt – nicht rings herum an den Wänden verteilen wie Posten, und was deine Küche betrifft, sie zeichnet sich eher durch Umständlichkeit als durch Benutzerfreundlichkeit aus.« Er war mit guten Ratschlägen nicht zimperlich gewesen, als er und Katherine am Tisch saßen und im kollabierten Soufflé herumstocherten, das sie nach der zu stark gewürzten Kasserolle serviert hatte – eine unglückliche Menüfolge, nebenbei bemerkt. Vermutlich würde sie auch darin Monicas Beispiel folgen und eines schönen Tages dem Kerl hier freie Hand lassen.

Das Haus war totenstill, als Jenny eintrat. Der Anblick, der sich ihr bot, war nicht gerade der einer totalen Verwüstung, doch die Spuren zweier Mädchen im gleichen Alter wie Monicas Jungen waren unübersehbar. Ja, ich mache ihr alles nach, dachte Jenny. Eigentlich hätte ich gern ein Heim wie Katherines, wo mir beim Eintreten in allen Räumen aus Potpourrivasen Kräuterduft entgegenweht und wo nichts auf dem Boden herumliegt. Töchter nicht in

Sicht. Ach ja, sie würden bei der Oma übernachten. Wie hatte sie deren Aufregung über das Abenteuer nur vergessen können, als ob es das erstemal wäre, und morgen ginge die geliebte Oma auf dem Zahnfleisch, was ihrer Begeisterung aber keinen Abbruch täte. Jenny hatte sich auf den kinderfreien Tag gefreut, hatte sich inbrünstig danach gesehnt, auch wenn sie mehrmals nachgefragt hatte – »Willst du sie wirklich nehmen? Bist du dir auch sicher?« –, und was war? Jetzt fehlten die beiden ihr schon wieder, war sie wild nach einem Kind in den Armen, wie sie vielleicht auf etwas zu essen wild sein konnte, begierig nach der Last federleichter Knochen auf dem Schoß, nach eigelbverklebten Fingern am Kragen, hätte fast nach den Kindern rufen mögen. Und dann war es vorüber, wie fliegende Hitze. Doch hätte sie – in diesem Bruchteilsekundenalp – davon ausgehen müssen, daß die beiden eine Woche lang fortblieben, sie hätte laut geschrien. Stille. Sie rief hinauf nach ihrem Mann, wohl wissend, daß er nicht da war und außerdem kein Ersatz. Aber alles wäre ihr recht gewesen, was das gefürchtete Vakuum der Abwesenheit gefüllt hätte.

Als Katherine ihre Haustür aufschloß, war sie unendlich dankbar für die Stille. Ihr Heim war großzügiger und stilvoller als jedes der beiden anderen, und die Lage – wenige, mit alten Bäumen gesäumte Alleen vom Hyde Park entfernt – eine ganz andere. Ein weiterer Vorzug ihres Hauses war sein würdiges Alter, etliche Jahrzehnte hatte es den beiden anderen moderneren Symbolen des Erfolgs voraus, bot weniger Funktionalität und dafür weit, weit mehr Platz. Jeder seiner Räume war um einiges größer, wohlgestalter, jede Decke höher. An der Straße standen mächtige, alte Kastanien, der ganze Stolz der Nachbarschaft, Wahrzeichen eines Jahrhunderts des Wachstums. Mit David hatte sie immer hier gewohnt, erst er, dann war sie zu ihm hierher gezogen, berauscht von der märchenhaften Pracht seines Domizils, dieses ach so sicheren Hafens. Seitdem hatte David das Haus ständig verbessert, verfeinert, veredelt, hatte Katherine genau angewiesen, was in welcher Ecke zu tun war. Dazu angelegt, Bewunderung hervorzurufen – denn tat es das nicht, würde Davids wohlhabende Klientel kaum von ihm schwärmen noch ihn in der Hoffnung konsultieren, ähnlich beeindruckende Ergebnisse mit ihren eigenen Häusern zu erzielen – strahlte das Haus auf trügerisch schlichte Weise Vornehmheit aus. Zimmer mit Aussicht, hatte Monica einmal im Scherz gesagt, als sie in der mit italienischen Fliesen ausgelegten Küche erstmals die Sitzgarnitur sah. Keine gewöhnlichen Küchenstühle, nein, Sessel, farbenprächtiger noch als ihr Märchenmantel. »Genau das ist euer Erfolgsgeheimnis«, hatte Monica gestöhnt, »nie im Leben wäre ich darauf gekommen, Sessel in die Küche zu stellen! Käme mir geradezu sündhaft vor!« Auf den großzügigen Garten hinterm Haus gingen stilvolle Flügeltüren hinaus, und gegenüber – mühelos einsehbar von Herd, Spüle oder jedem anderen beliebigen Punkt in der Küche aus – endete der Raum in einem sonnendurchfluteten Erker, gedacht als Kinderspielecke. Für Jeanetta, und bald auch Jeremy, der jetzt schon zielstrebig darauf zukrabbelte, wie auf alles Neue. Ursprünglich, in Vorküchenzeiten, hatte dieser Trakt, der die Hälfte des Erdgeschosses einnahm, aus drei kleineren Räumen bestanden. Damals war die Spielecke wohl Spülküche oder Bedienstetenkammer gewesen. Jetzt war alles Küchengerät hinter Schrankwänden, die den Lärm schluckten, im Arbeitsteil der Küche untergebracht, so daß der Erker ganz dem kindlichen Spieltrieb vorbehalten blieb. David hatte, wie es seine Art war, sämtliche Originaltüren aufbewahrt. Er würde schon Verwendung für sie finden, hatte er Katherine erklärt, wie für alles andere, was aufzuheben sie angewiesen war. Sie hatte sich strikt an die Order gehalten und nichts mehr, aber auch gar nichts, weggeworfen. Selbst der Müll wurde penibel sortiert. Ohrringe ohne Zwilling, Perlen gerissener Ketten, kaputte Armreifen,

Strümpfe mit Laufmaschen, abgetragene Kleider – ihre wie die der Kinder – füllten nach und nach Schubläden und Fächer, fein säuberlich gestapelt, bis er schließlich präzisiert hatte: »Aber doch nicht ausnahmslos alles, Liebling, nur das, was noch von Nutzen sein könnte.« Er hatte den Schmuckramsch fortgetragen und hatte Steine und Ohrschmuck zu einer langen Kette umarbeiten lassen, einem symbol- und geschichtsträchtigen Stück von solch liebevoller Originalität, daß ihr Tränen der Rührung in die Augen stiegen, als er sie ihr überreichte. Davids Großzügigkeit war mitunter von solch kreativem Flair; dann liebte sie ihn um so mehr, verehrte ihn geradezu. Die Kindersachen und ihre alten Kleider waren ohne viel Aufhebens Oxfam vermacht worden, mit Ausnahme der Abendkleider, die in den Spielerker kamen, für Jeanetta, zum Verkleiden.

Daran dachte Katherine, als sie hinaufging in ihren Umkleideraum, wo sie die elfenbeinfarbene Leinenkreation ablegte und gegen eine Wollhose und eine Kaschmirjacke tauschte, besagte Kette anlegte und in flache Pumps schlüpfte, mit raschen, routinierten Bewegungen, lautlos, aber nicht gedankenlos. Sie hatte draußen den Obdachlosen wankend am Auto lehnen sehen. Sie hatte ihn nicht aufgefordert, weiterzugehen, wie es David sicherlich getan hätte. Sie zog die Jacke wieder aus, liebkoste die weiche Wolle – ein Luxus, dessen sie nicht müde wurde –, wählte statt dessen den gerippten, eng anliegenden Pullover, den David bevorzugte. Ich bin ein Glückspilz, dachte sie, ich habe solches Glück. Kann beliebig Kaschmirpullover wechseln, wo ich sehr wahrscheinlich nie auch nur einen besessen hätte. Dort, wo Katherine einen Teil ihrer frühen Kindheit durchlitten hatte, war Kleidung unterschieds- und lieblos an alle ausgegeben worden, nie hatte einer selbst ein Kleidungsstück besessen, Kleidung war gnadenlos zu steif kratzender Reinheit gewalkt und gewaschen worden. Und dann diese Wolle! Auf der Haut wie zarter Flaum. Den Unterschied vergaß sie nicht.

Von oben drang gedämpft Davids Stimme aus dem zweiten Stock zu ihr, wo er Atelier und Büro hatte. Der Luxus solcher Weitläufigkeit: drei Schlaf- und zwei Badezimmer im ersten, Davids Räume und die der Kinder im zweiten Stock. Darüber noch der Dachboden, der ausgebaut werden sollte. Bisher waren nur Oberlichter eingesetzt worden, der erste Schritt zur Metamorphose zum zweiten Wohnzimmer mit einem kleinen Nebenraum, in dem es jetzt noch nicht einmal Licht gab. David wollte sich dranmachen, sobald die Pläne genehmigt wurden. Im Augenblick jedoch stand der Boden leer – gekehrt, doch wenig einladend. Der einzige Teil des Hauses, dessen sie sich etwas schämte und den sie, wegen seiner nackten Finsternis, fürchtete. Des Nachts bildete sie sich beim Einschlafen ein, oben Schritte und das Rascheln und Knistern von Insekten auf den blanken Dielen zu hören.

Gleich sechs Uhr. Eine Viertelstunde noch, dann die Kinder abholen. Jeremy würde müde sein, für ihn ein langer Tag, selbst wenn Jeanetta brav gewesen war – unwahrscheinlich – und ihn hatte schlafen lassen. Katherine stellte sich vor, wie herrlich es wäre, wenn Mrs. Harrison die beiden schon gefüttert und gebadet haben würde. Ja, herrlich, dann müßte sie sie nur noch ins Bett stecken. Adrett und gepflegt setzte sie einen Schritt vor den anderen. Das Haar hatte sie aus dem Band gelöst, das sie im Fitness-Center getragen hatte. Nach dem lieblichen Parfum duftend, das David für sie aussuchte, stieg sie die Treppe hinauf, klopfte an die Tür und trat im selben Moment ein – eine Störung, die, so die Regel, nur bei vorheriger Aufforderung gestattet war. »Wenn ich um sechs noch im Atelier bin«, hatte er gesagt, »dann klopf doch bitte an. Colin Neill wird sich dann lang genug über die Umbaupläne ausgelassen haben. Ich wünschte, er würde das seiner Frau überlassen, wie heißt sie doch gleich noch, Monica? Viel vernünftiger und weniger umständlich. Ihr Kerl hat mehr Geld als Verstand, und will es nicht einmal ausgeben.« Während er es sagte, hatte er Jeremy gedankenverloren unterm Kinn gekitzelt und Jeanetta böse angeschaut. »Das Kind muß zum Friseur. Ihre Haare sehen gräßlich aus. Also, komm doch bitte und rette mich, falls er um sechs immer noch da sein sollte, ja?« »Ist gut«, hatte sie bestätigt, und nun, die Standuhr im Erdgeschoß hatte vier- von sechsmal geschlagen, kam sie seiner Aufforderung nach. Mit dank eines angenehmen Nachmittags beschwingtem Schritt betrat sie Davids Räume.

Das Atelier erstreckte sich über die gesamte Tiefe des Stockwerks. Von großen Fenstern an beiden Enden strömte Licht herein. Auf der einen Seite blickte David zur Südseite in den Garten hinaus, auf die Stufen, die sich von den Flügeltüren der Küche fächerförmig auf den Rasen breiteten. Dort stand sein Zeichenbrett. Es ließ sich zum anderen Ende des Raums rollen, wenn dort das Licht besser war. Zweckmäßig als Arbeitsbereich eingerichtet, hieß der großzügige Raum einen dennoch, wie alle Räume im Haus, willkommen: helle Rattanjalousien, die den Raum noch lichter wirken ließen, und als Gegengewicht zur strengen Funktionalität vor der Fensterfront auf der Straßenseite ein Paar wuchtige, urgemütliche Chesterfieldsessel im rechten Winkel, dazwischen ein persischer Teppich. Die weichen Farbtöne von Tuch und Teppich waren von der leicht verblichenen Würde der ausgesuchten Einrichtung eines Herrenklubs. Sie bildeten eine Oase, in der sich Besucher seufzend niederließen und aus der sie sich niemals wieder erheben wollten. In der arbeitsteiligen Manier, die zu einer Art Markenzeichen geworden war, hatte David die Raumsymmetrie übernommen, während Katherine für Farbe sorgte. Jetzt fiel ihr auf, daß die in Kaskaden vom Walnußtisch auf den Teppich stürzenden Triebe der Grünpflanzen der Pflege bedurften: eine der Ranken verfärbte sich bräunlich. Davids Klient, der sich ganz als gerngesehener Gast fühlte, spielte mit den Blättern. Sein Gesichtsausdruck wandelte sich, als er zu ihr herüberschaute.

Aus flüchtiger, selbstverständlicher Zurkenntnisnahme wurde ein breites Lächeln freudigen Willkommens. Ein netter Kerl, dachte sie. Unter Davids Fittichen konnte sie die Bewunderung der Männer durchaus genießen, kokettierte ganz gerne ein wenig.

»Mögt ihr zwei Schwerarbeiter nicht vielleicht einen Drink? Ihr übertreibt es noch.« Monica Neills Mann sprang auf, kam mit ausgestreckter Hand auf sie zu, schüttelte die ihre und hielt sie eine Idee länger als nötig unter Bekannten. David blieb sitzen und nutzte Katherines Erscheinen, um die Pläne, die vor ihm auf dem Tisch lagen, langsam zusammenzurollen.

»Tag, Katherine. Du siehst blendend aus«, sagte Colin. »Was, schon so spät? David«, fuhr er fort und drehte sich um, »es tut mir leid. Ich habe dich viel zu lange aufgehalten. Na, da kriege ich von Monica aber wieder was zu hören.« Katherine hatte keine Ahnung, was genau er zu hören kriegen mochte, verstand jedoch ungefähr, was er meinte. Sie lächelte und schüttelte den Kopf.

»Habt ihr drei Mädels miteinander zu Mittag gegessen heute?« schäkerte Colin.

»Ja, das haben wir. Es war sehr nett.« Ihre Antwort war herzlich, Colin dagegen hatte gestutzt bei seiner Frage. Im Geiste stellte er sich Monicas Reaktion auf die Betitelung »ihr Mädels« vor: vermutlich eine Ohrfeige wegen subtil-sexistischer Herablassung. Katherine würde nie so denken.

»Um deine Frage zu beantworten«, kam es jetzt gedehnt von David, »ja: wir ›Schwerarbeiter‹ könnten einen Drink vertragen. Gin, Colin? Nun komm schon, zur Besiegelung der Geschäfte.«

David beherrschte dieses Spiel hervorragend. Kein Klient wurde sich dessen bewußt, daß ihm zwanzig Minuten Frist eingeräumt wurden, das Haus zu verlassen. Katherine sah darin eine bewunderns- und beneidenswerte Begabung, denn sie selbst erstarrte ohne seine Hilfe in Gegenwart unwillkommener Gäste wie ein Reh im Scheinwerferlicht, konnte ihren Unwillen schlecht verbergen.

»Übrigens«, sagte David, als Katherine den beiden ihren zierlichen Rücken zuwandte und sich an der unauffälligen Kochnische zu schaffen machte. »Um die Kinder brauchst du dir keine Sorgen machen. Mrs. Harrison hat angerufen: Sie waren allesamt im Zoo oder so etwas, Jeanetta hat sich im Dreck gewälzt und mußte erst einmal in die Badewanne. Im Augenblick werden sie gefüttert – die Fütterung der Löwen, nehme ich an. Sie meinte, sie bringe sie um halb sieben herüber.«

»Ach«, freute sich Katherine, »ach, wunderbar! Wie nett von ihr.« Die Aussicht auf einen Abend ohne Kampf, ohne Kinderbrei, ohne Quengelei erhellte ihr Gesicht. Colin Neill registrierte, ohne sich dessen gewahr zu sein, den Wink, vor halb sieben zu verschwinden. Flüchtig kam ihm in den Sinn, daß kein Mensch dieses Haus ohne ausdrückliche Einladung betrat, kein zufälliger Besucher an der Haustür schellte. Himmlisch. Und er fragte sich, ob er es sich bloß eingebildet hatte, daß sich Katherines Schultern entspannten, als sie das von den Kindern hörte. Er würde es ihr nicht verdenken. Monica machte seiner Ansicht nach viel zu viel Aufhebens um die Kinder. Kinder konnten wirklich eine Plage sein. Sie machten aus einer Ehefrau im Handumdrehen eine Mutter. Katherine aber war eindeutig ganz Ehefrau. Er beobachtete ihr geschmeidiges Hantieren voller Neid.

3

Mein Name ist Susan Pearson Thorpe, in der Regel nenne ich mich aber schlicht Pearson. Ich wohne unmittelbar neben den Bilderbuch-Allendales (zur Linken, das zweite Haus von der Kreuzung), doch man soll bloß nicht meinen, das sei mein einziges Verdienst. Die beiden Häuser sind in etwa gleichwertig, trotzdem bin ich mir bei unserem nie ganz sicher, und ich weiß auch nicht recht, ob ich gern in dieser Straße wohne, die mir ein wenig vulgär erscheint mit ihren vielen Ausländern und Neureichen. Nicht, daß ich mich mit derlei Fragen lange aufhielte, dazu bleibt mir gar nicht die Zeit. Das Haus ist grundsätzlich schon in Ordnung, wenn auch um etliches bescheidener natürlich als jenes, in dem ich aufgewachsen bin. Dasselbe gilt für Sebastian, der allerdings nicht aus ganz so gutem Hause stammt wie ich. Seb und Sue – klingt so gewöhnlich; könnte auf der Motorhaube irgend so einer Proletenschleuder stehen. Aber zur Sache: unsere Straße, unser Haus. Ich staune immer über die Ehrfurcht, welche die Adresse bei den Leuten weckt, wo es sich doch letztlich um nichts als ein paar große alte Kästen handelt, und die Grundstücke sind, ehrlich gesagt, ziemlich bescheiden. Da liegt der Hase im Pfeffer: Die Proportionen stimmen nicht. Zwischen Häusern dieser Größe müßte mindestens ein halber Morgen Rasen liegen, statt dessen hocken wir aufeinander, kleben mit unseren weitläufigen Häuserfronten direkt an der Straße, so dicht am Nachbarn, daß man sich beinahe in die Kochtöpfe spucken könnte, und dann die handtuchschmalen Gärten hinten. Kaum Auslauf für eine Katze. Wobei mir einfällt, daß die Allendales Katzenhasser sind, und außerdem ein klein wenig ordinär.

Sie betrachten ihren Garten als Fortsetzung der Einrichtung mit anderen Mitteln, will heißen, durch Flügeltüren blickt man hinaus auf ein hübsches Gartentableau, perfekte Kulisse. Ich für meinen Teil stapfe gern in einem Garten herum, ich spiele immer noch mit dem etwas absurden Gedanken, Gemüse anzubauen, denn dazu ist ein Garten letztlich da, finde ich, nur ist der unsrige leider ziemlich verwahrlost. Doch, doch, Bäume und Büsche gibt's da wohl, aber die Kinder haben den Rasen ruiniert, so daß mir die Lust vergangen ist und ich mich nicht aufraffen kann, ihn neu anlegen zu lassen. Die Allendales könnten mir guten und teuren Rat geben, da bin ich überzeugt. Aber wer will schon draußen sitzen, wenn man nie gänzlich ungestört sein kann, und das ist man hier nie. Zum einen wegen der Harrisons im Souterrain, die den Garten gewissermaßen als ihr Revier betrachten, und dann wegen der Allendales nebenan. Er blickt aus seinem Atelier direkt auf unseren Rasen, da nutzt auch der Zaun oder vielmehr das marode Spalier oben auf dem Mäuerchen mit seinen Rankengewächsen nicht viel. Selbst im Sommer kann man unbemerkt durchs Blattwerk linsen. Nicht, daß sie so etwas täten, dazu sind sie zu wohlerzogen, vor allem sie. Sie hätte ein schlechtes Gewissen – im Gegensatz zu mir oder Mrs. Harrison. Außerdem weiß ich, daß sie sehr wohl weiß, daß ich weiß, daß sie dieses Zeug ausstreut, um unsere Katze fernzuhalten. So eine Frechheit! Und doch ist sie äußerst reizend, die kleine Katherine. Beide sind sie ungemein liebenswürdig, zuvorkommend und freundlich, ohne neugierig zu sein. Ich erzähle aller Welt, daß wir mit unseren Nachbarn wirklich großes Glück haben, weil sie respektieren, daß man seine Ruhe haben will – sie selbst wollen sie ja auch, beinahe mehr noch als wir, und wir fahren schließlich am Wochenende ohnehin meist aufs Land.

So spät schon? Dann darf ich mir ja einen Drink genehmigen. Die Wochenenden sind auch fast die einzige Zeit, wo ich etwas von den Kindern habe. Andere hätten deswegen wohl ein schlechtes Gewissen, aber ich sehe, ehrlich gesagt, keinen Grund dazu. Sebastian und ich sind beide mit sechs ins Internat gekommen, und es wird doch wohl keiner behaupten, daß uns das geschadet hätte – mir nicht! –, und um meine Ansicht zu beweisen, braucht man sich bloß unsere zwei Rangen anzusehen: gesund und munter und voll des Übermuts. Dabei fällt mir noch etwas ein, was mir an diesem Haus nicht behagt. Da ist es schon so groß und geräumig, und trotzdem verbringen die Kinder ihr halbes Leben unten in Mrs. Harrisons Grotte zwischen den Nippes. Die Regelung hat natürlich den Vorteil, daß sie mir nicht ständig unter den Füßen sind, denn auch ich bin der Ansicht, Kinder sollten gesehen, nicht gehört werden, aber merkwürdig schon, daß sie, wo hier oben Platz für eine ganze Armee wäre, nirgends lieber sind als unten in dem vollgepfropften kleinen Kabuff, zusammen mit den beiden von Allendales. Keine Ahnung, was Mrs. Harrison daran so toll findet, aber auch hier hat die Nachbarschaft zu den Allendales ihren Vorteil: Dafür nämlich, daß Mrs. Harrison die Allendale-Blagen fünf Tage die Woche nimmt – manchmal auch am Wochenende, wenn wir weg sind –, zahlt David die Hälfte ihres Gehalts. Somit spar ich dreitausendfünfhundertundeinundsechzig Pfund und sechsundfünfzig Pence im Jahr, ich hab's ausgerechnet. Ich profitiere also davon, und Mrs. Harrison fühlt sich pudelwohl. »Je mehr, desto lustiger«, sagt sie, wenn sie guter Laune ist, und »au weh, meine armen Füße«, wenn es ihr nicht so gut geht. Ich hätte es ja nicht unbedingt nötig, mir die Kosten zu teilen, aber mir ist von klein auf eingebleut worden, daß man einsparen muß, wo nur möglich. Deshalb bin ich wohl Steuerberaterin geworden statt Hausfrau; Zahlen haben auf mich die gleiche berauschende Wirkung wie auf sie die Kinder.

Wobei mir einfällt: Auf welche Schule die Allendales wohl ihre Jeanetta schicken wollen? Höchste Zeit, wenn ich's mir genau überlege, sie muß bald fünf sein, wirkt aber älter, stämmig wie sie ist. Bin nicht direkt erpicht darauf, daß sie alle miteinander auf dieselbe Schule gehen. Ich meine, jetzt ist das alles noch gut und schön, aber später...

Verdammt, ich habe das Tonic unten vergessen. Sollte es mir gleich hier oben hinstellen. Sebastian und ich haben je ein eigenes Arbeitszimmer, wegen der Unabhängigkeit. Allerdings habe ich nicht die geringste Ahnung, was er in seinem treibt, möcht's auch gar nicht wissen. Seins liegt nach hinten raus, mit einem kleinen Fenster. Ich bin vorne, zum einen, damit ich nichts vom Tohuwabohu bei Harrisons mitkriege, die ganzen Märchen und Kinderlieder, zum anderen habe ich mir das größere Zimmer ausbedungen, damit ich hin und her gehen und hin und wieder aus dem Fenster schauen und beobachten kann, was auf der Straße vor sich geht. Nicht viel, in der Regel. Es stehen dreiunddreißig Häuser an der Straße, rund vierzig einen halben Meter voneinander geparkte Wagen, das heißt die Straße müßte etwa zweihundert Meter lang sein, nee, das kann nicht stimmen... Ich muß mit der Rechnerei aufhören, ein richtiger Tick. Gelegentlich hänge ich mich, auf die Ellbogen gestützt, voll ins Fenster, glotze und gebe mich den unsinnigsten Betrachtungen hin: wie der, was für einen sonderbaren Keller die Allendales doch haben. Er liegt höher als der unsrige, mit ähnlich vergitterten Fenstern, beherbergt aber keine Souterrainwohnung, wie die, welche unsere guten Harrisons bewohnen, sondern nur Vorratsräume und einen Hobbykeller, soweit ich weiß, und wenn ich nicht mit dem Gaffen aufhöre, werden die Leute noch glauben, ich tick nicht mehr ganz richtig, nicht, daß ich einen Pfifferling auf das gäbe, was die Leute denken. Leute sind doch allesamt entweder beschränkt oder langweilig. Meistens jedenfalls.

Lirum, larum, Leier; die Butter, die ist teuer... haben die Kinder vorhin im Garten im Chor gesungen. Allerdings ist sie teuer und wird immer teurer. Ach, wenn ich mir doch nur die Zahlen aus dem Kopf schlagen könnte. Da, wie gerufen: Schritte auf der Treppe, Klopfen an der

Tür. Als Treppenbesteiger am Röcheln unschwer zu erkennen: der alte Harrison. Denn das Arbeitstier Sebastian läßt sich in diesem Haus selten vor neun Uhr abends blikken, und auch dann macht er den Eindruck einer vom Tageslicht überraschten Fledermaus, benommen und wortkarg. »Herein«, brülle ich und bin froh, am Schreibtisch und nicht am Fenster erwischt zu werden, lasse schnell den Gin verschwinden, warte auf das umständliche Öffnen der Tür. Und dann stehen sie vor mir im Türrahmen, ein Bild für die Götter: Harrison und Hund, beide gleich hinfällig.

»Guten Abend, Mrs. Pearson. Eileen hat die ganze Bande unten in der Küche. Bettgehzeit.«

»Aber es ist doch erst halb sieben.«

»Ja, Fernsehzeit«, meint er hartnäckig, der Wink mit dem Zaunpfahl. Der Hund wackelt auf mich zu, schafft ganze fünf Schritte ohne sich hinzusetzen.

»Sie wollen sagen, Zeit, daß Sie die Meute vom Hals haben?«

Er tritt von einem Fuß auf den anderen. Genau das meint er, der arme alte Harrison, fünffacher Großvater, der sich nicht hätte träumen lassen, daß er in seinem Alter in einem Keller landen würde, was er ein wenig als Schande empfindet, umgeben von anderer Leute Kinder, aber er sitzt in der Falle, wird so bald nichts mit dem Ruhestand, denn es gibt niemanden, der ihm die Hausmeisterpflichten abnehmen würde, und *ich* tue es bestimmt nicht. Hausarbeit langweilt mich zu Tode, und ich habe mir nicht im Schweiße meines Angesichts eine Karriere aufgebaut, um dann Töpfe zu schrubben und Kindermädchen zu spielen. Er scharrt verlegen mit den Füßen, lächelt blöde.

»So habe ich das nicht gemeint, Mrs. Pearson. Aber Eileen hätte Sie gern einen Moment gesprochen.« O Gott, ich hätte drauf wetten können.

Also treppab, ich a tempo, Harrison in standesgemäßer Zeitlupe – als Prophylaxe gegen die Annahme, er könne auch schneller gehen –, Hund asthmatisch hintendrein. Dort in der Küche, erstaunlich rosig, sauber und entzückt, mich zu sehen: meine Kinder, in den Startlöchern quasi.

»Mama, Mama, Mama... guck mal!«

Die vierjährige Samantha hopst im roten Schlafanzug vom Tisch auf einen Stuhl, Yoghurtbecher zwischen den Zähnen, Rand gegen die Nasenspitze geklappt, auf welches Kunststückchen sie ebenso stolz ist wie auf ihre neuen Pantoffeln – Mickymäuse mit langen Schnurrhaaren an den Spitzen, in denen ihre Füße lachhaft groß wirken, absurd. Mrs. Harrison muß sie ausgesucht haben, ich war es jedenfalls nicht. Sammy mit ihren dunklen Locken, ihren durchdringenden Augen, dem charaktervollen Gesichtchen – ich bin keineswegs sentimental, aber dieses zweite Kind, aus Versehen von mir mit vierzig in die Welt gesetzt, ist ein Geschöpf, das ich zum Fressen gern hätte, hätte ich die Zeit. Sie zwängt sich mir auf den Schoß und hält mir die Füße einzeln zur Begutachtung unter die Augen, und ich staune über ihre Gelenkigkeit. Mark, mit der ganzen Bürde seiner sieben Jahre beladen, ist ernster. Er läßt sich die lockere Umarmung meines freien Arms gefallen, aber nur kurz. Mrs. Harrison (ich bringe es nicht über mich, sie mit ihrem Vornamen Eileen anzureden) hantiert betulich im Hintergrund – auch das normal, Routine. Sie und Harrison sind in meiner Küche eher daheim als ich selbst.

»Wie ist der Tag gelaufen?« frage ich mit wie üblich sinkendem Herzen, denn hierauf folgt, auch regelmäßig, eine Jereminade. Ihre Mißbilligung ist mir gewiß, berufstätige Mütter sind ihr unbegreiflich, eine Abnormität, aber das würde sie niemals sagen, sie würde es nicht wagen.

»Nicht schlecht«, versichert sie. »Hab sie allesamt in den Regent's Park geschleppt, nicht wahr? Haben uns die Tiere angesehen, stimmt's?« Dies zustimmungheischend an die Kinder gerichtet. Sie nicken. Mark nimmt den Faden auf.

»Wir haben Löwen gesehen«, verkündet er, »große, riesengroße Löwen.« »Die größten auf der ganzen Welt«, überbietet ihn Samantha. »Und einer ist aus seinem Käfig ausgerissen...«, sprudelt Mark und schiebt sie in seiner Aufregung beiseite. »Und hat einen Jungen aufgegessen...«, nimmt sie ihm den Wind aus den Segeln. »Bis auf die Schuhe!« liefert Mark das Finale, nur um erneut loszulegen: »Und die Krokodile haben ganze Kühe und Pferde zu fressen bekommen!« Er schreit jetzt fast. »Gar nicht wahr!« meint Samantha entrüstet. »Nur Schweine und Hühner. Ich hab's gesehen.«

»Geht es dort wirklich so wüst zu?« frage ich skeptisch und blickte über die kleinen Köpfe hinweg Mrs. Harrison an. Sie zuckt mit den Achseln und schmunzelt.

»Doch, doch, doch!« kreischt Samantha, rutscht zappelnd von meinem Schoß und bewundert wieder ihre Mikkymaus-Füße. »Und Hunde«, setzte Mark noch einen obendrauf. Er muß das letzte Wort haben. »Zum Frühstück?« necke ich. »Nein«, murmelt er und schämt sich ein wenig, weil er nicht weiß, wieviel ich davon glaube. »Zum Lunch natürlich«, meint er lahm. Ich schaue ihn streng an; er sollte wirklich nicht so flunkern.

Aber er weiß immerhin, wann er übertreibt. Samantha, jünger und leichtgläubiger, weiß das nicht. Ich habe sie einmal dem Briefträger erklären hören, er könne nicht hereinkommen, weil in der Küche Spinnen seien. So groß wie Bratpfannen, schwor sie, ganz viele, überall. Der Briefträger nimmt seitdem mit Sicherheit an, wir hätten Kakerlaken. Einem Innenarchitekten hat sie erzählt, in den Wänden lebten Schlangen, die nachts aus den Glühbirnen hervorlugten. Wunderbar. So köstlich diese Geschichten sind – und oft ziehen sie komplizierte Mutproben und Löwenbändigungsaktionen in unserem bescheidenen Garten nach sich –, beunruhigt mich die Grundtendenz doch etwas. Weiß der Himmel, was für Ammenmärchen ihnen Mrs. Harrison erzählt, vermutlich die reinsten Gruselgeschichten, da ich aber nun einmal die Kinder so gut wie ganz an sie abgetreten habe, verkneife ich mir Fragen, was nicht heißt, daß ich mir nicht Gedanken mache. Räuberpistolen und Kinderreime, sie kennt sie alle, und ich habe gelernt, den Aussagen meiner Kinder nur bedingt Glauben zu schenken. Jetzt wird sie hinter mir unruhig; Mr. Harrison wartet auf sein Abendbrot. Lirum, larum, Löffelstiel hat er wohl satt, dafür jetzt echten Hunger.

»Und wie ging's mit den Allendale-Kindern?«

Samantha kichert. »Jeanetta ist in den Ententeich gerennt. Is beinahe getrunken.«

»Ist das wahr?« frage ich Mrs. Harrison.

»So wahr ich hier stehe, Mrs. Pearson, das heißt, das mit dem Reinlaufen«, präzisiert sie rasch. Ich muß wohl entsetzt dreingeblickt haben. »Das ist vielleicht eine Nummer, Mrs. Pearson, ich kann Ihnen sagen! Ein Affenzirkus, bis ich sie alle wieder hier hatte, diese beiden und Jeremy in der Karre.«

»Sie war ganz schmierig«, kräht Mark, »wie 'ne Echse, ganz grün und schleimig...«

»Das war sie auch, mein Spatz«, stimmt Mrs. Harrison zu. »Das war sie. Hat uns alle auch noch vollgeschmiert, hat geschrien wie am Spieß...«

»Aber sie mochte es«, beteuert Samantha und nickt, um mich zu beschwichtigen. »Jeanetta mag Schmier.«

»Ja, und darüber wollte ich mit Ihnen ein Wort reden, Mrs. Pearson«, ergriff Mrs. Harrison ihre Chance, ehe die beiden das Gespräch wieder in eine andere Richtung als die von ihr offenbar intendierte und zwar nicht zum Zwecke der Beleuchtung ihres traumatischen Tags gedachte, lenken konnte. »Ob Sie wohl mal mit Mrs. Allendale sprechen könnten? Ich tue es ungern, steht mir eigentlich nicht zu, obwohl ich's wohl ansprechen könnte, wenn sie die Kinder abholen kommt, aber ich denke, es wäre besser, wenn Sie das machen würden, Sie verstehen doch? Es wäre besser, wenn Sie ihr das sagen könnten.«

»Was denn?« frage ich und fühle mich schon wieder von

allen möglichen Komplikationen bedroht. Die Nachbarskinder sind ihr Problem. Warum also redet verdammt noch mal nicht sie mit den Eltern? Wenn sie etwa meinen sollte, daß Katherine Allendale zu vornehm ist, als daß sie ein paar vertrauliche Worte an sie richten könnte, dann liegt sie vollkommen falsch.

»Wär besser, wenn Sie mit Mrs. Allendale über Jeanettas Anziehsachen sprechen könnten, Mrs. Pearson.« Eileen Harrisons Stimme nahm jetzt einen verschwörerischen Flüsterton an, der die Sache wohl zur Angelegenheit zwischen Erwachsenen erklären sollte, der die Kinder aber natürlich erst recht aufhorchen ließ.

»Wissen Sie, ihre Anziehsachen, die von Jeanetta... wenn sie abgeliefert wird, die Arme, braucht sie meist schon was zum Wechseln, hat aber nichts dabei. Wenn Sie mich fragen, ist es sowieso eine Schande, was sie hat: zerschlissen und viel zu klein. Eine Schande. Ich frag mich wirklich, was sich die Dame wohl dabei...!«

»Das genügt, Mrs. Harrison«, falle ich ihr ins Wort. Ich kann ihr keine abschätzigen Bemerkungen über Katherine Allendale durchgehen lassen, schon gar nicht vor den Kindern. Ich darf Kritik äußern, Mrs. Harrison nicht. »Kein Wunder, daß die Kleine immer am Quengeln ist«, sagt sie abschließend spitz, sich der Zurechtweisung vollkommen bewußt.

»Tja, Jeanetta ist nun aber auch sehr dick, Mrs. Harrison«, räume ich ein, muß ihr, zum Ausgleich für die Rüge, wieder entgegenkommen.

»Stämmig, ja, das ist sie, ein wenig pummelig, trotzdem braucht sie was Anständiges zum Anziehen. Normalerweise stecke ich ihre Sachen gleich noch in die Waschmaschine und dann rennt sie permanent, wie heute abend, in Marks Schlafanzügen herum, weil ihr nichts anderes paßt. Könnten Sie sie nicht darauf aufmerksam machen, Mrs. Allendale, meine ich? Es ist wirklich eine Schande, das muß einfach mal gesagt werden.«

»Mir macht es nichts aus, wenn sie meinen Schlafanzug anhat«, steuert Mark zu dem Gespräch bei. Außerordentlich netter kleiner Bursche, mein Sohn. »Macht mir wirklich nichts.«

Mag sein, daß es ihm nichts ausmacht; *mir* macht es etwas aus. Nette Nachbarn hin oder her, und so vorteilhaft das Arrangement für alle sein mag, ich möchte nicht, daß der Fettkloß von nebenan im Schlafanzug meines Sohnes herumtollt. Sie hat in seinen Hosen nichts zu suchen, auch mit vier Jahren nicht.« Ja, gut«, versichere ich Mrs. Harrison, »ich werde ihr einen kleinen Wink geben. Bei Gelegenheit. Und vielen Dank für die Mühe, die Sie sich gemacht haben, mit dem Zoo. Wirklich nett von Ihnen.« Himmel, was bin ich manchmal verlogen. Es ist mir schnurzpiepegal, ob ihr das Leben schwer gemacht wird. Schließlich wird sie dafür bezahlt, oder nicht?

Vom Lob besänftigt, wendet sie sich ihrem Eric zu, der in der Zwischenzeit Geschirr weggeräumt hat, und drängt ihn zur Tür hinaus. Wenig später höre ich die gedämpfte Ankündigung der Fernsehseifenoper, die ihren Feierabend einleitet – kein Wunder, daß Mrs. Harrison zur Übertreibung neigt. Ich bin froh, daß sie verschwunden sind; man kommt ja ohne Haushaltshilfe nicht aus – wie machen die Nachbarn das bloß? – aber, meine Güte, die Nerven.

Man sehe sich nur diese Knirpse an, wie Harrison sie nennt. Ich liebe sie natürlich, klar, aber nicht ganztägig, nicht tagein, tagaus, das nicht. Heute werden sie schnell einschlafen, sie lassen sich nach einem bißchen Fernsehen ohne großen Protest ins Bett bringen. Samantha lese ich noch eine Gutenachtgeschichte vor; Mark soll selber lesen. Also ehrlich, eigentlich müßte Sebastian solche Pflichten stärker übernehmen, auch wenn er an den Wochenenden doppelte Pflichten übernimmt und dafür von den Kindern abgöttisch geliebt wird, was ich sehr, sehr ärgerlich finde. Wenn er doch nur mal etwas früher nach Hause käme, wenigstens ab und zu mal, das sollte man doch erwarten können. Obwohl: Meist ist es doch einfacher, seine Existenz nicht zur Kenntnis zu nehmen, und der Kerl muß immer etwas zu essen haben, während mir der Alkohol vollauf genügt. Einen Drink noch, einen anständigen, dann höre ich auf. Oder auch nicht. Das leibliche Wohl zählt in diesem Haus ohnehin nicht viel, da ich selten Lust auf mehr als ein Sandwich verspüre und aufs Kochen gar nicht, während Sebastian sich quasi mit einer Art Wegzehrung nach Art ägyptischer Wandervölker abgefunden hat und vermutlich auch Heuschrecken auf Toast nicht verschmähen würde. Gut möglich, daß er es lieber anders hätte, aber das ist sein verdammtes Pech. Der Gin stärkt mich ungemein, manchmal verstärkt er auch die schlechte Laune, wenn ich sie habe – und die habe ich jetzt, wenn ich's recht bedenke. In der Ecke rumort die Waschmaschine und verbreitet dieses nervensägende Haushaltsgeräusch, das mich noch ungnädiger stimmt. Wobei mir wieder einfällt...

Zum Kuckuck mit Katherine Allendale! Was fällt der ein, ihre Jeanetta unter meinem Dach abzuliefern, damit sie im Schlafanzug meines Sohnes herumläuft? Als hätten die nicht genug Geld, nebenan! Schwimmen doch darin, obwohl es sich nicht schickt, so etwas zu sagen. Zwar bin ich auch der Ansicht, daß gerade Kindersachen die reinste Geldverschwendung sind, aber ist es denn wirklich zuviel verlangt, daß sie mal ins nächste Kaufhaus geht? Muß ja nicht gleich Harrods sein. Zugegeben, ich mag eine etwas distanzierte Mutter sein, ich halte eben nichts von diesem ganzen Geseier über Mutter-Kind-Bindung und Kinder ins eigene Bett lassen, aber immerhin merke ich, wann meine Kinder neue Kleider brauchen – weil es mir im Zweifelsfall jemand sagt.

Also gut. Oben ist alles ruhig, dann werde ich mal gleich nach nebenan gehen und die Sache klären, verschiebe nicht auf morgen und so weiter. Die Kinder kann ich ja wohl einen Augenblick mal allein lassen. Marks

Schlafanzug, haste Töne! Glaubt sie denn, die wachsen bei uns auf den Bäumen?

Draußen auf der Straße wirkt alles größer, und gestochen scharf, als ich mich von den Stufen hochrapple, über die ich gestolpert bin. Permanent falle ich über diese verdammten Stufen! Hoppla! Sieht alles so abweisend aus, groß und unpersönlich, trostlos, die dreiunddreißig Häuser an der Straße. Mann, Mann, die Gedanken geraten doch ein wenig außer Kontrolle nach einem Drink oder vier. Kaum steh ich an der frischen Luft, schwirrt mir der Kopf. Gehe jetzt die paar Schritte zu ihrer Haustür; hoffentlich habe ich keine Fahne.

Hoppla, schon wieder. Guck dir bloß die Häuser da gegenüber an, so verschlossen, die Fenster wie müde Augenlider, die immer wieder zufallen. Wir sind auf die vermaledeiten Allendales angewiesen – als gelegentliche Partygäste – und sie auf Marks Schlafanzug... scht!... so furchtbar still. Zum Frösteln. Als wäre alles gelaufen bis morgen früh. Weiß verputzte Häuser, verneigen sich ein letztes Mal, hoheitsvoll, heiligenscheinschimmernd, gute Nacht, gute Nacht, dichtes Laub vor weißen Häuserhemdbrüsten, aus dem klebriger Tau auf die Autos tröpfelt. Ein Blatt könnte man fallen hören, so still ist es. Und keine menschliche Stimme. Bißchen ernüchternd, oder? Alles so viel gewaltiger als vom Fenster aus. Bewege mich eben nicht gern parterre.

Da wären wir. Bei uns ist das Erdgeschoß angehoben, bei uns kann man nicht hineinsehen, was mir ganz recht ist. Das Allendale-Grundstück liegt höher als das unsere. Die Küche befindet sich auf der Straßenseite, und zwar fast auf gleicher Höhe, so daß man vollen Einblick hat. Vielleicht Absicht, wer weiß, damit man den Raum auch gebührend bewundert, was ich jetzt tue, Raum wie Inventar, wie Personen. Die beiden speisen an ihrem edlen Tisch. Sie sitzen sich gegenüber, auf dem Tisch Geschirr, das aus dieser Entfernung verdächtig nach Crown-Derby aussieht, in der Mitte eine ausladende, vollendet schöne Salatschüssel, sie essen mit Andacht. Sie schimmert ähnlich kostbar wie die Küchenkulisse, mit ihrer lässigen Eleganz und dieser bleichen, gebändigten Mähne, die ihr über den Rücken fällt. Sie tafeln wie hohe Herrschaften ohne Dienstpersonal. Sieht aus, als gäbe es heute Fisch. Kein Wunder, daß sie so schlank ist – Fisch und Salat, meine Güte! David Allendale steht auf, um etwas zu holen, streift das Fenster mit seinem Blick, kehrt mit einer weiteren wunderschönen Schüssel zurück, legt ihr im Vorbeigehen kurz die Hand auf die Schulter. Sie strahlt ihn an, ißt jedoch weiter – mit deutlich mehr Kunstfertigkeit als ihre Tochter. Eigenartig, daß die beiden Kinder so unterschiedlich geraten sind: der Junge dunkel wie der Vater, das Mädchen eine blonde Walküre mit rosigem Teint, viel heller als die warmen Pfirsichtöne der Mutter. Ob sie ihre Kinder als komplementären Kontrast entworfen haben, zu dem, den sie selbst bieten? Ich bin mir ziemlich sicher, daß er mich gesehen hat, aber so tut, als habe er nichts bemerkt; haßt ja ungebetenen Besuch. Im Hintergrund sehe ich die Flügelfenster zum Garten und den Erker, der als Kinderspielecke dient. Weit und breit kein Spielzeug.

Nein, wenn ich's mir genau überlege, werde ich doch nicht klingeln. Ich trage immer noch mein Bürokostüm, da kann ich mich schlecht dazusetzen und mir an ihrem Gesundheitsaltar einen Wein kredenzen lassen. Außerdem könnten sie meinen, ich wäre einsam, so ein Blödsinn. Sie wirken so zufrieden: er so aufmerksam, tätschelt ihr den Arm und so, das hat Klasse. Diese farbenprächtigen Blumen am Ende des Tisches, idealer Kontrast zu ihrem sandfarbenem Ensemble, Wicken in voller Blüte, dicht an dicht in einer schlichten Terrakottaschale. Wahrscheinlich hat er sie mitgebracht. Sie duftet gewiß dezent nach Parfüm, ich stinke dagegen vermutlich zehn Meilen gegen den Wind nach Gin. Ein andermal. Hoffentlich habe ich vorhin nicht die Haustür zu laut ins Schloß fallen lassen, schließlich sind wir eine vornehme Nachbarschaft, und ich bin in Hausschuhen losgelaufen. Hausschuhe zum Kostüm, also ehrlich! Meine liebe Katherine, darf ich dich bitten, morgen vorbeizukommen und mein Heim einer wundersamen Verwandlung zu unterziehen? Und mein unbedeutendes Leben gleich dazu? Daraus etwas Vollkommenes zu machen und aus mir ein hübsches Frauchen, wie du eines bist? Sebastian wäre begeistert.

Ich denke, ich sollte doch lieber umkehren. Ich bin längst nicht mehr so sauer wie noch eben.

Während Susan Pearson Thorpe sich in Richtung heimische Küche in Marsch setzte, löste sich das Tableau in der Küche ihrer Nachbarn plötzlich auf, so, als wäre eine Vorstellung zu Ende. David hatte im Vorbeigehen über Katherines langes Haar gestrichen, hatte ihr gegenüber wieder Platz genommen, wollte ihr Wein nachschenken. »Danke nein«, murmelte sie verschämt und lächelte: »Ein Glas reicht, du weißt, wie rasch er mir zu Kopf steigt.«

»Mag aus dem Munde eines Ehemannes komisch klingen, mein Schatz, aber du siehst gut aus.«

Sie lächelte unsicher unter seinem prüfenden Blick, freute sich über das Kompliment, genierte sich etwas wegen der Förmlichkeit, als wäre er ein Fremder. »Vielen Dank, der Herr. Muß ich nun einen Knicks machen?«

»Ich habe den Eindruck, der gute Colin hat ein Faible für dich.«

»Ach, Unsinn.« Dennoch war die Vorstellung nicht unangenehm. Sie machte sich in Gedanken eine Notiz; das konnte nützlich sein, irgendwann. Nicht als Waffe, sondern als angenehme Feststellung, an der sie dann und wann ihre Freude haben mochte, wie ein Kind an einem hübschen Spielzeug, das zu schade war, um es zu benutzen, aber immer eine Augenweide. David sah sie unverwandt an, so durchdringend, daß ihr ungemütlich wurde. Schon ein einziges Glas Wein hatte bei ihr eine starke Wirkung, nach dreien verlor sie jede Zurückhaltung, »sternhagelvoll«, versicherte sie den Leuten, aber sie lachten bloß.

»Noch besser sähest du aus, wenn du dir eine weichere Frisur zulegen würdest. So wie du es jetzt trägst, wirkt dein Gesicht sehr schmal, fast streng.«

»Aha.« Unerklärlicherweise war sie enttäuscht. Er betrachtete sie wie eines seiner Projekte, abwägend, wie die Küchen, die er umgestaltete, deren Stil er veränderte, wie dieses Haus, das er unter ästhetischem Gesichtspunkt, mit kritischer Distanz sah, während sie es nur mit leidenschaftlichem Blick wahrnehmen konnte. »Ich will aber keine neue Frisur.«

»Mußt du auch nicht. Ich hatte nur eben an kürzere, lockige Haare gedacht, weißt du, einen Kopf voll lieblicher Locken.«

Sie dachte an das Band, das sie auf dem Heimweg vom Fitness-Center noch getragen und das sie erst abgenommen hatte, als sie nach oben gegangen war, bevor die Kinder in einem erfreulich müden Zustand eintrudelten. Ein gelbes Haarband, spurlos verschwunden. Es war wie bei den Bestecken: Anfangs hatte man noch acht, am Schluß höchstens die Hälfte. Und keiner wußte, wo die Dinger abgeblieben waren. Was hatte sie sich gefreut, als sie auch das in einer Zeitschrift entdeckt hatte!

»Mir gefällt es so, wie es ist. Pflegeleicht.«

»Es ist wunderschön«, murmelte David. »Bist du nicht froh, daß du einen Mann hast, dem solche Dinge überhaupt auffallen?«

Sie strahlte ihn an, das war sie. Was hatte Monica noch gesagt? »Dein Buckel, kümmer dich selbst drum?« David war anders. Darauf konnte sie stolz sein, auch wenn es manchmal, na ja, mühsam war.

Dann war über das Babyphon Jeremys glucksendes Weinen in der Küche zu hören. Er war durchaus in der Lage, aus eigener Kraft nach unten zu gelangen, dachte Katherine ungnädig, schließlich war er schon öfter auf seinem Windelpopo die Treppen heruntergerutscht, aber dazu hatte er kaum die Gelegenheit, weil sein Vater mit Siebenmeilenschritten hinaufschoß, sobald die Anlage auch nur flüsterte. Kaum waren seine Tritte verhallt und hatte das Gerät zu knistern aufgehört, erschien das andere Kind. Jeanetta, wie sie leibte und lebte, einen malträtierten Teddybär hinter sich herschleifend, das Lieblingsstofftier Jeremys – jedenfalls noch vor kurzem. Verdammt!

»Hunger, Mama.«

»Bestimmt nicht. Du kannst gar keinen Hunger haben.«

»Doch, doch!«

Die romantische Stimmung war dahin, das Babyphon schwieg bedrohlich, Jeanetta setzte gezielte Tränen ein. Verdammter Mist, verdammter! Sie klappte Schranktüren auf und zu, wo hatte sie bloß diese Kekse hingepackt, hier nicht, da nicht. Weggezaubert, behauptete sie, während sie noch suchte, doch bereits leichte Schritte hörte, die den Raum wieder betraten, David Gestalt annahm wie ein Flaschengeist.

»Mit dir habe ich ein Hühnchen zu rupfen, mein Fräulein.«

Jeanetta hörte auf zu weinen. Zuwendung gleich welcher Art war gefragt, und die Mama gab sich ja doch nicht richtig Mühe. Katherine erhob sich aus der Hocke und ging zu der Tochter hinüber.

»Ach, sie quengelt bloß ein bißchen, Schatz, beachte sie nicht weiter. Sie ist übermüdet.«

»Übermüdet? So? Wach genug, um Dinge zu entwenden, die nicht ihr gehören. Das ist Jeremys Teddy, den sie da hat. Und oben liegen noch ein paar andere Sachen, die nicht ihr gehören. Und schau sie dir an, die Haare ganz verklebt!«

»David, bitte. Sie ist erst vier. Sie weiß es nicht besser. Jeremy wird ihr den Teddy wohl gegeben haben, und Mrs. Harrison gibt ihr manchmal Dinge mit. Sie nimmt sie sich nicht einfach so.«

»Was ist denn das, hä?« Fast konnte man seinen Satz an

Jeanettas Seite für Ulk halten. Er hob eine Strähne dichten, verfilzten Haars hoch. Die Kleine blickte freudig erwartend zu ihm auf, vermutete wegen des eher scherzhaften Tons ein Spiel.

»Brüll nicht, David.«

»Ich brülle nicht, ich habe lediglich die Stimme erhoben.«

Er hatte recht. Er brüllte nie, ebensowenig wie sie sich auf Streit einließ. Sie wußte sehr wohl, auf welche Weise mal hier, mal da fremdes Spielzeug ins Haus gelangte, es verschwand in den Ritzen von Jeremys Kinderkarre, von Jeanetta versteckt und heimlich wieder hervorgeholt. Katherine fand das eher zum Schmunzeln. Was war daran schon so schlimm, niemand fand etwas dabei. Umgekehrt hätte es ihr doch auch nichts ausgemacht, sie hatten doch alles im Überfluß, herrlich, gewiß, aber was machte es da schon, wenn ein paar Dinge abhanden kamen. Keiner vermißt alte Spielsachen, wollte sie sagen, doch er hielt Jeanetta noch immer an den Haaren. Sie wünschte, er würde loslassen.

»Kaugummi«, stellte er schließlich zutiefst angewidert fest. Das Kind regte sich nicht. Im Gegenteil, es strahlte. David bewegte sich jetzt, agil, rasch, zog das Kind sanft vor die Spüle, wo noch die fettige Küchenschere lag, mit der er Speckstreifen in den Salat geschnippelt hatte. Das Kind folgte ihm willig, lächelte auch dann noch, als es die Schere in sein Haar fahren sah, als ein ganzer Lockenstrang mit einem lauten Ratsch abgetrennt wurde. Erst als der verfilzte Strang am Boden lag und Jeanetta sich verunsichert an die geschorene Stelle langte, geriet das Lächeln ins Wanken. Katherine war das Scherenknirschen durch Mark und Bein gegangen, als wäre es ihr eigenes Haar gewesen. Trotz der auf dem Küchenboden liegenden Pracht, der größten Zierde dieses unansehnlichen Kindes, lächelte es immer noch tapfer. Instinktiv lächelte auch Katherine, lächelte ihr verzweifelt zu, um ihr Mut zu machen. Dennoch faßt sie sich unwillkürlich selbst an den Kopf.

»Und morgen bin ich dran«, sagte sie. Der rettende Einfall. »Ach, das sieht hübsch aus. Fühlt sich das gut an?«

Jeanetta schüttelte heftig den Kopf. Eine lose Strähne gesellte sich zum beängstigend tot aussehenden Haufen auf dem Boden. Unschlüssigkeit stand der Kleinen ins Gesichtchen geschrieben: weinen, lächeln, laut herausprusten vor Lachen, was war jetzt das beste? Wie konntest du nur! wollte Katherine schreien. Wie konntest du das tun! Warum, warum, warum?! Am liebsten hätte sie gespuckt und gekratzt ob der unerwarteten, verrückten Gewalttätigkeit des Mannes, der da unbeeindruckt stand und zufrieden lächelte, wie über gute, ganze Arbeit. Ihr war, als hätte sie einer Vergewaltigung beigewohnt. Tränen brannten ihr in den Augen. Dann kam ihr eine weitere Zeitschriftenweisheit in den Sinn, die besagte: »Wenn man selbst die Fassung verliert, wirkt das ansteckend, verschlimmert alles.« Emotionsgeladene, explosive Situationen mußten entschärft werden. Alles um des lieben Friedens willen! Und vielleicht täuschte sie sich, vielleicht war sie überempfindlich, wenn sie das Scheren obszön fand. Nie war sich Katherine sicher, ob sie ihrem Gefühl trauen konnte, also lächelte sie ihr starres Lächeln, bis – ganz allmählich – die Kleine ihrem Beispiel folgte, ihr Lächeln erwiderte, unsicher zunächst, stoisch. Das alles ereignete sich innerhalb einer Minute.

»Kekse?« fragte Jeanetta hoffnungsvoll.

»Papa gibt dir welche.« Die Worte waren eine Herausforderung, doch sie sah ihn dabei nicht an. Jeanetta rannte zur Mama. Mutter und Tochter kehrten ihm den Rücken zu. Kekse wurden hervorgezaubert, und während Katherine ihre Tochter umarmte, ohne durch übertriebenen Druck signalisieren zu wollen, daß es sich um eine brisante Situation handelte, fragte sie sich, wo die Kekse bloß so rasch gefunden worden waren.

»Wollen wir es noch auf die gleiche Länge schneiden, um einen Topf herum?« hörte sie hinter sich David fragen. Eine Hand stellte, ziemlich heftig, zwischen ihnen einen Teller Kekse ab.

»Nein, ich denke nicht.« Sie beobachtete Jeanetta. »Es ist Zeit für's Bett, mein Schatz. Du hättest nicht aufstehen dürfen.« Der letzte Satz kam von Herzen, war der einzige Hinweis auf ihren Zorn. Das Kind nickte, strahlte jetzt über beide Keksbacken, griff sich noch drei und wackelte dann in die Diele hinaus. Sie war es gewohnt, allein wieder ins Bett zu gehen. »Schlaf gut«, rief ihr Katherine noch nach. Tapsige Kinderschritte, dann Stille. Katherine ließ sich auf ihren Stuhl fallen. Sie sah sich nicht um.

»Haben wir die Weinflasche geleert, Liebling?«

»Es ist noch mehr da.«

Er klang ganz vergnügt. Sie brachte es nicht über sich, hinzusehen, als er die Locken von den blanken Marmorfliesen des Kochbereichs fegte. Sie hörte Wasser laufen, als er die Schere spülte und ihre Kopfhaut zog sich in Erwartung des Ratschens durch ihr eigenes Haar zusammen, markdurchdringendes Ratschen, das in ihren Ohren nachhallte. Er stellte für sich selbst ein frisches Glas perlenden Weißwein auf den Tisch, summte dabei eine Melodie, die ihr nicht bekannt war, und begann dann, das Geschirr in die Spülmaschine zu räumen, diese Maschine, die ihr unbegreiflich war – nicht, daß sie nicht gewußt hätte, wie sie in Gang zu setzen war, sondern weil sie einfach nicht verstand, wie so ein Ding funktionieren konnte. Anheimelnde, häusliche Geräusche: keine Spur mehr von den Locken. Sie atmete tief durch, war froh um die alltäglichen Geräusche, die ihr Gelegenheit boten, des Gefühls eines bedrohlichen Entgleitens in totale Absurdität Herr zu werden. Zwei, drei Dinge wollten ihr nicht aus dem Kopf: die Frage, warum sie nicht rechtzeitig eingegriffen hatte, Dankbarkeit ob der Unversehrtheit des eigenen Haarschopfs und Erleichterung über die spielerische Komponente der Handlung, die das Ganze fast normal erscheinen ließ. Fang keinen Streit an, mahnte sie sich, er würde dich nicht ernst nehmen, und außerdem behält er immer Recht. Sie stierte auf das Weinglas, nahm einen großen Schluck. Vergessen, nur vergessen, egal wie, bitte.

Er ging hinter ihrer Stuhllehne vorbei, strich ihr wie vorhin schon einmal übers Haar, und alles war wieder wie vorher. Katherine holte tief Luft. Es würde alles wieder gut.

Sebastian Thorpe fuhr zu Hause vor, parkte seinen Mercedes vorm erleuchteten Haus der Allendales, angezogen vom freundlichen Widerschein, enttäuscht, als das Licht erlosch. Er mußte Susan wirklich mal bei Gelegenheit von David Allendale erzählen, da gab es pikante Details seiner Familiengeschichte, die sie bestimmt amüsieren würden. Falls er sie überhaupt erheitern konnte oder sie jemals im wachen Zustand zu sehen bekam. Er wünschte, das Licht bei den Nachbarn wäre angeblieben, ein freundliches Leuchtfeuer, das ihn heimgeleiten könnte. Bei ihm zu Hause kein Lebenszeichen. Widerstrebend schloß er die Haustür auf, in der schwülen Abendluft schwitzend.

Kaum war er drinnen verschwunden mitsamt dem Jakkett, das er bereits ausgezogen hatte, da schoß unter einem Baum auf der anderen Straßenseite der kränklich bleiche Obdachlose hervor und preßte sich an die warme Motorhaube des Mercedes. Ihm, dem der kalte Schweiß auf der fiebernden Stirn stand und den es fröstelte, erschien der Abend alles andere als schwül, um so weniger, als ringsum die Lichter ausgingen. Aber das würde schon wieder werden: Es war Sommer, das hatte ihm im Park ein plärrendes Radio verkündet. Das war gut: das Überleben gesichert.

4

Vormittage konnten eine unvorhersehbare Wendung nehmen. Je weniger sie daher über sie nachdachte, hatte Katherine festgestellt, desto weniger fielen sie ins Gewicht und um so besser liefen sie. Der Morgen, mit der Aussicht darauf, dem Haus entfliehen zu können – so sehr ihr das kühle Interieur auch gefiel –, hatte schon seinen Reiz. Morgens hatte sie alle Sinne beieinander. Sie staunte über den unfehlbar braven Jeremy. Nie hätte sie es für möglich gehalten, daß kleine Kinder so sein könnten, aber er schien so zu sein, so zu bleiben und ein absoluter Goldjunge werden zu wollen. Vom ersten Moment an war er so gewesen, eine Freude schon bei der Geburt. Mit einem kleinen Schrei des Erstaunens eher denn des Zorns war er auf die Welt gekommen, auch wenn er dabei seine Mutter fast umgebracht hatte – eine Tatsache, die Katherine nie ganz vergessen konnte. Sie vermutete zwar, daß er nicht durchweg so brav war, schließlich sah sie ihn ja nicht immer, sah ihn kaum, genaugenommen, und fast hätte man meinen können, daß er den braven Jungen herauskehrte, um sich beim Vater einzuschmeicheln, wenn es nicht unsinnig erschienen wäre, einem Kind von nur dreiundzwanzig Monaten die bewußte Dauerinszenierung des positiven Gegenparts zu Jeanetta zuzutrauen, doch exakt diese Rolle spielte er. Den braven kleinen Jeremy betrachtete Katherine mit schuldbeladener Mißgunst. So liebenswert, so leicht zu lieben. Um seiner Schwester und ihrer selbst willen nahm sie es übel.

Jeanetta nämlich mußte eine halbe Stunde vorm Frühstück unter Gezeter und Geschrei angezogen werden. Sie wollte partout den Flanellschlafanzug anbehalten, in dem sie gestern heimgebracht worden war, der so schön weit, so bequem war. Zwar waren die überlangen Beine beim

Gehen hinderlich, ansonsten aber war er die ideale Garderobe für einen lauen Frühsommermorgen. Derlei Überlegungen dürfte Jeanetta kaum angestellt haben, konnte jedoch keineswegs einsehen, weshalb sie ihren kleinen Wanst in ein weniger angenehmes Korsett zwängen sollte. Der Gummizug ihrer Baumwollhose kniff in die Speckrollen ihres Bauchs, an den Knien war sie durchgewetzt. Das T-Shirt rutschte immer wieder mitsamt Unterhemdchen über den Bauch hoch, machte sie noch unförmiger. Trotz der grauenhaft uneben gestutzten aschblonden Locken, deren Enden trotzig aus dem Halsausschnitt zum Vorschein kamen, war dies nach wie vor Jeanetta, wie sie leibte und lebte, der zarte Teint bereits erhitzt und rotgefleckt von den morgendlichen Gefühlsstürmen.

»Jetzt putz dir bitte brav die Zähne, mein Schatz, für die Mama. Bitte.« Mutter und Tochter hielten sich an einen geheimen Pakt, taten, als wäre nichts geschehen, trotz fehlender Locken.

»Will nicht. Warum? Warum darf ich nicht mein Schlafanzug haben?«

»Nicht ›mein‹, ich meine deinen Schlafanzug, Marks Schlafanzug.«

»Er hat gesagt, ich darf!«

»Ja, Liebling. Aber seine Mama bestimmt nicht. Komm, Spatz, putz dir die Zähne. Es gibt gleich Frühstück.«

Das Frühstück wäre das nächste Debakel. Jeanetta löste in Katherine Ratlosigkeit, gepaart mit Verzweiflung aus. Sie wußte sehr wohl, daß der umkämpfte Schlafanzug, den als Talisman mit an den Frühstückstisch schleppen zu dürfen Jeanetta verlangte, ehe er seinem Besitzer persönlich überreicht würde, einer von dreien war, ganz zu schweigen von den Spielsachen, die sich Jeanetta auf ähnliche Weise aneignete. Jedenfalls mußte das Kind neue Anziehsachen bekommen, ehe man seine Mutter darauf ansprach, denn in seinen stramm sitzenden Hemden und Hosen und mit den geschorenen Haaren sah es aus wie dem Flüchtlingslager entsprungen – auch wenn schon die überschüssigen Pfunde jeden Verdacht der Not Lügen straften.

»Nun mach schon.« Es folgte eine tückische Drohung: »Du kriegst keine Cornflakes mehr ab, wenn du dich nicht beeilst.« Jeanetta setzte sich schmollend in Bewegung, demonstrativ langsam zunächst, gab aber die Verschleppungstaktik angesichts der Aussicht aufs Frühstück auf und stürzte sich mit einer Wucht und mit einem Schlachtruf die Treppen hinunter, die Katherine zusammenfahren ließen. Der Handlauf des Treppengeländers war aus Mahagoni, für teures Geld aus einem anderen Haus hertransportiert und auf Hochglanz poliert. Jede Woche beseitigte Katherine sorgfältig die Macken und Kratzer, die Jeanettas stürmische Auf- und Abstiege hinterließen; einmal im Monat mußte der Teppichläufer schampuniert werden, um die unübersehbaren Spuren Jeanettas – Schokolade, klebrige Bonbons, Essensreste – zu verwischen. Jeremy war bereits in den Armen seines Vaters heruntergetragen worden, Phantasiewörter brabbelnd. Die dunklen Köpfe zusammengesteckt, erörterten die beiden in ernsten Tönen die Frühstücksfrage, David amüsiert, Jeremy sich aufs Wesentliche beschränkend bei den wenigen Silben, die er tatsächlich kannte.

»Rangen, Papa?« Damit war Orangensaft gemeint. »Nich gelb, Papa.« »Ist der Papa nicht gelb?« zusammen mit seiner Replik schallte Davids vergnügtes Lachen zu den anderen beiden hinauf.

Vater und Sohn waren in der Küche munter zugange: David, auf Schritt und Tritt gefolgt von seinem kleinen windelbepackten Meßdiener, der das Keuchen einer Lokomotive nachahmte, angeregt durch die Geschichte von Dan der Dampflok, die ihm David vorlas, von der er zwar nichts verstand, deren Inhalt er jedoch lautmalerisch umsetzte. Jeremy war groß für sein Alter, er würde vermutlich die eins neunzig seines Vaters erreichen. Die Ähnlichkeit der beiden war verblüffend: der gleiche dunkle Teint, das gleiche dichte, dunkle Haar. Jeremy hatte die Babyspeck-Phase irgendwie übersprungen, die einzige Rundung war die Windel, die er würdevoll mit sich herumschleppte, während Jeanetta immer einer Buddhastatue geähnelt hatte. Sie hatte auf ihrem Stuhl am riesigen Tisch Platz genommen, mit Hilfe mehrerer Kissen auf die richtige Höhe gebracht, saß sie auf ihrem drallen Po, den Kugelbauch vorgeschoben, die kleinen Schenkel stramm wie Baumstümpfe. Das Kinn verschwand fast in ihrem runden, bis auf zwei gerötete Flecken auf den vollen Backen blassem Mondgesicht. Katherine nutzte die Quasi-Gefangenschaft des Kindes auf seinem Stuhl, um ihm rasch die geschändeten blonden Locken auszukämmen. Anders – solange Jeanetta treten und knuffen konnte und ohne die Erinnerung an die Schmach des gestrigen Abends wachzurufen – war das nicht zu bewerkstelligen. Und doch stieß Katherine die eigene Hilflosigkeit dabei wieder sauer auf. Diesen unbeugsamen Willen, die Kampflust, die sich vom ersten Tag an gezeigt hatte und die ihre Mutter zur Verzweiflung trieb und zur Erschöpfung, mußte Jeanetta von der väterlichen Seite der Familie geerbt haben.

»Will Jogut.«

»*Möchte bitte* Joghurt.«

»Bitte, kann ich Jogut ham?« Jeanetta hatte sich durch den täglichen Umgang mit den Harrisons viel von deren Duktus angeeignet. Aber sie schien sich dort wohl zu fühlen, und Mrs. Harrison – oder vielleicht Mr.? – brachte ihr wenigstens allmählich Manieren bei. Und die Sprache – »mit bitte und danke tun sich alle Kinder schwer«, hatte Mrs. Harrison versichert, als Katherine sich einmal bei ihr für ihre Mühe bedankte, »auch die, die nicht auf den Mund gefallen sind.« Womit sie natürlich meinte, daß Jeanetta vorlaut war. Katherine mit ihrem bereitwilligen Schuldgefühl hatte die Bemerkung als versteckte Kritik aufgefaßt, ohne zu bemerken, daß sie nur ein weiterer, vergeblicher

Versuch Mrs. Harrisons war, ins Gespräch zu kommen, hatte sich später an das mit bitte und danke erinnert und seitdem Jeanetta regelmäßig ermahnt. Zu ihrer eigenen Überraschung half das tatsächlich. Vor allem wenn Eßbares zur Verstärkung eingesetzt wurde. Überraschend deshalb, weil ihre unzulänglichen, panisch-bemühten Erziehungsversuche sonst immer zum Scheitern verurteilt zu sein schienen.

David fütterte Jeremy, der brav in seinem Kinderstuhl saß und sich widerstandslos einen undefinierbaren weißen Brei eintrichtern ließ. Nach jedem Löffelvoll schabte David dem Kleinen den überquellenden Brei vom Kinn, während das Kind ein aufmerksam gesammeltes Gesicht machte. Jeanetta vermischte Erdbeerjoghurt mit ihren Lieblingsflocken und warf ihrer Mutter einen trotzigen Seitenblick zu, als ihr der Zucker, mit dem sie die Mischung krönte, daneben ging. Die Mama sah es nicht gern, wenn sie Zucker nahm, doch das hielt das Fräulein Tochter nicht ab. Sie hatte die eingebüßten Locken nicht vergessen, fand, eine Entschädigung sei angebracht. Den Mund voller Süße – so war Jeanetta selig, wie sie als Baby selig gewesen war, wenn sie Zucker in die Flasche bekam. Ihr nachzugeben war eine ständige Versuchung, selbst wider besseres Wissen. »Du brockst dem Kind Probleme für's Leben ein!« hatte Mary sie gescholten. Direktes Zitat aus irgendeinem klugen Ratgeber. »Wie kannst du das sagen! Sie liebt Zucker«, hatte sich Katherine zur Wehr gesetzt, voller Groll. Laß mich in Ruhe! Wenn ich von jemandem Rat brauche, dann sicher nicht deinen! Doch Jeanetta war süchtig nach Zucker, Zucker garantierte den Frieden am Frühstückstisch, Zuckerverbot glich einer Kriegserklärung. Abgesehen vom geräuschvollen Zermatschen der Flocken im Joghurt, der hübschen Farbmischung wegen, herrschte im Augenblick Frieden.

»Du siehst ein wenig müde aus, mein Schatz. Willst du wirklich zur Arbeit?«

Katherine sah überrascht hoch. »Aber ja, sicher. Man rechnet doch mit mir. Zehn Uhr, wie immer. Wieso?«

»Ich meine bloß.«

Diese tägliche Litanei ärgerte sie. Natürlich ging sie zur Arbeit! Allein die Frage entwertete ihr Tun zum reinen Vergnügen, auf das verzichtet werden konnte, wenn nötig – als handele es sich nicht um eine verbindliche Abmachung, eine Verpflichtung. Sobald er andeutete, ihm würde es lieber sein, sie bliebe daheim, stand alles auf dem Spiel. Dabei nahm Katherine ihre Aufgabe ernst, selbst wenn sie bloß darin bestand, täglich drei Stunden lang Mr. Isaacs exklusive Ware zu hüten, zuvorkommend zwanglos mit Kunden zu plaudern und endlos am Fenster zu stehen, in den Anblick der Auslagen und des Treibens draußen versunken. Das Geschäft war eine Welt für sich, ein Hort all dessen, was sie schätzte. Besser wäre allerdings gewesen, wenn Mr. Isaacs nicht gerade ein Bekannter und ein Kunde Davids gewesen wäre, so daß ihr Verdienst, aufgrund irgendeiner undurchsichtigen Absprache, gegen die sie machtlos war und die sie nicht verstand, auf Davids Konto floß, statt direkt in ihre Tasche. »Steuerlich günstiger«, hatte er ihr erklärt, und zahlte ihr wiederum die Beträge aus. »Inwiefern?« hatte sie nachgehakt, die kümmerlich wenigen Scheine in der geballten Faust haltend. »Hör zu, mein Schatz, glaub mir einfach. Du weißt doch, wie schlecht du mit Geld umgehen kannst. So ist es besser, verstehst du?« Er hatte sie zart geküßt, ihr die Haare über den Schultern zurechtgestrichen und ihr, selbstverständlich Einverständnis voraussetzend, sein verführerischstes Lächeln geschenkt. Sie hatte nachgegeben, sein Lächeln erwidert. Er hatte wohl recht, wahrscheinlich war es besser so. Und doch war sie es leid, immer zu lächeln. Was hätte sie ihm auch entgegnen können, wo sie doch wußte, daß ihr das Geld zwischen den Fingern zerrann, ohne Spuren zu hinterlassen. Extravaganzen – keine Ahnung, wo das Geld blieb, sie wußte es nie, und diese Unkenntnis war sehr beschämend.

Jetzt, am Frühstückstisch, den Anblick des gestutzten Haars meidend, fiel ihr Blick wieder auf Jeanettas T-Shirt, das über den weißen Kinderbauch hochgerutscht war. Die Kleine griente sie an, erdbeerfarbene Flocken zwischen den weißen Zähnen. Eine von Jeanettas liebsten Maschen: Sie wurde es nicht müde, ihnen genau vorzuführen, was sie gerade aß. Ja, unbedingt etwas Neues zum Anziehen für Jeanetta. Mist, verdammter! Jeanetta zeigte jetzt David ihre Zähne, wurde ignoriert. »Laß das bitte, Schatz«, murmelte Katherine und langte nach der Kaffeekanne. Jeanetta gab nicht auf, wandte sich Jeremy zu, der die Darbietung mit runden Augen voll grenzenlosen Staunens quittierte. Enttäuscht richtete Jeanetta ihre Aufmerksamkeit wieder auf ihren Brei, prustete laut und ließ den Löffel scheppernd in die Schale fallen. Erdbeerspritzer auf poliertem Holz. Automatisch wischte sie Katherine mit dem Lappen, den sie bereithielt, weg. Sie selbst aß nichts.

»Und nach der Arbeit?« nahm David den Faden wieder auf.

»Wie? Ach so, Fitness-Center, nehme ich an. Das Übliche.« Das Fitness-Center war immer ein gutes Alibi fürs Bummeln. »Ich komme zeitig zurück. Heute abend erwarten wir doch die Neills, nicht wahr? Und die Loreans und Fosters vorher auf einen Drink? Ach, Moment, ganz so früh wird's wohl doch nicht werden: Ich treffe meine Schwester auf eine Stunde oder so. Um vier, glaube ich, ich schau noch mal im Kalender nach. Wird aber nicht spät.«

»Warum lädst du sie nicht zu uns ein?«

»Ich dachte, du siehst es nicht gern, wenn sie hierher kommt.«

»Wie kommst du denn darauf? Ich habe absolut nichts dagegen. Ich werde zu tun haben, insofern kriege ich sowieso nicht viel davon mit. Du meinst vielleicht eher, *sie* kommt ungern hierher!«

Prompt wußte Katherine nicht mehr genau, was sie nun eigentlich meinte. Jeanettas geschorener Kopf lenkte sie ab. Sie hätte im Augenblick auch nur ungern zugeben mögen, daß Mary ausgesprochen gern zu ihnen kam, zu gern. Sie war bereit, Ausflüchte in Kauf zu nehmen, wenn sie Mary dafür auf neutralem Boden treffen konnte. Sie brauchte nur die eierschalenfarbenen Wände, die üppige Ausstattung der Küche und die Sessel betrachten und wußte wieder sehr genau, warum dem so war. »Noch ein neuer Sessel? Wozu brauchst du den?« hörte sie Mary im Geiste spöttisch fragen. Sie hatte genug Schuldgefühle, ohne sich auch noch der Mißbilligung Marys auszusetzen – Mary, der Koordinatorin karitativer Dienste, Mary, der Advokatin der Askese. Und darüber hinaus die Last, Mary auf ewig dankbar sein zu müssen. Alle Welt hatte immer betont, wie gut Mary zu ihr war, wieviel die Schwester für sie getan hatte, doch schon lange vor der Hochzeit und ihrer Rettung aus der gemeinsamen kargen Wohnung hatte Katherine zum Hals herausgehangen, wie gut Mary zu ihr war. Mary wußte immer alles besser, kritisierte, kritisierte, kritisierte! Und hatte es immer schon vorher gewußt. »Mary ist so gut zu dir«, sagte auch David. Wie entsetzlich wahr. Ausgestattet mit einer bescheidenen Erbschaft der eigenen Adoptiveltern und im Bewußtsein, in der Lotterie des Lebens das bessere Los gezogen zu haben, hatte die umsichtige Mary eine kleine Wohnung gekauft und ihre sechzehnjährige kleine Schwester aus dem letzten einer ganzen Serie verlotterter Heime gerettet, in dem sie gelandet war, nachdem sie viermal von Pflegeeltern zu Pflegeeltern weitergereicht worden war. Großartig. Die reinste Samariterin. Das Gift der von ihr erwarteten Dankbarkeit fraß sich nicht minder fest als der unausgesprochene, aber dennoch spürbare Vorwurf, ihr beklagenswertes Schicksal habe sich Katherine selbst zuzuschreiben. Es hatte daher sehr viel fürs Heiraten gesprochen, nicht zuletzt die Chance, Mary in ihrer ganzen selbstgerechten

Wohltätigkeit die zwei beringten Finger vorzuführen. Mary, die du alles weißt, die du alles besser weißt, ich brauche dich nicht mehr, hier in meinen eigenen vier Wänden habe ich das Sagen, ätsch! Und Mary könnte, ließe sie sie eindringen, die Haarrisse im Lack entdecken, könnte dahinterkommen, und das wäre unerträglich. Mary stand für alles, was sie hinter sich gelassen hatte. Vor Marys scharfem Blick mußte sie sich schützen.

»Nein«, erklärte sie David, »ich kann jetzt nicht mehr umdisponieren. Selbst wenn ich sie erreichen würde, würde es ihr nicht passen. Du weißt, wie gehetzt sie immer ist. Wir wollten uns ja deshalb in der Stadt treffen, damit sie nicht soviel Zeit verliert.« (Und es war sicherer.) Er nickte.

»Gut, meine Liebe, wie du meinst. Solange sie weiß, daß sie jederzeit willkommen ist. Jeder ist willkommen.«

Das ist gelogen, dachte Katherine, schreckte dann aber vor solcher Illoyalität zurück. Wenn die Loyalität erst einmal in Frage stand, gab's kein Halten mehr. Auch eine Lebensweisheit aus einer Frauenzeitschrift. Jeanetta tauchte die Finger in den Zuckertopf, zog sie heraus und steckte sich das klebrige Pfötchen laut schmatzend in den Mund. Katherine und David zogen es beide vor, sie nicht zu beachten.

An guten Tagen lief im Haushalt alles wie eine gut geölte Maschine: Viertel vor neun erschien in der Tür die Dame des Hauses, Jeremy in der Karre vor sich herschiebend, hinter sich Jeanetta, den Schlafanzug über den Boden schleifend. Nach dem Spielzeug greinend, das zurückgeblieben war, blieb sie bockig stehen und eilte dann doch dem Tag entgegen, begierig auf Mrs. Harrison und die Aussicht auf ein zweites Frühstück. Die kleine Gruppe rumpelte drei, vier breite Stufen hinunter. Rasch, rasch, den blinzelnden, strahlenden Jeremy links herum rollen und nochmal vier Stufen hinab, dann die angrenzenden steileren Stufen wieder hinauf – allesamt ungeduldig, diese erste Ablösung des Tages hinter sich zu bringen. Dann

Mrs. Harrison an der Tür, ein breites Lächeln für den kleinen Trupp auf den Lippen, ein Lächeln, das schwand, als sie den Schlafanzug erblickte, staubig vom Schleifen, von Jeanetta an die Brust gepreßt wie eine Opfergabe. »Ach, wenn Sie einen Moment Zeit hätten, Mrs. Allendale«, sagte sie betont, »würde Mrs. Pearson gern mit Ihnen sprechen.« Sie zeigte dabei nach hinten ins Haus, als wolle sie einen bösen Geist beschwören. Das klang bedrohlich, so bedrohlich, daß Katherine, einem weiteren Konflikt jetzt nicht gewachsen, irgend etwas von »Ja, ja, gern, heute abend, bin leider in furchtbarer Eile« murmelte und mit einem strahlenden Lächeln und einem letzten Winken die Straße hinabfloh. Mrs. Harrison sah ihr kopfschüttelnd nach. Nahm ein zweites Kleid zur Arbeit mit; vornehm geht die Welt zugrunde! Jeanetta drängte zur Tür herein, ohne ein einziges Mal zurückzuschauen, und ließ den Schlafanzug zusammen mit dem roten Umhang, den sie sich in allerletzter Minute aus dem Spielerker geschnappt hatte, achtlos zu Boden gleiten. Jeremy streckte Mrs. Harrison seine Ärmchen entgegen.

»Sieh sie dir an, als ob sie vor etwas davonläuft«, schimpfte Mrs. Harrison und schnalzte mit der Zunge. Sie blieb einen Moment lang in der Tür stehen, Jeremy auf dem Arm, und sah der schrumpfenden Gestalt Katherines nach. Bald stemmte sich Jeremy gegen die Umklammerung, sie setzte ihn ab. Er tapste ins Haus hinein und wurde sogleich von Mr. Harrison am Ende des Flurs in Empfang genommen und die Treppe hinunter bugsiert in die eigene Wohnung. Morgens hatte Harrison Spaß an den Kindern, erst nachmittags ließ seine Geduld etwas nach. Jeanetta war sicherlich schon hochgenommen worden und hatte einen Schmatz auf die Backe bekommen, begleitet von einer Begrüßung wie: »Guten Morgen, meine Süße, und wie geht's uns heute?« – eine Umarmung, deren Dauer zwar durch ihr beachtliches Gewicht und seine Arthritis Grenzen gesetzt waren, die beide jedoch genossen. Jeanetta zeigte ihre Zuneigung morgens immer mit Ungestüm, dann aber wandte sie sich sogleich mit hündischer Ergebenheit Mark Pearson zu, sofern er nicht in der Schule war, oder mit Herablassung seiner Schwester, war er es doch. In den Schulferien war Jeanetta viel leichter bei Laune zu halten.

Diese Morgenstunde hatte für Mrs. Harrison wahrlich Gold im Mund. Noch in ihren Hausschuhen, entspannt an den Türpfosten gelehnt, betrachtete sie mit Wohlwollen die Straße und kramte aus der Tasche ihre stets mitgeführten Zigaretten hervor. Dieser Augenblick, wenn ihre Arbeitgeber aufgebrochen und das Haus ihr überlassen hatten, beschwingte sie. Nicht, daß sie ein solches Haus hätte besitzen wollen. Sie hätte nicht einmal im Traum gewußt, was sie mit den vielen Zimmern sollte, denen Harrison Tag für Tag seine Aufmerksamkeit widmete, aber sie genoß das zeitlich begrenzte Gefühl, Herrin über alles zu sein. Für eine kurze Zeitspanne. Die Sonne schien, in der Kastanie auf der dem Haus gegenüberliegenden Seite der Straße zwitscherten Vögel. Sie hätte sich natürlich auch in den Garten setzen können, aber im Garten war es still, und sie hatte gern ein bißchen Leben um sich. Außerdem war das praktisch die einzige Tageszeit, wo auf der Straße was los war. Dicke Wagen fuhren vorbei, Menschen waren auf den Bürgersteigen unterwegs – die günstige Gelegenheit zum Gucken und vielleicht zu einem kleinen Schwatz wollte sie sich nicht entgehen lassen. Eileen setzte sich auf die zweite der vier Stufen, freute sich, daß nichts ihren Blick verstellte, und steckte sich ihre erste Zigarette an.

Nicht gerade eine freundliche Nachbarschaft, aber nicht übel, wenn die Bonzen zur Arbeit aufgebrochen waren – die, die es taten. Dann gab es da noch die Kindermädchen und die Kinder und Zufallspassanten, die irgendwohin gingen. Aus dem Augenwinkel erspähte sie jetzt Mr. Mills, der soeben um die Ecke bog und von links gemächlich auf sie zugeschlendert kam, als hätte er alle Zeit der Welt.

Na ja, bei dem Wetter, dachte sie großzügig, warum sollte er sich da beeilen, er hatte das, was man Gleitzeit nannte, jedenfalls hatte er ihr das gesagt – ein komisches Wort für ständiges Zuspätkommen. Redete auch komisch, Mr. Mills. Einmal hatte er gesagt, diese Strecke wäre sein »Spaziergang durch die Zivilisation«, der einzige Moment des Tages, an dem er sie zu Gesicht bekam. Aha? Na ja, er war ja sonst ganz nett, der Kerl, und sie unterhielt sich mit allen gern, egal was für 'n Blech die redeten.

Die Kleider, die er trug, waren so daneben wie sein Geschwätz. Er trug immer dicke Cordhosen, sommers wie winters, das einzige Zugeständnis an die Jahreszeit waren seine Sandalen und die schmuddelig weißen Socken, ein Anblick, der Mrs. Harrison über alle Maßen ärgerte. Der Oberkörper steckte in einem zerknitterten indischen Baumwollhemd, meist das von gestern und vorgestern, das Gesicht war bedeckt von spärlichem, ungepflegtem Barthaar, über das Mrs. Harrison am liebsten mit einer Schere hergefallen wäre, weil es so schien, als habe er einfach vergessen, sich zu rasieren. Zu allem Überfluß trug der Mensch dann auch noch eine runde Nickelbrille von der Art, wie sie Harrison seit Jahren verschmähte. Also ehrlich.

»Tag, Mr. Mills«, rief sie ihm zu, als er auf gleicher Höhe angelangt war. »Lange nicht gesehen. Urlaub gehabt?«

Er blieb überrascht stehen, in Gedanken offensichtlich ganz woanders. Oder vielleicht gehörte er zu denen, die einer Unterhaltung am Morgen abgeneigt waren. Wenn ja, dann war das sein Pech, denn zu denen zählte sie nicht. Er nahm eine für John Mills ungewöhnliche Haltung ein, mit überkreuzten Füßen, auf den Außenkanten der Schuhe balancierend mit zusammengepreßten Knien, Hände in den Hosentaschen, den mageren Oberkörper vorgebeugt, bereit, davonzuflattern wie ein aufgeschreckter Vogel.

»Nie im Leben«, wehrte er ab. »Urlaub? Was ist denn das? Wir als arbeitende Bevölkerung, Mrs. Harrison...«

Sie lachte. »Sie vielleicht. Dachte schon, Sie wär'n ganz weg.«

»Leider nein. War zur Fortbildung, ein paar Tage nur. Jetzt hat mich die alte Tretmühle wieder.«

»Sie Ärmster. Kümmern sich immer noch um die armen kleinen Würmer, wie?« Sie hatte die vage Vorstellung, daß er mit Kindern zu tun hatte, irgend so etwas hatte er doch gesagt, und in ihren Augen entsprach er mit seiner weibischen Art durchaus dem Bild eines Lehrers oder so etwas, die sie durchweg für schwul hielt, die Männer jedenfalls. Oder er arbeitete für die Gemeinde, war auch denkbar, bei dem ewigen Gerede von Politik. Die Vorstellung, daß er für derlei bezahlt wurde! Das war doch nicht normal, so etwas. Noch nie waren Dinge, wie die, die er ihr vordozierte, Mrs. Harrison zu Ohren gekommen, sie fühlte sich in gewisser Weise geschmeichelt, wenn sie sie auch leicht anrüchig fand.

»Sie sind Haushälterin«, hatte er nach kaum zehn Minuten bei ihrem ersten Gespräch festgestellt, »während die das alles besitzen.« Er hatte wild mit den Armen gestikuliert. Das war vor einem halben Jahr gewesen, im Winter – da hatte sie weniger zu tun als im Sommer. »Und wahrscheinlich ein Zweithaus, vermute ich. Eine Schande, sage ich Ihnen. Keiner sollte soviel Besitz anhäufen dürfen.«

»Und wieso nicht?«

»Es ist ein Verbrechen, deshalb. Es sollte eine gerechte Verteilung geben. Sehen Sie doch nur: In dem Haus könnten leicht vier Familien wohnen. Dort wo ich arbeite, kommen vier auf einen Raum.«

»So, so«, hatte sie erwidert, etwas gekränkt durch die abschätzige Sicht ihrer Arbeitgeber, die sie selbst als Mitschuldige einzubeziehen schien. »Reden Sie denen aber bloß nich ein, hier wär noch Platz, kapiert?«

»Vielleicht tu ich's doch«, meinte er düster prophetisch.

»Könnte die Hälfte meiner Leutchen zur Hausbesetzung hier in die Straße bringen.«

»Ts, ts«, hatte Mrs. Harrison kopfschüttelnd gelacht. »Die Welt ist nun einmal ungerecht, Mr. Mills. Glauben Sie ja nicht, daß Sie daran etwas ändern könnten. Wenn Sie sich das einbilden, dann drehen Sie noch durch.«

In letzter Zeit, vor allem, wenn er durch diese ganz andere Welt von Bayswater ging, fragte er sich im stillen, ob Durchdrehen dem ständigen Aufrechterhalten einer vernünftigen Fassade, dem sich Arrangieren mit dem unerträglichen Stand der Dinge, wie es Mrs. Harrison vermutlich tat, nicht vorzuziehen wäre. John Mills, seines Zeichens Hippy, Dichter und Prediger der Revolution, klammerte sich immer noch an sein Evangelium wie ein Ertrinkender an das sinkende Schiff, das alle anderen längst verlassen hatten. Er war stehengeblieben, um sich mit Mrs. Harrison zu unterhalten, wie er eben aus Prinzip stehenblieb und sich mit jemandem unterhielt, der so zweifelsfrei dem Proletariat zuzurechnen war, selbst wenn ihr das Bewußtsein fehlte, diese Tatsache voller Zorn zu begreifen. Das fehlte den meisten. Die waren eben auch verrückt. Er blickte zum Fenster hoch, wo eine Katze thronte. Die da oben zahlten vermutlich einen Teil seines Gehalts, indem sie ihr überflüssiges Kleingeld als steuerbegünstigte Spende in irgendeinen Wohlfahrtstopf fließen ließen. Aber das machte sie ihm nicht sympathischer. Wunderschöne Häuser, bildschön. Es zog ihn unwiderstehlich in diese Straße, die er am liebsten flachgebombt hätte und darin begraben, die Wurzel allen Übels, Übel, das ihn wie Akne juckte.

»Herrliches Wetter«, sagte Mrs. Harrison.

Heute war es besonders schlimm, er kochte vor Abscheu. Gestern morgen, an seinem ersten Arbeitstag, war er in einem stinkenden Loch gewesen, nur wenige Kilometer von hier, aber Lichtjahre entfernt. Der Kontrast war alles andere als Balsam auf ein geplagtes soziales Gewissen und zerrüttete Nerven. Er sagte jedoch nichts, und Mrs. Harrison sah darin lediglich eine weitere Bestätigung für seine Kauzigkeit. Sie bemerkte wohl seine Geistesabwesenheit, spürte seinen Wunsch, zu gehen und sich dennoch nicht bewegen zu müssen. Er sah noch blasser aus als sonst, redete immer noch unter Einsatz des ganzen hin und her schaukelnden Körpers, als ob er nicht stillstehen konnte, erzählte nun, daß in seinem Büro die Decke eingestürzt war. Das waren greifbare Probleme, die sie mit »Nein! Ach! Tatsächlich?« bedachte. Hinter ihr kam der Hund Patsy die Stufen hinuntergetappt, drehte sich ein paarmal im Kreis, um die beste, sonnengewärmte Stelle auf den Steinen zu finden und ließ seinen schweren Labradorrumpf grunzend sinken. Dahinter erschien, ausnahmsweise still, Jeanetta.

»Die Kleine sieht genauso aus wie der Hund«, stellte Mills fest. Er sagte es laut und zeigte mit dem Finger. Mrs. Harrison lachte. Er hatte nicht Unrecht: das gleiche Goldhaar, die gleiche Leibesfülle, die gleichen Augen, nur rosig umrahmt. Meine Güte, Mr. Mills war aber der reinste Zappelphilipp heute morgen; im Vergleich zur Seniorenbehäbigkeit des Hundes fiel es ihr jetzt auf. Plötzlich wurde ihr langweilig, der Spaß drinnen konnte beginnen, die Zigarette war aufgeraucht. Sie schnippte die Kippe auf den Bürgersteig, als kleinen boshaften Beitrag zur Reinhaltung der Straßen.

»Na, dann will ich Sie nicht länger aufhalten, Mr. Mills Nett, Sie mal wieder gesehen zu haben. Oder wollen Sie doch noch auf eine Tasse Tee...?« Sie hatte ihm gar keinen angeboten, er hatte als fünfminütige Zerstreuung seine Schuldigkeit getan. Er entwirrte seine Füße, beugte sich zum Hund hinunter, um ihn zu streicheln und ging seiner Wege. Seinem Gang fehlte auf eigenartige Weise jegliche Würde, er reizte geradezu zum Lachen.

»Komischer Kauz, was?« fragte Mrs. Harrison Patsy. »Immer so verdammt deprimiert, immer nervös. Was meinst du, meine Süße?« an Jeanetta gerichtet, womit sie den endlosen Strom belanglosen Geredes in Gang setzte, der dem Kind so gefiel. »Weiß nich«, sagte Jeanetta und streichelte Patsy mit Hingabe, Brust und Bauch auf die runden Knie gedrückt, so daß die glatte Haut ihres Rückens freilag. »Und wann kauft dir die Mama wohl neue Anziehsachen?« fragte Mrs. Harrison und zerrte am T-Shirt. Jeanetta kicherte. Es kitzelte.

»Schlafanzug?« sagte sie.

»Ach, ich weiß nicht recht«, seufzte Mrs. Harrison, »ich weiß wirklich nicht. Was wollen wir denn heute machen, mein Liebchen?«

Jeanetta strahlte und klatschte in die Hände. »Backebacke-Kuchen?« schlug sie vor.

»Du meinst: Backe, backe Kuchen, der Bäcker hat gerufen...« Das Kind stimmte mit ein und der Klang seines dünnen hohen Stimmchens folgte John auf seinem Weg zur Arbeit.

Immer wenn sie spät dran war, war sich Katherine dessen nur zu bewußt, und die Eile erschöpfte sie. Sie traf außer Atem ein, mit einem hastigen letzten Blick auf die Uhr, die sie im vergeblichen Versuch, sich selbst zu übertölpeln, vorgestellt hatte. Gerade noch fünfzehn Minuten, ein bißchen knapp nach dem Anstehen vor Dusche und Haartrockner im Fitness-Center. Jetzt war sie wieder fast an ihrem Ausgangspunkt, nur drei Türen von Mr. Isaacs Geschäft in der vornehmen Marble Street entfernt stand sie vor der Auslage von Davids bevorzugter Boutique. Sie hatte Mary einmal von der Boutique erzählt und die Straße, an deren anderem Ende sie sich in der Regel trafen, hinuntergezeigt. »Ach, trägt er neuerdings Kleider?« hatte Mary gefragt und sich dumm gestellt. »Aber nein, für mich, alberne Gans. Ihm gefallen die Kleider aus dem Laden an mir.« »Aha, du meinst, so wie ein Rennpferd in den Farben des Stallbesitzers an den Start geht«, hatte Mary spitz bemerkt, »gehst du in seinen Farben.« »Ach was«, hatte Katherine verärgert abgewehrt und das Thema lieber fallengelassen. Immer mußte Mary sie in dieser Weise an ihren Platz verweisen, und am schärfsten wurde Mary immer dann, wenn sie neidisch war. Diese Einsicht war irgendwie eine Entschädigung.

Katherine konnte sich nur schwer entschließen, bescheidener gekleidet als sonst zu den Verabredungen mit der Schwester zu erscheinen, um Bemerkungen wie »Das ist ja hübsch, muß eine Stange Geld gekostet haben« zu umgehen, und fragte sich, ob sie sich nicht erst recht herausputzen sollte, zur Hebung ihres Selbstwertgefühls und um auf subtile Weise Neid zu provozieren und ihre eigene Unabhängigkeit zu unterstreichen. Allerdings war der Unterschied minimal: Sie kleidete sich stets mit sicherem Geschmack, das und der Wert, den sie auf ihre äußere Erscheinung legte, waren ein und dasselbe, und wenn Davids Präferenzen und Mr. Isaacs Erwartungen an seine Verkaufsassistentin in Richtung Westend-Designermode gingen, dann war das eben so. Katherine trug heute dasselbe elfenbeinfarbene Kleid wie am Vortag, nur mit anderen Ohrringen, Brosche und Schuhen. Sehr elegant. Die Henkel der Tasche, die sie trug, schnitten in die heiße Hand, als sie nun ihre Hast zu würdevollem Schrittempo bremste und mit gespielter Gelassenheit die Boutique betrat. Ein schwieriger Tag: Keine Zeit zum Trödeln und Träumen, wie sie es so gerne tat.

»Ach, Mrs. Allendale, was für ein Jammer! Mr. Allendale war felsenfest davon überzeugt, daß es Ihnen stehen würde. Na, macht nichts. Wollen Sie nicht etwas anderes anprobieren? Dieses? Wirklich? Es ist keine reine Seide, wissen Sie, nicht allererste Qualität.« Ein verächtliches Verziehen der Mundwinkel begleitete die Worte. »Das schlägt sich natürlich auch im Preis nieder. Aber ja, die Differenz schreiben wir gut. Bar? Die gnädige Frau hätte es gern bar?« Augenbrauen schossen himmelwärts, als wäre ein Vulgärausdruck gefallen.

Verärgertes Rascheln mit Seidenpapier. Immer hübsch freundlich bleiben, der Kunde ist König, hübsch zuvorkommend sein. Besonders bei schwierigen Kunden wie der jungen Mrs. Allendale. Wie eigenartig, daß sie ein so billiges Kleid vorzog, noch dazu in der Farbe! Sonst kauft ihr ja der Mann die Kleider, wissen Sie? Weshalb? Weil sie, ganz unter uns gesagt, nicht mit Geld umgehen kann, weil man ihr keine Kreditkarten überlassen darf. So habe ich es verstanden. Ganz im Vertrauen natürlich nur. Katherine, die selbst in einem ähnlichen Geschäft bediente und mit ähnlichen Kunden zu tun hatte, die wußte, wie man mit ihnen kokettieren oder ihnen schmeicheln mußte, wußte ganz genau, was die Geschäftsführerin dachte. Hat keinen Kopf für Finanzen, versteht nichts vom Geld. Sagt man. Ja und? Lästige, blöde Kuh. Katherine stand wieder auf der Straße, erhitzt und siegreich. Das Kleid war ihr gleichgültig, wichtig waren die fünfzig Pfund. Sie kam sich unendlich reich, unabhängig und großzügig vor.

Sie kam jetzt schon zwei Minuten zu spät zur Verabredung im Café am Ende der Straße, wohin sie in ihren winzigen italienischen Schuhen trippelte, Erleichterung in jedem beschwingten Schritt. An ihrem Tisch blickte Mary auf ihre schwere Männerarmbanduhr, bemerkte dann Katherines glanzvolles Entree und stellte mit Selbstzufriedenheit fest, daß ihre kleine Schwester sich offenbar richtig freute, sie zu sehen. Die Feststellung stimmte sie milde. Sie setzte sich auf, zupfte sich die extrem kurzen Haare, den schlichten schwarzen Pullover zurecht. Sie konnte sich vielleicht nicht ganz der Anmut und des Liebreizes der Schwester rühmen, doch fehlte es keineswegs am gleichen Potential. Die Schmucklosigkeit von Marys schlanker, ebenmäßiger Gestalt war schließlich frei gewählt, und das Gesicht wäre ohne den hungrigen Ausdruck recht einnehmend zu nennen gewesen. Mary war stets pünktlich, überpünktlich meistens, und nur der leuchtende Blick der Schwester konnte ein unverzeihliches Loch von zwei Minuten im Zeitplan wettmachen. In der Regel kam auch Katherine eher zu früh als zu spät. »Das hat sie von mir gelernt«, hatte sie David einmal erklärt, der sehr viel auf Pünktlichkeit hielt. Katherine ließ bedenklich nach in letzter Zeit. Vorbei die Zeiten, da sie gut eine Viertelstunde vorher da war und nichts dabei fand, auch im strömenden Regen einmal um den Block zu gehen und die Auslagen zu betrachten oder lieber in irgendeinem Hauseingang herumzustehen als jemand warten lassen. In diesen Dingen war Katherine zwar kein ganz hoffnungsloser Fall, doch einer wie Schwester Mary, der es um nichts Geringeres als die Erlösung ging, mußten die Aussichten düster erscheinen – jedenfalls wenn hemmungsloser Konsum einen geradewegs in die Hölle fahren ließ.

Die Treffen etwa einmal in der Woche hatte Mary angeregt, und sie nahm weder diese vielsagende Tatsache noch die Pflicht noch Katherines meist einsilbige Reaktionen übel. Schließlich mußte man bedenken, daß die kleine Schwester einige Jahre jünger war und daß sie von einem Pflegeheim ins nächste abgeschoben worden war, von der frühen Trennung der Schwestern ganz zu schweigen; heutzutage würden die Sozialarbeiter das nicht mehr tun. Mary hatte mehr Glück gehabt, war adoptiert worden von inzwischen günstigerweise verstorbenen Eltern, die ihr eine ordentliche Ausbildung ermöglicht hatten. Katherine hatte es allerdings immer schon mehr mit Farben und Bildern gehabt. Kind geblieben, dachte Mary oft, nicht übers Teenie-Alter hinausgekommen, als sie noch Comic-Hefte las: Man gebe Katherine Comic-Hefte und einen Malkasten, und sie wäre glücklich. Der Malkasten paßte gut ins Bild, wenn man sich's überlegte – Mary überlegte es sich nicht ohne Bitterkeit, glich doch Katherines Leben ein wenig diesen Ölbildern zum Selbermachen: die mit den numerierten Feldern, die mit der entsprechend bezifferten Farbe auszumalen waren und siehe da: die vollendete Frau. Aufhören! Katherine war schließlich ihre Schwester, ihre einzige direkte Verwandte, die sie, auf ihre Weise, liebte, auch wenn sie nicht ohne Erleichterung die Verantwortung für sie abgetreten hatte. Denn selbst wenn sie stets relativ nachsichtig und liberal gewesen war, Katherine war doch verdammt, na ja, starrsinnig. Das war sie, auf charmante und unwiderstehliche Weise, immer noch.

»Sieh mal einer an, wen haben wir denn da? Kate kommt zu spät.«

Katherine strahlte, und Mary ließ sich erweichen, als sie zusah, wie ihre Schwester sich in einen Rohrstuhl plumpsen ließ, das kurze, schwarze Jäckchen abstreifte, das Mary am liebsten selbst gehabt hätte, und zur Speisekarte griff.

»Wollen wir Kuchen essen? Heute zahle ich, tu dir keinen Zwang an. Meine Güte, sieh dir bloß die Preise an!« Mary hörte das gern: das war ihre gute alte Kate.

»Nein, nein«, meinte sie begütigend, »wir teilen. Und wir nehmen nur ein paar Croissants. Jetzt erzähl mal, was gibt's Neues.«

Als ob sie es nicht wüßte. Als ob nicht alles genauso wäre wie letzte Woche. Katherine würde gearbeitet haben in ihrem Schickimicki-Laden, würde brav ihren Fitness-Kurs besucht haben, würde mit Freundinnen zum Essen gegangen sein und würde etwas Neues gekauft haben – das sah Mary doch an der Tragetasche auf dem Boden. Das alles ließ sich in zwei Sätzen sagen. Woraufhin Mary ihre Woche etwas ausführlicher schildern würde, ihre Bemühungen ums Gemeinwohl. Die Sitzungen von Oxfam, Mencap, Ableger der größten Kinderschutzorganisation, die Erörterung der Spendenkampagne für Behindertentransporte bei Kaffee und Kuchen, die es mit denen hier nicht aufnehmen konnten, Telefonate, Schriftverkehr dreier verschiedener Stellen, gezielte Öffentlichkeitsarbeit, Prüfung von Berichten zum Zwecke der Verbesserung dieser und jener Einrichtungen, eine bescheidene Vergütung für eine Expertise. Marys voller Einsatz galt einer Wohlfahrtsleit- und informationsstelle, sie war Treuhänderin verschiedener Wohltätigkeitsfonds, hatte sich zur Spezialistin in Fragen der Zuständigkeitsbereiche zahlloser Institutionen und Initiativen hochgearbeitet, war unentbehrlich, war unerbittlich. Es ödete Katherine an, nervte ebenso wie Marys regelmäßige Besuche bei ihrer Schwiegermutter, von denen sie wußte und deren Anmaßung sie ärgerte. Als sie noch nicht gelernt hatte, den Mund zu halten, hatte die kleine Schwester die große gelegentlich »Pfadfinderin« geschimpft. Inzwischen hörte sie höflich zu. Interesse zu heucheln hatte sich als einfacher erwiesen.

»Also ehrlich, Katherine, die Leute sind so unfähig, du machst dir keine Vorstellung! Hättest du nicht Lust, einzusteigen? Du solltest dich nützlich machen.«

Das bekam sie jedesmal zu hören, fast wortgleich, und jedesmal wiegelte Katherine ab, empfand den Vorschlag als Unverschämtheit; als ob sie selbst nichts zu tun hätte.

»Es wäre wegen der Kontakte ja ganz nett«, erklärte sie ausweichend, »aber ich liebe die Menschen nicht grundsätzlich, so wie du es tust.«

Und ich sollte nicht ständig an ihr herumkritteln, dachte Mary, schließlich ist sie als verheiratete Frau wesentlich besser dran als zuvor. Doch Katherine hörte ihr gar nicht zu, sie hörte ihr oft nicht zu. Mary seufzte. Auch das war nichts Neues. Kath war immer eine Träumerin gewesen, hatte sich vor Unannehmlichkeiten in Träumereien geflüchtet. Kath war wie ein offenes Buch.

»Mary«, hob Katherine an, als wollte sie ein Thema von immenser Bedeutung anschneiden. »Kannst du dich an diese Schlafanzüge erinnern, die wir als kleine Kinder hatten?«

»Wann meinst du?« Mary war verdutzt über diese unerwartete Frage aus heiterem Himmel, nicht vorbereitet.

»Du weißt schon. Wir werden so vier gewesen sein. Oder ich vier, du zehn. An dieser ersten Schule oder was das war. Wo wir morgens in so Flanellschlafanzügen aufwachten. So ein steifes Flanellzeugs, einfarbig, eigentlich nicht sehr angenehm im Bett. Eher was zum drin Spielen. Weißt du noch?«

»Nein.« Aber sie wußte es genau. Sie hatte bloß immer angenommen und gehofft, Katherine selbst wüßte es nicht mehr. Ihre Hand krampfte sich um die Teetasse, Erinnerungen suchten sie heim. Sie und Katherine, aus dem dunklen Kohlenkeller eines Hauses gerettet, wo ihre Eltern sie – absichtlich oder unabsichtlich – im Stich gelassen hatten und einfach weitergezogen waren. Mary wünschte manchmal, sie könnte in Erfahrung bringen, welcher Drogenrausch, welcher Wahnsinn dazu geführt hatte, doch sie hatte es sich verkniffen. Was hätte es ihr genutzt, zu wissen, wie es dazu kommen konnte, daß sie und Katherine dort, halb ohnmächtig von dem Schreien nach Hilfe, ans Licht gezerrt worden und irgendwo an einem fremden Ort aufgewacht waren mit dem Geruch von Karbol und steifem Flanell in der Nase? O ja, sie wußte es genau, und sie verdrängte die Erinnerung mit aller Macht. In einem kurzen erhellenden Aufblitzen plötzlicher Eingebung, aus ungewohnter Perspektive betrachtet, begriff Mary schlagartig, weshalb sie ihr Leben dem Wohle anderer verschrieben hatte, während Katherine mit aller Macht nach Sicherheit und Komfort gestrebt hatte. Die Erkenntnis huschte vorbei wie ein Schatten; es war so vieles geschehen in der Zwischenzeit. Mary war der Ansicht: Was vorbei war, war vorbei und durfte nicht benutzt werden, um die Gegenwart zu erklären oder zu entschuldigen. Sie empfand das so vehement als Zeitverschwendung, daß sie Katherines Erinnerung am liebsten schlichtweg geleugnet, sie als Einbildung abgetan hätte. Doch obwohl sie Katherine immer wieder eingeschärft hatte, nicht nachzudenken, brachte sie das nicht über sich.

»Wieso um alles in der Welt interessierst du dich für diese verfluchten Baumwollschlafanzüge?«

Katherine war ganz in ferne Erinnerungen versunken, dann schüttelte sie sich und lachte.

»Weiß nicht, ich mußte einfach an die Dinger denken. Jeanetta ist versessen auf Schlafanzüge. Jungenschlafanzüge.«

»Dann ähnelt sie ihrer Mutter«, bemerkte Mary bissig, ihr Tonfall wegen der von Katherine überfallartig heraufbeschworenen Bilder scharf. Katherine ließ sich dadurch nicht aus der Ruhe bringen.

»Hm. Deswegen überlege ich, wo ich so etwas wohl bekommen könnte. Nicht fürs Bett, sondern die sie beim Spielen tragen könnte. Die Dinger haben in der Taille einen Gummizug, weißt du, sie sind schön weit. Es müßte doch welche geben, die ihr am Bauch passen, ohne daß die Beine zu lang sind. Sie braucht etwas Bequemes, in dem sie sich nicht eingeengt fühlt, und sie haßt Trainingsanzüge. Wie soll sie jemals abnehmen, wenn sie sich nicht bewegen kann? Sie scheint auf einmal überhaupt nichts mehr zum Anziehen zu haben. Wie bei Glühbirnen, die immer alle gleichzeitig durchbrennen.«

Na, schön: wenn das alles war. Für konkrete Anliegen konnte sich Mary begeistern, und sie schämte sich ein wenig ihrer Angst.

»Du könntest bei Oxfam mal gucken – oder in einem der anderen Wohlfahrtsläden. Es gibt sie sogar im Westend, weißt du, du brauchtest nicht einmal erst den Bus nehmen. Oder…« – jetzt kam sie richtig in Fahrt – »…diese todschicken Kinderboutiquen, da kennst du doch sicher einige, dort könntest du so einen niedlichen kleinen Chinesenanzug bekommen, du weißt schon, diese Art Uniformen, die die kleinen Rotchinesen tragen auf den Postern, auf denen immer der Vorsitzende Mao mit abgebildet ist. Müssen ja praktisch sein, solange es keine Seide ist und solange du ihr nicht die Füße einbindest.« Bei der Vorstellung mußte sie lachen: die fette kleine Jeanetta Allendale, orientalisch bunt gewandet auf kleinen Schweinsfüßchen. Katherine horchte auf.

»Oxfam?« wiederholte sie.

»Katherine, nun tu nicht so, als wäre dir Oxfam kein Begriff, du hast jahrelang Oxfam-Sachen getragen als Fachoberschülerin. Du hast dir die Sachen immer umgeändert, tolle Klamotten geschneidert. Dein windiges Diplom verdankst du doch allein diesem Projekt damals, zum Thema ›Wie man aus nichts etwas macht‹ oder so ähnlich!«

Jetzt war es an Katherine, bei dem Gedanken an die Vergangenheit eine Gänsehaut zu kriegen. Plötzlich war der muffige Geruch der Altkleider wieder da, der ranzige, ärmliche Mief, plötzlich sah sie sich wieder zwischen den Kleiderbügeln wühlen nach einer Farbe, mitten im Dunstkreis ältlicher, armer Frauen, vor denen es sie geekelt hatte. »Ja, doch, ich weiß. Aber ich kann mich nicht an Kindersachen erinnern. Außerdem gehe ich dort nie wieder hin.« Das letzte stieß sie gepreßt hervor, und erschrocken sah Mary, daß Katherines Knöchel weiß wurden, ihr Croissant unter dem Druck ihrer Finger zerbröselt wurde und die Krümel über den Tellerrand hinausflogen.

»Sollst du ja auch nicht. Warum merkst du denn nie, wenn ich dich aufziehe, dumme Gans. Und wo in aller Welt liegt das Problem? David kauft Jeanetta doch sicher Kleidung, oder? Er kauft doch auch deine.«

Katherine sah entrückt durch sie hindurch, und Mary verspürte zum zweitenmal an diesem Nachmittag einen Kloß im Hals. Sie kannte diesen leeren, hoffnungslosen Blick, und er beunruhigte und ärgerte sie gleichermaßen, wie immer schon. »Kopf hoch, Katherine«, sagte sie betont munter, »David kümmert sich schon darum.«

»Das geht nicht«, erklärte Katherine sanft. Dann rutschte es ihr wie Schluckauf heraus: »Verstehst du, David glaubt, Jeanetta sei nicht sein Kind. Er ist fest davon überzeugt, daß Jeanetta von jemand anderem ist.«

Die Krümel waren auf dem weißen Tischtuch wie Konfetti um den Teller verteilt. Mary saß reglos. Sie hatte wieder das Konfetti bei Katherines Hochzeit vor Augen. Es war ganz gut gewesen, daß es kaum Verwandte gab, die hätten erscheinen können – in Anbetracht des Bäuchleins, das sich unter dem cremefarbenen Kleid der Braut abzeichnete, das sie einem weißen vorgezogen hatte. »Es steht dir nicht zu, Weiß zu tragen!« hatte die Schwester sie angefahren. »Du kannst von Glück reden, daß du einen anständigen Kerl wie David gefunden hast, der dich abgöttisch liebt, aber trag um Himmels willen kein Weiß! Selbst wenn du vorhast, in Zukunft die Tugendhaftigkeit in Person zu sein und es nicht mehr nötig hast, von einem Bett ins nächste zu fallen, nur weil du es nicht aushältst, allein zu sein, als wärst du ein hilfloser Säugling; weil du dich an alles heranschmeißt, was ein bißchen Nestwärme verspricht, koste es, was es wolle. Meine Güte, selbst als David als rettender Prinz auf den Plan getreten ist und der Prinzessin zu Füßen lag, konntest du es nicht lassen!« Am ersten Abend schon war Katherine mit David ins Bett gegangen – Mary erinnerte sich an ihr Stöhnen, das sie durch die Wand gehört hatte, obwohl sie sich die Finger in die Ohren gesteckt hatte. Aber Katherine hatte nie viel Gedanken an die Folgen ihres Handelns verschwendet, ihr Leben war ein einziger Kollisionskurs. Und Mary sammelte die Scherben auf. Einige der Männer waren in Marys Bett übergewechselt, wo es ihnen vielleicht etwas weniger gut gefiel, wo es aber zuverlässiger zuging, doch das hatte sie Katherine nie erzählt. Zu ihnen zählte auch der letzte in der Serie der Liebhaber, die dem erfolgreichen Abschluß der Jagd auf einen Ehemann vorausgegangen waren. Mary beruhigte sich, die Sturmglocken verstummten. Sie griff nach ihrer Kaffeetasse.

»Katherine, das ist doch kompletter Unsinn.«

»Ja«, stimmte Katherine zu, der ihr Geständnis merklich unangenehm war und die jetzt Anstalten machte, sich zum Aufbruch fertigzumachen, ihren Oberkörper vom

Tisch wegdrehte und das Gesicht hinter dem Vorhang ihrer blonden Mähne verbarg. »Ja, alles Unsinn.« Sie wiederholte Marys knappen Kommentar laut, ärgerlich über sich. Sie hatte sich doch so oft geschworen, Mary nichts mehr anzuvertrauen, sich ihr gegenüber keine Blöße mehr zu geben, ihr keinen Zugriff mehr zu gewähren. »Vollkommener Blödsinn.« Jahre hatte sie gebraucht, um sich Marys Einfluß zu entziehen, einen Teufel würde sie tun, jetzt in die alten Muster zurückzufallen! Und Mary würde den Fuß nicht über die Schwelle ihres Hauses setzen, ehe nicht die goldenen Locken wieder gewachsen waren, so! Sie brauchten Mary nicht, so!

Sie richtete sich auf, nahm die Tasse zur Hand. Mit der anderen hatte sie die Krümel von der Tischdecke eingesammelt und wieder auf den Teller gelegt, einen nach dem anderen.

5

Allerhand, ich muß schon sagen. Allerhand. Da mir am frühen Nachmittag das ein oder andere Dringende einfiel, bin ich eher aus dem Büro aufgebrochen, und ich weiß sehr wohl, daß alle heilfroh waren, mich von hinten zu sehen. Ich habe mich nach oben gearbeitet; jetzt läuft's von alleine. Hatte den ganzen Tag herumgekeift, weil ich mit Kopfschmerzen aufgewacht war, die Augen kaum aufgekriegt hatte. Wollte einkaufen, es ging einfach nicht. Zu öde, aber der Abend wurde noch ganz lustig, na ja, nicht direkt lustig, aber interessant, besser jedenfalls, als einzukaufen wie irgend so eine alberne Hausfrau – alles besser als das.

Sehr erfreulicher Abend, genau genommen, jedenfalls für eine etwas neugierige Nachbarin wie mich. Ich bin ihr nämlich auf die Schliche gekommen, der sauberen Katherine Allendale. War folgendermaßen: Sie kommt die Straße hochgetänzelt, um die Kinder abzuholen, beladen mit Tüten (da haben wir doch eine, die mit Wonne einkauft; ein Rundgang durch deren Haus gleicht einem Bummel durch europäische Einrichtungsstudios). Die liebe Katherine macht sich ja gern möglichst schnell aus dem Staub, wenn sie ihre Kleinen holt, aber diesmal habe ich sie nicht entwischen lassen, wo ich doch schon am Abend vorher kein Bein auf den Boden gekriegt hatte. »Ach!« sage ich also zu ihr. »Da bist du ja, komm doch noch kurz auf einen Drink rein.« Sie schaut schicksalsergeben drein, als wäre es ein Befehl.

Dabei ist sie dem Alkohol ganz und gar nicht zugetan, unsere saubere kleine Mrs. Allendale. Sie setzt sich also in der Küche auf einen Hocker, wie der Schiedsrichter in Wimbledon, so daß ich, die ich mich immer für älter *und* für klüger gehalten habe, mir *nur* älter vorkomme. Eine solche Wirkung hat sie auf mich. Wir trinken Tee.

»Na«, mache ich den Anfang, »warst du einkaufen?«

Überflüssige Frage! Wann war sie mal nicht einkaufen? Aber die rhetorische Frage sollte mir als äußerst geschickt eingefädelte Eröffnung eines Gesprächs über die astronomischen Preise für Kleidung, insbesondere Kinderkleidung, dienen, ein Vorgeplänkel, auf das mich das Label des Jäckchens gebracht hatte, das sie achtlos über eine Stuhllehne warf, doch sie kam mir zuvor.

»Ja«, meint sie. »Ich war einkaufen. Ich habe Geschenke gekauft.«

Dann schiebt sie Mrs. Harrison über den Tisch eine Schachtel sündhaft teurer Pralinen zu. Das macht sie – immer ganz schüchtern – öfter, aber nicht mit berechenbarer Vorhersagbarkeit. Nette Geste, sicher, aber ich steh' dann natürlich ziemlich blöd da. Andererseits weiß ich ganz genau, daß Mrs. Harrison eigentlich nur Pralinen der billigsten Sorte schmecken. Tja, Schadenfreude ist... Dann nimmt mir die gute Katherine doch glatt zum zweitenmal den Wind aus den Segeln.

»Mir ist wirklich sehr unangenehm, daß Jeanetta ständig Schlafanzüge von Mark anhat. Wir waren in der letzten Zeit so beschäftigt, daß ich erst heute morgen bemerkt habe, daß sie kaum noch etwas zum Anziehen hat. Also habe ich ein paar neue Sachen gekauft. Morgen wird sie also neu ausstaffiert erscheinen, nicht, Jeanetta, mein Schatz?«

»Jeanetta Schatz«, mir fiel es in diesem Moment erst mit Entsetzen auf, hat einen grauenhaften neuen Haarschnitt: Wie ein Sträfling. Die Kleiderfrage schien die Kleine wenig zu interessieren. Mein Gott, was hatten sie bloß mit ihr angestellt? Sie verdrückte sich langsam Richtung Speisekammer – scheint eine ihrer bevorzugten Maschen zu sein, wenn's nach Hause geht, quasi als Wink, daß etwas zum Naschen nicht unwillkommen wäre, aber auch in der Hoffnung, sich verstecken zu können und vergessen zu werden. Es gibt meist ein Mordsgeschrei, wenn Jeanetta nach Hause soll, schreit wie am Spieß, das verzogene Gör, in diesem Fall aber war ihr Widerstand passiver Art, und Mrs. Harrisons sich versteifender Rücken, als sie sich bückte, um ein Spielzeug aufzuheben, das ihr fast das Genick gebrochen hätte, sprach Bände. Die wohltuende Wirkung der frohen Kunde war kurzlebig: just in diesem Moment begann der von dem süßen kleinen Jeremy heftig geschaukelte Kinderstuhl zu kippen.

»Himmel!« rief ich. »Fangt ihn auf!«

Der Stuhl wurde im Sturz von der Tischkante etwas gebremst, so daß der Kleine in Zeitlupe herausrutschte und höchstens einen Meter fiel. Trotzdem kam er ziemlich hart auf. Wir alle waren wie gelähmt, wie das in solchen Momenten oft ist: Mrs. Harrison noch halb gebückt, ließ sich sofort auf die Knie fallen und kroch geschwind auf ihn zu. Ich war aufgesprungen, knallte mit der Hüfte gegen den Tisch und stürzte ebenfalls zu ihm hin. Jeanetta schoß wie der Blitz aus der Speisekammer und erreichte ihn als erste, stemmte ihn hoch, unbeholfen zwar, aber mit Erfolg, und nahm ihn in die Arme. »Stelle dich nich an, Jemmy«, befahl sie ihm in lautem Ton, schroff, aber ganz liebevoll. Er hörte prompt auf zu weinen – wie ein zugedrehter Wasserhahn, und das, obgleich sich jetzt schon die Wölbung einer ordentlichen Beule auf seiner Stirn abzeichnete. Inzwischen hatten wir ihn alle umringt und beschwichtigten ihn mit »Ei-ei« und »So-ein-tapferer-Junge«. Mrs. Harrison nahm ihn hoch. Ich richtete den Stuhl wieder auf, klopfte mir den Staub aus den Kleidern, und der Spuk war vorüber. Mrs. Harrison machte noch ein bißchen Wind von wegen »Wie konnte das denn bloß passieren!«, Jeanetta schob wieder ab in Richtung Speisekammer.

Da erst wurde mir bewußt, daß Katherine sich nicht vom Fleck und keinen Finger gerührt hatte. Allerhand. War eiskalt sitzengeblieben, während wir alle verrückt spielten. Sah den Kleinen an, als sei ihm ein bedauerlicher Fauxpas unterlaufen, etwas, das er verdient hatte. Und das

Schärfste: Er hatte nicht einmal in ihre Richtung geschaut, als sei von dort sowieso keine Hilfe zu erwarten. Also, ich mag nicht gerade Expertin in Sachen Mutterschaft sein, aber ich muß gestehen, ich war etwas verdattert. Ich hätte Katherine nicht für eine der intelligentesten Frauen in diesem unseren Land gehalten, wohl aber für eine gute Mutter.

»Ja«, fuhr Katherine fort und lächelte uns an, als wir zu unseren Teetassen zurückkehrten. »Ja, ich habe schnell eingekauft auf dem Heimweg. Nur ist ja heutzutage alles so gräßlich teuer, findest du nicht?« Was sollte ich groß dazu sagen, außer zustimmend murmeln. »Humpy Dumpy saß auf der Mauer, Humpy Dumpy humpy«, sang nun Samantha, ohne sich genau an den Text erinnern zu können, doch im Gefühl, daß es paßte. Ich war ziemlich fertig mit den Nerven und heilfroh, als die ganze Bande heimging.

Aber das war natürlich noch nicht alles, es kam noch toller. Von zwei Seiten wurde mir weiteres zugetragen. Als ich in die Küche zurückging, um Mrs. Harrison zu ihrem »Erfolg« zu gratulieren, plusterte sie sich auf. »Die Sachen, Mrs. Pearson!« zischelte sie mir aufgeregt zu. »Die Sachen für Jeanetta! Raten Sie mal, wo die herkommen!«

»Wo die Sachen herkommen?« wiederholte ich blöde.

»Also...« Mrs. Harrison holte zu einer längeren Geschichte aus. »Also, heute nachmittag habe ich mit den Mädchen einen kleinen Spaziergang gemacht, die Jungs sind bei Harrison geblieben. Und auf dem Rückweg haben wir beschlossen, noch kurz über den Markt zu gehen.« – Köstlich! Immer stellt sie es so dar, als würde mit den Vierjährigen in einem demokratischen Verfahren abgestimmt. – »Na ja, da gehen wir also hinten rum, die schäbige Seite der Church Street runter, wo die Alkis rumlungern, wo die Stände mit dem billigen Ramsch sind, alles geklaut natürlich, spottbillig. Wahrscheinlich vom Laster ›gefallen‹. Da treiben sich nur die Pakis rum und die Schwarzen, kaufen für fünfzig Pence das Stück, was sie kriegen können, bis ein Bobby daherkommt und alle schnell den Laden dicht machen. Ehrlich, Mrs. Pearson, ich würde nicht im Traum dort einkaufen, also wie kommt sie bloß dazu? Man weiß ja gar nicht, wo die Sachen herkommen.« Sie beugte sich vor; jetzt kam offenbar der Knüller. »Und stellen Sie sich vor: Ich bin mir ziemlich sicher, daß sie was hat mitgehen lassen. Einfach eingesteckt, verstehen Sie?«

Um ehrlich zu sein, bin ich weniger entsetzt als belustigt. Mrs. Harrison kann sich über die komischsten Dinge aufregen, und obwohl ich ganz angetan bin, bei meiner lieben Nachbarin einen derartigen Blick hinter die Kulissen zu erhalten, so kann ich wirklich nicht behaupten, daß es meinen Gesamteindruck von ihr wesentlich ändert. Mir ist nicht recht begreiflich, was Mrs. Harrison so unerhört daran findet, Katherine bloßgestellt zu sehen. Ich glaube nie und nimmer, daß Katherine gestohlen hat, das hat sie einfach nicht nötig. Mrs. Harrison hat das wohl eher aus irgendeiner Schlagzeile ihres unsäglichen Boulevardblatts kolportiert, so nach dem Motto »Herzogin beim Ladendiebstahl erwischt«. Sie erzählt laufend solche Stories, halb wahr, halb ausgeschmückt. Immer ist jemandem aus ihrer Bekanntschaft »Schreckliches« zugestoßen, die Hälfte ihrer Verwandten hat Krebs, die andere wird ständig überfallen. Nein, was mir so gefiel an Mrs. Harrisons Neuigkeiten, war die Vorstellung, wie unsere Katy in ihren bezaubernden italienischen Schuhen auf dem schmuddeligen Church Street Markt über die Gemüseabfälle hinwegstökkelt.

»Nun«, sage ich zu Mrs. Harrison, zum vermuteten Diebstahl äußere ich mich selbstverständlich nicht –, »sie kann schließlich einkaufen, wo sie will. Das hört man doch gern, daß noch jemand aufs Geld schaut.« Ich werde mich hüten, Mrs. Harrison gegenüber zu erkennen zu geben, daß ich wirklich überrascht war.

Ach, Klatsch hat etwas ungemein Belebendes. Ich kann

mir einfach nicht helfen: als Sebastian zu annehmbarer Stunde nach Hause kam, ergab sich sogar so etwas wie ein Gespräch. Das allein hat schon Seltenheitswert, meist gelangen wir über ein »Gibt's was zu essen?« seiner- und ein »Kümmer dich selbst drum!« meinerseits nicht hinaus, aber wer weiß, vielleicht hatte der Stil der Allendales abgefärbt, denn ich ließ mich dazu herab, ihm bei der Zubereitung eines Steaks und irgend etwas aus dem Tiefkühlschrank zu helfen – beides nicht mehr taufrisch. Dann habe ich ihm vom Schlafanzug erzählt, und er zeigte zu meiner großen Überraschung tatsächlich Interesse. Vielleicht, weil es seinen Stammhalter betraf, was ihn doch gelegentlich aus seiner Lethargie rüttelt. Er liebt seine Kinder mit Inbrunst, wenn auch aus der Entfernung, und er ist über ihr Tun und Treiben viel besser auf dem laufenden als ich. Armer Sebastian, er kam regelrecht ins Grübeln, unterzog vielleicht im Geiste den Stammbaum der Allendales einer Überprüfung – wegen der Erwähnung von Jeanetta in Marks Schlafanzug – und erwog eine frühzeitige Eheabsprache. Mein vorausschauender, alles bedenkender Mann, er bringt sich damit noch ins Grab. Wie auch immer, er dachte offenbar über die Nachbarn nach.

»Kannte da mal einen Burschen«, so mein braver Sebastian, der Unmengen solcher Burschen kennt, »der Allendales alten Herrn kannte.«

»Ach! Davon hast du mir nie erzählt.« Er warf mir einen beredten Blick zu, der besagte: »Du hast mich nie danach gefragt.«

»Du erzählst mir nie etwas Interessantes!«

Er zuckte mit den Achseln, an meine Kritik ist er längst gewöhnt. Er hat sich wohl auch damit abgefunden, daß ich ihn morgens wegschiebe, wenn er zärtlich werden will. Plötzlich verglich ich uns, die wir tapfer unser zähes Steak kauten und mich, die ich eine ganze Flasche Wein leerte, mit dem Zelebrieren nebenan, der festlichen Tafel.

»Hatte ein regelrechtes Imperium, der alte Allendale.

Hat an der Börse spekuliert. Dann hat er sich auf krumme Geschäfte verlegt, hat die Firma zugrunde gerichtet, ist auf die Nase gefallen und hat alles verloren. David muß noch ein Kind gewesen sein. Eine gute Familie. Ruiniert.«

»Und wie ist das passiert?«

»Einzelheiten sind mir nicht bekannt.«

»Ach, verflixt, wieso denn nicht?«

»Alles bloß Gerüchte. Allendale Senior ist im Kittchen gelandet, und Junior ist wie der Phönix aus der Asche wieder aufgestiegen, hat ein kleines Vermögen gemacht. Hat die Ausbildung als Architekt durch Spekulationen an der Börse finanziert, hat dann eine Ladenkette gekauft und mit enormem Profit weiterverkauft. Heute hat er es eigentlich gar nicht mehr nötig, zu arbeiten, tut es aber.« Er dachte wohl immer noch an eine Einheirat Marks. »Äußerst solvent, David«, fügte er als Nachsatz hinzu.

»Keine Ähnlichkeit mit seinem Alten?«

»Nein, nein, keineswegs. Willst du wirklich noch ein Glas Wein trinken, meine Liebe?«

»Ach, komm mir nicht damit, kümmere dich um deine eigenen Angelegenheiten.« Er schwieg; er weiß, daß es keinen Zweck hat, sich mit mir anzulegen.

»Dann werde ich wohl mal ins Bett gehen.«

»Wie du willst.«

Ist mir ganz recht, sonst kommt er nämlich erst richtig auf den Geschmack und will reden: über die Kinder, über die Arbeit, und das interessiert mich einfach nicht. Ich glaube, ich werde mir oben noch einen kleinen Gin genehmigen – da der alte Miesepeter offenbar keine weitere Flasche Wein mit mir köpfen will. Nur einen kleinen Schlaftrunk, mit einem Schuß Tonic. Ach ja, Sebastian ist manchmal ein fürchterlicher Langweiler. Es ist nämlich so – was ich natürlich für mich behalte –, daß mir der schmucke David Allendale immer schon verdammt gut gefallen hat, und diese ganzen Interna haben das Interesse heftig angefacht, haben ihm neuen Reiz verliehen – kennt man ja. Mir sind die Kämpfernaturen lieber als Dulder wie Sebastian. Und wie sollte man bei solchen Erfahrungen nicht zum Kämpfer werden? Kann ich mir gar nicht vorstellen, alles zu verlieren und von vorne anfangen zu müssen, und dazu einen Vater im Knast. Mann. Er stieg in meiner Achtung gewaltig, dieser gestandene, liebenswürdige, tapfere Kerl. Kein Wunder, daß er alles bis ins kleinste Detail durchorganisiert. Noch dazu bei der, mit Verlaub, etwas beschränkten Frau. Entschuldige, Katherine, wie konnte ich so etwas auch nur denken, haha!, vielleicht würden das andere von mir auch sagen. Würden sie nicht! Nie im Leben. Oder?

6

Wieder ein Abend, wo ihr der Mut sank. Selbst der tröstliche Gedanke, daß sie mit Menschen zu Abend essen würde, die sie gut leiden mochte, konnte das Gefühl der Resignation nicht vertreiben, das mit banger Erwartung unterfüttert war – wie bei einem Kind, das mit einer Ohrfeige von der Lehrerin rechnet. In der Boutique hatte sie sich blamiert, sie hatte sich in Marys Gegenwart gehenlassen, und sie hatte bei den Nachbarn den Beweis dafür geliefert, daß sie ihre eigenen Kinder nicht im Griff hatte. Der Triumph des Erwerbs der neuen Garderobe für Jeanetta hatte sich in Nichts aufgelöst, als sie auf ihr Heim zuschritt und sich die Leere im Innern vorstellte, war in blinde Panik umgeschlagen, als sie die Tür aufschließen wollte und ihr Schlüssel sich nicht in dem von zerkratztem Lack umgebenen Schloß drehte. Beim sechsten Versuch verbog er sich und erst mit Verzögerung, weil sie abgelenkt war, weil sie wußte, daß sie spät dran war, weil sie mit heimlichen Einkäufen beladen war und weil sie erschöpft war, begriff sie, daß sie nicht den richtigen Schlüssel dabei hatte. Vielleicht gehörte er zu einem gänzlich anderen Haus! Katherine starrte verdutzt auf den Schlüssel, derselbe wie gestern, und heute paßte er nicht. Sie leckte daran, versuchte es noch einmal, ohne Hoffnung, überlegte, ob sie zu Mrs. Harrison zurückkehren sollte, schämte sich, stellte sich vor, wie ihr Klingeln in der Leere drinnen verhallte wie nicht anders zu erwarten, und kämpfte gegen das Grauen an, das sie beim Kragen packte, als ihre lebhafte Phantasie sie wie beim Drücken des Vorwärtslaufs eines Tonbands ins Szenario eines schrecklichen Abends versetzte: Sie mit den greinenden Kindern aus ihrem eigenen Haus ausgesperrt, auf den Stufen sitzend, bewegungsunfähig, die Gäste anlächelnd, die in kaum einer Stunde zu Drinks eintrudeln würden, ehe man alle Mann zum Grillen zu Monica fuhr. Sie sah vier Personen aus dem Wagen steigen, denen sie erklären mußte: »Ich kann euch leider nichts anbieten, aber vielleicht laßt ihr euch mit mir auf den Stufen nieder; mein Mann hat mich verlassen.«

Daß David einfach irgendwie aufgehalten, nach einem Termin im Verkehr steckengeblieben, verletzt worden sein könnte oder schlicht nicht auf die Zeit geachtet hatte, darauf kam sie einfach nicht, auf das letzte schon gar nicht, die anderen Möglichkeiten gar zu fern. Sie könnte sich mit den Kindern ins Auto setzen, doch das Auto war nirgends zu sehen, es wurde jeden Tag woanders abgestellt, und sie brächte es nicht über sich, jetzt in der Handtasche nach einem weiteren Schlüssel zu suchen – der ohnehin nicht da wäre. Und David war fort, hatte sie verlassen, war geflohen. Nie mehr würde das Haus hinter der verschlossenen Tür ihn beherbergen; sie wäre fortan allein, mittellos und gezwungen, seine Abwesenheit zu erklären – ein weiteres, wenn auch mit Sicherheit ihr größtes, Versagen.

Jeanetta hatte aufgehört zu brüllen, als sich die Heimkehr und die damit verbundene Demütigung des Zubettgehens als unausweichlich erwiesen hatte, hatte ihr Geplärre eingestellt, wie sie es tat, wenn ihr Publikum Desinteresse zeigte. Das Wimmern, das auf das Gebrüll folgte, verstummte ebenfalls bald, in dem Moment nämlich, als Jeremy loslegte. Während die eine Stimme aussetzte, hob die andere, stetig schriller werdende an – ein dissonantes Duett. Jeanetta saß zusammengesunken auf den Stufen und betrachtete stumm und ratlos Jeremy, der mit einer keineswegs sauberen Hand an Mamas Rockschößen zerrte, während er »Dada! Dada!« schrie, das am häufigsten verwendete Wort seines Rumpfvokabulars. Katherine ihrerseits schnürte ein erstickter Kinderschrei die Kehle zu. Nicht nach Dada, nur nach David. Wo in dieser gewaltigen Stadt war er bloß? Warum war er nicht hier? Ihr verhinderter Schrei erstarb im gleichen Moment, da Jeremy zu seiner zweiten Strophe ansetzte und da sich die Tür öffnete und *er* erschien: der Papa. Etwas abwesend und überrascht vom Aufruhr draußen. Strahlende Gesichter. David trat einen Schritt vor und nahm Jeremy rasch hoch.

»Was um alles in der Welt macht ihr denn hier draußen?«

Alles löste sich in Wohlgefallen, in Erleichterung auf. »Die Tür war abgeschlossen«, erklärte sie.

»Natürlich. Wie immer. Sie ist immer abgeschlossen. Und es ist ein neues Schloß drin, das weißt du doch. Seit zwei Tagen. Das alte war kaputt, das weißt du doch.«

Sie strich sich die Haare aus den Augen, unbewußt die Spuren der Auflösung beseitigend, bedingt durchs Bücken und Drehen, als sie unter Einsatz des ganzen Körpers den Schlüssel zum Drehen zu bewegen versuchte. »Ich habe es vergessen. Du hast mir aufgemacht: Gestern und vorgestern.«

»Wie ich es auch heute getan hätte, wenn du geklingelt hättest, Dummerchen.« Das Grinsen, das die Worte begleitete, war voller Zuneigung.

Das hatte sie aber doch, dachte sie, ihren Finger auf dem Klingelknopf noch vor Augen. Aber sie lächelte noch immer vor Erleichterung. Bloß nicht deswegen streiten. Jeremy und David sahen aus ihrer großen Höhe wohlwollend auf sie herab, Kopf an Kopf. So war Jeremy in seinem Element.

»Nun steht doch da nicht so herum, ihr Dummchen«, neckte David Katherine und Jeanetta, die wie eine fette Tulpe mit hängenden Schultern wartete und ihn von unten angrinste, als könnte der schräge Blick die Chancen erhöhen, beachtet zu werden. »Ihr seid doch hier zu Hause. Kommt herein.«

Katherine drückte die Tüten vom Markt noch fester, noch tiefer in die Tragetasche aus der Boutique, nahm diese hoch und trat ein. Daheim. Das Zuhause, das sie ihr

Leben lang gesucht hatte. Ohne das sie eingehen würde wie eine Primel. Und das in letzter Zeit ins Wanken geraten zu sein schien.

John Mills drehte seinen Schlüssel im Schloß der Haustür und stieg die Treppen hinauf. Endlich daheim. Doch das Wissen war von keinerlei Erleichterung begleitet, im Gegenteil, eher wunderte er sich, daß der Haustürschlüssel bei einer derart mit Grafitti, Fausthieben und Fußtritten traktierten Tür überhaupt noch etwas auszurichten vermochte. Er wohnte seit ewigen Zeiten in diesem Haus, hatte gleichgültig die Veränderungen im Viertel verfolgt, mit Ausnahme der Einrichtung des Schnellimbisses im Erdgeschoß. Nicht die Bushaltestelle und nicht die Ampel direkt vor seinem Wohnzimmerfenster hatten ihn gestört, auch wenn sie zur Folge haben konnte, daß ihm dreißig Passagiere aus dem Oberdeck des Busses beim Essen zusahen und auch die Küche ihrem Blick freigegeben war. »Zimmer mit Aussicht« hatte er gescherzt und auf die Klinik für sexuell übertragbare Krankheiten gedeutet, auf die man schaute, ebenso wie auf das Arbeitsvermittlungsbüro ein Stockwerk darüber, wenn nicht gerade ein Doppeldekkerbus hielt. Möglich, daß links und rechts der Edgware Road der Lebensstandard höher war, doch der reichte nicht bis in diese Ecke, hier herrschten Verkehrslärm und -dreck, hier gärte ein Wandel, der keine Besserung brachte. Er hatte die Wohnung damals, als er nach London gezogen war, genommen, weil nichts anderes zu kriegen gewesen war; jetzt blieb er aus Trotz. Auszuziehen hieße vor dem Kapitalismus in Gestalt des Hausbesitzers kapitulieren.

Gurjat Singh war es mit Hilfe diverser guter Beziehungen und eines Bekannten beim Stadtplanungsamt gelungen, im Erdgeschoß einen fernen Verwandten als Pächter zu installieren, von dessen Küchendünsten er sich eine Beendigung des Mietverhältnisses im Obergeschoß erhoffte, während er zugleich den Profit einstrich. Als John jetzt die Haustür öffnete, schlug ihm der Geruch von Zwiebeln und Gewürzen entgegen, ob abklingender von gestern oder sich entwickelnder von heute war nicht auszumachen, drang ihm beißend in die Nase und ließ sich auch dann kaum abschütteln, als er die ausgetretenen linolbeklebten Stufen in den ersten Stock hinaufstieg, wo ihm weiteres Schlüsselgefummel Einlaß verschaffte. Die Anzahl der Schlüssel war beeindruckend und belegte eine gehörige Investition in Türschlösser – zuerst als Schutz vorm Eigentümer und dann nach einer Serie von Einbrüchen gegen neuerliche. War er voll auf seinem Unterdrückungs- und Ausbeutungstrip, dann hielt John es nicht für unwahrscheinlich, daß zwischen beiden ein Zusammenhang bestand, denn kein Einbrecher, der etwas auf sich hielt, würde sich dazu herablassen, diesen Ort – mit seinen steilen Treppen, seinen Ausdünstungen und der mageren Beute – aufzusuchen. Das kümmerte die Einbrecher offenbar wenig.

Zur Öffnung der Wohnungstür bedurfte es dreier verschiedener Anläufe: einen für das Yale-Schloß und je einen für die Vorhängeschlösser der Riegel oben und unten, die beide etwas zu dicht am Türrahmen angebracht worden waren und an denen er sich daher jedesmal die Knöchel aufschürfte. Bei der dritten Schlüsseldrehung hörte er Kat hinter der Tür miauen und am noch verbliebenen Türlack kratzen. Kat war ihnen durch eine Laune des Schicksals beschert worden, er oder sie verdankte den Namen Kat einer unersättlichen Gier nach Kitekat – und nichts anderem. Kein Whiskas, keine noch so leckeren Essensreste, kein gedämpfter Fisch oder sonstige Delikatessen, sondern einzig und allein Kitekat, ob frisch aus der Dose oder drei Tage alt, spielte keine Rolle. Nur der Geruch dieser speziellen Mischung, Pilzbefall hin oder her, reizte Kat. »Genau wie der Schnellimbiß«, murrte Matilda Mills. Quatsch, sagte John, der ihre tiefe Abneigung gegen Kat kannte – nicht gegen Kat direkt, sondern gegen das, wofür Kat stand: für ein verpfuschtes Leben in einer trostlosen Bruchbude.

Den Namen Kat hatte Kat schon weg, noch ehe die beiden gelernt hatten, die armselige Kreatur, die sie geerbt hatten, mit besagtem Lebenselexier zu versorgen, denn Kat – dieses rabiate, halb verhungerte Kätzchen mit dem Stummelschwanz und der abgrundtiefen Menschenverachtung hatte wahrlich nichts mit normalen Hauskatzen gemein und schon gar nicht mit den fetten, behäbigen. Es war Matilda gewesen, die ursprünglich für die Adoption Kats gewesen war, sie hatte um sie gekämpft und gewonnen – eines von vielen Zugeständnissen –, aber sehr bald schon die Freude an ihrem Sieg verloren, als Kat mit sicherem Katzeninstinkt sich ganz dem Hausgenossen zuwandte, der zwar gegen sie gestimmt, dessen Gewissen jedoch anfälliger war: John. Die halbwilde Kat reagierte auf Matildas Annäherungsversuche überhaupt nicht. Sie erkannte dafür mit untrüglichem Gespür den wunden Punkt, das Mitgefühl des Hausherrn, der sie gar nicht gewollt hatte, und setzte ihre Katzenkarten lieber auf ihn als auf Matildas übertriebenes Werben um ihre Gunst. Kats Einschätzung erwies sich als gerechtfertigt: Nach nur drei Wochen in einer Wohnung, die für eine derartige Mitbewohnerin denkbar ungeeignet war, hätte Matilda das Tier am liebsten mit einem Fußtritt die steile Treppe hinab befördert. John nicht minder, doch weil er eben John war und nicht Matilda, tat er nichts dergleichen und verteidigte Kat gegen solcherlei Ansinnen. Zweimal war er aufs Dach geklettert, um Kat, die vor Fremden in der Wohnung geflohen war, zu retten. Obgleich John also an Kat nicht eigentlich besonders hing, jedenfalls nicht in für ihn erkennbarer Weise, hatte er sie nun einmal am Hals. Ähnlich erging es Mrs. Matilda Mills mit John. Sie hatte ihn eben am Hals, zermürbt wie sie war von Mitleid und Enttäuschung und wie verzweifelt auch immer auf der Suche nach einem Vorwand, ihn verlassen zu können.

Das war John auf dumpfe, resignierte Weise wohl klar, er verdrängte es bloß gründlich. Matilda, die einst seine Begeisterung für Politik und Popkonzerte geteilt hatte, der er jedoch nicht mehr das bieten zu können schien, was sie brauchte, was immer das war, hatte sich wieder verspätet. Na, wenn schon, da war ja immer noch Kat. John schrubbte am Email der Spüle herum und spürte Kat um seine Beine streichen. Ihm fiel die erhabene Perserkatze ein, die er im Fenster des Hauses hatte sitzen sehen, an dem er fast täglich vorbeikam, dem, wo er mit der Alten gesprochen hatte, wie hieß sie gleich noch, Harrison. »So würdest du dich nicht aufführen, nicht?« meinte er zu seiner Arme-Leute-Ausführung. »Du dächtest gar nicht daran, dich still ins Fenster zu setzen wie eine Topfpflanze, oder? Nie im Leben.« Irre, wie außer sich er gewesen war, als Kat aufs Dach entwischt war. Er sah hinunter. Sie tigerte nervös umher, hatte den Freßnapf nicht angerührt. »Na, na. Was ist denn mit dir los? Eifersüchtig, daß ich über eine andere Katzendame rede?« Sie krallte sich in den Boden, drehte sich im Kreis, tänzelte nervös zur Holzkiste in der Ecke, in der er alte Zeitungsausgaben und Zeitschriften aufbewahrte, die seine Ansichten bestätigten. Dann kam sie zurückgestakst, strich ihm wieder um die Beine, legte den Kopf zurück und miaute kläglich, wie bei extremem Hunger – eine Reihe erbärmlicher Schreie, die nochmals ertönten, als sie nun zur Kiste zurückstrebte, mit zum Buckel gekrümmtem Rücken und hoch erhobenem Schwanz. John betrachtete den ihm zornig entgegengereckten After und fragte sich unvermittelt, ob sie Kats Geschlecht eigentlich je definitiv festgestellt oder immer nur angenommen hatten, sie wäre ein Weibchen. Dann dämmerte es ihm plötzlich, als er die rhythmischen Kontraktionen bemerkte. Und als Kat ihm abermals zwischen die Beine lief und er ihren geschwollenen Bauch spürte, kapierte er. Er bücke sich, um sie zu streicheln, verfluchte sich für seine Begriffsstutzigkeit, war gefangen von großer Sorge. Sie schrie und wand sich, als er ihre Zitzen mit den Fingern streifte. Seine Hand schnellte zurück, er schlug sich gegen die Stirn.

»Ach, arme Kat!« murmelte er. »Wie hältst du es bloß aus bei uns zweibeinigen Ignoranten? Ja, ja, ist ja gut.« Er hockte sich neben die Holzkiste, warf wahllos Papier hinaus, ließ sich einen Augenblick lang ratlos auf die Sohlen zurücksinken. Die Kiste taugte nichts: die Seiten waren zu hoch, als daß Kat mühelos ein- und aussteigen konnte. Kopflos rannte er durch die Küche, griff einen flachen Pappkarton und stapelte darin Zeitungen, legte darauf drei saubere Staubtücher. Kat sah ihm zu und kommentierte, Körperhaltung und Klagelaute ein einziger Protest. Doch sobald das Nest bereitet war, hüpfte sie hinein, scharrte und drehte sich und legte sich dann schließlich ausgestreckt auf die Seite. Ihr Bauch hob und senkte sich spastisch.

»Ja, ja«, redete John auf sie ein, »ist das nicht ein guter Platz zum Kinderkriegen? Ach, Kat, es tut mir ja leid, ich hätte es merken müssen. Was hältst du von etwas Milch? Nein?« Ihr stand nicht der Sinn nach Milch. Als er sie allein ließ, um die Milch zu holen, hob sie besorgt den Kopf, rief ihm hinterher und begann, aus der Kiste zu klettern. Sie will mich bei sich haben, dachte John verwundert. Sie will, daß ich bei ihr bleibe und ihr den Kopf streichele, wie eine Frau in den Wehen! Wie unendlich rührend, wie einzigartig, wie unglaublich wunderbar.

Ein flauschiges kleines Kätzchen rekelte sich auf den Steinplatten von Monica Neills Terrasse, die noch warm waren von der Sonne. Das Kätzchen lag mit rudernden Pfoten auf dem Rücken, zeigte den hellen, weichen Bauch und schob den Unterleib hin und her. Katherine schaute gebannt zu, wenn auch etwas peinlich berührt, und staunte über die selbstvergessene Hingabe. Auf der Terrasse drängten sich die Gäste, und sie hatte schreckliche Angst, daß jemand auf das Kätzchen steigen und den nackten Bauch zertreten könnte. Es schüttelte sie bei der Vorstellung. Sie stupste das Junge sanft mit der Fußspitze an, mochte es nicht berühren, wollte jedoch, daß es sich in Sicherheit brachte. Sie hörte in ihrer Vorstellung schon das zarte Rückgrat knakken.

»Mieze, du dummes Vieh. Keinerlei Schamgefühl.« Monica setzte die Weinkaraffe ab, schwang das Kätzchen hoch und blies ihm aufs kleine Maul. Sie packte das Tier mit selbstverständlicher Vertrautheit an. Nachdem sie einen Kuß auf das rosa Näschen gedrückt hatte, warf sie es auf den Rasen. Es war nichts Brutales an der Art, wie sie das Tier aus Hüfthöhe im flachen Bogen durch die Luft schleuderte, und das Kätzchen landete nur einen Meter weiter auf allen Vieren, doch die Bewegung verschlug Katherine die Sprache. Sie schrak vor Monica zurück, die im gleichen Moment schon wieder zur Weinkaraffe gegriffen hatte. Katherine empfand ihre zupackende Art als ebenso beneidenswert wie beängstigend. »Blöde Mieze«, rief Monica dem Kätzchen noch liebevoll hinterher und wandte sich dann Katherine zu. Sie schlenkerte auffordernd ihren Krug. »Wein, Katy? Nun komm schon, letzte Runde vorm Essen. Magst du keine Katzen? Hätte ich eigentlich schon gedacht.«

»Doch, ja«, versicherte Katherine und nahm das »Katy«, das sie haßte, zähneknirschend hin. »David mag allerdings keine.«

»Unsinn, Katherine. Ich habe überhaupt nichts gegen Katzen«, schaltete sich David ein und legte ihr den Arm um die Schultern.

»David legt bei uns im Garten Gift für die Nachbarkatze aus«, sprach Katherine weiter. Der Arm hob sich von ihrer Schulter, sie spürte ein schmerzhaftes Kneifen am Ohr und sah ihn verdutzt an. Monica brüllte vor Lachen.

»Also! Hat man so etwas schon gehört«, sagte David und lachte mit. »Katherine streut Chemie gegen das Ungeziefer, das ihre kostbaren Blumen fressen könnte, und das Zeug ist gar nicht giftig, es vertreibt nur zufällig auch Katzen. Der Geruch wahrscheinlich. Ich mag Katzen. Die ist auch besonders hübsch. Nur machen sie soviel Arbeit. Ich fürchte, Katherine hätte etwas gegen den Dreck.«

Sie wand sich aus seinem Arm, schüttelte ihn verärgert ab, schaute beleidigt drein. Das glaube ich gern, daß sie was gegen den Dreck hätte, dachte Monica, erwiderte Davids strahlendes Lächeln inniger als sonst und war sich der Katzenhaare auf ihrem Baumwollrock deutlich bewußt, die auf Katherines makellosen Hosen natürlich fehlten. Doch Monica war zu gutgelaunt, um ihre Gäste besonders kritisch zu betrachten oder deren Bemerkungen zu hinterfragen, dazu gefiel ihr das Bild der Grüppchen auf der mit Fluchtlicht erhellten Terrasse zu gut, die zum Wintergarten umgebaut werden sollte, sobald sich David und Colin nur über die Details einigen könnten. David würde das schon machen; er hatte ein Händchen dafür. Davids Hände gefielen ihr überhaupt sehr gut, in den Anblick versunken, entging ihr die Bestürzung auf Katherines Gesicht. Es waren kräftige, gebräunte Hände mit kurzen, breiten Handwerkerfingern. Katherines Hände wirkten daneben extrem schmal und weiß, wiesen jetzt auf das Kätzchen, das auf dem Rasen sein Spiel wieder aufgenommen hatte, als wollten sie sagen: Schaut her, sind wir nicht hübsch. Das traf auf Hände wie Kätzchen gleichermaßen zu.

»Tja«, nahm Monica den Faden wieder auf und zwinkerte David verschwörerisch zu, »wenn ihr ein Kätzchen wollt, braucht ihr es nur zu sagen. Wir haben drei zu vergeben. Drinnen«, fuhr sie fort und zeigte aufs Haus, »sitzt die gefallene Katzenmutter. Reinrassige Sonstwas, hat ein Vermögen gekostet, also hat sie die Pille gekriegt.«

Katherine gluckste. »Nein!«

»Und was tut die Gute?« fragte Monica entrüstet und wandte sich David zu, der die Geschichte zum ersten Mal hörte, »spuckt die verdammten Dinger aus, brennt mit so einem dahergelaufenen Heimtiger durch und kehrt schwanger zurück. Also gibt es jetzt drei Katzen zuviel, allesamt mehr oder minder stubenrein, aber ohne jeden Stammbaum.« Sie richtete sich jetzt an Katherine. »Also, was meinst du?«

»O ja, gern«, schwärmte Katherine. Sie stellte sich die winzigen Pfoten vor, sah sich ein kleines Tierchen herzen. »Jeanetta wäre begeistert.«

»Kein Stammbaum?« murmelte David und schüttelte bedauernd den Kopf.

»Null«, bestätigte Monica fröhlich. Sie breitete die Arme aus, um auch die anderen ins Gespräch einzuschließen: »Wer möchte ein Katzenjunges haben? Zum ersten, zum zweiten: Wunderschöne Exemplare gehen hier umsonst weg. Kein Stammbaum, dafür aber ein entzückendes Wesen und eventuell eine von der Mutter geerbte triebhafte Natur. Wer will, wer hat noch nicht?«

»Tja, was ist schon gegen einen Bastard einzuwenden?« sagte David leichthin, Katherine ins Ohr. »Sollte jeder Haushalt haben.«

Im Schattenspiel des Terrassenflutlichts wurde Katherine bleich. Das Glas in ihrer Hand zitterte. David wanderte zum Büfett hinüber und half Monica, die der Aushilfe half. Katherine drehte sich um und schaute dem Kätzchen zu, damit sie nicht sehen mußte, wie Davids gebräunte Hände die tüchtigen Finger seiner Gastgeberin berührten, während er ihr Teller abnahm. Colin Neill, stets der Kavalier, fand, daß Katherine etwas blaß wirkte und kam ihr zu Hilfe, tat es gern. Jenny, träge mit dem Rücken an die Wand gelehnt und ins Gespräch mit den Nachbarn der Neills vertieft, merkte von alledem nichts, bis sie aus dem Augenwinkel sah, wie Colin das Kätzchen hochnahm. Er klemmte das Katzenkinn zwischen seine

Finger und zeigte Katherine die porzellanblauen Augen. »Schau«, sagte er eben, »sie mag dich.« Katherine hörte auf zu zittern. Ein Lächeln erhellte ihr Gesicht, als sie mit zaghaften Fingern die Ohren der kleinen Katze berührte. Das Augenpaar vor Colin Neills war voller naiver Bewunderung, leuchtete froh. »Sie ist so weich«, staunte Katherine. »Ja«, sagte Colin und sah sie bewundernd an. »Ja, das ist er wirklich. Der Kater gehört dir.«

Jenny wandte sich wieder den Neill-Nachbarn zu, ein klein wenig überrascht, ein klein wenig beunruhigt.

»Was fressen denn Katzen?« fragte Katherine Colin.

»Na, was Naschkatzen eben so lieben: Nur vom Feinsten. Wie du.«

Sie streichelte das Kätzchen jetzt schon weniger zaghaft. Ihr nervöses, ein wenig schrilles Lachen bohrte sich in die Rücken der um das Büfett Versammelten.

David hörte es, lächelte Monica an, berührte ihren nackten Arm.

»Schmeckt köstlich, Monica. Wie um alles in der Welt schaffst du das bloß immer, zusätzlich zur Arbeit.«

Monica ließ sich gern bewundern, und die Tatsache, daß ihr Mann die Angewohnheit hatte, seine Bewunderung anderen zukommen zu lassen, war eine Quelle häufiger Irritation. Ihre kirschrote Seidenbluse spannte sich über ihrem vollen Busen. Trotz des vielen Geldes, das sie und Colin verdienten, bestand ihr Alltag meist in einem ungleichen Kampf zwischen tausenderlei Anforderungen und zuwenig Zeit. Wenn sie einen gegenteiligen Eindruck erweckte, dann freute sie das um so mehr.

»Ach, irgendwie komme ich immer zu den Dingen, die mir Spaß machen. Es sind die Pflichten, die so lästig sind.«

»Dann kommen wir vielleicht mal dazu, über euren neuen Wintergarten zu sprechen?« fragte David vorsichtig. »Dein Mann kann sich nicht recht entscheiden, was die Details angeht. Das ist nicht abfällig gemeint, aber ich könnte mir vorstellen, daß du entscheidungsfreudiger bist.«

Monicas Blick wanderte hinüber zu dem reizenden Tableau, welches Katherine, das Kätzchen und ihr eigener Ehemann boten. Jennys in die gleiche Richtung weisende Nase, wie die eines Spürhunds, der Gefahr wittert, entging ihr nicht. Schließlich kannten sie beide Colin. David dagegen war über jeden Verdacht erhaben, seine Loyalität unerschütterlich.

»Stimmt«, sagte sie munter. »Ich bin sehr entschieden. Wir könnten uns doch nächste Woche zum Mittagessen treffen?«

Einladungen wie diese verschmolzen für Katherine miteinander, waren die Höhepunkte ihres Terminkalenders. Den ganzen glorreichen Sommer über würde eine die andere ablösen, wie sie es auch im Winter taten. Sie gesellte sich zu den Frauen, im Grunde waren es immer dieselben Frauen, in den immer gleichen Häusern – mit Ausnahme gelegentlicher Abwechslungen wie dem durchreisenden amerikanischen Ehepaar, das derzeit ihre Clique umkreiste und voller Bewunderung war. Das Paar hatte die Absicht, sich mit dem Fest aller Feste für die ihm erwiesene Gastfreundschaft zu revanchieren. Die Allendales luden etwa alle Vierteljahr die Neills und die Fosters ein, dazu ihre Nachbarn. Die Fosters und die Neills hielten es ebenso, und wenn alle einmal an der Reihe gewesen waren, hatten sie sich im Grunde in fast zweiwöchentlichem Turnus gesehen, rund ums Jahr, und der Konkurrenzdruck stieg dabei ständig. Davids nahender vierzigster Geburtstag, zu dem er einige der Anwesenden einladen würde, würde in puncto Essen alles bisher Dagewesene übertreffen. Am heutigen Abend hatte man sich aus Hampstead, St. John's Wood, Totteridge, ja sogar aus den Randgebieten Surreys zusammengefunden, war unter seinesgleichen, das hieß, einigermaßen wohlhabend und, wie David scherzte, sich gegen die zusammenrottend, die es nicht waren. Solche Kommentare waren Katherine zu hoch; sie selbst hatte ungetrübtes Vergnügen an Gästen, stellte gerne zur Schau, besonders, wenn Besucher wie die Amerikaner ihr Heim bewunderten. Komplimente, die andere nicht sonderlich ernst nahmen, empfand sie als hohen Tribut, versetzten sie in einen Erfolgsrausch, dem Davids gelegentlicher Zynismus nur wenig anhaben konnte. Im Augenblick allerdings war sie böse auf David, trotz seiner unangefochtenen Stellung als Guru in Fragen des Wohnstils, und der ihren als eine Art Unterguru des Geschmacks.

»Du kritisierst einen nie«, hatte Monica sie einmal aufgezogen, »du bist Balsam fürs Selbstwertgefühl.«

»Es bringt nicht viel, die Leute zu kritisieren«, hatte Katherine erklärt und Kopfschütteln und Gelächter geerntet. »Sie mögen es nicht.« Während sie jetzt in der Küche stand und sich mit der Amerikanerin eingehend über Vorzüge und Charakteristika italienischer Keramik unterhielt und Tips für den günstigen Einkauf solcher Ware auch außerhalb Italiens gab, hätte Katherine nicht einmal im Traum daran gedacht, zu erwähnen, auch ganz im Vertrauen nicht, wie scheußlich sie die Küche in Wahrheit fand. So etwas durfte man denken, aber niemals sagen. Jedem das, was ihn glücklich macht. Monicas Haus, das stattlichste in einer Siedlung von Fachwerkhäusern im Cottage-Stil, paßte zum Beispiel zu ihr: groß, auffällig, rustikal und geschmacklos. Und wie auch Monica, hätte es eigentlich klein und allerliebst sein wollen. Die Spuren von Kindern waren unübersehbar, aber überschaubar in der Zahl. Selbst diese wenigen würden David gegen den Strich gehen, und Monica war Katherines leicht angewiderter Ausdruck beim Anblick der Spielzeuge auf dem Fußboden keineswegs entgangen. Jenny warf Katherine einen raschen Blick zu, lachte und legte den Arm um sie. Teils aus Erleichterung, weil Katherine sich so schnell der schmachtenden Zuwendung des Ehemanns ihrer besten Freundin entzogen hatte, teils aus aufrichtiger Bewunderung.

»Finden Sie nicht auch einfach alles perfekt bei Katherine?« meinte Jenny im Scherz zu der Amerikanerin. »Gibt es bei ihr jemals so etwas wie Unordnung?«

»Nein«, antwortete Katherine etwas verwirrt. Wie sollte es das geben können, jede Unordnung mußte umgehend beseitigt werden, sonst geriete alles außer Kontrolle. Eigentlich hätte sie sagen mögen: »Hör mal, nichts ist perfekt, natürlich gibt es auch bei mir mal Unordnung«, aber der ständige Hunger nach Bestätigung war stärker.

»Wir müssen bald mal wieder zusammen essen gehen.«

»Ach ja, das wäre schön«, ereiferte sich Katherine.

»Darf ich zu Ihnen ins Geschäft kommen, meine Liebe? Und mir von Ihnen Rat holen?« bat die Amerikanerin.

»Selbstverständlich«, erwiderte Katherine. Sie war gefragt, war gut gelitten. Himmlisch.

Das erwähnte gemeinsame Mittagessen kam ihr in den Sinn, als sie ins Bad ging, um ihr tadellos sitzendes, nach wie vor langes Haar zu glätten und ihren Lippenstift zu erneuern, ehe sie zum Büfett ging, über das die anderen bereits hergefallen waren. Sie öffnete ihre Handtasche, um den Inhalt zu überprüfen – mittlerweile fast eine Zwangshandlung, vorbeugende Maßnahme gegen die chronische Schludrigkeit. Die Sache mit dem Haustürschlüssel war der sprichwörtliche Tropfen gewesen, und jetzt war das Kontrollieren der Tasche zur absoluten Notwendigkeit geworden. Im Bad war sie ungestört: Sie kramte in ihrem Portemonnaie, wunderte sich gleichzeitig, wie irgend jemand, der Geld hatte, eine derart entsetzliche Tapete hatte auswählen können, und erstarrte. Die fünfundzwanzig Pfund, die ihr vom Wechselgeld aus der Boutique geblieben waren nach dem Marktbesuch, waren weg. Sie mußte das Geld verloren haben, wie sie alles mögliche auf unerklärliche Weise verlor. Kein Geld fürs Taxi, keins fürs Café. In der kleinen Börse für Münzen im Seitenfach ihrer Handtasche fand sie fünf einzelne blank wie Pennies blinkende Pfundmünzen. Sie ließ den Verschluß der Tasche zuschnappen, kniff die Augen rasch ein paarmal zu und riß sie wieder auf, damit sie nicht zu weinen begann, und rang um Selbstbeherrschung. Sie sollte lieber hinausgehen und etwas essen, morgen wäre Schmalhans Küchenmeister.

Der Tisch bog sich unter Köstlichkeiten, von denen gut und gerne die doppelte Anzahl Gäste satt geworden wäre, ein für Monica typisches Überangebot, das Katherine mit gieriger Freude in Augenschein nahm. Die plötzliche Abkühlung, die eine Völkerwanderung Richtung Küche in Gang gesetzt hatte, angeführt von den Frauen in den dünnsten Kleidern, hatte Appetit geweckt. Katherine steuerte auf einen kleinen Tisch zu, an dem David vor leergegessenem Teller saß. Auf den ihren hatte sie Nizzasalat, Parmaschinkenröllchen auf Melone, drei große Scheiben geräucherte Putenbrust, Salat aus Zuckererbsen und -mais und, am Rand, eine Ecke wunderbar reifen Brie gehäuft. Er beugte sich vor und nahm ihr den Teller weg.

»Katherine, du bist unmöglich«, sagte er leise – fast flehend, wie Monica im Vorbeigehen wahrnahm. Er stocherte mit einer Gabel auf ihrem Teller herum, demonstrierte ihren Leichtsinn. »Du weißt doch, daß du keine Oliven verträgst, ebensowenig wie Sardellen und Brie – den schon gar nicht. Du weißt doch, wie schlecht es dir ging, als du mit Jeremy schwanger warst. Das wollen wir doch nicht noch mal durchmachen?«

Schaudernd erinnerte sie sich an die schlimmen Ausbrüche von Brechreiz, bis sie selbst Wasser nicht mehr hatte bei sich behalten können, und das vierzehn Wochen lang, bis zur Einlieferung ins Krankenhaus, wo sie am Tropf gehangen hatte, mager wie ein Spinnenbein, bis auf den Leib, der unaufhaltsam anschwoll.

»Da«, riet er und schob ihr die Schinkenröllchen hin, »iß das. Das kann nicht schaden.« In seinem Tonfall schwang Mißbilligung des Überflusses und der Völlerei der Frauen mit. Katherine spießte die großen Happen auf und kaute brav. Nach der Entdeckung im Badezimmer stand ihr Entrüstung nicht mehr zu. Er hat recht, dachte sie verzweifelt: David hat immer recht. Ihr wurde oft übel. Sie brauchte seine Führung. In allem. Die übrigen Sachen blieben unangetastet auf dem Teller liegen, der auf dem Boden abgestellt wurde. Kurz darauf kam eine große Perserkatze aus dem Garten hereingeschlichen und verschlang die weiße Putenbrust.

Matilda Mills stieg um halb zehn schwankend aus dem Bus und gelangte nicht ohne Schwierigkeiten an die Wohnungstür. Trotz des lauen Abends machte der Imbiß, der seine eigene Hitzeversion verkaufte – zweimal Zwiebel-Bhajia mit Pommes, bitte –, ein Bombengeschäft. Das erkannte Matilda mühelos an den Dünsten, der langen Warteschlange verlotterter Menschen und dem Würgen von jemandem, der sich davor übergab. Jetzt reichte es aber wirklich! Sie würden gehen, umziehen. Sie mußten hier weg. John würde ihr diesmal einfach recht geben müssen. Sie würde es ihm ein für allemal klarmachen, würde die verdammte Katze die Treppe hinunterwerfen und ihre Sachen packen. Selbst wenn er seine nicht packte. Berauscht von anderthalb Flaschen Wein in der Gesellschaft einiger Kollegen fühlte sie sich zu allem imstande. Sie machte sich an der Wohnungstür zu schaffen, an allen drei Schlössern zugleich, bis ihr wieder einfiel, daß er ja daheim sein mußte und ihr aufmachen würde, wenn sie klopfte. Sie klopfte. Trotz des Lichtstreifens unter der Tür tat sich nichts. Wutschnaubend drehte sie ihren Schlüssel im Yale-Schloß und stürmte hinein.

Er war ganz hinten in der Küche, sie mußte erst durch Flur und Wohnzimmer. Ein Gestank lag in der Luft, bei dem sie an Menstruationsblut denken mußte, ein fruchtbar-fauliger, süßlicher Geruch. John beugte sich über einen Pappkarton, und an der Hand, die den Rand des Kartons umklammerte, klebte Blut. Sie erschrak fürchterlich: jetzt war er wirklich, endgültig, vollkommen übergeschnappt.

»Was bist du aber auch für eine Tapfere, was bist du für eine kluge Katze...« Er langte hinunter und hob ein feuchtes, rosa Etwas aus dem Karton, ein so widerwärtiger Anblick, daß Matilda zurückzuckte. Er hielt sich das zappelnde kleine Ding dicht ans Gesicht und starrte in ein winziges, weit aufgerissenes Maul, beachtete den vom Bauch des Kätzchens baumelnden Rest der Nabelschnur gar nicht weiter. »Oh!« gurrte er, »ihr kleinen Pussis, ihr goldigen, kleinen Pussis. Der Papa wird für euch sorgen, das versprech ich euch, ihr herzigen, goldigen Pussis.«

Sein bleiches Gesicht strahlte vor liebevoller Hingabe, als er sich jetzt ihr zuwandte, sie begrüßte und ihr auf der ausgestreckten Hand das nackte rosa Ding hinhielt, triumphierend wie eine Hebamme.

Matilda glaubte, sie müsse sich übergeben.

7

»Armleuchter!«

»So habe ich das nicht –«

»Hast du wohl!«

»Ich wollte doch keine Vergleiche anstellen, um Himmels willen. Ich habe seit Jahren nicht...«

»Aber ihr seht euch noch?«

Claud zögerte und log. Nicht so, wie sie dachte. »Nein«, versicherte er.

Ein Fehler, sich bei Mary gehenzulassen. Unvorstellbar, daß sich überhaupt ein Mann bei Mary gehenließ – selbst wenn sie nackt war wie vom lieben Gott geschaffen. Mary, mit der er sich samstag nachmittags paarte – sofern es seine ehelichen Pflichten erlaubten –, war wie der halberinnerte Schatten ihrer Schwester: schlank, stark, leidenschaftlich auf die ihr eigene schroffe Weise, doch ohne Katherines Sensibilität und deren rührendes Verlangen, zu gefallen. Claud bewunderte Mary. Sie hatten einander quasi geerbt und hatten sich – zu seiner Überraschung – miteinander arrangiert. Mary nahm sich von einem Mann, was sie brauchte, ungefähr wie eine Mahlzeit. Der einzige Unterschied war, daß er, bei aller Selbstbezogenheit, Katherine gern gehabt, ja manchmal sogar geliebt hatte. Daher seine etwas wehmütige Nachfrage, wie es ihr gehe, daher die Angewohnheit, verstohlen ins Schaufenster des Einrichtungshauses Isaac zu gucken.

Hör auf mit den Vergleichen, paß auf, was du sagst. Mary hatte sich von ihm weggedreht und krallte sich ins Kopfkissen der anderen Betthälfte. Erst als er ihr den Nakken zu kraulen begann – abgesehen von den offenkundigen ihre einzige erogene Zone –, wandte sie sich ihm zu, schlug das Laken zurück, unter dem sie beide lagen, bestieg ihn und biß ihn leicht in den Hals, nicht allzu fest. Er hoffte, es würde keine Spuren hinterlassen. »Mach schon«, forderte sie ihn heraus, faßte ihn an den Schultern und sah mit ernster Miene auf ihn herab. Er nahm sie in dieser Stellung. Die Samstagnachmittagssonne sickerte durch die Baumwollgardinen hinterm Bett und wärmte ihr Gesäß. Die Gardinen blähten sich vorm geöffneten Fenster. Er hielt sie, während sie ihn ritt, auch hier den Ton angab, die Dinge immer im Griff. Sie stieß eigenartige, kleine Tierlaute bar jeglicher Zärtlichkeit aus, nahm ihn zwischen ihren Schenkeln in die Zange und dachte währenddessen: Verdammt, selbst die Scheißgardinen waren von Katherine geerbt. Dann kam sie mit großer Heftigkeit, sackte beinahe sofort danach zusammen und schlief augenblicklich für ein paar Minuten ein. Dann, als sie beide, wie abgesprochen, gleichzeitig erwachten, begann er bereits unruhig zu werden, sich anzuziehen und zum Aufbruch fertig zu machen. Mary nahm seine abrupten Abgänge nicht übel, denn ganz abgesehen davon, daß sie verstand, daß seine Alibi-Frist zu Ende war, hatten sie sich auch herzlich wenig zu sagen.

»Du willst los?«

»Ja, ich denke, ich werde dann mal...«

»Okay, Liebling, wir sehen uns nächste Woche.« Nur der geschäftsmäßige Ton verriet ihre wahren Gefühle. Er schlich auf Zehenspitzen hinaus, als ob sie schliefe.

Kaum war er jedoch fort, verdammt, schoß sie hoch und wirbelte in der Wohnung herum, rannte gegen Möbel, putzte und räumte wie ein Berserker, wechselte die Handtücher, das Bettlaken, ja, selbst den Badvorleger. Geschafft. Alle Spuren innerhalb von zehn Minuten verwischt. Denn in Wahrheit brauchte sie ihn, in Wahrheit wußte sie, daß er Katherine nachweinte, und sie empfand Groll. Nicht wegen Clauds Ehefrau, scheiß auf die Frau, das war Clauds Angelegenheit, nein, obskurerweise wegen ihrer einzigen Blutsverwandten, ein ungutes Gefühl, das zu analysieren sie nicht geneigt war. Emotionaler Ballast war nichts für Mary, keinesfalls. Um derartige Unordnung machte sie einen Bogen wie um Hundehaufen auf dem Bürgersteig. Igitt! Lieber rannte sie wie ein aufgescheuchtes Huhn in ihrer Wohnung herum, suchte sich eine Arbeit, die die Leere dieses späten Samstagnachmittags ohne Verabredungen füllen würde. Und wenn es in der blitzblanken Wohnung nichts zu tun gab, dann mußte eben eine gute Tat getan werden. Alles Katherines Schuld! Warum war sie auch so selbständig geworden nach ihrem Fortgang, schmerzlich. Fast nie lud sie Mary ein. Aber sie hatte der Schwester die Unordnung hinterlassen. Mary hatte zu allem anderen einen Liebhaber aufgelesen, und selbst jetzt noch sehnte sie sich danach, sich nützlich machen zu können, war dankbar zwar für Katherines Erfolg, empfand ihn zugleich jedoch als Verrat. Sie hätte gern jemanden gehabt, der sich auf sie verließ. Sie brauchte es, gebraucht zu werden. *Post coitum omne animal triste est*, Vergänglichkeits- und Verlustgefühle verstärkten das Verlangen nach Aktivität, nach Kontakt und den hartnäckigen Wunsch, mit jemandem reden zu können. Der Groll gebar einen Einfall. Sie würde Sophie Allendale besuchen, in der sie nicht etwa eine Ersatzmutter sah, das nicht. Nein: indem sie Anteil nahm am Wohlergehen der alten Mrs. Allendale, tat sie ihrem Helfersyndrom Genüge und erhaschte zugleich, wenn auch aus zweiter Hand, einen Zipfel von Katherines Leben. David Allendale wußte davon nichts, Katherine ahnte es höchstens, und doch gaben die regelmäßigen Besuche Mary eine zwar obskure, aber wichtige Rolle im Leben der Allendales.

Die Motive hätten Sophie Allendale keineswegs erfreut, was jedoch nicht hieß, daß sie nicht froh war um jegliche Art von Gesellschaft, besonders, als sie jetzt die Straße zu ihrem Häuschen in der Terrassensiedlung Hampstead Mews hinauftrippelte, welches ihr David zur Verfügung gestellt hatte und um das sie ebenfalls froh war – meist jedenfalls. »Also wirklich!« beschloß sie, der einen Nachbarin anzuvertrauen, die ihre Existenz überhaupt zur Kenntnis nahm. »Ich dachte nicht, daß ich so früh wieder hier sein würde! Ein furchtbarer Nachmittag! Wäre ich doch lieber zum Einkaufen gegangen.« Das Mittagessen bei Sohn, Schwiegertochter und den Enkelkindern war alles andere als ein Vergnügen gewesen. Katherine war dauernd aufgesprungen und murmelte etwas vor sich hin über Dinge, die sie verlegte und nicht wiederfand: ihr neues Kostüm ebenso wie die Sachen aus den riesigen Küchenschränken aus edlem Holz. David hatte sich ganz in die Pläne für die Abtrennung des Spielerkers mit einer eigenen Tür vertieft. Nicht einmal eine neue Tür sollte das sein, sondern eine der schweren alten Türen mit Füllungen aus massivem Holz aus dem Keller. Monströs. Von Gipskarton – was immer das war – hatte er geschwafelt, zur Eindämmung der Unordnung. Na ja, sicher brachte Jeanetta einiges in Unordnung, wenn sie die Spielsachen herausschleppte, aber was erwarteten sie denn? Katherine, die gesagt hatte, er bringe Schlösser an sämtlichen Türen im Haus an, und sie wüßte nicht, wieso. Das lag doch auf der Hand, oder? Um andere fernzuhalten, was sonst, aber sämtliche Küchenschränke damit zu versehen, das war ja wohl doch etwas übertrieben. Na ja, David würde schon wissen, was er tat. Nur gelegentlich fragte sich Sophie, bei aller Pingeligkeit, ob dem wirklich so war. Und dann das Essen! Grauenvoll, einfach grauenvoll. Verwirrt hatte sie vom einen zum anderen geschaut, glücklich zwar, bei ihnen zu sein, aber sie fühlte sich nicht wohl. Und kaum zu glauben, was er ihr anvertraut hatte, als er sie noch ein Stück die Straße hinunterbegleitet hatte: daß Katherine sie nicht gerne bei sich habe und nur so tue, als ob.

Als Mary kam, ging es Sophie schon wieder besser, die Beklemmung wurde gemildert durch die Vorfreude auf Tee und Schokoladenkekse. Dennoch war sie froh, durch den Spion in der Tür ein menschliches Antlitz zu erblikken. Auch wenn es bedeutete, daß sämtliche Riegel zurückgeschoben und alle Schlösser aufgeschlossen werden mußten, die ein fürsorglicher Sohn in altvertraut neurotischer Allendale-Manier angebracht hatte. Mutter und Sohn wußten sehr wohl, wer auf diese Weise ferngehalten werden sollte, auch wenn es sonst niemandem bekannt war: Einbrecher und Gerichtsvollzieher und Daddy. Sophie hatte die Schrecken mittlerweile auf das Gespenst Einbrecher reduziert; Daddy war schließlich tot.

Mausetot. Jeden Tag sichtete Sophie ihre Papiere, alle Dokumente, die von ihrer Ehe zeugten, sämtliche Gerichtsunterlagen, nur um sicherzustellen, daß Daddy wirklich und wahrhaftig tot war. Er war es.

Mary rauschte zur Tür herein, als habe es keinerlei Verzögerung gegeben. Sie ignorierte geflissentlich Sophies tränenumflorten Blick, der ihr nicht entgangen war. »Tag, Oma«, grüßte sie forsch in jenem unbewußt herablassenden Ton, den andere von ihr betreute Senioren übelnahmen, was sie nicht ahnte, den Oma Allendale jedoch zu genießen schien. »Wie wär's mit einer Tasse Tee?« Auf Mary lasteten zwei Stunden Zeit, die totzuschlagen waren. Sophies Lebensgeister erwachten wieder. Ihre Kopfhaut mit den braun gefärbten, sorgfältig frisierten Löckchen und dem grauen Haaransatz zuckte, als sie den Kopf schüttelte und auf den Sessel im Wohnzimmer zusteuerte. Heute nachmittag durfte sie achtzig sein. Sollte Mary den Tee kochen. Beunruhigende Vorstellungen ließen Sophie ihre ohnehin nicht sonderlich ernst genommenen Gastgeberpflichten vergessen, ja, sogar die Kekse.

»Warst du bei Katherine?« fragte Mary so munter wie nur möglich und setzte das gute Teeservice mit derart schepperndem Karacho ab, daß Sophie am liebsten geschrien hätte. Sie hatte das Service in allen möglichen Schränken versteckt, um es zu retten, und jetzt waren doch nur noch drei Tassen übrig geblieben. Oje, oje. Einige Gerichtsvollzieher waren netter gewesen als andere. Das Wohnzimmer stand voller Nippes. Nippes konnte man leichter verschwinden lassen: man stopfte die Sachen rasch in einen Ärmel. Oder in den Spülkasten des Aborts, wenn Daddy mal wieder drauf und dran war, alles zum Leihhaus zu tragen. Davids Pokalbecher müßten mal gründlich gereinigt werden. Die Sofaschoner, die Chintzvorhänge, die Stoffservietten und geblümten Vorhänge hatten weniger Schwierigkeiten bereitet; die wollte niemand haben. In Marys Augen war der Raum hoffnungslos überladen. Zuckerguß. Die ganze schäumende Spitze, Sophies ein und alles. Die eine dachte von der anderen, daß sie ganz und gar unmöglich sei. Sophie konnte sich sehr gut vorstellen, daß kein Mann Mary heiraten wollte.

»Was hast du, Omachen, war es nicht nett heute mittag?«

»Nein«, bestätigte Sophie und schüttelte sich auf theatralische Weise. »Nein, wirklich nicht.«

»Waren die Kinder anstrengend?« fragte Mary mitfühlend.

»Nein – nein. Ganz und gar nicht.«

Sie nagte verstört an einem Keks. Ihr war etwas Schreckliches eingefallen. David und seine vielen Schlösser... Doch nicht schon wieder! Aber nein, das konnte doch wohl nicht sein. Sie schnappte sich noch einen Keks.

»Und wann brechen sie bei mir ein? Was glaubst du?« fragte sie, um sich auf andere Gedanken zu bringen.

»Nie«, meinte Mary kategorisch, die ganzen Schlösser, Riegel, den Spion und die selbst im Sommer fest geschlossenen Fenster vor Augen.

»Ach Gott, David macht sich solche Sorgen.« Sophie war froh um die Gesellschaft, und zugleich wünschte sie Mary fort. Damit sie die Unterlagen aus der obersten Schublade des auf antik getrimmten Sekretärs hervorkramen und sich noch einmal vergewissern könnte, daß Daddy wirklich tot war. Sie hatte den versteckten Totenschein hunderte Male gelesen.

»Weißt du, es geht ja allen so. Daß bei ihnen eingebrochen wird, meine ich. Ich mußte heute wieder daran denken, als Katherine irgend etwas davon erzählte, daß alle ihre Schränke ausgewechselt worden wären oder abgesperrt oder so etwas. Unsinn, natürlich. Unsere Primadonna. Ein unartiges, verzogenes Kind manchmal. Ach, es war schrecklich, sie war gar nicht nett zu mir. Hat behauptet, sie wäre müde. Wovon solltest du müde sein, habe ich sie gefragt. Tust doch nicht viel, oder?« Sophie plapperte vor sich hin. Mary verstand nicht recht, worum es ging, ließ sich aber nichts anmerken und nickte.

»Jeanetta hatte hübsche neue Sachen an. Aber was sie mit ihrem Haar angestellt haben, ist mir unbegreiflich! Ein gelbes Hemdchen mit rosa Punkten, bei ihrem Teint genau richtig. Und ich habe zu David gesagt: Genau wie du früher, weißt du.«

»Tatsächlich?« fragte Mary wenig überzeugt. Sie selbst hatte noch nie eine Ähnlichkeit feststellen können.

»Aber ja. Daddy war so hell, weißt du. Er ist bloß früh ergraut, kurz vor Davids Geburt, glaube ich. Er war ein sehr gutaussehender Mann, am Anfang. Nur ist er sehr dick geworden.«

»Erzähl mir doch von Daddy. Du hast nie von ihm gesprochen.« Sophie schwieg. Sie dachte gar nicht daran. Sie hatte keine Ahnung, wieviel Mary von Daddy wußte. Daddy war ihr und Davids Geheimnis, und nicht einmal miteinander sprachen sie über ihn. Daddy war ein Lügner und ein Dieb und ein gemeiner Kerl gewesen, der sie als Backfisch aus ihrer teuren Privatschule weggeheiratet hatte, als sie rotbackige Piraten noch romantisch und aufregend fand. Jetzt erinnerten sie vor allem Schlösser an Daddy. Daddy hatte sämtliche Türen verriegelt, beim letztenmal, um die Gerichtsvollzieher fernzuhalten. Und dann hatte David ihn eingesperrt, als er aus dem Gefängnis gekommen war und wieder damit anfing. Sie erinnerte sich an den furchtbaren Streit, und daran, wie Daddy die Treppe hinuntergefallen war. Gefallen. Betrunken, hieß es, aber das stimmte nicht. Er hatte seit Tagen nichts gegessen gehabt, geschweige denn getrunken.

»Ach, weißt du, Daddy war komisch. Er hat alle Sachen von David verkauft, bis David gar nichts mehr hatte. Zweimal.«

»Wieso?«

»Wir hatten kein Geld. Frag nicht, wieso.« Frag auch nicht, wie er gestorben ist, wenn's recht ist. Kümmere dich um deine eigenen Angelegenheiten. »Noch eine Tasse Tee?«

»Danke, nein.«

Sophie hielt das Schweigen aber nicht lange aus. »Ich hoffe doch nicht, daß David die Schlösser anbringt, weil er die Gerichtsvollzieher erwartet?«

Mary lachte schallend, Musik in Sophies Ohren. »Dummerchen. Aber nein! Nur haben sie so hübsche Sachen im Haus, daß sie sich tatsächlich gegen Einbrecher schützen müssen.«

»Ja, natürlich«, seufzte Sophie. Genau diese Begründung hatte sie dringend hören wollen. Sie war beruhigt.

Mary strich hinter dem Sessel der alten Dame vorbei und tätschelte ihr geistesabwesend die Schulter, während sie sich angewidert umsah. Diese kitschige Tapete mit ihren gewaltigen Moosröschen, von denen die wenigsten farblich zum Teppich paßten! Drei Sätze ineinandergeschachtelter Beistelltischchen, zu Treppchen arrangiert und mit Spitzendeckchen geschmückt wie jenes, das auf dem Teetablett in der Küche bereitgelegen hatte, darauf die Kanne, wieder mit Knospenmuster. Vielfarbige Blüten auch auf den Vorhängen, und darunter Spitzenstores, hinter denen die Sicherheitsgitter vor den doppelt verglasten Scheiben verschwanden. Spitze säumte auch Kragen und Manschetten von Sophies weißer Bluse. Alles, einschließlich Sophies Gesicht, in einem Zustand fortgeschrittener Konservierung. Für Mary hatte heute der Raum etwas von einer Leichenhalle und Mrs. Allendale von einem Relikt besserer Tage. Ihre Geschichten von Zeiten der Not waren schwer zu glauben, vorstellbar höchstens, daß auch bei den Allendales vielleicht nicht immer alles zum Besten gestanden hatte. Was sie irgendwie befriedigte.

»Man hat's nicht leicht«, bemerkte John zum Hausmeister des Bürogebäudes. »Sie sagen es, Mr. Mills, is mir'n Rätsel, wieso Sie das machen.« John hätte samstags nicht arbeiten müssen, aber er hatte es immer getan, und Angewohnheiten sind schwer abzulegen. In seinen Bemühungen um »Kinder in Not« hatte er zwischen dem Wochenende und der Woche nie einen Unterschied gemacht, einer von Matildas regelmäßigen Vorwürfen, bis sie gelernt hatte, dem Streit darüber aus dem Weg zu gehen, gleichgültig zu werden und auf eigene Faust loszuziehen. Als John jedoch jetzt keuchend die Steintreppe in den obersten Stock des Altbaus hinaufstieg, dessen Sanierung schon lange anstand, hatte er das Gefühl, er wäre besser nicht zur Arbeit gegangen. Früher hatten ihn Zorn, Neugier und Überzeugung zahllose ähnliche Treppenfluchten hinauf in ähnlich desolate Stockwerke getrieben, mit einem Impetus, der ihm das Feingefühl und die Listigkeit verlieh, die ihm in anderen Lebensbereichen vollständig abgingen. Der dritte Einsatz heute, bei dem er wegen eben dieses Fingerspitzengefühls, das ihm Zugang auch bei verschlossenen Türen verschaffte, vom Verein vorgeschickt und als Kundschafter ausgenutzt wurde. »Wir haben hier wieder eine Beschwerde von ›Nachbarn‹, John. Eine Mrs. Singh, Nummer 41b, sagt: das Kind schreit permanent / ist den ganzen Tag nicht zu hören / ist nie zu sehen, und im Haus ein Saustall, es müsse etwas unternommen werden.« Kaum Variationen zu diesem Thema. Ein Eingreifen bei verdächtigten Familien bedurfte derart hieb- und stichfester Beweise für eine Anzeige wegen Kindesmißhandlung, daß oft jede Hilfe zu spät kam. Johns Aufgabe bestand darin, vorbeizuschauen, noch bevor die Behörden eingeschaltet wurden, so, als käme er auf eine Tasse Tee vorbei, freundlich lächelnd, unbedarft, bärtig, nicht dienstlich, mit Süßigkeiten für die Kleinen. Verweigerte ihm eine Familie den Zutritt, so blieb ihm nichts anderes übrig, als wieder zu gehen. Aber in fünf von zehn Fällen konnte er verhindern, daß ihm die Tür vor der Nase zugeknallt wurde, oft konnte er sogar erreichen, daß man ihn einließ. War er erstmal drin, erkannte er mit von langen Jahren der Erfahrung geschultem Blick rasch, ob es sich um einen Fehlalarm handelte oder ob es ernst war. Er tat nichts anderes als zu reden, zuzuhören und zu beobachten, schweigend lange Schimpftiraden über sich ergehen zu lassen, aufmunternd nickend sich Fallgeschichten anzuhören, die weit häufiger tiefe Hilflosigkeit erkennen ließen als bewußte Grausamkeit.

Wir dürfen niemals Kinder in die Welt setzen, hatte er Matilda beschworen, es ist unverantwortlich, ihnen eine so verderbte Welt zuzumuten. Später bedauerte er, daß sie ihn beim Wort genommen hatte.

John setzte sein zaghaftes Lächeln auf und klopfte. Der Lack der Tür war zerkratzt, drinnen begann ein Hund zu bellen. Ein Baby antwortete mit Geschrei. Während das Kinderweinen anhielt, klopfte er noch einmal, bis an seinem Ohr, so dicht, daß er erschrak, eine Stimme erklang: »Was willst du, Mann?« John hatte das grummelnde Echo auf der anderen Seite der Tür vermutet, auf der noch seine Hand lag. Prügel, die er bei einem seiner Besuche bezogen hatte, hatten sein Gehör geschädigt: Auf dem linken Ohr war er leicht taub, auch auf dem rechten hörte er nicht gut.

»Scheiße, Mann, was willst du?« wurde er abermals gefragt. Eine riesige Pranke senkte sich auf seine Schulter herab und stieß ihn zurück. Überrascht drehte er sich einem riesigen männlichen Individuum zu, mit gewaltigem Brustkorb und tiefer Stimme, etwa dreißig. Solche Details nahm John schon automatisch wahr, registrierte sie für die Berichte, Berichte, die die ganze quasi-behördliche Maschinerie in Gang setzten oder zum Stillstand brachten – schwere Verantwortung. Der Kerl überragte ihn um gut dreißig Zentimeter. Ein verdreckter Blaumann, Haare rotmeliert, als wäre mit zweifelhaftem Erfolg ein Färbemittel benutzt worden. Deutlich zu erkennen – aber für einen Bericht untauglich – war die mühsam unterdrückte, stille Wut im verschlossenen Gesicht, und deutlich wahrnehmbar die süßliche, Übelkeit erregende Ausdünstung seines Körpers, die John an Kat erinnerte und die in Wellen von dem Mann ausströmte und sie beide schwül umschloß. Die Augen unter dem krausen Haar waren rotunterlaufen und blickten feindlich, die Hände zu Fäusten geballt. John betete in beschwichtigendem Ton sein Sprüchlein herunter, verspürte aber mit einem Mal eine tiefe Hoffnungslosigkeit. Und Angst. Angst, gegen die er einst immun gewesen war, unter der er nun aber regelmäßig litt. Er stotterte: »Ich komme nicht von der Stadt, nicht von der Polizei, nicht vom Sozial-…« Selbst in seinen Ohren klang die alte Leier wenig überzeugend. Er wurde unterbrochen. »Was willst du dann, Mann?« John fuhr fort, verzweifelt nun schon:

»Ach, nichts weiter, es ist bloß, nun, ich hörte, Ihr Kind wäre ein wenig kränklich, wissen Sie. Daher dachte ich, ich schau mal vorbei und frag, ob ich irgendwie helfen kann…«

»*Unser* Kind. Geht dich nix an.« Die Finger der Hände öffneten und schlossen sich – wie Lockerungsübungen eines Pianisten vorm Spiel. John blickte dem Kerl ins Gesicht, geriet angesichts des Ausdrucks in den Glupschaugen ins Stocken. Der Himmel, den man über dem Treppengeländer des sechsten Stocks sehen konnte, färbte sich dunkel. Bitte glauben Sie mir, ich komme, um zu helfen, nicht um zu verdammen – unnütze, unausgesprochene Beteuerungen. Statt dessen sagte er: »Ob ich wohl einen Augenblick hereinkommen und auch Ihre Frau begrüßen dürfte? Ich habe etwas mitge-…« Er klopfte auf die Tasche seines weiten Jacketts, wie um zu demonstrieren, daß er nur Süßigkeiten, keine Durchsuchungsbefehle, Vorladungen oder dergleichen amtlichen Zündstoff bei sich führte, wußte aber im gleichen Moment um die Sinnlosigkeit der Geste.

»Du bist heute schon der Zehnte, Mann«, sagte die Stimme angeödet.

»Tatsächlich?« meinte John, seine Stimme, hoch und leicht, näselnd, verriet die bewußt verleugnete, zutiefst verachtete gute Erziehung. »Nun, wenn ich nur einen Augenblick hereinkommen dürfte...« Über die Vergeblichkeit von Süßigkeiten für minderjährige Mütter und glücklose Kleinkinder dachte er nach, darüber, daß er so willkommen war wie ein Handelsvertreter oder Gerichtsvollzieher, als die Faust seinen Unterkiefer traf. Um so härter traf, als sie unerwartet traf. John wankte, spürte benommen, wie ein Zahn nachgab, schmeckte das Blut, das in den Mund schoß. Wie Eisenspäne.

»Der Zehnte heute, Mann, der gottverdammte Zehnte... was steckste deine Nase da rein, du Wichser...«

»Lassen Sie doch«, stammelte John, als er gegen die Wand fiel, »das ist doch unnötig, schon gut, schon gut...«

»Der Zehnte«, wiederholte der Kerl. »Die vonner Behörde und die Nachbarn und die Hausverwaltung und der Pfaffe und ihre Mutter und die Bullen. Und die annern. Laßt uns in Ruhe, ihr Wichser.« Er drosch im Takt der Silben auf John ein, gezielte Schläge, ebenso systematisch wie gelangweilt plaziert: mit der Rechten nacheinander auf beide Augen – die Linke hielt John am unauffälligen, nicht-dienstlichen Aufschlag fest –, Wechsel, und mit der Linken das Ganze noch mal, härter. Als sich die Stille vom fernen Brausen des Verkehrs unterscheiden ließ, hatte der Hund drinnen aufgehört zu kläffen. Der Mann schleifte John zum Geländer, packte ihn an Hosenboden und Kragen und hob ihn halb darüber hinweg, ließ John mit halb geschlossenen Augen, den Brustkorb vom eisernen Handlauf zusammengedrückt, eine Minute lang reglos hängen und zusehen, wie sein Blut aus schwindelerregender Höhe auf die Galerie ein Stockwerk tiefer tropfte. Da hing er, festgehalten nur von seinem Angreifer, mit leerem Kopf, ohne Angst, benommen vom Schmerz, doch klar genug, sich noch schlaffer, noch schwerer zu machen – ein Nichts, das umzubringen sich selbst im Rausch derartiger Wut und Adrenalinstöße nicht lohnen würde. Dann spürte er, wie er nach hinten zurückglitt und seine linke Wange am Beton der Brüstung entlangschürfte. Er sackte zu Boden. Keine Pranken hielten ihn mehr. Er rang nach Luft.

»Verpiß dich, Wichser!« hörte er eine Stimme, ohne sie orten zu können. »Verpiß dich endlich!«

Die eigene, müde in einer abwehrenden, beschwichtigenden Geste erhobene Hand – Parodie des Sich-Ergebens –, sah er nicht, fühlte sie sich bloß bewegen. Dann kroch er aufs Treppenhaus zu. Die Bonbontüte in seiner Tasche schlug gegen seine Hüfte. Der Mann verfolgte diesen Abgang im Schneckentempo noch einen Augenblick lang, dann klopfte er an die Wohnungstür. Ein Lichtkegel breitete sich im Laubengang aus. John wartete keuchend neben der Treppe und schleppte sich dann qualvoll langsam hinunter. Die Bonbons knirschten an seinem Hüftknochen. Kätzchen, hungrige Kätzchen – sein einziger Gedanke. Er sah ihre Augen vor sich. Er mußte heim.

Mary nutzte den Abend, um einen weiteren Bericht zu prüfen – »Motivierung von Wohlfahrts-Aushilfskräften«. Der blanke Hohn, samt Überschrift, dachte sie und las: »Bei der gegenwärtig desolaten Lage, bei der der Selbsthilfe in den Gemeinden eine immer größere Rolle zufällt und der Einsatz schlecht oder nicht bezahlter Helfer unverzichtbar ist, schlagen wir vor, daß Mitarbeiter, die sich durch besonderes Engagement hervorgetan haben, Anerkennung in Form von Ehrungen durch die Körperschaft erhalten.« Die Lösung ist ganz einfach: Bezahlt sie besser! dachte Mary. »Wir plädieren dafür, daß nur die weniger qualifizierten und dennoch unermüdlich einsatzbereiten Aushilfskräfte bedacht werden, denn unsere qualifizierten Mitarbeiter erhalten Entschädigungen anderer Art. (...) Anbei eine Liste derjenigen, denen unseres Erachtens eine Ehrung in Aussicht gestellt werden könnte.« SCHWACHSINN kritzelte Mary an den Rand.

»Was ist? Warum schläfst du nicht? Was machst du denn noch für einen Lärm?«

»Ich habe gesingt, Mama. Erzähl mir eine Geschichte.«

»Ich kenne keine Geschichten.« Katherine packte das Federbett wieder um Jeanettas dicke Beinchen.

»Aber Mrs. Harrison kennt viele Geschichten. Und Gesinge.«

»Lieder«, korrigierte Katherine.

»Dann sing das«, bat Jeanetta. »Wo ist die kleine Maus geblieben? Die Katzen, miau, die wissens genau: hat nicht still gesessen, haben sie se aufgefressen...« Sie leierte die Worte ohne Melodie. Es war das Geräusch, das Katherine angelockt hatte.

»Das kenne ich nicht«, sagte Katherine, die bereits wieder an der Tür stand und am neuen Schloß herumfummelte, das ins Holz versenkt und kaum zu sehen war. Sie spähte den Gang hinunter, um zu sehen, ob David noch unten war, und wandte sich dann wieder Jeanetta zu. Ein wenig abwesend, ein wenig traurig betrachtete sie das Kind, dessen Anblick erneut Verärgerung und Schuldgefühle weckte. Sie hatte nicht verhindern können, daß Jeanetta frech zu Sophie war, nachdem sie selbst sie in Rage gebracht hatte mit ihrer Unaufrichtigkeit Sophie gegenüber, was die gestutzten Haare anging. Jeanetta rebellierte immer, wenn man ihr den Mund verbot. Aber Katherine hatte die Lüge und ihre Folgen der Katastrophe vorgezogen, daß David sie andernfalls durch sein Schweigen strafen könnte. Also war es ihre Schuld, wenn Jeanetta, die sie barsch angefahren hatte, ihre sauberen Kleider mit Lachs und Mayonnaise bespritzt und dann Himbeeren und Sahne zu einem knallrosa Brei zerdrückt und ihre Beine damit eingeschmiert hatte. Aufruhr, als ihre Beine brannten von Katherines Schlägen. Mein Gott, das alles hatte sie geschehen lassen. Warum verzieh ihr dieses unglaubliche Kind? Und dann hatte sie Sophie auch noch gehen lassen, ohne sich richtig zu verabschieden und ohne richtig mit ihr gesprochen zu haben.

Katherine saß auf dem Bett, gärende Schuld machte sie nervös und bedrückte sie. Ich halte es nicht einmal bei meinem eigenen Kind aus, kann es nicht ertragen, wenn sie mich so vertrauensvoll ansieht, bringe es nicht über mich, ihr etwas vorzusingen. Ich bin eine Versagerin, eine schlechte Mutter, wollte gar keine Kinder, es ist einfach passiert. Seitdem ist nichts mehr, wie es war, und der Boden rutscht mir unter den Füßen weg. Es soll einen Mutterinstinkt geben, aber ich weiß nicht, wie der funktioniert, weiß nicht, wie ich's lernen soll, es hat mir niemand beigebracht. Sie hatte ein wenig Angst vor Jeanetta – nicht gerade in diesem Augenblick, aber manchmal. Vor allem, wenn Jeanetta sie zu brauchen schien, dann schrak sie zurück. Das Kind hatte einen so unbeugsamen Willen. Dafür war Katherine in gewisser Weise dankbar; sie brauchte sich um sie nicht so viel Sorgen machen, denn so ein Kind wäre zäh, würde alles überstehen. Selbst ein Erdbeben. Sie selbst kam sich zerbrechlicher vor, wollte sich ständig dafür entschuldigen, daß sie so nutzlos war.

»Arme Mama. Du weißt keine Lieder?«

»Nein«, entschuldigte sich Katherine, »ich fürchte nicht.«

»Was hat deine Mama gesungen?«

»Sie hat nicht gesungen, Liebling.« Katherine berührte zaghaft Jeanettas kurze, stoppelige Locken. Ihre Haare waren ihre einzige Zierde gewesen. Sie studierte das kleine Gesicht unter ihrer Hand. Irgendeine Ähnlichkeit mit Claud in den sanften Gesichtszügen? Doch sicher nicht, nein, gewiß nicht.

»Sie hat nie gesungen?« staunte Jeanetta.

»Bitte? Ach so, nein. Nie.« Sich vorzuerzählen, daß sie nicht wissen konnte, wie sie mit den beiden umgehen sollte, weil sie dafür keine inneren Spuren, keine Erfahrung zärtlicher Fürsorge hatte, war eine Ausrede. Es war so einfach, zu sagen: Ich habe keine Erinnerungen an dieses Alter außer dunklen Zimmern, Hunger und dem Bemühen, brav zu sein. Wieso kann dieses kleine Ungeheuer nicht sein wie ich und begreifen, daß die einzige Lösung darin besteht, brav und still zu sein? Und wenn mir als Kind keiner gezeigt hat, was ich tun muß, wie soll ich es jetzt können? Doch Katherine wußte nur zu gut, daß, was Ausreden anbetraf, diese weniger wert waren als das Papier, auf dem die unbrauchbaren Zeitschriftenratschläge gedruckt waren. Die Schuld wurde noch drückender, zugleich die Verärgerung: Einerseits wollte sie bei dem Kind bleiben, andererseits wünschte sie sich fort.

»Die Mama kann nicht so gut singen, weißt du. Und sie kennt auch keine Kinderreime. So eine dumme Mama«, sagte sie sanft, das Herz schwer vor Mitleid und Selbstmitleid. Jeanettas eigenartig bruchstückhafte Sammlung von Reimen war rätselhaft, diese ungewöhnliche Kultiviertheit des Kindes, die ihr selbst abging. Für sie hatte es niemanden gegeben, der vorsang oder Geschichten erzählte, einzige Quelle sporadischer, streng dosierter Unterhaltung: das Fernsehen. Sie strich über das weiche Kinderhaar, lächelte und schielte zur Tür. David wartete unten, kümmerte sich um Jeremy. Jeremy, dieser Musterknabe, der seine Mutter nie brauchte. Jeanettas Singsang wirkte beruhigend, lullte sie ein.

»Kann auch nicht richtig singen.«

»Doch, das machst du gut. Sing es der Mama noch einmal vor. Es gefällt mir so. Bitte.« Katherine sah, wie Jeanetta sich wohlig weiter ins Bett herunterwühlte, jeder

Verantwortung enthoben, so himmlisch verantwortungslos.

Ach, wieder Kind sein zu dürfen! Wie gerne wäre sie wieder Kind!

8

Gottverfluchter Sommer, gottverfluchte Stadt, gottverfluchtes Alles. Schweißtreibende, schwüle Hitzewelle, mörderische Kopfschmerzen, alles einfach unerträglich und alle unter Gottes verfluchter Sonne Idioten. Die Bluse – war immer schon häßlich! – klebt wie Klopapier. Wieder früher nach Hause, weil ich, sagen wir's doch, wie's ist, die Arbeit nicht packe und sowieso nicht gebraucht werde. Geht mir nicht anders als dem armen Teufel dort drüben, scheint sich hier in unserer Straße niedergelassen zu haben, seh ihn fast jeden Abend, frag mich, was er hier zu suchen hat. Wie ich ihn hasse, läuft hier ziellos auf und ab! Wie ich. Bitte? Ziellos? Als hätte ich nicht genug zu tun. Und einsam und verzweifelt bin ich auch nicht. Ich habe doch ein Zuhause.

Liegt alles an der Katze, die wieder krank ist. Das bedrückt mich, das ist alles. Das arme Tier. (Sebastian sagt, mir liege mehr an den Tieren als den Menschen...) Streut denn Katherine Strychnin in den Garten oder was! Verflucht noch mal. Kann sie natürlich kaum zur Rede stellen, schließlich schleicht die Katze auch noch durch diverse andere Gärten. Der Sexualtrieb, haha!, schön wär's, aber bei der Hitze? Kann mich gar nicht entsinnen, wann Sebastian und ich das letztemal... Habe ihn, glaube ich, weggestoßen.

Himmel, wie ich den Sommer hasse! Der Sommer ist reine Klaustrophobie, nur innere Unruhe, Langeweile und der sehnsüchtige Wunsch, anderswo zu sein. Kann mir nicht helfen. Das Ereignis des heutigen Tages war die Einladung zu David Allendales Geburtstag, die unter der Tür durchgeschoben wurde. In ein paar Wochen erst, das hebt die Stimmung nicht gerade. Überhaupt: diese gebündelte Perfektion nebenan, er knabenhaft jung mit seinen Vierzig.

Aber der Gedanke an den netten David läßt mich unwillkürlich lächeln. Seit geraumer Zeit der einzige Lichtblick. Als ich ihm heute auf der Straße begegnet bin, dachte ich mir, nicht verkehrt, wenn du ihm zu verstehen gibst, wie sehr er dir gefällt. Aber natürlich habe ich das Ganze falsch angepackt; ich bin eben kein Stück subtil, beherrsche die Kunst des Small talk nun mal nicht. Sebastian sagt, an mir sei ein Kerl verlorengegangen. Flirten konnte ich jedenfalls noch nie. Ich also: »Wie geht's, wie steht's? Ist das nicht eine Affenhitze? Schönen Dank für die Einladung. So, so, *wieder* vierzig? Ich hätte auf mehr getippt, zumal du so frühzeitig einlädst.« Männer sind doch angeblich nicht empfindlich in diesen Dingen, aber möglicherweise war er doch beleidigt. »Zum erstenmal vierzig«, meinte er nämlich. »Und es ist ja noch eine Weile hin. Wie geht's selbst? Wo ist Seb?« Ich muß wohl ein wenig überrascht dreingeblickt haben, in der Annahme, es sei allgemein bekannt, daß der gute Sebastian sich wie ein Untermieter verhält – außer frühmorgens, da könnte man sagen, er nehme sich – für einen Untermieter jedenfalls – bei seiner Wirtin einiges heraus, aber auch das nur noch äußerst selten. »Ach«, sagte ich leichthin, »der ist zu irgendeiner Besprechung, ist oft bis acht oder neun Uhr abends unterwegs, gar keine so schlechte Einrichtung.« Warum die unglückliche Formulierung, weiß ich auch nicht, klang nach Vorwurf. Aber ich war sowieso Luft für den guten David, er hörte gar nicht zu. »Und Katherine?« fragte ich, gespannt, ob er mir berichten würde, daß sie damit beschäftigt sei, im Garten neues Gift für unsere Katze auszulegen. »Drinnen. Sie bereitet das Essen zu; ich gehe mit ihm hier noch mal kurz um den Block.« Daß der Mustervater Jeremy in der Karre mitschob, hatte ich überhaupt nicht bemerkt, sehr wohl dagegen den Tonfall, der anzudeuten schien, ich müßte von Rechts wegen ebenfalls in der Küche stehen. »Hallo, du Wicht«, sage ich zum Kleinen, der mich mit einem bösen Blick straft, seinen Papa am Hosenbein zupft und so tut, als kenne er mich nicht.

»Bei Mrs. Harrison sind sie ja wirklich gern«, sage ich munter. »Scheint ihnen gut zu gehen bei ihr, nach allem, was sie mir so erzählt.«

»Ja«, stimmt er zu, sieht mich gleichgültig an und lächelt gezwungen. »Das glaube ich gern.« Plötzlich bemerkt Jeremy den Hund, der wie eine Knetgummifigur neben mir steht, greift freudekreischend nach ihm und niest. David hält ihn zurück. Das ärgert mich aus unerfindlichen Gründen zutiefst. Dieses entsetzlich verhätschelte Kind! Wird verweichlicht. »Ja, ja, sie fühlen sich pudelwohl unterm Harrison-Regime«, schnurre ich, »Mrs. Harrison hat wirklich ein Händchen. Bloß gefällt's ihnen so gut, daß sie gar nicht mehr nach Hause wollen.« Ich kann es nicht ausstehen, wenn jemand einfach durch mich hindurchsieht. Ich war gekränkt, er machte sich nicht einmal die Mühe, mich mit einem der landläufigen, verlogenen Komplimente zu bedenken, die ich verdammt noch mal hören wollte. Das sollte er büßen.

David runzelt die Brauen. »An manchen Tagen könnte man regelrecht meinen«, setze ich noch einen obendrauf, »die Welt ginge unter. O-Ton Mr. Harrison. Stimmt bei euch etwas nicht, mein lieber David, daß die Kleinen so ungern nach Hause gehen? Wollen einfach nicht nach Hause. Was ist, schlagt ihr sie etwa? Haha!«

Sehr witzig. Seine Miene verfinstert sich; Gewitterwolken verdüstern die Sonne. Mein kleiner ginspirierter Hieb saß. Selbst schuld, was bildet er sich ein, seinen Sohn von meinem Hund fernzuhalten. Patsy streicht jetzt um die Karre herum. Diesmal greift David nicht ein.

»Bei Kindern weiß man nie, woran man ist«, meint er. »Jeanetta brüllt wie am Spieß, wenn sie das Haus morgens verläßt. Vielleicht stört sie einfach der ständige Wechsel, wer weiß? Sie brüllt. Fertig.« Er hat zu dem umgänglichen, leichten Ton zurückgefunden, doch ich spüre seine verhaltene Wut deutlich. »Wie hält es Sebastian bloß in der Innenstadt aus bei dem Wetter«, kommt jetzt. »Ich könnte es nicht. Wo finden denn diese Besprechungen statt? Im Pub?«

»Keinen blassen Schimmer.« Ich zucke mit den Achseln, ganz die nichtsahnende Ehefrau. David grinst süffisant. »In grauen Vorzeiten, als ich mich selbst noch in der Stadt herumtrieb, ehe es mich aus ihr heraustrieb sozusagen, diente ›Besprechung‹ als Umschreibung für alles mögliche. Wobei spätnachmittägliche oder abendliche ›Besprechungen‹ für die Ehemänner natürlich doppelt inkriminierend waren. Aber nicht bei unserem Seb natürlich.«

Eins zu eins.

Dann fing Jeremy an zu plärren, wir verabschiedeten uns, beide eingeschnappt. Tja, Essig mit dem geplanten Flirt, aber wenn ich ihn vergrault hatte, dann er mich mindestens genauso. Der Teufel hol ihn, was sollte das mit den »Besprechungen«! Hatte ich *ihn* nicht mit dieser Monica Sowieso die Straße entlangschlendern sehen, dieser Freundin der Allendales, die mir bei ihrer letzten Party vorgestellt wurde? Besprechungen waren kein Vorwand – meine jedenfalls nicht. Ich kam mir vor, als hätte man mir eins auf die Finger gegeben, und prompt ballten sich die Finger zur Faust – wie immer bei einer Rüge. Hatte ich da etwas übersehen bei Sebastian? Wollte David mir einen Wink geben?

Zurück ins Haus, um nach der Brut zu sehen. Viertel vor acht, Stille. Nur Mark dämmerte vor seinem Fernseher, vollkommen erledigt, weil er so früh aufgestanden war: Um sechs Uhr putzmunter und am Rumtoben in seinem rückeroberten Schlafanzug. Ich wanderte in den Garten hinaus. Der war aber auch nicht größer geworden, also durchs Haus zurück, die Treppe hinunter und auf direktem Weg in den Park. Mich zog's ans Wasser. Aus keinem besonderen Grund – außer einer vagen Erinnerung an einen See, an dessen Ufern Sebastian und ich einst geturtelt hatten. So lange her, daß ich mich nur mit Mühe dessen entsinnen konnte. Das waren die Zeiten, da mein stattlicher Busen unter einem dünnen T-Shirt den Durchschnittsmann zum Stottern brachte. Auch meinen lieben Mann. Außerdem beunruhigte mich irgend etwas entfernt, irgend etwas nicht Greifbares, irgend etwas stimmte überhaupt nicht mit dem Nachbarhaus und unserem, aber das Analysieren war noch nie meine Stärke; ich mache einfach immer weiter.

Ich liebe diesen Park, und mag er noch so unwirklich sein, dieser kosmopolitische Hyde Park, die üppigen Kensington Gardens. Ich war die halbe Länge der Serpentine entlanggerast, ehe ich mich allein durch das Tempo etwas beruhigt hatte und langsamer ging. An der ersten Brücke hinter den Brunnen streiften die Zweige der Trauerweiden das Wasser. Zwei alte Männer saßen in der Nähe des Lido – wie zwei verhutzelte Gnome sahen sie aus mit ihrer schamlos über den Shorts faltenwerfenden, haselnußbraunen Haut, Folge eines täglichen Erquickungsbads im schlammigen Wasser. Ein Stück weiter kam ich am leblosen Peter Pan vorbei, blankgerieben von tausend Kinderfingern, und sah dort einen weiteren alten Mann, der die Hand wie zum Zeichen hob, während er darauf wartete, daß die Spatzen sich auf seinen Knöchel niederließen und die zwischen Daumen und Zeigefinger offerierten Krumen pickten. Ich blieb gebannt stehen. »Sie mögen das«, sagte ich blöde zu dem Alten. »Klar mögen sie's«, entrüstete er sich. »Wer mag schon keine Kekse?« Wie einfach ist das Leben doch für manche; ich fühlte mich fehl am Platz. David hatte mich fürchterlich durcheinander gebracht.

Und doch fand ich alles um mich herum atemberaubend. Ich mußte mich setzen, staunte über die Vielfalt. Ein engelgleicher goldhaariger Bub fütterte ein Eichhörnchen hinter einem Zaun mit Nüssen, ein Bub wie mein Mark, mit dem ich noch nie, noch kein einziges Mal in diesen

Park gekommen war. Warum eigentlich nicht? Dann, als Kontrast, fiel mir eine verknöcherte alte Schachtel auf, so alt, daß es ein Wunder schien, daß sie noch lebte. Sie saß auf einer Bank am Wasser, hatte die Strümpfe bis unter die geschwollenen, blau verfärbten Knöchel heruntergerollt, ein grauer Riemen ihres Büstenhalters war ihr in die Armbeuge gerutscht, die Enten guckten ihr zwischen die gespreizten Altweiberbeine. Und die Enten erst! Was für ein Gezeter, tiefes Basso-profundo-Gequake, aufgeregtes Geschnatter, plötzliche schrille Schreie. Ihr kabbelndes Konzert hatte etwas befremdlich Menschliches. Ich sah den letzten heimkehrenden Ruderbooten zu, die quietschend durch den vom Wasser aufsteigenden Dunst glitten.

Dann erblickte ich auf der nächsten Bank, an der Stelle, wo der See unter einer Brücke im Tunnel verschwindet, Sebastian.

Er saß in Hemdsärmeln, Sebastian, der selbst im Winter äußerst selten ablegt. Die letzten Sonnenstrahlen betonten den Rotschimmer seines Haars, ließen die blasse Stirn auflodern. Er saß dort allein und stierte auf die Enten, der wassersüchtige Sebastian, der immer schon hatte am Meer wohnen wollen, aber ich war dagegen gewesen. In die andere Richtung, hinter ihm, entfernte sich eben eine blonde Frau. Ob sie von derselben Bank aufgestanden war oder ob ich, die ich mit zusammengekniffenen Augen hinüberspähte, es mir nur einbildete, konnte ich nicht sagen. Vor meinem inneren Auge sah ich die Szene, die sich mir geboten hätte, hätte ich eine Sekunde eher hinübergeschaut: Ihre langen blonden Haare glitten von seiner breiten Schulter, als sie aufstand. Der goldene Vorhang, den sie jetzt zurückschob hinter die Ohren, während sie den Riemen ihrer Handtasche zurechtrückte. Ein gertenschlankes junges Ding in Elfenbeinweiß. Ein kurzes Kleid von tadellosem Sitz, wie geschaffen für eine Figur wie die ihre. Sebastian, bei einer »Besprechung«.

Komischerweise – ich wundere mich selbst – schmerzte

mich die Tatsache, daß er dort mutterseelenallein saß, mehr als die mögliche Begleiterin. Ein Mann, der ganz allein irgendwo sitzt und Enten anstarrt, ist ein ziel- und haltlos treibender Mann, ein heimatloses Geschöpf, jeder Würde beraubt außer dem Pathos, das auch einem verlassenen, verlorenen Kind eigen ist. Ich stand daher auf und ging den Weg entlang. In der Hast schleiften meine Sandalen im Kies, einer der Zehenriemen drückte plötzlich, mein Herz war mir in die Füße gerutscht und pochte dort schmerzhaft. Als ich aber näher kam und mich auf die für mich typische Weise räusperte, um ihm ausreichend Vorwarnung zu geben, damit er sich fassen könnte, rührte er sich nicht. Reglos wie der Peter Pan, diese zur Statue gefrorene Bewegung. Als ich nach der Uhrzeit fragte, vernahm ich von dieser Gestalt auf der Bank eine fremde Stimme, fremd wie dieser Mann mit den grobschlächtigen Zügen, dem rötlichen Haar, gewiß, aber dem weniger aristokratischen Haupt, dem häufiger mit Bier und weniger mit Bewegung versorgten Bauch als der meines Gatten. Eine grobe Version, nicht mein Sebastian, nie im Leben. Ein vierschrötiger, widerlicher, schmuddeliger Fremder, in einem billigen Anzug, dessen Falten speckig glänzten wie seine Haut. Seine helleren Augen sahen vollkommen gleichgültig durch mich hindurch, ehe er auf eine unglaublich geschmacklose Uhr blickte. Ich bedankte mich für seine Auskunft und schlurfte schimpfend weiter, vor Erleichterung schwindlig, stolpernd. Ich kam mir unaussprechlich dumm vor. Sebastian verloren auf einer Parkbank, Enten betrachtend! Der doch nicht! Nie im Leben! Und dann mein eigenes Spiegelbild im Wasser, verbraucht, farblos, fett, in mausfarbenen, zerknitterten Kleidern: ich hatte mehr mit der alten Schachtel ohne Schlüpfer und den heruntergerollten Strümpfen gemein als mit der Frau, deren Busen das Gespräch von Oxford gewesen war, der Nixe dieses anderen Sees in diesem anderen Leben. Verdammt, ich brauchte dringend was zu trinken.

Ich hätte eben nicht rausgehen dürfen, da sieht man's wieder, hätte in meinem Arbeitszimmer bleiben sollen bei meinem Taschenrechner, statt mich in die Welt hinauszuwagen, wo alles unberechenbar ist. Ich hätte nicht mit David sprechen sollen. Ich ging heim, mich an den eigenen Handgelenken festhaltend, die Arme tröstend um die verknitterte Vorderseite geschlungen. Ich vergaß immer wieder, daß es gar nicht Sebastian gewesen war, der dort auf der Bank gesessen hatte, er war es gar nicht gewesen, sondern irgend jemand von ähnlicher Statur, aber gänzlich anderer Person, nicht mein Mann, nein, kein bißchen. Und doch hatte sein Doppelgänger mich in Aufruhr versetzt, die Tränen, die ich beim Gehen mühsam zurückhielt, waren so heiß, als wäre er es gewesen. Noch muß es Katherine Allendale gewesen sein, die von dem Mann, der nicht mein Mann war, fortgegangen war, aber auch ihr Bild verfolgte mich, saß wie ein giftiger Stachel. Das mit Trippelschritten sich entfernende elfenbeinfarbene Kleid, im Einklang mit dem grandiosen Park, männerlockende scheue Göttin. Wie gern wollte ich diese Sirene auf den Klippen mit Ölschlieren befleckt sehen!

Daheim keine Spur von Sebastian. Ein Treffen mit japanischen Kunden, hatte er gesagt. Ich mußte mit jemandem reden, selbst Mrs. Harrison wäre mir recht gewesen, aber wer springt schon so leicht über seinen eigenen Schatten. Mein Leben, mein rationales Ich, um das mal klarzustellen, sie waren entgleist, Opfer einer Art Paranoia geworden. Deshalb ging ich durch den Garten in sein Arbeitszimmer – nicht der direkteste Weg, das steht fest, aber aus Gründen, die ich nicht erklären kann und will, schon gar nicht rational, wollte ich aus der umgekehrten Perspektive sehen, genau welchen Ausschnitt des Nachbargartens er von seinem selten benutzten Adlerhorst aus eigentlich im Blick hatte. Es wurde jedoch schon dunkel. Ich konnte nicht mehr als einen Lichtkegel sehen, der aus der Spielecke am Ende der Küche kam und ein schwächeres

Licht oben in Davids Atelier. Und zu hören war nichts als das Gurgeln eines Abflusses, eigenartig banales Stadtgeräusch.

Das Arbeitszimmer meines Mannes wirkte verstaubt und kahl. Auf seinem Schreibtisch ein Adreßbuch mit Daten von Leuten, die mir unbekannt waren. In einer Vase am Fenster standen vertrocknete Blumen, und eine Wespe krabbelte sirrend vor einer der Fensterscheiben, erschöpft und doch zornig einen Ausgang suchend – sie wäre gestorben für die Freiheit. Ich wollte sie zerdrücken, war aber zu müde und lustlos, und sie wollte nicht sterben. Ich sah mich im Spiegel an der gegenüberliegenden Wand, wie ich nach der Wespe wedelte, sie zwischen meinem indischen Seidenschal und der Fensterscheibe gefangen hielt, aber unfähig fest genug zu drücken, bis ich das kleine knirschende Knacken vernehmen würde, das ihr endgültiges Aus angezeigt hätte. Sie sind zäh, die Biester. Schließlich machte ich das Fenster auf und ließ Schal und – wie ich hoffte – Wespe hinausfallen. Die Seide flatterte träge in den Garten hinunter, eine Fahne unbekannter Nation. Ich fühlte mich so bar jeder Hoffnung, so unfähig, so fett, so unbeholfen, daß ich auf der Fensterbank zusammensackte und weinte wie ein kleines Kind, aussichtslos.

»Was'n los, Mama, was machst du denn da, was'n los?«

»Du sollst doch schlafen, Kind... ich dachte, du schläfst!«

»Tu ich aber nich«, stellte Mark mit unwiderlegbarer Logik fest. Da stand er in der Tür zum Arbeitszimmer, rieb sich die Augen wie ein kleiner blinder Igel, dem die eigenen Pfoten im Wege sind. »Schlafe nicht. Was machst du denn?«

»Ich habe eine Wespe zerdrückt.«

»Igitt! Aber deshalb mußt du doch nicht weinen. Kann ich einen Keks haben?« Sein erwachsen wirkender Gleichmut, diese Nüchternheit, die Dinge zu nehmen, wie sie sind – wie bewundernswert. Mir war, als sähe ich ihn zum erstenmal. »Und ein Glas Milch?« ergänzte er. »Nicht weinen, Mama.« Er zitterte vor Kälte – absichtlich übertrieben. »Hier is so kalt. Und überhaupt: Wespen sind eklig. Du kriegst was zu trinken, wenn ich einen Keks kriege. Zwei Kekse?«

»Jeder mag Kekse«, zitierte ich den alten Mann aus dem Park.

»Gibt welche, die keine mögen, jedenfalls nicht immer, aber ich schon«, überlegte er und zog seine Schlafanzughose wieder hoch, die sich wie ein Fächer um seine nackten Füße gelegt hatte. »Kekse sind schon in Ordnung. Sehr sogar. Kommst du jetzt runter?«

Ich ließ mich von ihm führen, fort aus der trostlosen Stimmung des traurigen Endes der Wespe und aus dem kalten, leeren Arbeitszimmer seines Papas, folgte ihm hinunter an ein anderes Fenster, eines, das die Straße überblickte.

»Ich gucke auch oft raus«, eröffnete mir Mark. »Und dann sagen sie: ›Mark, das gehört sich nicht, man gafft nicht.‹ Aber warum nicht?« fragte er folgerichtig, wohl wissend, daß ich darauf keine Antwort hätte. »Alle gaffen, immer gafft jemand.«

»Manchmal«, gab jetzt ich ihm zu bedenken. »Das ist wie mit den Keksen.«

»Scht!« machte er. »Guck mal, da ist der Mann.« Draußen entfernte sich der Obdachlose, der mir schon mehrmals auf unserer Straße begegnet ist. »Ich wollte mit ihm reden«, sagte Mark, »aber er kann nicht sprechen.«

»Du sollst nicht mit Fremden reden, Spatz.«

»Warum?«

»Die beißen manchmal.«

»Mama, warum hast du geweint?«

»Ich habe nicht geweint«, log ich. Die Vorstellung des ins Dunkel entweichenden Obdachlosen, ein heimatloser Mensch, der etwas im Schilde führte, beunruhigte mich.

»Also gut«, meinte Mark und sah mich mit unverhohlener Neugier an, bereit zu glauben, was er lieber hörte. »Aber das nächstemal solltest du mich fragen. Ich mach das schon mit den Wespen, ehrlich.«

Genug, sage ich, genug, genug, genug. Dafür darfst du drei Kekse haben.

9

Der sommerliche Reigen gesellschaftlicher Verpflichtungen war für manche ein Segen.

»Da di da… tra la la.«

Mrs. Sophie Allendale, die zum Babysitten gekommen und jetzt Herrin des Hauses war, empfand ihr unverhofftes Steigen in Sohnesgunst als berauschend, und zwar in einem solchen Maße, daß sie inmitten einer kleinen, freudigen Pirouette auf den glorreichen Gedanken verfiel, sie könnte ans Telefon eilen und die Clique Hampsteader Witwen, deren mit Würde erduldetes trauriges Los sie zum geeigneten Umgang machte, einladen. Doch dann fiel ihr wieder eine abfällige Bemerkung Davids – oder war es nicht vielmehr Katherine gewesen? – über »Omas Tratschweiber« ein. Sophie war geneigt, die Bemerkung Katherine zuzuschreiben, hörte sie förmlich die Worte äußern. Und rief nicht an. Ein Jammer eigentlich, denn bestimmt könnte sie die Runde überreden, vollzählig einzufallen, ein aufgeregt zwitschernder Schwarm, gern bereit, sich von Sophie mit Davids Spirituosen bewirten zu lassen. Der Köder eines Aperitifs vorweg würde sogar die Vorführung der Enkel ermöglichen, anschließend ein Rundgang durchs Haus, vorausgesetzt natürlich, die Lieben – keine konnte sich eines ähnlich gutsituierten Verwandten wie David rühmen – würden die Treppen bewältigen können. Doch es wurde nichts aus dem großartigen Plan: Sophie gelang es nicht, geeignete Zutaten für Häppchen aufzutreiben, die sie zu den Getränken hätte reichen können. Sehr hübsch wären geräucherte Austern, selbstgebackene Käsestangen und kleine Sardellentoasthäppchen gewesen, wie sie sie als junges Mädchen angeboten hatte – wobei sie sich nicht mehr sicher war, ob nicht Sardellenhäppchen ausschließlich zum Tee serviert wurden. Ach was, zum Teufel mit solchen Feinheiten, sie wären auch zu Kaffee und Plätzchen in Scharen herbeigeeilt, mußte ja nicht unbedingt Gin und Wermut sein, doch auch erstere waren nicht in ausreichenden Mengen vorhanden. Überhaupt waren in der Küche seit ihrem letzten Besuch grundlegende Änderungen vorgenommen worden, entsprechende Erwähnungen in Telefonaten hatte sie wohl vergessen. Jedenfalls waren die meisten Küchenschränke abgesperrt. Omasicherung, dachte sie pikiert, bis sie sich erinnerte, daß die Schlösser in erster Linie eine Vorkehrung gegen Einbrecher und nicht sie selbst waren. Was war ihr David doch schlau! Für die Oma stand ein exquisites Nachtmahl bereit: Salat und eine halbe Flasche Wein – im Kühlschrank –, jawohl, sowie eine kleine Anzahl Kekse in einer Porzellandose. Sie hatte die Leckereien bereits zur Hälfte aufgegessen, war dabei um den Eßtisch herumgewandert, um verschiedene Sitzplätze auszuprobieren. Den Wein wollte sie sich für später aufheben, dafür sprach sie dem sehr trockenen Sherry ordentlich zu, wenn sie es auch in der Regel etwas süßer liebte. Zu einem kleinen Intermezzo war sie hinaus in den Garten getrippelt und hatte sich lange mit den Blumen unterhalten.

»Oh! Was bist du aber auch für eine Hübsche! Sorgt mein Bub auch gut für dich? Und du, du bist eine Spielverderberin, einfach schon Feierabend zu machen und die Augen zu.« Sie summte: »Kommt und zündet die himmlischen Lichter an, daß ich lustig mitschwärmen und spielen kann«, verabschiedete sich von den Blüten – »Gute Nacht, meine Lieben, schlaft gut, seid vor Käfern auf der Hut!« – und kicherte beeindruckt ob ihrer poetischen Ader.

All das hatte Sophie getan, ehe mit Einbruch der Dunkelheit der erste Stern am Himmel und das Bedürfnis nach Gesellschaft sich bemerkbar machten. Sie spielte in der Küche an den Radioknöpfen herum, bis der Raum mit Musik erfüllt war, dann setzte sie sich ans Fenster, bereit, Passanten hoheitsvoll zuzunicken und enttäuscht über das karge Aufgebot junger Männer, die sich ehrfurchtsvoll zum Gruß an die Stirnlocke faßten. Sie rief daher bei Mary Fox an und ließ sich auch vom Anrufbeantworter nicht aus der Ruhe bringen, denn: Du hast ja Zeit, meine Liebe, keine Sorge, du kannst später noch einmal anrufen, du wirst ja noch eine Weile hier sein, und Jeanetta wird ohnehin wahrscheinlich bald wach werden. Der Korken der Sherryflasche entwickelte ein reges Eigenleben. »Was ist das nun genau für ein Ton, den du da von dir gibst?« fragte sie ihn. »Ein ›Plopp‹, denke ich.« Sie kicherte wild.

Draußen auf der Straße hielt John Mills inne, hypnotisiert von der grandios erleuchteten Küche und dem Anblick der porzellanzarten alten Dame mit den Rüschen am rosafarbenen Hals, die ihn über den Rand ihres Sherryglases hinweg angrinste und ihm keß zuzwinkerte. Ehe er sich versah, und trotz des Zuckens des einen Auges, das sich in den vergangenen zwei Wochen nicht gelegt hatte, mußte er lächeln – sie wirkte so unwiderstehlich absurd.

»Ich albernes Ding«, gurrte Sophie und tätschelte ihre Frisur. »Es hätte glatt ein Einbrecher sein können.« Ein kurzlebiger Gedanke; in der Nähe des Hauses ihres Sohnes gab es keine Einbrecher. Sie würden es gar nicht wagen, diesen geweihten Bezirk zu betreten. Und Daddy war tot.

Der Sekt war Katherine unter Umgehung des Verdauungstrakts ins Blut geperlt, direkt in den Kopf gestiegen und schlug sich als gefährlich emotionsgeladenes Funkeln in den Augen nieder. Auf Alkohol reagierte sie so; ihr Kopf war wie ein Schwamm. Sie wußte genau, wie sie aussah, bekam es in den Blicken der Frauen widergespiegelt, von denen drei ihre Wange zur Begrüßung geküßt hatten, ohne zu bemerken, wie gut sie aussah. Gut auszusehen war entscheidend wichtig, verlieh ihr die Präsenz und das Selbstvertrauen, ohne die für sie Freude an einer solchen Zusammenkunft undenkbar war. Den Ansprüchen nicht zu genügen setzte den ganzen Abend aufs Spiel, gab ihr das Gefühl, Außenseiterin zu sein. Sie erhaschte einen Blick im Spiegel, sah das signalrote, knielange Schlauchkleid, dessen anschmiegsamer Jerseystoff den Busen auf beinahe unanständige Weise umschloß. Die provozierend schmalen Schulterriemen auf der nackten Haut machten alles noch schlimmer, ebenso die protzigen Ohrringe, die vom Kleid hatten ablenken sollen. Nuttig. Unvorstellbar, daß ich dieses Kleid ausgesucht haben soll, aber David hat es mir versichert. Ich weiß nicht, wann das gewesen sein soll, unglaublich, daß ich mir jemals in einem solchen Kleid gefallen habe. So teuer und vulgär, dazu angetan, lüsterne Männerblicke anzuziehen. Das Gefühl der Erniedrigung, ihr Unwohlsein und der Wunsch, im Boden zu versinken, gärten im Alkohol, bis ihr heiß wurde. Warum, warum tat er ihr das an! »Du hast es gekauft, mein Schatz, für teures Geld, du kannst dir die Extravaganz nicht leisten, es jetzt nicht zu tragen!« Der schmale Grat ihres Selbstvertrauens, quälende Ungewißheit und Unentschlossenheit, die Nervosität zu Beginn jeder Party – sie fühlte jegliche Freude über die Einladung der Ahnung einer Bloßstellung weichen.

Das amerikanische Ehepaar hatte sich selbst übertroffen, hatte ein wahres Wunder bei der Festvorbereitung vollbracht, alles geheimgehalten, denn Mrs. Holmes junior wollte sich bei Freunden und Bekannten, deren Gast sie gewesen waren, einerseits revanchieren und sie andererseits übertrumpfen. Schönes Wetter zu diktieren stand nicht in ihrer Macht, doch sie hatte einen gewaltigen Saal im Kenwood House gemietet, der auf einen verschwenderisch breiten Balkon mit atemberaubender Aussicht auf den vornehm gestalteten Park hinausging, der Mr. Holmes juniors Meinung nach zu den schönsten Londons gehörte, wie überhaupt alles, auch die Gäste, die einen mehr, die anderen weniger, einen wunderschönen Ausblick bot. Und sie waren herzlich willkommen, auf seine Kosten im Saal zu tanzen, so sie wollten, oder die Gemälde zu bestaunen, die schwitzenden Musiker der Kapelle zu belächeln oder sich zu betrinken. Einige seiner Gäste, stellte Mr. Holmes mit der Zufriedenheit eines großzügigen Mannes fest, waren wild entschlossen, alle diese Möglichkeiten zu nutzen. Es machte ihm auch nichts aus, daß er als einziger einen Frack trug, als Gastgeber durfte er das, und auch, daß Mrs. Holmes die einzige war, deren Kleid in Kaskaden bis auf den Boden fiel, hinderte sie nicht daran, in ihrer Rolle als Gastgeberin ganz aufzugehen. Beide waren sehr zufrieden.

Das war auch Monica, als sie im Vorbeigehen einen raschen Blick in den langen Spiegel warf. Ein wenig üppig vielleicht, aber nicht dick, füllig eben, mit den Rundungen einer viktorianischen Sanduhr, und sündhaft teuer gewandet in einer Kreation aus schwarz und smaragdgrün gestreiftem Seidenmoiré, schwarzem Mieder und passend grünem Gürtel, der ihre schmale Taille zur Geltung brachte. Sie hatte sich Katherines Vorliebe für Nobel-Boutiquen zu eigen gemacht, die zu fein für Preisschilder waren, doch war sie bei der Wahl der Farben ihrem eigenen zum Auffälligen neigenden Geschmack treu geblieben. Sie hoffte, als zwar exotisch bunter, nicht aber exaltierter Pfau auf David Allendale einen im Vergleich zu seinem blasseren, wenn auch rassigeren, momentan allerdings wie ein Flittchen gekleideten Küken vorteilhaften Eindruck zu machen. Denn niemand anderem galt ihr Gespreize, da machte sich Monica nichts vor. Es handelte sich nicht zuletzt auch um einen Racheakt: Wenn Colin Neill in den Tagen seit ihrer allerletzten Begegnung ein einziges Mal noch seinen Lobgesang auf die ätherische Katherine angestimmt hätte, hätte Monica einen Schreikrampf gekriegt. Da hatten auch die zwei heimlichen Verabredungen mit dem Gatten der Angehimmelten, Verabredungen zum erklärten Zwecke der Besprechung der Errichtung des neuen Wintergartens, Verabredungen, von denen sie dennoch niemandem daheim oder außerhalb etwas gesagt hatte, keine Abhilfe geschaffen.

Der Walzer tanzte solo, statt, wie es sich gehört, die Gäste zum Walzer, und der amerikanische Gastgeber machte sich, in der Hoffnung, für etwas Auflockerung in dem Laden zu sorgen, auf die Suche nach seinen Lieblingsgästen, fand aber keinen einzigen. Katherine war auf die Damentoilette geflüchtet, um ungestört weinen zu können. Dort fand Jenny sie und schob es auf den Sekt.

»Was hast du denn, Katherine? Ach, wein doch nicht, bitte... Was ist denn bloß los?« War ihre Stimme vor Ungeduld ein klein wenig scharf, so kaschierte sie dies erfolgreich, wenn auch mit Mühe, denn sie war in der Tat eher monicamäßig vernünftiger Stimmung, und auf diese Weise oder an diesem Ort hatte Jenny eigentlich nicht ihren Abend verbringen wollen. Schließlich war Katherine eine auf Männer fixierte Frau und würde nicht auf Trost von seiten einer Geschlechtsgenossin ansprechen, und außerdem war in Jennys Erfahrung kaum eine, die in Tränen aufgelöst war, auf die Frage hin, was denn los sei, in der Lage, es einem zu sagen, sondern erzählte einem das nächstbeste, was ihr in den Sinn kam. Da es auch kaum eine Rolle spielen würde, was sie daraufhin entgegnete, wühlte sie in Katherines Handtasche nach einem Kamm und wartete ab.

»Ich hasse dieses Kleid wie die Pest!« sagte Katherine betont langsam, entschieden, aber so vorsichtig, daß für Jenny dies als Ursache des offensichtlichen Kummers ausschied. Zugleich ärgerte es sie, sich überhaupt eine solch banale Erklärung anhören zu müssen, mit der ihre Zeit und ihre Bereitschaft zu Mitgefühl verschwendet wurden – ungeachtet dessen, daß sie sehr wohl wußte, wie ein Mißgriff in der Auswahl der Kleidung alles Selbstvertrauen zunichte machen konnte.

»Aber du siehst umwerfend aus, Katherine, wie immer. Hier, nimm meine Wimperntusche und mach deine Augen zurecht. Das Kleid ist vollkommen in Ordnung; gefällt es David nicht, ist es das?« Sie dachte dabei an Katherines fast krankhafte Gefallsucht und an Gerüchte über die Strenge des Ehemannes, deren Berechtigung sie insgeheim allmählich anzuerkennen bereit war bei einer Gattin, die das Geld mit vollen Händen ausgeben konnte und dennoch Tränen über ein Kleid vergoß.

»Gefällt es David nicht?« fragte sie noch einmal, erleichtert, daß Katherine begonnen hatte, ihr Make-up zu reparieren, und daß der Kummer in den Falten des Papiertaschentuchs verschwand, mit dem sie sich über die Wangen rieb.

»Doch«, antwortete Katherine. »Das heißt, nein, das ist nicht das Problem. Es gefällt ihm. Er hat mich gezwungen, es anzuziehen. Ich hatte neulich ein Kleid umgetauscht, verstehst du, und wann immer ich das tue, muß ich dafür etwas tragen, von dem er weiß, daß ich es hasse. Alle anderen Sachen hat er versteckt.«

Jenny reichte ihr verwirrt ein neues Papiertuch, ihre Ungeduld gewann entgegen ihrem gutmütigen Naturell die Oberhand. »Hat dich gezwungen?« lachte sie. »Also komm schon, Katherine! Das klingt so, als hätte er es dir eigenhändig über den Kopf gezogen.«

»Hat er«, bestätigte Katherine nüchtern. »Genau das hat er getan.«

»Na ja«, sagte Jenny beschwichtigend. Sie glaubte ihr kein Wort. »Dann hat er erkannt, was du nicht sehen willst. Das Kleid ist eine Wucht. Sagen alle. Ich könnte platzen vor Neid. Glaub mir: Spiegel trügen, aber ich doch nicht. Wir sind doch Freundinnen, das weißt du doch.«

»Sind wir das?« fragte Katherine bange mit kläglicher Stimme. »Wirklich?« Jetzt eine verläßliche Freundin, und die Welt sähe ganz anders aus!

»Aber ja, klar«, murmelte Jenny beschämt. »Nächste Woche mußt du mir das mal in aller Ruhe erzählen.« Das blasse Gesicht nickte ernsthaft und so voller Dankbarkeit, daß Jenny den stillen Vorsatz faßte, Katherine nie mehr allein zum Essen zu treffen. Und wenn sie einen ganzen Ballen Stoff anschleppte! Denn hinter der Dankbarkeit lauerten Erwartungen, höchst lästige, unwillkommene. In Jennys Leben gab es keinen Platz für dergleichen, es war so schon schwierig genug: die Kinder eine Plage, der Mann streitsüchtig, das Auto hatte vorhin nicht anspringen wollen, und als sie bei ihrem Eintreffen bei Monica Trost gesucht hatte – nicht zum Ausweinen, sondern zum befreienden gemeinsamen Drüberlachen –, hatte sie feststellen müssen, daß ihre tonangebende Freundin, grünschillernd und radschlagend wie ein Pfau, vollauf mit eigenen, privaten, undurchsichtigen Spielchen beschäftigt war und keine Zeit für sie hatte. Katherine würde die Kränkung dieses Abgeblitztseins nicht verstehen. Wer ließ auch schon Katherine abblitzen? Jenny tätschelte ihr den bloßen Arm und forderte sie munter auf:

»Na, komm. Häng dich an mich dran, wir wollen etwas essen. Oder was du willst. Die Männer sind schrecklich, du mußt sie wie Babys behandeln, so mach ich's. Geh hinaus und flirte wie wild. Wir sprechen morgen darüber, ja?«

Katherine nickte, sonderbar getröstet, und doch immer noch leicht verzagt, so daß sich Jenny noch schuldiger fühlte. »Flirten?«

»Klar, verdreh ihnen die Köpfe.«

Ihre Schuldgefühle vergaß Jenny, kaum hatten sie den Toilettenraum verlassen. Katherine streute wahllos ihr Lächeln unters Volk wie Konfetti und vergaß ebenfalls. Ein Krumen Trost wurde zum Festschmaus. »Verdreh ihnen die Köpfe.« Dann war Flirten also erlaubt, Jenny hatte es gesagt. Sei ganz Frau, sei du selbst, laß dich bewundern. Zur Hölle mit David, zur Hölle mit dem allem. Die Musik umschmeichelte mit einem Mal ihre Ohren mit einem Tanzterrassen-Swing, der sie an den Schick einer ihrer zahlreichen Pflegemütter erinnerte, einer Frau, der Katherine nachgeeifert hatte während der kurzen Gnadenfrist, in der sie von ihr unter die Fittiche genommen worden war. Sie hatte Lust zu tanzen! Der amerikanische Gastgeber kam herbeigesaust und ergriff ihre Hand, gern bereit, mit ihr über das Parkett zu schieben nach einem undefinierbaren Schritt, dem Katherine mühelos folgte, den Strom seiner unbeholfenen Komplimente mit hellem Lachen interpunktierend, alles um sich herum vergessend. Als er sie an Colin Neill abtrat, strahlte Katherines Lächeln heller als die Lüster im Saal.

Er hatte die Tränen bemerkt, das Verschwinden und die Rückkehr, denn er hatte sie die ganze Zeit beobachtet. Auch das Kokettieren seiner Frau war ihm nicht entgangen; alles hatte er mit dem Spürsinn eines Klatschkolumnisten erfaßt. Colin wußte um seine Neigung, die vom schwachen Geschlecht ausgesandten Signale fehlzudeuten, gab jedoch die Hoffnung nicht auf, eines Tages den Code doch noch zu knacken – wie nach langer Übung die komplizierte Phrasierung eines anspruchsvollen Musikstücks. Katherine war jetzt so himmelhochjauchzender Stimmung, wie sie vor einer halben Stunde noch zu Tode betrübt gewesen war, das sah er wohl, doch die Botschaft ihres Kleids, ihres auffordernden Blicks und die angedeutete Zügellosigkeit kollidierten mit ihrer sonstigen Verhaltenheit, die ihm weit vertrauter war. Vielleicht wäre mehr Sekt der Ambivalenz förderlich; er holte ihr ein neues Glas, als sie das seine geleert hatte. Sie tranken still und stetig, hielten inne und registrierten unbekümmert, daß ihre jeweiligen Ehepartner miteinander in ein angeregtes Gespräch vertieft waren. Katherines Augen folgten Colins Blick, sie lauschte ihm und nickte, als er einen Spaziergang in den Anlagen vorschlug. Diese arg abgeschmackte Aufforderung milderte er mit einem Lachen. »So warm hier drinnen ... sollen die klugen Köpfe dieselben zusammenstecken, wir wollen die Blumen bewundern gehen, wie?«

Jenny sah zu, sie sah immer zu. Ihre Verlassenheit

schmerzte sie. Vielleicht würde sie, nach einer Weile, David etwas ins Ohr flüstern.

Als sie der Dürftigkeit der Ehrbezeugungen von der Straße müde wurde, unternahm Sophie Allendale einen Rundgang durch ihr geborgtes Reich. Bei ihrer treppenknarrenden Wanderung von Stockwerk zu Stockwerk, bei der sie über die Anzahl der Riegel und Schlösser an den Türen staunte, weckte sie beabsichtigt ungewollt Jeanetta. Zwar versuchte sie ihr schlechtes Gewissen mit ein paar großmütterlichen Lauten zu beruhigen, um das Kind wieder zum Einschlafen zu bewegen, doch es waren halbherzige Bemühungen, denn in Wirklichkeit sehnte sie sich nach Gesellschaft. Außerdem war Sophie ohnehin nicht der Willensstärke anderer gewachsen. Also stiegen die zwei in die Küche hinunter, wo die Tür zum Garten noch offenstand und Musik aus dem Radio grölte. Zunächst pflückten sie einige Rosen seltener alter Sorten und stopften sie in eine leere Milchflasche, das Wasser vergaßen sie. Dann tanzten sie ein wenig, beide zwischen dem »Eins, zwei, drei und links herum, mein Herz« munter plappernd, keine der anderen zuhörend und sich doch blendend verstehend. Daraufhin schleppte Jeanetta die Oma in den Spielerker, dessen jüngst eingehängte Tür, welche aus dem Erker ein separates Zimmer machte, mit keinem Schloß versehen war. In diesem Raum – den Jeanetta voller Stolz vorführte – machten sie sich über eine große Truhe her, plünderten sie und übersäten den Küchenboden mit ihrer Beute. Sophie entschied sich für ein lilafarbenes Taftkleid, eines von Katherines abgelegten, dessen Leuchtkraft es als aus der Zeit vor der Bekanntschaft mit David stammend auswies, die dem farbenfrohen Geschmack ihrer Schwiegermutter aber durchaus entgegenkam. Jeanetta entdeckte ein glitzerndes, golddurchwirktes schwarzes Lurextuch mit langen Fransen, die das Kind probeweise in den Mund steckte, ehe es sich das Tuch mit Sophies Hilfe um den dikken kleinen Körper wickelte. Dann hockten sie sich auf den Boden und wiegten sich lachend hin und her.

»Mein Schatz, mein Sonnenschein, du siehst entzükkend aus! Und was machen wir jetzt?«

Jeanetta war um die Lösung nicht verlegen. »Kekse?« fragte sie hoffnungsvoll.

Sophie nickte. »Kekse sind immer willkommen«, stimmte sie bedächtig nach Art einer weisen Eule zu. Jeanetta unterstützte dies ihrerseits mit heftigem Kopfnicken. »Nur sind nicht mehr viele da.«

Also zogen die beiden in den funktionellen Teil der Küche um, Jeanetta bedenklich stolpernd in übergroßen Stöckelschuhen und doch mit sich sehr zufrieden. Als eine Bestandsaufnahme des Kühlschrankinnern nur großzügige Mengen rohen Fischs, Bioghurt, Magermilch und Obstsaft zutage förderte, nichts jedoch für Freunde von Kohlehydraten, borgte sich Sophie einen der hochhackigen Schuhe und versuchte, angefeuert durch entsprechend enthusiastische Gestik ihrer Enkelin, mit dem Absatz das Schloß eines erfolgversprechenderen Küchenschranks zu knacken. Sophie hämmerte, Jeanetta trat gegen die Tür. »Wie Einbrecher«, kicherte Mrs. Allendale und mußte eine Atempause einlegen. Sie überließ Jeanetta als Ansporn die letzten Kekse aus der Porzellandose und gönnte sich selbst einen ordentlichen Schluck Sherry, während sie überlegte, ob nicht ein Drahtkleiderbügel nützlich wäre beim Aufbrechen des Schlosses. Das Unternehmen würde sicherlich etwas Zeit in Anspruch nehmen.

Das Verführen, stellte Colin Neill fest, brauchte oft so seine Zeit. Die Verführung Katherine Allendales, von der er seit der ersten Begegnung vor über einem Jahr träumte, hatte er sich von vornherein als eine von der Gut-Ding-will-Weile-haben-Sorte vorgestellt. Schon das Wort »Verführung« fand er verführerisch, und seiner Erfahrung nach war diese eben mal schneller, mal langsamer zu erreichen.

Letztere Variante zog er bei weitem vor, auch wenn am Schluß gar nicht viel passierte. Die Aussicht auf die Sache war oft besser als die Sache selbst. Daher löste die Tatsache, daß Katherine Allendale im Gebüsch ein wenig keuchte, während er sie küssen und die zarten Rundungen ihrer Brüste durch den fließenden Jersey streicheln durfte, zwar nervöse Erregung, aber kein sonderliches Vergnügen, aus – war er doch Romantiker genug, um von seinen Eroberungen Liebesgeständnisse hören zu wollen. Schließlich wollte man doch wissen, ob man der Betreffenden gefiel oder nicht. Er hielt sie sanft von sich weg.

»So, meine bezaubernde Katherine, du hast also den guten Colin gern? Na, so etwas, was bin ich doch für ein Glückspilz, komm, setz dich hier hin, es ist nicht feucht, setz dich doch einen Augenblick...«

»Hast du eine Zigarette für mich?«

»Aber ja, sicher, was du willst.«

Sie ließ sich Feuer geben und sog mit der Gier der Nichtraucherin an der Zigarette, wie ein Teenager beim ersten Mal. Der Zauber war verflogen; Katherine fühlte sich schon wieder häßlich und vulgär.

»Ich habe dich hoffentlich nicht verärgert?« fragte er besorgt.

»Nein.« Ihre Antwort klang überrascht, so, als sei es das Alltäglichste von der Welt, sich im Gebüsch vom Mann der Freundin begrapschen zu lassen.

»Aber vorhin ging es dir nicht so sehr gut, meine ich. Erzähl mir doch, was los war.«

Katherine war wie ein kleines Kind, das auf den Schoß genommen wird und beichtet. »David ist mir böse«, murmelte sie mit schwerer Zunge. »Ganz böse.« Als beschwerte sie sich über einen Lehrer.

»O je«, meinte Colin beschwichtigend.

»Er läßt mich nicht an Jeremy oder an meine eigenen Kleider oder an Geld ran. Ich habe nichts eigenes, und er haßt Jeanetta.«

»Aber nein«, protestierte Colin, »das kann ich mir...«

»Doch«, fuhr Katherine fort. »Sie ist nämlich sehr unartig, weißt du. Sie benimmt sich nicht so, wie er es gern hätte, und außerdem glaubt er, sie sei nicht von ihm. Sie folgt ihm überhaupt nicht. Und er muß alles besitzen. Alles unter Kontrolle haben. Nichts hat sich ohne seine Erlaubnis zu rühren.« Sie bekam Schluckauf.

»Nicht von ihm?« Colin war verwirrt, beunruhigt. Katherines stimulierende Nähe, der angetrunkene Mut – was sollte das Gerede? Er schob eine Hand unter den Ausschnitt des nachgiebigen Kleiderstoffs, stellte jedoch fest, daß sie die Berührung völlig kalt ließ, daß sie sie kaum bemerkte. Daß sie ihn einfach machen ließ, war geradezu beleidigend.

»Was ist außerdem nicht von ihm?« fragte er, einfach um irgend etwas zu sagen. »Es muß doch Dinge im Haus geben, die dir gehören? Diese vielen wunderschönen Sachen, die du ausgesucht hast, sie gehören euch doch beiden, nicht ihm allein.«

»Alles gehört David. Alles Schöne. Häßliches duldet er nicht. Er erträgt es nicht. Er hat eine so furchtbare Kindheit erlebt, weißt du. Nie durfte er etwas Schönes behalten. Genau wie ich; aus diesem Grund habe ich ihn gleich geliebt. Wir sind uns gleich, verstehst du.« Sie schien gekränkt, daß er die Logik ihrer Worte nicht begriff.

Colin wußte nichts mehr zu sagen. Das meiste, was sie sagte, war Unsinn. Die Rede müßte jetzt von ihnen beiden sein, von der starken gegenseitigen Anziehung zwischen ihnen, dem Salz in der Suppe der anderen Beziehung, nicht aber von diesen Versatzstücken eines verkorksten Lebens und der unsinnigen Frage, wem was gehörte. Hatte er sich verkalkuliert bei seiner Einschätzung ihres Temperaments als für eine harmlose kleine Affäre durchaus geeignet – hübsch und unkompliziert, etwa wie seine Sekretärin? Verunsichert konzentrierte er sich aufs Küssen, das mangels einer Erwiderung allerdings immer feuchter wurde.

Er witterte Gefahr und verspürte den Drang, zur Musik zurückzukehren. Als seine Lippen die Rundung einer aus dem Ausschnitt ragenden Brust berührten, sah er hinter dem Vorhang der Trauerweiden, hinter denen sie sich verborgen hatten, ein Paar dunkle Beinkleider sich entfernen.

Die Oma war jetzt doch ein klein wenig erschöpft. Jeanetta dagegen, gestärkt von fünf Schokoriegeln und ihrem Mittagsschlaf, war übel, doch es steckte noch Restenergie in ihr, auch wenn ihre Bewegungen träger wurden – wie die eines aufgezogenen mechanischen Spielzeugs, ehe es zum Stillstand kommt. Die Flasche Sherry war leer. »Ich wünschte, sie hätten etwas Süßeres gekauft«, gestand die Oma. Sie saßen am Küchentisch und bemalten die Tischplatte mit Wachskreiden. Nirgends hatten sie Papier auftreiben können, trotz eines Ausflugs in Richtung von Davids Atelier, das aber abgesperrt war. Jeanetta war es nicht ganz geheuer gewesen, statt dessen die Tischplatte zu bearbeiten, doch Oma fegte die Bedenken mitsamt den Krümeln beiseite. »Den kriegt man schon wieder sauber, mein Herz, die Mama kann das gewiß, das kann sie gut.« Jetzt plagten Jeanetta jedoch andere Sorgen.

»Oma, sollen wir nach Jemmy gucken?« fragte sie in etwas ängstlichem Ton. »Vielleicht haben wir ihn gewacht.«

»Wieso?« Oma leuchtete das nicht ein. »Die Mama hat ihn doch ins Bett gebracht, oder?«

Jeanetta schüttelte den Kopf. »Nein, Papa. Mama darf ihn nicht anfassen. Ich auch nicht«, erklärte sie. »Nur Papa darf das.«

»Also so was! Ich muß schon sagen«, entrüstete sich Sophie. »Nun, ich kann unmöglich noch einmal die ganzen Stufen hinaufsteigen. Geh du mal gucken. Du bist doch schon fast fünf. Nur zu, ich warte unten an der Treppe auf dich.« Jeanetta nahm es als Herausforderung und als seltene Gelegenheit, an den vergötterten Jeremy ranzukommen. Flink wie ein Äffchen sauste sie in ihrem Lurexsari, allerdings ohne Pfennigabsätze, die Treppen hinauf und verschwand für volle drei Minuten. Sophie wartete geduldig.

»In Ordnung«, meldete sie atemlos bei ihrer Rückkehr.

»Er lebt?« fragte Sophie trocken nach.

»Schläft«, berichtete Jeanetta. »Ich habe ihn zugedeckt und Teddy gegeben.«

Oben lag Jeremy mit dem Kopf unter der Decke. Teddy vor der Nase – was die Atmung keineswegs unmöglich machte, nur geräuschvoll. Oma und Enkelin begaben sich wieder in die Küche. Als David auf leisen Sohlen geräuschlos den Schlüssel im gut geölten Schloß gedreht hatte, traf er die eine beim Zerrupfen der Rosenblätter an – für ein Potpourri, wurde ihm erläutert – und die andere beim Übertragen eines Konterfeis der Oma auf die Tischplatte.

Während sich auf den Gesichtern, die sich ihm überrascht, aber nicht erschreckt zuwandten, Wiedersehensfreude breit machte – bei Sophie spontan, bei Jeanetta, die mit plötzlicher Hellsicht das Bild, das sie boten, so sah, wie der Papa es sehen mochte, zögernd, ehe sie sich unter den Tisch rettete. David machte kehrt und fegte hinauf, wo er den wie einen Mops schnaufenden Jeremy fand, halb erstickt unter der Decke, keuchend und etwas erhitzt. Nahe der Tür seines Zimmers lagen ein paar einsame Rosenblätter und Fransen des Tuchs, das Jeanetta trug. David schleuderte den Teddy aus dem Bettchen, schlug bebend vor Zorn die Decke zurück und verschaffte dem Kleinen weitere Erleichterung. Als er in die Küche zurückkehrte, hatte er seine Sprache noch nicht wiedergefunden. Als Jeanetta unter dem Tisch hervorlugte, zeigte er mit dem Finger auf sie, angewidert, als ekele ihn bei der bloßen Vorstellung, sie berühren zu müssen, und dann gebieterisch Richtung Treppe.

»Zweimal sage ich es nicht, du kleines Biest. Marsch ins Bett.«

»Hab meinen Schlafanzug nicht mehr.«

»Ins Bett!« Er hatte den Arm gehoben, sie schlüpfte darunter hindurch, duckte sich im Laufen, verschwand auf allen vieren, so schnell sie konnte, ohne ein Wort des Abschieds. Oma blickte ihr nach, sobald das Kind jedoch außer Sicht war, hatte sie es auch bereits vergessen, sah nur ihren abgöttisch geliebten Sohn.

»David, mein Lieber, wir haben uns herrlich amüsiert.«

»Ich seh's.«

Vor einem der Küchenschränke lagen auf dem Boden drei verbogene Drahtkleiderbügel, neben Käse- und Schokoplätzchen, zerknülltem Cellophanpapier und diversen Dosen. Ansonsten war der Fußboden ein einziges Schlachtfeld: Taft, Schuhe, Malkreiden und zwei zertretene Hörnchen. Mrs. Allendale trug eine Tiara, Musik plärrte.

»Und Katherine, mein Guter? War's nett? Erzähl doch, habt ihr richtig getanzt?«

»Katherine ist noch etwas geblieben. Vermutlich ahnte sie, was sie hier erwartet. Ich rufe dir lieber ein Taxi, Mutter.«

Sophies Herz sank. »Aber ich dachte, ich sollte hier übernachten.« Sie lächelte unsicher, bemerkte jetzt erst das Bild der Verwüstung in der Küche, überging es jedoch mit einem Achselzucken. Während er am Wandtelefon die Nummer wählte, sagte er zu ihr in schroffem, abgehacktem Ton: »Du hast deine letzte Chance verspielt, Mutter. Katherine schwante schon so etwas. Tut mir leid, wenn ich aus Mücken Elefanten zu machen scheine, aber ich muß mich nach ihr richten; die Schweinerei hier – das bringt sie um. Hallo? Ja, ein Taxi. Nach Hampstead. Ja, sofort. Danke.« Vollendete Höflichkeit. Daß die zitternden Finger sie Lügen straften, sah außer ihm keiner. Er legte auf und wandte sich ihr zu.

»Das war der letzte Streich, Mutter. Du wirst nicht mehr herkommen können, es sei denn Katherine fordert dich explizit dazu auf. Und das wird so bald wohl nicht mehr sein, wenn überhaupt je wieder.« Das Urteil erwischte Sophie kalt, sie vernahm es, ohne zu verstehen.

»Aber warum denn nur, mein Guter? Warum? Was habe ich denn getan? Wir haben nur gespielt, deine Tochter und ich, gespielt! Was ist daran so schlimm?«

»Ihr heckt Unfug miteinander aus«, sagte er tonlos, kalt, »alle miteinander. Ihr könnt einfach nicht hören. Du hättest dich strikt an meine Anweisungen halten müssen. Und überhaupt, wenn du eines nicht machen darfst, dann dieses Kind füttern.«

Es schellte. Er sammelte rasch Handtasche, Nachthemd und Zahnbürste seiner Mutter ein. »Dein Taxi. Los. Vergiß nicht, ihm die Adresse zu nennen.«

Sie sah ihn entgeistert an, starr vor Kummer.

»Wie Daddy«, flüsterte sie entsetzt.

Er wirbelte herum, fuhr sie an: »Raus!«

Raus! Raus! Raus! Die stumme Wiederholung des Befehls war Begleitmusik zu seinem Zorn, eine Litanei, die ihm half, die Fassung wiederzuerlangen, bewahrte ihn vor seiner eigenen mörderischen Wut. Als das Motorenbrummen des Taxis sich die Straße hinab entfernte, war die Gefahr bereits gebannt. Er machte sich ans Aufräumen, sortierte Vorräte wieder ein, faltete die Abendkleider, schrubbte den Tisch sauber, lud die Spülmaschine voll, rückte mit raschen, präzisen Bewegungen die Möbel zurecht – bis das Ganze wieder der Küche ähnelte, die er geschaffen hatte. Dann polierte er die Tischplatte, bis das Mahagoni wie ein Spiegel glänzte, liebkoste die Fläche mit dem Handrücken, trat zurück und bewunderte sein Werk. Anschließend machte er einen Kontrollgang durch sein Haus, knipste Lichter an und aus, lächelte zufrieden, fast als müßten seine Besitztümer das Lächeln erwidern. Mein, alles mein, alles an seinem Platz, von erhabener Schönheit, strenger Ordnung. Er ging in den Garten hinaus, untersuchte Blüten, schüttelte den Kopf über drei brutal geknickte Rosenstengel, glättete die von Jeanettas Fußspuren entweihte Erde, sammelte die Blätter auf, die seine Mutter achtlos verstreut hatte, ihre Spuren belanglos neben denen Jeanettas. Schließlich widmete er sich seinem nächtlichen Ritual, legte die Kügelchen gegen die Katzen aus, die Katherine in diesen Garten lockte, die Kügelchen, die ihm der Apotheker – kein Tierfreund – mit der Versicherung empfohlen hatte, daß sie für Katzen tödlich, für die Vegetation aber gedeihlich seien. Erst als der Garten versorgt und die Küche mit dem letzten Schliff eines gewischten Bodens versehen war, wurde er ruhig, seine Wut war vorerst besänftigt. Sie würden es schon noch kapieren, bei manchen dauerte es eben einfach länger.

David blickte auf die Uhr. Sie müßte jeden Moment eintreffen, jeden Moment. Hier war die Wut eiskalt. Er würde wohl auf sie warten müssen. Dann fiel ihm ein, daß er noch einmal nach Jeremy schauen könnte; er atmete jetzt ruhig und gleichmäßig. Wieder unten, schob er den Riegel der Haustür vor. Sollte sie klopfen. Unnötig eigentlich, fiel ihm im gleichen Moment ein. Nur er hatte einen Schlüssel.

Bloß raus! Raus! Raus! Sie war berauscht von dem Gefühl, nach Hause gefahren zu werden, ein erhebendes Gefühl, an dem der Alkohol wohl nicht unbeteiligt war, ein köstliches Gefühl, ein heimliches Sichdavonstehlen. Das Auto, Davids Auto, kam ihr riesig vor. Sie konnte sich das Fabrikat nicht merken, es war ein wisperndes, pfeilschnelles Auto mit lautlos rauf und runter gleitenden Fenstern, Türverriegelung, Automatik, schnurrend starkem Motor. Als sie durch die dunklen Straßen glitten, wo nur sporadisch blinkende Reklameschilder Licht über ihr Gesicht spielen ließen, kam sie sich vor wie in einer Raumkapsel auf einer Reise durch die Zeit, wasserdicht, luftdicht abgeschottet, abgeschirmt, geborgen. Daher hatte Katherine nur ungern, trotz der Hitze und obwohl sie sich sicher fühlte, ein Fenster geöffnet: Der leichte Zug frischer Luft störte die hermetisch abgeriegelte Geborgenheit. Sie fand nichts

Beunruhigendes an seinem schweigenden Chauffieren, fand, sie hatte es ganz geschickt angestellt, dachte sich nichts, schwebte unbesorgt. Schließlich schien sich David gut amüsiert zu haben, und falls sie sich irgend etwas hatte zuschulden kommen lassen, so hatte er ihr jedenfalls weder mit Worten noch Blicken dergleichen zu verstehen gegeben, nachdem sie in den erleuchteten Saal zurückgekehrt war. Colin hatte dafür gesorgt, daß Haare und Kleid gerichtet waren. Wenigstens einer, der sie mochte. Den anderen war es offensichtlich gleich, was sie tat, und gegen einen Flirt war nichts einzuwenden. Eine flüchtige Episode, nichtig, folgenlos, schon wieder halb vergessen, fast spurlos vorbei – bis auf den Zigarettenrauch, an dessen Beseitigung sie in ihrem angetrunkenen Zustand nicht gedacht hatte. Angeheitert, trotzig, glücklich im dunklen Wageninnern, dem Radio lauschend. Tralala. Gleich wären sie daheim, und sie könnte endlich das entsetzliche Kleid ausziehen.

In Kilburn schien die Dunkelheit noch kompakter, interessanter auch, und das Licht noch spärlicher. Gähnend leere Bürgersteige, nur hier und da Grüppchen, die standen und diverse zwielichtige Unternehmungen berieten. An den Straßenecken lungerten Jugendliche unterschiedlichster Hautfarben und warteten auf Samstagabend am Sonntag. Ein hübscher Anblick vom sicheren Auto aus betrachtet. Hübsche Frau, die bald zu Hause wäre, die sie bestaunte wie die Exponate einer Ausstellung, wie Teile einer Kulisse, während diese Kreaturen auf ihren Dealer warteten, beobachtet von einer Ehefrau im dicken Wagen, die nur einen kleinen voyeuristischen Schauder verspürte bei der Vorstellung der trostlosen Lebensperspektiven derer da draußen.

Und hier hielt er an, fuhr an den Straßenrand, einer kleinen vor Streit trunkenen oder betrunken sich streitenden Clique gegenüber. Er kam zu ihrer Wagentür herum, öffnete sie und zerrte sie am Arm heraus. »Raus!« befahl er.

»Raus, raus, los! Du kannst von hier aus zu Fuß gehen.« Die Jugendlichen schauten zu. Ey, Mann, guck dir das an. Mitternacht, Geisterstunde. »Raus!« wiederholte er.

David erhitzte in der Küche entrahmte Milch und deckte den Frühstückstisch. Für drei: Vater, Mutter, Sohn. Währenddessen hetzte Katherine in wilder Flucht irgendwo in der Nähe der Edgeware Road die Straße entlang, sich nicht sicher, wo sie war, die bloßen Arme verschränkt, schweißgebadet und doch fröstelnd. Zunächst hatte sie sich sehr langsam vom Wagen entfernt, stur auf den Boden schauend, bis der erste der Jugendlichen sie nach ein paar hundert Metern ansprach. »Tschuldigung, können Sie mir die Uhrzeit sagen, Lady?« Da erst hatte sie den Blick gehoben, das Gesicht der schwarzen, glänzenden Gestalt gesucht. Sie hatte automatisch das Handgelenk gedreht, um die Goldzeiger der Uhr abzulesen, hatte eine zweite Gestalt sich hinter die erste schieben sehen. Sie hatte sich an beiden vorbeigezwängt und war schneller gegangen, sich des dritten Verfolgers bewußt, nicht vorbereitet jedoch auf den Stoß, der sie zu Boden warf. Blinder Instinkt ließ sie sich auf den Bauch rollen, Handtasche an die Brust gedrückt. Das Handgelenk, mit dem sie ihren Sturz abzufangen versucht hatte, schmerzte. Sie spürte einen Schlag auf den Kopf – ob Fausthieb oder Fußtritt hätte sie nicht sagen können – und dann das Zerren an der Schulter, mit dem man sie umdrehte, bis sie mit gespreizten Beinen auf dem Rücken lag. Hände rissen, zerrten die Tasche weg, sie warf den Kopf hin und her, konnte nicht schreien, ein Arm wie ein Riegel über der Luftröhre. Alles dunkel, Keuchen, die Uhr über eine geballte Faust gestreift. Dann ließ der Druck nach. Öffnete die Augen, nur Schwarz. Dachte einen Augenblick lang, sie wäre blind, spürte dann einen muskulösen Körper über sich, übler Geruch von Körpermief und Erregung stieg ihr in die Nase. »Verpissen wir uns, Mann!« drängte jemand, schnelle Schritte entfernten sich, stoßweises Atmen, nicht ihrs, blieb. Über ihr erschienen verschwommene schwarze Züge, blutunterlaufene Augen, Augen eines Frettchens, lauernd, leer. Ein Mann dicht über ihr, der ihren hingestreckten Körper betatschte. Suche nach weiterer Beute, Zögern. Volle Lippen, von einem bösen, unpersönlichen Grinsen gedehnt, bloßgelegte gelbe Zähne, während die Hand ihr Kleid herunterzog, die Brustwarze darunter so fest kniff, daß sie vor Schmerz aufschrie. »Laß sie, Mann!« Die Worte beinahe geschrien. »Scheiße, Mann, weg hier!«

Doch dann wurde sie von hinten gepackt, hochgerissen, Hals im Schwitzkasten, gegen seine bedrohlich geschwollenen Genitalien gepreßt, halb gezogen, halb vom Gehweg weggeschleift, obwohl sie verzweifelt die Füße gegenstemmte, einen Schuh verlor, sich in seiner schweißnassen Umklammerung wand. »Laß sie los, Mann!« Flehentlich gebietendes Zischen, während sie noch etliche Schritte zurückgeschleppt und -gezerrt wurde. Durch halbgeschlossene Augen nahm sie Kartons, Mülleimer, Flaschen um ihre Füße wahr – der dunkle Hinterhof eines Pubs vielleicht, gärend vor Abfall und abgestandenem Bierdunst. Dann Stille, nur donnerndes Keuchen und Licht in der Hofeinfahrt, entfernte Musik, stampfende Rhythmen, aus unmittelbarer Nähe ein anerkennend langgezogener Pfiff.

»Verstehe, Mann!« Ein zweites Gesicht tauchte verschwommen auf. »Scharfe Puppe.« Eine Hand, die ihren Oberschenkel heraufkroch, sich mit stählernem Griff schmerzhaft zwischen ihre Beine bohrte. Reißender Kleiderstoff. Druck des Arms gegen die Gurgel erstickte die Schreie. »Ey, Mann, leg sie hin, leg sie auf den Boden...« Hastiges Fummeln an ihrem Schlüpfer, Kleid gierig von ihren kleinen Brüsten gezerrt. Sie versenkte ihre Fingernägel in einen Unterarm, als die Muskeln sich gerade entspannten, durchbohrte die Haut. Für kurze Zeit wurde sie losgelassen, sie sprang auf, im Center trainierte kraftvolle Bewegung, riß sich den zweiten Schuh von der Ferse, rannte auf die erleuchtete Straße zu, einer griff nach ihren Haaren, um sie zurückzuhalten, blindes Ausholen mit spitzem Absatz, Dreinschlagen, und noch mal, und noch mal, Widerstand eines Schädels, Brüllen, abruptes Verstummen, nahendes Sirenengeheul, scheinbar zielstrebig, eilig. Dann wieder rücklings auf dem Boden, ein letzter Fußtritt und der Abdruck einer Schuhsohle auf dem Arm, als sie davonstoben. Schritte flogen in die Dunkelheit fort, die Gasse hinab, an den Mülltonnen vorbei. Der zur Sirene gehörende Einsatzwagen schoß weiter, vorbei, dem Ruf an einen anderen Ort folgend, sauste heulend mit flackerndem Blaulichtstreifen an ihr vorbei, als sie auf den Gehweg stolperte und mit den Armen ruderte.

Stolpernd im roten Kleid in derselben Richtung die Straße hinunter, eine hüpfende Brust entblößt. Weglaufen, das kannte sie, doch das Weglaufen der Kindheit war immer auch Spiel gewesen, gespielt im Vertrauen darauf, daß sie jemand finden würde; nicht wie das hier.

Auf den Stufen vor der Haustür war es eisig kalt. Sie hatte endlos geklopft, sich auf den Klingelknopf gelehnt, eine halbe Ewigkeit, länger, länger als der Weg, den sie zurückgelegt hatte, auf dem sie sich immer wieder in Türeingängen versteckt hatte, sich eine dreckige Plastikplane um die Schultern gelegt hatte, die ihr gegen die Beine geweht war und die sie vor Schreck hatte aufschreien lassen. Vollkommen ungeschützt, nackt, Hure, Nutte, wieder allein, keuchend vor Angst – Bitte, bitte, bitte, so hilf mir doch jemand! Als er endlich aufmachte, traf sie die Hitze von drinnen wie der Strahl eines Flammenwerfers.

»Nett, daß du vorbeischaust«, sagte David. »Du nimmst wohl an, daß du hereindarfst?«

Sie nickte tumb.

»Na, da bin ich mir nicht so sicher, Liebling. Hast du dich gut amüsiert?«

Katherine blickte hoch, suchte seine Augen. Im Gegenlicht war er nur eine dunkle Silhouette. Sie beherrschte sich, unterdrückte die Tränen, dachte unsinnigerweise daran, daß in der Handtasche zum Glück weder Geld noch Schlüssel gewesen waren.

»Hast du weitere Verehrer gefunden da draußen, meine Süße? Sieht ganz so aus. Geht mich natürlich nichts an, aber was für eine Überraschung. Was jemand bei Sinnen an einer fetten, dreckigen Nutte wie dir finden kann, ist mir ein Rätsel. Höchstens eine Schwuchtel wie Colin Neill. War er denn sanft mit dir, mein Schatz? Sanfter als die anderen Verehrer? Lieb und nett? Hat er Süßholz geraspelt. Mir kannst du's ruhig erzählen.«

Sie hob ihm das Gesicht entgegen, wartete auf den Schlag der Handfläche, den Schmerz an der Schläfe, ihr Kopf fuhr zur Seite herum. Dann begann sie zu weinen, hockte sich ihm zu Füßen dort auf den Stufen vor der Haustür, hielt sich die Hände über die Ohren. »Verzeih mir, verzeih mir, verzeih mir, bitte, schick mich nicht fort...«

»Scht, mein Schatz, scht, liebe, gute Katherine, braves Kind, ach bitte, weine nicht, scht, meine Gute, meine Schöne.« Er richtete sie sanft auf, zog sie in seine Arme, drückte ihr schluchzendes Gesicht an seine Brust, hob sie und trug sie ins Haus. »Scht, mein Schatz. Mir tut es auch leid. Jetzt bist du daheim. So, so, ganz ruhig, komm...«

Im Spiegel lächelte Davids Gesicht, doch in seinen Augen glänzten wie in den ihren Tränen. Katherine spürte die Tränen, die sie nicht sah. Die Ordnung war wiederhergestellt.

10

Das herrische »Ich will!« ging mir als Kind ziemlich leicht von den Lippen, und irgendwann, meist eher früher als später, bekam ich meinen Willen. Wenn ich mich recht entsinne, wird man darin sehr schnell sehr gewitzt, jedenfalls war es bei mir so, zumal der eigene Wille so vielen verschiedenen Menschen auf so viele verschiedene Arten aufgezwungen werden mußte: Die Kindertante konnte nicht auf die gleiche Weise rumgekriegt wie die Mama bezirzt werden. Und meist waren es sowieso zähe Verhandlungen mit beinharten Partnern. Ja, du kriegst ein Fahrrad, wenn du... Ja, du kannst auf diese Schule gehen, wenn du... Versprechungen und Zusagen zogen einen Rattenschwanz von Gegenleistungen nach sich, gegen die die Mühen des Herkules wie ein Kinderspiel erscheinen. Und wenn die Erwachsenen sich besonders dämlich und stur stellten, wurden komplizierte Manöver erforderlich, wie zum Beispiel brav und still sein, eine mustergültige Tochter, oder den anderen einreden, die fragliche Idee sei ganz alleine auf ihrem Mist gewachsen, oder sie mit den eigenen logischen Waffen schlagen – etwa: Am Ende kommt ihr so billiger davon. Wie auch immer, meist habe ich mich durchgesetzt, jedenfalls kann ich mich an Niederlagen nicht erinnern. Ich bekam die Tiere, die Kleider, die Schule, den Beruf und schließlich auch den Mann meiner damaligen Träume. Was ich aber nicht begreife ist, wann die Strategie zu versagen begann.

Und das tut sie im Augenblick, verflucht, wenn sie nicht gar zum Bumerang wird. In letzter Zeit zieht es mich öfter vor den Spiegel, und er zeigt mir, daß irgend etwas nicht mehr stimmt. Nein, nein, es ist nichts, eigentlich ist alles in Ordnung, nur kann ich mich nicht mehr sonderlich gut leiden; außen quillt's, innen fault's. Die ganze Selbstquälerei hat mit Sebastians Doppelgänger auf der Parkbank und dem Spuk der Erscheinung Katherine Allendales begonnen, aber soll niemand sagen, es hätte mit ihm zu tun. Hat es nicht. Sebastian würde nie und nimmer auf Abenteuer ausziehen, und wenn schon, mich juckt's nicht, aber Sebastian ist nicht der Typ, ehrlich. Nein, es geht schlicht darum, daß ich mein Leben wieder in den Griff, die Dinge wieder auf die Reihe kriegen muß – einschließlich meiner selbst. Dann wäre alles wieder in bester Ordnung.

So lautete die unzweideutige Botschaft, die der Spiegel vor wenigen Tagen meiner Bulldoggenmiene mit den geröteten Augen und dem verkaterten Kopf überbrachte. Das war die nackte, ungeschönte Wahrheit hinter einem revolutionären Entschluß – Susan Pearson Thorpe am Vorabend ihrer Läuterung, der Totalüberholung ihrer äußeren Erscheinung, als da wären Figur, Kleidung, Haare. (Muß an den Witz über die alte Dame denken, die sich als Exhibitionistin versuchte: »Hast du das gesehen?« fragt ein alter Mann einen Bekannten. »Was hatte die denn an?« »Weiß ich auch nicht«, sagt der andere, »was immer es war, müßte dringend mal gebügelt werden.« Darüber konnte ich einst schallend lachen. Haha!)

Das führte zu Reflexionen über die Willenskraft und zur Annahme, diese ganze Entpuppung – Raupe zu Schmetterling –, wäre schlicht eine Willensfrage. Von wegen, es ist eine unglaublich komplizierte Angelegenheit. Zunächst, als ich zufällig Katherine Allendale in einem roten Kleid, das wie angegossen saß, graziös ins Auto gleiten sah, stachelte das an, obwohl ich mich natürlich fragte, woher sie bloß die Zeit für die, offen gestanden, unsäglich langwierige und langweilige Toilette nahm. Ich machte mich daher mit Schwung über das schwarze Loch meines Kleiderschranks her, über meine uniforme Garderobe in gedeckten Farben und einem Zustand fortschreitenden Verfalls. Kleider hielt ich nie für besonders wichtig, aber vielleicht ist eben doch was dran an dem »Kleider machen Leute«.

Nachdem ich mehrere alte Paar Schuhe zurechtgewalkt hatte, nur um feststellen zu müssen, daß meine Füße offenbar größer geworden sind, gab es nur eines: Alles wieder rein ins schwarze Loch und ab in die Stadt. Mir war es bitter ernst: Neu einkleiden, hieß die Devise, Alkoholverbot und körperliche Betätigung, sprich ein Besuch bei Katherine Allendales Fitness-Center. Klammheimlich, versteht sich, an einem freien Tag. Der Himmel steh mir bei.

Ich bin mir wohl bewußt – erwähnte ich das nicht schon? –, daß das Einkaufen für manche das reine Vergnügen darstellt, die nämlich, die einen leichten Stich haben, so zum Beispiel Katherine Allendale, Mrs. Harrison und Konsorten, selbst Sebastian, sofern man ihm klare Anweisungen erteilt und er nur ein genau spezifiziertes Teil zu erwerben hat. Für mich ist das hingegen nichts, ganz und gar nicht, mir bereitet das Ganze ungefähr so viel Behagen wie heftige Zahnschmerzen.

Wer jemals durch die schicken Läden im Westend gebummelt ist, und das im Hochsommer, auf der Suche nach einem dem Treibhauseffekt angemessenen Kleid sowie Hosen oder Röcken, die angetan sind, die Problemzonen geschickt zu kaschieren, also nach Sachen, die einem gewandelten Selbst die Wiederaufnahme in die gut gekleidete Gemeinschaft garantieren sollen, der wird sich lebhaft vorstellen können, wie mir zumute war. Es gibt, bemerkte ich schließlich in frostigem Ton zu einer dieser Modepuppen, die sich albernerweise Verkäuferinnen nennen, zahlreiche Individuen, die sich der Kleidergröße 42 erfreuen, möglicherweise sind wir sogar die Mehrheit, trotz einer offensichtlich ebenso perfiden wie massiven Kampagne, selbiges zu leugnen. Wenn ich mich nämlich auf den Straßen umschaue, dann sehe ich nicht lauter Twiggy-Figuren, sondern zahllose Frauen weit beeindruckenderer Maße, manche geradezu gewaltig. Und was Sie betrifft, Sie windige Größe 34, ich würde Ihnen raten, zu lächeln, solange Sie noch die Zähne dazu haben, denn wenn Sie mir noch ein einziges eng tailliertes Kleid zum Anprobieren bringen, gehört diese Zeit bald der Vergangenheit an. Und als ich im Zuge der Umsetzung der ersten Punkte meines Verschönerungsprogramms lustlos meine vierte Tasse schwarzen Kaffee gekippt und lange genug nach den verbotenen Backwaren geschielt hatte, zappelte ich schon nicht mehr in den Fängen tiefer Depressionen, sondern fiel einem abgrundtiefen Ekel und heftiger Übelkeit anheim.

Also habe ich mich auf eine andere Taktik verlegt und bin losgezogen, um mich mit Gesichtsmilch und -wasser einzudecken, von denen es ja heißt, sie hielten den Alterungsprozeß auf oder verjüngten gar, so der Tenor der Versprechungen. Da ließ meine Standardkörperpflege – ein bescheidener Topf Cold Cream, die zu Weihnachten überreichten Seifen und Wässerchen – einiges zu wünschen übrig. Wasser und Seife, Madame? war das entsetzte Echo, das ich zu hören bekam, so als hätte ich mich zu einer heimlichen Vorliebe fürs nächtliche Reinigungsritual mit Abbeizer bekannt. Die Verkäuferin schüttelte sich, faßte sich, preßte sich mit krallenlangen Fingernägeln an die makellose Stirn und hob zu ihrem Vortrag an. Madame brauchen für die jugendlich frische Haut folgendes. Man höre und staune: Zunächst wird das Gesicht mit einem blauklebrigen Zeugs zu fünfzehn Pfund die Flasche gereinigt, sodann mit gelbem Tonikum zu sieben Pfund fünfundneunzig abermals gesäubert. Ich ziehe anderes Tonic vor. Anschließend wird eine maisgelbe Soße zu dreißig Pfund das Glas auf Gesichts- und Halspartien aufgetragen. Unverzichtbar ist auch ein durchsichtiger Augenbalsam zu zwanzig Pfund die Tube. Mir lag die Frage auf der Zunge, ob es nicht preiswerter wäre, mir gleich den Kopf abschlagen oder mich liften zu lassen, Tabula rasa sozusagen, weil eine derartige Pflege sonst vierundzwanzig Stunden am Tag beanspruchen würde, ohne daß man überhaupt morgens zu seiner eigentlichen Aufgabe käme – auch wenn diese darin bestände, um fünf Uhr in der Früh mit dem Aufschrauben der diversen Tiegel und Töpfe zu beginnen oder sich auf den Berghöhen im Tau zu wälzen. Aber was war bloß aus der energischen Person von einst geworden, die sich mit derlei Unsinn nicht lange aufhielt? Hatten ihre Tränensäcke ihr den Blick getrübt und die Sprache verschlagen? Und gab es ein Mittel, erstere aus dem vom Gin aufgedunsenen Hautteig wiederauferstehen zu lassen? Ich gestehe, ich habe mich einseifen lassen. Ja, sagte ich, gut, ausgezeichnet, hervorragend, ich nehme das Ganze.

Und dann erst dieses unsägliche Fitness-Center! Letzter Punkt des Schönheitsprogramms, der an diesem brüllend heißen Nachmittag eine größere Herausforderung für meine Willenskraft darstellte als alles andere zusammen. Es wäre so leicht gewesen, einfach nach Hause zu gehen. Aber was sollte ich im eigenen Hause überflüssig gewordenes Geschöpf schon dort? Ersetzt durch Mrs. Harrison, ignoriert von den Kindern, die Besseres zu tun haben? Wo keine Aussicht besteht, den Gatten vor Anbruch der Dunkelheit zu Gesicht zu bekommen? Außerdem gab es kein Zurück; ich hatte mich telefonisch angemeldet zu einer Gymnastikstunde in diesem Fitness-Center, das Katherine einmal als die »rettende Antwort« jeder Frau beschrieben hatte. Also durchquerte ich den Park, vor Augen die Fata Morgana eines verbotenen Gins, und gab mir Mühe, so zu wirken, als täte ich das jeden Tag statt zum allerersten Mal in meinem in diesem Moment mir endlos erscheinenden Leben. Nicht so endlos allerdings wie die Stunde. Keine Stunde keines Nachmittags, nicht einmal diejenigen, während derer mich Geburtswehen beutelten, ist mir jemals so lang vorgekommen wie diese quälende Gymnastikstunde. Man stelle sich vor, wie ich in das Foyer dieses Orts des Schreckens hereingerollt komme, beladen mit baumelnden Päckchen, wie die Gruppe beruhigend normal aussehender Frauen ohne eine einzige Paillette an den Gymnastikanzügen sich der molligen und unerklärlich nervösen Neuen überaus freundlich annimmt, wie alles sich bestens anläßt, ich schließlich in meinem uralten Trainingsanzug startbereit, alles bestens, bis zu jenem Augenblick, da sich die Tür öffnet und Katherine Allendale hereinspaziert. Sie wirkte zunächst etwas angespannt, dann jedoch, als sie mich sah, stürzte sie mit kleinen fiependen Juchzern auf mich zu, wie sie ein Welpe ausstoßen mag, den man fünf Minuten lang allein gelassen hat. Mir sank das Herz, als sie sich – ganz genierlich unter einem Handtuch – auszog bis auf die deutlich hervortretenden Rippen, wobei sie eigenartigerweise ein komisches Flanellhalstuch umbehielt. Und mit einem Schlag fragte ich mich: Wozu mache ich mir die ganze Mühe?

Der Gymnastikraum war an drei von vier Wänden mit Spiegeln ausgestattet. Also ehrlich! Damit man auch ja jede unschöne Verrenkung vielfach zurückgeworfen bekam. Oh, harte Schule der Demut! »Wir fangen langsam an, meine Damen, ein bißchen Aufwärmen, ein wenig Joggen – nicht zuviel bei der Hitze – und dann wollen wir Bauch und Po zu Leibe rücken!« Verharmlosungen. Das »bißchen« Aufwärmen sah so aus, daß die Arme wild in entgegengesetzten Richtungen über den Kopf flogen und der Körper aus der Hocke minimal auf und ab bewegt wurde, bis die Oberschenkel brannten. Aber das war erst der Anfang, lediglich ein Vorgeschmack auf die zu erwartenden Höllenqualen. Traben auf der Stelle zu grauenvoller Musik, Knie dabei immer hübsch hochziehen. »Höher! Höher! ... und weitere zwanzigmal ... Spreizsprünge, und eins, und zwei, und drei ... zehnmal noch, meine Damen, gut! Ja, gut! Und jetzt der Cancan ...« Die ermutigenden Zurufe der Kursleiterin schien keine der Anwesenden nötig zu haben, denn nicht eine von ihnen geriet auch nur leicht aus der Puste. Katherine warf die Beine hoch, als wären wir bei den Folies-Bergère. Dabei blieb ihr Gesicht blaß wie eh und je – auch wenn mir scheinen wollte, daß sie weit mehr Make-up trug als gewöhnlich – und nahm einen merkwürdig verzückten Ausdruck an, während ich wirklich glaubte, jeden Moment sterben zu müssen, und mit einemmal – ganz abgesehen davon, daß ihre Doppelgängerin sich auf eben so ellenlangen Beinen wie den ihren entfernt hatte – von Haß erfüllt war. Noch dazu behielt sie mich fürsorglich im Auge, als wäre ich eine arthritische Oma. Wie ich sie haßte.

Einige mußten über meinen zutiefst ungläubigen Blick lachen, als ich hörte, man erwarte von mir, daß ich den Kopf zwischen die Knie steckte, meinen stattlichen Busen zwischen gespreizten Beinen gen Boden drückte. Nicht so Katherine: sie war um meinetwillen bekümmert. Diese Anteilnahme an meiner Plackerei hätte mich milder stimmen müssen, bewirkte jedoch das Gegenteil, ebenso wie nach der Stunde, als sie mir Shampoo, Talkumpuder, Handtuch und dergleichen aufdrängte, Utensilien, an die ich überhaupt nicht gedacht hatte. Ich stakste breitbeinig im Umkleideraum umher wie der gute alte John Wayne in O. K. Corral, Hüftgelenke in ungutem Winkel hakend, Knie auf immer einander entfremdet. Ihr Mitgefühl, ihre arglose Nettigkeit, als sie, immer darauf bedacht, sich nicht nackt zu zeigen, – wer weiß, vielleicht aus Höflichkeit mir gegenüber? – wieder aus der Dusche auftauchte und wie ein dämlicher kleiner Papagei auf mich einredete, machten mich rasend.

»Kopf hoch, Susan, du hast dich wirklich tapfer geschlagen, ganz toll, und es fällt mit jedem Mal leichter, bestimmt. Vor allem, sobald du den Ablauf kennst, denn das Anstrengendste ist die Konzentration, weißt du. Wenn du die Abfolge erst intus hast, wird alles viel einfacher, du wirst es kaum glauben.«

Nein, ich glaubte ihr nicht. Und als mich dieses Geplapper den ganzen Weg nach Hause begleitete in dem Taxi, das ich – zu ihrer offenkundigen Freude – bezahlte, verfiel ich in eine tiefe Depression.

»Ich fühle mich nach der Stunde immer wie neugeboren«, versicherte Katherine, die ungewöhnlich gesprächig war. Aus schlechtem Gewissen? Dabei sah sie so kerngesund aus, wie sie sich offenbar fühlte, und bot mir bei ihrer vorgebeugten Haltung die kaum mehr als handbreite Taille dar, mir, die ich mir nichts sehnlicher wünschte, als auf der Stelle drei Brotlaibe zu verschlingen und einen halben Liter Schnaps hinterherzukippen. Laß uns doch Freunde sein, schien sie zu betteln, das wünscht sie sich, auf ihre Art, schon lange, doch als wir endlich vor unseren benachbarten Häusern vorgefahren waren, drängte es mich, mich mit einer Kurzangebundenheit zu verabschieden, die hart an brüskierende Unhöflichkeit grenzte. Und zwar grundlos, wie mir nun scheint, oder aus dem einfachen Grund, daß sie sich bemühte, nett zu sein, weil sie die Doppelgängerin einer anderen war, weil sie ihr Leben so offensichtlich im Griff hatte wie mir meines entglitt.

Sie sammelte ihre Kinder ein, ich blieb mit den meinen zurück. Ich betrachtete diese daumenlutschenden, sich selbst genügenden, mich kein bißchen brauchenden Wesen mit ratlosem Staunen. Mich braucht keiner. Ich habe mich selbst überflüssig gemacht.

Motzmarie, Trotzmarie,
wie steht's um deinen Garten?
Mit Glockenspiel und Muschelstein
und Vögeln aller Arten.

Samantha rekelte sich wohlig müde. Ich konnte die Augen nicht von ihr lassen, konnte gar nicht genug von ihr kriegen, empfand jedoch eine lähmende Scheu vor ihr und ging fort, um eine Bestandsaufnahme der Errungenschaften des Tages zu machen, meine Päckchen auszupacken, das tapfere neue Selbst im Spiegel zu begutachten.

Gab es einen erkennbaren Unterschied? Ja, verdammt, gab es! Der beklemmenden Aura der Läden ledig, in denen ich sie erstanden hatte, entpuppten sich die beiden neuen

Kleider als wahre Eröffnung: die dezenten Blumendrucke weit fröhlicher und frischer als alles, was ich besaß, der Teint des Gesichts im Spiegel klarer, jetzt, da das Puterrot des Fitness-Centers abgeklungen war. Zwar schmerzten mich sämtliche Glieder, aber was zählte das schon? Der Muskelkater war Kondensat des Stolzes, es überlebt zu haben, und der beflügelnden Aussicht auf Wandlung, und wenn ich die Luft anhielt, das Kinn emporreckte und das Gesicht vom Licht abwendete, dann ließ sich ahnen, was ich aus mir machen könnte. Oder wieder werden könnte oder anstreben könnte oder was immer diese alberne Sehnsucht beinhaltete: geliebt zu werden, vielleicht. Gar lieben zu können? Wie albern, ich hätte es damals nicht benennen können, wußte es nicht, wußte so erschreckend wenig. Ich war immer schon schwer von Begriff gewesen, was meine eigenen Fehler anbetraf, war außerstande zuzugeben, daß mir etwas fehlte.

Also wieder hinunter, beschwingt. Irgendwelche Nachrichten, Mrs. Harrison, ehe ich wieder dem Verstand das Feld überlasse? Nein, keine, grummelte sie beleidigt, aber Mr. Thorpe sei früher nach Hause gekommen. Er habe eine Nachricht für mich in seinem Arbeitszimmer hinterlassen, irgend etwas wegen heute abend, keine Ahnung. Na, keine Eile. Als ich den Kindern gute Nacht gesagt hatte, bewunderte ich noch einmal das neue Kleid, studierte die mehrsprachigen Anwendungshinweise der lächerlichen Gesichtscremes, mit einem enorm klaren Kopf, in ungeduldiger Erwartung eines Publikums. Mir fiel der Zettel in Sebastians Arbeitszimmer wieder ein, ihm gar nicht ähnlich, so etwas, und überhaupt, was war eigentlich mit ihm los in letzter Zeit, immer auf dem Sprung, beschloß, nachzuschauen, dachte, nun, mein Lieber, ich werde dir sogar ein Abendessen kochen, du Glückspilz. Vielleicht nimmst du mich dann mal endlich zur Kenntnis, oder genauer genommen, ich dich. Bin gespannt, ob du den Unterschied merkst.

Sebastian war offenbar anderer Meinung. Seine Botschaft? Eine ganze Seite. An den genauen Wortlaut erinnere ich mich nicht, denn ich riß den Brief in kleine Stücke. Absätze voller Bitten um Verzeihung, Bekundungen von Bedauern, Vorschläge, uns zu treffen, die aber alle nicht den letzten Satz, die eigentliche Botschaft, den Klartext, beschönigen konnten. Mein Mann verließ mich. Susan Pearson Thorpe wurde sitzengelassen.

Ich vergoß keine Träne, als ich den Brief zerfetzte, empfand keine Empörung, war nicht überrascht, war nicht einmal traurig, spürte lediglich einen Schlag weit dumpfer als Schock. Ich blickte aus dem Fenster seines Arbeitszimmers in den Nachbargarten und dachte an die Wespe, die dort vorm Fenster gesummt hatte. Katherine und David Allendale in ihrem Garten gaben ein rührendes Bild ab. Es stieg ein solcher Zorn in mir hoch bei ihrem Anblick, daß mir beinahe die Luft wegblieb.

Dann ging ich hinunter und holte mir eine Flasche Gin. Eine ganze. Und einen dicken Strohhalm.

11

»Die wachsen, weißt du«, fauchte Matilda. »Die bleiben nicht klein und knuddelig. Und du wirst sie verdammt noch mal unterbringen müssen, solange sie es noch sind! Kat ist schon widerlich genug, aber fünf von der Sorte?« wiederholte sie scharf. »Die werden von Stunde zu Stunde größer und häßlicher, siehst du das denn nicht?«

Ihr fiel auf, daß Johns Hand zitterte. Sein Kopf wandte sich immer wieder vom Küchentisch ab, wo er sich mit seinen Unterlagen zum Arbeiten niedergelassen hatte, sein Blick wanderte unwillkürlich zum Pappkarton, in dem Kat schnurrte wie ein laufender Motor. Er konnte Hand und Auge immer noch nicht wieder richtig koordinieren und zog es deshalb vor, seine Berichte zu Hause zu schreiben statt während der Arbeit, vor aller Augen. Die bloße Andeutung, ein Arztbesuch könne empfehlenswert sein, hatte er mit Verachtung quittiert. Er *wollte* sich offenbar nicht helfen lassen.

»Bitte, Mattie, laß gut sein. Das wird schon wieder, ist ja nicht das erstemal, oder?« begleitet von einem stoischen Grinsen, einem flehentlichen Friedensappell. Nein, gewiß, nicht das erstemal, daß er Prügel bezogen hatte, bloß fragte sie sich, ob er diesmal mehr abbekommen oder einfach betroffener reagiert hatte. Schwer zu sagen. »Wieso zeigst du ihn verdammt noch mal nicht an?« hatte sie gekreischt, fassungslos angesichts seiner Gleichgültigkeit. »Weil nur der zuschlägt, der verzweifelt ist, der gegen die Unterdrückung losschlägt. Opfer haben keine Wahl. Er ist ein Opfer, ich bin ein Opfer, und ich denke gar nicht daran, so ein armes Schwein der Polizei auszuliefern.«

»Und die Polizisten sind keine Opfer wie? Weil sie Uniformen tragen? Und was ist mit denjenigen, die es gut meinen, die helfen? Zum Beispiel dem, der dich nach Hause gebracht hat?«

»Ausnahmen, die die Regel bestätigen«, sagte John und schielte wieder zum Katzenwurf im Karton hinüber. »Macht korrumpiert. Geld korrumpiert. Uniformen korrumpieren.«

Matilda gab es auf, knallte ihre Müslischale ins Spülbecken, das nach Kitekat stank, ein penetranter Geruch, dessen Zählebigkeit ihr ein Rätsel war, denn die leeren Dosen wurden auf ihr Geheiß hin einzeln in Plastik gewickelt und in eine eigene, zweite Plastiktüte gesteckt, ehe sie in den Abfalleimer wanderten. Vielleicht lag's daran, daß das Katzenfutter die einzig tolerierte Ausnahme bei sonstigem striktem Fleischverbot war. Typisch John, dachte Matilda bitter und verspürte eine plötzliche Lust auf Verbotenes und einen wahren Haß auf die gesamte Tierwelt.

»Ich soll eventuell eine Auszeichnung bekommen«, bemerkte John beiläufig und deutete auf ein Schreiben auf dem Küchentisch. »Für besonders engagierten Einsatz.«

»Eventuell? Nach so langer Zeit ›eventuell‹? Nach den unzähligen Fällen, die du aufgedeckt hast? Eventuell! Worauf warten die denn noch?« Sie schnappte sich den Brief. »›Auch Sie erhalten aller Voraussicht nach…‹ – als wollten sie Gratisproben Waschpulver verteilen! Na ja«, fügte sie hinzu und ließ den Brief auf den Tisch flattern, »du hältst ja sowieso nichts von dergleichen. Nur die Eigenmotivation zählt, hast du doch immer gesagt. Solche Almosen werden nach Willkür, nicht Verdienst verteilt.«

»Stimmt«, sagte er gelassen, ungerührt abgesehen von einem nervösen Tick unterhalb des einen Auges. »Und trotzdem würde ich mich freuen.« Er schenkte ihr eines seiner seltenen unverstellten Lächeln, breit, ängstlich werbend, die sein ernstes Gesicht jungenhaft werden ließen und die Matilda so verwirrten. Widerwillig erwiderte sie sein Lächeln, haßte sich dafür, daß sie sich erweichen ließ. Doch er hatte sich bereits wieder den Kätzchen zugewandt und übersah die Erwiderung.

»Miez, Miez, Miez…« Das kräftigste der Jungen krabbelte über den Rand des Kartons, kullerte kopfüber und stakste dann auf unsicheren Beinen auf Johns hingehaltenen Finger zu, den Stummelschwanz steil aufgerichtet wie ein defektes Ruderblatt. »Diese wiegt sich in den Hüften wie ein Model«, ereiferte sich John. »Sieh sie dir bloß an; ich werde sie Kleopatra nennen.« Er zeigte auf den keß der Decke entgegengereckten, wolligen Katzenpo. Die porzellanblauen Augen der kleinen Katze blickten hochkonzentriert drein, die tapsenden Pfoten standen plötzlich still, und eine kleine Lache Urin breitete sich auf dem Fußboden aus und lief in einem Rinnsal über die schiefe Ebene des Küchenbodens. Matilda seufzte leise und floh in Richtung Tür. John grinste und schnalzte mehr bewundernd denn mißbilligend mit der Zunge. »So ein durchtriebenes Luder! Ungezogener Balg! Durchtrieben, jawohl. Das sollst du doch nicht, du freches Biest, sollst du gar nicht.« Das Kätzchen schien zu überlegen, schaute ihn erwartungsvoll an und setzte sich in die Lache. Er packte das kleine, nasse Tier und küßte es auf die Nase, selig lächelnd, mit freudig zuckendem Gesicht.

Matilda machte, daß sie rauskam. Im engen Hausflur stieß sie mit dem indischen Imbißbesitzer zusammen, dem sie in der Regel aus dem Weg ging. Er trat eben aus dem separaten Wohnungseingang, wie immer, wenn der Imbiß geschlossen war, was dann häufiger zu solchen Zusammenstößen führte. Sein Gesicht legte sich in die tausend Lachfalten, mit denen er alle Welt ohne Unterschied begrüßte. »Schöner Tag heute«, sagte er, seine Standardbegrüßungs- sowie Abschiedsformel. Matilda rümpfte die Nase. Wenn sie nicht dem Gestank von Kat und den Kleinen ausgesetzt war, dann anderen Angriffen auf ihren Geruchssinn, den Gewürzen zum Beispiel, dem ranzigen Fett, diesen verdächtig fremdländischen Düften, die ihr aus Mr. Singhs Küche entgegenschlugen, als sie sich an ihm vorbeizwängte.

»Sie hätten nicht zufällig Interesse an einer kleinen Katze, oder?« fragte sie und schielte grimmig nach den prallen Einkaufstüten, die Mr. Singh bei sich trug, stellte sie sich voller wimmelnder Kätzchen vor und wandte den Kopf beim Sprechen angewidert vor seinem Mundgeruch ab – eine unauffällige Geste, die er dennoch bemerkte und überging.

»Bitte?«

»Ein Kätzchen, oder vielmehr drei.«

»O nein, Missus. Wir haben einen Rottweiler.« Er schaute sie ratlos an, überrascht, daß sie sich mit ihm abgab, ratlos auch angesichts des Gesprächsthemas.

»*Was* haben Sie?« Von ihren ein Meter siebzig blickte sie ungläubig auf seine ein Meter fünfzig herab. Hatte sie richtig gehört? Sie sah ihn vor ihrem inneren Auge mit einem Hund, zweimal so schwer wie er selbst. »Wo halten Sie den denn bloß?«

»Zu Hause, im Augenblick«, erklärte er, immer noch verwirrt über das plötzliche Interesse der Dame von oben, die ihn doch ganz offensichtlich verachtete. »Wir bringen Rotty nur am Wochenende hierher. In den Hinterhof.« Er deutete auf die Tür. »Hinter der Küche, da draußen.« Er grinste. »Das wußten Sie nicht, wie? Er bellt überhaupt nicht, ein gutmütiges Tier normalerweise, aber wenn wir zuviele Betrunkene vorne im Imbiß haben, dann führen wir ihn ein wenig spazieren. Damit wir nicht verprügelt werden. Das kommt vor, wissen Sie.« Er gluckste irgendwie anzüglich. »Er beißt nicht, der Hund, er macht nur angst. Große Eier«, erklärte er.

»Ah«, machte Matilda unverbindlich. »Tatsächlich?«

Mist, dachte Jenny, und ich bin die Gelackmeierte! Warum bin ich nicht wie Monica: entschieden, oder vielmehr rücksichtslos. Die bringt es glatt fertig, sich im allerletzten Moment an die Strippe zu hängen und mich mit Katherine sitzen zu lassen, die Verabredung zum Essen abzusagen, mir mit irgendeiner Ausrede zu kommen, die ich schlucken soll, und das, wo ich genau weiß, daß ihre Arbeitsroutine immer Spielraum zum Essen läßt, weil mittags keiner da ist, mit dem sie reden müßte. Läßt mich also mit Katherine hängen, und weshalb? »Kann's dir jetzt nicht lang und breit erklären«, hatte sie gesagt, in verdächtig munterem Ton, mit einer Leichtfertigkeit, die eigentlich fast beleidigend war, da sie so selbstverständlich annahm: »Du hast doch sicher Verständnis, Jenny? Wir sehen uns morgen, Jen, Liebes, versprech ich dir, und sei mir nicht böse, bitte, daß könnte ich nicht ertragen, entschuldige mich bei Kate, tut mir leid.« Mir erst! grummelte Jenny vor sich hin. Was soll das bloß geben? Da sitz ich dann und lasse Katherine ihr Herz ausschütten, und genau das, ich schwör's, wird sie tun, steht kurz davor, mir »erschütternde« Geheimnisse anzuvertrauen, wie die Tatsache, daß ihr ihr Kleid nicht gefällt und auch nicht die Einschränkungen, die wir wenigstens nicht kennen, etwa die Ausgehaltene zu sein, deren Garderobe die besser verdienende bessere Hälfte bezahlt. Doch im dichten Verkehr von Bloomsbury in die Bond Street unterwegs, tröstete sich Jenny mit der Aussicht auf ein Essen, freute sich weniger auf die Gesellschaft Katherines, mit der das Zusammensein in Monicas Abwesenheit immer eine Idee verkrampft war, und überlegte amüsiert, was Monica wohl im Schilde führte, Monica, die in den vergangenen zwei Wochen so wenig mitteilsam gewesen war. Konnte sich nur um eine heimliche Tändelei handeln. Als sie daher das Bistro betrat, gähnend leer bis auf die eifrigen Kellner, in Gedanken halb bei dem Einkaufsbummel, den sie anschließend machen wollte, Kinderklamotten kaufen, ein süßes Kleid hatte sie schon in der Auslage gesehen, und in der diffusen Hoffnung, daß Katherine ihr etwas mitgebracht haben könnte, war ihr Groll verflogen, so daß sie, als sie den gepflegten blonden Kopf erspähte, durchaus Begeisterung aufzubringen in der Lage war. Und als sie Katherines frische Leinenbluse mit dem hohen Nehru-Kragen bemerkte, zu dem das für Katherines Verhältnisse übertrieben dick aufgetragene Make-up unpassend wirkte, zumal im Hochsommer, munterte dieses Anzeichen kaum wahrnehmbarer Risse im üblichen Lack Jenny so auf, daß sie erleichtert grinste. Sie konnte nicht unfreundlich sein; das Essen würde sicher nett und angenehm, ein Gläschen Wein zur Auflockerung.

Doch es war Katherine, die den Anfang machte. Sie versicherte überstürzt, regelrecht heftig: »Tut mir wirklich leid, daß ich mich bei den Holmes so blöde benommen habe.« Sie brach Brot mit ihren zartgliedrigen Fingern. »Periode wahrscheinlich. Ich rege mich manchmal unnötig über Kleinigkeiten auf, das sagt auch David. Tut mir leid, dich damit belastet zu haben. Wo steckt Monica?«

In ihrer Stimme schwang ein ungutes Timbre mit, das Jenny lieber überging. Katherine hatte sich ihr Sprüchlein zurechtgelegt, hatte sich sehr zusammengenommen.

»Monica kann heute nicht, läßt sich entschuldigen.«

»Ach, wie schade«, meinte Katherine. »Ich habe nämlich ein paar Teppiche mit, die im Laden über waren. Eigentlich auch zu preiswert für Isaacs Auswahl.« Sie kramte in einer Tasche und zog schließlich zwei kleine Teppiche hervor, indische Numdahs, wie Jenny sah, wahre Prachtexemplare in Rosa-, Grün- und Blautönen auf cremeweißem Hintergrund, schon eher Stickereien als Teppiche. Katherine entspannte sich, als sie die Farben vor sich liegen hatte. Farben beruhigten sie. Und auch Jennys Billigung hatte diesen Effekt. Darüber hatte sie doch auch etwas in einer Zeitschrift gelesen, oder? Daß die Leute einem davonliefen, wenn man sie merken ließ, daß man sie brauchte?

»Kann man die waschen?« fragte Jenny, die sehr wohl wußte, daß man es nicht konnte, der Versuchung aber nicht widerstehen konnte. Numdahs waren nicht teuer, aber auch nicht so billig, daß sie umsonst nicht willkommen wären. Sie hatte den bösen Verdacht, daß sie keineswegs »über« gewesen waren. »Wenn nicht, sind sie bei uns schlecht zu gebrauchen.« Katherines freudiger Ausdruck war plötzlich wie weggeblasen. Jenny merkte, daß sie recht schroff geklungen hatte. »Katherine«, redete sie ihr in sanfterem Ton zu, »die sind doch viel zu schön zum Hergeben. Hast du nicht selbst Verwendung dafür?« Sie strich mit den Fingern über die grobgewirkte Wolle. Es waren Numdahs von sehr guter Qualität. Katherine war jedoch noch bei der vorherigen Bemerkung. »Du könntest sie doch irgendwo auslegen, wo die Kinder nicht hingehen«, hieß ihre schlichte Lösung. Jenny dachte: Im ganzen, großen, geräumigen Haus gibt es keinen solchen Ort, dachte aber auch verwundert, wie gierig sie immer auf diese Angebote Katherines war, sah im Geiste die Pastellfarben der Numdahs bereits im Schlafzimmer, je einen zu beiden Seiten des Bettes – zwei für sie und keinen für Monica. Geschah ihr recht. »Dann also tausend Dank«, sagte sie lediglich, vergaß jedoch nicht darauf hinzuweisen, daß sie fürs Essen bezahlen würde, ein gutes Geschäft, dachte auch, wie dieses Tauschgeschäft schon zum Ritual geworden war, und dann schließlich, ohne sich weitere Gedanken zu machen, richtete sie sich auf belangloses Plaudern ein.

Wenn ich etwas sage, dachte Katherine, wenn ich ihr sagen würde, was passiert ist, dann wird sie mir einfach nicht glauben. Sie wird glauben, daß es an mir lag, sie wird mich nicht mehr anlächeln, wird mich nicht mehr mögen. Ich kann es nicht. Sie schwieg und überließ Jenny die Führung.

Mary Fox hatte sich zufällig für dasselbe Lokal entschieden, oder vielmehr dieselbe Straße. Sie hatte jüngst beschlossen, sich öfter als bisher mal etwas zu gönnen, also nicht nur hin und wieder in teure Cafés zu gehen, sondern auch mal mittags in einem mondäneren Lokal eine bescheidene Mahlzeit zu sich zu nehmen. In ihren Augen waren diese Extravaganzen zulässig, wenn sie Hin- und Rückweg auf dem Fahrrad zurücklegte, ungeachtet dessen, daß eine genaue Prüfung ihres Kontostands einen kleinen Freudenschock, aber auch diffuse Schamgefühle hervorgerufen hatte. Tatsächlich nämlich stand sie sehr viel besser da, als sie wahrhaben wollte. Diese Erkenntnis traf mit dem Bedürfnis zusammen, sich ein bißchen zu verwöhnen. Schließlich hatte sie das Plus, das sich angesammelt hatte, weil ihre Ausgaben in den letzten Jahren nicht gestiegen waren, wohl aber ihr Gehalt, selbst erarbeitet. Eine Tatsache, die bei einem kleinen, privaten Festschmaus sehr angenehm zu überdenken war. Katherine und ich, sinnierte sie, wie haben wir darunter gelitten, arm zu sein! Aber deshalb werden wie die kleine Schwester? Niemals! Nicht so extrem, jedenfalls, wenn es sich verhindern ließe. Bloß nicht süchtig werden nach dem genauen Gegenteil. Trotzdem erregte sie der Gedanke an das Geld, weckte neues Verständnis für das Gefühl der Macht, das es einem verlieh. Um so mehr, als sie derzeit dringend Ablenkung brauchte.

Denn es hatte sich eine ungewohnte Panik Marys bemächtigt, und sie legte langsam ihre sämtlichen Bemühungen, sich nützlich zu machen, lahm. Die Diagnose der Kollegen, die sie als eine kannten, die stets ängstlich darauf bedacht war, alles unter Kontrolle zu halten, lautete: akute Vereinsamung, eine Isolation, die sich stetig zugespitzt hatte seit Katherines Auszug. Hat doch sonst niemand, die Arme, wahrscheinlich wünscht sie sich sogar ein Kind, und das in ihrem Alter! Derartig zutreffende Vermutungen hätte Mary rundweg geleugnet und als Schwachsinn verlacht, hätte trocken gekontert, das einzige, was ihr fehle, sei gutes Essen und frische Luft. Und vielleicht, nur vielleicht, den Trost eines Liebhabers. Claud war ihr viel gründlicher unter die Haut gegangen, als sie sich jemals eingestanden hatte, und Claud war verschwunden. Sie ließ sich nicht anmerken, wie sehr ihr das zusetzte, und litt doch, litt fürchterlich, taumelte wie eine Schlafwandlerin, benommen vor Schmerz. Heute war sie in die Bond Street aufgebrochen, zu ihrer täglichen Kur. Bond Street hatte unfehlbar eine heilsame Wirkung, einfach aufgrund ihres atemberaubenden Schicks, der Mary in Rage brachte – und, zugegebenermaßen, Neid weckte.

Modus Shoes, Fenwicks Designer Range, die Juweliere der New Bond Street, Gemäldegalerien, deren unauffällig präsentierte alte Meister nicht ausgezeichnet waren. Alle paar Schritte blieb sie vor einer Auslage stehen. Nicht, daß sie genau hingeschaut hätte, nein, sie ließ nur den ungeheuerlichen Überfluß, die Verschwendungssucht auf sich wirken, betrachtete sie nicht zuletzt mit Robin-Hood-Blick, überlegte, ob es sich lohnen würde, in der Bond Street für karitative Zwecke »betteln« zu gehen. Ob diese soignierten Geschäftsleute zu überreden wären, ihre Kunden zu Spenden für einen guten Zweck anzuhalten? Ach was, viel zu indiskret. Aber wie hübsch doch alles war: die exklusiven kleinen Auslagen mit ihrer exquisiten Dekoration – wie perfekt arrangierte Stilleben. Hierhin kam Katherine oft an ihren freien Nachmittagen. Neid auf Katherines gesichertes Dasein versetzte ihr einen Stich, Kummer gesellte sich dazu, als ihr klar wurde, daß ihre Schwester eine halbe Ewigkeit nicht mehr angerufen hatte, so daß Mary auf Neuigkeiten aus zweiter Hand, von Sophie nämlich, angewiesen war. Doch Mary verstand, weshalb es Katherine, diese Traumtänzerin, dieses Kind, hierherzog. Blinkendes Silber, matt schimmerndes Gold, die Seiden und die Bilder – als sähe man in die Sterne.

Mary stand gerade vor einem Schaufenster, hingerissen von wunderbaren persischen Teppichen, als sie ihn auf der gegenüberliegenden Straßenseite erblickte. Der dunkle Hintergrund der Auslage machte das Glas zum Spiegel, in dem sein weißblonder Kopf auftauchte, als er auf dem Gehweg gegenüber vorbeischlenderte und selbst vor einer ähnlichen Auslage stehenblieb, kurzzeitig verdeckt von einem durch die schmale Straße gleitenden Wagen, dann in seiner ganzen Pracht wieder zum Vorschein kommend: Claud, der Gelegenheitsliebhaber der Samstagnachmittage oder auch der frühen Abende während der Woche, der regelmäßigen Stelldichein in ihrer Wohnung, eines von Katherines Andenken, der letzte in einem endlosen Reigen wechselnder Partner, der Marys Liebhaber geworden, der derselben Wohnung treu geblieben war, Marys Wohnung, gleichbleibender Ort der gleichen, über Jahre hinweg regelmäßig vollzogenen Übung, bis vor zwei Wochen. Der Schock des Wiedersehens bescherte Mary schlotternde Knie. Urlaub, hatte er ihr gesagt, Südfrankreich mit Frau und Kindern, kein Entrinnen. Ich melde mich, sobald ich zurück bin, hatte er gesagt. Und da stand er nun, kein bißchen sonnengebräunt, überlebensgroß – es sei denn, dieser attraktive Kerl dort wäre ein Gespenst, Mary starrte regungslos in ihr Schaufenster, bis er ihrem Blick entschwand, dann sah sie ihm nach, erkannte die vertrauten Konturen der Schultern, Fleisch und Blut, kein Spuk, und erkannte zugleich mit der Gestalt seine Lügen. Ein Mann ging dort seines vertrauten Weges und streute mit jedem Schritt Salz in ihre Wunde.

Mary gab sich einen Ruck, schritt aus, lenkte ihre Schritte zu Modus Shoes und kaufte ein Paar frivole rote Sandalen, die sie wahrscheinlich nie tragen würde und die sie mit Kreditkarte bezahlte, froh, einen Moment sitzen und ihre Fassung wiedergewinnen zu können, rationalisieren, der Flut unwillkommener Gefühle Herr werden zu können, die sie überschwemmten. »Solange du ehrlich zu mir bist«, hatte sie verlangt. »Ich bin nicht meine Schwester, ich kenne meine Fehler, aber sei ehrlich zu mir. Mehr verlange ich nicht.« Als ihr die Schuhe gebracht wurden, in einem Nest giftgrünen Seidenpapiers – Grün, die Farbe des Neids –, nahm sie sie stumm entgegen und machte sich auf die Suche nach einem Restaurant. Essen war eine bewährte Form Erster Hilfe bei Schmerzen.

Wo, wäre egal, der Appetit ohnehin vergangen, irgendwo irgend etwas essen, und dazu einen Drink, um das innere Gleichgewicht wiederherzustellen. Das Bistro, das sie sich vorgemerkt hatte, lag zwanzig Meter weiter. Also marschierte sie los – in die gleiche Richtung, die er genommen hatte –, wies sich zurecht im gleißenden Sonnenlicht, hatte sich etwas gefangen. Doch dann, als sie sich zwischen den Tischen hindurchschob, halb geblendet noch im plötzlichen Restaurantdämmer nach der hellen Sonne draußen, sah sie am Ende des Raums Katherine sitzen. Ihre außergewöhnliche kleine Schwester, die bei eben jenem Passanten von vorhin gelegen hatte, der sich regelmäßig mit kaum verhohlenem Interesse nach ihr erkundigte, dieser selben Frau in leuchtend weißer Bluse, mit den kajalumrandeten Augen, dem vollen, aus der Stirn zurückgekämmten Haar, deren lange Finger in einer Zeitschrift blätterten und deren Beine im kurzen Rock so graziös wie züchtig übereinander geschlagen waren. Eine nervös wartende Haltung, angespannter Körper unter zu stark geschminktem Gesicht – das war alles, was Mary registrierte, ehe sie auf dem Absatz kehrtmachte und unbemerkt dem Ausgang zustrebte, bevor ihre Schwester sie sah. Auf wen sollte Katherine schon anderes warten als auf Claud, sie überpünktlich wie immer, er wie immer verspätet. Über die Kluft der Jahre, über den Glücksfall einer vorteilhaften Ehe hinweg streckte Katherine die Hand nach Claud aus und holte sich zurück, was ihr gehörte. Beiden in wenigen Schritten Entfernung über den Weg gelaufen zu sein, dafür gab es keine andere Erklärung. Daher seine Ausflüchte. Und waren nicht auch sie diejenigen, die zu Hause waren inmitten des Luxus, während sie selbst hier nichts zu suchen hatte? Mary war es, als habe ihr jemand gewaltsam das Gesicht festgehalten und gründlich mit Sandpapier bearbeitet.

»Ja«, sagte Jenny, als sie von der Toilette wiederkam und auf die Zeitschrift deutete, in der ihr Katherine etwas gezeigt hatte und die sie noch immer in Händen hielt, »ja, ich verstehe, was du meinst. Das ist die Art Wintergarten, wie David sie baut, wie er ihn auch für Monica bauen will? Hat bei uns aber keinen Zweck, bei uns müßte eher der Dachboden ausgebaut werden – als Kinderspielzimmer.« Und fügte mit einem Seufzer hinzu: »Damit wir Ordnung in den Laden kriegen.« Katherine strahlte. »Ach, das kann David sicher für euch übernehmen«, meinte sie. »Damit befaßt er sich ohnehin gerade, weil er entsprechende Pläne für sein Haus ausarbeitet.«

Nicht »unseres«, fiel Jenny auf, »seins«. Sie rutschte unruhig auf ihrem Platz hin und her.

»Er will eine separate Wohnung dort unterbringen«, erklärte Katherine.

»Wozu das denn?« fragte Jenny, um Unverfänglichkeit bemüht.

»Na, ich denke, ich hoffe, daß die Oma mal bei uns einzieht. Davids Mutter, sie ist wirklich süß.«

Jenny lachte und begann, die Teppiche wegzupacken. »Da wäre wahrscheinlich Platz für beide Omas.«

Prompt erschien dieser trostlose Ausdruck auf Katherines Gesicht, der Jenny auf der Damentoilette im Kenwood House schon aufgefallen war, ein Gesichtsausdruck, der Beichte und Hilfeersuchen vorausging.

»Ehrlich gesagt –«, setzte Katherine mit unsicherer Stimme an, holte tief Luft.

»Meine Güte!« rief Jenny. »So spät schon! Ich muß los.«

»Ich muß wieder an die Arbeit«, stellte Monica fest. Der sachliche Ton konnte über ihr Bedauern nicht hinwegtäuschen. »Aber es war wunderbar, wirklich köstlich. Ausgezeichnet, für einen Mann.« Die Neckerei fehl am Platz, Monica unsicher, sich auf unbekanntem Terrain bewegend. David war nicht minder zum Anbeißen, fand sie, die sie in der Sommersonne der Allendale-Küche dahinschmolz, überaus empfänglich für seine Reize. Ein ganzer Kerl, kein Freund von Selbstmitleid, trotz des dornigen Lebenswegs, den er in diesen zwei Stunden in Form von Anspielungen und Anekdoten skizziert hatte – weniger, um sich interessant zu machen als um zu unterhalten, wie ihr schien, und doch hatten sie die entlarvenden Momentaufnahmen einer schwierigen Kindheit, hatte sie seine Tapferkeit gerührt. Alles, hatte er betont, sein ganzes Vermögen, hatte er sich aus eigener Kraft erarbeitet, dank seiner eigenen Findigkeit, ohne Sponsoren, ohne Beziehungen, ohne silbernen Löffel, ganz im Gegenteil. Und nicht die Absicht, auch nur den kleinsten Teil davon wieder herzugeben, konnte sich Monica vorstellen, denn in seinen Worten schwang ein aggressiv besitzergreifender Ton mit. Aber was er von seiner Ehe berichtete, du meine Güte! Mit dem Großmut eines Heiligen nahm er das Fiasko hin, Katherines beschönigte Unverantwortlichkeit, er deutete lediglich Schwierigkeiten und Verfehlungen an, ohne sich weiter darüber auszulassen, betonte, wie er sich darüber freue, daß sie, Katherine und Jenny so gut befreundet seien. Ob sie das waren, zumindest sie und Katherine, dessen war sich Monica gar nicht mehr so sicher, nach dem, was sie gehört hatte, was er ertragen mußte. Der arme, tapfere Kerl! So stoisch! Monica kannte kaum wirksamere Aphrodisiaka als Mitleid und Wein, und an beiden hatte sie sich gütlich getan.

»Ach, bleib doch noch ein bißchen«, bat David. Er stellte sich hinter ihren Stuhl, berührte flüchtig ihre Schulter, nicht auffordernd. Sie war nicht überrascht, hatte etwas in der Art erwartet, ja, war enttäuscht gewesen, daß sich bei den beiden vorausgegangenen Verabredungen nichts dergleichen ereignet hatte. Ihr Gewissen schwieg.

»Katherine kommt vor fünf bestimmt nicht«, meinte David unvermittelt. »Komm und laß dir mein Atelier zeigen.«

Sie folgte ihm die Treppen hinauf, als ginge es lediglich um eine weitere Führung, wie sie sie bei anderen Gelegenheiten, bei »offiziellen« Besuchen in diesem Haus erlebt hatte, sie ließ sich leiten, gab belanglos bewundernde Kommentare von sich, während sie in Wirklichkeit seinen Rücken studierte, gab sich so heiter gelassen wie ihre Umgebung, blieb hier und dort stehen, um zu gucken, wie sie es getan hätte, wäre sie eine Besucherin gewesen, der man das Haus zeigte. Als er die Tür zum Atelier aufschloß, wunderte sie sich zwar, weil sie sich keinen Grund dafür denken konnte, daß der Raum abgesperrt werden mußte, doch vergaß sie in dem Moment, danach zu fragen, als die Farben des Raums sie überfluteten. Das Licht, das durch die beiden Fensterseiten fiel, gedämpft durch die Jalousien, verwandelte den Raum in eine Landschaft, wie man sie durch eine Sonnenbrille sehen mochte: von größerer Tiefe in den Farbeffekten, und reicher, luxuriöser ausgestattet als bei einem Arbeitsraum erforderlich.

»Einen kleinen Verdauungsbrandy?« schlug David vor. Monica setzte sich folgsam auf einen der Chesterfield-Sessel und sah ihm beim Hantieren in der Kochnische am anderen Ende des Raums zu, staunte über den krassen Unterschied zum Tohuwabohu im eigenen Heim, wo es keinerlei Möglichkeit gab, sich zurückzuziehen, und seufzte wohlig.

»Es wäre nett, hier wohnen zu können. Hier in diesem Raum. Ich wünschte, ich hätte zu Hause eine Möglichkeit, ungestört arbeiten zu können ...« Sie war sich dessen bewußt, daß sie plapperte, gesprächig gemacht von plötzlicher Nervosität. Das Blut stieg ihr in den Kopf, der Rockbund drückte, ihre Hände, als sie sich das Haar aus dem Gesicht schob, fühlten sich verschwitzt und klebrig an. Wie immer in seiner Gegenwart, war sie sich ängstlich ihres Äußeren bewußt, zerrte an ihrem Rock, schlug die Beine übereinander, zupfte am tiefen Dekolleté ihrer kirschroten Bluse, deren oberster Knopf wie aus freien Stücken aufgegangen war, die ganze Zeit wohl wissend, daß er sie beobachtete und daß ihm ihre verräterischen Handgriffe nicht entgingen, geschmeichelt durch die Aufmerksamkeit, mehr noch jedoch durch das, was er ihr anvertraut hatte, und schlicht überwältigt von der konkreten Körperlichkeit dieses großgewachsenen, dunklen Mannes, der so anders war als ihr geschliffener, wendiger, zart gebauter, blonder Colin, den sie im Geiste wie einen Schmetterling auf Parties von Frau zu Frau flattern sah, goldbestäubt. Und sie? Auf was ließ sie sich hier bloß ein? Die brave, treue Ehefrau, die sich rächte. Und es genoß. David setzte sich dicht neben sie aufs Sofa, sein Körpergewicht so konkret wie ihr Verlangen, und als er sie küßte, wehrte sie sich nicht, auch dann nicht, als der zweite Kuß ihr den weinbeschlagenen Atem von den Lippen sog und seine Finger unter die Knopfleiste ihrer Bluse wanderten. »Und Katherine?« hauchte sie. »Was ist mit Katherine?« Ihre Gedanken voller Fragen und verspäteter Schuldgefühle. »Nicht da«, murmelte er. »Kommt erst in ein paar Stunden wieder. Sagte ich doch. Reichlich Zeit. Du bist wundervoll, Monica, so kräftig, so schön.« Jetzt glitten sie allmählich vom Chesterfield auf den weichen Teppich hinunter, und die kirschrote Bluse rutschte ihr von der Schulter. Sanft drückte er ihren Kopf in seine Armbeuge, schob die Bluse hoch, befreite eine ihrer großen Brüste aus dem Spitzen-BH, neigte den Kopf und nahm die Brustwarze zwischen die Lippen. Ihre Hand fuhr flatternd zu halbherzigem Protest hoch und legte sich dann auf seinen Hinterkopf, wo ihre Finger in den dichten, weichen Locken wühlten. Sie zog ihn zu sich heran. Als er kurz aufblickte, waren seine Pupillen schwarz. »Keine Eile«, murmelte er, »wir haben Zeit.« Aus einer fernen Ecke des Raums erklang aus dem Radio unschuldige Konzertmusik. Die harmonischen Klänge verschmolzen für Monica mit ihren eigenen Atembewegungen und den durch seine Zunge ausgelösten Empfindungen.

Katherine wußte, daß sie sich auf den Heimweg machen mußte. Zwar hatten die blauen Flecken am Hals und um die Augen keine Macht mehr über sie, doch verstärkten sie auf eigenartige Weise die Mattigkeit, die sie infolge der Hitze und des Glases Wein verspürte, das sie in derselben Zeit geleert hatte wie Jenny deren drei. Im Spiegel auf der Damentoilette bei Selfridges schrie ihr das gräßlich übertriebene Make-up entgegen, das wegen der gelblich verfärbten Augenlider leider notwendig war. Sie konnte sich nur an einen Schlag auf das eine Auge erinnern, doch es erschien ihr nur recht und billig, daß sich zwei Veilchen gezeigt hatten. Sie verliehen dem Angriff eine Art Symmetrie, und sie wußte inzwischen ja auch, daß das allein ihre Schuld gewesen war. In den Tagen seit dem Überfall hatte sie immer häufiger Zuflucht zu solchen Begründungen nehmen müssen. Jedesmal, wenn ihr auf der Straße dunkle Gesichter begegneten, rettete sie sich auf das nächstgelegene stille Örtchen, um Alpträumen am hellichten Tag und unkontrollierbar zitternden Knien vorzubeugen. »Das hast du nur dir selbst zuzuschreiben«, hatte David bekümmert gesagt. »Du mußt lernen, vernünftig zu sein. Wir wollen es niemandem sagen, denn weißt du, man würde dich auslachen, Liebling, alle würden sich krank lachen. Also, zeig ihnen, daß du erwachsen bist. Sei normal.« Sie gab sich alle Mühe, sich auf eine Weise zu verhalten, die sie für normal hielt, deren Konturen jedoch immer wieder verschwammen, bis jeder Schritt Überwindung kostete.

Vorbei die Zeit, da sie sich in der Menschenmenge gefühlt hatte wie ein Fisch im Wasser. Dann geh nach Hause. Es überstieg ihre Kraft, heute ins Fitness-Center zu gehen, und sie hatte keinen Pfennig Geld in der Tasche. Wenn Jenny ihr auch nur fünf Pfund für die Teppiche angeboten hätte, dann hätte sie jetzt noch bleiben können, doch

Jenny hatte es nicht getan, und sie konnte unmöglich darum bitten, nicht einmal, um die Not zu lindern, die ihr tägliches Los war. Die ganzen Tricks, um an Geld heranzukommen: das Umtauschen der Kleider, die David kaufte, das Erpressen von Mahlzeiten mit Hilfe von Stoffresten, das Betrügen von Kunden, die es nie bemerken würden, die Jagd nach Sonderangeboten bei den Besorgungen für David. Währenddessen durchkämmte er systematisch ihre Kleider- und Handtaschen, spürte jedes kleinste Versteck im Haus auf, wo sie ihre kümmerlichen Ersparnisse hortete. Er durchsuchte alles außer Jeanettas Zimmer, wo er die paar Einpfundmünzen in einer verschmähten alten Rassel noch nicht entdeckt hatte. Nie hatte sie ihn bei diesen Durchsuchungen ertappt, hatte lange Zeit nichts gemerkt davon, war sich auch jetzt nicht hundertprozentig sicher und traute sich deshalb nicht, ihn zur Rede zu stellen, ebensowenig wie sie es gewagt hätte, die ständigen Umstellungen in den Zimmern, die Veränderungen in Küche und Bädern zu monieren, die sie permanent verwirrten, oder die gnadenlose Entfernung ungeliebter Kleider aus ihren Wandschränken, die sie doch sehr wohl selbst aussortieren könnte. »Nur zu deinem Besten, Liebling, es muß Ordnung herrschen in diesem Haus.« Aber vielleicht tat er das alles gar nicht; sobald sie sich vorstellte, wie sie ihn darauf ansprach, erkannte sie, wie lächerlich es wirken müßte.

Sie fürchtete, allmählich wahnsinnig zu werden, tröstete sich jedoch mit dem Gedanken, daß sie immer noch ein Zuhause hatte und immer haben würde, voller Farben und Bequemlichkeit. Draußen war das schwarze Nichts, schwarze Gesichter, schreiender Haß. Die Straße hinabrennen, halbnackt – hatte ihr die Schrecken gezeigt, die draußen vor der Tür lauerten.

Doch selbst noch, als sie jetzt Panik befiel, Furcht vor David und Liebe zu ihm, Gefühle, die stärker waren als die Finsternis draußen, empfand sie so etwas wie Siegesgewißheit, konnte sie sich zu dem Optimismus zwingen, der ihr zur zweiten Natur geworden war, zur Überlebensstrategie. Sie mußte verrückt gewesen sein, sie war ungezogen gewesen, aber jetzt war sie wieder brav, hatte er gesagt, alles vergeben und vergessen, hatte er gesagt, und in ihrer Handtasche lag jetzt, nach wochenlangem Betteln, der eigene Haustürschlüssel – ein Zugeständnis, das sie überraschte, als es nach endlosem Anklopfenmüssen gemacht wurde –, das sie aber als gutes Zeichen deutete. Es würde alles wieder gut. Ab jetzt würde alles wieder gut.

Die Türschlösser funktionierten allesamt lautlos; er konnte um sich herum nichts ertragen, was nicht einwandfrei funktionierte und parierte. Das Haus war ein Hort vornehmer Verschwiegenheit, still wie ein Kloster, die dicken, weichen Teppiche ein Genuß für bloße Sohlen. Kaum war sie drinnen, verspürte Katherine den Drang, ihn zu sehen, sich zurückzumelden, falls er sie brauchte, und auch, um ihr Geschick mit dem neuen Schlüssel zu demonstrieren. Sie zögerte. Kein Laut zu hören. In der Küche ein unaufgeräumter Mittagstisch, was sie nicht weiter störte, denn es bedeutete, daß er ihr eine Arbeit zugedacht hatte. Sie seufzte ob des deutlichen Gefühls eines menschenleeren Hauses erleichtert auf. Dann fielen ihr die in Jeanettas Zimmer gesicherten Münzen ein, die mögliche Aussicht auf den Besuch eines Cafés zog sie nach oben.

Als sie sich leise barfuß näherte – die italienischen Schuhe hatte sie in der Annahme, sie in aller Ruhe wegräumen zu können, am Fuß der Treppe abgestreift – sah sie, daß die Tür zum Atelier nur angelehnt war. Überrascht, die Tür unverschlossen vorzufinden und neugierig gemacht von einem merkwürdigen Rascheln, das sie vom Treppenabsatz hörte, andere Geräusche noch als die gedämpften Klänge des Radios, Geräusche wie von kleinen Tieren – menschenunähnliche Geräusche, schob sie die Tür ein Stück weiter auf. Am anderen Ende des Raums blitzte ein leuchtender Farbklecks auf: kirschroter Stoff auf dem Sofa. Und auf dem Fußboden, fahl im schummrigen Licht, zwei verschlungene Körper. Sie stierte auf das Kirschrot – Monicas Lieblingsfarbe. Monica selbst war nicht als diese zu erkennen auf dem Boden, ihr Kopf war von Davids verdeckt. Von ihr, deren Finger sich in sein sich rhythmisch hebendes und senkendes Gesäß krallten, kamen die merkwürdigen Laute. Ein schwacher Geruch von Schweiß erreichte Katherine, Monicas Parfüm kroch auf sie zu, ein Hauch Weinbrand wurde vom Zug des offenen Fensters herangetragen. Sie ging nicht weiter. David drehte den Kopf, erkannte sie, warf ihr einen herausfordernden Blick zu, hielt den ihren einen Moment gefangen. Die Gestalt unter ihm, bebendes Fleisch, volle Brüste, begann leise zu stöhnen. Er beachtete das kreidebleiche Gesicht seiner Frau nicht weiter, beugte sich wieder über die rosigen, gefangengehaltenen Glieder und begann mit noch größerer Kraft sich zu bewegen. Verfolgt von anschwellendem lustvollen Stöhnen, nicht laut, aber in der Stille ohrenbetäubend, floh Katherine die Treppe hinab, faßte nach ihren Schuhen und rannte aus dem Haus – ohne die Tür zu knallen. Sie hätte spucken und um sich schlagen mögen, wollte verschwinden, fliehen, so schnell sie nur konnte. Zu Mary, zu irgend jemandem. Einziger anderer Gedanke unter verfinstertem Himmel: Jennys Verrat. Jenny, die davon gewußt haben mußte. Keine Freunde. Wie konnte ihr Monica das antun? Wie konnte sie nur? Mit ihr lachen und scherzen, essen... allesamt. Der Himmel war schwarz, Gewitterwolken türmten sich.

Mrs. Harrison kam gemächlich die Straße herauf gewatschelt, flankiert von Samantha und Jeanetta, mit denen sie plauderte, wie sie es mit Erwachsenen getan hätte, ihnen den neuesten Klatsch erzählte, meckerte, sich nach ihrer Meinung zur Weltlage erkundigte – unabhängig davon, ob sie ihr zuhörten oder nicht. »Tja, ich weiß wirklich nicht, was ich von der ganzen Sache halten soll«, gestand sie Jeanetta, die ihr hingerissen lauschte, denn alle Stimmen hatten einen hypnotisierenden Effekt auf das Kind. »Ich weiß es wirklich nicht. Mr. Pearson Thorpe kommt nicht mehr nach Hause, obwohl Mrs. Pearson Thorpe so tut, als wäre nichts. Uns kann sie nichts vormachen, meine Süße, wie?« Jeanetta nickte, suchte aber weiterhin mit den Augen die Straße ab. »Meine Mama?« fragte Samantha unbekümmert. Sie hatte aus dem Redestrom ihren Nachnamen herausgehört. »Nein, mein Schatz, ganz und gar nicht. Ich spreche von ganz jemand anderem, und außerdem sollte ich aufhören, Selbstgespräche zu führen. Kleine Leute wie ihr haben große Lauscher. Nur«, fuhr sie dann fort, mehr an Jeanetta gerichtet, ihren Liebling, »mein Alter hört mir ja auch nie zu, weißt du? Der sagt bloß, kümmere dich um deinen eigenen Kram, neugieriges altes Waschweib, uns kann es Wurscht sein, solang wir bezahlt werden.«

»Gerieriges altes Waschweib!« krähte Jeanetta glucksend, außer sich vor Wonne. Jeremy wurde in seinem Wagen von Mrs. Harrison wie ein Schutzschild vorgehalten und in ungleichmäßig ruckendem Tempo angeschoben. »Selten eine so piekfeine Karre gesehen«, bemerkte Mrs. Harrison. »Ein richtiger kleiner Lord Fauntleroy, unser Jem, wie?« Der Kleine wand sich in seinem Sitz, sah zurück und strahlte, die Ohren gespitzt, dann unterbrach ein Niesanfall das Lächeln. »Schlaues Kerlchen obendrein, dein Bruder«, redete Mrs. Harrison weiter, jetzt gedämpft. »Ich kann mir schon vorstellen, wer bei euch Lieblingskind ist. Du sicher nicht, mein Liebchen, was? Aber mach dir nichts draus, die Weiber hier in der Nachbarschaft haben sowieso nicht alle beisammen, wenn du mich fragst. Mit Ausnahme meiner Wenigkeit, versteht sich.« Sie lachte. »Warte mal, Jetty, mein Kind, ist das nicht deine Mama? Früher dran als sonst, is' erst vier. Sollten sowieso zusehen, daß wir heimkommen, bevor's anfängt zu regnen.«

Jeanetta riß sich von dem Grüppchen um den Kinderwagen los und rannte laut kreischend den Gehweg hinunter. »Die Mama, die Mama! Mama, Mama, Mama!«

»Höchstpersönlich«, sagte Mrs. Harrison zu Samantha, die ein wenig zurückgefallen war, jetzt aber aufholte. »Und wem seine Mama sieht aus wie der Tod auf Urlaub, hä? Hat sich wahrscheinlich wieder mal ausgesperrt, dumme Kuh. Genau wie ihre Tochter.« Jeanetta kreischte um so lauter, je mehr sich der Abstand verringerte, tobte voraus und sprang schließlich wie ein junger Hund nach der Mama. Mrs. Harrison rief in herzlichem Falsetto: »Nehmen Sie eine Tasse Tee mit uns, Mrs. Allendale? Sie kommen ja früh, heute.«

Katherine war wie angewurzelt vor der Haustür stehengeblieben, unschlüssig, gegen das Geländer gelehnt, heftig atmend. Sie versuchte sich zu entscheiden, in welche Richtung sie fliehen sollte, konnte sich aber nicht von der Stelle rühren, überlegte, ob sie es über sich brächte, ins Haus zurückzukehren und die Handvoll Münzen aus Jeanettas Rassel zu holen, vielleicht sogar ein paar Kleider. Dann kam ihr, daß sie in ihrer Eile den Haustürschlüssel auf dem Küchentisch hatte liegen lassen, zusammen mit ihrer Handtasche. Ein Gefühl tiefer Hoffnungslosigkeit schlug über ihr zusammen wie eine Flutwelle. Sie blinzelte, benommen vom Straßenlärm, der ihr gewaltig in den Ohren brauste. Mrs. Harrison stellte zum wiederholten Male fest, die Nachbarin sei die reinste Träumerin, stand da und spähte in die schwarzen Wolken hoch, als fürchte sie sich! Doch Katherine war vorübergehend blind für alles um sie herum, sie sah nur den Schlüssel vor Augen, erkannte ihre bodenlose Dummheit. Dann warf sich Jeanetta an sie, und plötzlich kannte sie wieder mehr als nur den einen Grund, der gegen eine Flucht sprach. Sie packte das Kind an den Schultern, wollte sie hochnehmen, doch der kleine, dicke Körper wand sich. »Kitzelt, Mama, kitzelt!« Jeanetta war außerdem zu schwer. Angestachelt von ungewohnter Anhänglichkeit, aber auch dem Wunsch anzugeben, vergrub die Kleine das Gesicht in Mamas Schoß, wurde mit einer Heftigkeit umarmt, die sie nicht verstand, und zerrte die Mama dann hinter sich her nach nebenan. Die Mama zu begrüßen, war ja schön und gut, etwas anderes war es, nach Hause zu müssen. Zusammen trotteten sie zu Mrs. Harrisons verlorenem Haufen zurück.

»Stellen Sie sich vor, Mrs. Harrison«, rief Katherine mit einer Munterkeit, die selbst in ihren Ohren falsch klang. Aufgesetzt und vor Mühe schleppend kamen die Worte heraus: »Ich habe meinen Schlüssel vergessen!«

Monica fühlte sich satt und schwummrig, hatte aber wohl bemerkt, daß er sich entfernt hatte. Nicht auf als unsensibel zu bezeichnende Weise, doch so bald, daß ihr sofort ungemütlich war. Sie mußte ein paar Sekunden gedöst haben, das Erwachen war unschön. Sein nackter Körper wurde vom Fenster eingerahmt, er blickte auf die Straße hinunter. Sie setzte sich so schnell auf, daß ihr der Kopf schwamm. Dumpf drang von der Straße Geschrei zu ihr hoch, wie aus großer Entfernung.

»Was ist denn los? O Gott, doch nicht Katherine! Sie ist doch nicht hier gewesen? O Gott!«

Er kehrte wieder zu ihr zurück, nahm sie in den Arm, liebkoste ihren verschwitzten Nacken. »Aber nein. Trotzdem sollten wir uns lieber anziehen, denke ich. Auch wenn sie nicht hereingekommen sein kann.« Monica blickte erschrocken zur Tür. Seine Augen folgten den ihren. »Mach dir keine Sorgen«, flüsterte er, »die Tür war die ganze Zeit abgesperrt.«

12

»Hau ab, Drecksau! Mach, daß du wegkommst! Los, jetzt! Weg, hau ab! Ach, da seid ihr ja. – Verzeihen Sie, Mrs. Allendale – verpiß dich!«

Aufruhr erwartete Mrs. Harrisons kleinen Trupp, ein Sperrfeuer vom stattlichen Hauseingang der Pearson Thorpes aus, wo der alte Harrison ihren Anmarsch mit sichtlicher Erleichterung verfolgte, während vor ihm ein spindeldürrer, dunkelhaariger Mann – der Obdachlose – wild fuchtelte und die Stufen hinunter stolperte, vor Schreck zu größerer Eile nicht fähig. Mr. Harrison, eingerahmt im weiß verputzten Hauseingang, stand vor dem schwarzen Schlund der Diele, in der Mark unentschlossen herumhampelte.

»Ich kenn den, ich kenn ihn! Ich hab ihn schon mal auf der Straße gesehen!« rief er und zeigte auf den Mann, der ihn mit wildem Blick fixierte und Unverständliches murmelte.

»Mach schon, du Drecksau! Mach, daß du wegkommst!« brüllte Mr. Harrison.

»Is aber gar nich dreckig«, wandte Jeanetta ein und trat aus dem kleinen vor Schreck gelähmten Kreis um Mrs. Harrison heraus. »Nich überall.« Sie grinste den Mann an, der das Grüppchen, das ihm den Weg verstellte, verstört beäugte. Er trat zur Seite, dann zurück, blickte rasch nach links und rechts die Straße hinauf und hinunter und spurtete dann an Samantha vorbei, die aufschrie. Etwas abseits der aufgeregten Gruppe stand Katherine mit Jeremys Kinderkarre, und auf sie schoß der Mann jetzt zu, stürzte fast über die Karre, brachte sich mit rudernden Armen wieder ins Lot, sah sich noch einmal um, warf Katherine einen verzweifelten Blick zu und rannte weiter. Alle eilten Jeremy zu Hilfe und drehten sich dann wie ein Mann, um die

Flucht des Fremden zu verfolgen, der auf Storchenbeinen in speckigen khakifarbenen Hosen und einem am Rücken zerrissenen Pullover die Straße hinaufgaloppierte.

»Also hat man so etwas schon gesehen!« empörte sich Mrs. Harrison.

»Ich kenn ihn, ich kenn ihn!« sang Mark begeistert. »Ich hab ihn neulich abend gesehen. Er spricht mit keinem.«

»Ach, sei doch mal still jetzt! Mach nicht so einen Lärm! Wir haben ihn alle gesehen.« Mrs. Harrison hatte sich als erste wieder gefangen. »Was zum Teufel...?« verlangte sie nun von Harrison, ihre ganze Körperhaltung ein einziges, drohendes Fragezeichen, ehe ihr das Grüppchen hinter ihr wieder einfiel. »Aber kommen Sie doch erst einmal herein, Mrs. Allendale. Ich setze gleich Wasser auf. Was für eine Aufregung, also ehrlich!« Sie pflanzte sich vorwurfsvoll vor ihrem Mann auf. »Und du? Hast du selbst jemanden zum Tee gebeten, du alter Hornochse?«

»Nein«, murmelte Harrison. »War dabei, die Treppe zu putzen. Als ich unten Wasser holen wollte, fand ich den Kerl im Flur. Hat behauptet, er sucht Arbeit. Von wegen.«

»Daß ich nicht lache«, bemerkte Mrs. Harrison etwas milder. »Weiter ist er nicht gekommen?«

»Nicht, daß ich wüßte.« Harrison wählte seine Worte mit Bedacht. »Ich war ja nicht lang weg. Aber kommt doch rein, herrgottnochmal. Tag, Mrs. Allendale. Sie sind aber früh dran, heute.«

Katherine zögerte auf den Stufen, blickte die Straße hinunter, verfolgt noch von den braunen, gehetzten Augen des armen, fliehenden, stolpernden Mannes, den auch sie schon zuvor gesehen hatte. Während sie alle miteinander im Haus die Stufen ins Souterrain hinunterstiegen – denn es war nicht so, daß um Katherines willen die Porzellantassen aus dem Salon oder die aus der Küche ihrer Arbeitgeberin hervorgeholt worden wären –, gab Mrs. Harrison munter plappernd Erklärungen nach rückwärts über die Schulter ab, die im Getrappel der Füße, die sich alle in unterschiedlichem Tempo die Stufen hinabbewegten, halb untergingen. »Diese Penner! Saufbrüder!« zischelte sie, als wollte sie die Worte vor den Kindern nicht laut aussprechen. »Pack. Mag ja sei, daß es mal anständige Leut' mit Arbeit waren, aber dann fangen sie an zu saufen, verstehen Sie, harte Sachen. Dann schmeißen ihre Familien sie raus, was Wunder, und wo sollen sie dann noch hin? Nirgends. Man liest es in den Zeitungen, und hier treiben sich immer ein, zwei von den Brüdern herum. Widerlich.«

»Der arme, arme Mann!« flüsterte Katherine, ganz benommen vom Ausdruck der nackten Angst im Gesicht des Fliehenden. Alle hatten sie diesen ganz bestimmten, feindseligen und jämmerlichen Gesichtsausdruck, die Obdachlosen, sie hatte ihn mehrfach gesehen, spürte das Leid unter der Oberfläche. Ihre Vergangenheit in verschiedenen Heimen hatte sie in Tuchfühlung mit diesem Ausdruck gebracht, der an den Zähnen klebte, sei's bei Kindern, sei's bei Erwachsenen, dieser grimmige, fast bösartige Ausdruck. Mrs. Harrison wollte die dahinter liegende Verzweiflung offenbar nicht sehen.

»Von wegen arm! Drückeberger sind es, arbeitsscheu sind sie!«

»Sie können nicht arbeiten. Er wird nicht wissen, wo er hin soll.«

»Mir sah der eher nach Kriminellem aus. Langfinger, vermutlich.«

Katherine hatte keine Lust, auf ihrem Standpunkt zu beharren. Beim Anblick des Obdachlosen hatte sie sich schlicht verkriechen wollen, sein Anblick ging zu sehr an die Nieren, doch vergaß sie ihn vorübergehend, als sie im vollgepropften Souterrain angelangt war, zum drittenmal überhaupt erst – selten gewährte Gunst dieser Gastgeber, die ihre Domäne eifersüchtig und voller Stolz bewachten. Sehnsuchtsvoll schielte sie nach dem alten, verbeulten Herd, dem Bord darüber, das beladen war mit unsäglichen Humpen aus Urlaubsorten, deren Namen sie in dicken schwarzen Lettern verkündeten, nach den von Topfpflanzen verstellten Fenstern, die die Wohnung noch düsterer machten, als sie es schon war. In dieser wohligen Höhle wurde starker, brackiger Tee aus einem Pott vom Stövchen ausgeschenkt und fraglos Zucker eingerührt. »Muß so stark sein, daß der Löffel drin steht, wenn's nach Harrison geht«, lachte Mrs. Harrison ungezwungen, Herrin im eigenen Haus. Mark war nach oben verschwunden, Jeanetta in den Garten. Samantha blieb bei ihnen, einen flauschigen Elefanten von schmerzhaft schriller Farbe im Arm, und starrte die Nachbarin an, als käme sie von einem anderen Stern. Der alte Labrador scharwenzelte um Jeremy herum, der in einem fort nieste.

»Schade, daß er allergisch ist gegen das Tier«, meinte Mrs. Harrison unbekümmert. »Dabei liebt er Patsy heiß und innig. Noch Tee?«

»Ja, gern.«

Schweigen machte sich jetzt im Raum breit. Mr. Harrison hatte sich in einen Sessel gesetzt, da er wie seine Frau der Ansicht war, dieser Besucherin müsse nicht übertriebener Respekt bezeugt werden, nicht, wenn sie auf dem Church-Street-Markt einkaufte. Es war kein beklemmendes Schweigen, und doch war Mrs. Harrison entschlossen, es zu beenden. Ihre Einladung war nicht ohne Hintergedanken ausgesprochen worden. Sie hatte zwei Anliegen: a) in Erfahrung zu bringen, ob Katherine mehr über Mr. Pearson Thorpes Verschwinden wußte als sie, und, davon abhängig, b) der Nachbarin auf diskrete Weise zu verstehen zu geben, daß sie sich über den Zustand der Frau des abtrünnigen Ehemanns Sorgen machte. Zwar war es Harrison gelungen, das Wesentliche den wieder zusammengesetzten Fetzen des Abschiedsbriefs des Hausherrn zu entnehmen, aber Mrs. Harrison hatte ohnehin schon länger mit etwas Derartigem gerechnet: Behandelte ihn Mrs. Pearson nicht wie Luft? Die hatte doch für niemanden Augen als für sich selbst. Noch während sie sprach, wurde ihr, vermittelt durch Katherines unbeteiligten Blick, blitzartig klar, daß ihr Gegenüber von nichts wußte, daß es Katherine gleichgültig war und daß sie sich nur mit Mühe höflichkeitshalber einen gegenteiligen Anschein gab. Mrs. Harrison begriff, daß sie rundheraus reden müßte, was sie äußerst ungern tat. Sie pflegte brisante Themen gegenüber Arbeitgebern oder arbeitgeberähnlich gestellten Gesprächspartnern lieber nach Art des Krebses anzugehen.

»Hören Sie, Mrs. Allendale, wir machen uns ein wenig Sorgen, Harrison und ich. Ach, geh raus spielen, Samantha, nimm Heffalump mit in den Garten... Also, Sorgen, wie gesagt. Um Mrs. Pearson. Wir haben den Verdacht, ihr Männe hat sie aus irgendwelchen Gründen verlassen und... na ja, um nicht um den heißen Brei herumzureden, sie guckt seitdem reichlich tief in die Flasche.«

»Aber nein!« protestierte Katherine. »Das kann doch nicht sein! Sie müssen sich irren. Sie war doch letzte Woche mit im Fitness-Center. Ich hatte nicht den Eindruck...«

»Nun«, sagte Mrs. Harrison geduldig, »das mag ja alles sein. Aber das war letzte Woche, nicht diese.«

Katherine setzte ihr strahlendstes Lächeln auf. »Aber er ist doch so ein netter Kerl. Ich kann mir nicht vorstellen, daß er wirklich gegangen ist. Das hätte sie doch erwähnt. Was sollte sie denn dann auch machen?«

»Trinken«, brummte Harrison unheilvoll aus den Tiefen seines Sessels. »Trinken und leiden. Was sonst?«

»Halt die Klappe, Eric, halt bloß die Klappe.«

»Er kommt bestimmt wieder«, sagte Katherine beschwörend. »Sie werden sehen. Er ist sicher nur ein paar Tage weg. Dann ist er wieder da, und alles wird wieder gut.« Mit einemmal konnte sie die Richtung, die das Gespräch genommen hatte, nicht mehr ertragen. »Und jetzt müssen wir aber los. Vielen Dank für den Tee.« Ihre Verlegenheit schlug sich in mißbilligend gerunzelten Brauen nieder, ihre Verabschiedung war eine eiskalte Abfuhr. Sie sah sich selbst wie aus großer Entfernung, betete die Lektionen, die sie zur Lunchzeit gelernt hatte, herunter, errichtete mit ihren Worten eine Mauer gegen Vertraulichkeiten und unwillkommene Informationen. Beidem war sie nicht gewachsen. Im blank geschrubbten Email des alten Herds spiegelte sich Davids herausfordernder Blick, und, als sie das Bild verscheuchte, nahmen die dunkleren Augen des verzweifelten kleinen, über die Kinderkarre fallenden Obdachlosen seine Stelle ein. Dann sah sie, noch deutlicher, Susan Pearson Thorpe, mit der sie sich so lange vergeblich anzufreunden bemüht hatte, unbeholfen im Gymnastikstudio herumtorkeln wie eine dicke, blaue Schmeißfliege. Sie bildeten ein tanzendes Trio – Bettler, verlassene Ehefrau und sie selbst, der Ähnliches drohte, ein Bild des Jammers, gegen das nur Verdrängung half und die Abwehr jedes weiteren Wissens. Jeanettas Gesicht tauchte in der Tür zum Garten auf. Als die Hoffnung auf einen Aufschub enttäuscht wurde, erschienen Kummerfalten auf ihrer Stirn, und sie begann zu heulen, als sie die unruhige Aufbruchsstimmung mitsamt ihren peinlichen Untertönen bemerkte. Mrs. Harrison war zutiefst gekränkt: Katherine hatte ihr Vertrauen zurückgewiesen, hatte sie abblitzen lassen. Sie setzte polternd Teetassen ab.

»Vielen Dank noch mal, war wirklich köstlich.« Hohle Echos, unterkühlte Lippenbekenntnisse von Katherine, dem »braven Kind«.

»Schon gut«, meinte Mrs. Harrison kurz angebunden, stocksteif vor Groll. »Nicht der Rede wert, gern geschehen.«

Sie schauten ihr nach.

»Eingebildete Zicke«, knurrte Mrs. Harrison. »Eingebildetes Flittchen!«

»Aber meine Liebe«, protestierte er schwach.

»Ist doch wahr! Eingebildetes Flittchen.«

Besser, so zu tun, als habe sie sich alles nur eingebildet, besser, die Sache im selben dunklen Loch verschwinden zu lassen wie die Kindheitserinnerungen – Bilder der Verlassenheit, zwei schlaglichtartig belichtete Bilder innerhalb von nur zwanzig Minuten, Alpträume, ihr hart auf den Fersen, als sie sich zu ihrer eigenen Haustür hinüberschleppte und schellte. Kein Grauen so bodenlos wie verlassen zu werden! Also geh nach Hause, die einzige Rettung, draußen ist das Nichts. Jeremy saß wieder in seiner Karre, Jeanetta ging hinterher. Dann David an der Tür, ein großmännisches Willkommen. »Hallo, Liebling! Du siehst ja blendend aus. Hast du deinen Schlüssel vergessen?«

Er drückte ihr einen flüchtigen Kuß auf die Wange, pflückte Jeremy aus der Karre, wandte sich um, um hineinzugehen, hielt Jeanetta seine freie Hand hin. Als diese sie nicht nahm, legte er den Arm um seine Frau und zog sie sanft über die Schwelle. Er roch nach Dusche, nach teurer Seife, nach verräterischer Reinlichkeit, und er strahlte diese Aura körperlicher Kraft aus, zu der sie sich immer schon hingezogen gefühlt hatte. Er freute sich augenscheinlich, sie zu sehen, wirkte besorgt. »Was hast du denn, mein Schatz? Du siehst müde aus.«

»Nichts«, antwortete sie. Sie schluckte und zwang sich, sein Lächeln zu erwidern: »Nichts. Gar nichts.«

Monica erreichte den sicheren heimischen Hafen, die farblose Kinderfrau und die hyperaktiven Kinder mitten in einem Streit. Alles wie gehabt. Auf der Heimfahrt in der U-Bahn war sie sich des Geruchs des Geschlechtsakts peinlich bewußt gewesen: dieser beißenden Mischung aus Schweiß und klebrigem Männersaft, die an ihr haftete. Im Mund der Nachgeschmack des süßen Weinbrands. Sie machte sich klein im Gedränge, genierte sich wegen der dunklen Flecken unter den Achseln der kirschroten Bluse, wegen des klebrigen Gefühls zwischen den Schenkeln, bildete sich ein, das Schuldgefühl stünde ihr ins Gesicht geschrieben, für alle sichtbar. Doch es zeigte niemand mit dem Finger auf sie, und die Kinder reagierten nicht anders als sonst. Die saure Miene der Kinderfrau war nicht neu, nichts hatte sich verändert außer dem Schlag ihres Herzens. Monica atmete ein und aus wie sonst auch; nichts einfacher als ein Ehebruch. Sie stopfte sämtliche Kleider in den Wäschekorb und stellte sich dann unter die Dusche, glühend vor Stolz. Sie brannte darauf, es zu erzählen. Sie mußte es erzählen, sie würde es unbedingt erzählen müssen! Diskretion war nicht ihre Stärke. Außerdem war da noch die Einladung, die heute mit der Post gekommen war. Davids vierzigster Geburtstag. Noch lang hin, das ja, aber bald wäre es, bald. In rasendem Tempo spulten Gedanken ab, immer wieder ertappte sie sich bei einem selbstvergessenen Lächeln.

Für den Obdachlosen gab es keinen Ort, an den er hätte zurückkehren können oder wollen. Seine Kenntnisse selbst dieses überschaubaren Teils von London waren begrenzt, und das wurde ihm ständig zum Verhängnis. Vor Wochen war er anderswo weggefegt worden wie städtischer Müll, war aus seinem Schlafplatz im Westen, in der Nähe von Charing Cross, vertrieben worden, als der Platz sich über Nacht in eine schlammige Baustelle verwandelte. Als er eines Abends gedankenlos wieder dorthin gestrebt war, war er mit dem Kopf gegen ein Gerüst gerannt, er hatte keinen seiner streitsüchtigen Kumpel angetroffen, dafür aber einen Wachmann mit Hund. Beide hatten ihn angebellt. Also hatte er den Lokalen, geräumigen Pappkartons und den Billighotels der Innenstadt, die er verachtete, den Rücken gekehrt, hatte die Ortsveränderung jedoch mit einer völligen Desorientierung und einem Bruch mit allem Erinnerten teuer bezahlt, denn obwohl der Wechsel der Routine scheinbar nur eine Verlagerung war, so stellte er in Wahrheit einen bedenklichen Einschnitt dar. Er kannte sich nicht mehr aus, war hier nicht zu Hause, und der Mitleidsquotient in den vornehm ruhigen, geordneten Straßen erwies sich als bedeutend geringer.

Also waren seine Unternehmungen zwielichtiger geworden, und Ehrlichkeit hatte ihre Bedeutung verloren. Er fand hübsche Sachen fast unwiderstehlich, so sehr, daß er oft nicht anders konnte, als sie an sich zu nehmen, und das Glück blieb ihm hold, doch Polizisten und die meisten anderen, denen er begegnete, fürchtete er. Dinge zu entwenden war nicht selbstverständlich, nicht natürlich, doch unumgänglich, um Zutritt zum Quartier eines ruppigen Bekannten zu erlangen, der am Ende der Straße tagsüber schlief, um nachts umher zu streunen, so daß er selbst ab zehn Uhr abends das Lager übernehmen konnte. Der andere teilte gelegentlich Küchenabfälle mit ihm, die er von einem Lokal bezog, dessen Name und Lage er nicht preisgab, auch nicht als Gegenleistung für das, was der Obdachlose ihm mitbrachte. In letzter Zeit aber fand der Obdachlose nicht immer zum Quartier zurück. Sein Orientierungssinn bröckelte wie sein Sprachvermögen zusehends ab.

Jetzt brannte ihm die Sonne warm auf den Pelz, als er auf einer Parkbank saß und ohne jede Lüsternheit Frauen begaffte – darüber war er längst hinaus, das war längst nicht mehr real. Aber die Blonde, die war nett gewesen, einfach nett. Bei der Erinnerung an den Kleinen in der Karre bekam er schweißnasse Hände. Dumpf war er sich dessen bewußt, daß er an diesem Nachmittag ungewöhnlich behende gewesen war, Glück gehabt, so flink wäre er vielleicht nie wieder, vor allem die Hände. Aber das Haus zu betreten grenzte an Selbstmord. Dem Herrn sei Dank für das Kind in der Karre. Er hob ein schmuddeliges Handgelenk und gab ihm mit der anderen Hand einen Klaps. Ungezogen. Hungrig.

Katherine bereitete das Abendessen zu. Am Wochenende hatte sie einen Rinderbraten gepökelt; er war für den heutigen Abend vorgesehen. Dazu warmer Kartoffelsalat. Das hieß: Mayonnaise anrühren, aus dem Kräutergarten hinterm Rosenbeet Schnittlauch holen und hacken, neue Kartoffeln aufsetzen. Als Vorspeise gäbe es ein leichtes Cocktail aus gelben Pampelmuseschiffchen mit Garnelen und einem Schuß Sahne. Der Rest Sahne, jeweils nur ein Klacks, käme anschließend auf die zwar gefrorenen, aber aromatischen Erdbeeren. Um sich beschäftigt und abgelenkt zu halten, hatte sie die Vorräte an Kräckern und Käse überprüft – nicht ihretwegen, sondern Davids – und hatte festgestellt, daß sie zur Neige gingen. Er mußte mittags kräftig zugelangt haben, und darüber wollte sie nicht weiter nachdenken.

Jeanetta war bettfertig, klagte jedoch über Hunger, den ihre Mutter ihr als echt zubilligte. Katherine deckte für sie mit; laß sie doch essen nach diesem anstrengenden Tag. Darüber hinaus jedoch, bei aller Unzulänglichkeit ihrer mütterlichen Instinkte, wollte Katherine ihre Tochter bei sich haben, wollte hier in dieser Küche heute abend etwas haben, das ihres war. David war so wohlwollend großzügiger Laune gewesen, daß er seine übliche Ungeduld bezähmte, und Jeanetta schien brav sein zu wollen. »Nicht mein Kind«, wie oft hatte er es gesagt! »Nicht von mir, unansehnlich und ungelenk, wie sie ist. Sieh sie dir doch an!« Obwohl Marys kategorisches Abtun sie beruhigt hatte und obwohl sie sich tröstete mit winzigen Ähnlichkeiten, die sie festgestellt zu haben glaubte, war sich Katherine im Grunde ihres Herzens selbst jämmerlich unsicher. Es hatte ja Claud gegeben, und Claud hatte nicht so schnell aufgegeben. Sie hatte zu Claud nie nein sagen können, hatte um jeden Preis Streit vermeiden wollen, ihr wurde davon übel. Glücklicherweise hatte David sie in der letzten Zeit weniger damit gequält, seit der Einladung des amerikanischen Ehepaars war er gut zu ihr gewesen, und wenn er gut zu ihr war, war sie optimistisch. Sie klammerte sich an die Hoffnung und verscheuchte resolut die Erinnerungen vom

Nachmittag, beugte sich über die Speisen und legte mit geschickten, wenn auch nervösen Fingern ihre ganze Liebe zur Ästhetik in die Essenszubereitung. Es würde alles wieder gut, wenn sie sich nur im Griff behielte. Jeanetta spielte vergnügt auf dem Fußboden, sang einer großen, in Jeremys Karre wie eine Königin thronenden Puppe Fetzen von Kinderliedern vor. Katherine hatte keine Ahnung, wo die Puppe herstammte, denn weder sie noch David hatten sie angeschafft.

»Mama, Mama, guck mal!«

»Ja, mein Schatz?« Sie konnte gerade nicht hochblikken, weil die Mayonnaise eben jetzt ihre konzentrierte Aufmerksamkeit erforderte. Erst nach ein paar Sekunden schaute sie hoch. Jeanetta hatte eine Halskette emporgehalten, dann aber, als die Mutter kein Interesse zeigte, der Puppe – abgelegtes Spielzeug eines der Harrison-Kinder, eine ramponierte Puppe mit altmodischem Kopf: blauen Kulleraugen und feinem blonden Haar – über den Kopf gerammt. Die Kette baumelte der Puppe über ein Auge herab, schwere Goldglieder, jedes dritte mit unaufdringlich hochkarätigem Glitzern versehen, das einem zuzwinkerte statt einen zu blenden. Ein atemberaubend schönes, stilvoll verhaltenes Stück. Katherine ließ ihren Löffel fallen und ging hinüber, um es aus der Nähe zu betrachten.

»Meins!« erregte sich Jeanetta und wollte ihrer Mutter das Gold aus der Hand reißen. »Meins! Hab ich gefunden!«

»Wo denn?«

»In Jeremys Karre. An der Seite.«

»Hast du es dorthin gelegt?«

»Nein. Warum?«

Die Halskette schimmerte matt auf ihrer Handfläche, als sie das schwere Gold ans Licht hielt. Als Voyeurin des Schönen, als Motte des Lichts der Schaufenster der Goldschmiede, suchte Katherine automatisch nach den

Gütezeichen, schloß aus der dezenten Brillanz der Diamenten ihre Echtheit.

»Wo? Wo sagst du?« fragte sie Jeanetta abermals.

»Schiebekarre!« brüllte Jeanetta. »Sag ich doch!«

Katherine ließ sich neben ihrer Tochter in die Hocke fallen. »Hast du das irgendwo weggenommen?«

»Nein, nein, nein!« Die Kleine war verwirrt, verunsichert durch den erschrockenen Tonfall der Mutter. »Mag es gar nicht«, fügte sie als Erklärung hinzu. Katherine befiel nackte Panik, ein Kloß würgenden Schuldgefühls stieg ihr in den Hals, die Kette brannte ihr in den Fingern. Schlimmer als die ganzen Spielzeuge, die Jeanetta »fand«, weit, weit schlimmer.

»Wir wollen das lieber verstecken«, sagte sie rasch. »Erzähl es nicht dem Papa...«

»Erzähl was nicht dem Papa?«

Sie machte einen Satz, als seine Stimme dicht hinter ihrem Nacken sprach, stopfte die Halskette hastig in die Hosentasche, doch er griff sanft nach ihrem Handgelenk, zog die Hand wieder hervor, beäugte die Kette.

»Ich könnte mir vorstellen«, sagte er, »daß unsere werte Nachbarin Mrs. Susan Pearson Thorpe das gute Stück vermissen wird. Früher oder später. Sie hat es doch getragen, als sie das letzte Mal bei uns war, erinnerst du dich nicht mehr? Hübsches Spielzeug.«

»Sie lag in der Karre«, stotterte Katherine, »der Kinderkarre. In die Ritze gerutscht. Jeanetta hat sie gefunden. Irgend jemand muß sie dort hingesteckt haben.«

»Ja, das muß wohl jemand.« David sah sie kopfschüttelnd an. »Ach, Süße, was mache ich nur mit euch beiden? Wie die Mutter, so die Tochter.«

Sie hatten ihm doch von der Sache mit dem Obdachlosen erzählt, seinem Eindringen ins Haus! Er hatte von Katherine auch Mrs. Harrisons Version der Geschichte des entlaufenen Ehemanns und der dem Alkohol übermäßig zusprechenden verlassenen Ehefrau gehört, hatte diese Informationen sorgfältig gespeichert, nur gewisse Abstriche für Übertreibungen gemacht. Doch nun schien er sich lediglich daran erinnern zu können, daß Katherine nebenan Tee getrunken hatte.

»Erzähl mir doch nichts von wegen ›irgend jemand‹, eine von euch beiden hat die Kette mitgehen lassen, du oder dieses kleine Ungeheuer. Ihr wart beide in Susan Pearsons Abwesenheit im Haus. Ist doch glasklar. Da bist du das erstemal in zwei Wochen bei ihr drüben, und was passiert? Eine goldene Halskette macht sich selbständig.«

»Aber ich war doch nur im Souterrain!«

»Nicht mal kurz auf dem Klo, vielleicht?«

»Ich erinnere mich nicht«, flüsterte sie. Wie oft trog sie ihr Gedächtnis in letzter Zeit. Sie wußte es einfach nicht, konnte sich nicht erinnern, was sie im einzelnen getan hatte.

»Das glaube ich dir, mein Schatz. Du kannst nichts dafür, nicht? Ebensowenig wie Jeanetta, die auch nicht zimperlich ist mit anderer Leute Schlafanzügen oder Puppen. Was soll ich denn jetzt machen? Die Polizei rufen? Oder stehenden Fußes nach nebenan gehen und fragen, wer deine Geschichte glaubt?«

Schweigen. Katherine dachte an den frostigen Abschied, an Mrs. Harrisons bitter enttäuschte Augen. David legte die Kette aufs Schneidebrett, wo das Gold vor Schnittlauchgrün glühte.

»Sie bleibt auf?« Er deutete mit einer Kopfbewegung auf Jeanetta.

»Sie hat noch nicht gegessen.«

Die häßlichen Gedanken über David, die ihr durch den Kopf gegangen waren, machten Katherine jetzt hilflos defensiv, fast weinerlich.

»Also gut«, seufzte er. »Soll ich hier weiterhacken?« Er machte sich mit der Routiniertheit eines Meisterkochs über den Schnittlauch her, die Messerklinge flackerte neben den goldenen Kettengliedern. Ganz beiläufig ließ er die Kette in seine eigene Hosentasche gleiten, eine gedankenverlorene Geste, und hackte weiter. Katherine goß die Kartoffeln ab und gab einen Schuß Sahne und einen Tropfen Alkohol an die Garnelen. Jeanetta krabbelte auf ihren Stuhl, ordnete ihre Kissen und wartete mürrisch.

»Ich glaube, es wird besser sein, wenn die Kinder nicht mehr nach nebenan gehen«, meinte David, der die Mayonnaise und den Schnittlauch unter die Kartoffeln rührte. »Nach dieser kleinen Episode. Schon gar nicht, wenn die Dame des Hauses an der Flasche hängt und der Hausherr verschollen ist. Außerdem ist Jeremy gegen den Hund allergisch.«

»Aber er liebt den Hund heiß und innig«, protestierte Katherine, Mrs. Harrisons Bemerkung wiederholend.

»Das ist vollkommen unerheblich.«

Sie gab sich geschlagen. Sie hantierte nur noch halbherzig, mit Bleifingern, entmutigt dadurch, daß er alles viel schneller erledigte als sie selbst. Der Hunger, der sie den ganzen Tag geplagt hatte, seit dem kaum angerührten Mittagessen, bei dem sie sich hatte aussprechen wollen, war nur noch ein dumpfes Ziehen. Schuldgefühle, Jeanettas wegen, aus vielerlei verworrenen Quellen gespeist, lähmten sie bis ins Mark.

»Wer soll dann auf sie aufpassen?« Mit Mühe schmuggelte sie die Frage an dem Kloß in ihrem Hals vorbei und am aufsteigenden Zorn, den herauszulassen ihr nicht gelingen würde.

»Du auf Jeanetta, ich auf Jeremy. Ganz demokratisch. Und außerdem Kindergarten. Hab ich schon geregelt. Ich sage es morgen Susan Pearson, sobald sie nach Hause kommt. Übrigens hat Mr. Isaacs angerufen.«

»Wer?« Katherine, fast schon katatonisch, konnte kaum noch folgen.

Auf ihrem Peter-Rabbit-Teller bekam Jeanetta eine Kinderportion Garnelen mit dunklem Brot und Butter vorgesetzt. Sie schien nicht sonderlich angetan.

»Mr. Isaacs. Katherine, hörst du denn gar nicht zu? Er rief an wegen verschiedener fehlender Sachen im Laden, mein Schatz. Teppiche, Stoffmuster, du weißt schon, so in der Art.« David sprach ganz sachlich, keinerlei Vorwurf in der Stimme. »Mach dir keine Sorgen, Schatz, wir wollen jetzt nicht weiter darüber sprechen. Ich konnte ihn so weit beschwichtigen, daß er nicht gleich die Polizei rufen wird. Aber er möchte dich nicht mehr im Laden sehen. Eigentlich eine ganz passende Lösung, denn weißt du, mir war es eigentlich nie so ganz recht, daß du arbeitest. Ich habe dich lieber hier im Haus. Aber nun iß doch etwas, mein Schatz. Du hast abgenommen, in letzter Zeit. Es schmeckt wirklich ganz köstlich.«

Jeanetta schob das Essen auf ihrem Löffel zusammen, führte ihn zum Mund und kaute hingebungsvoll, bis der Geschmack der Pampelmuse durchdrang. David zu ihrer Linken, die Mama gegenüber. Sie beugte sich über ihren Teller, leicht seitlich zu ihrem Vater hingeneigt, öffnete den Mund und ließ die Bissen – nicht eben diskret – wieder auf Peter Rabbit plumpsen. Kleine Stückchen rosa Garnelen – und gelbes Pampelmusenfleisch bekleckerten das vorsichtshalber über den Tisch gebreitete Tuch. »Bäh«, machte Jeanetta, »igittigitt, bäh!«

»Iß, Jeanetta«, befahl David. »Iß. Das ist gesund.«

»Ich fürchte, das ist nichts für sie. Ich hätte ihr… ich weiß nie so recht, was ich ihr geben kann…«, murmelte Katherine entschuldigend. »Iß das Brot, mein Schatz.«

»Nein«, beharrte David, »du ißt die Pampelmuse.« Jeanettas blaue Augen wanderten vom einen zum anderen, suchten Rückhalt, fanden keinen. In Zeitlupe klaubte sie zwei Garnelenstücke auf, schob mit den Fingern drei Bissen Frucht in den Mund. Katherine widmete sich erleichtert wieder dem eigenen Essen. Doch dann spie Jeanetta in einer Fontäne den Mundvoll in Davids Richtung und lehnte sich trotzig grinsend zurück. »Keks, Mama, krieg ich einen Keks?« Und als sie die Mienen sah, fügte sie hinzu: »Bitte?«

David nahm einen Schluck Wein, schob wortlos seinen Stuhl zurück, umrundete den Tisch, bis er hinter Jeanetta stand, die sich steif machte, und wischte ihr das triefende Kinn grob mit seiner Serviette ab. Sie schrie auf.

»Du ißt, was wir auch essen, du kleiner Bastard, oder gar nichts.«

Sie versuchte, ihn in die Hand zu beißen. Er schlug ihr mit der Serviette ins Gesicht. Dann riß er sie vom Stuhl hoch, Kissen flogen. Er trug das Kind, das die Beine noch in Sitzstellung angezogen hielt, quer durch die Küche, setzte sie unsanft auf dem Boden des Spielerkers ab und warf ihr die aus der Hosentasche gezerrte Halskette und den vom Bügel der Kinderkarre gepflückten Pullover hinterher. Vor Schreck brüllte Jeanetta erst los, als er die Tür zuzog. Als sie aufheulte, fischte er aus der anderen Hosentasche einen Schlüssel, drehte ihn im Schloß um und steckte ihn wieder ein. Bis Jeanetta kreischend gegen die Tür zu hämmern begann, war David bereits wieder an seinem Platz und aß mit raschen, kontrollierten Bewegungen seine Vorspeise. Katherine saß wie gelähmt.

»Laß uns ein wenig Musik hören«, schlug er vor. »Ich kann den Lärm wirklich nicht ertragen.«

Monica saß mit Colin am Küchentisch. Ihr gediegenes Eßzimmer benutzen sie nur selten, es sei denn, sie hatten Gäste, was zwar relativ oft vorkam, aber weniger häufig, als Colin lieb gewesen wäre. Nicht, daß es ihm mit Monica je langweilig wurde, doch er genoß ihre durch die Anwesenheit anderer entschärfte Gesellschaft mehr. Waren sie beide allein, hatte Monica die unangenehme Eigenschaft, ihn Kreuzverhören zu unterziehen, und obwohl er die Unaufrichtigkeit fast zur Kunst erhoben hatte und ihm die Äußerung von Halbwahrheiten fast zur zweiten Natur geworden war, so wurde er doch rot, wenn er sich genötigt sah, sie glattwegs anzulügen. Heute allerdings war Monica ungewöhnlich ausgeglichen, so daß er, dem eine flüchtige Erwähnung ihrerseits heute morgen über ein gemeinsames Mittagessen mit den Freundinnen einfiel, eine harmlose Nachfrage riskierte.

»Na, wie geht's denn deiner Busenfreundin Jenny? Habt ihr euch gesehen?«

»Nee, mußte absagen. Wir sehen uns morgen.« Monicas Verstand arbeitete rascher als Colins, und sie hatte schnell – nicht zuletzt durch sein jämmerliches Beispiel – gelernt, daß es sich viel besser log, wenn der Großteil dessen, was man sagte, der Wahrheit entsprach.

»Du Ärmste«, meinte Colin mitfühlend. »Dann bist du gar nicht zum Essen gekommen?«

»Ach was, du kennst mich doch«, erwiderte Monica leichthin, »was zu beißen kriege ich immer. Magst du noch?« Sie deutete auf den Schellfischauflauf mit Sauce Mornay, frisch aus der Tiefkühltruhe, in die Mikrowelle, auf den Tisch.

»Danke, nein. Nicht so unbedingt mein Fall, Fisch.«

Normalerweise hätte sie jetzt verächtlich geschnaubt und irgend etwas feministisch Angehauchtes von sich gegeben, etwa: »Na, dann kauf doch du ein, da es nicht möglich zu sein scheint, jemanden zu finden, der es tut!«, doch an diesem Abend grinste sie lediglich, dieses Teufelsweib, ein verführerisches Grinsen, ein noch verführerischerer Duft.

»Solltest du aber. Stärkt die Glieder.«

»Stärkt welche Glieder?« grinste er zurück und strich die Fragen bezüglich des Mittagessens, denn offensichtlich würde Katherine nicht erwähnt werden.

»Alle«, antwortete sie leichthin. »Hoffentlich.« Das Telefon im Edward VII.-Dekor auf dem Tischchen im Edward VII.-Stil in der Diele schrillte. Monica hechtete geradezu vom Tisch an den Hörer, bremste sich dann und dachte, als sie abnahm, daran, wie geschmacklos David den Apparat fände.

»Hallo, Monica. Wie war's?«

Monica stockte das Herz fast vor Schreck.

»Was meinst du damit? Wie war was?«

»Dein Geschäftsessen oder was immer so brennend wichtig war, daß du mich versetzen mußtest«, sagte Jenny patzig, aber auch leicht verwirrt.

»Ach so. Gut, hervorragend. Ich erzähl's dir morgen.« Sie wandte der Küche ihren Rücken zu, damit Colin sie nicht grinsen sah. »Morgen wie üblich?«

»Klar. Hör mal, ich muß mit dir über Katherine reden, nicht jetzt, aber morgen. Meinetwegen auch am Telefon, wenn du verhindert bist«, fügte sie spitz hinzu. »Ich mache mir nämlich ein klein wenig Sorgen, habe irgendwie ein schlechtes Gewissen...«

Die Erwähnung Katherines verursachte, in Verbindung mit »schlechtem Gewissen« einen zweiten Schock, der aber mit dem nächsten Atemzug überwunden war.

»Sorgen? Wieso denn das? Worüber müßtest du dir oder ich mir oder überhaupt jemand Sorgen machen? Was hat sie denn erzählt, daß du dir Sorgen machst?«

»Eigentlich nichts.« Monica atmete auf. »Nur ich habe den Eindruck, sie hat Probleme. Und ich hatte keine Lust, sie mir anzuhören. Sie hat übrigens Teppiche mitgebracht, bist leer ausgegangen, diesmal, dein Pech, aber die Sache lastet mir etwas auf dem Gewissen... ich kann nicht genau sagen, warum... ich glaube, wir sollten etwas tun, aber ich weiß nicht was...« Monica sah im Geiste wieder Katherine mit Colin flirten, dachte an die Horrorgeschichten, die sie mittags gehört hatte. Nein, mit Katherine wollte sie so wenig wie möglich zu tun haben.

»Katherine Allendale«, sagte sie bestimmt, »kann sehr wohl auf sich selbst aufpassen.«

Colin tat, als hätte er das letzte nicht gehört. Er machte sich ans Abräumen – eine der wenigen Haushaltspflichten, für die er sich zuständig zu fühlen gelernt hatte –, besorgte Portwein zum Käse und holte auch ein Glas für seine Frau, in der Hoffnung, die Ausgelassenheit zu verlängern. Doch der Stimmung mußte gar nicht nachgeholfen werden, sie blieb auch ohne Stimulanz hervorragend. Im Haus war Ruhe eingekehrt, später am Abend, die Kinder im Bett, keine Störungen mehr zu erwarten. Im Vorbeigehen küßte er ihren Hals.

»Wollen wir mal früh ins Bett, heute?« fragte er bedeutsam.

Sie nickte heftig.

»Laß das Geschirr ruhig stehen; die Töpfe sind gemacht, der Rest kann bis morgen warten. Wirbel nicht herum, ich mach das morgen schon.« David lehnte sich zurück und zündete ein Zigarillo an.

»Wie kannst du das so einfach hinnehmen?« flüsterte Katherine. »Sie macht ein Höllenspektakel.«

»Wenn schon.« Er sah nicht einmal zur Tür des Erkers hinüber, die unter den zunehmend verzweifelten Fußtritten Jeanettas vibrierte. »Das ist nur ein Wutanfall. Sie wird es lernen müssen, Katherine, wir müssen es alle irgendwann lernen. Sie hat keine Manieren. Hör doch, selbst die Geräusche, die sie macht, sind häßlich. Du weißt, wie ich alles Häßliche verabscheue. Sie wird es einfach lernen müssen, wenn sie weiter hier leben will.«

»Ich hasse es, wenn du sie dort einsperrst. Muß sie es denn so lernen?«

»Ja. Genau so.«

»Ich bringe sie jetzt ins Bett«, erklärte Katherine und ging auf die Tür zu.

»Das wirst du nicht. Sie bleibt dort drin. Sie wird nicht einmal frieren.«

»Nein, David! Nein, bitte nicht!«

Er schob ihr ein randvolles Glas Wein über den Tisch. »Komm, trink, mein Schatz. Nun komm, du siehst ein wenig blaß aus.«

Katherine griff den Stiel des Glases und kippte den

Wein, wie sie Männer Bier hatte kippen sehen. Der Lärm hinter der Tür ließ nach, als ob Jeanetta eine Verschnaufpause machte.

»Siehst du«, sagte er aufmunternd und massierte Katherines verspannte Schultern. Er legte ihr die Arme um den Hals und flüsterte ihr ins Ohr. »Komm ins Bett, mein Schatz, komm...« Sie folgte ihm die Treppe hinauf.

Mr. und Mrs. Harrison sahen fern. Noch über den Lärm hinweg – Harrison drehte immer voll auf – hörte Eileen Harrison über sich in der Küche der Pearsons dumpf die umherirrenden Schritte. Sie blickte vielsagend zu Eric hinüber, doch der war ganz bei seiner Sportsendung, die immer auf die Nachrichten folgte. Da es jedoch im Anschluß ein hübsches Stück Melodrama gäbe, neueste Folge einer Arztserie, nahm Mrs. Harrison den Sport in Kauf und strickte an der lila Wolljacke weiter, ein hinterlistiges Geschenk für die Schwiegertochter, die die Farbe abscheulich finden, das Teil aber dennoch würde tragen müssen, wenn sie zu Besuch kamen. Na gut. Harrison konnte sich über die Kricketspiele immer so aufregen; es war ihr ein Rätsel.

»Der Hund hat noch nie was getaugt! Sieh dir bloß den Spielstand an! Der blöde Hund hat sich mal wieder in der Kneipe rumgetrieben statt auf dem Trainingsplatz! Heute nachmittag hättest du ihn sehen sollen, fällt über seine eigenen Füße, der Idiot! Kannst sagen was du willst, aber die einzig vernünftigen Kricketspieler, die wir noch haben, sind die Pakis, allesamt. Der Rest? Krüppel!«

Ein Licht ging Mrs. Harrison auf und erhellte eine Kette von Einfällen. Irgend etwas an ihm hatte ihr die ganze Zeit schon mißfallen, seit er auf den Stufen so zugange gewesen war, als sie heimkamen. Langweilige Strickarbeit und langweilige Nachrichten machten sie wacher als sonst. Sie legte ihr Strickzeug weg und wandte sich ihm zu. Er schrak zurück.

»Eric, du hast mich angelogen! Du hast mich verdammt

noch mal angelogen, stimmt's? Du brauchst es gar nicht erst abstreiten, ich weiß es genau! Was du heut nachmittag gesagt hast, von wegen, daß du nur mal eben runtergeflitzt bist, um einen Eimer Wasser zum Putzen zu holen, und daß dieser besoffene Dreckskerl nicht viel mehr zu Gesicht bekommen haben kann als den Lack der Haustür, bevor du ihn erwischt hast... Kann nicht im Haus gewesen sein, hast du gesagt. Ach! Ich hätte es wissen müssen! Wo war denn der Eimer Wasser, hä? Ich weiß, was du gemacht hast, du hast hier unten gesessen, während ich mit dem Rest der Bagage unterwegs war! Haustür sperrangelweit auf, und du hier unten vor der Flimmerkiste, bei deinem verdammten Kricket! So war's nämlich. Gib's zu, sonst frage ich morgen Mark, dem wirst du doch erzählt haben, was er verpaßt hat.«

Er versank noch tiefer im altersschwachen Plüsch des Sofas. »War ja nicht lang. Gar nicht lang. Nur ein paar Minuten, ein ganz paar... drei Würfe.«

»Nur drei Würfe. Lüg mich nicht an.«

»Nur ein paar Minuten«, versicherte er. »Und nicht mal besonders aufregend...«, fügte er hinzu.

Sie ließ sich wieder zurückfallen. Das letzte konnte man ihm jedenfalls glauben.

»Also gut. Ein paar Minuten? Lang genug, daß er die Treppen rauf und wieder runterspazieren konnte. Er hätte dich umbringen können. Oder eine Bombe aufs Klo legen.«

»Warum sollte er?«

»Ach, weiß ich doch nicht. Keine Ahnung. Aber er hätte was mitgehen lassen können.«

Harrison war jetzt sauer, so sauer, wie er überhaupt werden konnte – also nicht gerade furchterregend –, denn er hatte sich längst angewöhnt, sich mit anderem abzulenken, ehe es überhaupt so weit kommen konnte. »Und wenn schon! Was mitgehen lassen? Quatsch! Hab kontrolliert.«

»Wenn der irgend etwas gestohlen hat, mein Lieber, dann fliegen wir hochkant raus. Und ich weiß ja nicht, wie's dir geht, aber mir gefällt es hier. Und ich mag sogar sie, wirklich. Aber wenn du glaubst, daß sie einen solchen Schlendrian durchgehen läßt und daß jemand hier einfach hereinspazieren darf in ihr verdammtes Haus, während du die Treppen wischst, dann hast du dich geschnitten. Sie –«, sagte sie und machte eine Kopfbewegung zur Zimmerdecke hin, durch die gedämpft Schritte hallten, »– interessiert sich einen feuchten Kehrricht für die Treppe. Aber bei Wertsachen ist das ganz was anderes. Auch in ihrem derzeitigen Zustand.«

Harrison lehnte sich noch weiter zurück. Die dramatische Erkennungsmelodie der Seifenoper setzte ein, und Mrs. Harrisons Augen wanderten zum Bildschirm, wurden glasig, blickten ihn nicht mehr vorwurfsvoll an.

»Na ja«, meinte sie gelassen, »wenn tatsächlich was fehlen sollte, finden wir schon eine andere Erklärung dafür. Wie es weggekommen ist, meine ich, was immer es ist. Oder war. Red du morgen früh mal mit Mark. Nicht einzusehen, weshalb er seine Mutter mit irgendwelchen Geschichten über irgendwelche blöden Bettler belästigen sollte. Klar?«

»Klar«, bestätigte Harrison. Die Augen fielen ihm allmählich zu.

»Wir hatten heute Besuch genug, ohne auch noch Penner erwähnen zu müssen, kapiert?« Sie ließ noch nicht ganz locker.

»Kapiert.« Er nickte ein.

13

»Ein steifer Schwanz kennt kein Gewissen...«, wer hat denn das gleich wieder gesagt? Weiß ich nicht und ist mir auch egal, sicher einer von Daddys Kumpeln bei der Marine, aber trotzdem, sehr komisch, haha! Daddy kannte noch so einen Spruch; irgend etwas über jemanden, der gründlich was verbockt hat. Wie ging der noch? »Diesmal hat der Kerl seinen Schwanz aber ganz schön in den Pudding gesetzt.« Der gefällt mir auch gut, wirklich. Tja, da kann man mal sehen: Daddys Schatz an schmutzigen Wörtern liegt der sitzengelassenen Tochter plötzlich wieder auf der Zunge, hochgeschwemmt wie modriger Bodenschlamm. Was soll's, beide Sprüche passen hervorragend auf den lieben Sebastian, der zweifellos das Glied des Anstoßes gründlich in die Grütze versenkt hat. Sollte am Strand flitzen gehen, sie würden alle vor Bewunderung in Ohnmacht fallen. Mutter hat ja immer schon gesagt, ich hätte ihn nie heiraten sollen. Ach, da fällt mir noch einer ein: »Das Gewissen, das nicht in Alkohol löslich wäre, muß erst noch erfunden werden.« Lösen Sie also folgendes Rätsel: Was ist das, was ein steifer Schwanz nicht kennt und was in Alkohol löslich ist? Wär das nicht eine Preisfrage für eine Familien-Quizsendung? Apropos Alkohol; ich glaube, ich genehmige mir noch einen. Einen ordentlichen, ohne Eis.

Harrison hat mich schief angeguckt, als ich ihn neulich nach der Arbeit in die Spirituosenhandlung geschickt habe. Der alte Trottel soll seine Ansichten für sich behalten. Was glaubt er denn, was ich damit mache? Drin baden? Ein Gläschen in Ehren, kann niemand verwehren, besonders unter solchen Umständen. Nicht, daß ich sonderlich besorgt wäre, weit gefehlt. Schließlich kein Weltuntergang, ich habe alles vollkommen im Griff. Bin nicht umsonst eine Pearson. Zähes Pack. Wer sich durch ein paar Kriege gekämpft hat und mit Plünderungen und Vergewaltigungen nicht zimperlich war, für den ist doch ein schief hängender Haussegen kaum mehr als ein lokal begrenzter Krisenherd. Wenn man sich erst an den Gedanken gewöhnt hat...

Wir haben uns natürlich in der Zwischenzeit getroffen. Auf einen Drink nach der Arbeit – sein Vorschlag. Zunächst hatte ich angerufen und gemeint: »Du Vollidiot, was soll denn das überhaupt, mach doch keinen Quatsch!« Reaktion? Reichlich gequält, muß ich sagen. Gequält? Wie kommt der dazu, gequält zu sein, nachdem er sich davongestohlen hat wie ein Dieb und nur dieses billige Entschuldigungsschreiben hinterlassen hat? Nicht der einzige Dieb, der sich herumtreibt, aber darüber später mehr. »Hör zu, Susan«, sagt er in gemessenem Ton, »ich habe ja nicht die Absicht, die Kinder im Stich zu lassen...« »Nein, nur mich«, schieß ich patzig zurück. Aber nein, aber nein, nach seiner Auslegung ist ein Auszug nicht mit Abhauen gleichzusetzen. Der muß sein Lexikon kopfüber studiert haben, oder vielleicht funktioniert das Hirn nicht mehr so recht, wenn er auf dem Flittchen herumhopst, mit dem er durchgebrannt ist. Denn ein solches muß es geben, und ich kann sie mir genau vorstellen: zierlich, schlank, blond und... ja danke, ich nehme gern noch einen.

Aber was hacke ich auf ihm herum, er ist schließlich nur ein Mann, und die werden dumm geboren, habe ich immer schon gedacht, das bißchen Grips, das sie haben, ist in der Hose angesiedelt. Jedenfalls haben wir uns in einem Weinlokal in der City getroffen, irgendwo in der Nähe der Bank, wo die Lokale alle gleich aussehen: im Keller gelegen, echtes Sägemehl auf groben Holzdielen – ich möchte da nicht fegen müssen –, auf alt gemachte, gebleichte Lettern auf den Fässern, damit es aussieht, als werde der Portwein noch offen ausgeschenkt, das Ganze mit Bedacht in Schummerlicht getaucht, damit die ganzen, grausigen heimlichen Verabredungen zwischen Sekretärinnen und alternden Männern nicht ans Licht kommen. Die sollten sich den Spruch vom alkohollöslichen Gewissen als Motto über die Tür hängen, in Neon. Ich selbst kenne auch kein Gewissen, warum sollte ich? Sebastian ist an allem schuld, aber – unfaßbare Tatsache: Als ich ihn dort allein am Tisch sitzen sah, war *ich* diejenige, die sich schuldig fühlte, was mich natürlich nicht gerade milder stimmte. Warum sehen auch Männer, die allein sitzen, so herzzerreißend aus? Ich sah wieder ihn, nein, nicht ihn, seinen Doppelgänger, auf dieser Parkbank sitzen – wie die Schlußszene eines tristen Theaterstücks. Dann besann ich mich aber wieder dessen, was der Idiot im Begriff war anzurichten, Midlife-Krise, sah förmlich sein Ding wie ein Periskop aus seinem Hosenschlitz ragen. (Wobei mir ein weiterer Witz einfällt. Ein Kerl nimmt seine zahme Ente, in der Hose versteckt, mit ins Kino, weil sie ihm nicht gestatten, das Tier an der Leine mitzuführen. Die Ente wird unruhig, eine junge Frau auf dem Platz neben ihm fühlt sich belästigt und beschwert sich bei ihrem blasierten Freund darüber, daß der Herr zur Linken sich vor ihr entblößt. Denk dir nichts, sagt der blasierte Freund, diese alten Lustmolche sind alle gleich. Nee, meint sie, dieser futtert mir die Chips weg... Gut, wie? Haha!)

Also geknickt sah er wohl aus, der gute Sebastian. Alles Theater, natürlich. Er fragte nach Mark, will die Kinder besuchen kommen. Nix da, habe ich gesagt, entweder du lebst mit uns zusammen oder nicht; als gelegentlichen Besucher laß ich dich nicht ins Haus. Das hättest du dir vorher überlegen sollen.

Das habe ich, sagt er, ich habe lange überlegt. Ich bin fast wahnsinnig geworden vom vielen Hin- und Herüberlegen.

Allmählich wurde es immer lauter in dem Laden, die blöden Sprüche irgendwelcher City-Schickis hallten durch den Raum, Cockney-Klänge und lauthals verkündete Vertraulichkeiten. Ich weiß nicht, wie man darauf verfallen kann, sich an einem Ort ein Stelldichein zu geben, wo bald jeder die Farbe deiner Unterhose kennt. Der gute Sebastian gab seine Erklärungen entweder im Bühnenflüsterton oder aber fast brüllend ab, mußte sich weit über den Tisch beugen, weil ich mich zurücklehnte, um es ihm noch schwerer zu machen. Zwischen uns beiden sei doch schon lange nichts mehr gelaufen, das Haus sei kalt und leer, wir hätten kaum mehr Zeit miteinander verbracht, es habe keine Zuneigung, keine Geborgenheit gegeben, ich hätte seine Anwesenheit doch kaum zur Kenntnis genommen, außer, um mich am Wochenende aufs Land fahren zu lassen, um Kühe zu zählen oder mit meinem Taschenrechner zu spielen. Daher habe er angenommen, ich würde seinen Fortgang gar nicht bemerken, was war da schon groß anders?

Na, zum Beispiel, daß weniger Wäsche anfalle, habe ich bissig bemerkt. Um die Wäsche kümmerst doch du dich nicht, hat er entgegnet, du kümmerst dich doch eigentlich um überhaupt nichts in diesem Haus, als gehörtest du gar nicht dazu. Auch was die Kinder angeht. Alles, was mit dem Haushalt zusammenhängt, langweilt dich doch zu Tode. Wir schwimmen im Geld, du noch mehr als ich, wie du sehr wohl weißt, aber du arbeitest pausenlos, du keifst und trinkst und weist mich ab. Das einzige, was dich ein bißchen belebt hat in den letzten Wochen, nein Monaten, war der Klatsch über David Allendale. Das Haus ist wie eine Totengruft. Ich bin dir lästig. Ich habe in letzter Zeit immer mehr Überstunden gemacht, weil mich nichts nach Hause zog.

Also, das schlug doch dem Faß nun wirklich den Boden aus! Dann stimmte doch, was wir damals schon auf der Schule diskutierten, als ich Hauswirtschaftslehre aus meinem Stundenplan strich, um mich mit Wirtschaft im umfassenderen Sinne zu beschäftigen, nämlich daß die Männer letztlich doch das Heimchen am Herd wollen. Pantoffeln vorm Kamin bereitgestellt und das Frauchen in durchsichtiger Spitzenschürze, wenn der müde Krieger heimkehrt, liebevolle Hände, die sich an seinem Lendenschurz zu schaffen machen. Hätte ich irgendwie nicht gedacht! Dann hättest du ein dressiertes Äffchen heiraten müssen! Ich habe dich doch nicht geheiratet, um Haushälterin zu spielen, wir haben eine! brüllte ich Sebastian an, übertönte den Publärm. Ja, ja, ich weiß, sagte er beschwichtigend und sah sich etwas verlegen um. Aber ich wollte schon auch eine Frau, nicht nur einen hellen Kopf, meine Liebe. Und selbst ich brauche ein wenig Aufmerksamkeit. Gelegentlich, nicht oft, aber gelegentlich. Gut, meinte ich, dann lassen wir den Quatsch. Wer ist sie?

Denn es muß doch eine andere geben, oder? Es gibt doch immer die andere. Die Männer sind doch hilflos wie kleine Kinder. Also irgendeine, irgend so ein kleines Flittchen, wahrscheinlich kaum älter als zwölf, das »Verständnis« hat. Ich habe Seb – sie nennt ihn wahrscheinlich Sebby – mal einen anderen Witz erzählt. Den über den Italiener, der zum Arzt kommt und sich beklagt, mit seiner Frau stimme etwas nicht, woraufhin der Arzt fragt: Wieso, was ist mit ihr, ist sie Atomphysikerin, oder was? Ja, das ist sie, aber sie kocht mir keine Pasta... Sebastian hatte darüber nicht lachen können; er lachte auch jetzt nicht. Was ich damit meinte, eine andere? fragte er. Es gäbe keine andere, er habe nur Zeit zum Nachdenken gebraucht.

»Ach was, Scheiße!« Ich verfiel in eines dieser plötzlichen Schweigen, es entstand das Vakuum, in das eine Trinkrunde abrutscht, wenn alle zugleich das Glas erheben. »Wer ist sie«, zischte ich, schnappte mir sein Glas und leerte es auf einen Zug. Er blickte auf meine Hand, hoffnungslos, meinen Mund, schwieg. Dann stand er auf und besorgte noch eine Flasche Wein.

O Gott! Natürlich gibt es eine gottverdammte andere. Prost. Muß mir Nachschub besorgen, werde eine Buddel in der Aktentasche reinschmuggeln. Die Harrisons lauern mir auf, aber ich habe gleich zu Beginn beschlossen, kein Wort zu sagen, nicht meinen Eltern, nicht seinem Vater, nicht den Kindern, nicht den verfluchten Harrisons. Sebastians Betrug geht niemand an außer mich, Notlügen wie »der Papa mußte plötzlich auf Geschäftsreise« werden vorerst ausreichen müssen; soll er sein Dilemma selbst erklären, wem er will, einschließlich seinem Sohn, ich werde es nicht tun. Es kursiert auch das Gerücht, er habe Schwierigkeiten mit seiner Arbeit, was ja durchaus sein kann und was auch eine ganz brauchbare Version abgibt. Alles unter Kontrolle, kleiner lokaler Krisenherd, mehr nicht. Und in der Zwischenzeit werde ich die fast entschlafene Libido mit einem weiteren Gin stillegen und mich dringenderen Angelegenheiten widmen.

Als da wäre: Ich scheine neuerdings Sachen zu verlegen. Aus Gründen, die mir unklar sind, habe ich heute abend – da ich nichts Besseres zu tun hatte (und es ist so verdammt lange hell, ich wünschte, es würde eher dunkel, dann könnte ich einfach ins Bett gehen) – fortgesetzt, was ich gestern abend begonnen hatte, nämlich eine Durchsicht meiner Sachen, eine Art Inventur, wenn man so will. Gestern überkam mich nach dem Treffen in dem unsäglichen Pub das Verlangen, eine Bestandsaufnahme all dessen zu machen, was von bleibendem Wert ist, wie zum Beispiel Schmuck – *diamonds are a girl's best friend*, heißt es schließlich. Also kramte ich den Schuhkarton hervor, in dem seit jeher einiges an Schmuck lagert, doch dann verlor der Plan seinen Reiz, und ich stellte den Karton auf meinem Weg nach unten, um Harrison entgegenzueilen, der von seinem kleinen Botengang zurückkehrte, auf dem Schreibtisch im Arbeitszimmer ab. Gestern oder vorgestern, so genau weiß ich das nicht mehr, spielt auch keine Rolle. Wenn ich daran denke, daß ich diese ganzen Ohrringe mal ständig getragen habe! Ein Aufwand! Nie fand ich ein zusammengehöriges Paar und nie überhaupt irgend etwas, was zu meiner allerschönsten Kette paßte, also gab ich es irgendwann auf. Mein Vater, der gute alte Daddy, hat mir die Halskette zur Hochzeit geschenkt – das Joch der auf mich zukommenden Verantwortung, quasi. »Und denk daran, meine Liebe«, sagte er zu mir, »du kannst immer wieder ins Elternhaus zurückkehren, wenn es schiefgeht.« Aber da muß er wohl gelogen haben, denn er und Mutter wären entsetzt, wenn ich es wirklich täte. Wahrscheinlich haben alle Versprechungen eine Halbwertzeit von ungefähr zwei Minuten; komisch, daß wir sie trotzdem immer wieder machen. Wie dem auch sei, diese selbe Kette zierte meinen schneeweißen Hals bei so manch großem Ereignis, bis mir klar wurde, wieviel das Ding wert war und ich sie erst einmal auf die Bank trug, dann aber, nach einer weiteren Einladung, keine Lust hatte, sie immer wieder hinzutragen, so daß sie eben auch in den Schuhkarton wanderte, und diese Kette, die dort ungefähr ein Jahrzehnt friedlich geschlummert hat, liegt dort nicht mehr.

Irgendwo habe ich einmal gehört, daß Alkohol das Erinnerungsvermögen zersetzt, ein Körnchen Wahrheit wird daran wohl sein, aber in der Regel vergesse ich keine Wertgegenstände oder was sie gekostet haben und auch nicht, ob ich sie an einem meiner übergewissenhaften Tage im Banksafe deponiert habe oder nicht. Der Schuhkarton, den ich auf dem Schreibtisch stehen gelassen hatte, war umgeworfen worden, und es fehlte eben die Halskette und sonst nichts. Es mag ja des einen oder anderen Gins bedürfen, bis ich klar bin, aber im Augenblick bin ich klar. Wie spät ist es? Der Verlust kratzt mich nicht; ich will wissen, wer es war. Wer bumst meinen »Sebby-Mann«, und wer hat meine Halskette? Sollte es ein und dieselbe Person sein, reiß ich ihr den Kopf ab, denn das eine laß ich mir ja noch nehmen, aber beides nicht.

»Harrison!« Ein Feldwebelschrei durchs Treppenhaus. Wie dumm von mir; er ist an die Haustür gegangen, mimt unwillig den Butler, dabei weiß er doch, daß er keine feste Arbeitszeit, sondern rund um die Uhr auf Posten zu sein hat, sonst fliegt er hochkant raus. »Harrison!« Was hat er an der Haustür zu suchen, Mistkerl, hier will ich ihn sehen. Im nächsten Augenblick nimmt er Gestalt an wie ein Flaschengeist, wie ein Hausdiener aus einem Horrorfilm, und murmelt: »Mr. Allendale würde Sie gern sprechen, Mrs. Pearson. Soll ich ihn heraufschaffen, oder kommen Sie herunter?« Als wollte er den Mann mit einer Seilwinde zu mir hochhieven.

Herauf, nicht hinunter, sollen die anderen ihre Beine benutzen. Ich stopfte den Schuhkarton hinter ein Kissen. Es blieb mir nicht die Zeit, mich verwundert zu fragen, was das nun sollte, ein Besucher in diesem eigenartigen Haus, unverhoffte Zerstreuung inmitten meiner nicht enden wollenden Abende. Und was hatte vor allem ein ferner Bewohner des Planeten der »Glücklichen Ehe« hier zu suchen? Mich sonderbare Spezies unter die Lupe nehmen?

Immun war ich gegen den Charme dieses David Allendale nach wie vor nicht, dieses Prachtexemplars, und als er vorbeischaute, hätte ich ihm eigentlich auch vom Stand der Dinge erzählen können, denn der Drang, selbiges zu tun, mich zu entlasten, wurde allmählich überwältigend, ebenso wie die beschämende Erkenntnis, daß ein solcher Schritt meinen Zusammenbruch herbeiführen könnte. Komischerweise hatte ich, der es mir an Freundinnen mangelt, schon daran gedacht, mich an Katherine zu wenden, die doch immer so nett zu mir gewesen ist und die mir gewiß keine Vorwürfe machen würde. Doch David war nicht zu einem netten nachbarlichen Besuch gekommen. Er hatte ein eigenes Anliegen, mit mir hatte sein Kommen nichts zu tun, er sah wieder durch mich hindurch, hatte nur dieses eigene Ansinnen im Visier.

»Wie geht es, Susan? Du siehst blendend aus.« Der Lügner!

»Ist Sebastian daheim?« Bedeutungsschwangere Frage.

»Noch nicht.«

»Nun, spielt auch keine Rolle, da ich mit dir reden

wollte, aber es fällt mir nicht ganz leicht... ich weiß nicht recht, wie ich's sagen soll.«

Das sieht dir aber gar nicht ähnlich, mein lieber David, um den heißen Brei herumzureden, auch nicht die dreißig Sekunden lang, die du es erst tust. Ich fragte also, ob es irgendwelche Probleme gebe, mir meiner schrillen Stimme bewußt, deren Falsett zu meiner unschönen äußeren Erscheinung paßte, dem käsigen Gesicht im stickigen Zimmer. Woher David seinen gleichbleibend sonnengebräunten Teint hernimmt, ist mir ein Rätsel. Gehört wohl zu denen, die beim geringsten Sonnenstrahl schon Farbe kriegen.

»Ich fürchte, wir werden unserer Vereinbarung übers Kinderhüten ein Ende setzen müssen. Katherine ist überraschend ihren Job los, weißt du, das Einrichtungshaus, in dem sie gearbeitet hat, macht zu. Sie wird zwar zu Hause noch ein bißchen was tun, vielleicht selbst importieren, aber es bedeutet, daß sie sehr viel mehr Zeit für die Kinder haben wird, und wir möchten vermeiden, daß die Kinder dann einen Tag hier sind, einen Tag zu Hause, zuviel Unruhe. Also haben wir überlegt, daß es das Beste wäre, die Sache abzublasen. Dazu kommt, daß mein Junge ja leider gegen euren Hund allergisch ist.«

Patsy war im Zimmer. Als von ihr die Rede war, wuchtete sie ihren großen Kopf kurz vom Teppich – ein unheimliches Gespür, das sie auch dann beweist, wenn ihr Name gar nicht gefallen ist. Sie hatte sich nicht erhoben, um David Allendale zu begrüßen, eine ungewöhnliche Tatsache, die mir in einem der wenigen lichten Momente bewußt wurde, die mir die abendliche Ginration gestattete, gefolgt von der Erkenntnis, daß sie ihn generell meidet, auch draußen, ein ganz und gar uncharakteristisches Verhalten. Jetzt lächelte er jedenfalls den Hund an, um zu demonstrieren, daß er es ihm nicht übelnähme, worauf Patsy zu mir herüber gewackelt kam, ein Ohr gespitzt.

»So, dann wollt ihr euch in Zukunft mehr selbst um die

Kinder kümmern«, wiederholte ich dämlich. Ich hätte ihm gern einen Drink angeboten – hauptsächlich, weil ich selbst gut einen gebrauchen konnte –, doch das Tonicwasser war unten. Die Ginflasche stand auf dem Tisch, unübersehbar. Er saß unbequem, weil auf dem Schuhkarton, schob ihn jedoch einfach beiseite, ohne näher hinzusehen. Sein Blick schweifte durchs verwahrloste Zimmer, kehrte dann zu mir zurück. Er, der viel zu höflich war, um sich über meinen Hund zu beschweren, schenkte mir dieses strahlende Lächeln, das mich etwas aus der Fassung bringt. Er kann so verflucht charmant sein, wenn er will. Schon schmolz mein Groll dahin.

»Es ist mir natürlich klar«, sagte er ernst, aber selbstsicher, »daß wir sehr kurzfristig Bescheid geben…«

»Wie kurzfristig?«

»Also, ab Montag, genau genommen.«

Wir hatten Freitag. »Kurzfristig« war wohl kaum der passende Ausdruck, »fristlos« hätte ich eher gesagt.

»Das heißt natürlich keinesfalls, daß die Verbindung abreißen soll. Bloß verschlimmert sich Jeremys Allergie zusehends. Kann der Hund natürlich nichts für; er ist einfach gegen Haare aller Art allergisch. Er hat eine zarte Konstitution, war eine schwierige Schwangerschaft für die arme Katherine.«

»Aha, so, verstehe«, gab ich von mir, verstand zwar überhaupt nichts, aber stellte belanglose Fragen, um meine Verwirrung zu überspielen, und ein beängstigendes Verlassenheitsgefühl. Als hätte ich je besonders viel Notiz von seinen Kindern genommen! Und trotzdem würden sie mir fehlen, begriff ich. Auch sie empfanden die vergiftete Atmosphäre dieses Hauses.

»Da wird Mrs. Harrison aber nicht begeistert sein. Sie hängt an den Kindern.«

»Ja, ich dachte an einen Bonus, einen großzügigen Bonus, als Anerkennung für ihre Mühe. Und dir zahlen wir dieses Quartal selbstverständlich weiter wie bisher, da es alles so plötzlich kommt. Ich hoffe, du bist damit einverstanden?«

Wie sollte ich nicht einverstanden sein? Sehr anständig, großzügig sogar. Ich lege großen Wert auf korrekte Abwicklung von Geschäften, und Mrs. Harrison ist dem Mammon ja nicht abgeneigt. David gab sich bekümmert, spielte den Ehrenmann, der sich bemüht, niemandem auf die Füße zu treten und sachlich zu bleiben. Deshalb war es aber nicht weniger ein Vertragsbruch.

»Ich hoffe, du trägst es uns nicht nach«, sagte er noch zu allem Überfluß, »wir sind so froh, euch als Nachbarn zu haben. Es liegt uns viel an eurer Freundschaft.«

Und wieviel hätte mir in dem Moment daran gelegen; ich wollte mich aussprechen, wollte eingestehen, wie schlecht es um uns wirklich bestellt war, hätte am liebsten gesagt, er möchte Katherine doch bitten, vorbeizuschauen. Damit ich ihr alles erklären und mich ausheulen könnte, was immer ich schon von ihr gedacht haben mochte. Doch ich bekam es einfach nicht heraus, der Unterkiefer klappte mir auf und zu wie bei einem gestrandeten Fisch, der Stolz behielt die Oberhand über die Not.

Wir versicherten uns daher lediglich unseres gegenseitigen Wohlwollens, und nach derlei kameradschaftlichem verbalem Schulterklopfen, mit dem er und seine mannhaften Geschlechtsgenossen sich gern Mut und Trost zusprechen und das bei mir ähnlich zieht, brach er auf. Doch kaum war er zur Tür hinaus, da regte sich der Zorn, der in seiner Gegenwart geschlummert hatte, mit neuer Heftigkeit, und ich kehrte zu den Fragen zurück, die mich vor seinem Besuch beschäftigt hatten. Nervöse Finger suchten den Schuhkarton, den er achtlos beiseite geschoben hatte. Mich ärgerte es, daß er den Karton angefaßt und den Inhalt wie uninteressiert betrachtet hatte. Patsy rumorte neben mir. Sie hatte ihm hinterhergeknurrt, als er die Treppe hinunterstieg, der verdammte Köter hatte sich zu meinem Sprachrohr gemacht, einem ziemlich unhöflichen Alter ego. »Ungezogenes Mädchen!« Ich gab ihr einen Klaps auf die Schnauze. Für Nachwehen wäre später noch Zeit genug, jetzt war ich zu mehr nicht fähig als weiter nach der Halskette zu suchen. Zugleich fragte ich mich, wie ich Mrs. Harrison die Hiobsbotschaft bloß übermitteln sollte. Nach Mrs. Harrison, dieser wahren Herrin im Hause, durfte ich nicht rufen, ich müßte schon selbst runtergehen. Vielleicht den Gin mitnehmen, ihn mit dem Tonic vermählen und mir auf diese Weise Mut machen. Sie kam just in dem Augenblick in die Küche hinaufgekeucht, da ich – kaum eleganter als die gute Patsy, aber ohne ihren Gleichmut – demselben Ziel zustrebte.

Ich bin nun mal nicht sonderlich geschickt, geschweige denn diplomatisch, und zur Zeit poltern mir die Worte besonders barsch heraus, schroffe Feststellungen, hinter denen das, was ich nicht aussprechen kann, verborgen werden soll, Kurzangebundenheit als die einzige Kommunikationsform, die mir zu Gebote steht.

»Die Allendale-Kinder werden ab Montag nicht mehr kommen. Hat er mir eben eröffnet. Die Mutter will zur Abwechslung selbst mal Hand anlegen, weil sie ihren albernen Job los ist. Also wird sie Vollzeitmutter. Dann wären da noch Jeremys Zerbrechlichkeit und seine Allergie gegen unseren Hund. Ist Ihnen je aufgefallen, daß er empfindlich wäre?«

»Ich dachte immer, er hätte Heuschnupfen.«

Ich habe unsere wehrhafte Mrs. Harrison noch nie fassungslos gesehen, doch sie wurde tatsächlich kreidebleich und brauchte eine gute Weile, um sich von dem Schlag zu erholen.

»Aber was wird aus Jeanetta?« fragte sie heiser und ließ ihren ausladenden Hintern auf einen der Küchenstühle sacken. »Was wird aus der armen Jeanetta…?«

»Was soll schon aus ihr werden? Wir können ja nichts machen.«

»Ach, armer Wurm, armer Wurm, ein Elend.«

Sie schüttelte den grauen Kopf hin und her, wie ein Hund, der versucht, eine Fliege loszuwerden.

»Wieso arm? Die haben doch Geld wie Heu.«

Ich konnte es nicht ertragen, daß Mrs. Harrison außer Kontrolle geriet. Wenn hier noch mehr Gefühle herumschwappten, hielte ich es nicht mehr aus.

»Ein Elend«, wiederholte sie ständig, »ein Elend.«

»Nun fangen Sie sich doch wieder«, bellte ich fast, »das nützt doch auch nichts. Die werden sicher weiterhin hier ein- und ausgehen. Und Sie bekommen den gleichen Lohn und haben weniger Arbeit. Mr. Allendale hat ausdrücklich gesagt, wie dankbar er ist, und er wird sich erkenntlich zeigen – und nicht zu knapp.«

Wenn ich geglaubt hatte, sie damit aufmuntern zu können, dann hatte ich mich gründlich getäuscht. Man vergißt bei ihrem grobschlächtigen Äußeren nur allzu leicht das weiche Herz unter der rauhen Kittelschürzenschale, selbiges, um dessen willen die Kinder sie so lieben, bei aller Strenge. Und wie immer im Umgang mit Personal, bereute ich meine Worte, fühlte ich mich unbeholfen, ohne es deswegen aber besser machen zu können, gefangen wie ich war in der Zwangsjacke meiner brüsken Art.

»Wollen Sie nicht vielleicht einen kleinen Drink nehmen, Mrs. Harrison? Bitte nehmen Sie sich. Was immer Sie wollen.«

»Wissen Sie was, ich glaube, das werde ich ausnahmsweise mal tun. Einen Whisky.«

Mit Vergnügen. Harrison bedient sich sowieso ganz ungeniert, aber ich mag ohnehin keinen Whisky. Ich schenkte ihr unsicher ein, und dann saßen wir uns stumm gegenüber, jede mit ihrem eigenen Kummer beschäftigt. Sie hatte einen ordentlichen Zug drauf und schenkte sich von dem bernsteinfarbenen Zeugs nach. Das Gewissen, das nicht in Alkohol löslich wäre..., dachte ich, als sich ihr Gesicht stetig rötete, dann war ich jedoch schon wieder bei meinem ursprünglichen Problem.

»Mrs. Harrison, tut mir leid, daß ich jetzt damit komme, aber es sieht ganz so aus, als vermißte ich eine Halskette.«

Sie trank etwas hastig aus, wollte sich nicht nachfüllen lassen. In ihrem Stuhl weit zurückgelehnt, den einen Arm auf den Küchentisch gestützt, wirkte sie ehrfurchtgebietend: wie ein Boxer zwischen Runden.

»Oje, Mrs. Pearson, wie furchtbar, oje, oje. Ich frage mich, ob... aber nein.« Sie schielte mich von der Seite an, ein verstohlener, besorgter Blick.

»Wollten Sie mir etwas sagen, Mrs. Harrison?«

»Tue ich ja ungern, wissen Sie... schlecht über andere reden, und wo ich nicht einmal weiß...«

»Na, kommen Sie, heraus mit der Sprache! Ich hoffe, es ist Ihnen klar, daß ich keinen Augenblick daran gedacht habe, daß Sie oder Harrison etwas damit zu tun haben könnten, ganz bestimmt nicht, aber ich weiß nun einmal hundertprozentig, daß ich eine goldene Halskette in einem Schuhkarton im Arbeitszimmer habe liegen lassen, und weil ja Harrison ab und zu mal Staub wischt dort oben, dachte ich mir, er hätte sie vielleicht gesehen. War denn irgend jemand im Haus, Fremde vielleicht? Lieferanten irgendwelcher Art, Handwerker?«

Sie zögerte merklich. »Nein, niemand«, versicherte sie. »Weder heute noch gestern.« Wieder Pause. »Außer Mrs. Allendale natürlich. Die war auf eine Tasse Tee da. Kam früh von der Arbeit.«

»Im ersten Stock?« Ich studierte eingehend meine Hände.

»Im Souterrain, bei uns.« Sie zeigte mit dem Finger auf den Küchenfußboden. »Aber... sie war wohl oben, auf der Toilette, als ich den Tee gekocht habe. War eine ganze Weile weg. Und als sie wiederkam, hat sie sich sehr merkwürdig benommen, hatte es ziemlich eilig, wegzukommen. Und Jeanetta, nun die läßt schon mal ein Spielzeug mitgehen... aber Sie glauben doch nicht...? Nein, unmöglich, das würde sie nicht tun, die Allendale, nie im Leben.«

»Nein«, sagte ich in bestimmtem Ton. »Ausgeschlossen.« Ungemütliches Schweigen.

»Nein, nein, gewiß nicht«, murmelte die gute Frau. »Tja, ich weiß auch nicht, Mrs. Pearson, ich weiß nicht.«

Danach versank der Abend in Dunkelheit, wie es diese endlos langen Abende zu tun pflegen, wo einen Gefühle im Dunkel umtänzeln wie Leuchtkäfer. Ich schlurfte in der Küche auf und ab: Was habe ich falsch gemacht, was richtig, ein Leben in Scherben, die Abwehr am Abbröckeln, noch ein Glas, bitte. In den Garten hinausstarren, ein Stück Käse hinunterwürgen. Unsichere Schritte hinauf in Sebastians Arbeitszimmer, Spurensuche, dann wieder in meine eigene Höhle, die Suche nach Halskette und Kindheit, für die sie stand, aufgegeben. Über den Flur, in die Zimmer schlafender Kinder, lange betrachten, wieder raus, wieder rein, mich nicht losreißen können, ängstlich, sie alleine zu lassen und ängstlich, den zerbrechlichen Frieden zu stören.

Über die Halskette nachzudenken ist sehr viel angenehmer, als über den Rest. Klar, oder? Klar auch, weshalb David Änderungen seiner Haushaltsroutine vornehmen muß, Änderungen dahingehend, daß er sie zu Hause behält, im Blick hat. Sicher nicht sehr hübsch, eine Diebin zur Frau zu haben, wo er doch schon einen Dieb zum Vater hatte. Im Gegenteil, ein so schwerer Schicksalsschlag, daß ich ungnädiges Miststück mich zu Edelmut aufschwingen muß. Außerdem bedeuten mir Dinge längst nicht mehr so viel wie früher. Weiß auch nicht warum. Soll sie das verdammte Ding doch behalten; immerhin ist sie nicht Sebastians Flittchen, die dankbare Rolle fällt einer anderen zu. Gerede, Gerede, Gerede. Was nutzt schon das ganze Gerede. Ich mochte die Kette sowieso nie leiden; ich wollte es bloß wissen. Also noch einen letzten Schluck mit auf den Weg. Weiß nicht, welchen Weg, aber er scheint bergab zu führen. Mir gehen diese verflixten Witze nicht aus dem Kopf! Wie naiv von mir zu glauben, ich könnte mich Katherine anvertrauen! Wollte ich das tatsächlich? Geht natürlich nicht. Doch nicht einer Diebin.

14

Noch während des Aufbruchs am Morgen war sie fest entschlossen gewesen: sie würde alles Mary erzählen, und Mary würde ihr sagen können, ob ihr Leben in Ordnung war. Doch beim Anblick der Speisekarte lösten sich ihre Vorsätze in nichts auf. Nach beinahe zwei Wochen daheim mit Jeanetta war Essen zum Mittelpunkt der Welt geworden. Katherine saß gut sichtbar an einem Tisch im Restaurant neben der Royal Academy und wartete auf Mary. Manchmal sah sie ihr gesamtes Leben als ein einziges Warten, Warten an Tischen – mit den deutlich erinnerten kulinarischen Details als Wegmarken dieses Wartelebens. Sie konnte sich an jedes Gericht erinnern, nicht jedoch mit gleicher Zuverlässigkeit, in wessen Gesellschaft sie dieses genossen hatte, konnte Einzelheiten bildhaft heraufbeschwören, den Geschmack der Speisen dutzender Gelegenheiten wiedererkennen. Die Gesichter ihres jeweiligen Gegenübers, ihrer Tischgenossen blieben Schemen. In diesem Augenblick saß schräg vor ihr eine Frau, die kaltes Huhn aß, mit Messer und Gabel an den Knochen hantierend, das Gesicht angespannt vor Konzentration, während sie das Fleisch von den Knochen löste und kleine Stücke in den Mund steckte. Katherine fröstelte, und die Frage, was und wie sie es Mary erklären wollte, entglitt ihr immer mehr.

Mary hatte sich verspätet, absolut untypisch für die Schwester, die sich lieber halb umbringen würde, ehe sie jemanden warten ließ. Jedenfalls kannte Katherine sie so, sie mochte sich allerdings verändert haben in den letzten Jahren oder gar der letzten Woche, man wußte nie. Das passierte: die Menschen änderten sich, sie wechselten pausenlos die Farbe. Katherine blickte in die Zeitschrift, die sie mitgebracht hatte. Sie nahm immer ein Buch oder eine

Zeitschrift mit, um sich notfalls verschanzen zu können, doch sie las im Grunde wenig, hauptsächlich Zeitschriften, deren Hochglanzpapiere, Abbildungen von verlockenden Dingen und vor allem deren Platitüden, Kummerspalten und Ratschläge – besonders die mit Fotos versehenen tröstlichen Artikel über alles und nichts – sie magisch anzogen. Aus diesen Zeitschriften übernahm sie Ideen, speicherte Informationen über Kindererziehung, die wie weggeblasen waren, sobald sie Jeanetta gegenüberstand. Auf Jeremy hatte sie nie irgendwelche angelesenen Regeln oder Anregungen übertragen, dachte sie beschämt. Oje, wie wenig hatte sie in ihrem langen Leben begriffen! Beim nervösen Blättern hielt sie jetzt inne, schlug die Heftseiten zurück, gefesselt von der Überschrift »Wie wird man mit dem Trotzalter fertig?«, und überflog den Artikel, während sie gleichzeitig nach Mary Ausschau hielt. Zu dem Beitrag gab es die Aufnahme eines lauthals plärrenden zahnlosen Kleinkindmäulchens. »Diese Wutausbrüche legen sich«, stand dort. Das taten sie aber nicht, oder sie hielten bei Jeanetta ungewöhnlich lange an. Und das war auch der Grund, weshalb Jeanetta jetzt zu Hause im Spielerker eingesperrt war. »Am besten ignoriert man die Tobsuchtsanfälle der cholerischen Kleinen«, riet der Artikel. Katherine las mit zusammengekniffenen Augen und blätterte dann weiter. Vielleicht hatten sie ja recht. Kinder waren zäh, sehr widerstandsfähig. Gut zu wissen.

Jeanetta hatte die eine Nacht im Erker nicht sonderlich beeindruckt, so schien es jedenfalls. Als David, dicht gefolgt von der besorgten Katherine, am Morgen die Tür aufgeschlossen hatte, hatte das Kind trotzig inmitten eines Haufens Kleider gethront. Sie hatte in die Hose gemacht und eines von Katherines abgelegten Abendkleidern durchnäßt. Ein scharfer Ammoniakgeruch schlug ihnen entgegen. Ihr Gesichtchen war voller roter Flecken, die Haare hingen ihr wirr in die Stirn. Sie hatte geweint, das sah man, und obgleich sie stumm blieb, blickte sie kampflustig drein. Sie war immer schon ein starrköpfiges Kind gewesen. »Geh, wasch dich«, hatte David befohlen. Mutter und Tochter waren nach oben gegangen; Tränen vergoß Jeanetta über die Tortur des Zähneputzens, sie schniefte vor sich hin, sagte keinen Ton und machte sich erst einmal stocksteif, als Katherine sie in ihrer üblichen Unbeholfenheit in den Arm nehmen wollte, sich auf diese Weise entschuldigen wollte, ohne Jeanettas Verhalten direkt gutzuheißen. Das Kind hatte sich erweichen lassen und hatte die Umarmung erwidert. Sie blieb auch dann noch stumm, als sie gemeinsam zum Frühstück hinuntergingen. Jeanetta bekam einen Teller Brot mit Butter vorgesetzt und verschlang die Bissen wie ein gieriger kleiner Wolf, ohne das Fehlen der Cornflakes zu monieren, die weggesperrt worden waren. Dafür trommelte zu Katherines großer Erleichterung Jeremy auf seinem Tablett herum, warf sich in seinem Stuhl hin und her und wollte partout nicht essen. Den Aufruhr als Deckung benutzend, wollte Katherine Jeanetta noch Brot zustecken. »Nein«, sagte David, ohne auch nur den Kopf zu wenden. »Sie ist zu dick.« Jeanetta bestand nicht darauf. Das tat auch ihre Mama nicht, die nur seufzte. Es würde alles wieder gut, alles ging seinen gewohnten Gang. Fragte sich nur, wie sie die kommenden Tage verbringen sollten.

Der Frieden war nur von kurzer Dauer gewesen, hatte sich zu einem Flächenbrand des genauen Gegenteils verkehrt, und das schon Tage vor diesem Treffen mit der kinderlosen Mary, die das ganze Debakel als weiteren Beweis für Katherines Inkompetenz auffassen und wie immer mit Vorwürfen aufwarten würde. Warum ihre Schwester sich nicht nützlich machte? Etwas für das Gemeinwohl tat? Katherine hoffte diesmal regelrecht, daß Mary den üblichen Vorschlag eines Engagements für wohltätige Zwecke machen würde. Sie brauchte dringend andere als nur Hausarbeit, und zu solcher Arbeit könnte sie Jeanetta mitnehmen. Das Mehr an Zuwendung hatte die Tochter nicht gefügiger gemacht, im Gegenteil, sie wurden beide zunehmend gereizter. Jeanettas gedämpfte Stimmung war abrupt umgeschlagen, als sie begriff, daß sie nicht mehr zu den Harrisons durfte. Am Tag nach der ersten Verbannung in den Spielerker hatte sich Jeanetta voller Vorfreude angezogen, war – einen Donald Duck, den roten Umhang und andere unverzichtbare Dinge für den Treck hinüber zu den Harrisons hinter sich her schleifend – die Treppe hinuntergerumpelt gekommen, hatte sich an den Tisch gesetzt und laut und deutlich gefragt, wann sie denn endlich nach nebenan gingen zu Mrs. Harry. »Und Sammy und Mark«, hatte sie der Vollständigkeit halber hinzugefügt. Die Frage hatte sie an die Zimmerdecke gerichtet, den Körper zwar in Davids Richtung geneigt, doch auf Abstand bedacht.

»Mrs. Harrison ist nicht da«, sagte David kurz und bündig und fütterte Jeremy weiter.

»Is sie aber! Is sie aber! Is sie aber! Ich hab sie vom Fenster geseht, draußen! Hab ich, hab ich, hab ich aber!« Ihre Empörung nahm hysterische Ausmaße an ob Davids schamloser Lüge.

»Sei still, Jeanetta, iß dein Brot.«

»Will nich Brot. Will Cornflakes.«

»Nein. Du saust nur rum. Und steck dir das Hemd in die Hose.« Seine Stimme war kalt.

»Bitte – bitte, gehen wir zu Mrs. Harry. Bitte.« Sie versuchte es jetzt mit Betteln.

»Nein.«

Jeanetta nahm eine Scheibe sparsam mit Butter bestrichenes Vollkornbrot und knallte es außerhalb der Zone ihres mit Plastik geschützten Eßplatzes kopfüber auf die Tischplatte, hieb wiederholt darauf ein, zuerst mit dem Handballen, dann mit der Faust. Die Tischplatte aus hartem Edelholz war versiegelt, also unempfindlich, doch neben ihrem Teller hüpften das Besteck und das Glas mit Orangensaft scheppernd auf und ab. »Will aber, will aber, will aber!« kreischte Jeanetta und zermalmte das Brot auf dem Tisch. »Will zu Mrs. Harry! Jetzt!« Jeremy kriegte runde Augen, verfolgte das Ganze mit großem Interesse und blies dann den Brei vom Löffel, der ihm vors Gesicht gehalten wurde. Ein Nerv am Hals des Vaters begann zu zucken. Katherine sagte nichts und entfernte rasch die Schweinerei. Jeanetta griff nach der nächsten Scheibe.

Als sie nun im Lokal mit dem Deckengewölbe und den Gemälden an den Wänden saß, auf Mary wartete und die anderen Gäste beobachtete, die aßen und sich unterhielten, stellte sich Katherine Davids Hand anstelle irgendeiner vor, die sie sah. Seine Hand, die nach dem Brot griff und es außer Reichweite geschoben hatte, seine Stimme, wie sie Ruhe verordnete. Jeanetta hatte Grimassen geschnitten, während sie weiteraßen, hatte sich geweigert, irgend etwas zu essen, entschlossen, eher am Schweigen zu ersticken als sich zu beschweren. Anschließend war Katherine fortgeschickt und Jeanetta im Spielerker eingesperrt worden. Katherine dämmerte es allmählich, wie die Tagesroutine in Zukunft wohl aussehen würde: »Du sollst ja nicht den ganzen Tag zu Hause hocken, Liebling«, hatte David gesagt, ganz zuvorkommend. »Je weniger die Leute über deine Kündigung erfahren, desto besser. Also geh unter die Leute, triff deine Freundinnen, triff dich mit Mary, mach was Kulturelles, da ist das Telefon. Unternimm irgend etwas. Geh ins Fitness-Center. Ich hab dich gern um mich, aber nicht ununterbrochen. Die Leute würden es eigenartig finden.«

Ihre Tage sähen also folgendermaßen aus: Sie würde sie mit Jeanetta vorm Fernseher verbringen, falls die Kleine nicht in den Erker kam, wo sie nichts anrichten konnte, während Jeremy an seines Vaters Seite klebte, gleichmütig, mit ständiger Musikberieselung eingelullt, zufrieden mit Davids Gesellschaft. Ob man den Aufenthalt im Erker nun Haft nennen wollte oder Verwahrung, war letztlich egal; er werde sich schon um sie kümmern, sagte David.

»Nun geh schon, Katherine, du gehst mir auf die Nerven.« Er setzte ihre Verschwiegenheit, ihr Einverständnis mit dem neuen Reglement einfach voraus. »Versteh doch, es tut ihr gut«, versicherte er. Der Süßigkeiten beraubt, die ihr die Harrisons zusteckten, hatte Jeanetta merklich abgenommen. Katherine verstand, daß allein das in Davids Augen Bestätigung für die Richtigkeit seiner Methode darstellte. Das Kind sollte umgemodelt und dem Stromlinienstil des Hauses angepaßt werden.

Laß die Dinge erst einmal laufen, es würde alles wieder besser werden, das wurde es immer. Sie widmete sich wieder ihrer Zeitschrift. »Es handelt sich um eine vorübergehende Phase«, stand da, »eine Besserung ist abzusehen.« Wenn er sie nur nicht über Nacht dort einsperrte! Aber er schlug sie nicht, wurde nicht grob, verpaßte ihr keine Ohrfeigen. Von solchen Dingen hatte sie gelesen; das war bedenklich, das war ernst zu nehmen. Das taten grausame, brutale Väter. Jeanetta befand sich auch jetzt wieder im Spielerker. Die letzten Tage hatte sie mehr Zeit im Erkerzimmer als außerhalb zugebracht. Katherine begann, die Tage an den Fingern abzuzählen und hörte auf.

David war nicht grausam, David war gut. Sie schloß die Augen, sperrte so die optischen Eindrücke aus, plötzlich erschien ihr das sie umgebende Stimmengewirr lauter. Sie dachte an die Flitterwochen mit David in Italien zurück, versuchte, ein Mantra glücklicher Erinnerung heraufzubeschwören, konnte sich aber nur ans Vögeln vor Frühstück, Mittag-, Abendessen, um Mitternacht erinnern, eine einzige Vögelei – wie ein Kater, der sein Revier markiert. Spuren am ganzen Körper, als habe er sie nie zuvor gehabt. Meins, meins, meins! Und sie, sie war es zufrieden gewesen, in Besitz genommen zu werden. Sie wünschte, sie könnte zu diesem Punkt in der Erinnerung zurückkehren und dabei die Übelkeit überspringen, seine Ungläubigkeit, die in den Jahren seit dieser so unglücklich verfrühten Schwangerschaft offenbar noch gewachsen war. Gewachsen im selben Maße, wie das Haus um sie herum vollkommener geworden war, während er sie nicht mehr wie ein kostbares Kleinod behandelte, ihr nicht mehr die alte Kindlichkeit zugestand. Panik überrollte sie erneut. Welche Niederlage sie auch immer in Kauf nehmen müßte, sie mußte es Mary sagen!

»Um Himmels willen, Katherine, wach auf! Du siehst albern aus mit geschlossenen Augen. Tut mir leid, daß ich zu spät komme.«

Katherine zuckte zusammen.

»Ich hatte die Augen nicht geschlossen«, log sie. »Ich habe nur zur Decke raufgeblickt.«

»Aha. Und wieso?«

Mary sortierte ihre Einkaufstüten ohne eine weitere Begrüßung. Mary wirkte immer rastlos, ständig blickte sie auf die Männeruhr, die zu groß und klobig war für ihr schmales Handgelenk und erinnerte auf diese Weise jeden daran, wieviel sie zu tun hatte, welche Gunst einem erwiesen wurde, wenn man so viel ihrer Zeit beanspruchen durfte. Da sie heute nach Anzeichen von Schuldgefühlen bei ihrer kleinen Schwester forschte, war sie noch unruhiger als sonst, fiel ihre Prüfung noch eingehender aus. Katherine war so schlank wie immer, möglicherweise noch schmaler, aber da ihr Mary darin in nichts nachstand und deshalb kein Anlaß zu Neid geboten war, hielt sie sich damit nicht lange auf. Nein, es war vielmehr das Weiche an Katherine, das sie faszinierte, das so schwer zu greifen war, eine Art Flauschigkeit, die sie ebenso mit neidischer Gier wie Verachtung erfüllte.

»Heute ist also wieder einmal Kulturschock angesagt?« meinte Mary respektlos. »Wir haben uns ewig nicht gesehen, nett, daß du angerufen hast. Aber dann machen wir das ja auch jedes Jahr, nicht? Weiß der Himmel warum. Wollen wir erst essen oder erst die Bilder ansehen?« Die Frau am Nachbartisch fledderte jetzt die letzten Fasern Hühnerfleisch vom Gerippe. An den Knochen war das

Fleisch rosa. Katherine griff hastig nach ihrer Handtasche.

»Erst die Bilder, denke ich.«

Sie schlenderten ins Foyer der Royal Academy, zahlten – Katherine mit Bedenken. Das Taschengeld für einen solchen Nachmittag wurde knapp bemessen; nie genug übrig für einen Anruf. Sie spielte mit dem Gedanken, sich von Mary ein wenig Kleingeld geben zu lassen, doch Marys brüsker Ton hielt sie davon ab, und jetzt, in der ehrfurchtgebietenden Stille, kehrte der alte Stolz wieder. Sie gingen die Treppe hinauf in den ersten Saal. Katherine hatte einen ausgeprägten Sinn für Bilder. Sie sah sich Bilder an wie andere vielleicht Filme, sah Gestalten, wo keine erkennbar waren, fühlte sich instinktiv zu bestimmten Farbkombinationen hingezogen, konnte versunken in Kunstgalerien umherirren wie eine Schlafwandlerin, alles um sich herum vergessend, konnte endlos verweilen um des schlichten Augenschmauses willen. Der gemeinsame Besuch der Summer Exhibition war eine feste Einrichtung, an der Katherine aus Liebe zur Sache festhielt, Mary, weil sie es für die Pflicht gebildeter Menschen hielt. Katherine kam nicht, um Qualität zu suchen, sondern nur, um sich zu verlieren, sich zu berauschen an endlosen Fluchten hintereinander liegender Säle, behielt aber Davids Anweisung im Hinterkopf: »Preis spielt keine Rolle, solange es taugt, notiere dir Titel und Künstlernamen, merke sie dir vor.« Kunst betrachtete David nicht zuletzt auch als Geldanlage, für die er auf den sicheren Blick seiner Frau angewiesen war. Katherine blieb gebannt vor einer toskanischen Landschaft stehen: leuchtendes Blau, ockergelbe Felder, flimmernd vor Hitze als stünde die Leinwand in Flammen. »Oh! wie schön!« hauchte sie.

»War es so während eurer Flitterwochen?« fragte Mary unvermittelt, auf der Lauer, auf irgendwelche verräterischen Hinweise aus.

»Ich kann mich nicht erinnern«, antwortete Katherine.

Diese knappe Art des Austauschs war zwischen ihnen die Regel, doch heute erschien sie Mary verdächtig, ein Aneinandervorbei, das signifikant sein mußte. Meist ließ sie die Ausstellungsbesuche eher unwillig über sich ergehen, heute war sie gekommen, um ihre Schwester genau zu beobachten. Mary nahm Katherines Zurückhaltung, ihre Selbstzufriedenheit übel, Marys eigener Kopf barst schier vor Eifersucht. Claud hatte nicht angerufen; sie war vollkommen allein, während Katherine umgeben und umworben war. Marys ganze Unzufriedenheit kreiste um Claud, der zwar nicht der eigentliche Quell war, der jedoch in ausreichendem Maß dazu beitrug, um Mary ganz ungewöhnlich irrational werden zu lassen und scharfkantig wie Eis.

Im Saal mit der abstrakten Kunst war noch kein Bild verkauft. Mary zog solche Linien und Formen den realistischeren Darstellungen der, wie sie insgeheim fand, eher banalen Motive vor. Sie gingen weiter. Mary wurde allmählich ungeduldig, sie hatte Hunger und sie konnte die ehrfürchtige Hingabe ihrer Schwester, ihre visuelle Ansprechbarkeit schlecht ertragen. Sie blieb bewußt vor einem großformatigen Bild stehen, nicht abstrakt, sondern allegorisch, nahm sie an, eher im Stil der Surrealisten. Zwei rote Leiber waren auf obszöne Weise verschlungen, sie füllten fast die ganze Leinwand. Im Hintergrund war eine schimmernd weiße Frauengestalt zu erkennen, während leuchtend blaue Tränen im Vordergrund über die Leinwand fielen. Das Bild war ›Ehebruch‹ betitelt, das Wort in großen Lettern von derselben Farbe wie die Tränen über die linke Ecke gemalt.

»Das gefällt mir«, behauptete Mary, vom Teufel geritten. »Phantastisch, findest du nicht?«

Mary war aufgeregt, glaubte an eine Schicksalsfügung, die sie beide hierhergeführt hatte, wo alle Indizien deutlich präsentiert wurden: eine Frau in Weiß, die aus der Entfernung den schreienden Geschlechtsakt verfolgte, weiß bekleidet wie Katherine an dem Tag, an dem sie im Bistro auf

Claud gewartet hatte, Katherine aber auch die Frau im Mittelpunkt des Bildes, einer der miteinander verwobenen roten Körper. Doch die surreale Komponente, die Absage an jede Beschönigung beunruhigten Katherine, der vor Häßlichkeit graute. Sie schüttelte sich vor Mißbilligung. Mary erblickte ein Zerrbild Clauds, Katherine sah David und Monica, entzifferte eine häßliche Botschaft des Verrats.

»Es ist abscheulich. Abscheulich!« flüsterte sie und klackerte auf hohen Hacken in den nächsten Ausstellungsraum, einen kleineren Saal voller Miniaturen. Na, kein Wunder, frohlockte Mary, kein Wunder, daß es dir nicht gefällt! Ein Spiegel deines eigenen Ehebruchs. Gefällt dir wohl nicht in diesem schrillen Rot, scheust das Licht, wie? Sie wußte doch um die einstige Promiskuität der kleinen Schwester, oder nicht? Im Grunde ihres Herzens glaubte sie allerdings nicht, daß Katherine so leichtsinnig wäre. Sie wußte nicht mehr, was sie glauben sollte, konnte aus der Perspektive ihrer eigenen rotumrandeten Augen nur den Betrug als gegeben sehen.

Ja, alle Zweifel waren jetzt ausgeräumt, alles paßte. Claud meldete sich nicht, hüllte sich in vielsagendes, ohrenbetäubendes Schweigen, bis er immer wichtiger wurde, bis das Läuten des Telefons, das stumm blieb, ihr in den Ohren gellte. Man sehe sie sich nur an: eine hochgradig nervöse Katherine, zappelnd vor schlechtem Gewissen, begierig, irgend etwas zu beichten, und kein Wort von Claud. Mary spürte Wut aufsteigen, teils hungerbedingt, teils aus mannigfaltigen Quellen tiefer Unzufriedenheit genährt. Nach der Rückkehr ins Restaurant stocherte sie in dem schlappen Salat auf dem Teller. Katherine kriegt alles, und mir bleibt ein Teller Grünzeug!

»So«, meinte sie übertrieben munter, »das war ja nett. Gehst du noch einkaufen? Was gibt's Neues? Was macht der Job?«

Katherine schrak abermals zusammen, machte regelrecht einen Satz vom Stuhl hoch. »O gut, gut, alles bestens.« Eine ausweichende Antwort. Sie stocherte in ihrem Essen. Heute nichts Herzhaftes, kein Fleisch, sondern Salat mit Schafskäse. Sie mußte Mary unbedingt vom Erkerzimmer erzählen. Mary nahm ihrerseits nur das schuldbewußte Verhalten ihrer Schwester wahr. Siehst du: sie kriegt keinen Bissen runter! Ihre Ungeduld wuchs.

»Ich war heute morgen bei Mr. Isaac«, sagte sie vorwurfsvoll. »Dachte, ich würde dich dort antreffen, aber du warst nicht zur Arbeit gekommen.«

»Nein«, bestätigte Katherine. »Heute nicht.«

»Aha«, meinte Mary und verstand. Der Alibi-Job, der es Katherine am Morgen erlaubte, dem guten David fröhlich Adieu zu winken, um dann in einem kleinen Hotel – oder einem eigenen Liebesnest, Katherine würde sich ohne weiteres eine Wohnung leisten können – zu ihrem Geliebten zu schleichen. Zu Claud, der mit Blumen oder irgendwelchen Geschenken aufkreuzte. Katherine würde vorm Fenster ihr weißes Kleid ablegen. Egal, ob es sich nun so oder etwas anders abspielte, wie auch immer, Katherine log, wollte sie für dumm verkaufen. So jedenfalls die Schlußfolgerungen Marys, ganz benommen vor tatsächlicher und eingebildeter Kränkung.

»Aber du hast den Job noch?« fragte Mary harmlos. Nicht, wenn Mr. Isaacs zu glauben war, dessen verzweifelt hochgeworfenen Arme und vorsichtigen Andeutungen, etwa »sehr bedauerlich, sehr bedauerlich, aber einfach nicht zuverlässig«, Mary anders gedeutet hatte. Im Zuge seiner Beteuerungen, die keineswegs auf eine klare Aussage hinausliefen, hatte Mr. Isaacs hinzugefügt, es tue ihm für den Gatten so leid, ein feiner Mann. »Wie meinen Sie das?« hatte Mary gefragt. »So unangenehm«, hatte Mr. Isaacs getuschelt, »die ganze Zeit über diese Betrügereien, und ich mochte nichts sagen.« »Was für Betrügereien?« Mary hatte nicht lockergelassen. Mr. Isaacs hatte sich verlegen die Nase gerieben, hatte nicht deutlicher werden wollen. Marys ohnehin überstrapazierte Phantasie war um Bilder nicht verlegen.

»Katherine, du lügst mir was vor«, sagte Mary jetzt der Schwester auf den Kopf zu, und schob sich rasch eine Scheibe Salami in den Mund, obwohl ihr der Appetit vergangen war. Katherine rutschte wieder unruhig hin und her.

»Bitte?«

»Du lügst«, wiederholte Mary mit Genugtuung.

»Aber nein, nein…«

»Doch. Ich weiß es. Ich habe mich umgehört.«

Katherine ließ sich stocksteif zurücksinken. Mary hatte mit David gesprochen! Früher hatten sie sich häufiger unterhalten, in der letzten Zeit nicht mehr so oft. Katherine hatte manchmal den unangenehmen Verdacht, daß Mary die ganze Sache arrangiert, ihre Ehe eingefädelt hatte wie eine Heiratsvermittlerin und daß sie sich durch Sophie auf dem laufenden hielt. Überhaupt war ihr aufgefallen, daß die wichtigen Menschen in ihrem Leben sich oft absprachen, über sie sprachen. »Was machen wir bloß mit Katherine?« Sie hatte diesen geflüsterten Satz schon gehört, war sich dessen bewußt, daß ihre Person oft zum Gesprächsthema wurde. Es hatte sie eigentlich nie besonders gestört, denn es ersparte ihr eigene Entscheidungen, eine beschämende Tatsache vielleicht, aber die Erleichterung wog schwerer als die Scham. Dann brauchte sie sich jetzt auch nicht scheuen, Mary von der Halskette zu berichten, denn offenbar war Mary ohnehin schon im Bilde.

»Dann weißt du ja Bescheid«, sagte sie schließlich, dachte an Mr. Isaacs, an die Numdahs, mehr jedoch an die Goldkette mit den Diamanten, die in Davids Atelier verschlossen in irgendeiner Schublade lag, eine Zeitbombe. Und Jeanetta im Erkerzimmer, ähnlich kaltgestellt. Mary nickte wissend, dachte ihrerseits nur an Claud, an Leute, die anderen etwas wegnehmen, an Paare im Bett.

»Es war nicht meine Schuld«, stammelte Katherine. »Es ist einfach so gekommen. Ich konnte nichts dafür.«

Mary beugte sich mit wutverzerrtem Gesicht über den Tisch. »Kannst nichts dafür, wie? Konntest noch nie widerstehen, wie? Machtlos gegen jeden bewundernden Männerblick, was?«

Noch während sie die Worte herausspuckte, hatte Katherine zu würgen und husten begonnen. Ihr klebte das Brot am Gaumen, an dem sie gedankenverloren geknabbert hatte, und verursachte Brechreiz. An den Brotkrumen klebte auch noch anderes, und sie hatte sich vor Erleichterung über die Aussicht, einen Teil ihrer Last auf Mary abwälzen zu können, verschluckt.

»Bitte, laß mich erklären«, haspelte sie, Tränen vom Husten in den Augen. »Zu Hause ist alles so schrecklich. David ist so wütend auf mich... und Jeanetta... Was soll ich bloß tun? Wenn du mich anhören würdest... du könntest mir sicher einen Rat geben! Ach, wenn du nur mit mir nach Hause kommen könntest! Könntest du nicht mitkommen?«

Mary war am Ende ihrer Geduld angelangt. Die überfällige Einladung, jetzt, unter solchen Umständen, fast flehend ausgesprochen, stieß ihr sauer auf. Eifersucht rüttelte sie in eiserner Faust.

»Nein, ich lasse dich nicht erklären!« schrie sie. »Jetzt nicht, später nicht, gar nicht! Was erlaubst du dir eigentlich, anzunehmen, daß ich Verständnis hätte! Du bist ein billiges Flittchen! Wenn er dich auf die Straße setzt, brauchst du nicht glauben, daß du zu mir gerannt kommen kannst!«

Katherine beugte sich auf ihrem unbequemen Stuhl vor, sah Marys steif durchgedrücktem Kreuz nach, als sie aus dem Lokal rauschte. Dann schaute sie wieder zur Decke hoch. Um die Tränen der Verzweiflung zurückzuhalten. Sie wollte ja reden, aber keiner ließ sie reden! Es hatte alles keinen Zweck. Sie hatte bei der Nachbarin Susan Pearson geklopft, von der sie wußte, daß sie da war und hatte zu hören bekommen, sie sei nicht im Haus. Sie hatte es bei den Harrisons versucht; an andere in ihrer Bekanntschaft heranzutreten, wagte sie nicht. Etwa Monica und Jenny, die unter einer Decke steckten, die sich über sie lustig machten. Sophie rief nicht mehr an. Keiner wollte sie anhören.

Tack, tack, tack. Mary lief auf flachen, der Haltbarkeit wegen mit Stahlspitzen versehenen Pumps die Wendeltreppe zur U-Bahn-Haltestelle hinab, vor Ärger gespannt wie ein Drahtseil. Die verbleibenden Stunden dieses Tages waren bereits verplant: ein Termin sauber an den nächsten gehängt – und zu diesem nächsten war sie jetzt unterwegs. Heiße und kalte Wut; sie fixierte die Männer auf der gegenüberliegenden Bank hungrig. Ein Nachfolger für Claud mußte her, Befriedigung mußte her, zum Teufel mit Katherine. »Da hab ich ihr aber ordentlich die Meinung gesagt, das wird sie sich hinter die Ohren schreiben müssen! Die braucht nicht zu glauben, daß sie zu mir gerannt kommen kann, wenn sie sich nach bekannter Manier in die Patsche setzt, braucht nicht zu meinen, sie kann mich nach Belieben benutzen und fallen lassen! Soll sie doch schmoren! Für wen hält die sich eigentlich!« Es ging noch lange weiter in dieser Art selbstgerechten Zorns, endloser Schimpftiraden. »Ausstellungen besuchen! Wie ich es hasse, wenn die Leute meine Zeit stehlen! Soll sie mit Claud in ihre Ausstellungen gehen! Glaubt sie, ich hätte nichts Besseres zu tun, blöde Wohlstands-Kuh!« Mary warf einen Blick auf die riesigen Zeiger ihrer Uhr. Sie käme zum nächsten Termin zu früh. Egal, sie hatte zu tun, die würden sie einfach eher drannehmen müssen. Sie war jetzt zu sehr in Fahrt, um sich bremsen zu lassen.

Weiter ging es. Tack, tack, tack die Nebenstraße im Westend hinauf, die zum Präventionszentrum »Kinder in Not« führte, dessen Diensträume sie prüfen sollte, heruntergekommene Räume, die über dem Hauptsitz einer Herstellungsfirma von Umstandskleidern und neben einer privaten Familienklinik lagen – sehr passend, zu komisch, fand Mary. Ihre Aufgabe: Begutachtung der Räume zum Zwecke der Verteilung von Geldern und Zusammentreffen mit denjenigen Mitarbeitern, die für eine Auszeichnung vorgeschlagen worden waren. Und dann, verdammt, verdammt, verdammt, zurück in die eigene leere Wohnung oder zum nächsten ähnlich gearteten Termin. Mary war die treuhänderische Verwaltung des Fonds übertragen worden, in den sämtliche Spenden flossen, die ohne nähere Angabe »wohltätigen Zwecken« zugedacht waren und über deren Verwendung Mary und andere nach eigenem Gutdünken entschieden. Mary genoß die Macht über anderer Leute Geld sehr. Im Augenblick jedoch hatte sie ausgerechnet mit Kindern nicht mehr viel im Sinn – eine Nebenwirkung des Notstands ihres Hormonhaushalts vielleicht, oder der Begegnung mit Katherine zuzuschreiben. Kinder waren doch nichts anderes als Monster in Miniaturform; es waren eigentlich die Erwachsenen, die geschützt werden müßten.

Zu den beiden vollgestopften Räumen gelangte man über eine knarrende Treppe. Die beengten Verhältnisse waren ohnehin nur deshalb tragbar, weil die meisten Mitarbeiter ständig unterwegs waren. Teambesprechungen mußten im Pub abgehalten werden, ansonsten benutzten sie die zwei Schreibtische und fünf Stühle umschichtig. Die Möbel trugen Spuren von Mißhandlung, ein Leck in der Decke war notdürftig abgedichtet. Die Großstadthitze hatte sich unterm Dachstuhl gestaut, stickige Luft wurde von einem altersschwachen Ventilator umgerührt. Als Mary die Treppen hinaufstieg, hörte sie eine bettelnde, nörgelnde Männerstimme.

»Nun komm schon, du wirst doch eine kleine Katze unterbringen können. Nur eine. Schau sie dir doch wenigstens mal an. Putzig, ich kann ihnen stundenlang zusehen.

Unwiderstehlich, glaub mir. Sie sind bildhübsch.« Die Stimme geriet ins Schwärmen.

»Wieso willst du sie dann überhaupt loswerden?«

»Will gar nicht, wenn du's genau wissen willst, aber was soll ich machen? Es sind fünf, weißt du, und die wuseln überall herum. Wenn ich sie nicht gut unterbringen kann, behalte ich sie. Am besten gefällt mir ja die eine getigerte...«

Mary blieb einen Moment draußen neben der offenen Tür stehen, beobachtete und lauschte, ohne daß man sie sehen konnte.

»...noch dazu mit Weiß, mit so Wassermelonenstreifen. Ich habe Kat in Verdacht, es gleich mit mehreren getrieben zu haben.« Eine Frau kicherte. »Loses Frauenzimmer«, fügte die Männerstimme stolz hinzu.

Mary erspähte einen langen, dürren Kerl, der wie ein Schluck Wasser auf der Kante eines zerschrammten Schreibtisches hing und sich mit einer unscheinbaren Frau von etwa fünfzig müden Lenzen unterhielt. Ein nervöser Tick im Gesicht, den Mary von der Seite wahrnahm, ließ sein Grinsen – selbst im Profil – leicht blöde erscheinen. Katzen! dachte Mary erbost. Ein bezahlter Mitarbeiter lümmelte auf einem Schreibtisch herum und vergeudete einen Nachmittag mit Geschwätz über Katzen. Mary haßte Katzen. Sie erinnerten sie an Katherine in ihrer anschmiegsamsten Kätzchenlaune. John Mills erhob sich just, als Mary angewidert das Gesicht verzog. Er sah sie hinter der Tür stehen und eilte schlurfend und schlingernd auf sie zu, Bewegungen ohne jede Anmut.

»Nanu«, ahmte er den strengen Gesetzeshüter nach, »wer sind denn Sie?«

Die Sekretärin stupste ihn warnend an, Besorgnis legte sich auf ihre gutmütigen Gesichtszüge. »Das ist Miss Fox«, sagte sie hastig. »Die sich bei uns mal umsehen will.«

»Aha«, meinte John unbeeindruckt und grinste breit, ein Anblick, den Mary noch abstoßender fand als die

Kummermiene mit dem nervösen Zucken. »Sie haben nicht zufällig Interesse an einem jungen Kätzchen?«

Er streckte ihr die Hand entgegen, richtete sich zu seiner vollen, schlaksigen Größe auf, bis er Mary überragte wie ein windschiefer Obelisk. Haarfarbe und Teint erinnerten Mary an Claud, aber das war auch die einzige Ähnlichkeit. Ein schlecht zusammengefügter Körper, abfallende, schmale Schultern, Bauchansatz, spindeldürre Beine – alles, was ihr an einer Männerfigur mißfiel, war hier vereint. Dann schon lieber die dralle Leibesfülle des *bon vivant* und nicht so ein mickriger, birnenförmig ausgebeulter Unterbauch. An diesem Menschen war gar nichts Festes, Kräftiges, war alles unkoordiniert, unkontrolliert. Als Mary in dem für sie charakteristischen energischen Ton zu sprechen begann, nahm er seinerseits ihre Kleidung zur Kenntnis, die an eine Politesse erinnerte, die abgehackte Sprechweise, das nüchtern-geschäftsmäßige Gebaren, und spürte, wie Vorurteil sich rasch zu spontaner Abneigung auswuchs. Wenn ihm jemand auf Anhieb gegen den Strich ging, wurde er hilflos. Er fühlte sich wie ein Schuljunge in Gegenwart eines verhaßten Lehrers, als er ihr nun mit großspuriger, trotziger Gestik die Diensträume zeigte, albern gackernd.

»Ah ja, die ›Ausstattung‹... Nun, da hätten wir hier einmal die Aktenschränke. Klo ist draußen – wenn Sie brauchen –, Damen und Herren in einem. Darf ich Sie unserer allwissenden Miss Moneypenny vorstellen? Hier unser Telefon. Dort ein Stuhl, kaputt. Ich bin mir ja nicht ganz im klaren, was Sie begutachten wollen, aber mehr gibt es nicht zu sehen. Und fragen Sie nur nicht, wo die Mitarbeiter sind. Es gibt deren zu wenige, und die sind unterwegs.«

Die Sekretärin verfolgte das Ganze peinlich berührt. Sie versuchte ihr Unbehagen über der Zubereitung des Tees zu verlieren. Dann mußte sie erst drei Stockwerke hinunter in den Laden laufen, um Zucker zu besorgen, den keiner wollte, und dann schenkte sie aus der abgestoßenen

Kanne aus, als alle sich in geladener Atmosphäre um den Schreibtisch hockten.

»Würden Sie sagen«, begann Mary, räusperte sich, Abneigung durch das aufgesetzt höfliche Lächeln entschärfend, ruhiger geworden, »daß Sie es bei Ihrer Arbeit mit einem repräsentativen Querschnitt durch soziale und ethnische Schichten zu tun haben?« Es war eine Fragenbogenfrage, und sie richtete sie an die Sekretärin. Die hatte gerade den Mund aufgemacht, um zu antworten, als John ihr zuvorkam.

»Ethnisch gesehen ja, sozial gesehen nein. Es wird Ihnen doch nicht neu sein, daß das Gros der gesellschaftlichen Mißstände die untersten Schichten am härtesten trifft. Oder den ›Abschaum‹, werden *Sie* vielleicht meinen.«

Mary ging ihre eigene Kindheit durch den Kopf. Sie verbannte die Erinnerung und besann sich dessen, daß laut Auskunft der befaßten Stellen Armut kein entscheidender Faktor im Versagen ihrer Eltern gewesen war, geschweige denn der Grund dafür, daß sie im Stich gelassen worden war. An Claud und Katherine verschwendete sie jetzt keinen Gedanken mehr, sie war viel zu sehr damit beschäftigt, John Mills einzig und allein um seiner selbst willen unsympathisch zu finden. Wegen des Ticks, des Bäuchleins und wegen seiner unsäglichen Arroganz.

»Nicht unbedingt«, murmelte sie.

Er sah sie mit kaum verhohlener Verachtung an. »Käme diese Art Mißhandlung wirklich querbeet durch alle Schichten hinweg vor«, dozierte er, langsam, jedes Wort betonend, als spräche er mit Schwerhörigen, »dann würde es sich um einen außergewöhnlichen Bazillus handeln, denn nur sehr spezifische Bazillen befallen in epidemischem Ausmaß die mittleren und oberen Schichten. Eine hübsche Analogie, wie ich meine.« Sein Arm beschrieb eine ausladende Geste, Mary wich zurück. »Die Reichen wissen sich in der Regel sehr gut zu helfen, finden Sie nicht? Sie sind letztlich gegen vieles immun.«

»Das kann man nicht so verallgemeinern...«, setzte Mary an.

»Nach fünfzehn Jahren in diesem Job«, unterbrach sie John barsch, »kann ich das.«

Unheilvolles Schweigen, während sie alle an ihrem Tee nippten. Mary untersuchte ihre Tasse mißtrauisch. Es war ihr nicht entgangen, daß er ihr mit Absicht die mit den Rissen und den braunen Ringen gereicht hatte. Als das Telefon klingelte, schoß die Sekretärin hin, als könnte die Muschel die Erlösung verkünden.

Tack, tack, tack wieder treppab, kaum eine halbe Stunde nach ihrem Erscheinen. Mary käme auch zum nächsten Termin zu früh, und im Geiste hakte sie den ganzen Tag ab. Sie glaubte kein Wort von dem, was ihr oben erzählt worden war: daß sie ausgerechnet während der ersten Flaute, der ersten Verschnaufpause seit Wochen gekommen war, was mit den Sommerferien zusammenhänge, ein Gesichtspunkt, den zu berücksichtigen Mary nicht aufgelegt war. Katzen und Vorurteile, lächerliche Männer mit großen Füßen und schmächtigen Schultern, welche höchstens der Last der eigenen Komplexe gewachsen waren. Eines stand fest: keiner in dieser miesen Klitsche würde eine dieser verfluchten Auszeichnungen erhalten, geschweige denn eine Gehaltserhöhung aus dem Fonds. Noch Anerkennung irgendwelcher Art.

Mrs. Harrison erspähte John Mills, als er auf dem Heimweg auf der gegenüberliegenden Straßenseite am Haus vorbeizog und herüberblickte. Sie mußte an eine Schildkröte denken, wegen seines ängstlich zwischen den Schultern vorgeschobenen Kopfes. Hinterm Fenster von Mrs. Pearson Thorpes Arbeitszimmer winkte sie ihm zu, doch die Scheiben waren nach dem frühmorgendlichen Besuch eines Fensterputzers so blitzsauber, daß John das Winken nur als schwarzen Schatten wahrnahm. Mrs. Harrison war beim Staubwischen und entfernte bei dieser Gelegenheit die Flaschen und die klebrigen Gläser, die hinterm Sofa standen, auf dem nach wie vor der Schuhkarton mit dem Familienschmuck lag, Zustände, die Mrs. Harrison ein mißbilligendes Kopfschütteln entlockten. So nachlässig! Harrison, ihre bessere Hälfte, saß im Souterrain und guckte mit den Kindern fern, blöde Sendungen, von denen sie nichts hielt, Kricket oder Zeichentrickfilme, genau wußte sie es nicht mehr, aber passend für einen solch brütend heißen Nachmittag. Jeanetta hätte sich das nicht bieten lassen, hätte lauthals protestiert gegen das Herumsitzen – warum war sie eigentlich so dick bei all der Bewegung? Mrs. Harrison schlug und schüttelte die Sofakissen wütend zurecht, verlor das Interesse, kehrte ans Fenster zurück, getrieben von einer unerklärlichen inneren Unruhe und von Zorn. Arme Kleine. Jeanetta war seit zwei Wochen von der Bildfläche verschwunden. Statt daß sie mal zum Spielen herüber gedurft hätte, schlecht für Kinder, diese abrupten Umstellungen! Mrs. Harrison hatte zweimal nebenan geklingelt und angeboten, die beiden in den Park mitzunehmen. Und was war der Dank? Glatt abgeblitzt. Dieser David Sowieso mit seinem aufgesetzt höflichen Grinsen, »danke, sehr liebenswürdig, aber sie ist mit jemandem unterwegs, vielleicht ein andermal«. Mrs. Harrison kannte ihren Platz, wußte durchaus, was ihr in ihrer Stellung zustand. Wiederholte Nachfragen waren nicht angebracht. Und trotzdem würde sie fragen, würde sie es verdammt noch mal wieder tun! Daß sie selbst Katherine nicht hereingelassen hatte, als sie herübergekommen war, stand auf einem anderen Blatt. Auch Harrison hatte sie abgewiesen. Nicht die Mutter interessierte sie, sie interessierten nur die Kinder.

Mrs. Harrison stand unschlüssig am Fenster, wühlte in ihrer Tasche und fischte die Zigaretten heraus. Scheiß drauf, das Zimmer war ohnehin muffig, und ihre werte Arbeitgeberin würde es gar nicht merken. Trotzdem öffnete sie vorsichtshalber ein Fenster, dann, aus einer Laune heraus, zog sie sich einen Stuhl heran, setzte sich und legte die Füße auf die Fensterbank. Warum auch nicht? Außerdem sehr praktisch: die Asche konnte gleich zum Fenster hinausgeschnippt werden. Sie mußte husten; die grünen Damastvorhänge saßen voll Staub. Einmal ordentlich schütteln, dachte sie, und ich würde unter einem Berg toter Fliegen begraben, aber wenn es Mrs. Pearson gleichgültig ist, sehe ich nicht ein, warum es das mir nicht auch sein soll. Auf einmal schnellte ihr Oberkörper vor. Von unten heraufgeweht, hatten ihre scharfen Ohren den Klang der Stimme des kleinen Jeremy Allendale vernommen, nicht deutlich auszumachende Worte, aber der hohe, fragende Tonfall war unverkennbar seiner. Sie schob ihren Busen über die Fensterbrüstung und sah Vater und Sohn in vollkommenem Einvernehmen von links nach rechts die Straße überqueren und zu Allendales Wagen gehen, Seite an Seite, dicht, aber ohne sich zu berühren. Dann blieb ihr fast das Herz stehen: Großer Gott! Da war der verflixte Penner, drückte sich auf der Fahrerseite des blitzenden Wagens herum, derselbe dreckige Kerl, der in dieses Haus geschlichen war wie eine diebische Elster, eine jämmerliche Figur, zerknittert, braun wie eine Nuß. Mrs. Harrison beugte sich noch weiter zum Fenster hinaus. Gerade war sie im Begriff zu rufen: »Halt Dieb! Halt ihn fest, Jerry, mein Junge! Siehst du denn nicht, daß es derselbe Lump ist, derselbe miese kleine Kerl! Haltet die Sau, ruft die Polizei!«, besann sich dann eines Besseren und zog sich rasch so weit zurück, daß man sie von unten nicht sehen konnte, schüttelte den Kopf bewundernd über ihre eigene Geistesgegenwart. Dann lehnte sie sich auf ihrem Stuhl zurück und warf die nur zur Hälfte gerauchte Zigarette unwirsch aus dem Fenster. Keine Gefahr, daß Klein-Jerry den Dieb wiedererkennen würde, sie wußte doch, wie kurz das Gedächtnis eines Zweijährigen war, alles, was weiter zurückging als die letzten zwei Minuten, war weg. Wie gut, daß sie nicht gerufen hatte!

»Geht doch jetzt nicht mehr! Was mußtest du aber auch flunkern.« Sie mahnte sich selbst mit erhobenem Zeigefinger. »Hm, hm«, summte sie vor sich hin. Doch dann fiel ihr etwas anderes ein. Sie lehnte sich wieder hinaus. Vater und Sohn hatten den Wagen jetzt erreicht, der Penner hatte sich ein Stück entfernt. Dann sah sie ihn plötzlich im Schweinsgalopp die Straße überqueren und sich wie ein Geier auf das Zigarettenende stürzen, das sie weggeschnippt hatte. Er klopfte mit geübtem Finger die Glut ab, steckte die Kippe in die Tasche und machte sich davon. »Scheiße!« fluchte Mrs. Harrison laut, »verflixte Kacke!«

Als John auf dem Heimweg die Straße hinaufkam, sah er den Obdachlosen auf der Bordsteinkante neben dem Wagen sitzen. Einen herrlichen Augenblick lang dachte John, der Mann wäre engagiert worden, um auf den Wagen aufzupassen. Das gab's, er hatte von derlei Dingen gelesen, und da er, was Gedrucktes anging, sehr leichtgläubig war und selbst nie ein Auto besessen hatte, erschien ihm die Möglichkeit, daß man einen dicken BMW bewachen ließ, nicht abwegig. Wahrscheinlich kam das sogar billiger als diese raffinierten Alarmanlagen. Außerdem löste ein menschliches Wesen nicht bei jeder kleinsten Bewegung peinlich störende Heulwarnungen aus, wie es empfindliche Elektronik schon bei stärkerer Vibration durch vorbeibrausenden Verkehr tat – weitaus effizienter. Die Augen des Mannes mit dem uralten Gesicht, der dort hockte, waren blutunterlaufen. Das stellte John nur im Vorübergehen flüchtig fest, er war in Gedanken bei den Katzenjungen und der Frage, wie er sie bloß unterbringen sollte, obwohl es ihm fast das Herz brach, sie weggeben zu müssen. Im Vorbeigehen grinste er den Mann grundlos an. Seine zum Zerreißen mit Kitekat vollgestopfte Einkaufstüte schlug ihm schmerzhaft gegen das Schienbein.

Matilda Mills war bereits eine gute halbe Stunde zu Hause. Der Grund? Stunk im Büro, wo sie der Mann besuchen gekommen war, der etwas ältere, ihr ergebene Mann, der ihr seit Wochen den Hof machte. Er hatte dumm herumgestanden, wie Pik Sieben, während Matilda sich mit ihm unterhielt und Matildas Vorgesetzte sie beide schnaufend umkreiste, ihre Mißbilligung kundtuend. Mit dem Ergebnis, daß Matilda sich sehr kurz angebunden gezeigt hatte, als der Mann eine weitere gesellige Verabredung in einem noch geselligeren Pub vorschlug, zunehmend kurz angebunden, als die dreiminütige Unterhaltung zu keiner Einigung führte. Das Loch, in das Matilda daraufhin gefallen war, versetzte sie in Panik. Am liebsten hätte sie laut herausgeschrien, daß es unfair wäre, wenn ihr nun dieser mögliche Fluchtweg verbaut würde, und sie war daher in aller Eile nach Hause gelaufen, um ihn von dort aus anzurufen. Vielleicht könnte sie dann das Haus wieder verlassen, noch ehe John heimkam. Doch mit der verebbenden Panik war auch der Elan geschwunden, und als sie aus dem Bus stieg, wurden ihr die Füße bleischwer, je mehr sie sich dem Gefängnis der eigenen Wohnung näherte. Die Vision des lächelnden, etwas rundlichen Verehrers löste sich in Luft auf wie die Cheshire Cat aus Alice im Wunderland und rückte in weite Ferne. Morgen war auch noch ein Tag. Damit versuchte sie sich zu trösten, während sie bereits die altbekannte Lähmung befiel.

Freitagabend, es war noch früh. In den vergangenen vier oder mehr Wochen hatte sie den Anbruch des jeweiligen Wochenendes mit ihrem Verehrer gefeiert. Vorm Imbiß lud der grinsende Ahmed den Lieferwagen aus, während einer der Asiaten die Rolläden hochschob. Dann schloß Ahmed fröhlich pfeifend die Hecktür auf. Matilda betrachtete die Szene verblüfft, und sie mußte an einen kindischen Witz denken, den sie im Laden aus Kindermund gehört hatte. Ein alter Witz. Wie bekommt man sechs Elefanten in einen Mini? Ganz einfach: drei vorne, drei hinten. Aus dem ehemals weißen Lieferwagen sprang nun ein Kalb von einem Hund, schwarz und braun, so groß wie ein kleines Pony, hüpfte leichtfüßig auf die Straße. Der Hund hatte eine weiche schwarze Schnauze, triefende Lefzen, glänzende braune Augen, die treu ergeben zu seinem Herrchen aufblickten, als er nun an die Leine genommen wurde. Die Hecktüren des rollenden Hundezwingers wurden zugeknallt, der Hund zuckte zusammen, Ahmed erblickte Matilda und grinste wie immer, zeigte blendend weiße Zähne und rosa Zahnfleisch.

»Tag. Gefällt Ihnen das Hundchen? Das«, erklärte er und streichelte den massigen schwarz-braunen Kopf, »ist unser Rotty.«

Doch, in gewisser Weise gefiel Matilda das Biest. Sie ließ Ahmed vorgehen und den Seiteneingang aufsperren, der ins Haus und zum Treppenhaus führte. Als sie den beiden dann folgte, konnte sie vom schwanzwedelnden Hinterteil des Hunds und den gewaltigen Hoden, die zwischen seinen sehnigen Hinterbeinen baumelten, kaum den Blick abwenden. Die baumelnden Säcke fand sie widerwärtig, der Rest dagegen imponierte ihr. Sie wollte das Hundehinterteil tätscheln, ehe sie die Treppen hinaufstieg und streckte die Hand aus. Ahmed sah es und riß an der Leine. Der Hund machte einen Satz nach vorne.

»Lieber nicht, Missus. Er kennt Sie noch nicht gut.«

»Ein prächtiges Tier«, schwärmte Matilda, zog aber doch die Hand zurück. »Sagten Sie nicht, er wäre gutmütig?« Ahmed trat von einem Bein aufs andere. »Doch doch. Sehr umgänglich, sehr freundlich zu allen. Außer Katzen.« Er lachte schallend. »Aber nur, wenn er Sie besser kennt, wissen Sie. Dann können Sie streicheln, spazieren gehen sogar. Braver Hund. Heute abend bleibt er hier, morgen muß er zurück. Immer am Samstag. Soviel zu tun.«

Seine Zähne blitzten noch mal auf im dunklen Hausflur, dann ging er um den Hund herum, der regungslos stehenblieb. Matilda sah ihnen nach, als sie durch den Hintereingang hinaus in den armseligen, struppigen Hinterhof mit seinem Unkraut und seinen gestapelten Kästen in die grelle Sonne traten. Dann stieg sie hinauf ins luftlose, lichtlose Dunkel. Allein beim Gedanken an den Geruch der Katzenstreu, dem Anblick der Müslidosen im Regal, die genauso wie die anderen Dosen aussahen – die vielen Dosen, die sich im Laufe der Woche angesammelt hatten – rümpfte sie die Nase und bereitete sich auf den Katzenzoo, das Fiepen der hungrigen Kätzchen und den Haß vor, der sie überkommen würde.

Reiner Zufall war es nicht, daß Monica und Jenny ihrerseits die Royal Academy aufsuchten, denn schließlich hatte sie Katherine erstmals im Jahr zuvor dorthin geführt. Monica hatte sich verdammt rar gemacht in letzter Zeit, aber auf diese Idee sprang sie wider Erwarten sofort an. Jenny hatte vorgeschlagen, auch Katherine einzuladen, doch Monica hatte bloß gemeint, kannst du vergessen, die ist heute zu Hause, und ließ Jenny rätseln, woher sie das nun wieder wußte, denn fragen mochte Jenny nicht, froh, daß sie überhaupt wieder zusammenkamen. Sie wollte, daß sie und Monica beide mit Katherine befreundet wären, mal abgesehen von dem Bedürfnis, die Last nicht alleine tragen zu müssen, aber sie würde sich hüten, Monica mit Fragen zu reizen, wo sie ohnehin überaus reizbar war in letzter Zeit. Keine der beiden hatte einen Blick für Bilder, doch die Summer Exhibition tauchte in Gesprächen immer wieder auf, das amerikanische Ehepaar beispielsweise hatte sie kürzlich erst wieder erwähnt, also mußte man sagen können, man sei dort gewesen, wenn man nicht als Kulturbanause gelten wollte. Außerdem suchte Monica ein großes, modernes Bild für ihr Haus – sagte sie jedenfalls. Die halbwegs guten Bilder werden alle schon weg sein, hatte Jenny zu bedenken gegeben. Es soll ja auch nichts »halbwegs« Gutes sein, hatte Monicas patzige Antwort gelautet. Schon gut, bloß keinen Streit. Jenny selbst würde nur etwas kleines Niedliches erwerben oder gar nichts. Langsam verlor sie die Geduld mit dem, was sie bei Monica für Launenhaftigkeit hielt, und sie wünschte irgendwie doch, Katherine würde sie begleiten, denn deren verträumte Kunstschwärmerei konnte mitreißen. Außerdem wußte Jenny ganz genau, daß sie sich ohne Katherines Anerkennung nicht zum Kauf eines Bildes entscheiden könnte.

Es war sowieso nichts Interessantes da. Landschaften, Stilleben und Porträts ausgesuchter Schönheiten von unbekannten Malern waren alle schon verkauft. Jenny schauderte bei den Aktbildern, an denen Monica vorgab, Gefallen zu finden, während Monica sich über die Kinderporträts lustig machte, für die Jenny schwärmte. Als sie die Säle mit den abstrakten, nicht gegenständlichen Bildern erreicht hatten, wurde ihr Schritt schon immer hastiger und schließlich hetzten sie in die Zielgerade Richtung Ausgang und nächstgelegenem Restaurant.

»So«, meinte Monica, »ich glaube, das reicht mir erst einmal wieder an Kultur. Jesses, sieh dir das an.« Sie kam schliddernd vor der schrillen Darstellung des Ehebruchs zum Stehen, deren groteske Gestalten sie erfaßte, ohne die Plakette mit dem Bildtitel zu studieren. »Irre, wie?«

»Das ist doch wohl nicht dein Ernst«, kommentierte Jenny. »Was soll das denn überhaupt darstellen? Hat die arme Frau Zwillinge geboren? Ach so. Die treiben es miteinander.« Sie setzte ihre Brille auf und entzifferte den Titel. »Was hat das denn damit zu tun?«

»Weiß ich auch nicht«, antwortete Monica etwas grimmig. »Wieviel soll es kosten?«

Jenny studierte die Preisliste, die an der Wand hing. »Fünftausend Pfund. Wer weiß, Katherine würde es vielleicht als Meisterwerk bezeichnen.«

»Kaum. Nicht verkauft, wie ich sehe. Colin wäre begeistert, wenn ich das ins Wohnzimmer hänge!« Monica hielt sich die Hand vor den Mund und prustete vor Lachen. Der gequälte Blick, der ihre Reaktion begleitete, wurde allerdings falsch interpretiert.

»Na ja, der Rahmen ist ganz hübsch«, steuerte Jenny bei, die froh war, Monica wenigstens mal lachen zu sehen. Irgend etwas an dem Bild weckte in ihr unerklärliche Schuldgefühle. Sie mußte unbedingt, wirklich unbedingt mal Katherine anrufen. Andererseits ging Monica, die gereizte, polternde, bekümmerte Monica, vor. Und aus irgendwelchen Gründen, die ihr absolut nicht klar waren, wäre Monica nicht entzückt, nähme sie Kontakt zu Katherine auf. Jenny hatte Hunger. Und Durst. Die Hitze an diesem Tag hatte auch vorm luftigen Gewölbe dieser Räume nicht Halt gemacht. Die Kauflust war vergangen. Die selbstsüchtige Monica beachtete sie nicht. He, ich bin auch noch da, wollte Jenny sagen, sprich mit mir.

»Hab Hunger. Durst. Du auch, Jack?«

Jack so hurtig wie der Wind, nimmt die Hürde ganz geschwind. Jeanetta spielte mit Jack. An den Reim, der ihm Leben eingehaucht hatte, konnte sie sich beim besten Willen nicht erinnern. War nicht Jack auch an einer Bohnenstange zum Dach herausgeklettert? Jack wohnte jetzt im Erkerzimmer, seitdem sie so viel Zeit allein dort verbringen mußte. Er hatte auch Hunger, aber er war schlau, sehr, sehr schlau. Jack saß einfach still wie ein Mäuschen und tat so, als würde er essen, saß mit korrekt übereinandergeschlagenen Beinen in der Ecke, in den Händen Messer und Gabel, und schwärmte: »Hm, lecker.« Sie tat es ihm gleich, hantierte mit großem Geschick mit ihrem eigenen Besteck und gab ähnlich anerkennende Laute von sich. »Und jetzt gibt es Eiskrem«, sagte sie laut zu Jack. »Nee«, antwortete er, »keins mehr da.« Jeanetta stierte mit großen Augen und leerem Blick auf einen Punkt auf der Wand. »Du bist gemein, Jack. Hast alles aufgegeßt. Und ich? Ach, nur Jogut und Cornflakes und paar Kekse. Uhm, fein, Kekse.«

Sie hob sie vorsichtig vom Fußboden, mümmelte und schluckte artig, fieberte nach dem wirklichen Biß, der Süße. Aber vom vielen Schlucken bekam sie Durst, und allmählich wurde sie dieses Spiel leid. Aber Jack war ja so schlau. Gestern – gestern? – oder jedenfalls eines Tages war sie Jack auf den Deckel der Truhe hinterhergeklettert, von wo aus sie ans Fenster hochreichen konnte. Zusammen hatten sie das Kondenswasser von der Scheibe geschleckt, bis sie heruntergepurzelt war, weil sie sich zu hoch gereckt hatte. Aber Jack hatte ihr gezeigt, wie sie die Finger in einer kleinen Lache auf dem Fensterbrett benetzen und das schmutzige Wasser in den Mund bringen konnte. Der Staub störte sie nicht. Staub war lustig. Staub hatte sie zuvor nur bei Mrs. Harry gesehen, nicht hier im Haus – außer, wenn der Papa was baute. Die winzige Wasserpfütze war grau, aber die Farbe spielte keine Rolle. »Komm, Jack!« Sie tapste zum Fenster hinüber, hustete. Das kam auch vom Schlucken. Ach, sie war dieses Spiel so leid! Sie hielt inne, um mit wichtiger Miene die Shorts hochzuziehen, die die blöde Angewohnheit hatten, ihr über den Po zu rutschen. Weil sie außerdem dreckig waren und störten, wenn sie auf die Truhe klettern wollte, zog sie sie ganz aus. Sie brauchte ihre ganze Kraft für die Truhe; die wurde nämlich immer höher und höher, der Aufstieg schwieriger und schwieriger, aber endlich hatte sie es dann geschafft, außer Atem, hustend. Die Sonne brannte. Kein Wasser. Sie machte die Augen zu und zählte: Eins, zwei, drei. Manchmal gab es Wasser, manchmal nicht. Das So-tun-als-ob war ermüdend. »Für dich reicht es nicht mehr, Jack«, rief sie zu ihm hinunter. Für niemanden reichte es. Sie suchte das Holz am Rand der Fensterscheibe ab, knibbelte an der Farbe. Dann ließ sie sich zu Boden gleiten, gab sich alle Mühe, nicht zu weinen. Sei brav, sei brav. Der Hals tat ihr weh. »Du hast mich angelogen, Jack, du Lügner, hast du aber!« Sie wollte traurig sein, war aber wütend, ohnmächtig wütend, schwach. Am liebsten wollte sie irgend etwas kaputtmachen. Wann immer sie wütend wurde, verschwand Jack.

Draußen in der Küche hörte sie das untere Telefon klingeln. Papas Stimme.

»Nein, tut mir leid, heute nicht. Sie ist nicht da. Wie geht's?«

Nicht schreien, mahnte sie sich, mit verzerrtem Gesicht, der Hals zu trocken für Protest, die Händchen zu Fäusten geballt, um die Tränen zurückzuhalten. Wo bist du, Jack? Wo bist du hingegangen? Komm zurück, bitte! Er würde schon wiederkommen, tröstete sie sich. Irgend jemand mußte doch kommen. Sie war immer noch wütend, dachte immer noch daran, daß sie nicht schreien durfte.

Jeanetta, geschwächt, aber voller Zorn, schaute sich nach etwas um, das sie mit den Zähnen zerreißen könnte.

15

Katherine lag wie gekreuzigt auf dem Bett. Alles tat ihr weh. Sie lauschte seinem regelmäßigen Atem und den Geräuschen der Nacht. Wie sehr konnte man im Unrecht sein? dachte sie. Ihr brach der Schweiß aus, Angst überrollte sie. Wie sehr konnte man im Unrecht sein? Sie beherrschte sich mit Mühe, zwang sich zu aller Ruhe, derer sie fähig war, versuchte sich einzureden, daß nur ihr Unheil drohte, weil sie alles aus dem Ruder hatte laufen lassen, bildete sich ein, daß nur sie Gefahr lief, wollte um alles in der Welt glauben, daß, wenn sie nur tat, was von ihr erwartet wurde, alles wieder gut würde. Heute abend hatten ihr im Badezimmerspiegel ältere und weisere Augen entgegengeblickt. Zum allererstenmal hatte sie erkannt, wo die wirkliche Gefahr lag und wer wirklich gefährdet war. Die Erkenntnis war hartnäckig; sie wollte sie nicht, doch sie ließ sich nicht abschütteln.

Sie hatte Schmerzen, ohne sie lokalisieren zu können. Sie strich sich an den Innenschenkeln entlang, um das Gefühl des Wundgeriebenseins und den Ekel fortzuwischen. Sie war knochentrocken gewesen, sie hatte sich weder gewehrt noch hatte sie sich geöffnet, als er in sie eingedrungen war. Aus dem Spielzimmer im unteren Stock drangen jetzt nicht mehr Jeanettas eigenartiges wimmerndes Wehklagen – oder waren es Schreie? –, ihre Selbstgespräche, ihr Singsang zu ihr. Alle diese hilflosen Kinderlaute waren gottseidank verebbt, als David sie, auf seinen Arm gestützt wie eine alte Frau, nach oben geführt, ja fast getragen hatte.

Jeanetta hatte nichts gegessen heute, auch gestern nicht. Eigentlich kaum noch etwas in den Tagen seit dem Treffen mit Mary, als sie zurückgekehrt war und in der Küche von bodenlosem Entsetzen gepackt wurde, als das mal ab-, dann wieder anschwellende Geheul sie überfiel, das von

Jeanettas Anwesenheit hinter der Tür zeugte. Seither jeden Tag das gleiche. Jeremy war außer Hörweite zum Mittagsschlaf hingelegt worden, weil er sonst prompt mit einstimmte. David war wie ein Habicht aus dem Atelier geschossen und hatte sich auf Katherine gestürzt, deren Einmischung er nicht duldete. Ihr Protest fiel auf taube Ohren.

»Ja, natürlich brüllt sie, mein Schatz. Sie war unartig. Sie hat ein schlechtes Gewissen.«

»Sie hat Hunger! Sie hat... wie lange?... nichts mehr gegessen? Wieso läßt du sie nicht heraus? Sie hätte doch draußen bei dir bleiben können.«

Er zuckte mit den Achseln. »Sie ist zu fett; sie braucht nichts zu essen.«

»David!«

»Laß sie.« Er, der im Besitz des Schlüssels zum Erkerzimmer war, hatte ihr die Tür vor der Nase zugemacht.

An jenem Tag, meinte sie, sich entsinnen zu können, hatten sie das Kind abends herausgeholt, ihm ein wenig Brot zu essen gegeben. Doch in den darauffolgenden Tagen hatte sie weit mehr Zeit im Spielerker verbracht als sonst irgendwo, abgesehen von ein, zwei kurzen Besuchen im Garten. Dort hatte sie Blätter gegessen. Patsy tat das auch, hatte sie versichert. Und Gras. Als Katherine sie heute angesehen hatte, hatte sie ihre eigene, dicke Tochter kaum wiedererkannt. Jeanetta schlotterten die Kleider am Leib, und die Ärmchen, die aus den Ärmeln der schmutzigen Baumwollbluse herausschauten, waren alles andere als feist. Längst mußte sie doch schmal genug sein für den Stromlinienstil dieses Haushalts. Die Mutter wollte glauben, David hätte nichts weiter im Sinn als eine Art Zwangsdiät – mit dem Ziel, Jeanetta ansehnlicher zu machen. Katherine wollte ihr Kind umarmen, doch Jeanetta schrie auf und zuckte zurück, Spucke flog aus ihrem weit aufgerissenen Mund und landete auf Katherines makellos weißem Rock. David ignorierte das Gekreische und blickte nur über den Kopf des Kindes hinweg ins Chaos des Spielzimmers. »Sieh nur«, knurrte er, »sieh nur, was das Ungeheuer schon wieder angerichtet hat.«

Jeanetta war sehr gründlich vorgegangen. Im Spielerker standen zwei große Regale und eine Eichentruhe. Am Abend des überbordenden Vergnügens mit der Oma hatte Jeanetta es zum allerersten mal geschafft, den schweren Deckel der Truhe hochzustemmen, in der die ausrangierte Abendgarderobe ihrer Mutter lag, der rote Umhang, das bodenlange violette Abendkleid. Das alles lag jetzt wild verstreut in bunten Haufen am Boden. Eine Rüschenbluse aus Georgette war vollkommen zerfetzt. Aus den Regalen hatte Jeanetta sämtliches Spielzeug gezerrt – ihr eigenes und das von Jeremy verschmähte, das aus seinem Zimmer hierher verbannt worden war. Sie hatte nicht alles kleingekriegt, hatte sich aber die größte Mühe gegeben, sich an ausnahmslos allem versucht. Ursprünglich hatte sie nur irgend etwas gesucht, mit dem sie das Fenster zerschlagen könnte, dann, als dies nicht gelang, hatte sie sich blinder Zerstörungswut hingegeben. Kuscheltieren fehlten die Knopfaugen, das Pferdchen auf Rollen, auf dem sie früher gern gesessen hatte, ein Geschenk der Oma, hatte Schweif und Ohren eingebüßt, auf dem Boden, die starr flehenden Augen gen Himmel gerichtet, lag eine Puppe, deren rosa Stirn zerbissen war. Ein Arm der Puppenleiche lag auf dem Fensterbrett, dessen Lack an der unteren Leiste ganz zerkratzt war. David untersuchte die Innenseite der Tür und fand ähnliche Kratzspuren, schnalzte mißbilligend mit der Zunge. Jeanetta schrak bei seiner Entdeckung zusammen. Katherine dachte – flüchtig nur und auf kaum greifbare Art –, daß Jeanetta sich zu einem Abbild ihrer selbst entwickelte, zu einer, deren Vorstellungen von Gut und Böse sämtlich von Davids Reaktionen abhingen, wie irrational auch immer, auch ohne daß die Schwere eines Vergehens mit konkreten Strafen – etwa Schlägen – bemessen wurde.

»Hat Jack gemacht!« rief Jeanetta verzweifelt und zeigte auf die Puppe. »Er war das, er war das, er war das!«

David beachtete sie nicht weiter, schritt durch den Erker und begann das Spielzeug aufzulesen, das seinem Sohn gehörte. Am anderen Ende der Küche hatte sich Katherine keinen Schritt vom Spülbecken fortgewagt, stand reglos neben noch eingepackten und daher nicht identifizierbaren Käseecken, die David aus dem Delikatessengeschäft mitgebracht hatte. Sie schob eines der Päckchen in ihre Handtasche und ging zögernd auf ihre Tochter zu. Da Jeanetta nicht angelaufen kam, sondern sie mit großen Augen voll finsterem Argwohn betrachtete, traute sich Katherine nicht, sie zu berühren.

»Ich nehme sie mit zum Waschen«, murmelte sie Davids Hinterkopf zu und ging nach oben voraus.

»Ich nehme Jack mit.«

»Ja, ist gut.«

Das Kind folgte ihr mit schleppenden Schritten, ohne sich auch nur einmal umzusehen. Ihr Atem rasselte. Sie hatte Husten. Katherine hatte das trockene, halb unterdrückte, sicher schmerzhafte Krächzen schon vorher bemerkt.

Ich hätte es wissen müssen! Warum habe ich nicht überlegt! Käse ist in so einem Fall viel zu fett. Katherine stieg Hitze zu Kopf, und sie bewegte sich unruhig. Der Körper neben dem ihren strahlte förmlich Hitze ab, das Gewicht selbst des einen dünnen Lakens war unerträglich; Katherine legte sich eine Hand auf den Mund, kämpfte selbst mit Übelkeit. Im Badezimmer hatte die stinkende Jeanetta den ihr heimlich zugesteckten Käse, gut hundert Gramm frischen Weichkäse, mit angewidertem Gesicht zwar, aber gierig heruntergeschlungen. Ich hätte es wissen müssen! Sie waren in die Küche zum Abendbrot hinuntergegangen, sie hatte inbrünstig gehofft, es würde alles gutgehen. David bereitete jetzt sogar die Mahlzeiten selbst zu, als fürchte er, vergiftet zu werden. Katherine blieb nichts mehr als das endlose Putzen. Jeanetta war stumm hinterhergetrottet, sauber gewaschen und mit einem frischen Paar Shorts und Hemdchen bekleidet, leicht grün im Gesicht. Sie war engelsbrav gewesen. Doch dann, immer wieder ängstlich in den in der Zwischenzeit aufgeräumten Erker schielend, so weit weg wie möglich am anderen Ende des Raums verharrend, jeder Bewegung des Vaters wie hypnotisiert folgend, zu ihm hingezogen wie an unsichtbaren Fäden, hatte sich Jeanetta plötzlich übergeben müssen. Sie kotzte ihm regelrecht vor die Füße: unverdaute, gelbliche Käsebrocken klatschten auf die spiegelblanken Fliesen, grell wie Eigelb. Das Kind war auf die Flügeltüren zum Garten zugestolpert, so rasch seine schwachen Beinchen es tragen konnten. Er war ihm ohne Hast gefolgt, hatte es mit Leichtigkeit eingefangen, hochgerissen und ohne ein Wort wieder in den Erker getragen. Entgleißte Strafmaßnahmen und kein Ende. Dieses Mal hatte sie nicht einmal gebrüllt.

Nachdem die Tür abgeschlossen worden war, kein Laut. Katherine schaute David nicht ins Gesicht, sondern auf die Hände, die den Schlüssel wieder in die Hosentaschen gleiten ließen und dann flink die Vorbereitungen wiederaufnahmen. Salat waschen, kein Eisberg, dieses fade Zeug, nein, dann jederzeit lieber einen guten Kos. Mit dem kleinen Holzklopfer zwei Kalbsfiletstücke bearbeiten und in frischen Semmelbröseln wälzen. Neue Kartoffeln, wenige abgezählte, noch heiß in saure Sahne und Schnittlauch getaucht, mit Meersalz abgeschmeckt. Während er das Essen zubereitete, und während sie aßen, blieb es hinter der Tür zum Erkerzimmer schrecklich still. Katherine nahm an, daß Jeanetta weinte. David plauderte, als sei nichts gewesen, stellte laut Überlegungen zur Gestaltung des bevorstehenden Geburtstagsfests an. Er liebte es, zu organisieren. Seit Wochen hatten sie keine Gäste gehabt. Katherine lauschte ihm mit gesenktem Kopf – fassungslos zuerst, dann allmählich ruhiger, als sich hinter der Tür nach wie vor nichts rührte. Ja, die Aussicht auf Gäste war ein Hoffnungsschimmer. Und die Aussicht darauf, daß Jeanetta bei dieser Gelegenheit nicht zugegen sein würde, war ein Aspekt, den sie mit Erleichterung bedachte, ehe sie ihn verdrängte.

»Ich stelle mir ein sehr schlichtes, aber exzellentes Essen vor«, meinte David gutgelaunt. »Zehn Personen, nicht so wild. Monica und Jenny werden da sein, deine Freundinnen, samt Ehemännern, diese Susan von nebenan mit dem ihrigen, falls er greifbar ist – kann es ihm nicht verübeln, wenn er sich aus dem Staub gemacht hat. Ach, und das amerikanische Paar habe ich eingeladen. Kleine Revanche für ihr vulgär bombastisches Fest.« Er grinste sie vielsagend an. »Vergeben und vergessen, glaub mir. Ein Gläschen Wein, meine Liebe? Probier ihn mal, du magst doch Chardonnay. Nein? Du hast recht, er ist tatsächlich eine Idee zu schwer.«

Er aß sein Kalbsfilet und den liegengebliebenen Rest des ihren. Er handhabte sein Besteck lautlos und geschmeidig, mit sparsamen Bewegungen, aß immer schnell, selbst in Gesellschaft.

»Dann Drinks im Garten, wenn das Wetter so bleibt wie jetzt. Angenehmer bei der Hitze.«

Sie schwieg und dachte mit Dankbarkeit an den Apfelbaum, der die Fenster des Spielzimmers zumindest zum Teil verdeckte und Schatten spendete bis zum Abend, wenn die sinkende Sonne unter den Zweigen hindurch hineinschien. Um den Baum schwirrten stets Wespen, als müßten sie sich frühzeitig Plätze sichern – lang bevor die Früchte im Herbst erschienen, die nie richtig reiften, Zwergfrüchte, klein wie Murmeln, von Interesse höchstens für irgendwelches Getier. Sie verschwieg ihrem Mann die Wespen. Allein die Vorstellung eines Wespennests in seinem Baum würde er als persönliche Beleidigung ansehen. Katherine kaute lustlos an ihrem Salat. Ebensogut hätte man ihr an diesem stickig schwülen Abend Hafergrütze vorsetzen können; er schmeckte wie Staub, gespickt mit scharfen Meersalzsplittern.

Dann brach in die kontemplative Stimmung nach dem Essen, als sich der Hausherr ein Zigarillo angezündet hatte – das einzige Laster, dem zu frönen er sich gestattete – und seine Frau abwägend betrachtete wie ein mögliches Dessert, das Schaben aus dem Spielerker herein. Ein Scharren, ein Kratzen, dumpfe Schläge, ein Klopfen eher als die Tritte, die es zu Beginn noch gegeben hatte. Jeanetta jenseits der Tür zerstörte die wiederhergestellte Ordnung ihres Kerkers, mit geschwächten Kräften zwar, aber ungebrochenem Willen. Sie schlug mit den dicken, kleinen, wie ein Fächer gespreizten Fingern des abgetrennten Puppenarms auf die Tür ein, ein fast rhythmisches Klopfen, gedämpft, aber beharrlich. Katherine erstarrte, alarmiert, aber auch ärgerlich. Warum konnte sie nicht begreifen, was für sie selbst und für sie alle am besten war? Der Friede hing am seidenen Faden.

David langte hinter sich und schaltete das Radio ein.

»Laß sie heraus. Bitte, Schatz.« Katherine kam ihre eigene Stimme fremd vor.

Er lächelte, schenkte ihr das strahlende, gewinnende Lächeln, bei dem Lachfalten um die Augen erschienen und die penibel gepflegten weißen Zähne blitzten. »Später, mein Schatz. Wir haben Besseres vor.«

Die Worte erfüllten sie mit Hoffnungslosigkeit, mit Verzweiflung. Die Formel war bekannt: Essen, Wein, Sex. Die Abfolge ein Ritual. Den ganzen Tag war ihr schon übel.

»Nein!« Der scharfe Ton überraschte sie selbst.

»Was soll das heißen: nein?«

Sie schüttelte den Kopf.

»Ich will noch mehr Kinder«, erklärte er unvermittelt. »Söhne. Du hast gut daran getan, dir die Haare nicht kurz schneiden zu lassen. Ich will schöne, gutaussehende Söhne mit Haar wie deinem. Viele.« Dann hatte er sie hinaufgeschleppt.

Das Gesicht im Spiegel alt. Alt genug, um es besser zu wissen. Selbst wenn sie verrückt war, eine Möglichkeit, die ihr gar nicht abwegig erschien, selbst dann durfte sie nicht mehr kneifen, durfte hier nicht liegen, schweigen und sich belügen. Schweigen. Ohrenbetäubende Stille im Obergeschoß dieses ordentlichen, geordneten Haushalts. Davids kräftiger Oberkörper, vom Fenster abgewandt. Zu hören bloß das Summen des Verkehrs, ein faßbares, konkretes Geräusch, unbeseelt und ohne Trost. Die Haut um die Augen spannte, verklebt von Schweiß und Tränen um die kleine Jeanetta unten, die sich mit Jack unterhielt und sich im Dunkeln fürchtete. Dazu die beunruhigende Tatsache ihrer eigenen Verärgerung über das Kind. Zentimeter um Zentimeter schob sich Katherine aus dem Bett und dann mit kleinen vorsichtigen Schritten zum Stuhl hinüber, auf dem seine gefalteten Sachen lagen. Sie hielt den Atem an, suchte in den Taschen der Hose, bis ihre Finger sich um den Schlüssel schlossen, das kalte Metall in der Handfläche wie der Schock einer Verbrühung. Sie zuckte zusammen, als die Gürtelschnalle, die von der Hose baumelte, gegen ein Stuhlbein schlug. David regte sich im Schlaf, die Schulter drehte sich um zehn Grad, der Hals ebenfalls, eine Hand schob sich unters Kopfkissen. Unter dem dunklen Haarschopf wirkte der Hals verletzlich. Ganz deutlich verspürte sie den Impuls, ihm das Kissen gegen das Gesicht zu halten, das dichte Haar auszulöschen, das markante Profil unter weißem Leinen zum Verschwinden zu bringen, zum Schweigen zu bringen, ihm auf immer den Atem zu rauben. Doch der flüchtige Gedanke zog keine tatsächliche Handlung nach sich. Der Besitz des Schlüssels verlieh ihr einen Augenblick lang ein triumphales Machtgefühl. Auch das verflog, kaum daß sie hinunterstolperte. Durch das Fenster am Treppenabsatz fielen Lichtstreifen auf den Mahagonihandlauf, den sie heute morgen erst auf Hochglanz poliert hatte. Sie klammerte sich an das warme Holz wie an eine Rettungsleine, hangelte sich daran langsam in die Eingeweide des Hauses hinab, konnte sich kaum vom Geländer lösen. »Du darfst nicht rufen oder schreien, Jeanetta, du darfst keinen Mucks von dir geben, das ist unser Geheimnis. Bald ist alles überstanden. Wenn er erst einmal sieht, wie dünn du geworden bist; still, mein Schatz, bitte sei leise, sprich nicht, bleibe ganz still. Ich gebe dir wenigstens ein paar Cornflakes.« Der Kühlschrank hatte kein Schloß, und ein normalerweise verschlossener Küchenschrank ließ sich öffnen, es war der mit den Trockenvorräten: Reis, Flocken, ach, alles Dinge, die einem am Gaumen kleben würden, aber auf dem Tisch stand wenigstens eine Schale Obst. »Nichts, was du gerne ißt, Jeanetta, keine Kekse; die machen ja auch bloß dick.«

Die Stille in der Küche war vollkommen, der Raum gegen den Straßenlärm isoliert, den man oben schwach vernahm. Nur das leise Ticken des Boilers im Schrank neben der Tür zum Spielzimmer war zu hören. Als Katherine den Schlüssel ins Schloß schob, mit einer Hand die kühle Messingklinke umklammernd, schien das Ticken bedrohlich laut zu werden, näherzurücken. Sie fürchtete eine Falle, stellte sich vor, die Klinke wäre mit einem Zeitzünder versehen, doch ihre Hände ließen sich nicht einschüchtern, machten weiter; das Ticken blieb gleichmäßig. »Scht!« hauchte sie durchs Schlüsselloch. »Scht, Jeanetta, ich bin's, scht, um Himmels willen, still.« Ihr Flüstern durchschnitt die Stille wie ein Messer, gellend laut wie das Rumoren hinter der Tür. Katherine wartete einen Augenblick und schob dann leise die Tür auf. Jeanettas weizenblonder Kopf tauchte aus den Falten des Abendkleids hoch, das sie als Zudecke benutzte. Hier im Erdgeschoß war es kühler, trotzdem schwitzte Katherine in dem dünnen Baumwollnachthemd, das sie übergestreift hatte. Die leuchtenden Farben im Raum zuckten so grell auf, daß Katherine die Luft einsog, dann geräuschvoll ausstieß. Ein hübsches Bild, das Kind in dem ach so erwachsenen Satin, im Mondschein, hübsch und beinahe komisch, wie sie sich die blanken Augen rieb und ernst herüberstarrte. Dann begann sie sich aus dem Stoff hervorzuwühlen, verhedderte sich mit dem Arm im Kleid. Ein Ratschen und der Arm war frei. Katherine legte den Finger auf die Lippen. »Scht!« machte sie erneut, »scht!«

»Mama«, sagte Jeanetta, »Mama, Mama, Mama. Helf mir, Mama. Bin so hungrig. So hungrig. Bin ganz lieb.« Sie schwankte leicht. Keine Spur von Aufsässigkeit, kein trotziger Stolz, ein verängstigtes kleines Kind. Sie streckte die Arme aus, und Katherine hielt sie einen Augenblick umklammert. Blind vor Tränen, die ihr über die Wangen liefen, begann sie zu zittern. In diesem Augenblick, als sie sich wankend in den Armen lagen, änderte sie ihren Plan. Essen und dann raus hier. Egal wohin, Hauptsache weg, und wenn es dunkel war, und wenn sie halbnackt waren, raus, bloß weg! Weg! Mit einem Schlag wurde ihr klar, daß dies alles niemals aufhören würde, daß es keinen anderen Ausgang nehmen könnte, als daß sie selbst ausgelöscht wurden. Und bei der hastigen Umarmung voller verzweifelter Liebe und Zuneigung spürte Katherine die hervorstehenden Kinderrippen, die eine viel deutlichere Sprache sprachen als noch so viele Tränen. Das Kind war so dünn! So entsetzlich dünn! Sein rasselnder Husten eine einzige Anklage.

Ganz sachte machte sie die Küchentür zu. Beide überkam ein Anflug von Hysterie, Katherine hätte lachen mögen, kichern wie bei einem heimlichen Mitternachtsbankett, selbst wenn sie – und das trotz der anhaltenden Übelkeit – plötzlich, wie aus dem Nichts, einen vollkommen klaren Kopf hatte und beachtliche Autorität annahm. Jeanetta klammerte sich an ihr Nachthemd, wich ihr nicht von der Seite.

»Also«, flüsterte sie Jeanetta Anweisungen zu. »Kau so langsam, wie du kannst, damit dir nicht wieder schlecht wird. Dazu haben wir keine Zeit.«

Katherine, die nie so recht gewußt hatte, was man Kindern zu essen gab und die ihren mit dem fütterte, was sie gerade da hatte, wußte mit ihrer ungewöhnlichen neuen nächtlichen Klarsichtigkeit, daß die gut verdauliche Neutralität von Cornflakes im Augenblick das Geeignetste für Jeanetta wäre. In noch ungewöhnlicherer weiser Voraussicht stopfte sie zwei Äpfel in die Handtasche, die sie in der Küche hatte liegen lassen, dachte fiebernd voraus. In der Diele hing ein dünner Sommermantel, standen ein Paar Espadrilles, ausreichende Bedeckung für ihre Blöße. In der Handtasche kein Pfennig, kein Zufluchtsort, aber das spielte jetzt keine Rolle, nicht mehr. Sie mußten nur entkommen, nebenan klingeln, so lange gegen eine Tür hämmern, bis sie eine Antwort bekamen, egal wie unwirsch. Keiner wollte hören, aber irgend jemand würde sie erhören müssen. Vielleicht konnte sie eine Reaktion erzwingen, wenn sie »Polizei!« durch den Briefschlitz rief und Jeanetta bat, einen ihrer markerschütternden Schreie loszulassen. Aber das hatte Zeit, Zeit, die sie jetzt verloren. Jeanetta schaufelte eine kleine Portion Cornflakes auf unerwartet manierliche Weise in sich hinein. Offenbar war sie von ihrer Angewohnheit, alles zu Brei zu zermatschen, kuriert. Ein dürres Ärmchen führte den Löffel mit elegant rhythmischem Schwung zum Mund, als habe sie eben erst begriffen, daß dies die wirksamste Methode der Nahrungsaufnahme war. Über den Rand der Schale hinweg schaute sie unentwegt ihre Mutter an. »Langsam, mein Schatz, nicht so hastig.« Katherine hätte den Prozeß am liebsten abgekürzt, wäre gern sofort, auf der Stelle aus dem Haus geflohen, brachte es aber nicht über sich, dem Kind das bescheidene Mahl zu versagen. Ihr überwach arbeitender Verstand sagte ihr, daß das Kind tatsächlich lange kaum mehr als Krümel bekommen hatte. Sie mußte geistig umnachtet gewesen sein, eine Schlafwandlerin, verrückt, sich so lange vorzumachen, daß sie allein verletzlich, sie diejenige war, die gefährdet war. Einen Augenblick lang fühlte sie sich stark wie eine Löwin.

»Noch, Mama. Bitte.« Großer Gott. Diese vollendeten Manieren. Die Folgsamkeit selbst.

»Nein, mein Schatz, jetzt nicht. Wir gehen jetzt.«

»Wohin?«

»Zu Mrs. Harrison.«

»Oh, jaaaa.« Ein langgezogener Seufzer der Erleichterung. Jeanetta, die auf ihrem Stuhl kniete, kletterte herunter und lief auf die Küchentür zu.

»Warte. Wir müssen ganz, ganz leise sein.« Ach, wie hatte sie bloß ein Ziel nennen können, eines, das helle Aufregung auslöste, wo doch die Haustür abgeschlossen war! Wie hatte sie das bloß vergessen können!

»Komm zurück, mein Schatz, komm hierher. Nicht dort lang. Aus dem Fenster.« Katherine war vollkommen klar im Kopf, ihre Worte klangen bestimmt, entschieden, die sonstige Zögerlichkeit fehlte gänzlich, und Jeanetta folgte.

Das Küchenfenster hatte einen Sicherheitsriegel, jedoch kein Schloß. Von innen ließ sich das Fenster zu beiden Seiten gegen Eindringlinge sichern, indem am Rahmen befestigte Riegel vorgeschoben wurden, die sich leicht von innen abschrauben ließen. Draußen unterm Fenster hatte David über den einstigen Kellereingang Bretter gelegt, damit nicht Passanten Abfälle in den Schacht warfen, Bretter, die dick genug waren, um ihr Gewicht zu tragen, selbst wenn sie sprangen. Sie waren ja beide Fliegengewichte. Rasche Bewegungen, merkte Katherine, brachten Jeanetta aus dem Gleichgewicht, riefen das Husten hervor. Sie wankte auf unsicheren Beinen und bemühte sich, ihren Husten zu unterdrücken, während Katherine wieder neue Kraft fand und mit flinken Fingern die Riegel abmontierte. Gestern erst hatte sie von innen die Scheiben geputzt, hatte sich da schon die Lage der Riegel gemerkt. Als sie nun jedoch das Schiebefenster hochdrückte, bemerkte sie weitere Komplikationen. Wenn sie erst auf den Brettern standen, würden sie noch das Eisengitter überwinden müssen, doch alles wäre zu schaffen, wenn sie erst mit beiden Füßen in der Welt draußen ständen. Die Spitzen der Gitterstäbe konnte man umwickeln, dann hinüberklettern.

»Süße, hol doch rasch eines der Kleider aus der Spielecke.«

»Nein, bitte, Mama, du.« Jeanetta konnte es nicht ertragen, den Raum noch einmal zu betreten. Katherine lächelte sie beschwichtigend an, rannte durch die Küche, zerrte aus dem Kleiderhaufen den roten Umhang hervor, hetzte zurück, die Notwendigkeit von Schuhen oder Mantel beiseitefegend: lieber so, als das Risiko eingehen, die Tür zur Diele aufmachen zu müssen.

»Ich springe zuerst, mein Schatz, und fang dich auf. Jack schafft das allein.«

Jeanetta lächelte kläglich, das Gesichtchen angespannt. Katherine schürfte sich am steinernen Fenstersims die Schienbeine auf, das Fenster selbst lag höher über der Erde, als sie angenommen hatte. Sie ließ sich rückwärts über den Sims herabgleiten, sprang mitsamt rotem Umhang und landete mit dumpfem Knall auf den Brettern. Schmerz schoß ihr ins Fußgelenk. Hastig warf sie den Umhang über die Gitterstäbe und wandte sich wieder dem Fenster zu.

»Jeanetta?« rief sie im Flüsterton, aufgeregt, voller Freude. »Komm, mein Schatz, schnell.«

Schweigen. Kein Kinderkopf erschien im Fenster, kein Lebenszeichen, kein Laut. Das Rauschen der stolzen Kastanien an der Straße übertönte alles, eine laue Brise strich ihr wohltuend um die Beine, erfrischend nach der stickigen Luft im Haus.

Verkehrt, verkehrt, alles ganz verkehrt! dachte Katherine plötzlich voller Furcht vor dem Dunkel, ich hätte sie doch einfach durch den Garten hinausführen können, über die Mauer klettern können, nach nebenan. Dort hätten wir einfach warten können, so wie wir sind, bis morgen früh. Sie schielte rasch nach dem sie umgebenden

Gitter, schulterhoch, sehr hoch, aber nicht unüberwindbar.

»Komm, Jeanetta, schnell! Kletter einfach hinaus, ich fang dich auf. Du brauchst keine Angst haben.«

Noch mehr Stille. Katherine griff nach dem Sims, sprang hoch, um einen Blick in die Küche zu werfen. Nichts, nur das leere Fenster. Viel weiter konnte sie nicht gucken. War das Kind umgekehrt, um etwas zu essen zu holen? Für Jack vielleicht? Katherine stand hilflos dort, unschlüssig, ob sie laut rufen sollte oder zurückklettern, um die Tochter zu holen, als sie ein Prickeln der Kopfhaut verspürte. Eben hatte sie leise fluchend erneut den Sims gepackt, um sich hochzuhieven. Sie drehte den Kopf zur Seite und erstarrte. Die Haustür stand offen. David lehnte dort kopfschüttelnd. In der Hand hielt er den alten Schlüssel zum Tor und den neuen Schlüssel zur Haustür.

»Jagst du Einbrecher?« fragte er. »Oder sind sie hinter dir her?«

Katherine rutschte das Band aus dem Haar. Als hätte nur dieses ihren Verstand zusammengehalten, riß jetzt der Faden, und Finsternis umgab sie.

Sophie Allendale hatte gewußt, daß es eines Tages so kommen mußte. Jetzt war es soweit. Zu ihrer eigenen Überraschung war sie vollkommen gefaßt gewesen, die Ruhe in Person, aber sie hatte sie ja auch nicht dabei überrascht. Erst mit Verzögerung überkamen sie die alten Ängste. Seit Jahren hatten sie derlei Schreckensvisionen geplagt: Einbrecher, die sie sich nach Berichten aus der Lokalzeitung als massige Schränke von Kerlen ausmalte, die in Banden operierten, mit Äxten bewaffnet, der Alptraum aller über sechzig, alle hinter ihren, Sophies, Sachen her. Doch sie hatte sich von einer ihrer Freundinnen ihre übliche Wachsamkeit ausreden lassen, denn die hatte gemeint: »Man stirbt nur einmal, und wenn du dich weiter so verbarrikadierst, krepierst du eher an Hitzschlag!« »Mach dich doch nicht selbst verrückt«, hatte Mary Fox geraten, »sogar Einbrecher werden bei solcher Hitze träge, und wenn du nicht die Fenster aufmachst, schrumpelst du weg wie Dörrobst.« Das war neulich beim Tee gewesen, während Sophie gegessen hatte, war Mary unruhig auf und ab getigert, bis Sophie fast wahnsinnig wurde, hatte über ihre Schwester hergezogen und die Hitze verflucht. »Wir haben August, Oma, nun mach doch schon die Fenster auf, ich bitte dich, die stickige Luft ist schlecht für die Haut!« Letzteres gab den Ausschlag. Sophie hielt ihre Haut nämlich für erstaunlich glatt, wenn man ihr Alter bedachte. Mary dagegen erschien die Ansammlung von Tiegeln und Töpfchen, die zu deren Konservierung erforderlich waren, für maßlos übertrieben; sie hinderten einen daran, ans Waschbecken zu gelangen. Also hatte Sophie – um wenigstens die Ausgabe für die Kosmetika zu rechtfertigen – die Flügeltüren des Eßzimmers aufgestoßen und hatte den Luftzug als derartige Erleichterung empfunden, daß sie danach oft vergaß, sie wieder zu schließen. Irgendwie waren Einbrecher oder vielmehr der Erhalt ihrer Möbel oder auch die Angst vor Vergewaltigung dieser Tage nicht mehr so wichtig. Eine lebenslange Neurose entglitt. Sie hatte andere Sorgen.

Wie zum Beispiel ihre Verbannung aus dem Haus von Sohn und Enkelkindern. Kummer war gar kein Ausdruck für den Schock der Ablehnung. Es fehlten ihr die Worte, ihren Tratschweibern das Ausmaß der Kränkung zu beschreiben, als sie sich das nächste Mal bei Luigi trafen, wußte auf die Frage »Und wie geht's denn den Kleinen?« keine Antwort, die als Lüge nicht durchschaubar wäre oder deren Knappheit nicht aufgefallen wäre. Die Freundinnen waren ja nicht von gestern, Familienstreitigkeiten griffen sie begierig auf, und Sophie hatte allzu lange mit ihrer Musterverwandtschaft geprahlt. »Blendend«, sagte sie daher. »Werden jeden Tag größer. Und einen gesunden Appetit!« Das war nichts Neues, und im Vergleich zu der Ausführlichkeit, mit der sie sonst berichtete, äußerst mager, auch wenn der Kontakt zu Sohn und Enkeln bei weitem nie so eng oder regelmäßig gewesen war, wie sie vorgegeben hatte. Doch der Abbruch *jeden* Kontakts, das konnte man kaum als rein graduelle Abstufung bezeichnen, das kam einem Schlag in die Magengrube gleich, der sie japsend nach Luft ringen ließ, eine so furchtbare Demütigung, daß sie nicht davon sprechen konnte, außer mit Mary. Mary hatte gesagt, es sei Katherines Schuld, und auch wenn Sophies Schilderung der Ereignisse ihres letzten Babysitting-Besuchs nicht durchweg der Wahrheit entsprochen hatte, war sie doch geneigt, Mary zuzustimmen, denn schließlich war es doch Katherine, die ihr den Zutritt zum Haus verweigerte.

Als die Einbrecher zuschlugen, war sie unterwegs gewesen, in einer der Straßen unweit ihres Heims, wo es die Zerstreuung von Schaufenstern gab. Sophie sah sich gern Antiquitäten an – wo genau, tat nichts zur Sache – und sie liebte es vor allem, ernsthaftes Kaufinteresse vorzugeben, wohl wissend, daß ihre äußere Erscheinung und ihre vornehme Aussprache ihr den Habitus einer Dame, und zwar einer gut situierten, verliehen. Wer konnte schon ahnen, daß ihr das Taschengeld strikt vom Sohn zugeteilt wurde, und das seit seinem zwölften Lebensjahr. Also widmeten ihr die Händler oft bis zu zwanzig Minuten ihrer Zeit, beantworteten geduldig alle Fragen. Tatsächlich hielt sie in gewisser Weise Ausschau – nach Möbeln, die sie einst besessen und verloren hatte, Beistelltischchen etwa oder Stühlen, die verschwunden waren, verkauft, ihr entrissen worden waren. Seit Jahren war sie auf der Suche, vergeblich. Und während eines dieser amüsanten Intermezzi – die sich in letzter Zeit häuften, so daß Sophie merkte, daß ihr Bedürfnis zu reden sogar stärker wurde als das Bedürfnis zu essen – hatten die Einbrecher ihren Weg ins Eßzimmer gefunden. Unnötig eigentlich, die Scheibe einzuschlagen: die Tür stand ja offen.

Ach, was für ein Durcheinander! Oje, oje! Das Zimmer

war immer schon unordentlich gewesen, das heißt vollgestopft, überladen, aber das hier war eine Unordnung ganz anderer Art. Auch die Tatsache, daß nur sehr wenige Dinge entwendet worden waren, bot nur schwachen Trost, denn auf ihrem Raubzug, dem der kostbare Fernseher, das nicht ganz so unentbehrliche Radio sowie zwei oder drei Gegenstände zum Opfer gefallen waren, die deutlich erkennbar aus Silber waren, war jede einzelne Schublade, war jeder Schrank – trotz der windigen Schlösser, mit denen Sophie fast alles sicherte, was sie besaß – durchwühlt und deren Inhalt, wie es schien, auf den Fußboden des Wohnzimmers gekippt worden. Mit schnellem Vogelblick machte Sophie Inventur dessen, was ihr geblieben war, und empfand leichte Verärgerung. Was fiel den Kerlen ein, zu glauben, ihre Staffordsshire-Hündchen, ihr Nippes, Davids Pokale, die aus Nickel waren, nicht Silber waren, oder die Sofaschoner aus feinster Spitze seien nicht der Mühe des Stehlens wert? Unverschämtheit! Banausen! Empörung überkam sie und verlieh ihr ein Gefühl der Überlegenheit, das einen Augenblick lang das Frösteln vertrieb. Sie könnte natürlich die Polizei rufen, aber im Grunde wollte sie nur ihren Sohn anrufen, und weil sie unschlüssig war, was sie tun sollte, setzte sie sich erst einmal, nachdem sie sich vergewissert hatte, daß niemand in der Wohnung war und daß die Fenster verschlossen waren, mit einem frisch aufgebrühten Tee auf den Boden und begutachtete die verstreuten Haufen auf dem Teppich. Nein, sie würde nicht die Polizei rufen. Von denen hatte sie genug. Alles Grobiane. Dort auf dem Teppich lagen Daddys Sterbeurkunde und die ärztlichen Befunde über seine Unterernährung. Ach, und dabei war er einst so dick und blond gewesen. Schädelbruch. Die Treppe hinuntergestürzt. Gestürzt, hieß es. Alles lag verstreut, auch die Anklageschrift wegen Veruntreuung und Betrug, die Hafterlasse wegen Diebstahls. Sophie schob die Papiere beiseite, interessanter waren Gegenstände, von denen sie gar nicht mehr gewußt hatte, daß sie sie besaß. Das bedächtige Wenden und Betrachten der Dinge, die sie lange verschlossen gehalten hatte, war eine Entdeckungsreise, löste eine Springflut der Erinnerung aus, auch Verwirrung, erwies sich als weit beunruhigender als der Einbruch selbst.

Da hatte sie zum Beispiel wochenlang, seit ihrer Vertreibung genau genommen, ihre Schwiegertochter mit einer Inbrunst gehaßt, die sie ohne weiteres dazu hätte verleiten können, eine Wachspuppe mit Nadeln zu durchbohren, wenn sie nur das Wachs und die Haare hätte auftreiben können, die sie für diesen Zweck für unentbehrlich hielt, und jetzt, hier, vor ihr auf dem Teppich, aus irgendeinem vergessenen Hort ans Licht gezerrt, waren alle die wunderschönen Dinge, die Katherine ihr über die Jahre geschenkt hatte. Sie sah die eigene Wohnung zu der Zeit vor sich, als David noch um Katherine geworben hatte, um dieses bezaubernde Mädchen, das mit Armen voller Blumen erschien, Pralinen, ausgesuchten Kleinigkeiten, Kleidern. Und mit welchem Feingefühl ausgewählt! Ein rosa Seidenschal, so kostbar, daß Sophie ihn nur zu besonderen Anlässen getragen hatte, bis sie dann vergaß, wo sie ihn hingelegt hatte. Und – Frechdachs! – Spitzenhemdhöschen: das größte Kompliment von allen, die schmeichelhafte Bestätigung, daß sie nicht irgendeine alte Frau, sondern eine hübsche alte Dame war, die sich nicht dem Altersdiktat wollener Rheumawäsche zu beugen brauchte, sondern etwas haben sollte, was einer eleganten Dame würdig war. Sophie hatte die Höschen zum Anschauen verwahrt, probierte sie auch gelegentlich an, mußte dann kichern und sich eingestehen, daß sie es nicht wagen würde, sie zu tragen. Doch jetzt, als sie sie wieder sah, erinnerte sie sich an andere Sachen, an die Rüschenblusen, die sie getragen und die Taschentücher aus Spitze, die sie benutzt hatte, die von derselben Quelle stammten – und nicht von Davids Geld bezahlt worden waren, so weit sie wußte, damals nicht. Nein, ganz bestimmt nicht. Denn

David war über Katherines treffsicheren Geschmack auch überrascht gewesen, vielleicht sogar ein wenig verärgert, also konnte er nicht das Geld gegeben haben. Du liebes bißchen! Sophie kratzte sich den Kopf, bemerkte, wie schlapp die Locken von der Hitze waren. Katherine hatte sie früher sogar zum Friseur begleitet. Katherine hatte sie immer geliebt, doch, das hatte sie. Konnte Mary sagen, was sie wollte.

Der Abend war plötzlich niedergefallen wie der Vorhang nach einem kurzen Akt, tauchte Sophie unverhofft in Dämmerlicht. Sie fühlte sich auf einmal erschöpft, zu müde, um sich um irgend etwas zu kümmern. Was spielte das auch schon für eine Rolle, es hatte nichts mit Daddy zu tun. Morgen wäre Zeit genug. Sie hatte auch keine Lust, sich mit den Freundinnen herumzuschlagen oder mit Katherines Schwester, die beim kleinsten Wink sofort herbeigeeilt käme. Erst, als sie zu Bett gegangen war, ohne aufzuräumen, abgesehen von den Schubladen im Schlafzimmer, die sie schloß, damit nicht ungewohnte Schatten an den Wänden sie beunruhigten, erst dann begann sie zu zittern und steigerte sich in die Vorstellung hinein, die Einbrecher könnten zurückkehren. Die Gitter vorm zersplitterten Fenster wären doch ein Kinderspiel für dieses Gesindel. Sie konnte sich nicht vorstellen, daß die Verwüstung das Werk eines einzigen Jugendlichen sein könnte (was es war). Sie lag bibbernd im Bett, horchte angestrengt nach unbekannten Geräuschen und erhob sich um Mitternacht, um das Radio zu holen, ehe ihr einfiel, daß es weg war. Sie kochte Tee, ging etliche Male aufs Klo und blieb dort schließlich eine Stunde lang, denn hier hatte das Pack nicht gewütet, hier fühlte sie sich sicher. Das sollte sie sich merken, ein guter Trick für später: das Bad war offenbar das beste Versteck für das Silber. Sie grübelte über Beträge, die die Versicherung erstatten müßte, konnte aber nicht klar genug denken. Und die ganze Zeit hatte sie das dringende Bedürfnis, ihren Sohn anzurufen, auch Katherine, eigenartigerweise. Der Stolz ließ es nicht zu, doch der Wunsch ließ sich nicht vertreiben. Dann kam ihr ein Schuß Zorn zu Hilfe. Er ist mein Sohn! Mein einziger Sohn! Sie ist meine Schwiegertochter! Ich bin eine alte Frau! Warum zum Teufel sollte ich nicht mitten in der Nacht anrufen dürfen? Zwei, laut Standuhr, die zu alt war, um Ignoranten wie Einbrechern interessant zu erscheinen. Sie wählte, legte aber nach dreimaligem Klingeln wieder auf. Vor ihrem inneren Auge sah sie den Apparat neben dem Ehebett läuten. Ach, und wenn Katherine sie doch nicht liebhatte? Sie legte auf, als am anderen Ende abgenommen wurde. Dann, nach einer weiteren Tasse Tee, meldete sich wieder die Wut. Um drei Uhr rief sie ein zweitesmal an. Diesmal wartete sie.

Sophie wartete mit zitternden Händen an ihrem Apparat darauf, mit ihrem Sohn sprechen zu können, hoffte, seine Frau möge abheben. David mußte sich geirrt haben; Katherine hatte bestimmt nichts gegen das bißchen Unordnung, Katherine hatte das noch nie gestört. Nach langem Warten, nach wievielmal Klingeln hätte sie nicht sagen können, aber sie blieb beharrlich am Hörer, als hinge sie an einer Rettungsleine, nach langem Warten erreichte Sophie eine Stimme aus dem Nichts. David meldete sich argwöhnisch, mit einer Zurückhaltung, die ein klein wenig schuldbewußt klang.

»Ja, wer ist da?« Also nicht die befürchtete erboste Reaktion.

»Mama.«

»Mama wer?«

»Deine Mutter!« brüllte Sophie, empört über sein befremdliches Benehmen.

»Ach so.«

»Hat aber lang gedauert, bis du abgenommen hast. Was soll denn das? Hoffentlich keine Alpträume?«

»Kein bestimmter Grund; ich habe geschlafen. Es ist mitten in der Nacht. Was willst du, Mutter? Bist du betrunken?«

»Bei mir ist eingebrochen worden.«

»Wann? Jetzt eben?«

Zeitpunkt und Ausmaß des Schadens zu übertreiben, wäre sicher wirkungsvoller, doch Sophie brachte es nicht fertig, zu lügen.

»Nein, heute nachmittag.«

»Hast du die Polizei benachrichtigt?«

»Ach, nein.«

»Dir ist aber nichts passiert?« Die Frage klang gelangweilt.

»Nein, alles noch dran, wenn du das meinst. Ich mußte nur dringend mit jemandem reden. Gibst du mir mal Katherine?« Er zögerte merklich.

»Nein, das geht nicht. Sie schläft. Es geht ihr nicht gut.«

»Ich kann mir nicht vorstellen, daß sie etwas dagegen hätte, wenn du sie wecktest. Mir geht's auch nicht besonders, falls es dich interessiert!«

Er lachte eine Idee verlegen. »Du verstehst mich falsch, Mutter. Es geht ihr auf andere Weise schlecht. Sie ist wahrscheinlich schwanger. Wir sind uns noch nicht ganz sicher.«

»Oh!« Sophies sämtliche Befürchtungen, Ängste und Sorgen wichen purem Entzücken. Vergessen die Einbrecher, als David diese Trumpfkarte ausspielte. Sicherlich würde ihr Sohn jetzt wieder ihre Hilfe brauchen. »Ach, mein lieber David! Gut gemacht! Ja, ja, dann will ich sie nicht stören.«

»Hör zu, Ma. Es ist drei Uhr morgens. Ich kann jetzt hier nicht weg, kann die Kinder nicht alleine lassen. Ich komme morgen vormittag vorbei.«

»In wenigen Tagen wirst du vierzig«, bemerkte nun Sophie auf die für sie charakteristische, unvermittelte Art, die aber nichts weiter zu bedeuten hatte, als daß sie das Gespräch ungern schon abbrechen wollte.

»Ja, ich weiß, Mutter. Geh wieder ins Bett.«

Sie war vollkommen beruhigt und plötzlich müde. »Ich

habe noch kein Auge zugetan! Ja, ja, schon gut. Schlaf gut. Gib Katherine einen Kuß von mir. Wiederhören.«

David legte den Hörer auf die Gabel des Telefons, das auf dem Nachttisch stand. Die Matratze neben ihm war leer. Eigentlich konnte er seiner Mutter dankbar sein – für ihre erste Störung, nicht diese zweite. Denn er hatte sein Eigentum, hatte die Seinen in Sicherheit gebracht, dank ihr war alles wieder hinter Schloß und Riegel. Jeremy schlief. Wenn Jeremy schlief, konnte ihn nichts stören. Jeanetta war wieder, wo sie hingehörte – außer Hörweite –, und er vernahm mit nur leichtem Unbehagen von oben Katherines gedämpftes Rumoren, ihre Schritte auf dem Dachboden, auf und ab, auf und ab. Das verzweifelte Rütteln an der verschlossenen Tür hatte aufgehört. Sie hätte es wissen müssen. Ein Jammer, daß ihr immer wieder eine Lektion erteilt werden mußte, kaum daß sie endlich begriffen zu haben schien. Als er langsam in den Schlaf hinüberglitt, fiel ihm ein, daß der rote Umhang noch auf dem Eisengitter hing und machte sich im Geiste eine Notiz, daß er ihn am Morgen entfernen müßte.

So viel zu tun.

16

»Liebst du mich?« Frage meines mir angetrauten Ehemanns in einem anderen Leben, vor zwei Jahren.

»Laß doch den Blödsinn! Schlaf jetzt!«

So in der Art habe ich geantwortet, abfällig. Das fiel mir um vier Uhr in der Früh ein; ich lag wach. Vier Uhr morgens ist die Stunde der Wahrheit, in der mich Schwermut befällt und alles heimsucht, was ich nie wissen oder worüber ich nie nachdenken wollte, Schlüsse, die ich nie gezogen habe.

Dann rechne ich mir vor, wieviele Gläser ich am Abend zuvor getrunken habe, in dem aberwitzigen Versuch, mir weiszumachen, daß Schlaflosigkeit und Alkoholkonsum in keinem Zusammenhang stehen – eine Rechnung, die nach drei Gin, einer halben Flasche Wein, noch drei Gin... nicht mehr aufgehen will. Dabei ist das doch gar nicht so viel, aber nein. Der Selbstbetrug löst sich auf im eklig-süßen Nachgeschmack auf der Zunge, der nicht lügt und der Wasser zu Nektar werden läßt. Manchmal falle ich danach in einen bleiernen Schlaf, doch in den Zwitterstunden leiste ich meinen Offenbarungseid, und er fehlt mir. Sein warmer Rücken, vor allem, und die Gesprächsfetzen. Die kurzen Vereinigungen von vorne. Hast du mich geliebt? Hast du mich jemals wirklich geliebt?

Es hat ihn nicht immer kalt gelassen; mit dem Mist habe ja ich angefangen. Indem ich mich langweilte, mißgelaunt war, nicht ausgehen wollte, obwohl ich das Haus hasse, indem ich ihn abwies, nichts als Zahlen, Klienten und Steuern im Sinn, indem ich die Kinder überging, genau so, wie man mich – überaus höflich und liebenswürdig wohlgemerkt – stets übergangen hatte. Ein dank Personal wie geschmiert laufender Haushalt – der meiner Kindheit nicht minder als der, den ich geschaffen habe. Keine Verantwortung für die Mutter. Eine Nebenwirkung privilegierten Lebens, wer weiß, jedenfalls hat es mir durch Mangel an Erfahrung eine ungeheure Angst vor Nähe beschert, die mich veranlaßt, alles so distanziert und förmlich wie möglich zu halten. Ich beginne einzusehen, daß die Männer heute mehr erwarten, daß sie ebenso unter geänderten Ansprüchen leiden wie wir Frauen auch. Sie sehnen sich nach Streicheleinheiten und Geborgenheit, nicht nur nach Köpfchen. Sie hoffen, von uns mit Ansprache, Trost und hübschen Tapeten zivilisiert zu werden. Die emanzipierte Ehe geistig ebenbürtiger und partnerschaftlich die Pflichten teilender Menschen scheint doch nicht zu funktionieren. Unsere Ehe haben wir wie ein Unternehmen geführt, Sebastian und ich, haben uns als Aufsichtsräte abgesprochen, und waren wir uns uneinig, wurde er überstimmt. Keine langen Reden; ich hatte die Wahrheit gepachtet. Kein bißchen Demokratie und verdammt wenig Gefühl. Irgend etwas hat gefehlt, sonst würde er mir jetzt nicht fehlen. Undenkbar aber, selbst im Fegefeuer der frühen Morgenstunden, ihn zu bitten, zurückzukehren. Wenn der Stolz einst das Rückgrat meines Selbst bildete, so krümmt sich dieses jetzt, und in meiner tiefen Einsamkeit bin ich auch in der Lage, die seine zu erkennen.

Kreuzschmerzen, Herzschmerzen, Kopfschmerzen. Gestern morgen alles drei. Dazu die merkwürdige Gewißheit, von etwas anderem geweckt worden zu sein als nur vom Kater und der Übelkeit. Versuchte es mit einem Kissen überm Kopf, bis es hell wurde, gab gegen sechs Uhr auf und wankte unter dem Vorwand, arbeiten zu wollen, ins Arbeitszimmer. Mein Gott, was für eine Brüllhitze. Seit Wochen in Schweiß gebadet, alles grau verfärbt, durchs offene Fenster kriecht die Karikatur eines Lufthauchs herein, dampfend wie der Atem einer Kuh. Waschküche. Kein Laut auf der Straße. Als ich hinausblinzele, aus Neugier, ob um diese Zeit sonst jemand schon auf den Beinen ist, stutze ich. Dort übers Eisengitter vorm Haus der Allendales drapiert, mache ich eine Flagge oder etwas Derartiges aus. Schweres rotes Tuch, aufgespießt auf den Stäben vorm Küchenfenster. Der rote Teppich für den Einbrecher? Hübsch anzusehen. Aber wie merkwürdig! Noch halb schlafend recke ich mich, spähe, doch von diesem Standort aus sind die Fenster und die Haustür nur schlecht einzusehen. Und es rührt sich nichts. Nur der rote Stoff leuchtet dort wie ein Signal, und ich bin eigenartigerweise fast enttäuscht, keinen weniger harmlosen Anblick dargeboten zu bekommen.

Das liegt wohl daran, daß es an einem nagt. So eine Familie, meine ich, die sich selbst genügt, die einen wie Luft behandelt, die die erste ist, die der verlassenen Ehefrau den Rücken kehrt. Ich kann den ersten Schritt nicht tun, nicht nach dem, was ich erfahren habe, doch ich warte darauf, daß einer von den beiden mir mit ausgestreckter Hand entgegenkommt, die Freundschaft anbietet, an der ihnen angeblich so viel liegt. Sie werden es nicht tun. Und dabei mochte ich die beiden auf die mir eigene Art und muß sie jetzt verachten, die sie mich verachten. Kaum zu glauben, daß ihre beiden Kinder fast zwei Jahre hier ein- und ausgegangen sind. In den wenigen Wochen seit der Annullierung der Abmachung kein Lebenszeichen. Ja, doch, David hat Mrs. Harrison ein finanzielles Zückerchen gegeben, ich weiß, aber deshalb müssen die Kinder doch nicht von heute auf morgen in der Versenkung verschwinden. Jeanetta mag Mark zwar auf die Nerven gegangen sein, nichtsdestotrotz schmollt er nun. Samantha auch. Natürlich verwirrt sie auch das Ausbleiben des Papas, egal wie selten sie ihn zu Gesicht bekommen haben. Von daher wären die Allendale-Blagen eine Hilfe gewesen; am wohltuendsten wirkt auf Kinder immer noch die Gegenwart anderer Kinder. Mist, verdammter! Verdammt, verdammt, verdammt. Ist ja gut, Sebastian, ich hab's kapiert! Ich kann mich zwar nicht überwinden, dich anzurufen, aber ja, Liebster, ich geb's zu: Es ist ein

Unterschied, du hast weit mehr als ich getan, und du fehlst mir.

Hast du denn *mich* geliebt, du mein Mann? Habe ich es versucht? Es lag an mir, nicht wahr? Und an dir, symbolisch verkörpert dort allein auf der Parkbank, einsam wie ein Tag in der Hölle.

Bei unserer letzten Begegnung habe ich ihn angeschrien, aber ohne rechte Überzeugung, viel Lärm um nichts, und als er dann an der Reihe war, sprach er mit weit größerer Autorität, als ich ihm je zugetraut hätte. So schöne Augen, der Kerl. Das Haar zerwühlt. Ich hätte gern darüber gestrichen, hätte mich so gerne geschlagen gegeben, hatte soviel Zeit zum Nachdenken gehabt, hatte so vieles begriffen, was ich gar nicht wußte. Wenn Leid die menschliche Seele läutert und adelt, dann kann ich nur sagen, lieber bliebe ich nieder und gemein! Es gibt kein simples Schwarz-Weiß mehr, nur Grau-in-Grau wie schmutzige Wäsche. Er sah schlanker aus, fitter, deshalb mußte ich ihn anschreien, deshalb noch mehr trinken, wohl wissend, daß er mich beobachtete und wie meine undeutlichen Worte auf ihn wirken mußten. Ach, was hätte ich nicht um die Gnade der Trunkenheit gegeben statt der Verwirrung, der geschmacklosen Bemerkungen, gelegentlichen Obszönitäten und der glasklaren Erinnerung an belanglose Witze, die an die Oberfläche meines Alkoholpegels stiegen und mich dem, was ich wirklich will, weiter und weiter entrückten. Als ob ich überhaupt noch wüßte, was ich will. Ich trank, ich irrte ab, und in der Folge gab ich allen Forderungen statt. Mit dem Ergebnis, daß später am heutigen Abend Sebastian an dieser Adresse erscheinen und Mark für ein paar Tage entführen wird. Die beiden werden sich ein paar schöne Tage machen, während für uns beide weiterhin die Bedenkzeit läuft. Sehr witzig. Die Männer scheinen in diesem Haus zu gewinnen.

So meine trüben Gedanken, während ich Marks Sachen packte, oder vielmehr tat dies vor allem Mrs. Harrison; ich weiß noch nicht einmal, wo die Kleider meiner Kinder zu finden sind. Miniatur-Anziehsachen für einen Miniatur-Sebastian. Ich stopfte sie in eine Tasche, wünschte mir, Mark käme herein und erklärte, er ziehe meine Gesellschaft der seines Vaters vor, wohl wissend, daß er das nie sagen würde, wünschte, ich hätte es anders verdient, als, gerade in dem Moment, in dem mir beinahe die Tränen kamen, Mrs. Harrison, schmallippiger als sonst, dazukam, um zu schauen, ob ich die Dinge auch unter Kontrolle hätte. Das Packen, nicht mich selbst. Und, um etwas »anzusprechen«. Ihre Gegenwart war der unwillkommene Beweis meiner eigenen Überflüssigkeit. Etwas »ansprechen« bedeutet bei ihr immer eine längere Erörterung, und sie wählt immer den falschen Zeitpunkt. Ich wollte nichts weiter, als daß Sebastian endlich käme und wieder verschwände. Ich wollte nichts hören, nichts wissen.

»Mrs. Pearson«, begann sie und nahm Dinge auf, um sie dann wieder hinzulegen. »Mr. Harrison hat gemeint, ich sollte mal etwas ansprechen...«

»Wieso, was ist mit ihm? Hat er die Sprache verloren?« Das überging sie. Harrison ist ein einsilbiger Mensch.

»Wegen nebenan«, fuhr sie unbeirrt fort. Mir fiel wieder die rote Flagge auf dem Eisengitter ein, dachte zugleich daran, daß das nachbarliche Schweigen demnächst gebrochen werden müßte. David Allendales Geburtstag stand bevor. Eine gesellschaftliche Verpflichtung. Bald schon.

Sie räusperte sich. »Mrs. Pearson, haben Sie denn in der Zwischenzeit mal Jeanetta gesehen? Überhaupt mal irgendwo gesehen? Ich dachte, vielleicht war ja Mrs. Allendale mal da und hat Sie besucht, und wir zu beschäftigt, um es mitzubekommen. In letzter Zeit, meine ich, vielleicht mal am Abend? Mal erzählt, wie's geht?« Der Redefluß stockte. Sie weiß ganz genau, daß kein Mensch, der dieses Haus betritt, ihrem Adlerauge entgeht und nicht einer kritischen Prüfung unterzogen würde. Ob zu dessen Vor- oder – wie in Katherines Fall – Nachteil.

»Nein. Weder Mutter noch Tochter.« (Soweit ich mich erinnere, die Tage verschwimmen so.) »Moment. Doch, habe ich. Oder? Moment. Ich habe sie aus dem Haus gehen sehen. Beide. Ihn nach Hause kommen sehen. Mit Jeremy. Doch, ich meine, ich hätte sie alle mal gesehen.«

Sie sackte förmlich in sich zusammen vor Erleichterung. »Ganz bestimmt? Also auch die Kleine? Auch Jeanetta?« Sie ließ nicht locker, wollte es genau wissen.

»Also, ganz sicher bin ich mir nicht. Warum fragen Sie? Warum ist das so verdammt wichtig?«

»Ich mach mir Sorgen um das Kind«, erklärte Mrs. Harrison lahm, nahm dann neuen Anlauf. »Wirklich große Sorgen. Nichts mehr! Kein Ton! Verschwunden. Das gibt's doch nicht, daß ein Kind hier in der Straße wohnt und einfach spurlos verschwindet. Vielleicht ist sie krank. Ich habe paarmal drüben geklingelt und angeboten, sie mit rauszunehmen. Immer sagt er: »Tut mir leid, sie ist unterwegs, nett von Ihnen.« Aber wieso sehe ich sie nicht kommen und nicht gehen? Ich werde nicht einmal mehr gefragt, ob ich mal babysitten könnte, wie sie das früher getan haben. Man sollte doch meinen –«

»Hören Sie, das geht Sie nichts an. Verstehen Sie denn nicht, daß die sich wahrscheinlich rar machen wegen der Geschichte mit der Halskette?«

Ich stopfte eben mit aller Gewalt ein Spielzeug in Marks Tasche. Sie fuchtelte hilflos mit den Händen, wußte nichts mehr zu sagen, blickte gequält drein, öffnete den Mund, brachte aber nichts heraus. In diesem Augenblick schob Mark sich ins Zimmer und lugte hinter ihrem Rücken hervor. Ich spürte seine ungeduldige Sehnsucht, weg zu sein, begierig auf die Tage mit dem Vater wie eine Frau vielleicht auf Schmuck oder einen Liebhaber. Ungeduldiges Verlangen stand ihm deutlich ins Gesicht geschrieben. Es tat so weh, daß mir der Atem stockte, auch wenn mir klar war, daß ich es einzig und allein mir, meiner Unzulänglichkeit zuzuschreiben hatte. Trotzdem ließ mich der Schmerz ärgerlich auf ihn werden. Rückblickend muß ich zugeben, daß ich mich mieser nicht hätte verhalten können.

»Ich habe sie gesehen«, sagte Mark. »Sammy auch.«

»Wen?« Das alles interessierte mich so wenig, daß ich es bereits schon wieder vergessen hatte: Katherine, Jeanetta. Was bedeuteten sie schon im Vergleich zu meinem Sohn.

»Wo?« Mrs. Harrison stürzte sich regelrecht auf den Bengel, packte ihn an den Schultern. Das ärgerte mich noch mehr. Finger weg von diesem Sohn, der sich mir nicht zu nähern wagt, aus Angst, ich könnte ihm seinen Spaß verderben. Er wand sich, schüttelte sie ab – sicheres Indiz für Unbehagen. Die beiden verbargen irgend etwas.

»Im Garten«, murmelte er schließlich ganz leise. »Sie hat geträumt.«

Mrs. Harrison packte ihn am Arm. Er hatte Angst, aber ich wußte nicht wovor. Sie brüllte ihn an, und ich wußte nicht, warum.

»Was heißt das, geträumt? Was hast du gesehen? Wann? Hast du nebenan im Garten spioniert? Wie bist du da reingekommen? Ich hab dir doch gesagt, du sollst nicht auf die Mauer hinten steigen, die ist nicht sicher...«

»Nicht sicher«, wiederholte ich automatisch. Sie sah mich böse an. Beide warteten wir auf Antwort. Mark setzte diese Trotzmiene auf – wie sein Vater –, dachte wohl daran, daß sein Vater jeden Moment kommen mußte und daß er sich jetzt keinen Ärger einhandeln durfte.

»Saß auf den Stufen. Auf ihren Stufen. Man kann rübersehen von unten, so gerade eben. Ich wollte Mieze suchen, die war wieder krank. Ich hab den Kopf durch dieses Zaun-Ding gesteckt.« Er meinte das Spalier mit der halbtoten Kletterpflanze.

»Hast du mit ihr gesprochen?« fragte Mrs. Harrison barsch. »Wie sah sie aus?«

Er trat nach dem Fußboden, trat von einem Bein aufs andere, verärgert, aber eingeschüchtert. »Sie hat geträumt«, wiederholte er. »Sie hat nicht geantwortet, als ich sie gerufen habe. Saß auf den Stufen, die wo zur Küche führen. Glaub ich.«

»Die zur Küche führen«, verbesserte ich ihn.

Die Unterbrechung steigerte seine Hast und Ungeduld. Mrs. Harrison tat das ihrige: »Was hat sie denn gespielt? Was hat sie denn gemacht? Wie lang ist das her?«

Er dachte angestrengt nach. »Ein oder zwei Tage. Oder drei. Oder vier. Weiß nich, schaut mich doch nich so an! Ach, wann kommt denn der Papa endlich? Also gut. Ich habe ihr zugerufen, hallo!, oder so etwas, aber sie hat nicht gehört oder wollte nicht. Ich dachte, die spielt sich auf. Saß da einfach in der Sonne auf den Stufen, in so einem komischen langen Kleid. Gesungen hat sie. Nur eine Minute lang. Dann kam ihr Papa raus, und sie hat aufgehört. Ich bin gegangen. Er mag es nicht, wenn jemand in seinem Garten ist. Oder ihm zuguckt.«

»Na, dann ist doch alles in Ordnung«, sagte ich gereizt. »Hat sich wieder mal verkleidet. Fühlte sich immer schon zu anderer Leute Sachen hingezogen, das Kind.«

Mark schüttelte den Kopf, wollte etwas sagen, traute sich aber nicht.

»Mrs. Pearson«, sprach die gute Harrison und baute sich vor mir auf mit geballten Fäusten wie ein Boxer vorm Match vor seinem Herausforderer, »Mrs. Pearson... weshalb ich überhaupt davon angefangen habe, ist nämlich, daß Samantha meint, sie hätte Jeanetta letzte Woche gesehen, sie weiß es nicht genau, Sie kennen das ja bei ihr. Die beiden Lauser« – sie deutete auf Mark, der errötete – »haben versucht, nach nebenan zu gelangen. Der eigene Garten wohl nicht gut genug... bloß meint Samantha, Jeanetta sieht schlecht aus. Nicht wie früher, wissen Sie, nicht mehr die kleine Dickmadam. Samantha sagt, sie ist dünn wie eine Klapperschlange. Wie eine kleine Ratte. Es nützt alles nichts, Mrs. Pearson, Sie müssen sich unbedingt nebenan nach ihr erkundigen. Ich hab's versucht. Irgend etwas stimmt da nicht. Sie müssen sich darum kümmern. Wann könnten Sie mal nach nebenan gehen?«

Wenn es kommt, kommt es knüppeldick, oder? Es war ihr Tonfall vor allem, der das bereits übervolle Faß – Trauer, Wut, Enttäuschung, Mark, Sebastian, schlaflose Nächte voll immer neuer Selbstvorwürfe, qualvolle Morgenstunden – zum Überlaufen brachte. Nichts blieb mir, nicht einmal die unangefochtene Herrschaft in meinem eigenen Haus. Da stand ich und ließ mir sagen, was ich zu tun hätte, mußte mir diese himmelschreienden, panikschürenden Übertreibungen anhören! Das Blut stieg mir in die Wangen. Sie wich zurück, bereute ihre Forschheit. In diesem winzigen Moment peinlichen Schweigens ertönte die Türglocke. Mark sauste an uns vorbei und katapultierte sich mit dem Ruf »Papa! Papa! Papa!« die Treppe hinunter, ließ mich und die meuternde Gefolgschaft, jede mit einer Hand an der halboffenen Reisetasche, stehen. Mein Sohn wäre auch nackt mit seinem Vater mitgegangen, nur das ging in meinen Schädel. Ich begriff es, vom Donner plötzlicher Erkenntnis, hellsichtigen Verständnisses gerührt, bedauerte es, bedauerte es mehr als alles andere. Nichts anderes zählte. Wäre ich ihr schluchzend um den Hals gefallen, vielleicht hätte mich Mrs. Harrison gemocht, aber ich tat es nicht, konnte es nicht. Statt dessen folgte ich meinem Sohn nach unten, sah ihn mit der Haustür kämpfen wie ein wildgewordenes Tier, nur mäßig beruhigt, als Harrison, mit der würdevollen Geste des vollendeten Butlers, ein Lächeln auf den Lippen, öffnete.

Es war mir vorher nie aufgefallen, erst jetzt war mir die Einsicht im Morgengrauen wie im Traum erschienen, welche Zuneigung Sebastian in anderen weckt. Ohne daß ich die Tage seines Fortseins gezählt hätte, wußte ich doch, wie lang sie gewesen waren, wie der Haushalt ohne Kompaß geschlingert war, wie unbezweifelbar echt die Wiedersehensfreude auf Harrisons Gesicht war. Ich habe es nie gesehen, ich habe es nie erkannt, und meine Blindheit war ein Segen in den Tagen der alten, überheblichen Indifferenz. Sie lieben ihn alle, erkennen seine Autorität an. Wie gerahmt stand er im Türeingang, eigentlich ein gutaussehender Mann, ein Mann, dessen Leben für mich ein unbeschriebenes Blatt geblieben ist, den ich nie gefragt habe, was er mit seinem Leben macht, was er im Leben will, von dem ich nichts verlangt habe, außer daß er mir den gewohnten Lebensstil zubilligte, meine Gleichgültigkeit hinnahm und daß er mir aus dem Weg ging, wenn die Trunkenheit mich unausstehlich machte. Er trat nicht ein. Ich stieg die Treppe wieder hoch – Rollentausch, ich nun die Dienstbotin –, um die halb fertiggepackte Tasche zu holen, überließ die beiden einander, als hätten sie nie zu mir gehört, lächeln, lächeln, lächeln. Doch nicht vor den Kindern, bitte, nicht weinen. Nur gute Wünsche. Mein Versagen klar vor Augen. Zornig, ohnmächtig, uralt, mit schwachen Knien. Lächelnd. Viel Spaß. Ach, und wann kommt ihr zurück? Nein, ach, vergiß es, nein, nein, vergiß es.

»Worum geht's?« fragte Sebastian, Mark an der Hand.

Ich trat nach dem Teppich, genau wie Mark, wenn er sich nicht anmerken lassen will, daß er verlegen ist. »Ach… nicht so wichtig. Die Einladung bei Allendales… bist du da?«

Sein Gedächtnis für Termine ist unfehlbar, wie ein Instinkt, wie sein Bedürfnis, niemandem wehzutun.

»Ach ja, stimmt«, sagte er. »Bald, nicht wahr? Wollen wir zusammen hingehen?«

»Bitte«, sagte ich.

»Wir sind dann doch wieder da?«

Mark blickte hoch. »Ich denke.« Er trat nun seinerseits nach dem Teppich.

»Laß das, Mark!« fuhr ich ihn an und hätte mir die Zunge abbeißen mögen. »Also. Bis dann.«

Ich weiß nicht mehr, wer die Tür zumachte.

Was heißt knüppeldick, es kam noch schlimmer. Es kommt immer noch schlimmer, wenn man meint, man hätte die Talsohle schon erreicht. So zum Beispiel Samantha, die im Nachthemd die Treppe heruntergefegt kam, ein Poltergeist mit hochroter Zornesgrimasse. Vielleicht verkehrt, den Blitzbesuch des Vaters vor ihr geheimzuhalten. Wir hatten es besprochen, ich weiß nicht mehr, was meine Meinung dazu war. Ich glaube fast, ich hatte gesagt, wir wollen uns eine Eifersuchtsszene und unnötige Aufregung ersparen. Dachte wohl, sie kommt auch noch dran, wenn ich überhaupt dachte. Wir hätten uns die Überlegung sparen können, die Entscheidung war falsch. Demokratie gilt auch für Kinder.

»Papa war da!« schrie sie. »Papa! Hab ihn gehört! Hab's gehört! Hab's gehört!«

»Komm, mein Schatz, zurück ins Bett. Es ist spät«, versuchte es Mrs. Harrison, erbittert. Samantha wandte sich mir zu. Sie ähnelt mir in so vieler Hinsicht, während Mark nach seinem Vater kommt. Samantha hat nichts von der Gutmütigkeit der beiden, eher einen eisernen Willen und ein unglaubliches Organ.

»Du hast mir nichts gesagt! War der Papa, war er!« Keiner widersprach ihr. »Du hast mir nichts gesagt. Du hast mir nicht gesagt, daß er kommt! Ich will meinen Papa! Papa! Papa! Papa!«

»Beruhige dich.« Ich wollte sie in den Arm nehmen, sie zuckte zurück, als könnte sie einen Schlag versetzt kriegen.

»Warum?! Warum?!« wimmerte sie.

»Weil…«

»Ich hasse dich, du blöde Mama! Blöde, blöde Kuh! Blödmann! Arsch!«

Woher nehmen sie bloß die Ausdrücke! Da stand sie, bebend vor Zorn, das Gesichtchen wutverzerrt, tränenüberströmt, mit ihrem ganzen Wesen darauf bedacht, mir das schlimmste Schimpfwort entgegenzuschleudern, das ihr einfiele, das verletzendste, was sie aufbieten könnte.

»Fette Beine!« spuckte sie mir hin, »dicker Hintern! Dumme alte Hexe! Ich hasse dich!«

Zum Lachen, dieser Zwergenaufstand. Ja, vielleicht. Für jeden außer für mich. Sie strauchelte schluchzend nach oben, erschreckt von der Heftigkeit der eigenen Gefühle. Ich hätte ihr nachgehen müssen, obwohl ich ohne jegliche Energie zu sein schien. Doch der Stolz meldete sich wieder zurück, die stoische Verbissenheit, die zusammengebissenen Zähne. Keine verletzte Eigenliebe, nur Schuldbewußtsein. Mrs. Harrison ging hinauf. Sie würde sicher mit offenen Armen empfangen.

Etwas zu trinken. Dringend. Sofort. Nicht in der Küche, die Harrisons haben Augen im Hinterkopf, Röntgenaugen, auch wenn sie unten verschwunden sind. Verwirrt. Was will ich überhaupt? Den Arm voller Flaschen, steige ich klirrend die Treppe hinauf. Der Tonic zum Gin ist im Schreibtisch versteckt. Irgendwann später, weit nach zehn Uhr, höre ich Harrison zaghaft klopfen. Antworte nicht. Noch später klingelt das Telefon. Die Angestellten heben unten ab, regeln meine Angelegenheiten. Ich schlafe im Stuhl ein. Schließlich, im Morgengrauen, fange ich an zu weinen. Wegen des heillosen Schlamassels, an dem ich schuld bin.

Bitte helft mir, bitte! Ich will es ja besser machen! Ich habe so viel gelernt in zu kurzer Zeit. Ich war blind. Kein Schock ist heilsamer als der, allein gelassen zu werden. Das öffnet einem die Augen. Mehr als alles auf der Welt, möchte ich alle diese Kinder zurückgewinnen. Damit ich noch einmal von vorne anfangen kann.

17

»Das darf doch nicht wahr sein! Bist du noch ganz bei Trost! Wie konntest du nur!«

»Es war erstaunlich einfach... ich weiß auch nicht. Aber beruhige dich, es wird nicht von Dauer sein. Hat er mir ziemlich deutlich zu verstehen gegeben, und ich sehe das nicht anders. Das Ganze ist auf Dauer impraktikabel – aber macht Spaß!« Monica blickte bei weitem nicht so überzeugt drein, wie sie sprach. Jenny fand, daß sie eigentlich eher bedrückt als beglückt wirkt. In jeder Hinsicht eine unerfreuliche Angelegenheit.

»Impraktikabel? Was heißt hier impraktikabel? Es ist nicht fair!« platzte sie los. »Ganz und gar nicht fair. Was glaubst du, wie dir zumute wäre – ach, entschuldige, du kennst das Gefühl ja wohl... aber die arme Katherine! Wie kannst du einer Freundin so etwas antun! Meine Güte, wir sind nächste Woche alle bei ihnen eingeladen! Ich kann ja niemandem mehr in die Augen sehen!«

»Du kannst keinem in die Augen sehen! Was soll ich denn da sagen?«

»Falls du tatsächlich die Absicht hast, hinzugehen«, bemerkte Jenny kühl, »mußt du schon selbst sehen, wie du damit fertig wirst. Du hast dir die Suppe eingebrockt, löffel du sie auch aus. Das merkt Colin doch! Du kannst unmöglich hingehen.«

»Doch, kann ich wohl, und nein, merkt er nicht. Sei nicht so prüde, verdammt noch mal! Außerdem hast du wohl vergessen, daß sie zuerst damit angefangen hat. Meinem Mann schöne Augen zu machen... als wären die Männer gerade frisch erfunden worden!«

»Hat sie genau genommen gar nicht, Monica. Tut mir leid, daß ich das sagen muß, aber ich hatte eher den Eindruck, der Schuh saß auf dem anderen Fuß.«

»Ist mir egal, wer damit angefangen hat. Jedenfalls hatte er Lippenstift am Hemdkragen, Zigaretten in der Hosentasche, Gras in den modischen Aufschlägen seiner Hosen. Ein großer Naturfreund, unser Colin, aber derartige Souvenirs sammelt man nicht ohne jede Mitwirkung ein. Du brauchst Katherine gar nicht zu bemitleiden, es ist offenbar nicht das erstemal. Scheint eine Meisterin dieses Fachs zu sein – oder Mätresse.« Der Ton war mit einem Mal gehässig.

»Ach was, das traue ich ihr nicht zu. Dazu ist sie viel zu...« »Glaub mir, er hat's mir selber gesagt. David, meine ich. David hat mir sehr, sehr viel über Katherine erzählt. Eine Heuchlerin, eine Schlampe! Er weiß noch nicht einmal, ob beide Kinder tatsächlich von ihm sind. Ja, ja, die stillen Wasser...«

Sie saßen in Jennys Garten. Monica zog an ihrer Zigarette und warf die Kippe auf den Rasen, wo sie noch eine volle Minute glimmte. Jenny schwieg. Das alles war ihr, aus der Sicht ihrer behüteten und geordneten Welt, so fremd, daß sie nicht recht wußte, was sie nun glauben sollte. Sie kannte Monica schon lange, und sie hatte öfter erlebt, daß die Freundin es mit der Wahrheit nicht so genau nahm, nicht daß sie gelogen hätte, aber sie übertrieb gerne. Jenny ordnete die Information daher analog zu früheren Begebenheiten diesem Syndrom zu und enthielt sich eines Kommentars. Katherine lastete ihr seit einiger Zeit schon auf dem Gewissen, aus unerfindlichen Gründen, nicht übermäßig, aber merklich. Nichts wäre ihr willkommener gewesen als ein Skandal, der Katherine disqualifiziert und sie von ihrem nagenden Schuldgefühl entbunden hätte, doch Monicas Enthüllungen hatten nicht diesen Effekt. Eher war das Gegenteil der Fall. Zugleich plagte sie, bei aller Mißbilligung des unfeinen Verhaltens der Freundin, eine sensationslüsterne Neugier. Jenseits der Moralfrage hätte sie zu gerne gewußt, wie David es angestellt hatte. *Wie* hatte er sie herumgekriegt? Wo hatten sie es getrieben, im Bett? Auf dem Fußboden? Was hatte er getan? Erzähl's mir doch, erzähl mir alles, aber ohne daß ich fragen muß! Sie wählte den indirekten Weg.

»Ich verstehe das nicht«, begann sie zögernd. »Nicht so ganz; du hast den ganzen Nachmittag bei ihnen im Haus verbracht? Wo verdammt noch mal waren denn Katherine und die Kinder?«

Monica rekelte sich. Sie gähnte. Der frische Parfümduft des ihr entgegengereckten Arms berührte Jenny unangenehm. Wuschen sich die Leute nach diesen ehebrecherischen Schäferstündchen? Sie nahm es an.

»Katherine war nicht zu Hause. Sie ist kaum zu Hause, immer unterwegs, Fitness-Center oder irgendwelche Vergnügungen. Gibt das sauer verdiente Geld mit vollen Händen aus. Schreckliche Vorstellung: mit unserem Wintergarten finanzieren wir womöglich ihre Garderobe, ihren Körperkult. Daß ich ihm überhaupt gefallen konnte! Schließlich ein Unterschied wie Tag und Nacht. Sie lachte künstlich, nicht das sonstige Wiehern.

»Na ja, und der kleine Jeremy war im Kinderladen, den David aufgetan hat, zu einem Probenachmittag quasi. Und Jeanetta war nicht da. Sturmfreie Bude. Perfekt.« Sie machte eine kleine Pause und griff nach der Weinkaraffe, die zwischen ihnen auf dem Tisch stand, runzelte die Stirn und ergänzte: »Zumindest hat er das gesagt. Nichts zu hören, nichts zu sehen, kein Türklingeln, keine Handelsvertreter, und trotzdem: als wir in sein Atelier hinaufgingen – nein, nicht ins Schlafzimmer, er hat es nicht vorgeschlagen, und ich hätte es auch nicht über mich gebracht –, hatte ich irgendwie das Gefühl, es wäre jemand da.«

»Gespenster. Oder dein Gewissen«, giftete Jenny. »Geschieht dir ganz recht.«

Monica zuckte mit den Achseln. »Wahrscheinlich. Ich hab mir eingebildet, Geräusche auf dem Dachboden zu hören. Jedenfalls hatte ich den Eindruck, daß es von oben überm Atelier kam. Eine Maus oder eine Katze, wer weiß.

Als ich es erwähnte, hat er mich ausgelacht und gemeint, höchstens Vögel im Dachstuhl. Die Zimmer überm Atelier hätten immer leergestanden. Wenn du willst, gehen wir hinauf und sehen nach, hat er gemeint, aber das wollte ich nicht. Ich schleiche doch nicht durchs ganze Haus! So ist es nun auch wieder nicht. So locker gehe ich damit auch nicht um, verstehst du.« Es fröstelte sie und sie angelte sich ihre vielfarbige Jacke von der Stuhllehne.

»Monica«, fragte Jenny beschwörend, »sag mal... ist er denn... ist er ein toller Liebhaber? Ist es das?«

Monica fummelte an den Knöpfen ihres Märchenmantels herum. Dieses heißgeliebte, bequeme Kleidungsstück hätte sie zu einer Verabredung mit David nie und nimmer anziehen können; sie wußte, daß ihm die Jacke nicht gefallen würde. Zu bunt, zu flauschig. Derlei ausgleichende Betrachtungen mußte sie um ihres eigenen Seelenfriedens willen anstellen. Sie zögerte, überlegte.

»Ja, wenn du's genau wissen willst, das ist er. Sehr stark, sehr dominierend. Männlich. Fragt nicht lange, weiß aber genau, wie er's machen muß, kennt die entsprechenden Stellen. Du verstehst schon.«

Jenny verstand.

»Und das ist es wert?«

»Nein«, sagte Monica, kreuzte die Arme vor der Brust und betastete einen kleinen blauen Fleck durch die Maschen des Märchenmantels. »Nein, im Grunde nicht.« Sie wandte sich mit flehendem Blick Jenny zu, wurde rot. »Und deshalb müssen wir unbedingt alle zu seiner Geburtstagsparty gehen. Ich zähle auf dich! Es kommen ja nicht viele; wir *müssen* hingehen. Glaub mir, Jenny, meine Liebe, dieses kleine Intermezzo ist vorbei. Wenn ich es nicht beende, täte er es. Er ist mit seinem Leben vollkommen zufrieden, und er liebt Katherine, verstehst du. Das alles, sein Haus, das ganze Drumrum bedeutet ihm viel zu viel, als daß er es aufs Spiel setzen würde. Also werden wir alle weitermachen wie bisher, werden so tun, als sei nichts gewesen. Ganz erwachsen.« Monicas Augen glänzten. Ob vor Tränen oder Entschlossenheit, hätte Jenny, die schlicht erleichtert war, nicht genau sagen können. Sie war sehr darum bemüht, den Ton jetzt möglichst sachlich zu halten.

»Wenn das so ist, dann werde ich das tun, was ich sowieso schon vorhatte, und zwar die Allendale-Kinder zum Spielen zu uns einladen an einem der kommenden Wochenenden. Dieses Wochenende. Vielleicht ist das ja für Katherine eine Entlastung.«

Doch Monica stellte sich stur. »Wenn du meinst. Ohne mich. Ich glaube, David hat gesagt, daß Jeanetta eine Weile zu ihrer Oma geht. Oder schon dort ist. Du solltest also vielleicht vorher mal nachfragen. Und jetzt, denke ich, sollten wir noch eine Flasche Wein aufmachen.«

Kurz nach Mitternacht näherten sich seine Schritte. Seine Lederschlappen knallten auf dem blanken Holz des letzten Treppenabschnitts. »Wenn ich erst das Wohnzimmer oben eingerichtet habe«, hatte er ihr erklärt, »möchte ich für die Stufen einen grünen Teppich, und dazu Kantenschutz aus Messing, der das Licht reflektiert und den warmen Holzton verstärkt. Wird schön.« Und er hatte die Treppe mit der Genugtuung betrachtet, die er noch zu erobernden Territorium vorbehielt. »Mit dem Ausbau von Dachböden könnte man ein Vermögen verdienen«, hatte er noch hinzugefügt. »Stell dir die vielen ungenutzten Quadratmeter vor, die unter etlichen Dächern versteckt sind.«

Versteckt im hintersten Winkel des Dachbodens seit nunmehr bald neunzehn Stunden war Katherine. Am späten Nachmittag hatte sie aufgehört, die Stunden zu zählen. Ihre Uhr lag jetzt fein säuberlich in ihre Einzelteile zerlegt auf dem Fußboden. Mit Hilfe einer Haarnadel und eines aus den Dielen herausgezogenen Nagels hatte sie sich bemüht, durch diese Aufgabe Kopf und Hände beschäftigt zu halten. Es war ganz schrecklich wichtig, jedes Zeitgefühl auszulöschen. Er hatte ihr lediglich eine Plastikschüssel und eine dünne Wolldecke dagelassen; die stinkende Schüssel stand in der Ecke, die Decke war durchgeschwitzt, obwohl sie sich in den Stunden seit der gestrigen Nacht nur kurz darin eingewickelt hatte. Das war am Nachmittag gewesen, als sie die Geräusche, die von unten aus dem Atelier zu ihr heraufdrangen, hatte ersticken wollen.

Davor, lange vorher, als der Schlüssel sich außen im Schloß drehte, hatte sie sich mit ihren eigenen Schreien betäubt, hatte mit Händen und Füßen Tür und Schloß bearbeitet, hatte nach Jeanetta gerufen. »Laß sie zu mir, David, bitte, bitte, bitte!«, bis ihre Stimme schließlich nur noch ein heiseres Krächzen war, bis sie hustete, wie das Kind gehustet hatte, sich der Vergeblichkeit ihres Aufstandes schmerzlich bewußt. Kurzzeitig kehrte ein schwaches Echo des nüchternen Realitätssinnes wieder, der sie zum Küchenfenster hinausgetrieben, zur Flucht bewegt hatte, und den sie in der Zwischenzeit in die tiefsten Tiefen ihres logischen Denkvermögens verbannt hatte, weil sie sich vernünftige Schlußfolgerungen jetzt nicht mehr leisten konnte. Etwa die Einsicht, daß kein Mensch sie hören konnte, es sei denn David, und David weckte so schnell gar nichts, David wollte sie auch nicht hören. Irgendwann war sie vor Erschöpfung selbst in wirren Halbschlaf gesunken und durch Alpträume getrieben, aus denen sie immer wieder hochschreckte, um dann die Schatten, die der Mond durchs Oberlicht warf, in den Ecken tanzen und immer größer werden zu sehen. Zuerst hielten die Schatten still, doch kaum sah sie richtig hin, bewegten sie sich auf sie zu, drohende schwarze Gestalten, vor denen sie wimmernd zurückwich und sich an die Wand preßte.

Wie schlau von ihm, es so einzurichten. David kannte ihren wunden Punkt sehr wohl, wußte von den früheren Schrecken, von den Gefangenschaften und Fluchten ihrer

Vergangenheit. Katherine zählte an den Fingern die Male ab, die sie eingesperrt worden war. Das allererste Mal zusammen mit Mary, als man sie aus dem Kohlenkeller gerettet und in Flanellschlafanzüge gesteckt hatte, dann bei den Pflegeeltern – aber nicht ins Dunkel, mildes Strafmaß für schlechtes Betragen. Dann mucksmäuschenstill im Raum sitzen müssen, während das am meisten geliebte Pflegeelternteil starb, dann zu einem der letzten der vielen geborgten Väter ins Zimmer gesperrt, um stellvertretend dessen Aufdringlichkeiten über sich ergehen zu lassen, ehe sie wieder im Heim mit den strikten Ausgangsregelungen gelandet war, aus dem Mary schließlich die immer noch widerspenstige, impulsive, temperamentvolle Schwester befreit hatte, um sie ihrem eigenen liberaleren Regime zu unterstellen. Eine Konstante dieser Gefangenschaften vor allem drängte sich ihr jetzt auf: Wenn sie sich fügte, ohne zu protestieren, folgten auf Dunkelheit unfehlbar Licht, Umarmungen, Entschuldigungen, Aufmerksamkeit, manchmal sogar Geschenke. Immer tat es ihnen hinterher leid, wenn sie sie eingesperrt hatten, so sehr, daß Katherine diese Erfahrungen allmählich auch als angenehm zu empfinden, sie unter dem Aspekt des »Nachher« zu betrachten begonnen hatte. Wenn sie erst einmal klein und wehrlos gemacht worden war, wurde sie gehätschelt wie ein Baby, immer, jedes Mal. Herausgelassen zu werden war wie ein zusätzlicher Geburtstag.

In der Finsternis des Dachbodens regte sich dumpfer Groll. Derlei Entschädigungen hatte es nicht mehr gegeben, seit sie selbst Kinder in die Welt gesetzt hatte. Seitdem war ihr nicht mehr gestattet worden, Kind zu sein. Es war ungerecht, es war zuviel. Und was ist mit mir? Ich, ich, ich?

Nimm mich doch bitte jemand in den Arm! Ich ertrage das alles nicht. Als müsse es die logische Folge der vielen Male zuvor sein, für die er nichts konnte, würde es David leid tun, daß er sie eingesperrt hatte. Und wenn David etwas leid tat, war er nett zu ihr. Wenn er voller Reue war, war er zu ihr wie zu einem kleinen Kind; wenn er voller Reue und sie brav gewesen war, liebte er sie. Dann behandelte er sie wie das zerbrechliche Kristallglas, das sie beim Essen zur Schau stellten, das blinkte, das bewundert und vorsichtig angefaßt wurde.

Dann streiften die Schatten ihre Haut. Die Finsternis streckte ihre Fühler nach Katherines Wange aus, wand sich um ihren Hals, kroch ihr zwischen die Beine – Vorboten bekannter Schrecken. Aber sie durfte nicht schreien, sonst müßte sie für immer hier bleiben. Oder – das Allerschlimmste – würde hinaus in die Dunkelheit geschickt, wo Schatten zu Klauen würden, die sie mit scharfen Krallen zerrissen, sie jagten, sie hetzten, endlos. Sie müßte laufen, laufen, laufen. Doch selbst noch in den Fängen des Alptraums am Fenster kauernd, entglitt ihr nicht das Wissen darum, daß Wände und Mauern zumindest fest und unverrückbar blieben, den Schatten standhielten, während es draußen, jenseits der Mauern, viel schlimmer kommen konnte. Drinnen war sie besser aufgehoben als draußen, viel besser. Die Strafe hatte folgen müssen und sie hatte schon Schlimmeres auferlegt bekommen. Es gab immerhin einen Strohhalm, an den sie sich klammern konnte, während finstere Nacht allmählich der Dämmerung wich. Sie rief sich den Lohn für stummes Erdulden, fürs Bravsein in Erinnerung: Umarmungen, Schokolade, Küsse, Geborgenheit. Aller verzweifelte Mut der vergangenen Nacht, alle Klarheit, aller Realistätssinn erstarben. Katherine wartete, erduldete, hoffte und vergaß alles.

Die Erleichterung, die der Morgen brachte, verfloß in dem Maß, wie die steigende Sonne den Dachboden in einen Backofen verwandelte. Es war so heiß, daß sie gar nicht hätte schreien können, ohne sich nicht vorher die Kehle anzufeuchten. Plötzlich, inmitten eines röchelnden Hustenanfalls, war er wieder da, stand sauber und geschniegelt in der Tür, einen Krug Wasser in der Hand. Auf allen vieren wäre sie einem Tropfen Flüssigkeit nachgerobbt, doch sie rührte sich nicht, blieb mit angezogenen, umschlungenen Knien sitzen, zwirbelte mit einer Hand nervös eine Haarsträhne. Er stellte den Krug neben der Tür ab und legte den Finger auf die Lippen.

»Du bist sehr unartig gewesen. Du mußt brav sein. Eine kleine Weile noch.« Ein Versprechen, die ersten Anzeichen der Reue, der sie voller Hoffnung entgegensah, und sie duckte sich, machte sich noch kleiner, damit er sähe, was für ein braves liebes Kind sie war. Für dich die artige Unschuld, Kind, laß andere nach Raffinesse trachten. Was war sie artig. Ungeheuerlich brav. Sie sammelte die Wollmäuse von den groben Holzdielen, rollte sie zu kleinen Kugeln und stapelte sie in ordentlicher Hausfrauenmanier zu einem kleinen Haufen. Sie war ganz in diese Aufgabe vertieft, bis sie die Geräusche im Atelier hörte und vor Entsetzen erstarrte beim Klang der Stimme Monicas, deren dröhnendes, wieherndes Lachen ihr den Schädel spaltete, ihr durch Augen und Haut drang. Katherine öffnete den Mund, wollte schreien, besann sich, preßte einen Finger zwischen die Zähne und biß sich auf den Knöchel. Still jetzt, kein Ton, sei brav, und du wirst belohnt. Die Laute, seine, waren nur zu vertraut, waren die gleichen, die er erst kürzlich ausgestoßen hatte, ohne trennende Wand zwischen ihnen, und die Frau – ein stöhnendes Crescendo. Katherine zog sich die Wolldecke über den Kopf, verstopfte sich die Ohren und begann, lautlos und zielstrebig, ihre Uhr zu zerlegen. Das Armband war aus Gold. In den wenigen verbleibenden Stunden Helligkeit gelang es ihr, mit den Zähnen sieben der Kettenglieder aufzubiegen. Sie legte sie auf den Haufen Wollmäuse. Solange er nur wiederkäme.

Der Schlüssel drehte sich im Schloß, und dann stand er da, eingerahmt vom Schein des Flurlichts. Er eilte zu ihr herüber, zog sie sanft auf die Füße und legte die Arme um sie. »Liebste, mein Schatz, mein Liebling… es tut mir so leid. Jetzt ist alles wieder gut, nicht deine Schuld, stimmt's?«

Sie hing kraftlos in seiner Umarmung, ließ die eigenen Arme herabhängen, während er ihren Hinterkopf gegen seine warme, geschmeidige Schulter drückte. Ein Rinnsal Schweiß lief ihr in den Ausschnitt hinab, klebte am staubigen, schmutzigen Nachthemd. Eine weitere Nacht hier oben hätte sie nicht überlebt, dessen war sie sich sicher, doch sie hatte gewußt, daß es so kommen, daß er so sein würde. Eiskalte Arme linderten die Hitze ihres Körpers, die Kaschmirwolle seines Pullovers tat so gut. Er legte ihre Arme um seine Taille, sie ließ es geschehen, verschränkte kraftlose Finger. Trost, Hauptsache Trost, nichts zählte am Ende dieses Alptraums als diese Entschädigung. Unten, von seinem Atelier, kam leise Musik aus dem Radio.

»Du hast sicher Hunger«, sagte er unendlich sanft. »Armes Kleines. Erst ein Bad, dann ins Bett. Ich bringe dir etwas zu essen rauf. Etwas Leichtes. Und ein Glas Wein. Das wird dir gut tun.« Plötzlich durchzuckte sie Erinnerung. Sie schauderte. Halb benommen noch von der allesverschlingenden Finsternis grub sie ihm die Finger in die Taille, äußerte ihre ersten Worte: »Jeanetta. Netta... was hast du getan?«

»Scht, scht. Keine Sorge. Es ist vorbei.«

»Was hast du getan?« Sie fragte noch einmal, mit staubtrockener Kehle, in müdem Tonfall, der verriet, daß sie fragen mußte, aber die Antwort eigentlich nicht hören wollte. Die Antwort könnte die Entschädigung verderben.

»Ich habe sie zu Sophie gebracht. Sie wollte zu Sophie, und Sophie war gern bereit, sie zu sich zu nehmen. Damit wir zur Ruhe kommen. Ungezogen von ihr, weglaufen zu wollen, dich in die Irre führen zu wollen. Alles ihre Schuld, das ist dir doch klar, nicht? Immer stiftet sie dich zur Unartigkeit an. Sie ist schlecht für uns beide, nicht wahr? Immer war es ihre Schuld, sie verdirbt alles. Hätte ein Junge werden sollen.«

Er strich ihr übers Haar, über die vielen verfilzten Knoten, das Ergebnis stundenlangen nervösen Zwirbelns. »Egal, jetzt geht es ihr gut. Blendend. Sie werden sich nur von Keksen ernähren. Wie Ferien. Und wir sind ganz für uns, nur du und ich. Ich sorge schon für dich.«

»Nicht meine Schuld«, wiederholte sie mit Kleinmädchenstimme. Nach Jeremy fragte sie nicht, interessierte sich für ihn so wenig wie er sich für sie. In Wellen erfaßte die Erleichterung ihren Körper, stieg hinauf in den Kopf, trunken lehnte sie an ihm, die Finger verschränkten sich fester in seinem Kreuz. Sie fragte nicht nach dem Warum und Wieso; es war ihr von klein auf eingebleut worden, nicht nach dem Warum zu fragen. Nebensache. Hauptsache, sie war in Sicherheit, Hauptsache, sie konnte an ihn glauben. Glaube kehrte wie eine Springflut zurück, spülte den Schmutz der Zweifel fort.

»Komm, wir gehen hinunter. Nur eine Minute. Ich muß dir etwas zeigen.«

»Was denn?« Panik rauschte erneut in ihre Lungen.

»Nur eben etwas zeigen.«

Der elegante Treppenaufgang schien endlos, Hunderte von Stufen. Sie sträubte sich, aber er verstärkte den Druck seines Armes, den er ihr um die Schulter gelegt hatte, manövrierte sie bis vor die imposante Haustür und öffnete sie. Dann blieb er mit ihr im Eingang stehen, auf der Schwelle. Die Küchentür links war zu, dahinter war nur das beruhigende Bollern des Boilers zu hören. Es fröstelte sie in ihrem Nachthemd. Sie schob sich eine Haarsträhne hinters Ohr.

»Hör zu, mein Schatz«, sagte er leise und blickte wie sie auf die breite Straße, »du kannst gehen, wann immer du willst. Dort ist die Freiheit. Sie gehört dir, wann immer du willst. Du kannst jetzt gleich gehen. Ich hole dir ein Paar Schuhe und einen Mantel.«

Auf der gegenüberliegenden Straßenseite regte sich eine Kastanie, raschelte und wisperte in der lauen Luft. Ein

Raunen, das unvermittelt und heftig einsetzte, Vorbote eines Gewitters. Auf gleicher Höhe mit den untersten Ästen der Kastanie schien eine Straßenlaterne, das Glas von Zweigen gepeitscht. Eine einsame Motte, vom Lichtschein im Hauseingang angezogen, schwirrte Katherine ins Gesicht. Sie bedeckte die Augen. Bis auf die Laterne und den schwachen Schein zweier von schweren Vorhängen kaschierter Lampen im Haus gegenüber war die Straße tot und leer wie eine Wüste, die Hitze verflogen. Katherine blickte voll unaussprechlichen Grauens auf die Szene, wurde von einer Woge blinder Panik erfaßt. Ihre nackten Füße scharrten auf dem kalten Stein der Stufe. Sie drängte sich rückwärts an ihren Mann, spürte seine Körperwärme, sah ihn die Motte in der hohlen Hand zerdrücken. Katherine klammerte sich an seinen anderen Arm, und sie traten über die Schwelle zurück ins Haus.

Schlafen. Nach einem Bad und etwas zu essen, nur schlafen. Eingelullt vom frischen Duft der gewaschenen Haare, noch naß vom Badewasser, das sie am liebsten getrunken hätte. Zusammengekauert wie ein Fötus. Geborgen. Schlafen – allein die Vorstellung war berauschender als jede Halluzination. Mit der Hand auf dem geschwollenen Bauch schlafen. Jeanetta und ihre Oma schliefen. Sie war brav gewesen. Alles würde wieder gut.

Als John Mills begriff, daß er bei der Vergabe der Ehrungen übergangen worden war, brach er in Tränen aus. Die Schmach wurde ihm am Samstag morgen klar, als kein Brief kam, aber ein Kollege vom Kinderschutzbund anrief, in der Erwartung, sich gemeinsam mit ihm über die eigene Auszeichnung freuen zu können. Hätten sie beide zu den Auserwählten gehört, statt nur einer von ihnen, dann hätten sie sich gemeinsam lustig gemacht und sich gegenseitig versichert, was für eine Farce das Ganze war – was zählte schon so ein Wisch, welche Borniertheit! Ins Klo konnte man sich den höchstens hängen. Eine alberne Urkunde und so eine Silbertrophäe aus einem dieser Nobelläden, na ja, versetzen könnte man das Ding vielleicht, aber am angemessensten war eben die Verbannung auf das gewisse Örtchen, eine verächtliche Geste, die keinem Besucher entgehen konnte. Nun plötzlich zählte es doch; nichts war mehr in Ordnung.

John weinte in der letzten Zeit oft und ungehemmt. Ihm kamen schnell die Tränen: bei freundschaftlichen Gesten, oder wenn er frustriert war, vor allem jedoch beim Anblick von Tieren, leibhaftigen wie abgebildeten. Er spielte sogar mit dem Gedanken, sein Engagement ganz von den Zweibeinern auf die Vierbeiner zu verlagern. Die Ehrung, wie lachhaft auch immer, hätte der Arbeit der vergangenen Jahre Gewicht verliehen, wäre ein Beweis dafür gewesen, daß sich der Einsatz gelohnt hatte, was John im Grunde bezweifelte. Und sie hätte ihn neu motiviert, ihm erlaubt, gestärkt weiterzumachen oder sich auf diesen Lorbeeren zur Ruhe zu setzen. Es zählte also doch, und wie es zählte! Matilda fand ihn mit drei Kätzchen auf den Knien; er streichelte sie reihum, während sie ihm die Krallen übungsweise in die Schenkel bohrten. Er sprach mit den Tieren, eigentlich aber mit sich selbst, auf jeden Fall aber waren seine Worte nicht für andere Ohren bestimmt.

Wenn sie ihn doch nur hätte für verrückt erklären können! Doch es fehlte ihm nichts außer Nähe und der Fähigkeit, Nähe zulassen zu können. Matilda war verwirrt, und ihre Verwirrung schwamm oben auf einem Cocktail von Wut. Da gab es diesen anderen Mann, der ihr bei jeder aufwühlenden Begegnung die verlockende Vision eines Neubeginns ausmalte: ein Häuschen am Stadtrand, nicht nur hypotheken-, sondern katzenfreie Zone – bei all seiner Betulichkeit ein verlockendes Angebot. Scheiß auf unverbrüchliche Liebe und Treue, das lag alles hinter ihr, doch je schärfer die Konturen, die die hübsche Vision der ungelebten Möglichkeiten annahm, desto näher rückte das Ultimatum, das gestellt wurde. Matilda war fest entschlossen gewesen, ihr eigenes sinkendes Schiff zu verlassen, hatte den Zeitpunkt der verflixten Auszeichnung als den geeignetesten angepeilt, um einen gestärkten John verlassen zu können. Und jetzt? Statt Jubel ein Mann, der mit seinen Katzen sprach. Ihrer beider Katzen. Fast der einzige gemeinsame Besitz, und noch dazu einer, der all das verkörperte, was sie nicht wollte.

Sie besah sich ihren John, und es beschlich sie eine tiefe Hoffnungslosigkeit, sie sah die Katzen und haßte sie. Eines der Jungen spielte an ihren Füßen; dem Drang, es mit einem Fußtritt zum Fenster hinaus zu befördern, konnte sie nur mit Mühe widerstehen.

»Muschi, Muschi, gib dem Papi einen Kuß.«

Die unbewußte Obszönität wäre vielleicht zum Lachen gewesen, hätte sie nicht zuvor Johns Telefongespräch mit dem ihr nur flüchtig bekannten Kollegen mitgehört, die gezwungene Fröhlichkeit und Leutseligkeit, ein so ganz anderer Ton als der grotesk kindliche, der den Katzen vorbehalten blieb. Sie studierte das blasse, milde Gesicht und die Pranken, die diese widerlichen Katzen hielten, die nicht mehr lange auf der Handfläche Platz hätten. Sie überging seinen leeren Gesichtsausdruck und konzentrierte sich auf die Tiere. John hob sie einzeln von seinen Knien, ohne Matilda auch nur ein einziges Mal überhaupt anzusehen, das Gesicht voller Sorge um die vielen zappelnden Beinchen. Und wieder traf sie mit vernichtender Gewißheit die Erkenntnis, daß sie ihn hier nicht alleine zurücklassen konnte. Jedenfalls nicht heute, selbst wenn es die letzte Chance zu dieser Art »heute« bedeutete und ihr der gebotene Ausweg mit jeder Verzögerung mehr und mehr entglitt.

»Na, dann gehe ich wohl mal zur Arbeit«, sagte er lediglich. »Geh nicht!« hörte sie sich selbst sagen, überrascht über den Klang der eigenen Stimme.

»Das geht doch nicht.«

»Und warum nicht?«

»Was sollte ich denn sonst tun?« Er suchte keinen Trost bei ihr, er fragte sie nie um ihre Meinung oder bat sie um Vorschläge. Er war ohne Rücksprache mit ihr in die Falle gelaufen, die sein Leben war. In ihr brodelte ohnmächtige, weißglimmende Wut. Nie sprach er etwas mit ihr ab, nie fragte er sie nach ihrer Meinung, und seine fraglose Ergebenheit reichte ihr nicht!

»Dann geh doch!« stieß sie hervor und drehte sich um. »Viel Vergnügen!«

Er setzte die Kätzchen in den Karton zur schlafenden Kat – der zweite Karton, der den ersten abgelöst hatte und neben dem bereits ein dritter, größerer, von noch besserer Qualität auf den morgigen Einsatz wartete, nach dem frühmorgendlichen Gekrabbel und Gekratze, von dem sie schon heute geweckt worden waren. Die Kätzchen gruben sich zufrieden ein, saugten an der Mutter wie kleine Ferkel, obwohl sie auch schon richtig fraßen. Das gewaltige Katzenklo war saubergemacht, die Katzenstreu erneuert worden, und trotzdem hing der Geruch von Urin in der Luft.

Als John die Tür hinter sich zugezogen hatte, widmete sich Matilda der Kleiderfrage. Dann ging sie auf und ab, mit immer kürzeren Schritten drehte sie Runde um Runde im engen Wohnzimmer. Sie weinte etwas, kehrte jedoch bald zur kalten Wut zurück, zum Haß auf ihr ganzes verpfuschtes Leben, besonders auf die Feigheit und auf die Katzen. Als sie endlich stehenblieb, fand sie die Stille unerträglich. Sie zog sich eine Jacke über – der Regen der gestrigen Nacht hatte die Räume in den oberen Stockwerken auskühlen lassen –, packte den bereitstehenden Karton und stülpte ihn über das Katzennest. Sie hing sich die Handtasche über die Schulter, hob den Karton samt Gefangenen auf und verließ die Wohnung. Die Tür schloß sie ab, ignorierte aber die Sicherheitsschlösser. Als sie unten angelangt war mit ihrer unhandlichen Last und mühsam, den Karton balancierend, die Tür zum Hof aufgekriegt hatte, war sie außer Atem. Sie stellte den Karton an der hinteren Mauer ab, neben dem ausgelegten Zeitungspapier und dem alten Teppich, die Rottys Lager bildeten, sobald der Rottweiler hierherkam. Matilda führte nichts Böses im Schilde, als sie die Katzen dort ablud. Sie wußte nichts von Feindschaft unter Tieren, eine gemeinsame Unterbringung erschien ihr eben passend. An dieser Stelle würde John sie als erstes suchen, es würde ihn aus seiner Lethargie rütteln, und mehr bezweckte seine Frau nicht. Nicht bewußt.

»Komm schnell, Eric! Draußen ist jemand!« Eileen keuchte die Treppe hinauf, Harrison ächzte ihr entgegen. »Schnell!« zischte Eileen. »Mach schnell! Solange sie einkaufen ist, verdammt noch mal!«

Sie klapperten ins Souterrain hinunter. »Sammy, du bleibst oben«, befahl Mrs. Harrison. »Sei hübsch brav, meine Gute.« Sie schloß die Tür zur Küche. Samantha fing an zu brüllen. »Bist du wohl sofort still! Hörst du!« Das Gezeter verstummte.

»Eric, es ist dieser Penner, ich bin mir ziemlich sicher! Er klopft an die Hintertür! Was hat denn der? Ich habe Angst, Eric, ich habe Angst! Was will der bloß, der muß doch verrückt sein! Etwa nicht? Vollkommen plemplem, hierher zurückzukommen! Was zum Teufel...!«

Sie hielten im Halbdunkel auf der Treppe inne. Die harmlose Betriebsamkeit eines Samstagvormittags, das Kommen und Gehen draußen, nahmen dem Moment nichts von seinem verschwörerischen Charakter. Es klopfte immer noch an der Tür. Beide Harrisons atmeten schwer.

»Was ist, wenn er die verdammte Halskette zurückbringt?« flüsterte Eileen und grabschte nach Erics Arm.

»Red doch kein solchen Stuß! Das würde er nie tun. Kein Mensch wäre so dämlich, du blöde Kuh!«

»Aber was will er dann bloß? Klopft ans Küchenfenster als hätte er eine Schraube locker! Durchgedreht, der Kerl!«

Harrison überlegte eine halbe Minute, die Stirn vor Anstrengung in Falten gelegt.

»Wir rufen die Polizei. Das ist die einfachste Art, ihn loszuwerden, eh die Missus vom Einkaufen wiederkommt. Sonst geht's uns an den Kragen, wenn herauskommt, daß er schon mal hier gewesen ist. Vor allem mir geht's an den Kragen. Wenn sie eins nicht abkann, dann, daß man sie anlügt, oder? Du weißt doch, wie sie ist, wenn's um ihren Besitz geht.«

»Aber er wird's der Polizei stecken, und die steckt es ihr, wo ist da der Unterschied? Wir müssen ihn loswerden. Er könnte reden, begreifst du nicht?«

»Vielleicht tut er's ja nicht. Und wenn schon. Ich habe ihn noch nie gesehen. Keiner von uns. Ruf die Bullen, mach schon! Ich red solange mit ihm. Mach zu! Bring Samantha zum Schweigen!« Samantha hatte wieder losgelegt.

Der Obdachlose hatte verschlafen. In einen roten Umhang gehüllt, hatte er vor einem ihm vage vertrauten Haus fast den ganzen Nachmittag verbracht, war dann auf Wanderschaft gegangen und im Park gelandet. Dort war er liegengeblieben, benommen von der Sonne und von ihr verraten, als sie die Hitze bei ihrem Untergang nicht mitnahm. Er hatte im Gebüsch so tief geschlafen, daß er den Argusaugen der Parkwächter entgangen war. Er schlief wie ein Stein, und dank einem Liter Apfelwein, ohne einen Mucks von sich zu geben. Steifbeinig hatte er sich irgendwann in Richtung auf das mit dem Kumpel geteilte Quartier aufgemacht, hatte den Park verlassen, aber er hatte sich nicht mehr genau an den Weg erinnern können, war eine Straße, die ihm richtig vorkam, auf und ab getrippelt, hatte die Orientierung verloren und Angst bekommen. Alles sah gleich aus, alles so schwarz, daß ihn schwindelte. Selbst der rote Umhang, den er am letzten Morgen auf den Spieren eines Eisengitters gefunden hatte, war kein ausreichender Schutz vor der Nacht. Außerdem fürchtete er sich im Dunkeln. Er war argwöhnisch, schreckhaft und – wie sein Kumpel schon bemerkt hatte – allmählich ziemlich wirr im Kopf.

Also war er tapfer weitergewandert, auf und ab, herum und herum in immer enger werdenden Kreisen, hatte sich zwischendurch zum Ausruhen gegen geparkte Wagen gelehnt, gelangweilt, verängstigt und hellwach nach vielen Stunden Schlaf, aber erfüllt von der Sehnsucht nach mehr Schlaf, der ihn vergessen ließ. Mehr als Schlaf brauchte er einen sicheren Ort, und wenn es eines der Heime war, wenn er nur wüßte, wo er das nächstgelegene fände. Gegen Mitternacht herum lief er der Polizei praktisch vor den Streifenwagen; der Fahrer bremste und sah ihn scharf an. Der Obdachlose reckte das Kinn, schritt übertrieben energisch aus, ein ulkiger Gang zwischen Marschieren und Rennen, und lenkte seine Schritte scheinbar zielstrebig eine enge Gasse hinunter. Sobald er außer Sicht war, schwang er sich über eine Mauer, die unter normalen Umständen seine Kräfte überstiegen hätte und fand sich in einem kleinen Garten wieder – verwahrlost und leer. So leer, daß er sich alles andere als sicher fühlte und deshalb eine zweite, hohe Mauer überwand. Inzwischen war er leichtsinnig geworden, es war ihm alles egal, wenn er nur einen Rastplatz fand, wo er Lichter sah und um die Nähe anderer Menschen wußte – wobei er fest entschlossen war, weiterzuziehen, ehe diese anderen ihn sahen. Um jeden Preis wollte er erleuchtete Fenster sehen, um sein Gefühl der Verlassenheit zu lindern, und der Anblick von menschlichen Wesen war tröstlicher als der des leeren Himmels, würde die Dämonen im Zaum halten, die ihn in letzter Zeit in seinen Träumen heimsuchten. Als er schließlich im dritten Garten gelandet war, blieb ihm keine andere Wahl, als zu bleiben, denn die Kraft, die ihn Hals über Kopf bis hierhin getrieben hatte, verebbte im schmalen Brustkorb zur Begleitmusik heftigen Keuchens und einem stechenden Schmerz überm Herzen. Und dieser Garten war von allen bisherigen der angenehmste, brannte doch in sicherer Entfernung oben in den Fenstern des oberen Stockwerks des dazugehörigen Hauses Licht. Er machte es sich im Versteck unter den eleganten Stufen bequem, angetan lediglich von dem hervorragenden Schutz, den sie boten. Er wickelte sich in den roten Umhang und schlief, schlief unbekümmert weiter, als der Regen einsetzte.

Zum zweitenmal jedoch wurde ihm tiefer Schlaf zum Verhängnis, wiegte ihn weit über die Morgendämmerung hinaus in Bewußtlosigkeit bis in die Stunden hinein, da alle Welt schon auf den Beinen war. Autos unterwegs auf der Straße hinterm Haus, ein Abflußgurgeln dicht neben seinem Ohr, Fliegensummen. Die wiedererwachte Welt schickte ihm kleine warnende Schauer über die schmutzige Haut. Und dennoch sah er keinen rechten Grund zur Eile. Er war betäubt, seine Füße waren naß, er wußte nicht mehr, auf welchem Weg er hierhergelangt war. Als er sich mühsam aufgerichtet und geschüttelt hatte, kroch er unter den Stufen hervor in den Garten hinauf, erblickte undurchsichtige Flügeltüren und daneben, in einer vorspringenden Häuserecke, ein schmales Fenster etwa auf gleicher Höhe mit seinem Kopf. Aus irgendeinem Grund zog es ihn zu diesem hübschen kleinen Fenster hin, das einen Spalt weit offenstand, zog ihn mit der vertrauten Kraft der Versuchung für einen hin, der nicht aus Überzeugung, wohl aber Gelegenheitsdieb war, beruhigt von der Stille des Hauses inmitten der allgemeinen Betriebsamkeit. Er pirschte sich heran und reckte den Hals langsam, bis er durch die Scheibe sehen konnte und preßte die Nase ans Glas. Dann fuhren seine Hände erschrocken an den Hals, um den Schrei zu ersticken, der heraus wollte, und sein Herz machte in der Brust einen qualvoll schlingernden Satz. Direkt vor seinen Augen, von ihnen nur durch einen

Zentimeter Glas getrennt, war ein fremdes Gesicht gegen die Scheibe gepreßt. Eine wilde Miniaturfratze, verzerrt durch die große Nähe, tränenverschmiert, hohlwangig und leichenblaß. Eine goldene Aureole blonden Haars umgab das weiße, plattgedrückte Gesicht, die Augen waren porzellanblau, der kleine rote Mund öffnete und schloß sich wie der eines Fischs, unverständliche Worte formend. Etwas oberhalb des Fensterbretts kämmten kleine, krallende Hände mit zerkauten Fingernägeln zu beiden Seiten der großen Augen die Scheibe. Dann begann das Gesicht zu schwinden, als wiche es zurück und hinterließ eine Atemwolke stummer Laute auf dem Glas. »Meins«, schien die unhörbare Stimme zu sagen, »meins, meins, meins!«, während die Finger krallten und auf etwas zeigten. Der Mund hing ihm einen Moment offen; er sah die blutig gekauten Nägel – wie seine eigenen –, stierte wie hypnotisiert auf diese fremden Hände, die hilflos an der Scheibe entlangschmierten. Die Lähmung hielt nur kurz an, dann fuhr ihm der Schrecken in die Füße, er wankte und stolperte kopflos ans äußerste Ende des Gartens, in die entgegengesetzte Richtung von der, aus der er gekommen war, wuchtete sich über eine nicht übermäßig hohe Mauer, krachte auf der anderen Seite durch ein windiges Spalier, hastete ungelenk auf ein Haus zu und irgendwelche Stufen hinunter, wo er gegen eine Kellertür rannte, auf die er unter tierähnlichem Winseln zu hämmern begann, gegen eine etwas höher gelegene Fensterscheibe klopfend wie ein Berserker, alle Vorsicht in den Wind schlagend, außer sich vor Entsetzen. Der Obdachlose brauchte Mitmenschen. Und wenn sie ihm den Arm auf den Rücken drehten und wenn sie nach ihm schlugen oder ihn verprügelten, selbst dann brauchte er sie jetzt, konnte seinen Redefluß nicht eindämmen oder die gegerbten, zernagten Finger zurückhalten, die verzweifelt nach Aufmerksamkeit trommelten. Er brabbelte wildes Kauderwelsch, brabbelte wie das Kind am Fenster, verlangte nichts als Einlaß.

Nachdem die Polizeibeamten, die sich eher durch Gleichgültigkeit denn durch Gründlichkeit auszeichneten, eingetroffen waren, den schmächtigen, verdreckten Schwachsinnigen in Gewahrsam genommen hatten und wieder abgefahren waren, machte Mrs. Harrison erst einmal eine Tasse Tee – richtig schönen starken Tee, mit reichlich Zukker, so richtig nach ihrem Geschmack, mehr Zucker als üblich sogar, weil Zucker gut war gegen Schock. Samanthas Geschrei hatte zum allgemeinen Aufruhr und zum eiligen Aufbruch der Beamten beigetragen, was ihr jetzt mit Schokokeksen gedankt wurde. Wegen des Tohuwabohus hatten die Beamten kaum Fragen gestellt, hatten eine Tasse Tee dankend abgelehnt, hatten sich enttäuscht gezeigt über diesen Einsatz – lediglich ein weiterer Obdachloser in einem Viertel, das von ihnen wimmelte.

»Ganz schön gesprächig, der Kerl, wie?« meinte Harrison, mutiger jetzt im nachhinein und zuversichtlich.

Mrs. Harrison war in erster Linie dankbar dafür, daß die Hausherrin nicht zur Unzeit wiedergekehrt war. Die alte Lüge über die Halskette lastete schwer, obwohl, bei Mrs. Pearsons allgemeinem Desinteresse, fiel die Lüge vielleicht kaum noch ins Gewicht. Trotzdem, es hätte einigen Ärger geben können, man wußte ja nie, mal abgesehen davon, daß es ihr so in Fleisch und Blut übergegangen war, bei Bedarf nicht ganz die Wahrheit zu sagen, daß sie mit dieser alten Gewohnheit nicht mehr brechen konnte. Besser, man ließ sie im Unklaren – außer, was die eigenen Vorzüge anbetraf. So hatte sie es während vieler langer Dienstjahre in verschiedenen Häusern gehalten, für die sie ihrem Gefühl nach nie gebührend belohnt worden war. Außerdem war es für Geständnisse zu spät, selbst wenn sie Jeanettas wegen, an die sie ständig denken mußte, die Unehrlichkeit zu Lasten Katherine Allendales bitter bereute und zutiefst beunruhigt blieb.

»Lauter wirres Zeug«, räumte sie zögernd ein. »Dieser blöde Penner! Plappermaul! Wie ein Papagei! Irgendwas muß ihm einen gehörigen Schrecken eingejagt haben. Wer weiß? Wie er dauernd versucht hat, die Bullen in den Garten rauszuzerren, wo's nichts zu sehen gibt! Und wie der rumgefuchtelt hat, mit den Fingern gezeigt hat, mit den Armen gerudert hat! Nicht ganz dicht, der arme Teufel. Aber irgendwas muß er doch gesehen haben. Warum sollte er sonst klopfen?«

»Vielleicht wollte er ja geschnappt werden. In einer Zelle ist es wahrscheinlich gemütlicher als draußen im Regen. Muß am Regen gelegen haben. Ich dachte, der spricht irgendeine Fremdsprache, zwischendurch. Brocken.«

»Und wie würdest du das wohl erkennen?« höhnte sie.

»Weiß nicht, aber ich hab nichts verstanden, also kann es doch kein Englisch gewesen sein, oder?«

»Vielleicht hat er sich bei dir bedankt, daß du ihn hereingelassen hast. Wie schon einmal. Mach doch mal die Fenster auf, es stinkt hier drinnen.«

Harrison überging die kleine Spitze, ließ sich in einen Sessel fallen, den ältesten, verschlissen ausschließlich durch seinen eigenen Allerwertesten, schlürfte seinen Tee und rutschte dann unruhig hin und her.

»Nanu, was ist das denn?« Eine ungewohnte Unebenheit beeinträchtigte die Bequemlichkeit des Sessels, störte ihn, der er jeden Zentimeter seines geliebten Stammplatzes ersessen und erkundet hatte.

»Hier, guck mal«, sagte er und zog etwas Rotes unter seinem Hintern hervor. »Hat er liegenlassen.« Der rote Umhang kam zum Vorschein, schmutzig und zerknittert. »Für wen hält der sich wohl?« amüsierte sich Harrison. »Batman?«

Mrs. Harrison entriß ihm das Kleidungsstück. »Tu das weg, Idiot! Sitzt der auch noch drauf, wer weiß, wo das herkommt!« Sie hielt den Stoff mit spitzen Fingern von sich weg, verwundert und mit einem vagen Gefühl des Wiedererkennens. »Muß mal ganz hübsch gewesen sein«, meinte sie und trug das Ding am ausgestreckten Arm zum

Ofen hinüber. Dann schien sie es sich anders zu überlegen und stopfte den Umhang in den Abfalleimer. Mehrere unverbundene Erinnerungsbruchstücke tauchten auf und suchten einander. Langsam, gedankenverloren zog sie den Umhang wieder aus dem Eimer hervor. In diesem Moment fiel die Tür oben so heftig ins Schloß, daß die Wände wackelten.

»Is wieder da«, bemerkte Harrison. »Vom Einkaufen. Hat sich wahrscheinlich neu eingedeckt, dem Geklirre nach zu urteilen.« Einkaufstüten wurden polternd abgesetzt. »Hast du sie noch mal bearbeitet, nach mir, wegen nebenan? Wolltest du doch?« Ihre finstere Miene lieferte ihm die Antwort, noch ehe sie den Mund aufmachte.

»Klappe!« herrschte ihn Mrs. Harrison an. »Halt doch mal die Klappe! Ich muß nachdenken.«

Nach dem Regen war die Luft so wunderbar rein und frisch, und sie hatte einen so klaren Kopf, daß sie nicht nachdenken mochte. Katherine war aus einem tiefen, traumlosen Schlaf erwacht, und auch die unliebsamen Überraschungen nach dem Aufstehen hatten sie nicht übermäßig beunruhigt – etwa entdecken zu müssen, daß aus ihren Kleiderschränken fast alles verschwunden war, was sie ohne Davids Führung gekauft hatte, auch der Anzug, den sie in der Boutique umgetauscht hatte, in der er am häufigsten kaufte. Die gestutzte Garderobe umfaßte jetzt ausschließlich Kleiderstücke, die seine beiden bevorzugten Stile widerspiegelten: das Konservativ-Klassische und das Nuttige. Weil er aber selbst lange bei ihr im Bett liegengeblieben war, sie zärtlich in den Arm genommen hatte, ohne mehr zu verlangen, und dann erst zum gleichmütigen Jeremy gegangen war, sie also an erste Stelle gesetzt hatte, war sie geneigt, ihm zu verzeihen, oder vielmehr sah sie eigentlich gar keinen Anlaß für Vergebung. Nur das Fehlen ihrer Jeans bedauerte sie etwas. Aber es gab doch nichts Schöneres auf der ganzen Welt als zu wissen, daß sie nicht aufzustehen brauchte, daß sie, wenn sie wollte, im Kokon ihres Bettes liegenbleiben durfte, in Sicherheit.

Friede breitete sich über das Haus, dank Jeanettas Abwesenheit. Katherine verbannte alle Gedanken, die diesen prekären Frieden hätten stören können, energisch aus ihrem Kopf, und ließ sich nach Strich und Faden verwöhnen – pure Wonne. Als sie, adrett in Rock und ihrem Lieblingskaschmirpullover in die Küche hinunterstieg, zeugten die ordentlichen Krümel auf dem Tisch von einem Frühstück. Sie fragte sich, wo sie wohl steckten, ihre Männer, und fühlte sich auf absurde Weise gehätschelt und glücklich. Im Kühlschrank fand Katherine aufgeschnittenes Roastbeef. Sie unterdrückte den Schmerz, den ihr der Gedanke daran bereitete, wie gut sich David am Tag zuvor versorgt hatte, und tat sich zwei Scheiben auf. Heute durfte sie alles, heute würde ihr nichts verwehrt. Elf Uhr, nach einem Sandwich stand ihr der Sinn, und fröhlich richtete sie es sich her. Ach, ein ganzer herrlicher langer Tag, was sollte sie mit ihm anfangen? Am liebsten gar nichts. Immer noch spürte sie die Erschöpfung in den Knochen, trotz des heilsam friedlichen und beglückenden Morgens. Das Radio in der Ecke der Küche, wo es zum Garten hinausging, dudelte leise. Komisch, daß dieser ausgeglichene Mensch ständig Musik um sich brauchte, doch David erklärte, daß die Klänge Jeremy beruhigten. Auf dem Fußboden lag noch ihre Handtasche, häßliches Andenken, bei dessen Anblick sich dumpf Schuldbewußtsein rührte und sich erst legte, als sie daraus die Äpfel gefischt, sie gewaschen und wieder in die Obstschale gelegt hatte. Ach, so müde. Immer noch so furchtbar müde. Sie stellte sich vor den Spiegel an der Wand neben den Fenstern zum Garten und betrachtete ihr Haar. Was für ein Mop: verfilzt und buschig! Sie durfte wirklich nicht mit nassen Haaren ins Bett gehen. Aber er würde sie nun nicht mehr zwingen, sie sich abschneiden zu lassen. Mit beiden Händen bändigte sie ihre Mähne, sah sich nach etwas um, mit dem sie sie zusammenhalten könnte, seufzte. Erst in diesem Augenblick, in unmittelbarer Nähe der Tür zum Spielerker, vernahm sie wie aus großer Ferne eine Art Singsang.

»Es regnet, es regnet... mach mich nicht naß, mach mich nicht naß, mach nur den bösen Papa naß...« Dann eine Pause, zum Verschnaufen, ehe das Leiern wieder begann: »Heile, heile Segen, drei Tage Regen, drei Tage Schnee, tut's dem Kind schon nich mehr weh... heile, heile Kätzchen, s' Kätzchen hat vier Tätzchen, und einen langen Schwanz, morgen ist alles wieder ganz.« Das Ganze endete in einem Hustenanfall, der höflich unterdrückt wurde, als gehöre er nicht zum Repertoire.

Katherine bewegte sich wie eine Marionette. Die Beine wollten ihr nicht recht gehorchen. Sie stakste hölzern zum Tisch hinüber, zum bereitgestellten Roastbeefsandwich. Jeanetta bei Sophie, Besuch bei der zerstreuten Oma, wie schön! Hatte er doch gesagt, er würde sie doch nicht belügen, hätte die Tür zum Erkerzimmer doch auf jeden Fall zugesperrt, das tat er immer, mit allen Türen. Sie bildete es sich bestimmt ein, der Regen spielte ihr einen Streich, verdarb ihr die Laune, brachte sie um ihre Chance, mal verwöhnt zu werden. Sie starrte auf das Sandwich, Vollkornbrot, Roastbeef und ein Klacks Senf, für den Geschmack. Sie zog eine unverschlossene Schublade auf, holte Klarsichtfolie heraus, wickelte das Sandwich ein und stopfte es in ihre Handtasche. Sie kam steif aus der Hocke wieder hoch, durchquerte mit ruckhaften Bewegungen den Raum, ohne zur Tür des Erkerzimmers hinüberzublicken und drehte das Radio lauter.

18

Die Katze hatte Sophie am Sonntagmorgen gefunden. Sophie Allendale hatte ihre ganze Kraft, der immer, egal, was sie tat, eine eindeutige Stoßrichtung zu fehlen schien, aufgeboten, hatte sich der furchterregenden Untergrundbahn anvertraut, war zu weit gefahren und hatte die Station, welche dem Haus des Sohnes am nächsten lag, verpaßt, und das bloß, weil die durch den Einbruch erlittenen Verluste sie zu ungewohnter Bescheidenheit bewogen hatten, denn in der Regel nahm sie ein Taxi oder ging zu Fuß. Am liebsten letzteres – sofern sie nicht mehr als ein paar hundert Meter auf einmal ohne Rast gehen mußte. Noch nie in ihrem ganzen in Abhängigkeit verbrachten Leben war Sophie unangekündigt bei ihrem Sohn erschienen; allein die Kühnheit des Unterfangens machte sie also schon nervös. Dazu die Rücksichtslosigkeit des Zugführers, der sie mit Absicht an der falschen Station ausgesetzt hatte, wo sie zuvor so lange in einer beleidigend häßlichen Umgebung auf das Ding gewartet hatte! Das versetzte sie derart in Rage, daß sie zornig und aufs Geratewohl von der falschen Station aus losstapfte, Verwünschungen des Inhalts murmelnd, daß die sie das letztemal gesehen hätten und sich noch wundern würden! Zwei Haltestellen – auf dem Plan im Untergrundtunnel eine lächerliche Entfernung, ein gerader Strich, keine nennenswerte Distanz. Doch bei ihrem Auftauchen aus der Station hatte sie die Orientierung verloren, war auf eine Hauptstraße gestoßen, die in eine andere, noch stärker befahrene Straße mündete, und war, auf der Suche nach einer ruhigen Nebenstraße, auf den kleinen Sonntagsmarkt gestoßen, wo Musik von den Ständen schallte und Kleider aller erdenklichen Farben zum Verkauf angeboten wurden. Das kostete sie eine halbe Stunde und ganze drei Pfund Sterling. Mit jeder blanken Münze, von der sie sich trennte und die sie an die Schokoladentaler für Kinder an Weihnachten erinnerte, mußte sie flugs den Gedanken verscheuchen, daß sich die Ausgaben auf eine Summe beliefen, die den Kosten für ein Taxi von ihrer ausgeräuberten Wohnung zum Hause ihrer Enkel gleichkam.

Doch was zählte das schon, wenn sie für das Geld je ein Paar neonfarbene Socken für die Kinder ergattert hatte und eines für David. Er würde sie auslachen, sähe aber, daß sie seinen Geburtstag nicht vergessen hatte. Sie hoffte bloß, daß die Vorfreude auf dieses Ereignis bereits auf dieses Wochenende davor abgefärbt hatte, so daß man sie willkommen hieße, obwohl sie mit einer ungeschriebenen Regel brach, so daß er ihr auch unangekündigt Zutritt gewährte, so daß er geneigt wäre, zu erklären, weshalb er nach ihrem Hilferuf, mitten in der Nacht immerhin, nicht wie versprochen vorbeigekommen war. Das war die Frage, die es zu klären gälte, wenn sie nur erst herausbekäme, wo genau sie sich eigentlich befand. Die Katze sah sie just in dem Moment, da sie sich am liebsten hingesetzt und laut aufgeheult hätte, nacheinander ihre sämtlichen Namen geheult, damit sie herbeigeeilt kämen und sich ihre Klagen anhören müßten: welche Umstände sie einer alten Frau bereiteten und überhaupt, weil sie sich verirrt hatte.

Da war sie nun so tapfer losgezogen, hatte sich den ganzen Abend zuvor innerlich vorbereitet: »Also hör mir mal gut zu, David, was erlaubst du dir eigentlich? Ich bin immerhin deine Mutter … nun hör mir mal gut zu.« Möglich, daß sie der Mut verlassen hätte, sobald sie ihm auf seiner Schwelle gegenüberstand, doch sie konnte die Schwelle ja nicht einmal finden! Irgendwo zwischen Fußgängerübergängen und Unterführungen und den vielen Autos hatte sich ihr Mut aufgebraucht. Nun saß sie an der Straße, zählte ihr Geld und weinte. Da kam die Katze, strich ihr um die Beine und stimmte in ihr leises Wimmern mit ein.

Seit dem Einbruch war sie sehr tapfer und diszipliniert gewesen, doch gelegentlich stellte sie fest, daß ihr alles entglitt, daß sich die Dinge unter der Hand wandelten, daß ihre üblichen Reaktionen eine Art Metamorphose erfuhren. Normalerweise hätte sie die unscheinbare Kreatur zu ihren Füßen nicht einmal zur Kenntnis genommen – dieses dreckige, von Kämpfen gezeichnete, humpelnde Tier mit seinen zerfransten Ohren und dem kaputten Auge, häßlich wie die Nacht, auch dann noch, wenn man die Wechselfälle seines Katzenschicksals berücksichtigte. Sophie besah sich das Tier, besann sich, wer sie war.

»Hinweg mit dir!« schimpfte sie. »Fort, du Mißgeburt!« Der schneidende Ton, die tragende Stimme hätten einem Paradeplatz alle Ehre gemacht, doch es war niemand zugegen, der ihre Autorität anerkannt hätte.

»Mach, daß du wegkommst«, wiederholte sie dräuend, dann, mit einem Blick auf ein zerrupftes Ohr, fügte sie, plötzlich verwirrt und in schemenhafter Erinnerung gefangen, hinzu: »Bitte, ach bitte, laß mich in Frieden, bitte!«

Die Katze machte einen Buckel und drängte sich gegen ihre Knöchel, während ein Lastwagen vorbeidonnerte.

»Du dürftest gar nicht hier sein, wirklich, nicht der geeignete Ort für dich«, wies Sophie das Tier zurecht und rieb sich die Schienbeine. Die Berührung war ganz angenehm. Dann bewegte sich das Tier auf die Fahrbahn zu, und Sophie sah, wie klein es war. Gar keine ausgewachsene Katze, eher ein Kätzchen, vom Schicksal gebeutelt und des Gesetzes der Straße noch unkundiger als sie selbst. Es machte einen Satz auf den Verkehr zu. Vielleicht hatte es geglaubt, sie werde nach ihm treten! Oje, oje, was für eine schreckliche Vorstellung, als würde sie jemals so etwas tun!

»Halt!« befahl sie. »Bleib sofort stehen!«

Der magere Katzenrumpf wankte im Luftwirbel des Sogs eines vorbeifahrenden Autos. Sophie ließ Socken und Handtasche fallen, schoß vor und sprang, das Katzenbündel in den Händen, in den Schutz einer Brüstung zurück.

Sie schob es vorne in den Ausschnitt ihrer besten Strickjacke und las ihre Handtasche auf. Ihre Hände und die weiße Spitze ihrer Manschetten waren beschmutzt. Sie hatte das eigenartig erhebende Gefühl, etwas gestohlen zu haben. Deswegen und wegen ihres schmuddeligen Zustands war einzusehen, daß sie von ihrem geplanten Besuch bei David absehen mußte.

»Dem Tod von der Schippe gesprungen, meine Liebe! Im Ernst, ich hätte nicht gedacht, daß ich das Zeug dazu hätte. Vor den Rädern eines Brummis gerettet. Stimmt's, Mieze? Netter Taxifahrer, was, der uns heimgefahren hat?«

»Umsonst?« fragte Mary zynisch, wie immer mißtrauisch gegenüber irgendeinem möglichen Beispiel reiner Menschenfreundlichkeit. Die Saga dieses Abenteuers nahm jetzt schon mehr Zeit in Anspruch, als sie eingeräumt hatte. Sie war auf eine Stippvisite vorbeigekommen, als kurze Erlösung von der drückenden Last des Sonntagnachmittags, die stets noch schlimmer war als die des Samstags. Wenn diese lange verwickelte Geschichte eine Pointe gehabt hatte – mal abgesehen von dem widerlichen Tier auf dem Kaminvorleger – dann war sie ihr bereits entfallen. Genau das hatte die Erzählerin auch bezweckt.

»Aber nein, wir haben ihn bezahlt.« Sophie dachte gar nicht daran zu beichten, daß sie ihm als Entgelt die neonfarbenen Socken angeboten hatte.« Jedenfalls ist das der Grund, daß ich es nicht mehr zu David geschafft habe.«

»Weshalb wolltest du eigentlich hin?« fragte Mary. »Hatten sie dich eingeladen? Solltest du nicht vielleicht lieber anrufen und ihnen erklären, weshalb du nicht gekommen bist? Es ist immerhin schon drei. Du weißt doch, wie genau sie es sonntags mit dem Essen nehmen. Oder vielmehr an jedem Tag.«

»Nein, sie haben mich *nicht* eingeladen, wenn du es genau wissen willst.« Sophie gab es ungern zu. »Ich bin auf eigene Faust los. Dem Jungen mußte mal jemand die Leviten lesen. Hat nicht einmal vorbeigeschaut, nach dem Einbruch. Unglaubliches Benehmen. Katherine auch nicht.«

»Ach, Sophie, meine Liebe, es tut mir so leid! Das mit dem Einbruch. Wirklich furchtbar. Du hättest mich anrufen sollen.«

»Dich wollte ich nicht«, verkündete Sophie mit vernichtend würdevoller Unverblümtheit. »Ich wollte Katherine.«

Mary wußte nichts zu sagen, ballte hinter Sophies Sessel die Fäuste.

»Nicht gleich«, räumte Sophie treuherzig ein, »zuerst wollte ich natürlich David. Und vor allem die Kinder. Jemanden zum Knuddeln.« Sie legte die Stirn in Falten, dachte angestrengt nach. »Ich habe meine eigenen Enkelkinder seit Wochen nicht mehr zu Gesicht bekommen. Aber dann habe ich mich nach Katherine gesehnt, der lieben, guten Katherine. Sie ist immer so nett zu mir gewesen. Sie versteht mich, weißt du.«

»Aber Katherine ist auch nicht gekommen«, sagte Mary bissig. »Da kannst du mal sehen, wie lieb und nett sie in Wirklichkeit ist, wie?« Ganz so giftig hatte es nicht klingen sollen, doch Scham und Kränkung machten sie bitter.

»Na ja, ich kann ja nicht erwarten, daß sie herkommt«, erklärte Sophie. »Sie werden sicher nächste Woche eine Party geben, zu seinem Geburtstag. Tun sie normalerweise. Und da hat sie bestimmt viel zu tun, und sie sollte sich sowieso nicht zu sehr anstrengen, in ihrem Zustand.«

»Welchem Zustand?«

»Na, wieder ein Baby, meint David. Das ist der eigentliche Grund, weshalb ich heute hinwollte, gar nicht wegen des Einbruchs. Aber dann habe ich mich verirrt, und dann war da das Kätzchen, und dann, ach, ich weiß nicht, bin ich eben nach Hause. Ich gehe morgen hin. Sie gehen ja nicht ans Telefon. Immer besetzt oder keiner da. Viel zu tun, nehme ich an.«

»Was dafür spricht, daß alle wohlauf sind.« Marys Ton

war immer noch schnippisch, doch es meldeten sich bereits die ersten Vorboten altbekannter Besorgnis. Bilder bestürmten sie, die sie nicht verstand: eine kreidebleiche Katherine im Restaurant, die etwas beichten wollte; Katherine vor dem Bild ›Ehebruch‹, errötend und schwitzend. Eine schwangere Katherine paßte irgendwie nicht recht zum Bild der wilden Bettszenen mit einem Liebhaber an sommerlichen Nachmittagen. Jedenfalls nicht mit dem Liebhaber, den sie kannte, ganz der pragmatische Franzose, jeder Zoll, überaus vorsichtig im Umgang mit der Leidenschaft, leidenschaftlich vorsichtig. Sie kannte ihn genau, und sie wußte auch genau, wie schlecht ihrer Schwester die Schwangerschaft bekam. Die Sorge wuchs.

»Wohlauf?« wiederholte Sophie. »Was hat das damit zu tun?« Sie beugte sich vor, um die Katze zu kitzeln, die sich ganz wie zu Hause fühlte. »Irgend etwas stimmt in diesem Haus nicht. Irgend etwas stimmt ganz und gar nicht.«

»Ja, sicher. Zuviel Luxus allerhöchstens.«

»Doch, doch.« Sophie bestand darauf, mit Genuß fast. »Ich weiß es. Vielleicht hat David gerade eine schlechte Phase.«

»Unsinn! Ihm geht's bestens. Sie schwimmen in Geld.«

»Ich spreche nicht von Geld; er kriegt diese Anwandlungen, weißt du. Sperrt sich ein und brütet. Nein, nein, nicht gefährlich, nicht gewalttätig, nicht ernstlich. Der Psychiater hat gemeint, es hängt alles irgendwie mit seinen Ängsten zusammen.«

»Psychiater?« rief Mary schrill, ein Kreischen beinahe. »Psychiater« war für sie ein Reizwort, löste Übelkeit aus. Sophie blickte sie aus blaßblauen Augen an, in denen die Abneigung notdürftig durch einen ins Leere gerichteten, trüben Blick kaschiert wurde, der nur zum Teil gespielt war.

»Ach, es ist lange her. In seiner Jugend, als er Daddy endlich hinter Schloß und Riegel gebracht hatte. Daddy hatte ihm alles gestohlen, also hat er ihn eingesperrt. Und als Daddy wieder herauskam, hat er einen Tobsuchtsanfall gekriegt. David hat natürlich nicht als erster zugeschlagen, er schlägt nie als erster zu.« Ohne erkennbaren Zusammenhang kam dann: »Aber Daddy war ja auch so unordentlich. Immer hat er uns alles weggenommen, und das paßte David nicht. Daddy war ein Rohling. Ich bin froh, daß er tot ist.« Das letzte äußerte sie mit selbstgerechter Bestimmtheit.

»Lange her...«, wiederholte Mary und ließ durchklingen, daß sie Sophie nicht glaubte. »Nichts, was mit der Gegenwart zu tun hätte. Katherine ist diejenige, die Ärger macht. Das weiß ich genau, *sie* ist es, nicht David. Katherine macht immer Ärger. Ich kann dir nicht erklären, wieso das so ist, aber es ist so.«

Sophie richtete den Blick wieder auf die Katze, verbarg ihre Ungeduld. Lieber wäre sie jetzt mit ihrer neugewonnenen, anspruchsloseren Gesellschafterin allein gewesen. Warum hatte sie sich nicht längst schon eine Katze angeschafft?

»Katherine würde keiner Fliege etwas zuleide tun«, bemerkte sie in einem Ton, der keinen Widerspruch duldete. Das Thema war gestorben. »Darf ich dir einen Tee anbieten?« Die Aufforderung klang halbherzig.

»Vielen Dank, nein. Ich muß weiter. Gehst du morgen hin?«

»Ja, natürlich. Es sei denn, sie rufen an.« Sie ließ Mary ihr ängstliches Gesicht nicht sehen. Ihr graute vor dem Straßenverkehr, der Bahn, dem Gewühl und nicht zuletzt auch vor dem möglicherweise unfreundlichen Empfang, wenn sie erst einmal da wäre. Ihre Entschlossenheit war ins Wanken geraten, doch Mary entgingen die feinen Untertöne. »Ja, natürlich. Oder übermorgen. Ich muß mich schließlich um dieses kleine Katzenwesen kümmern, nicht? Willst *du* sie nicht vielleicht besuchen?«

Ja, warum eigentlich nicht? Mary wurde auf dem Heimweg vom Regen überrascht. Sie schritt gleichmäßig und energisch aus. Katherine hatte einmal bemerkt, daß Mary immer mit exakt abgezirkelten, gleich langen Schritten gehe, als gelte es, die Fugen der Gehwegplatten zu meiden – oder vielleicht Verwicklungen, wie sie Aberglaube, die Vergangenheit und Emotionen gleich welcher Farbe nach sich ziehen konnten. Ihr Schritt war gemessen und unruhig zugleich. War es möglich, daß sie einer Fehleinschätzung erlag? Aber Mary wußte doch, daß sie sich nie irrte, nie. Und ihre Gedanken zum Thema Schwester und deren Familie waren nach wie vor bestimmt vom Zorn, der das Denken des kühlen Kopfs lodernd umzüngelte. Die alberne Sophie hatte also Katherine herbeigewünscht? Der gute David vergötterte Katherine geradezu, wie das auch Claud getan hatte und noch tat. So, so, David hatte also eine dunkle Vergangenheit? Dann hatten sich doch die Richtigen gefunden, oder nicht? Mary hielt an einem Eckladen an, um sich mit tröstlichen Kohlehydraten zum Tee einzudecken – Sandkuchen, Kekse –, billiger Trost für den sich seinem Ende entgegenschleppenden Nachmittag. Grübeln und Buttergebäck und Süßigkeiten, das machte den Kopf frei und nährte das Schuldgefühl. Es gab ein nettes Café für einen Sonntagnachmittag; »am gemütlichsten war es immer noch daheim«. Sie ging sogar so weit, zusätzlich zum Naschwerk drei halbtote Blumensträuße zu kaufen, von der Art, wie sie für eben einen solchen Sabbat zurückbehalten wurden für Leute mit mehr Geld als Verstand. Egal, immer noch besser als die kahlen weißen Wände. Das Weiß erinnerte allzu stark an Pflichten und an alle diese Institutionen, die gleichbedeutend gewesen waren mit Sicherheit; sie wollte den Anblick ausradieren. Katherine im Krankenhaus vor weißen Wänden. Wieder ein Kind unterwegs, so, so. Drei für dich und nicht eines für mich. Soll Sophie dir beistehen, ich werd's nicht tun.

Erst viel später, nach dem merkwürdigen Telefonat, fiel ihr die perfekte Lösung ein. Es hatte ja keinen Zweck, den Kopf in den Sand zu stecken und sich vorzumachen, daß sie sich nicht sorgte. Die Sorge um Katherine war zu tief verwurzelt, und sich vorzubeten, daß es doch nicht ihr Bier war, wenn die alberne Gans ihr Leben wieder verpfuschte und ihre Schwiegermutter nicht mehr anrief, büßte mit jeder Wiederholung an beschwörender Kraft ein. Es mußte doch einen Mittelweg geben, der ihr erlauben würde, ihrer Pflicht nachzukommen und trotzdem jeden Kontakt mit einer Schwester zu meiden, der gegenüberzutreten sie sich einfach nicht überwinden konnte. Mehrere sogar. Aber der Reihe nach. So rief sie Susan Pearson Thorpe an.

Marys kleines schwarzes Adreßbuch war, auch wenn seine abgegriffenen Seiten alle möglichen Nummern von Freunden von Katherine wie auch jede erdenkliche Art berufsrelevanter Kontaktadressen auflisteten – Wohlfahrtsverbände, Klempner, in London-Mitte praktizierende Ärzte –, doch nicht so umfassend, daß es die Telefonnummern der Nachbarn ihrer Schwester enthalten hätte. Der Name Pearson Thorpe rief dunkle Erinnerungen an eine Person beachtlichen Körperumfangs hervor, von Katherine erwähnt als Nachbarin, bei der die Kinder täglich abgeliefert wurden, und so arg viele Pearson Thorpes konnte es im Telefonbuch doch nicht geben. Mary legte sich zurecht, was sie sagen könnte: »Verzeihen Sie die Störung, noch dazu an einem Sonntagabend, aber nebenan bei meiner Schwester herrscht Grabesstille; ich erreiche niemanden. Wissen Sie zufällig, ob die Allendales verreist sein könnten?« Aber nein, »Grabesstille«, das ging nicht. Die schrecklichen Assoziationen, die das Wort hervorrief, tat sie als Unsinn ab. Wenn sie doch nur die Bilderflut im Innern abstellen könnte, aufhören könnte, wie das reinste Kind, wie Katherine, in Farben und Bildern zu denken, hilflos der eigenen Phantasie ausgeliefert. Ah, da haben wir doch die Nummer. Sie wählte. Sie hatte ihren kleinen Spruch in energischem Berufston schon zur Hälfte abgespult, ehe sie sich der Feindseligkeit am anderen Ende der Leitung bewußt wurde. Oder die Frau konnte ihr nicht recht folgen.

»K'thrine A'dale? Schwester? Wieso? Ah ja, doch, doch. V'stehe. Wieso rufen Sie da mich an?«

»Ja, tut mir leid, daß ich Sie störe...«

»Das macht nichts. Mich ruft nie jemand an. Schade, ei'gntlich. Was wollten Sie gleich wieder? Nein, glaub nicht, daß sie weg sind. Wer ist da? Hoppla, tschuldigung.« Es folgte ein dumpfer Aufprall, als wäre irgend jemand oder irgend etwas gefallen. Mary hielt sich den Hörer weiter vom Ohr weg. Dann ein überlautes Räuspern. »Hoppla«, sprach die Stimme, verfiel in ein Gakkern, das von einer auf den Mund gelegten Hand erstickt wurde.

»Vielleicht könnte mir Mr. Pearson Thorpe weiterhelfen?« versuchte es Mary mit der Geduld langjähriger Erfahrung noch einmal. Aus dem Gackern wurde ein verächtliches Schnauben.

»Könnte? Und wie er könnte! Der is abgehaun.«

»Dann vielleicht irgend jemand, der meine Schwester gesehen hat. Tut mir leid, daß ich so hartnäckig bin, aber ihr Telefon scheint außer Betrieb zu sein...«

»Aha.« Das geräuschvolle Atmen angestrengten Nachdenkens. Die Frau ist betrunken, dachte Mary. Na, da war ja Katherine bedient mit solchen Nachbarn und dem wie auch immer gearteten Ärger mit den Kindern. »Wiss'n Se was«, meldete sich endlich die Stimme wieder, sprach jetzt hastig, betont. »Sie sollten mit Mrs. Harr-i-son reden, nich mit mir. Die weiß genau B'scheid, was nebenan los is. Genau B'scheid.«

»Bescheid worüber?«

»Nix besonderes, aber sie macht sich viel Gedanken. Ich hol sie mal. Gleich jetz'. Moment mal. Mir isses nämlich piepegal, was nebenan is, schietegal. Also, Moment mal...«

Auf diesem Umwege, knapp ehe ihr der Geduldsfaden riß, kam Mary an einem Sonntagabend mit der wildfremden Mrs. Harrison ins Gespräch, und so kam es, daß die beiden einander unbekannten Frauen sich gegenseitig beruhigten. Es war alles ganz einfach. Mrs. Harrison beglückte Mary Fox mit einem Wortschwall und goß ihr sämtliche Sorgen ins Ohr, die sie bei ihrer Arbeitgeberin nie hatte anbringen können, weil die nämlich nicht zuhörte. Die Sorgen waren durch die lange Inkubationszeit zu unverständlicher Wirrnis gediehen, im Hintergrund geiferte der Fernseher. Sie erzählte lang und breit und aufgeregt davon, wie sie die Große, Katherines Erstgeborene, mindestens so viele Wochen nicht mehr zu Gesicht bekommen hatte, wie die Kleine Jahre zählte. Und der Junge, sprudelte es weiter, da wär alles bestens, doch, doch, dem gehe es blendend, immer mit dem Papa unterwegs. Sie holte Luft und machte weiter mit Geschichten, die die Kinder erzählten von einer ganz abgemagerten, kaum wiederzuerkennenden, sich selber vorsingenden Jeanetta im Nachbargarten, wodurch Mrs. Harrison ungewollt den Eindruck erweckte, das sei erst gestern gewesen. Dann gab es die Neuigkeit von einer Party, die die Allendales am Dienstag – oder vielleicht doch Mittwoch? – geben wollten. Eine Flut von Informationen, ein Sturzbach in befremdlichem Dialekt intonierten Geplappers. Mrs. Pearson Thorpe sei eingeladen, sagte Mrs. Harrison, und dann würde man ja sehen. Mary traute Mrs. Thorpe keine sonderlich scharfe Beobachtungsgabe zu, in welchem Zustand auch immer. Eher nebenbei nahm sie zur Kenntnis, daß sie selbst nicht zur Party eingeladen worden war. Mrs. Harrison schloß ihren Bericht mit der unverständlichen Episode von einem Kerl, der angeklopft hatte und der einen Umhang trug, der Mrs. Harrison irgendwie bekannt vorkam.

»Jeanetta hat sich doch immer so gern verkleidet«, erklärte sie.

»Wie ihre Mama«, bemerkte Mary nach einer klitzekleinen Pause trocken.

Allmählich hegte sie den Verdacht, das Nachbarhaus sei das reinste Irrenhaus, und bereute ihren Anruf ernstlich. Nichts von dem, was sie da erzählt bekam, ließ unüberhörbare Alarmglocken schrillen. Und die Gute war gar nicht mehr zu bremsen, so daß Mary schließlich Mitleid mit ihrer Schwester hatte, die in unmittelbarer Nachbarschaft dieser beiden Vetteln wohnen mußte. Es war allen Ernstes das Wort Vettel, das ihr in den Sinn kam, und es gebar eine Idee, die einerseits zweckdienlich, andererseits ein übler Streich wäre. Sie dachte nämlich zunächst an Sophie und ihr grauenvolles Adoptivtier, dann an Katzen und Wohlfahrtsarbeiter. Ha! Ein gelungener Witz! Wäre sie in einer ausgeglicheneren Stimmung gewesen, weniger durch Kränkung, Abweisung und Ärger getrieben, hätte Mary niemals das erwogen, was sie jetzt erwog. Nie hätte sie vorsätzlich jemandes Zeit vergeudet.

»Hören Sie, Mrs. Harrison, ich mache Ihnen einen Vorschlag. Sie sagen, Sie sind mehrmals nebenan gewesen. Und man erlaubt Ihnen nicht, das Kind mal auszuführen. Haben Sie schon einmal daran gedacht, die Behörden einzuschalten?«

»Oh! Aber das kann ich doch nicht machen, nein, wirklich nicht! Was würden die Leute sagen? Das kann ich unmöglich machen!«

»Aber ich kann es. Ist doch besser, als wenn eine von uns sich einmischt, oder? Zur Sicherheit. Dann wüßten wir endlich, ob wirklich alles in Ordnung ist. Ich kenne dafür genau den richtigen Mann.«

»Ach, ich weiß nicht, so arg kann es doch nicht sein...« Mrs. Harrison kriegte kalte Füße, drehte und wand sich vor Verlegenheit. »Wahrscheinlich ist alles bestens. Ich habe ja Mrs. Pearson Thorpe gebeten, aber...«

»Ich verstehe vollkommen«, versicherte ihr Mary glatt, »und deshalb werden wir einfach diesen Mann schicken, finden Sie nicht? Dann haben wir Gewißheit, und Sie brauchen sich keine Sorgen mehr zu machen.«

»In Ordnung«, stimmte Mrs. Harrison nach langer Bedenkzeit zu, während derer sie das Für und Wider sorgfältig abgewägt hatte. »Ja, das wird wohl das Beste sein. Ich danke Ihnen.«

»Morgen dann«, meinte Mary. »Heute ist ja Sonntag.«

»Ja, ist klar«, sagte Mrs. Harrison. »Ich tu's ungern, aber jetzt kann ich wenigstens ruhig schlafen.«

»Ja, das können Sie. Dann gute Nacht«, verabschiedete sich Mary. Für Mrs. Harrison die beruhigende Stimme einer »Amtsperson«.

Die beruhigende Stimme verleibte sich die Süßigkeiten ein, von neuem erstaunt, wie unfehlbar, wenn auch kurzfristig, das Allheilmittel Essen wirkte, und freute sich diebisch über ihren grandiosen Einfall. Ein Hoch auf die Leutchen von »Kinder in Not«, genau die Richtigen für diesen Job, vor allem dieser unausstehliche John Mills. Welche Wonne, dem untadeligen Allendale-Haushalt diese Plage auf den Hals zu hetzen! Er würde sich auf zierliche Beistelltischchen lehnen und sie zu Kleinholz knicken, er würde das erhabene Ambiente stören, seine ungelenke, tolpatschige Anwesenheit würde Katherines ästhetisches Empfinden beleidigen, seine Hartnäckigkeit würde David rasend machen. Und sie, Mary, hätte ihre Schuldigkeit getan, gesetzt den Fall, daß wirklich irgend etwas nicht stimmte. Mills war goldrichtig; wenn irgend etwas faul war, würde er dahinterkommen. Immerhin war sein Spürsinn berüchtigt, und seine Berichte waren hervorragend, absolut verläßlich. Eine ideale Mixtur für ganze Arbeit – und eine gute Portion Rachsucht. Ja, morgen. Sonntag war Ruhetag. Und schließlich ließen die wirren, hysterischen Ausführungen dieser Weiber keinen Anlaß zu überstürztem Handeln erkennen. Genau wie Mrs. Harrison konnte Mary ruhig schlafen.

Als John Mills begriff, daß der Montag angebrochen war, hatte er die Bedeutung des Wortes Schlaf fast vergessen. Am Samstagabend war er nach einem wenig aufregenden Arbeitstag nach Hause zurückgekehrt – in eine Wohnung bar jeden Katzenlebens. Er war kopflos hinausgerannt und hatte sich auf die Suche gemacht, hatte die Straßen abgeklappert, war hinauf und hinunter geirrt, hatte Passanten angehalten und Fragen gestellt. Viele seiner Opfer, auf dem Weg ins Feierabend- und Wochenendvergnügen, nahmen den Aufschub übel, beugten sich jedoch der Eindringlichkeit dieses Mannes, der es hervorragend verstand, einem »Verzeihen Sie« die Überzeugungskraft eines Kinnhakens zu verleihen. »Verzeihen Sie, aber haben Sie vielleicht eine herumstreunende Katze gesehen? Oder auch zwei oder drei?« Dazu ein verzweifelt angespanntes Gesicht und ein nervöses Zucken unter dem Auge. Die Antworten fielen sehr unterschiedlich aus, von »Ja, klar, Stücker siebzehn«, über »Nicht, daß ich wüßte«, »Bitte?« bis hin zu »Mann, verpiß dich, du Wichser!«. Man hätte vielleicht weniger gereizt reagiert, wenn der Kerl bei einer Verneinung nicht noch einmal nachgehakt und gefragt hätte, ob man sich ganz sicher sei, wirklich ganz sicher, daß man keine streunenden Katzen gesehen habe. Er fragte sich durch Läden und Kneipen. Wie eine Gebetsmühle leierte er seine Fragen herunter und gab sonst kaum etwas von sich als »Oje, oje!« oder machte merkwürdige Geräusche zwischen Häuserschluchten und an Kanaldeckeln. Einer nicht nachvollziehbaren Logik folgend, verzichtete er darauf, im Imbiß unten im eigenen Haus zu fragen: die hatten zuviel zu tun, und außerdem wären sie bestimmt so freundlich gewesen, ihm seine Tiere zurückzubringen, wenn sie sie gefunden hätten.

»Ich begreife das nicht«, sagte er sich wieder und wieder, nachdem er zurückgekehrt war. »Ich begreife das einfach nicht. Wer sollte einbrechen, nur um die Katzen mitzunehmen? Nicht die Anlage, nicht den Fernseher, nur die Katzen. Ich begreife es nicht.«

Matilda, schweigsam und nervös, war jedesmal, wenn er etwas sagte, zusammengezuckt. Er merkte es nicht.

»Vielleicht sind andere genauso tierlieb wie du!« hatte sie zuletzt gefaucht und hatte sich abgewandt.

Weil er sich im Bett hin und her gewälzt und vor sich hin gemurmelt hatte – das nahm er jedenfalls an –, war sie schließlich auf die selten gebrauchte Besuchercouch umgezogen und am nächsten Morgen früh aufgebrochen. »Bin weg für heute«, verkündete ihr Zettel, in nicht unfreundlichem Ton. Bis dann. Normalerweise hätte ihn eine solche Nachricht bekümmert, doch unter diesen Umständen lag ihm nichts an ihrer Gesellschaft.

Irgendwann ging ihm auf, daß keiner, der gezielt einen Karton mit Kätzchen entwendete, sie irgendwo in der Nähe unterbringen würde, wo sie die Besitzer mit Leichtigkeit wiederfänden. Und aus welchem Grund immer diese eigenartige, geschickt durchgeführte Aktion – ob via Dach oder Wohnungstür, war ihm ein Rätsel – stattgefunden hatte, er hoffte bloß, daß das Motiv nicht bösartiger Natur gewesen war. Eine Mission, die ihn in trostlose Gegenden geführt hatte, hatte ihn einmal Zeuge greulicher Szenen werden lassen: Katzen, die gesteinigt wurden, Katzen, die in Parafin getaucht wurden und... Gegen Abend war es ihm gelungen, sich derartige Schreckensvisionen auszureden und sie mit tröstlichen Bildern der ganzen flauschigen Menagerie zu ersetzen, Kätzchen vor einem Kamin vielleicht, besser untergebracht als hier bei ihnen. Matildas Schweigsamkeit war nichts Ungewöhnliches. Sonntagnacht hatte er immerhin geschlafen, wenn auch unruhig. Im Morgengrauen war er aufgewacht und hatte sich bittere Vorwürfe gemacht wegen seines Versagens und wegen seiner Dummheit.

Da war er doch wie ein Bekloppter überall herumgerannt, ohne überhaupt beim eigenen Haus anzufangen, das für ihn, abgesehen vom Dach, absolut Neuland war. Nichts wie los! Als er Matilda seine neue Erkenntnis mitteilte, verließ sie die Wohnung Hals über Kopf, zwei Stunden vor Arbeitsbeginn. Sie murmelte irgend etwas von dringenden Besorgungen. John ging hinunter. Immer noch gramgebeugt, ohne große Hoffnung kam er am hinteren Hofeingang an. Die Tür war nicht abgeschlossen. Sich ins Schicksal fügend, nichts erwartend, pfeifend trat er hinaus, nur um sich zu vergewissern. O Gott! Lieber Gott! Es gab keinen Gott, nur den Teufel mit seinem ganzen satanischen Gefolge.

Soviel Blut auf diesem kleinen, unkrautüberwucherten Flecken! Mehr als genug, um von Tod und qualvollem Verenden zu zeugen. Die beiden vom Regen der vergangenen Nacht durchweichten Kartons waren mit Blut und Eingeweiden bespritzt, ebenso der Beton. In der Ecke lag Kat, der lange Körper zu einem häßlichen Bogen gekrümmt, das tote Fell naß gegen die Knochen geklatscht, Krallen ausgefahren, Zähne gebleckt, das Rückgrat in spitzem Winkel gebrochen. Neben der Wasserschale für den nicht vorhandenen Hund fand John das erste der Kätzchen, mit gebrochenem Genick und geschwollenem, durchbissenem Bauch, das zweite zusammengerollt zwischen umherflatternden Fellfetzen an der Mauer, wie schlummernd, doch fehlte ihm der buschige Schwanz, den er oft gestreichelt hatte und das halbe Köpfchen. Erstaunlich wenig Blut. Er schloß die Augen vor der inneren Momentaufnahme der schreienden, jaulenden, kreischenden Schlacht, des Getoses von Bildern und Tönen, das der Verwüstung vorausgegangen sein mußte, sah und hörte es trotzdem, rammte das Gesicht gegen die kalte Backsteinmauer. In Zeitlupe stemmte er sich von der Mauer weg, hob die tote Kat zaghaft mit der Fußspitze an, ehe er sie von der Erde aufnahm, glaubte, ihre Knochen krachen zu hören. Dann übergab er sich in die Wasserschale des Hundes, stand regungslos mit seinem nassen Fellbündel und heulte auf wie ein Tier, das eigene Blut im Gesicht noch feucht.

»Tut mir leid, er ist unterwegs...« Verdammt, wo blieb der Kerl bloß? Der unentbehrliche Mitarbeiter erschien eine volle Stunde zu spät. Er näherte sich auf der Treppe mit dem schleppenden Schritt eines alten Mannes. Als er sein zerkratztes, aber gewaschenes, aschfahles Gesicht zur Tür hereinschob, fiel niemandem auf, daß irgend etwas anders war als sonst. Das Telefon läutete.

Montage schätzte Mrs. Harrison besonders. Alle Montage, aber diesen ganz besonders. Zum einen ging die Hausherrin montags wieder zur Arbeit, nicht wahr, und das hieß, daß sich die Welt wieder im gewohnten Rhythmus zu drehen begann, wenn's recht ist. Die Luft war frisch, und der dumme Regen läutete den Herbst ein, auf den der Winter folgte, eine Jahreszeit, die ihr mehr behagte – die langen Abende vorm Fernseher und kein Zwang, so zu tun, als müsse man das langandauernde Tageslicht zum Arbeiten nutzen. Außerdem würde Mr. Pearson Thorpe an diesem Montag den kleinen Mark nach Hause bringen, jawohl, und sonst lag nichts an. Die Dinge könnten zwar besser stehen, waren aber auch so ganz annehmbar. Sie saß mit ihrer Zigarette auf den Eingangsstufen und beobachtete das Kommen und Gehen auf der Straße. Unterhaltsam, bis *er* von nebenan erschien und mit ihm die ganzen anderen Ängste und die Erinnerung an unvorsichtige Äußerungen auftauchten. Mit Adleraugen, doch bemüht um eine normale, gelassene Haltung, verfolgte Mrs. Harrison David Allendales Exodus, auf einem Arm Jeremy, behutsam getragen wie die Kronjuwelen, im anderen die Kinderkarre. Eingedenk der abweisenden Reaktionen seinerseits bei ihrem Vorsprechen an eben der Haustür, aus der er jetzt trat, verzichtete Mrs. Harrison auf irgendwelche lauthals verkündeten Morgengrüße. Ebensowenig erwartete sie, angesprochen oder überhaupt zur Kenntnis genommen zu werden. Sie blickte in die andere Richtung, beobachtete ihn jedoch aus dem Augenwinkel. Der Bengel war doch zu alt für die Kinderkarre! Laß ihn laufen, damit er ein bißchen abgehärtet wurde! Obwohl, wenn die beiden in den Supermarkt wollten, konnte sie den Vater schon verstehen, dort waren freilaufende Kinder regelrecht gemeingefährlich. Wo sie wohl hinwollten? Ach, egal, wahrscheinlich einkaufen, wohin sonst an einem Montag? David schlenderte die Straße hinauf. Der Kleine zirpte wie ein Spatz und wand sich im Arm des Vaters, um ihm dieses und jenes zu zeigen. Meine Güte, man sehe sich das bloß mal an! Wie war sie bloß jemals drauf gekommen, daß man sich über diese verdammte Familie Sorgen machen müßte? Deine Augen, sagte doch ihr Eric, sind größer als dein Hirn. Im Wohlgefühl des Montagmorgens, wo die Welt vollkommen in Ordnung schien, kam ihr eine Idee. Mrs. Harrison wurde Opfer eines letzten Anfalls von schlechtem Gewissen. Sie brauchte sich nur in Marsch zu setzen. Sie klopfte ihre Taschen ab, um sich zu vergewissern, ob sie den Haustürschlüssel auch dabei hatte, und stieg dann die Stufen hinunter, watschelte die paar Schritte die Straße entlang, warf ihre Kippe weg und peilte die Haustür der Allendales an – dies alles begleitet von Kurzatmigkeit und einem im Hirn tanzenden Reim, der ihr seit Samanthas endloser Wiederholung desselben heute morgen nicht aus dem Sinn wollte. Verflixte Reime! Manchmal wünschte sie sich, es wären ihr nicht so viele geläufig, doch sie konnte nie der Versuchung widerstehen, sie vor sich hinzusummen. Hast sonst nichts im Kopp, meinte ihr Eric immer, bist nie der Kinderstube entwachsen. Na, wie ging er gleich noch? Ach ja:

Lieber Doktor Pillermann,
sieh dir mal bloß mein Püppchen an;
drei Tage hat es nichts gegessen,
hat immer so stumm dagesessen...

»...dumm rumgesitzt«, hatte Samantha gesungen. Nein, nein, falsch! hatte Mrs. Harrison sie zurechtgewiesen, der Schluß ist verkehrt. So die Gedanken Mrs. Harrisons, als sie jetzt an die Tür klopfte, den blank polierten Klingelknopf ignorierend. Sie wartete auf eine Reaktion, wünschte, sie hätte die nur halb aufgerauchte Zigarette nicht weggeworfen. Die Vorstellung, der Herr des Hauses könnte unerwartet zurückkehren und sie hier antreffen, machte sie nervös. Es dauerte ziemlich lange, ehe ihr aufgemacht wurde, und dann wurde die Tür zögernd und bei weitem nicht so weit aufgezogen, wie das der Fall war, wenn man willkommen war. Im schmalen Spalt, der Mrs. Harrison gegönnt wurde, erschien, das Gesicht im Gegenlicht der hinter ihr durchscheinenden Sonne bis auf das unübersehbare und unübersehbar künstliche Lächeln nur undeutlich zu erkennen, Katherine. Selbst um zehn Uhr morgens – und das im eigenen Haus! – trug sie frisch gebügelte kamelhaarfarbene Gabardinehosen, dazu eine strahlend weiße Bluse und eine dezente Perlenkette, hatte die Haare perfekt frisiert. Das Beiwerk konnte Mrs. Harrison nicht darüber hinwegtäuschen, daß die Dame äußerst blaß wirkte und schmaler noch als sonst – obwohl Kleidung natürlich viel ausmachte. Nichts Bemerkenswertes oder Auffälliges.

»Hallo, Mrs. Allendale. Ein wunderschöner Morgen, wie? Wie geht es Ihnen? Hören Sie, ich wollte mit Samantha nachher in den Park gehen, zu den Schaukeln und so, und da habe ich mir gedacht... ob wir nicht vielleicht Jeanetta mitnehmen sollten... Sie Ihnen mal abnehmen, wenn Sie wollen. Ist so schönes Wetter«, wiederholte sie.

Katherine zog die Tür nun etwas weiter auf, blickte besorgt die Straße hinauf in die Richtung, in der ihr Mann entschwunden war, trat einen Schritt zurück. Es machte den Eindruck, als müsse sie um Fassung ringen. Sie hielt eine Hand vor den Mund und hustete heftig. Dann drückte sie ihr schmales Kreuz wieder durch und lächelte.

»Verzeihen Sie, ich habe mir einen Husten geholt.«

»Ts, ts.« Mrs. Harrison schnalzte automatisch mit der Zunge. »Nicht schön.«

»Vielmehr haben wir beide Husten«, fuhr jetzt Katherine fort, »Jenny auch. Wohl eine Grippe oder so etwas. Jedenfalls kann sie leider nicht mit in den Park, Mrs. Harrison, weil sie nämlich gar nicht hier ist. Sie ist bei ihrer Oma zu Besuch, wissen Sie. Oma Allendale haben Sie doch sicher einmal kennengelernt?«

»Also, erinnern kann ich mich nicht recht«, antwortete Mrs. Harrison.

»Ach, ich dachte.« Katherine schob sich eine blonde Strähne hinters Ohr. »Sie wohnt außerhalb, auf dem Land. Jeanetta geht so gern hin, sie wird dort schrecklich verwöhnt, so verwöhnt, daß sie gar nicht mehr nach Hause will. Sie essen nichts als Kekse.« Die beiden Frauen standen sich gegenüber, lächelten sich höflich an.

»Na, dann ist's ja auch recht«, meinte Mrs. Harrison. »Da geht's ihr ja dann wohl gut.«

»O ja«, bestätigte Katherine, »sehr. Sie fehlt mir.«

»Tja, das wird sie wohl. Hat natürlich auch sein Gutes. Mal seine Ruhe haben und so.«

»Ja, das stimmt. Das ist auch ganz schön.«

Sie tauschten noch ein paar Höflichkeiten übers Wetter aus, und dann eilte Mrs. Harrison, die eine Zigarette brauchte, nach Hause. Ach herrje, wie albern sie gewesen war! Ihre Miene war grimmig, als sie sich jetzt selbst die Leviten las. Sie wußte wirklich nicht, wie sie so etwas hatte annehmen können. Peinlich, das Ganze!

»Drüben is alles in Ordnung!« rief sie Harrison zu, kaum daß sie das Haus betreten hatte, »alles in Ordnung!« – als ob er überhaupt danach gefragt hätte. Keine Antwort. Das machte sie noch ärgerlicher. Das ging jeden an, daß alles in Ordnung war. Was für ein Narr! Und sie hatte sich noch nicht einmal die Nummer dieser Schwester notiert, diesem Weib mit der Feldwebelstimme, der von gestern abend, wie absolut dämlich, die Nummer nicht aufzuschreiben. Wie sie es im Fernsehen immer taten, in Büros. Dann hätte sie zurückrufen können, ehe das Weib selbst telefonierte, wie sie es versprochen hatte, und hätte ihr sagen können, daß es nicht mehr nötig wäre, das, was sie unternehmen wollte, was immer es war. Kein Mensch brauchte sich Sorgen machen, wirklich nicht. Das kommt vom vielen Fernsehen, sagte sie zu Harrison, da kommt man bloß auf dumme Gedanken, kommt ins Grübeln, bildet sich Dinge ein. Was für Dinge? Dinge, die nachts herumrumpeln.

Die Haustür öffnete und schloß sich wieder. Katherine fragte nicht, wo er gewesen war, wohin ihn der Weg mit Jeremy an seiner Seite – einer des anderen Schutzengel – geführt hatte. Als er die Küche betrat, stand sie, mit den Händen im Spülbecken, im funktionellen Teil der Küche. Als er hereinschneite, mit Einkaufstüten bepackt, verringerte sich sein Lächeln nicht, während er ihrem Blick folgte. Er stellte seine Einkäufe ab und durchquerte den Raum, nahm sie kurz in den Arm. Sie rührte sich nicht.

»Mrs. Harrison war hier«, sagte sie mit tonloser Stimme. »Ich habe ihr gesagt, Du-weißt-schon-wer wäre bei der Oma. So, wie du es mir gesagt hast.« Stillschweigend hatte sie aufgehört, den Namen zu erwähnen, hatte ihn aus ihrem Wortschatz gestrichen.

»So ist's recht«, sagte er gut gelaunt. »Da ist sie. Amüsiert sich königlich.«

»Es ist aber nicht wahr. Du weißt genau, wo sie ist. Nämlich hier. Du hast mich angelogen, David.« Sie hob eine zitternde Hand und zeigte auf die stumme Tür des Erkerzimmers. Er legte ihr die Hände auf die Schultern.

»Katherine, mein Schatz, nun sei doch vernünftig. Willst du dich nicht umziehen und ein bißchen an die Luft gehen? Ins Fitness-Center vielleicht? Oder einkaufen? Nichts Anstrengendes, meine Liebe, du bist nicht ganz auf dem Damm. Du bekommst auch ein hübsches Taschengeld, gönn dir etwas. Es liegt ein wunderschönes Ensemble für dich bereit. Für morgen abend. Mein Geburtstagsgeschenk an dich.«

Katherine blickte ins Leere, die Augen auf eine unbestimmte mittlere Entfernung eingestellt, die Stirn in Verwirrung krausgezogen.

»Aber sie ist doch nicht bei der Oma. Sie ist hier, Du-weißt-schon-wer, hinter der Tür dort. Nicht bei Sophie. Wir müssen sie herausholen. Und warum ruft Sophie gar nicht mehr an? Sie ruft nicht mehr an, wie sie das sonst immer getan hat, nicht wahr, David?«

Er senkte den Blick in einer Weise, die sie als gefährlich erkannte. Der Druck seiner Hände war eine Warnung.

»Katherine, jetzt hör mir gut zu. Es gäbe einfach zuviel Ärger, wenn du sie herausläßt. Gefängnis und das alles. Glaub mir. Es würde sie keiner erkennen. Man würde dich einsperren. Wie oft muß ich dir das noch erklären?«

Katherine wich vor ihm zurück, kreuzte die Arme vor der Brust, flüsterte: »Hast du heute nachgesehen?«

Er zögerte kurz. »Ja. Nein, natürlich nicht. Warum sollte ich das tun, sei nicht albern. Es ist ganz einfach. Sie ist bei Sophie, bei ihrer Oma. Sprich es mir nach. Und dann gehst du hinaus und sagst es noch einmal. Laut. Komm, sag es. Aber so, daß ich es höre.«

»Sie ist zu Besuch bei ihrer Oma. Sie ist zu Besuch bei ihrer Oma. Sie ist zu Besuch bei ihrer Oma.«

»Gut. Braves Mädchen. Guter Schatz. So, und nun denk an das Kleid. Ich muß mit den Vorbereitungen für morgen abend beginnen. Du könntest mir ja auch ein Geschenk kaufen. Zum Geburtstag. Und ich mache mir einen Kuchen, mit Kerzen. »Er strahlte sie an, sein Ausdruck der

der harmlos kindlichen Vorfreude eines Schuljungen, während ihr Gesicht im strahlenden Scheinwerferlicht seines Lächelns erleuchtet wurde.

»Gibst du ihr auch ein Stück?«

Das Lächeln erstarb.

»Das kann ich nicht, Katherine, du weißt genau, daß ich das nicht tun kann. Wiederhole noch einmal, was ich dir gesagt habe.«

Sie rang mit sich, mit der Erinnerung, dann glättete sich ihre Stirn. Sie hob die Hände wie zum Dirigieren eines Orchesters, schwenkte die Arme in Schulterhöhe im Takt hin und her und wiederholte bedächtig:

»Ich weiß, ich weiß, ich weiß. Jetzt weiß ich's wieder. Sie ist zu Besuch bei ihrer Oma.«

»Richtig«, bestätigte er. »Goldrichtig. Und jetzt wissen wir alle Bescheid. Du bist ein braves Kind und ich liebe dich, daß es weh tut. Wer ist ein braves Kind?«

»Ich. Sie ist zu Besuch bei ihrer Oma.«

Er tätschelte ihr leicht und neckend das Kinn. »Braves Goldmädchen. Schau, ich habe uns etwas zum Naschen mitgebracht...«

19

Lobet den Herrn: Nichts bleibt, wie es ist. Ich war schon fast vom Gegenteil überzeugt, dachte, es geht nirgends hin außer bergab; und »die Augen zu den Bergen aufzuheben« tat verdammt weh. Allerdings tut mir die Sache gestern mit diesem Weib mit der energischen Stimme, das angerufen hat, sehr leid. Ach, ich war immer schon entsetzlich unhöflich, schroff und gleichgültig, aber zu gleichen Teilen Sprit und Worte in den Hörer gluckern zu lassen, das übertraf selbst meine bisherigen Leistungen in dieser Richtung. Ich kann mich wirklich nicht dazu beglückwünschen; an mir war noch nie etwas Liebenswertes – in vino veritas, eine Nacktschnecke, ein Wurm, kreuchendes, fleuchendes Getier der übelsten Sorte. Ich hatte reichlich getankt, um mich gegen das Hereinbrechen einer weiteren Woche zu wappnen, gegen ein weiteres Stück Leben, das stiften gehen will, und ich vermißte Sebastian so sehr, daß ich nur noch hätte schreien mögen. Die Vorstellung, daß er Montagabend kommen, sich höflich verabschieden und eventuell – der Form halber und meines langen Gesichts wegen – bereiterklären würde, mich zur Party bei den Nachbarn zu begleiten, das alles war einfach zuviel. Also habe ich mir den Gin praktisch durch einen Strohhalm eingeflößt. Bis zum Umfallen. Als ich wach wurde, wäre ich am liebsten gestorben.

Montag früh bei Morgengrauen. Weltuntergangsstimmung. Ein verregneter Himmel, besser zwar als die brütende Hitze, Verursacherin des ganzen Übels, aber ein dunkler Regen, ein verstockt schweigendes Gewitter, das den Himmel düster und leer machte. Kaum zu glauben, daß es erst sieben war und so eiskalt. Das Gesicht spannt sich nach übermäßigem Alkoholgenuß auf eine ganz bestimmte Art. In gewisser Weise schmeichelt das meinem

Aussehen, weil es die aufgeschwemmte Haut etwas strafft, wie nach Kindertränen: rosige, weiche Haut, eine Frische, deren Wahrhaftigkeit nur die blutunterlaufenen Augen Lügen strafen, Augen, die aussehen, als hätten sie die halbe Nacht in Chlor gelegen. Also etwas Restaurationsarbeit mit all den sündhaft teuren Kosmetika, erstanden an diesem einen Zuversichtstag, und dann ab zur Arbeit, auf ausgetretenen Pfaden, dennoch unsicher auf den Beinen, blind wie eine Fledermaus. Ich mache mir keineswegs etwas vor: Obwohl ich mein Herzblut für den Laden hergegeben habe, für meine Karriere, mein Geschäft, mein ein und alles, bestätigt durch die Loyalität von Klienten, die nicht weniger zynisch sind als ich, steht meinem Rausschmiß nicht mehr viel im Wege. Es hätte mir eher dämmern müssen, mir, die ich andere für geringere Vergehen gefeuert habe als Gleichgültigkeit und einen rosigen Kleinkinderteint am Morgen. Ich habe andere wegen ihres zu ausgeprägten Familiensinns gefeuert, der Herr sei mir gnädig. Arbeit und Eigeninteresse hatten eben vorzugehen, Gefühlsverarmung und Lebensqualität interessierten mich nicht. Jetzt ja. Wir unverbesserlichen Säufer müssen nämlich zur Einsicht, und sei sie noch so bescheiden, gezwungen werden und wehren uns auch dann noch mit Händen und Füßen. Ich glaube, ich habe die Belange der anderen in meinem Umfeld monatelang, möglicherweise jahrelang überhaupt nicht wahrgenommen, aber wie gesagt, Gott ist gnädig, wenn er sich nicht gerade von seiner schlechtesten Seite zeigt: die Dinge ändern sich.

Im Büro, wo ich nichts anderes tat als meinen Kater zu pflegen, hörte ich Gewisper im Off, wie das Geraune hinter den Kulissen bei einem Auftritt, der in die Hosen zu gehen droht. Vertrautes Geflüster, genau wie daheim, wie von Mrs. Harrison, Mr. Harrison, Samantha, Mark, Getuschel hinter geschlossenen Türen, die Frage: »Ob wir reingehen sollen?« Sebastian nicht minder, außer Hörweite, sich fragend: »Ob ich nach Hause fahren soll; ob sie heute abend mit mir redet? Nein, ich bleibe lieber noch hier. Es wird keine warme Mahlzeit geben, keinen Trost. Zu Hause erwartet mich nichts, und mit ihr schlafen kann ich ja doch nur noch morgens früh, wenn sie es nicht einmal bemerkt...« Das Getuschel hinter meinem Rücken ist mir so vertraut, Getuschel, das zurückreicht in die Zeiten der verhaßten Aufsichtsschülerin, nur hinter vorgehaltener Hand, damit die blöde Zimtzicke es nicht mitkriegt. Ich hätte auf das Gewisper erst einmal hören und nicht gleich losbrüllen sollen. Aber es ändert sich ja. Vielleicht gelingt es mir ja doch noch, ein klein wenig Sensibilität zu entwikkeln.

Das habe ich Mark zu verdanken, dem siebenjährigen Mark, diesem kleinen Charmeur, den im großen und ganzen andere aufgezogen haben. Sie waren an die See gefahren, mein bei anderen allseits beliebter und von mir übergangener Mann und Mark, diese helle Freude von einem Sohn, um das Meer zu bestaunen und wie richtige Männer Männerdinge zu tun: flippern und sich amüsieren, Fisch und Fritten mit Heißhunger verschlingen, sich gegenseitig unterhalten, was weiß ich, ich habe nicht gefragt. Doch dann ist Mark über irgend so ein aus dem Sand ragendes Eisenteil gestürzt und hat sich die zarte Kinderwade aufgeschlitzt. Gleich Montag in der Früh, wurde mir berichtet. Das war der Anlaß für das Getuschel im Büro: »Ob wir ihr sagen sollen, daß er angerufen hat?« Und wirres Zeug erzählt hat von einem kleinen Jungen – ach, so klein noch (wenn ich an seine kleinen Sachen in der Reisetasche denke!) – und einer Verletzung. »Nein, Mrs. Pearson Thorpe, wir wissen nicht, wie schwer verletzt. Ihr Mann hat aus der Klinik angerufen. Er meinte, sie würden am Nachmittag heimkehren können. Machen Sie sich keine Sorgen.«

Sorgen machen? Ich? Mobilmachung aller Abwehrmechanismen, mich forsch gebend, sage ich: »So, so, sieh mal an, der alberne Bengel, was stellt er denn jetzt wieder an.

Wo, sagten Sie, stecken die beiden?« Wüßten sie auch nicht genau, meinten sie, irgendwo an der Küste, kämen aber heute noch zurück. Wie schwer verletzt? Wüßten sie eben nicht, könne aber nicht so wild sein, sonst würde man ihn im Krankenhaus behalten, oder nicht? Allerdings sei das Bein leider auch gebrochen, nicht nur aufgerissen, aber: »Ihr Mann hat gesagt, Sie sollen sich keine Sorgen machen, sei ja ein robustes Kerlchen und die Ärzte wüßten schon, was zu tun sei.« Ich, die ich immerhin einen gewissen Einblick in das Ausmaß der Inkompetenz in allen Berufssparten einschließlich meiner eigenen habe, bezweifelte, ob sie wüßten, was zu tun sei, bezweifelte aber keinen Augenblick lang, daß Sebastian schon die richtige Entscheidung treffen würde. Mal abgesehen davon, daß der Esel den Unfall nicht von vornherein verhindert hatte, war ich doch ganz ruhig im Wissen um die absolut vertrauenswürdige Gesellschaft, in der sich mein Sohn verletzt hatte. Sebastian ist einfach für das Sicherstellen des Überlebens wie geschaffen. Ich entschuldigte mich und ging nach Hause, bemüht, nicht in kopfloser Panik heimzuhetzen. Schließlich kehrte ich ja nur dorthin zurück, um zu warten, also immer langsam! Auf unserer Straße lief mir Katherine Allendale in die Arme. Zu sagen, sie lief, ist nicht ganz korrekt: *ich* lief, sie, wenn ich mich recht erinnere, schleppte sich mit ihrer Tragetasche von einer Gehwegplatte zur nächsten. Beim besten Willen weiß ich nicht, wie ich es über mich brachte, anzuhalten. Vielleicht nebulöse Erinnerungen an die Schwester, den Anruf vom Abend zuvor, worum auch immer es gegangen sein mochte, Erinnerungen an eine Reihe anderer Dinge, darunter meine mir abhanden gekommenen Manieren, das reichte wohl, um lange genug zu zögern, daß ich sie ansprach. »Wie geht es denn, Katherine?« Da waren doch auch Kinder, ich hatte nur Kinder im Kopf. »Und den Kindern?« Nicht, daß es mich wirklich interessierte, aber dieses eine Mal wollte ich wenigstens nachgefragt haben.

Sie hat es mindestens dreimal wiederholt: »Alles bestens. Stell dir vor, Jeanetta ist zu Besuch bei ihrer Oma.« »Ist ja gut, ich habe verstanden, wie schön für die beiden.« Ja, ja, das sei es, meinte sie. »Und wohin gehst du?« zwang mich die gleiche Höflichkeit – und der Wunsch, den Erhalt weiterer schlechter Nachrichten hinauszuschieben – zu fragen. »Ich bin auf dem Weg ins Fitness-Center«, erklärte sie. Ich sah sie an und vergaß, daß sie eine Diebin, eine Rivalin, eine elegante und bedauernswert beschränkte Nachbarin war, deren Mann mir mal gut gefallen hatte und dessen Haus Sebastian mit Neid erfüllte, und dachte: ob sie nicht doch ein bißchen meschugge ist? Ihren Wespenkörper zur weiteren Trimmung in diese Folterkammer zu schleppen. »Bis morgen«, verabschiedete sie sich. »Morgen?« fragte ich verdattert. »Davids Geburtstag«, erinnerte sie mich, »zum Essen.« Das »O nein!« konnte ich mir gerade noch verkneifen.

Nichts bleibt, wie es ist. Wir hatten uns alle immer guter Gesundheit erfreut in meiner Familie, das heißt, nicht einmal darüber nachgedacht, daß Gesundheit etwas ist, dessen man sich erfreuen kann; es handelte sich vielmehr um eine Selbstverständlichkeit, die durch nichts in Frage gestellt wurde, ebensowenig wie das Vorhandensein von Geld, Besitz und so weiter, eine gedankenlose Annahme, das es immer so bleiben würde. Unsere Kinder erlitten ebensowenig wie wir Kinder unserer Eltern ernsthafte Verletzungen, mal abgesehen von Schrammen und dergleichen. Ich nahm daher völlig naiv an, das sei nicht anders zu erwarten. Als ich aber dann in meinem Arbeitszimmer wie auf heißen Kohlen saß und auf die Heimkehr der Verwundeten wartete, bewunderte ich die Unbekümmertheit meines soldatischen Vaters, wünschte mir im nachherein, daß auch ich mal Blut gesehen hätte und nun sagen könnte: »Na was denn, nur ein Kratzer! Indianer kennen keinen Schmerz!« Ich habe jedes einzelne Krankenhaus an der Ostküste im Umkreis der mir nur ungefähr bekannten Region angerufen, in die sie gefahren waren. Nach fünf Nieten gab ich es auf. Hatte mir wirklich keiner gesagt, wohin sie fahren wollten, oder hatte ich nicht zugehört? Das zog die Erkenntnis nach sich, daß mir grundsätzlich nie jemand die volle Wahrheit sagte. Vielleicht verheimlichten sie mir, daß der Junge tot war!

»Tot? Aber nein, ich will doch nicht hoffen, daß er tot ist.« Ein erschütternd höflich formulierter Gedanke, der da ans Licht brach wie die Lokomotive am Ende eines Tunnels: riesig und unaufhaltbar. Mir blieb die Luft weg, ich mußte mich setzen, kämpfte mit plötzlicher schwindelnder Übelkeit, konnte nicht sitzen bleiben, rannte wie ein aufgescheuchtes Huhn von einer Ecke des Zimmers in die andere. Dies war anders als das Zittern vom Alkohol, eine Erschütterung bis ins Mark, diese Schreckensvision, daß er vielleicht niemals wiederkäme, unaussprechliches Grauen, kein Abgrund so tief wie eine solch klaffende, endgültige Abwesenheit, ein Alp, den ich nicht einmal annähernd beschreiben könnte. Begriffe für Gefühle, die ich – zusammen mit einer ganzen Palette derselben – in den wenigen vergangenen Wochen neu lernen mußte, das alles reicht nicht aus, um meine Empfindungen zu beschreiben. Kein Mark mehr! Ihn niemals wiederzusehen, zu hören! Kein Kind mehr dort auf dem Stuhl, kein kleiner Mann, den ich ständig aus dem Augenwinkel wahrnehme? Kein Hintergrund mehr für meine Existenz? Aber du hast ihn doch kaum je gesehen, hielt ich mir ungläubig vor, du hast ihn ungnädig zur Welt gebracht und ins Bett gepackt! Aber ist es deswegen ausgeschlossen, daß eine distanzierte Mutter, wie du sie bist, vor Angst stirbt bei der Vorstellung eines solchen Verlustes? Sei es spät erkannte Liebe, sei es, was es sei, aber wie überhaupt irgendeine Frau, und sei sie ein Ungeheuer, einen solchen Verlust erleiden und überleben kann, ist mir unbegreiflich. Ich dachte an Fernsehmeldungen: Kinder, die bei Bränden umkamen, die entführt wurden, dachte an meine wegwerfenden Kommentare über fahrlässige Eltern und hätte weinen mögen.

Um das zu verhindern, rief ich Mrs. Harrison zu mir, berichtete ihr stotternd und mich verhaspelnd von dem Unfall.

»Scht, scht, ganz ruhig, ganz ruhig«, redete sie auf mich ein. »Wird alles halb so wild sein...« Sie war ruhiger als ich, brachte ihren Satz aber auch nicht ganz zu Ende und knetete ihre Finger, um sie ruhig zu halten.

»Ich könnte schreien!« sagte ich ihr. »Ich könnte einfach schreien! Warum ruft Sebastian nicht an?«

»Ja, ja, ich weiß«, murmelte sie. Dann kam ihr die rettende Idee. »Ach, ich weiß, warum er nicht anruft! Weil sie schon auf dem Heimweg sind!«

Diese Vorstellung half. Ich weiß zwar nicht warum, aber der schlichte Gedanke, daß man nicht gleichzeitig telefonieren und Auto fahren kann, es sei denn, man hat eines dieser verdammten Geräte im Wagen, gab mir Halt.

»Sie sind ja ganz bis Norfolk raufgefahren«, fuhr Mrs. Harrison fort, »ich kann mich entsinnen, daß das eine lange Strecke ist, bis Norfolk. Ich war da mal in meiner Jugend.« Sie lachte verschämt bei der Erinnerung – an die lange Fahrt und wahrscheinlich noch anderes. »Doch, eine sehr lange Fahrt.« Dann legte sie sich selbst geschickterweise als Beruhigungsstrategie ein Aktionsprogramm zurecht, schob das Kinn vor und empfahl mir das gleiche, instinktiv das Richtige treffend.

»Hören Sie, Mrs. Pearson, dann haben wir eine Menge zu tun. Da sie ja auf dem Weg zu uns sind...« – sie betonte es noch einmal, stellte es als gewiß hin –, »muß ich mich um die Zimmer kümmern. Harrison hat damit bis zum letzten Moment gewartet, verstehen Sie? Wir wollen doch alles blitzblank haben, wenn sie kommen.« Sie rümpfte mißbilligend die Nase und sah sich in meinem Arbeitszimmer um. »Marks Zimmer ist noch genauso, wie es war, da werd ich lieber mal aufräumen. Wo er doch nicht ganz auf der Höhe ist.« (Auch dies eine geschickte Verharmlosung der ernsten Lage.) »Sie könnten ja hier drinnen ein wenig aufräumen, wenn Sie wollen.« Dann kehrte sie zur alten Unterwürfigkeit zurück. »Ach, und wenn Sie so gut wären, Samantha zu übernehmen...? Dann habe ich den Rücken frei.« Ich akzeptierte fraglos, daß sie wesentlich effektiver arbeiten könnte und ich ihr deshalb vernünftigerweise freie Hand lassen sollte, willigte ein, folgte fraglos ihren Anweisungen.

Beschäftigungstherapie. Bloß nicht schlappmachen. Das dürfen wir jetzt nicht. Viel zu tun. Schlau, die alte Harrison. Ließ mir als Gesellschafterin die kleine mollige Samantha, so erwachsen, so wenig nachtragend. Und wie komisch, daß ich hier nun putzte, ungeschickt aus Mangel an Übung, zusammen mit der ebenso unbeholfenen Samantha, die gemäß der Order sehr brav war und mich mit Witzen unterhielt. Ehrlich gesagt haben wir beide uns königlich amüsiert. Wie eigenartig, trotz der Besorgnis solch völlig glückliche, vertiefte Stunden verbringen zu können.

»Mama... ich kenn einen guten. In was für einem Fluß kann man am schönsten schwimmen?«

»Keine Ahnung, mein Spatz. Verrate es mir.« Ich stopfte Altpapier in einen Plastiksack.

»Im Überfluß.« Sie kugelte sich vor Lachen, wälzte sich auf dem Boden, hielt sich die Seiten und freute sich wie ein Schneekönig. Obwohl ich überzeugt davon bin, daß sie keine Ahnung hat, was Überfluß wirklich ist. »Soll ich dir noch einen erzählen?« fragte sie atemlos, aufgeregt.

»Ja, gut, erzähl.«

»Wie heißt der klebrigste Vogel?«

»Weiß ich nicht.«

»Ach, Mama, du mußt raten!«

»Kann ich nicht, ist viel zu schwer.«

»Uhu!« Kreischte sie dann, hüpfte auf dem Sofa auf

und ab, warf die Beine hoch, bis auch ich lachen mußte. Wie ähnlich wir uns doch sind, beide lieben wir Witze! Und ich habe es nie gemerkt!

»Nun komm, wir sollen doch hier arbeiten. Trag das Zeug mal hinunter!«

»Was ist da drin?« fragte sie und steckte den Kopf in einen Sack voller Flaschen, Briefe und Karteileichen. Nicht alle Flaschen waren ganz leer.

»Abfall«, erklärte ich mit Bestimmtheit.

»Ich mag Abfall«, eröffnete mir meine Tochter.

Draußen immer noch stockfinster. Daß Sommer war, konnte man leicht vergessen an diesem unnatürlich düsteren Tag, ein Vorbote, so schien es, des im Eilschritt und keineswegs im Schleichgang sich London-Mitte einverleibenden Titanen Herbst, der ein wildes, aufständisches Kopfschütteln der Kastanien provozierte. Sammy und ich polterten mit den Plastiksäcken die Stufen hinunter, um sie gegen das Eisengitter zu lehnen: Treibgut aus zwei Zimmern, Marks und dem meinen. Sammy wollte den ihren noch dazutun, gab ihr Vorhaben aber unversehens auf, um auf stämmigen kleinen Beinen die Straße hinaufzuflitzen und den weit interessanteren Abfall der Nachbarn zu untersuchen. Montags kommt in diesem Teil von London die Müllabfuhr, doch wie an so manchem Montag hatte man uns vergessen. An diesem einen Tag in der Woche blüht in der Straße ein ungewohntes Polyäthylenleben auf, sprießen Säcke und Tonnen und weiß der Himmel was noch alles aus dem Erdboden. Was könnten sie nicht alles von den Leben in dieser Straße erzählen, wollte man sie untersuchen! Man kann noch so vornehm sein, den Müll muß man doch rausstellen. Nur persönlich hatte ich es noch nie getan. Ich verbarg meinen Müll in meinem Kopf.

»Guck mal, guck mal, guck mal!« Samantha war zehn Schritte entfernt und untersuchte den Müllsack vorm Haus der Allendales. »Mama, guck mal!« Sie flüsterte zwar, aber in einem theatralischen, halbersticken Ton – lauter als jedes Soufflieren.

»Schätzchen, man wühlt nicht in anderer Leute Müll. Tut man nicht. Nun komm schon.«

»Aber guck doch mal!« Sie ließ nicht locker, rührte sich nicht vom Fleck, diese Miniaturausgabe der mit dem gleichen – notdürftig gesellschaftlich gezähmten – eisernen Willen und tyrannischen Zug ausgestatteten Mama. Also folgte ich ihrer Aufforderung, schlenderte so nonchalant wie möglich hin und guckte. Was hätte ich nicht alles getan, um mir die ungewohnte Nähe zu meiner überraschend bezaubernden Tochter zu sichern!

»Hat ein Hund gebißt«, stellte sie gewichtig fest. Was für scharfe Augen, daß sie auf Anhieb den einen Müllsack mit Riß rauspickte!

Und ich verstand auch ihre Neugierde. Hier gab es keine verschimmelten Essensreste; es war ein grauer Müllsack (das paßte zu den Allendales, oder nicht? Designer-Müllsäcke statt der gewöhnlichen schwarzen), der der Länge nach aufgeplatzt war, links und rechts flankiert von weiteren grauen Säcken, Abfall des gehobenen Geschmacks, hätte ich in meiner Gehässigkeit wetten mögen, Fischgräten und leere Kaviargläser, so meine despektierliche Vermutung. Aus dem geborstenen Sack dagegen quollen Farben auf die Straße, nur Kleider. Mein Blick blieb an einem rosa Etwas mit gelben Punkten hängen, eine Kindergröße zwischen anderen Kindergrößen, etwa dem gestreiften Schlafanzug. Ich hätte Sammy daran hindern müssen, die Sachen hervorzuzerren, weiter aufs Pflaster zu streuen.

»Das ist schön, Mama, warum schmeißen sie das weg?« Sie sah nur die Farben, ich sah noch etwas anderes. Ein ganzer Stapel von Jeanettas Kleidern, Lieblingssachen, die ich als zur neuen Garderobe zugehörig erkannte, die ihr Katherine vor ein paar Wochen gekauft hatte. Und dann – wie eigenartig! – glaubte ich, im selben Haufen ein dezenteres Rosa, ein Sommerkostüm, ausmachen zu können, das, wenn ich mich recht erinnerte, die Mutter vor nicht allzu langer Zeit getragen hatte, als wir uns getroffen hatten. Das Kostüm war noch gut erhalten, auch der gestreifte Schlafanzug, entweder eine Kopie oder einer von Marks. Ich hatte nie nachgesehen, ob seine Sachen alle zurückgegeben worden waren.

»Laß das jetzt«, sagte ich zu Sammy. »Nicht, tu das zurück. Sie könnten uns sehen.«

»Wer sieht uns?«

»Sie.«

Sie war aufgeregt wie ein witternder Hund; mir fuhr dagegen ein äußerst merkwürdiges Unbehagen in die Knochen, eigenartig, eine Beklommenheit schlimmer fast als die Angst um Mark, ein Frösteln, das mich lähmte, unfähig, Samanthas Wühlen ein Ende zu setzen, während ich Gänsehaut im Nacken spürte und krampfhaft die Fassung wiederzuerlangen suchte. Ich zitterte, die Arme steif vor schierem Grauen. Dann war der Spuk vorbei: ich hörte wieder das Rauschen der Blätter und Samanthas helles, aufgeregtes Kreischen bei jeder neuen Entdeckung. Und gleich darauf das beinahe geräuschlose Schnurren von Sebastians Mercedes, als er an den Bordstein heranfuhr und am Rückfenster ein kleines, käsiges Gesicht auftauchte. Blaß, stolz wie Oskar, um feierlichen Ernst ringend, dann aber doch in strahlendes Siegerlächeln ausbrechend – mein heimgekehrter Sohn, quicklebendig.

Seitdem ertappe ich mich gelegentlich bei der Frage, eine Frage ohne jede Wehmut, wie das wohl ist, Kind zu sein. Der Stammhalter war in der Tat verletzt: fünfzehn Stiche in der Wade und ein gebrochener Knöchel. Muß höllisch weh getan haben, doch kaum war die Wunde genäht worden, dachte er eigentlich nur noch an die vielen Vergünstigungen, die sein siebenjähriger Verstand durchaus zu erfassen imstande war. Etwa: »Dann werde ich ja nicht gleich zu Beginn des Quartals wieder in die Schule gehen müssen, nicht wahr?« oder »Glaubst du, daß die Leute ihre

Namen draufschreiben wollen?« – mit dem Finger auf die paar Zentimeter Gips deutend, die sein spindeldürres Bein umschlossen. Der Gips, was für eine Auszeichnung! Er hatte ihn zum Wagenschlag hinausgeschoben wie ein Filmsternchen vielleicht eine hübsche Fessel mit hohem Absatz, in Zeitlupe und sehr stilvoll, in Erwartung solcher Huldigungen wie anerkennender Pfiffe und sogar des Beifalls. Und ich konnte mich nicht des Eindrucks erwehren, daß er Samanthas Stimmung, die rasch von freudigem Wiedersehen und munter geplapperten Neuigkeiten in rasende Eifersucht umschlug, regelrecht genoß.

»Mama, darf ich dann auch Krücken haben?« Versonnene, schläfrige Fragen des Sohns im Bett, neben dem ich saß, versunken in seinen Anblick.

»Was du willst.« So meine Antwort, und genau so meinte ich es auch: Was er wollte, was immer sie beide wollten und in meiner Macht lag, ihnen zu geben. Während ich Mark studierte, begriff ich, ohne groß nachzudenken, daß ich die Talsohle erreicht hatte und daß es jetzt langsam wieder bergauf ging. Nichts war so wichtig, nichts konnte auch nur annähernd mit der gleichen Elle gemessen werden wie dieser Junge, dieses kostbare Leben. Nein, ich vergoß keine Tränen, ich gab mich fast so geschäftsmäßig wie sonst auch, aber ich wußte: Ich liebe meine Kinder! Mein Gott, ich liebe sie alle!

Ich wußte auch, wie rücksichtsvoll mein Mann sich verhalten hatte, indem er den Stammhalter ablieferte und dann mir überließ, in voller Kenntnis meiner Ungeschicktheit. Natürlich hätte er ihn ebenso gut betten können, ihn sogar gründlicher und schneller gewaschen, hätte alle diese Dinge rascher und besser bewältigt als ich, aber sie ließen mir den Vortritt, Sebastian und auch die Harrisons. Er besänftigte Sammy mit besonderer Zuwendung und überließ mir die Pflege des Patienten, die ich nach dessen Anweisungen in die Hand nahm.

»Nein, Mama! Der Gips darf nicht naß werden! Krieg

ich einen Keks? Nein, einen Schokoladenkeks, bitte. Und Apfelsaft? Darf Adam (ein Schulfreund, für mich ein weiterer Unbekannter) morgen vorbeikommen, um mein Bein zu sehen?«

Ja, ja, ja. Ja zu allem, bis er schließlich müde wurde, erschöpft auch von anderen Drogen als nur dem Trauma. Er glitt in den Schlaf hinüber, obwohl er sich wehrte und noch bei geschlossenen Augen Fragen murmelte, um sich zu vergewissern, ob er auch ja kein großes Ereignis verpaßt hatte in seiner kleinen, überschaubaren Welt. Fragen ohne Zusammenhang.

»Ist der Bettler zurückgekommen?« verlangte er unvermittelt aus den Tiefen des Kopfkissens.

»Welcher Bettler? Eine Figur aus einem Buch?«

»Nein, du weißt schon, der schmutzige Mann, der hier war und nach oben gelaufen ist, als Harrison Kricket geschaut hat. Sammy hat gesagt, er wär noch mal dagewesen.« Sammy und Mark hatten sich flüsternd durch den Türspalt der Toilette unterhalten, ehe die Schwester verscheucht worden war. »...und die Polizei war da, sagt Sammy. Wenn du mich fragst, hat der Bettler Jeanetta mitgenommen. Sammy glaubt das auch. Ist die Polizei deswegen hiergewesen? Da hab ich was verpaßt... autsch! Das tut weh. Jeanetta hätte sicher auch gerne den Gips gesehen...«

»Welcher Mann, mein Schatz?«

»Der eine da, du weißt schon. Das weißt du doch. Nur sollte ich dir nichts verraten, bevor Mrs. Harry es dir sagt. Sonst kommen sie uns holen, andere Bettler. Sie entführen uns, hat sie gesagt.« Das mit schläfrigem, blutrünstigem Genuß.

»Natürlich würden sie das nicht tun. Du Dummerchen.«

»Aber Sammy hat gesagt, daß sie bestimmt Jeanetta mitgenommen haben. Jeanetta ist nicht mehr da. Sie war so dünn, Mama.«

»Jeanetta kommt doch wieder, Schätzchen. Sie ist bloß zu Besuch bei ihrer Oma. Ich denke, sie wird sehr bald wiederkommen. Und dann kann sie dir was auf den Gips schreiben.«

Wie kam er bloß auf diese krausen Ideen? Lag wohl an seinem benommenen Zustand, er war nicht ganz da. Ich hatte ihn wochenlang nicht mehr von den Nachbarn sprechen hören. Aber ich hatte ihn ja auch nicht sonderlich beachtet; selbst wenn sie das Thema bis zum Erbrechen erörtert hätten, ich hätte nichts davon mitgekriegt. Dort in der stillen Geborgenheit seines frisch aufgeräumten Zimmers verspürte ich einen Anflug dieses Fröstelns, das ich vorher auf der Straße gespürt hatte. Marks wunderschöne dunkle Augen fielen langsam zu, das Gesichtchen war frisch und rosig. In der Ecke schnarchte Patsy – ein weiteres Zugeständnis dem Kranken gegenüber.

»Nein, Netta kommt nicht mehr wieder. Und wenn, würde sie nichts auf den Gips schreiben, weil sie nämlich nicht schreiben kann...«

»Schlaf jetzt. Gute Nacht. Träum schön.«

»Es war wirklich ein riesengroßes Stück Eisen, Mama...«

Ich schlich auf Zehenspitzen hinunter, obwohl es dafür eigentlich keinen Grund gab, schwach vor Erleichterung und den Kopf voll wirrer Gedanken. Der Bettler beschäftigte mich noch, aber es gab einfach wichtigere Dinge im Augenblick. Außerdem war der Bettler ein »Geheimnis«, und meine neue Demut verlangte, daß ich ihnen ihre kleinen Geheimnisse ließ, so viele sie wollten, Mrs. Harrison hin oder her. Eifersucht stand mir nicht zu. Das Haus war warm, die friedliche Behaglichkeit zu kostbar, um sie aufs Spiel zu setzen. Morgen wäre Zeit genug. Morgen wäre Zeit genug für alles, bis auf das, was jetzt bevorstand.

Das Gesicht, das mein Mann mir zuwandte, war von unglaublicher Erschöpfung gezeichnet, und die Ähnlichkeit von Vater und Sohn war unübersehbar. Dort in diesem

Sessel hatte Sebastian so lange nicht mehr gesessen, daß sein Anblick, leicht zerzaust, mit offenem Hemdkragen, von Kopf bis zu den Schuhen zerknittert, mich unwillkürlich an den Mann auf der Parkbank erinnerte. Einsam. Genauso wie ich vermutlich, dachte ich, gestand es mir zum erstenmal ein. Ich war nicht verlegen, dazu war ich viel zu dankbar, ihn da zu haben, und wenn da eine andere Frau gewesen wäre, bei der er Geborgenheit fand (und ich wußte sehr wohl, daß es keine gab, denn er lügt nie), so war mir keine Empörung geblieben.

»Möchtest du etwas trinken?« Im Grunde mein eigenes Bedürfnis, denn er hätte sich ja längst bedienen können.

»Gern.«

Ich kramte den Whisky hervor, dieses ekelhafte Zeug, das ich verabscheue, war stolz, eine unangebrochene Flasche vorweisen zu können. Mir selbst schenkte ich einen sehr kleinen Gin ein und stellte das Glas knapp außer Reichweite. Auf diese Weise müßte ich mich jedesmal danach strecken. Ich kann mich nicht von heute auf morgen bessern; ich kann auch nicht so tun, kann in keiner Angelegenheit so tun. Unaufrichtigkeit ist im Augenblick – wie die Eifersucht – ein Luxus, den ich mir nicht leisten kann.

»Willst du morgen zur Arbeit?« Eine scheinbar beiläufige Frage voller unausgesprochener anderer Fragen.

»Nein. Ich denke, ich werde mir ein paar Tage freinehmen und den Jungen bei Laune halten. Und du?«

»Nein.«

Ein Schluck Gin, das nächste erforderte Mut. Er hatte gerade den Mund aufgemacht, um etwas zu sagen. Ich unterbrach ihn schnell. Ich durfte ihn nicht zuerst fragen lassen.

»Willst du dann nicht hierbleiben? Bitte.«

»Ja.«

Wir haben uns nicht berührt. Wer rennt schon quer durch den Raum in die Arme des Gatten, der einen verlassen hat, auch wenn man diejenige war, die ihn zuerst im

Stich gelassen hat. Oder man tut es jedenfalls nicht, wenn man ich ist. Ich sah in ihm den Vater meiner Kinder, nicht einen neu angelachten, nicht vorbelasteten Liebhaber. Aber ich berührte ihn auf meinem Weg in die Küche kurz an der Schulter, mehr freundschaftlich, eine sehr flüchtige Geste, die er als Versehen deuten konnte, angenommen, ihm lag überhaupt daran, sie wahrzunehmen, was ich jedoch vermutete. Sie hat mich viel gekostet, diese winzige Berührung. Aber ich habe zuerst die Hand ausgestreckt. Dann habe ich uns ein Abendessen gekocht, wie Ehefrauen das tun sollen, hin und wieder. Mrs. Harrison hätte allen Grund, stolz auf mich zu sein.

20

»Mach uns nicht an, John. Wir haben alle zu tun, und du bist nicht der einzige, dem der Schädel brummt. Brauchst deine schlechte Laune nicht an uns ablassen, Scheißkerl.« Nicht unfreundlich gesagt. »Was ist überhaupt mit dir los heute? Zu tief in die Flasche geguckt, oder was?«

»Nein... ich...« Irgendwie konnte er nie einen Satz zu Ende bringen, zwang sich, den stieren Blick vom leeren Fensterhimmel abzuwenden und zu lächeln. Er kam gegen die Apathie immer schwerer an. »Nur... frage ich mich die ganze Zeit, was dieser verdammte Anruf sollte. Ich werde daraus nicht schlau. Warum ruft sie nicht wieder an?«

»Ach, dieses Weib! Irgend so ein hohes Tier. Die melden sich doch nie ein zweitesmal. Aber immerhin eine Verwandte, und sie meinte, es sei dringend. Hab gar nicht erst gefragt, wieso sie sich nicht selber drum kümmert. Du hast mir eingebleut, das sei unklug, man müsse die Leute erst einmal beim Wort nehmen und etwas unternehmen, anders gehe es nicht. Und hoffen, daß es ein Fehlalarm war. Nichts zu machen, du wirst hingehen müssen.«

Er scharrte unruhig mit den Füßen. »Zu wenig«, murmelte er, »zu wenig Anhaltspunkte...« Er suchte nach Worten. »Keine Schreie, keine Brüllerei, keine blauen Flecken. Nur Gerüchte. Eltern, die Verwandte abwimmeln. Wer weiß, vielleicht sind die ganzen Verwandten unausstehlich, ist doch oft genug so. Mutter neurotisch, auch nichts Neues. Zivilisationskrankheit unserer Tage. Hypertrophie der Geschlechtsteile und des Gewissens... von den Erwartungen ganz zu schweigen. Was ist daran neu?«

»Nichts. Wie alle Anrufe: Zögernde Einleitung, ›eigentlich alles in Ordnung, und wenn nicht, warum sollte ich das gerade Ihnen erzählen‹. Sie reden alle um den heißen

Brei herum, weißt du doch. Keiner rückt direkt mit der Sprache heraus, Wink mit dem Zaunpfahl, verschämte Hilferufe – Geheimcode, den wir zu entschlüsseln verstehen, genau da liegt unsere Stärke. Also, was ist los? ... Bloß, weil du keine dieser blöden Auszeichnungen gekriegt hast. Haben wir auch nicht. Ich dachte, da stehst du drüber. Gut, dann muß ich jemand anders schicken.« John erwachte aus seiner Erstarrung, empört.

»Laß doch den Blödsinn! Ich geh ja schon. Hast du die Adresse gesehen?«

»Na und? Wie sieht's aus: könntest du den Bericht bis morgen fertig haben?« Mit dieser letzten Bitte ging sie möglicherweise zu weit. »Diese Tussi, verstehst du, die um Überprüfung gebeten hat. Denk an die Spenden.«

Er schlenderte also gegen Abend dieses Montags die fragliche Straße hinauf, seine Lieblingsstraße und doch auch wieder nicht. So spät, wie er glaubte, war es gar nicht, nur ein dunkler Tag unter regenverhangenem, wolkenschwangerem Himmel, einem ungesund geblähten Himmel, der sich nicht erleichtern konnte, die Sonne tot. John empfand nichts, nichts als dumpf pochenden Haß in den Schläfen, als er den vollkommen intakten, gepflegten Gehweg hinaufging. Die Bonbons rieben durch den dünnen Baumwollstoff der Hosentasche an seinem Schenkel, die rechte Hand fühlte sich leer an ohne die gewohnte Plastiktüte voller Kitekatdosen. In dieser Straße gab es nichts, das nicht in den Dienst verschwenderischsten Geschmacks gestellt war, nichts rein Funktionelles. Während er in westliche Richtung spazierte, die Arme nun wie ein patrouillierender Bobby auf dem Rücken verschränkt, blickte er nach links und rechts, registrierte die Automarken: Mercedes, BMW, kleiner, niedlicher Renault, ideal für die Vergnügungstouren der Ehefrau oder als Spielzeug für die Angestellten. Arschlöcher. John kannte die Straße so gut von seinem täglichen Heimweg, daß es ihn überraschte, wie er immer wieder etwas Neues entdeckte. Jetzt ärgerte er sich darüber, daß er zu dämlich gewesen war, jemals auf die Hausnummern zu achten, er hatte nicht geahnt, daß ihn seine Mission zu den Nachbarn Mrs. Harrisons führen würde. Er suchte die Straße nach dem vertrauten Anblick des Obdachlosen ab, fand aber die Autos verwaist und ohne Aufpasser und hielt kurz vor dem Haus der Harrisons inne. Das war doch lächerlich, einfach lächerlich!

Ihm gingen jetzt die beiläufigen Bemerkungen dieser Frau über das Leben im Überfluß der Leute nebenan durch den Kopf und die Erwähnung eines kleinen dicken Mädchens. Er hatte es selbst schon gesehen. Bitterkeit stieß ihm sauer auf, das Sodbrennen kalter Wut. Überfluß, ein anderes Wort für Übersättigung, die ihre Nutznießer stumpf machte, verarmte, korrumpierte, zugleich aber, und das war der springende Punkt, sie vor dem Bösen, vor Unheil bewahrte. Amen. In diesem Haus konnte nichts faul sein. Er ging langsam bei den Pearson Thorpes vorbei. Sämtliche Fenster hell erleuchtet. Hier machte man sich keine Sorgen um die Stromrechnung, hier nicht, selbst wenn niemand zu sehen war außer einer majestätisch thronenden Katze, einer Perserkatze, die von etwas oberhalb der Augenhöhe verächtlich von ihrer Fensterbank herabblickte. Die kühle Entrücktheit des Luxusgeschöpfs, gehätschelt und gepflegt, traf John wie ein Peitschenhieb, trieb ihm die verräterischen Tränen in die Augen, während das Tier nicht mit der Wimper zuckte, sich nicht regte. Schnurren mit Stammbaum. John ging weiter.

Der Sieben-Uhr-Himmel wurde noch finsterer, und die beunruhigenden Baumriesen um die großen Häuser herum schwiegen respektvoll. Fünfzehn befangene Schritte, ein über die Schulter nach der Katze zurückgeworfener Blick, und dann stand er vor einem weiteren Fenster, das einen besseren Einblick erlaubte. Drinnen eine glanzstrahlende Küche, dieselbe Küche, in der ihn vor einiger Zeit die ältere Dame in weißer Spitze überrascht hatte, die an ihrem Sherry nippte und von ihm offenbar mit vollkommen bornierter Selbstverständlichkeit erwartete, daß er sich auf ihr hoheitsvolles Winken hin verbeugte. Jetzt wurde ihre Stelle von einem kleinen, lebhaften, dunkelhaarigen Bub mit pflaumenblauen Augen im Kinderstuhl eingenommen. Auf dem Tisch Blumen – prächtige, volle Astern – und dahinter, auf einer Anrichte, noch mehr Blumen: ein Arrangement erlesener Treibhauslilien, einer Kathedrale in der Osterzeit würdig. Ein Mann, unverkennbar der Vater, stand am Herd und bereitete das Essen zu, auf das der Sohn wartete, und er sah eine blonde Frau, die mit äußerster Konzentration den Tisch deckte, das Gesicht im Halbschatten, die hübschen Züge von einem Stirnrunzeln verunstaltet. Du alterst vorzeitig, wenn du das tust, hörte John seine eigene, höhnende Stimme, gib acht auf die Stirnfalten, meine Schöne. Am Ende des Raums eine halbverdeckte Tür, daneben große Flügeltüren mit Blick aufs Grüne. Der Bub schunkelte am Tisch zu irgendwelcher Musik und schwang seinen Löffel wie einen Taktstock für ein für John, den Zuschauer, unhörbares Orchester.

John sah weder die Farben noch die Stilvollendetheit, er sah nur die Kluft zwischen diesem und anderen Leben. Verrecken sollten sie: die Anruferin und auch Mutter und Kind, die wie zwei Vogeljunge mit aufgesperrten Mündern wirkten. Verrecken sollen sie! Schweine! Bonzen, Plutokraten, Patrizier, schalldicht gegen Jugend und Alter isoliert, Schweine! Er lehnte sich ostentativ ans Eisengitter, weniger gleichgültig dem gegenüber, daß sie ihn sehen könnten, als immun gegen ihre Gleichgültigkeit, und spuckte in den Kellerschacht. Zweimal. Den verdammten Bericht konnte er mit verbundenen Augen schreiben, würde mit Worten, die vor Authentizität strotzten, jedes Detail jedes vollendeten Stockwerks dieses vollendeten Hauses beschreiben können, mit ein paar halbvergessenen, aber darum nicht weniger aussagekräftigen Einzelheiten, mit denen ihn Mrs. Harrison von nebenan beliefert hatte.

»Und die vielen Stufen, Mr. Mills!« Ihre Worte eine verbale Führung durchs Haus von Zimmer zu Zimmer. Er sah sich noch einmal nach der Katze um, die sich ihres Überlebens so sicher sein konnte, stellte sich die blonde Frau im Pelzmantel vor. Dann klaubte er die Bonbons aus seiner Hosentasche und warf sie weg. Er kehrte schleppenden Schritts, innerlich brodelnd, in seine leere Wohnung zurück.

Der Abend, an dem die Geburtstagsparty stattfand, brachte die üblichen Probleme mit sich.

»Was ziehst du denn an?« wollte Monica von Jenny wissen.

»Weiß ich noch nicht. Muß erst noch die Kinder ins Bett schaffen, kann jetzt nicht nachdenken.« Sie sagte zwar nicht, daß der Anruf zu unpassender Zeit kam, doch ihr Tonfall machte das ebenso deutlich wie ihre Bitte um Nachsicht für ihre Kurzangebundenheit.

»Ach, dabei fällt mir ein«, sprach Monica weiter, den Wink ignorierend, »waren Katherines Kinder am Wochenende bei euch? War doch so geplant, oder?«

»Wie? Ach so, nein. Die Ältere war zu ihrer Oma geschickt worden. Ein andermal. Ehrlich gesagt war mir das ganz recht. Hier geht's ohnehin zu wie im Tollhaus. Und deshalb bin ich auch noch nicht zur Kleiderfrage vorgedrungen. Aber es ist ja auch nur ein kleiner Kreis, ein Abendessen. Was soll's.«

»Ja, ja. Ich frage mich bloß, ob wir uns aufdonnern oder eher zurückhalten sollen?«

»Ach so. Na, an deiner Stelle würde ich mich eher in Schale werfen. Nach dem Motto: erst recht. Ich mach mit, wenn du willst. Und überhaupt, hast du Katherine schon jemals anders als perfekt gekleidet bei einer Party gesehen?«

»Hast recht. Also rin in die Schulterpolster, wie? ›Vorher und nachher‹, eine Frage von zehn Minuten. Sollen wir etwas mitbringen?«

»Finde schon. Katherine, nicht ihm. Ich hatte an eine langweilige Topfpflanze gedacht.« Jenny lachte verlegen. In dasselbe Horn zu stoßen wie Monica verursachte ihr zwar Gewissensbisse, aber diesen Preis zahlte sie gern für die wieder ins Lot gekommene Freundschaft. Sollte sich die Loyalitätsfrage stellen, würde sie sich auf Monicas Seite schlagen. Sie sah dem Abend nicht ohne bange Vorahnungen entgegen. Dann fiel ihr ein, daß sie das amerikanische Ehepaar noch anrufen mußte, das nach dem Weg gefragt hatte. Das letztemal hatten sich die beiden verfahren. Sie würden es diesmal wieder tun, mit oder ohne Wegbeschreibung. Allein zu diesem Zweck brachen sie auch stets sehr frühzeitig auf.

Bei den Allendales legte David in der Küche letzte Hand an den Tisch. Über die Mahagoniplatte war ein Tuch aus kostbarem alten Damast gebreitet worden – ein strittiger Punkt; Katherine hatte sich für die edle Holzmaserung ausgesprochen, er zog die gediegene Tischdecke vor. Schweres Tafelsilber war ausgelegt worden, ebenfalls alt, Bishops-Muster, an jedem exakt gedeckten Platz lag eine passende Serviette aus Damast mit Zierstickerei. In der Tischmitte eine runde Schale voller Blumen, späte Rosen aus dem Garten, die Stiele so gekürzt, daß die dicht gedrängten Blüten in ihrer Manschette grünen Blattwerks in einer flachen Pyramide von Rot und Champagner aufstiegen. David haßte große Blumenarrangements mit schwankenden Stielen, die, ähnlich den armseligen Farnwedeln der Restaurants, einem den Blick auf sein Gegenüber verstellten. Katherines Lilien standen daher seitlich auf der Anrichte, flankiert von schweren Kandelabern, die im letzten Augenblick elegant auf den Tisch gesetzt würden. Die Flügeltüren standen offen, der Rasen duftete würzig nach dem Regen, der die Pläne, den Garten mit einzubeziehen, durchkreuzt hatte. Den Anblick von im Rasen versinkenden hohen Absätzen hätte David unerträglich gefunden. Daher stand im Wohnzimmer im kostbaren alten Tantalus aufgereiht eine Batterie Flaschen bereit. Dort hielt sich auch Katherine auf, mied die Küche, lauschte im Stehen der Musik, zu der David arbeitete – eine CD aus dem Atelier, statt des an normalen Tagen dudelnden Radios. Jeremy schlief. Mann und Frau waren schlicht gekleidet, Katherine fast bescheiden in khakifarbenem Rock und passender Bluse, schmucklos bis auf ein Goldkollier, breiter als der Ehering an ihrer Hand, doch geschmeidig und angenehm zu tragen. Ein neues Geschenk. Sie hatte sich vor den schweren Essensgerüchen ins kühlere Wohnzimmer zurückgezogen – auch, weil sie hier, in *ihrem* Zimmer, das eigene Werk vor Augen hatte und mit wenigstens ein bißchen Stolz betrachten konnte. Welche Vollendung, was für eine harmonische Farbenpracht! Sie setzte sich auf die äußerste Kante des gestreiften Sofas und dachte sehnsüchtig an Schlaf, an Vergessen, während ihr Mund nach weichgekochten Eiern und Brotreiterchen gierte, Babynahrung, und dazu zuckersüßen Tee.

Von derlei schlichten Gaumenfreuden in der Küche keine Spur. Sämtliche Zutaten und Utensilien waren längst außer Sicht, als alle acht Gäste mit erfreulicher Pünktlichkeit in rascher Folge eintrafen. Als Aperitif gab es je nach Vorliebe Tanqueray Gin mit einem Schuß Tonic und einer Zitronenscheibe, Glenfiddich pur, Sancerre oder sehr trokkenen Sherry zur Auswahl. Die einzelnen Paare machten mit perversem Vergnügen Ausnahmen und wählten andere als ihre üblichen Getränke, ließen sich großzügig einschenken und goutierten dazu geräucherte Austern an Cocktailspießchen aus Elfenbein und winzige Portionen roten Kaviars auf Teigböden. Während die Amerikaner sich von Sebastian Pearson Thorpes überaus angelsächsisch blondem, guten Aussehen und dem ungezierten Public-School-Akzent in Bann schlagen ließen, unterhielt sich die in Rosa und Schwarz wie ein Pfau schillernde Monica angeregt mit Jennys Mann, während Jenny mit Colin ähnlich munter plauderte. Die beiden Frauen hatten inzwischen beinahe vergessen, daß sie im Vergleich zur Gastgeberin viel zu schick angezogen waren und daß die Überwindung dieser Peinlichkeit noch etliche Schlucke Weißwein erfordern würde. Relativ gelassen beobachtete Jenny, wie Colins Blick durch den weitläufigen Raum über die breiten Streifen und farbenprächtigen Kissen, die sie mit neidvoller Bewunderung erfüllten, hinwegschweifte und am Sessel hängen blieb, in dem Katherine saß und an ihrem Fruchtsaft nippte. So ätherisch Katherine anzusehen war, so solide wirkte David, der auf der Armlehne hockte. Monica war bei ihrem zweiten Glas angelangt, ehe alle sich durch die Diele in Richtung Küche in Marsch setzten und über die Tafel in Verzückung gerieten. Susan Pearson Thorpe dagegen hatte ihr erstes Glas noch nicht geleert – sie und Sebastian waren als letzte gekommen –, David unauffällig seinen dritten mäßig bemessenen Whisky. Allein die Vorstellung der anstrengenden Gastgeberrolle, die sie selbst stets sehr viel Nerven kostete, stimmte Jenny milde und mitfühlend. Immer wieder schielte sie nach Davids durchtrainiertem Körper, sah ihn unwillkürlich in Aktion, nackt wie ein Säugling, aber stark wie ein Bulle, spekulierte über die Größe seines Glieds, wandte sich verlegen ab und versuchte, sich auf die anderen zu konzentrieren: diese sich von ähnlichen Einladungen in diesem und jenem Haus vor Wochen oder auch vor Monaten flüchtig bekannten Menschen, doch vertraut genug miteinander, um sich leutselig, forsch-fröhlich zu begrüßen, als ob sie Freunde wären! Dabei handelte es sich um eine Verschwörung: sie spielten füreinander *nolens volens* die Claqueure. Auch dieser Abend diente keinem anderen Zweck als der Bestätigung und Beweihräucherung, die alle Eingeladenen bereitwillig lieferten. Aber es fehlte eine kleine, aber entscheidende Zutat zum Gelingen einer solchen Zusammenkunft: eine Art spontan sich einstellender Entspanntheit, ein Wohlwollen oder ähnliches. Der Abend begann mit zuviel lauernder Beobachtung, zuviel Maskerade, zu vielen verstohlenen Seitenblicken.

Doch als sie alle an der Tafel Platz genommen hatten und die Kerzen angezündet worden waren, ging es lautstark zu, und es machte sich allmählich doch noch echte Feststimmung breit. Das war der herrlichen Tafel zu verdanken, diesem ästhetischen Appetitanreger für die nachfolgenden Köstlichkeiten. Jeder hatte eine Batterie Gläser vor sich stehen. Zu kleinen Portionen kalter Artischokkencremesuppe wurde Sherry gereicht. »Nein, die Artischocken haben wir nicht selber gezüchtet«, gestand David mannhaft. »Leider nicht, wie, Schatz? Die Ehre gebührt dem Delikatessengeschäft; man muß nur die Sahne zufügen.« Wer ist man, fragte sich Monica, hat denn nicht Katherine gekocht? Dann fiel ihr wieder ein, daß er selbst kein schlechter Koch war, der kalte Braten damals mit frischer Meerrettichsahne war gar nicht schlecht gewesen. Mein Gott, möglicherweise hatte er alles alleine zubereitet! Und sie selbst war bei einem Mann wie Colin gelandet, der so wenig tat und das nicht einmal besonders gut. Sie empfand Bitterkeit und löffelte ihre Suppe hastig und ohne sie zu würdigen. Susan Pearson Thorpe, weit zurückhaltender, als Jenny sie in Erinnerung hatte, aber sehr charmant, auf charmante Weise um das amerikanische Ehepaar gegenüber bemüht, aß mit regelrechtem Heißhunger, schien es, während die übrigen Gäste sich feinerer Manieren befleißigten. Susan hatte den Sherry in einem Zug heruntergekippt und bestaunte dann verwundert ihr leeres Glas. David sprach übers Essen, sie alle sprachen übers Essen. Sebastian mußte an einen Onkel denken, der entschieden die Meinung vertreten hatte, Weinbrand und Zigarren seien das Herzstück eines jeden gelungenen Essens, und Sebastian sinnierte, wie erfreulich es doch war, sich dessen sicher sein zu können, daß man auch heute zum Herzstück vordringen werde und das Gerede übers Futtern ein Ende hätte. Er und Susan sollten so etwas öfter machen. Er riskierte einen lächelnden Blick zu ihr hinüber, sah, welche Mühe sie sich gab, und schmolz ein Stück dahin. Es war ein schwieriger Tag gewesen, und wenn sie sich auch vielleicht wünschte, eine andere sein zu können, so war er für seinen Teil gar nicht erpicht auf eine Frau etwa wie Katherine. Vorausgesetzt, der Abend verliefe einigermaßen glimpflich, wollte er ihr das sagen.

»Wenn Sie wirklich gut essen wollen«, beteuerte der Amerikaner, »dann müssen Sie mal zu uns an die Ostküste kommen.« Mit großer Zufriedenheit registrierte er, daß als nächster Gang *Sôle Véronique* folgte. »Jedenfalls die Fischliebhaber«, fügte er hinzu. »Also ich, ich esse für mein Leben gern Fisch, egal was.« »Besonders Hummer«, bemerkte seine Frau, »er ist verrückt nach Hummer.« »Haben Sie denn in diesem Jahr bereits Austern genossen?« fragte Sebastian so förmlich, daß er wie eine Werbung klang. »Die Saison hat gerade begonnen, so weit ich weiß.« »Aha«, scherzte die amerikanische Ehefrau, »Jagdfieber in den Shires, wie? Aber nein, ich kann ihn doch keine Austern essen lassen! Nach allem, was man hört! Stimmt es eigentlich, was behauptet wird, was sie für eine Wirkung haben?« Sie richtete die Frage vergnügt an ihren Gastgeber. David zwinkerte schelmisch. Katherine räumte geschickt und fast lautlos die Teller ab.

Bald waren sie beim Thema Schule angelangt. Das war Sebastian schon lieber als das Gerede über Essen oder Inneneinrichtung, die beide möglicherweise für seine Frau kränkend wären, doch er hoffte, es würde im Laufe des Abends noch Interessanteres geboten. Monicas durchdringend laute und schnoddrige Kommentare ließen ihn innerlich zusammenzucken. Da waren sich er und Susan immerhin einig, wußten, welche Wege für die Kinder vorgezeichnet waren, trugen entsprechend zur Diskussion bei.

»Und wie steht's mit Jeanetta?« fragte Jenny, im höflichen Bemühen, die schweigsame Katherine ins Gespräch einzubeziehen, die Frage halb über die Schulter hinweg an sie gerichtet. »Wo wollt ihr sie hinschicken?«

»Bitte? Oh!« Katherine glitt ein Teller aus den Fingern und zerschellte auf dem Boden, was einen Chor von Bravorufen, Mitleidsbekundungen und Hilfsangeboten nach sich zog.

»Nur keine Aufregung«, sagte David, »gehört dazu. War kein besonderer Teller. Aber nein, bleibt sitzen. Schatz, reichst du mir bitte den Servierlöffel dort?«

»Nun seht euch das bloß an!« rief Jenny so beeindruckt, daß sie mit dem Finger zeigte, als hätten die anderen keine Augen im Kopf. Ein Kranz gleichmäßig geschnittener Scheiben Entenbrust, um gedämpfte Preiselbeeren herum garniert. Und der Tisch erfüllt von dem Duft beider Köstlichkeiten.

»Wie kriegt man eine Ente dazu, sich so zu benehmen?« sagte der Amerikaner, beeindruckt.

»Unglaublich«, hauchte seine Frau, die David zur Rechten saß und die Teller weiterreichte, auf die er Entenbrust auftat. Katherine hielt hilflos eine Platte Prinzeßbohnen in der einen und eine Schüssel Herzoginkartoffeln in der anderen Hand, bis jemand sie ihr abnahm. Auf der Anrichte neben den Lilien stand jetzt eine gewaltige Glasschüssel voll purpurleuchtendem Radicchiosalat bereit – rechtzeitig aus dem Kühlschrank entfernt, wie Monica auffiel, daß das Glas nicht mehr beschlagen war. Der nächste Gang in Habachtstellung, während sie sich diesem widmeten. Zwangsläufig ging es jetzt wieder ums Essen.

Wo bekommt man Preiselbeeren, wo habt ihr das Kochen bloß gelernt, wo kauft man den besten Fisch, das beste Geflügel, das beste Wild? Fragen gingen in Soße unter. Der CD-Player schwieg jetzt andächtig, während volle Münder sich auf die nächste Runde von Komplimenten und höflichen Fragen vorbereiteten und eine Minute lang kauendes Schweigen eintrat. Zwei Gläser waren leer, das

Schweigen nicht unangenehm, denn alle mit Ausnahme von Katherine widmeten sich konzentriert dem Essen. Monica wollte eben das Gespräch wieder in Gang setzen und brach dann plötzlich wieder ab, als David hinter der hohen Lehne ihres Stuhls mit der Weinflasche vorbeiging, seine Hand ihre Schulter streifte und sie vergaß, was sie hatte sagen wollen. Colin wußte es und wollte einspringen – etwas zum Thema Ente, ein alter Streitpunkt –, aber er besann sich eines Bessern: Man sprach nicht mit vollem Mund. In der kleinen Pause, die erneut entstand, hörten alle nacheinander ein kratzendes Geräusch.

Als erster hörte es Colin und wandte den Kopf. Monica sah ihn fragend an, folgte seinem Blick. Dann Jenny, dann die amerikanische Ehefrau. Sebastian beachtete es nicht weiter, konzentrierte sich auf seinen Teller, und Susan Pearson Thorpe, der der bisherige Verlauf des Abends arg zusetzte, hob gerade ihr Glas. Das Kratzen kam aus dem Spielerker hinter der Tür am anderen Ende des Raums – ein schwaches, aber regelmäßiges Geräusch, beinahe so, als würde in der Ferne Holz gesägt. Monica mußte sofort an einen jungen Hund denken, den sie einmal gehabt hatte und der mit ähnlichem akustischem Ergebnis verschlossene Türen bearbeitet hatte: kratz, kratz, warten, ob jemand aufmachte, Staunen, daß die Tür nicht nachgab, erneuter Versuch, kratz, kratz – und schließlich das verdutzte Sich-aufs-Hinterteil-Setzen.

»Was um Himmels willen ist denn das, David?« fragte sie unbekümmert. Keiner dachte sich viel dabei, alle waren nur neugierig. »Klingt nach einem Hund.«

Er hatte die Weinflasche abgesetzt und war zum CD-Player hinübergegangen, hatte ein, zwei Tasten gedrückt und wieder Musik angestellt, etwas lauter jetzt. Er wischte sich den Mund mit der Serviette.

»Bitte?«

»Ich sagte, das klingt wie ein Hund. Dort drinnen.«

Er lachte. »Nein, nein. Kein Hund. Kätzchen, für die

Kinder. Wir haben sie dort... hinten untergebracht.« Er wedelte mit der Serviette.

»Im Spielzimmer«, ergänzte Monica für ihn. Sie sprach gern für andere zu Ende, eine Angewohnheit, die Colin rasend machte. Doch jetzt sah er sie überrascht an; ihm war neu, daß die Allendales so etwas wie ein spezielles Kinderspielzimmer hatten, paßte irgendwie gar nicht so recht zu ihnen.

»Miezekatzen!« Die amerikanische Ehefrau klatschte in die Hände. Ein fröhliches aber unerwartet schallendes Geräusch, so daß danach das Kratzen vielleicht sogar noch lauter wirkte. »Ach, ich liebe die süßen kleinen Dinger! Lassen Sie doch mal sehen. Oh, bitte, David, zeigen Sie sie uns doch!«

»Nein, ich glaube, das gibt im Augenblick zuviel Aufruhr. Sie sind nicht zu bändigen, wissen Sie, und...«

Er begann mit einer längeren Erklärung, aber er brachte seinen Satz nicht zu Ende. Mit einem häßlich würgenden Laut hatte sich Katherine halb von ihrem Platz erhoben, den Stuhl vom Tisch zurückgeschoben und übergab sich plötzlich und ohne jede Vorwarnung. An ihrem Platz am Kopfende der Tafel, David gegenüber, krallten sich blutleere Hände, an denen die Ringe im Farbkontrast aufglühten, in die Tischdecke, platschte das grellfarbene, unverdaute Essen auf den Fußboden, rann ihr Erbrochenes aus dem Mund. Fassungslos sahen alle ihren vorgereckten Kopf, sahen ihre hervortretenden blauen Augen starr auf die Tür des Spielzimmers gerichtet. Dann wanderte der Blick aller zu den widerlich bunten Brocken in der Lache auf dem Boden. Alle saßen wie versteinert, bis David sich behende wie ein Boxer im Ring in Bewegung setzte, sie von ihrem Stuhl hob und ihr mit den Fingern leicht gegen die Wange klopfte, keine Ohrfeige, doch mit deren ernüchternder Wirkung, denn nun schloß Katherine den offenstehenden Mund, begann zu husten. Tränen stiegen ihr in die Augen.

»Scht, scht, mein Schatz, scht. Ist schon gut.«

Sie lehnte sich in den Schutz seiner Arme, jedoch steif wie ein Brett. Wie eine Ballerina, fiel Jenny später ein, die die Spannung beim Pas de deux halten muß. David warf der Runde, die mit unterschiedlich ausgeprägten Mienen des Entsetzens auf das Paar sah, sein charmantes, entwaffnendes Lächeln zu und sagte: »Ihr entschuldigt uns mal eben. Ich erkläre es in einer Minute. Bitte, macht einfach weiter.«

Beide verließen den Raum. Susan Pearson Thorpe hörte Schritte auf der Treppe, hörte David beschwichtigend auf seine Frau einreden.

»Katherine konnte Katzen noch nie leiden«, bemerkte sie. Monica rümpfte nervös, aber ein klein wenig getröstet, die Nase über diese Äußerung, die man nicht anders denn als deplaziert bezeichnen konnte. Am liebsten hätte sie gekichert. Sie suchte mit Jenny rasch ein paar Lappen und wischte auf. Beide waren sie als Mütter derartiges gewohnt. Die Männer schauten hilflos und tumb zu. Der Appetit war eigentlich allen vergangen, doch was blieb ihnen anderes übrig, als den Gang zu beenden – zumindest das, was auf ihren Tellern lag. Niemand verlangte nach einem Nachschlag. Alle warteten auf die Rückkehr ihres Gastgebers, alle überlegten, wie bald sie wohl, ohne unhöflich zu wirken, aufbrechen könnten.

»Hör mal«, sagte Jenny. »Ich denke, ich sollte hinaufgehen und helfen.«

»Ich weiß nicht«, zögerte Monica. »David wird am besten wissen, was zu tun ist. Scheint nicht das erstemal zu sein.«

Colin nickte. Jenny legte ihre Serviette weg.

»Dann kann er mir ja sagen, daß er keine Hilfe braucht.« Sie erhob sich. Monica stand ebenfalls auf. »Gut, ich komme mit.«

»Ich bleibe lieber hier«, entschuldigte sich Susan, »das wäre ein bißchen viel.«

Die beiden Frauen gingen hinauf, unsicher, wo sie Katherine finden sollten. Sie sahen in zwei Zimmer, ehe sie David aus einem dritten treten sahen. »Alles in Ordnung«, beruhigte er sie und wollte die Tür zuziehen, doch Jenny drängte sich mit plötzlicher Entschlossenheit an ihm vorbei. »Laß mich ihr wenigstens noch gute Nacht sagen, ja? Wer weiß, vielleicht ist ihr eine Geschlechtsgenossin willkommen, weißt du.« Er schien zu zögern, dann nickte er seine Erlaubnis, blieb jedoch in der Tür stehen. Katherine lag mit weit aufgerissenen Augen auf der einen Hälfte des Doppelbetts, in ein Plumeau gewickelt, einen Fingerknöchel im Mund.

»Was hast du, Kath? Geht's wieder besser?« murmelte Jenny sanft, wie sie es bei einem Wehwehchen ihrer Jüngsten getan hätte.

Katherine wollte sprechen, griff mit feuchten, spuckebenetzten Fingern nach Jennys Hand – sehr unangenehm – und stammelte etwas Unverständliches.

»Bitte«, mahnte sie David aus der Tür. »Laßt sie lieber. Sie regt sich nur unnötig auf.« Monica empfand Mitleid und ein wenig Ekel.

»Ich habe Valium dabei«, sagte sie. »Ob das was nützt?«

David sah sie beide an wie rettende Engel. »Ja, das ist gut«, meinte er. »Ihr ist es nämlich ausgegangen. Sie ist schwanger, verstehst du ... da passiert ihr das manchmal.«

»Dann kein Valium«, entschied Jenny grimmig.

»Doch, doch, der Arzt meint, das schadet nicht.«

»Mir hat es das jedenfalls nicht«, murmelte Monica und kramte in der Handtasche, die sie überallhin mitnahm. Die Neuigkeit hatte eine merkwürdige Wirkung auf sie, wie eine Ohrfeige oder ein Schlag in die Magengrube.

»Aber nur eine halbe«, beharrte Jenny. »Sie ist ja zart gebaut.«

Katherines Augen folgten ihren Bewegungen. Sie trank brav einen Schluck Wasser, blickte Monica fast ängstlich und Jenny flehend an, doch Jenny ignorierte die stumme

Bitte. Sie hatte aufgehört, vor sich hinzumurmeln, schluckte brav. Nach fünf Minuten gingen die beiden Frauen mit David hinunter. Die Schlafzimmertür ließen sie offenstehen. In der Küche hatten die Männer sich Zigaretten angezündet, da nicht zu erwarten war, daß man zum Herzstück des Essens noch vordringen werde.

David schlüpfte wieder in die Gastgeberrolle, drängte sie, doch weiterzuessen. Sie würde es wünschen, meinte er, sie habe sich so darauf gefreut, bitte. Das passiere ihr eben leider manchmal, es seien die Nerven. Sie sei in anderen Umständen und mache sich Sorgen, die vorigen beiden Schwangerschaften seien nicht leicht gewesen, morgen früh gehe es ihr bestimmt schon wieder besser. Die Männer nickten verständig, voller Mitgefühl, großherzig, doch sich ihrer Hilflosigkeit und eigenen Immunität bewußt. Susan Pearson Thorpe schwieg hinter ihrem halbleeren, aber nicht wie sonst nervös beäugten, sondern ignorierten Glas nachdenklich, als versuche sie, im Kopf eine komplizierte Rechenaufgabe zu lösen. Alle wollten sie Kaffee, ja gern, schwarz bitte, keinen Zucker, und waren froh, sich dann verabschieden zu können. Monica und Colin Neil stiegen aufatmend ins Auto, beide nicht bereit, sich oder dem anderen einzugestehen, wie besorgt sie gewesen waren, was Katherine in ihrem aufgelösten Zustand möglicherweise ausplaudern könnte. Wie fürsorglich, stimmten sie überein, war doch David, und wie schade, daß seine Geburtstagsfeier ein so unschönes Ende genommen hatte. Die Pearson Thorpes gingen die paar Schritte nach Hause, Jenny fuhr, die Amerikaner folgten ihr, verloren jedoch den Anschluß und verfuhren sich. Jedes der Paare, nüchtern geblieben und trostbedürftig, schlief auf jeweils andere, typische und doch relativ ähnliche Art miteinander und versuchte während der, je nachdem, wer die Beteiligten waren, fünf bis fünfunddreißig Minuten, das Schaben und Kratzen und das vor Entsetzen starre, mit Erbrochenem verschmierte Gesicht zu vergessen.

Ähnlich – doch mit weit größerer Hingabe beschäftigt – bäumte und bog sich Mary Fox auf dem ausgestreckten, goldenen Körper Clauds, sättigte sich am lange entbehrten Sex ausdauernder als alle Gäste ihrer Schwester zusammengenommen. Schließlich hatten sie eine geschlagene Stunde vergeudet, ehe sie bereit gewesen war, seinen Erklärungen zu glauben und nach einem ausgiebigen Streit das zu akzeptieren, wovon sie eigentlich ziemlich rasch überzeugt war, daß nämlich Katherine überhaupt nicht im Spiel gewesen war. Schließlich waren sie im Bett gelandet, es blieb noch Zeit bis halb zwölf am Abend. Claud hatte ihr nicht die ganze Wahrheit gesagt; Claud sagte nicht öfter die ganze Wahrheit, als sie es erwartete – und auch dann nur in Dingen, die nicht von persönlichem Belang waren. Doch seine halbe Wahrheit war als solche erkennbar gewesen, und das genügte Mary. Die Frau krank, die Kinder krank, Urlaub verschoben, sei doch nicht albern, wenn ich mit einer anderen zusammen gewesen wäre, dann doch nicht einer, zu der du solch engen Kontakt hast, du solltest mich besser kennen! Auch wenn man nicht behaupten konnte, daß dem so war, ließ sie sich überzeugen, denn Claud in all seiner Anonymität gab ihr wieder Hoffnung. Vergessen die Langeweile, die Verzweiflung, die sein Fortbleiben ausgelöst hatte, und sie gab sich dem Liebesakt auf die ihr eigene Amazonenart hin. Du hast abgenommen, meine Liebe, hatte er erfreut festgestellt, denn er hatte ein Faible für extrem schlanke Frauen. Sie hörte es gern. Sie liebten sich ein zweitesmal. Sie verausgabten sich so, daß er froh war, nach Hause gehen zu können und Mary – zum erstenmal seit Wochen – froh war, wieder allein zu sein. Sie rauchte sogar ausnahmsweise eine Zigarette, leerte die Flasche Wein, die Claud zur Versöhnung mitgebracht hatte und fühlte sich rundum zufrieden, wohlig und nur ein klitzeklein wenig nachdenklich. Aber das Nachdenken hätte Zeit bis morgen; morgen lag nicht viel Arbeit an. Und so hatte sie es doch auch am liebsten: wenn die Kerle gingen, vorausgesetzt, sie könnte sich darauf verlassen, daß sie wiederkämen. Die zu Unrecht verdächtigte Schwester drängte sich kurz in ihre Gedanken, verschwand jedoch wieder, als sie ihre Avocado-Nachtcreme auftrug. All das könnte bis morgen warten.

Katherine schleppte sich ins Badezimmer. Die weitaufgerissenen Augen, die ihr aus dem Spiegel entgegenstarrten, waren die einer Fremden, einer sehr alten Frau. Nicht die Kleinmädchenaugen, die ihr noch am Morgen entgegengeblickt hatten; der Spiegel würde niemals mehr die Gesichtszüge eines kleinen Mädchens reflektieren. Alles Trug, Geborgenheit eine Illusion. Sie war eine alte Frau, es gab keine Umkehr mehr. Unten war das Kind und war der Mann, der sie beide langsam umbrachte.

»Aber weshalb hat sie sich bloß so aufgeregt?« Jenny hatte auf der Heimfahrt und auch später noch einmal im Bett das Verhalten der Allendales mit ihrem Mann besprechen wollen. Der erste Versuch hatte nichts gefruchtet, beim zweiten war das Echo stärker, weil er zufrieden und satt war, leider aber auch so müde, daß er nach wenigen Sätzen einschlief. Mitgefühl in dem Maße, wie sie es aufbringen konnte, bildete den Kern von Jennys Familien- und Gemeinschaftssinn, daneben Fürsorge und gutnachbarlich-freundschaftliche Gefühle. Ihr Mann wollte damit nichts zu tun haben, und außerdem, morgen war ein normaler Werktag. Idiotische Idee, eine Essenseinladung an einem Dienstag zu geben. Da konnte man mal wieder sehen, welche Leute nicht regulär arbeiten mußten, sonst säße ihnen doch auch der Mittwoch im Nacken. Jenny kannte derlei Ausweichmanöver, und wie wollte sie auch mit einem Kerl diskutieren, der allem Anschein nach – abgesehen vom regelmäßigen Atem – tot war! Sie nahm zur gleichen Strategie Zuflucht, dachte an den kommenden Tag und die darauffolgenden. Doch kaum war sie im Begriff einzuschlafen, da erschien Emily, die Jüngste, auf dem Plan. Die Schlafzimmertür war geschlossen und Emily schrammte, als sie sich nach dem Türgriff streckte, die mitgeschleppte Puppe am unteren Türrahmen entlang, was Jenny nur verschwommen wahrnahm, bis das Kind neben ihr am Bett stand und Kummer vortäuschte, wo sie doch eigentlich nur spielen wollte, getrieben nicht von Alpträumen, sondern dem Wunsch nach Gesellschaft. Es war ein breites Bett, warum sollten nicht andere noch darin Platz haben? Zwar wußte Jenny, daß sie lieber aufstehen und das Kind in seinem eigenen Bettchen wieder zum Einschlafen bringen sollte, um sich das Leben in Zukunft nicht zu erschweren. Statt dessen ließ sie Emily unter die Bettdecke kriechen und vergewisserte sich, daß die bessere Hälfte, deren Einstellung in dieser Frage rigoroser war, nicht gestört und es deshalb bis zum Morgen nicht bemerken würde. Püppi blieb auf dem Fußboden liegen. Während das Kind allmählich einschlummerte, mußte Jenny wieder an das Kratzen an der Tür denken, an die nicht verdaute Ente und die Kätzchen, die zum Fiasko beim Essen geführt hatten. Die Erinnerung und ein begleitendes Sodbrennen erwiesen sich als äußerst störend. Sie drückte Emily an sich und nahm sich fest vor, sich morgen darum zu kümmern.

David räumte zu den Klängen der ›1812‹-Ouvertüre, deren triumphierende Stimmung zu der späten Stunde paßte, systematisch in der Küche auf. Zuerst sammelte er die Gläser ein und spülte sie in Seifenlauge, dann noch mal unter laufendem heißem Wasser und stellte sie schließlich zum Trocknen auf Küchenhandtücher. Weder die Gläser noch das Tafelsilber durften der Spülmaschine anvertraut werden, und Katherine würde alles morgen polieren. Das übrige Geschirr spülte er nur kurz ab und räumte es in die Maschine. Die Bishops-Bestecke kamen auf ein Tablett auf den Tisch. Obwohl er leicht verärgert gewesen war über den unguten Ausklang des Abends, hatte sich der Zorn jetzt verflüchtigt, und im ganzen hielt er die Geburtstagsfeier eher für ge- als mißlungen. Er pfiff leise vor sich hin, unstimmig zur Musik, die von einem Crescendo zum nächsten schwoll. Derlei mechanische Arbeiten, präzise ausgeführt, erledigte er ganz gern, sie erlaubten es ihm, seine Konzentration zu bündeln: heißes Wasser ins Becken laufen lassen, Spülmittel für die zweite Ladung Besteck, spülen, klarspülen, senkrecht zum Abtropfen aufrichten wie die Gläser, kein Drumherummogeln um den letzten Glanz. Was ihn von allen Dingen an diesem Abend am stärksten befriedigte, war, wie die Tafel gestrahlt hatte, wie sie beinahe orgiastische Ahs und Ohs der Bewunderung hervorgerufen hatte. Das hatte David sehr gut gefallen, war für ihn der Ritterschlag seiner bildschönen Besitzstücke, des vollendeten Arrangements. Dinge, die nicht die Bewunderung und den Neid anderer hervorriefen, hatte er nie haben wollen – wo war da der Reiz? Und nach Daddy kam nichts Häßliches, nichts Dickes, nichts Unsicheres mehr in Frage. Bilder von Daddy, der genauso bedächtig aufgeräumt hatte nach jedem seiner Tobsuchtsanfälle, waren längst aus der Erinnerung verbannt. Als er sich umdrehte und nach dem Besteck griff, bemerkte er aus dem Augenwinkel zufrieden, daß das Tischtuch nicht bekleckert worden war, es war lediglich etwas zerknittert. Mehr noch als vorhin.

Durch Katherines Hand, die eine Ecke des schweren Tuchs in der linken Faust knüllte. Sie selbst war weißer als die Decke. In der anderen Hand hielt sie das Tranchiermesser. Auf leisen, nackten Sohlen hatte sie sich ihm von hinten genähert, die rechte Hand erhoben, das Gesicht starr und entschlossen. Sie trug noch immer Rock und Bluse. Sie waren zerknautscht, das Goldkollier an ihrem Hals verdreht. Zwei Schritte, drei Schritte, unbeirrt kam sie näher, das Tischtuch mitschleifend.

»Aber, aber, Schatz, mach keine Dummheiten.«

Besteck fiel klirrend zu Boden, vom Tuch gleitend, das sie nicht loslassen zu können schien.

»Aber, aber…« wiederholte er ruhig, doch sie kam mit unvermindert gleichmäßigen Schritten näher. Das Messer klebte vor Entenschmalz, der Schmutz beleidigte ihn. David wich bis ganz ans Spülbecken zurück, lehnte sich fast hinein, dann ging er das Risiko ein, ihr eine volle Sekunde lang den Rücken zuzudrehen, griff die halbvolle Plastikwanne und warf ihr den Inhalt entgegen.

Die ›1812‹ zerschmetterte im Finale.

21

Dank der neuen Hausgenossin lernte Sophie ständig dazu. Mieze bewahrte sie auch vor den endlosen Wüsteneien der Schlaflosigkeit, die sie so zermürbt hatten, und weil er, sie oder es von Stunde zu Stunde größer zu werden schien und sich des Gebarens einer Großkatze befleißigte mit eindrucksvollem Fauchen, Anschleichen und gewaltigen Sprüngen, gelangte Sophie rasch zu der Überzeugung, daß die Katze jeden Einbrecher in die Flucht schlagen müßte, der nicht gerade ein Riese wäre.

»Ja, ja, meine Liebe, du fauchst ihn einfach an«, redete sie ihr voller Bewunderung zu. »Genauso, wie du es tust, wenn ich vorgebe, dir den Napf wegnehmen zu wollen. Nun sieh dir das an, du hast gespuckt. So furchterregend wie du bist! Deine Mama muß mindestens eine Tigerin gewesen sein, soviel steht fest. Allerdings von ungewöhnlicher Farbe.« Sophie lachte in sich hinein und bewunderte Miezes lauernde Annäherung an ein Wollknäuel. »Nur dein Farbensinn läßt zu wünschen übrig«, monierte sie. »Du kannst nicht einmal Rosa von Weiß unterscheiden!«

Oma war sich wohl dessen bewußt, daß sie mit sich selbst und der Katze mehr sprach als irgendwelchen anderen Lebewesen, verdrängte diese Erkenntnis jedoch gern. Wer hatte auch schon ein ähnlich geneigtes Ohr, wenn sie ihre Ängste plagten? Und was war die Katze furchtlos! Außerdem lieferte sie einen ausgezeichneten Vorwand für die Beschränkung der Ausflüge außer Haus auf ein Minimum sowie für die Notwendigkeit, so bald als möglich umzukehren. Heute morgen hatte sie erwogen, Mieze mit in den Friseursalon zu nehmen. Wer sollte schon etwas dagegen haben? Nur sagte ihr eine dunkle Ahnung, daß man es trotzdem hätte. Also blieb sie daheim, verlor zunehmend das Zeitgefühl; die Stunden und mehr noch die Wochentage verschwammen. Ihr Gedächtnis kuppelte jetzt mit noch größerer Leichtigkeit aus, als das, von anderen weitgehend unbemerkt, schon im Verlauf des vergangenen Jahres der Fall gewesen war, das sie größtenteils in einem Nebel diffuser, aber uneingestandener Angst verlebt hatte. Doch seit der geradezu genialen Adoption Miezes beunruhigte sie die Lückenhaftigkeit ihres Erinnerungsvermögens nicht mehr.

Sie war es zufrieden, zu tun, was sie wollte, und lästigen Pflichten eben nicht nachzukommen, wenn ihr nicht danach war. Zwar war es nicht so, daß sie sich Davids Gesichtszüge oder seine Erscheinung nicht mehr in Erinnerung hätte rufen können, doch der Gedanke an ihn, seine Frau und die Enkelkinder verursachte einen stechenden Schmerz in der Brust, der nur zu lindern war, indem sie die Katze hochnahm und herzte. Das tat sie auch jetzt.

»Hätte hingehen sollen«, räumte sie bekümmert ein. Und noch einmal zu Mieze: »Hätte hingehen sollen, weißt du, zu seinem Geburtstag. Bloß hätte er dich nicht ins Haus gelassen. Du glaubst ja gar nicht, was er mit Katzen macht.« Mit Daumen und Zeigefinger der freien Hand formte sie den Lauf einer Waffe nach und richtete ihn auf die Wand. »Peng! Peng! Außerdem hat er mich ja nicht eingeladen, und deshalb bekommt er auch kein Geschenk. Die hübschen Socken. Dummer Junge.« Die leuchtend rosafarbenen Socken lagen neben Sophie auf dem Sofa – inmitten etlicher anderer Gegenstände, doch stachen sie durch die grelle, glänzende, tesafilmverklebte Verpackung besonders hervor. »Aber Jeanetta würde dich mögen; wir wollen morgen mal hingehen.«

Als das Telefon läutete, bewegte sie sich nur zögerlich. Durchs Fenster schien die Nachmittagssonne, und Mieze war auf ihrem Schoß eingeschlafen. Sie schreckte zusammen und bemerkte, daß sie keinen Rock trug, nur einen Unterrock. Daher spürte sie Miezes Körperwärme, ihre Geschmeidigkeit und die spitzen Jungkatzenkrallen so deutlich. Es war einzig die Vorstellung, halb bekleidet überrascht zu werden, die sie veranlaßte, sich zu erheben. Erst als ihr einfiel, daß man sie durchs Telefon ja nur hören, nicht aber sehen könnte, hatte sie keine solche Eile mehr, und sie meldete sich auch nicht mit der einst charakteristischen Forschheit.

»Sophie? Bist du's?« Sophie neigte den Kopf und schnitt der entthronten und dadurch hellwachen und auf Unfug bedachten Katze, die ihr zu Füßen saß, eine Grimasse.

»Ja, natürlich bin ich es. Wer sollte es denn sonst sein?« Sophie klopfte sich die Katzenhaare vom Unterrock. Die schmuddeligen Flecken störten sie nicht. Die eigenen Haare im Spiegel an der Dielenwand überm Telefon sahen auch nicht gerade ermutigend aus, also trat sie einfach ein Stück zur Seite. Sie hatte ein klein wenig Mühe, die allzu vertraute und unsympathische Stimme in der Leitung einem Gesicht zuzuordnen.

»Wie geht's, wie steht's?«

»Gehen tue ich nicht mehr viel, und ich stehe auch nicht gern lange. Sonst ganz gut. Danke.«

Mary Fox, nicht mit übermäßiger Sensibilität gesegnet, dämmerte dennoch, daß der Anruf nicht eben willkommen war.

»Aha, schön.« Sie wußte nicht recht, was sie noch sagen sollte. »Hör zu, ich will dich nicht lange aufhalten, du hast sicher zu tun...«

Sophie spuckte die Worte förmlich in den Hörer: »Natürlich habe ich zu tun.«

»Warst du denn noch einmal bei David und Katherine? Das hattest du doch vor?« Die Stimme nahm diesen anbiedernden Klang an, den Sophie – das wurde ihr in diesem Moment klar – nie hatte leiden können. So ganz anders als Katherine, die eher aufmerksam zuhörte als sprach, obwohl man sich das immer von ihr wünschte.

»Nein. Nehme an, daß sie wie üblich Gäste hatten. Ich bin gestern nicht hingegangen, da werden sie am Aufräumen gewesen sein. Handtücher auswechseln oder was weiß ich. Ich weiß, ich hatte gesagt, ich wollte hingehen, aber dann dachte ich, ich tue es lieber nicht; man will sich ja nicht aufdrängen«, sagte sie gewichtig. Meine Güte, was war sie heute auf Zack, richtig schlagfertig. Es gab auf der ganzen Welt keine Sorgen mehr, nur Belästigungen.

»Aha, wollte nur mal hören«, erklärte die Stimme. »Gibt's sonst was Neues?«

Sophie zögerte. Ganz immun war sie gegenüber der Lust am Reden noch nicht. »Na ja, ich bin nicht zum Friseur gekommen. Man würde mich mit der Katze wohl nicht hineinlassen.«

Mary stutzte am anderen Ende, stieß einen langen Seufzer aus: wieder eine reif für die Altenbetreuung. »So, so«, zwitscherte sie munter, »na, wir sehen uns ja bald.«

Sophie ging ins Schlafzimmer und zog sich einen Rock an, den fröhlichsten, buntesten, den sie auftreiben konnte: einen mit Rosen bedruckten, der etwas dünn war für die Jahreszeit. Dann schaltete sie das neue Radio ein und machte es sich bequem.

Also gut, dann auf ins Gefecht. Schuldgefühle waren Mary wenig vertraut, und sie empfand deren Druck als äußerst unangenehm. Es hatte mit dem Aufwachen begonnen. Die ungewohnt steifen Glieder hatten eine Gemütsverfassung nach sich gezogen, die sie ihr halbes Leben lang gemieden hatte, wo immer möglich: grüblerisches Insichgehen. Behutsam und sehr spät hatte sie sich vom Bett gerollt und war im Zeitlupentempo ins Badezimmer getapst, einen Fuß vorsichtig vor den anderen setzend. Nicht, daß sie wegen des herrlichen Schäferstündchens ein schlechtes Gewissen gehabt hätte – nein, der Muskelkater war lediglich lästig, das Entfernen des klebrigen Pessars direkt eine Freude –, sondern der Vernachlässigung ihrer schwesterlichen Pflichten wegen, die sie gestern nacht in den Wind geschlagen hatte und die sich jetzt wie ein Kater um so schmerzlicher zurückmeldeten und ihr das Frühstück verleideten. Mary rief bei »Kinder in Not« an. Nein, es gab keinen ernstlichen Anlaß zur Sorge um Katherines Kinder, aus ihrer Warte hatte es den nie gegeben; ja, der Bericht werde Dienstagnachmittag vorliegen, aber sie könne bereits jetzt versichern, daß da nichts Bedenkliches festgestellt worden sei, gar nichts, das hatte Mr. Mills betont; aber ob Mary nicht vielleicht für die Aktennotiz näher erläutern wolle, weshalb sie dergleichen argwöhnte? Nein, das wollte sie nicht. Mary war nicht ganz wohl dabei gewesen, nach dem schnoddrigen Kerl zu verlangen. Hier hatte das schlechte Gewissen, eingedenk seiner Rüpelhaftigkeit, zwar nur leicht rumort, doch jetzt, am Morgen darauf, zeigten ihr die Schuldgefühle regelrecht die Zähne, und als es ihr nicht gelang, das bleckende Biest zu ignorieren, hatte sie zunächst bei Sophie, dann bei David angerufen. Wenn das erste Telefonat schon keinerlei Erleichterung gebracht hatte, so war das zweite zutiefst beunruhigend gewesen.

»Tag, David. Hier ist Mary. Nachträglich herzlichen Glückwunsch zum Geburtstag.« Sie konnte es sich nicht verkneifen, in dieser verdeckten Form darauf hinzuweisen, daß sie übergangen worden war. Immerhin hatte ihr Anstandsgefühl ihr eine Geburtstagskarte abgerungen, die er mit keinem Wort erwähnte.

»Danke«, sagte er.

»Ist Katherine zu Hause?«

»Nein, tut mir leid. Sie ist ins Fitness-Center gegangen.«

»Ob ihr das bekommt?« Mary hätte sich die Zunge abbeißen mögen. David sollte doch nicht dahinterkommen, daß sie unter der Hand von Katherines angeblicher Schwangerschaft erfahren hatte, denn sie ahnte, daß David ihren heimlichen Kontakt mit seiner Mutter keinesfalls gutheißen würde.

»Ja, warum nicht? Sie sagt, es hilft gegen die Schlappheit. Ich habe darauf bestanden; bei dem schönen Wetter.«

»Habe darauf bestanden!« Mary ärgerte sich über seine

Äußerung und auch, daß er sich weder nach ihrem eigenen Befinden erkundigte noch ein paar freundliche Worte sagte, scheißunverbindlich, der Kerl. Na ja, mit einer Schwägerin, noch dazu einer alten Jungfer, brauchte man sich keine Mühe geben. Das wollen wir doch mal sehen! Sie kam langsam in Fahrt.

»Und die Kinder?«

»Denen geht's ausgezeichnet. Jeanetta ist zur Zeit bei ihrer Oma.«

Das letzte gab David wie eine oft wiederholte Auskunft so desinteressiert, so beiläufig von sich, daß Mary die Mitteilung fast übergangen hätte. Mit Verzögerung erst stockte ihr der Atem, und krampften sich ihre Finger um den Telefonhörer. Er log. Instinktiv wußte sie, daß sie nicht darauf Bezug nehmen durfte und sagte statt dessen nur: »Aha. Wann kommt denn Kath voraussichtlich wieder?«

»Weiß ich nicht genau, ich schätze, so gegen fünf. Ich bin gerade beim Frühjahrsputz.«

»Gut, dann komme ich um die Zeit nachher mal vorbei.« Um ihm keine Gelegenheit zu geben, sie abzuwimmeln, hängte sie gleich ein und stand dann wutbebend neben dem Telefon. Sie blickte auf die Uhr. Jetzt war etwa drei. Geh jetzt, geh gleich hin.

Mary wußte im Gegensatz zu ihr immer, wo es langging. Besonders an diesem Nachmittag folgte Katherine blind einer Routine. Man hatte ihr gesagt, sie solle ein bißchen rausgehen, also ging sie ein bißchen raus. Es gab keinerlei Hoffnung, wenn sie nicht genau das tat, was ihr befohlen wurde, und sie war außerstande, irgend etwas anderes zu tun. Die Straße hinab, überqueren auf dem Zebrastreifen hundertfünfzig Meter weiter links, U-Bahn an einer von zwei möglichen Haltestellen besteigen oder auf den Bus warten, was sie nicht tat, weil Bewegung unabdingbar war und Stillstehen für eine unkalkulierbare Zeitspanne undenkbar. Sie ging also zu Fuß bis zur Edgeware Road. Zug besteigen, umsteigen, alles Routine, die Tasche fest umklammert, die wie üblich die für das Center notwendigen Utensilien enthielt. Die Stufen hinunter, umziehen, eine halbe Stunde zu früh für den ersten Nachmittagskurs, den üblichen Teilnehmerinnen auf übliche Weise zulächeln. Doch die ihr teure Orientierung ließ sie in dem Moment im Stich, als sie sich in Bewegung setzte. Entweder erreichte die pulsierende Musik ihre Ohren nicht oder aber jeden der beiden Gehörgänge zeitversetzt, so daß sich in der Mitte eine Kakophonie ergab in Hirnwindungen, die auf harmonischere Klänge programmiert waren als diesen Disco-Rhythmus. Im Studiospiegel bemerkte sie, daß ihr Haar strähnig war, stumpf vom Abwaschwasser, das nicht recht wegtrocknen wollte, und sie blieb stehen, um mit unsicheren Händen die Strähnen zu ordnen, während die anderen die Beine ausschüttelten. Sie gab sich alle Mühe zu folgen: Dehnen, Beugen, den Anordnungen folgend zunächst noch in etwa dem Ablauf gewachsen, doch rasch entgleitend – nachhinkend oder vorauseilend. Der Kurs ging weiter, die anderen Teilnehmerinnen starrten bemüht in den Spiegel, um sie nicht ansehen zu müssen, diese unnatürlich blasse, dürre Frau in der ersten Reihe, deren Motorik durcheinandergeraten war. Eine Neue grinste ihre Freundin an und rollte die Augen himmelwärts, wie um zu sagen: Meine Güte, sieh dir die mal an, da sind wir doch gar nicht einmal so schlecht, was bildet die sich bloß ein! Die Freundin brachte sie mit einem Zischen zum Schweigen. Während der Stunde war die Disziplin heilig, Störungen unerwünscht und wer nicht mitkam, der ging eben. Gelegentliche Exoten kamen eben vor. Zu den Kursteilnehmerinnen gehörten Magersüchtige, nervöse Übergewichtige und hin und wieder richtig Abgedrehte.

Erst als Katherine sich eigenen Tanzfiguren hingab, und das mit eigentümlich tolpatschiger Anmut, erst als sie mit hocherhobenen Armen quer durch den Saal zu trippeln und die Ballerinabeine hochzuschleudern begann, machte sich ernste Besorgnis breit. Sie stellte sich an die Stange, warf einen Fuß mit solcher Leichtigkeit über das Rundholz und beugte den Oberkörper mit solcher Unermüdlichkeit aufs Knie, daß man die Gelenke krachen hörte. dann kam das andere dran, es folgte ein gehetzter Cancan zum Takt, zu dem die anderen – Augen rund vor Entsetzen und Peinlichkeit – auf der Stelle trabten. Schließlich knickte sie um, sackte wie gefällt zu Boden und rührte sich nicht mehr. Die Musik wurde vom erschrocken eingesogenen Atem übertönt, eine Lähmung erfaßte für den Bruchteil einer Sekunde die Gruppe, bis die Kursleiterin die Musik abstellte und um Hilfe rief.

Sie wickelten sie in einen Bademantel und führten sie weg. Kinder, murmelte sie ununterbrochen, ich muß noch mehr Kinder kriegen.

»Aber Sie haben doch schon zwei, Katherine, lassen Sie mal«, versuchte sie eine der Mütter zu beruhigen, die aus den harmlosen Umkleideraumgesprächen, im Verlauf derer die Mütter sich Name und Alter der Kinder der anderen Mütter merkten und darauf achteten, nach ihnen zu fragen, so wie sie nie vergaßen, sich gegenseitig zu jeglicher Gewichtsabnahme zu gratulieren, ungefähr über Katherine Bescheid wußte.

»Kinder«, wiederholte Katherine unentwegt. »Ich habe nur eines.«

»Zwei«, verbesserte sie die Mutter, »Sie haben immer von zweien gesprochen.«

»Eines«, widersprach Katherine schrill. »Nur eines. Nur eines. Ich möchte jetzt wieder in den Kurs.« So redete sie, während versprengte Grüppchen von Frauen in bunten Bodys mit offenen Mündern wie Wasserspeierfiguren sie umringten, fassungslos angesichts einer Sprachlogik, die höchstens die Mutter andeutungsweise verstand. Als Katherines brabbelndes Gerede allmählich verstummte, beschlossen die anderen, daß eine warme Decke in diesem

Fall nicht ausreichte, und riefen einen Arzt. Eine der Frauen entdeckte bei der Untersuchung von Katherines Handtasche, daß sie abgesehen von einer Fünfzig-Pence-Münze kein Geld bei sich hatte. Keine Adresse, nichts, um diese Frau zu identifizieren.

David war in der Tat beim Frühjahrsputz, Mary erkannte die Symptome auf den ersten Blick. Erst nachdem sein Versuch, ihr so höflich wie möglich die Tür vor der Nase zuzumachen, gescheitert war und ihre Beharrlichkeit auch an Phonstärke zunahm und sie einen Fuß in den Türspalt klemmte und versicherte, sie werde gerne warten, hatte er unwillig nachgegeben. Mit der Warnung, daß sie nicht lange bleiben könne, er habe zu tun, war er in die Küche vorausgegangen. »Mach die Tür hinter dir zu.« Zur Orientierung angewiesen auf das Gequatsche eines Hörspiels und deshalb darauf konzentriert, stupste Mary die Haustür nur leicht mit dem Fuß an; ihr Bein war noch immer etwas steif. Katherine käme ja bald, da war es nicht unbedingt nötig, daß die Tür ins Schloß fiel, und aus unerklärlichen Gründen war ihr lieber, daß sie es nicht tat.

Die Küche bot einen unglaublichen Anblick: der Inhalt sämtlicher Küchenschränke auf dem Fußboden, die Arbeitsflächen unter anderem Abfall aus dem ganzen Haus begraben. Drei große Plastikmüllsäcke lehnten an der Spüle. Aus einem schauten die Kelche weißer Lilien hervor, angebräunt, aber längst noch nicht verwelkt.

»Wieso wirfst du die weg?« fragte Mary. »Die sind doch noch schön.«

»Aber nicht mehr auf dem Optimum«, erklärte David nonchalant und übertünchte seinen merklichen Ärger mit einem charmanten Lächeln. »Hör zu, ich stecke mittendrin... entschuldige das Chaos. Willst du nicht lieber später wiederkommen, wenn meine Frau, Katherine, meine ich...«

»Laß mal, ich warte«, versicherte Mary. »Wenn du willst, helfe ich dir. Kann ich gut.«

»Nein!« stieß er gepreßt hervor.

»Na, dann machst du mir vielleicht eine Tasse Tee und ich gucke zu.« Sie war eher überrascht, als er sich fügte. Nicht nur dreinfügte, sondern große Umstände machte: eine Teekanne aus Porzellan hervorholte, den Tee sorgfältig ziehen ließ und wunderschöne italienische Porzellanbecher auf den Tisch knallte, die aus einem Schrank zum Vorschein kamen, den er erst aufsperren mußte.

»Warum sind die abgeschlossen?« fragte sie, doch er lächelte bloß abwesend – ein höflicher, aber vielbeschäftigter Mann.

»Ach, die Kinder, weißt du.«

Sie bildete sich ein, in seinen Augen ein leicht dämonisches Glitzern zu entdecken, und einen Augenblick lang bekam sie Angst. Aber nur einen Augenblick lang. Bald fühlte sie sich gestärkt durch den Tee und beruhigt vom harmlosen Geplauder zum Thema Frühjahrsputz, den nahenden Herbst, das Wetter, das Abpflücken der Käfer von den Teppichen und so fort, Fragen, die er mit Anteilnahme erörterte.

»Und dann gibt es natürlich immer die Blätter, die hereingeweht werden, da muß man sich vor Feldmäusen in acht nehmen«, fügte sie ironisch hinzu, fest entschlossen, sich zu behaupten und ihn bei der Gelegenheit auch etwas zu foppen. »Aber eigentlich hätte ich ja doch erwartet, daß Katherine sich um diese Dinge kümmert.«

»In der Regel«, bemerkte er ausweichend. Sie faßte sich ein Herz. Es gab eine Reihe Dinge, die sie nicht zur Sprache bringen wollte, aber mußte, und zwar unter vier Augen, ehe Katherine wiederkehrte.

»David. Wo ist eigentlich Jeanetta?«

»Jeanetta?« Er wandte ihr langsam den Kopf zu, als müsse er nachdenken, von wem die Rede sei. »Ach so, Jeanetta. Sie ist bei ihrer Großmutter. Vorübergehend.«

»Bei Sophie?«

»Ja, natürlich.«

»Seit wann denn?« Er schaute auf den Tisch hinunter, fuhr mit den Händen über den dampfenden Tee und zog zugleich ein Set darunter, um die polierte Tischplatte zu schonen.

»Erst seit Dienstag, also seit zwei Tagen. Wir hatten zum Geburtstag eingeladen, weißt du.« Marys steifer Nacken entspannte sich. Seit Dienstag erst. Dann hatte Sophie es heute schlicht vergessen zu erwähnen, die Schlawinerin. Der Moment der Erleichterung war kurz. Sophie hätte es ganz bestimmt erwähnt, selbst eine halb senile Sophie hätte derartige Neuigkeiten nicht für sich behalten können. Mary biß die Zähne zusammen und nippte an ihrem Tee.

»Nicht gerade dein Lieblingskind, wie?« meinte sie. Davids Blick wanderte zu den offenen Flügeltüren. Draußen spielte auf der schmalen Terrasse Jeremy mit seinen Klötzen, ein Bild kindlicher Hingabe. Er war so vertieft, daß er seine Tante weder bemerkt noch begrüßt hatte.

»Jeanetta?« fragte David. Er schien nicht mehr als ein Wort auf einmal herausbringen zu können, wirkte unsicher, wie ein Spieler auf der Bühne, dem souffliert werden muß. »Jeanetta ist ja nicht von mir, weißt du. Katherines Angelegenheit, das Kind.« Aha, daher wehte also der Wind, eine Ausrede mußte herhalten für eine Ablehnung, die vermutlich nichts mit dem zu tun hatte, was man greifbare Ursachen nennen konnte, etwa Unansehnlichkeit oder Unbeholfenheit – Mängel, die Marys nur sporadische und selten genaue Beobachtungen erst jetzt zutage förderten, weniger wirklich aus eigener Anschauung denn als Kondensat der beiläufigen Bemerkungen Katherines.

»Sei doch nicht dumm!« fuhr ihn Mary an. »Natürlich ist sie deine Tochter, du blöder Hornochse!« Sie wurde wieder etwas ruhiger. Die Menschen, hieß es, selbst solche männlichen Geschlechts, waren doch der Vernunft zugänglich, und ihm fehlten offenbar wesentliche Informationen. Diese wollte sie soeben nachliefern, als er wieder ansetzte:

»Der blonde Typ, dieser Lover, den sie hatte, als ich sie kennenlernte. Sie haben sich auch danach noch ein- oder zweimal getroffen, verstehst du. Sie hat es mir gesagt, sie sagt mir immer alles. Sie waren zusammen, auch nachher noch, ich weiß es. Nach der Geburt habe ich immer drauf gewartet, daß Jeanetta dunkel wird, wie Jeremy. Bei ihm ging es ganz schnell, dunkel wie ich, aber wer blieb blond und fett, wie ein Albino? Wer wohl? Nein, sie ist nicht von mir. Zu häßlich, wie ein blondes Schweinchen.«

Mary holte tief Luft und sprach langsam und deutlich, wie zu einem Geistesschwachen: »Katherine hatte eine ganze Reihe Männer, wie du wohl weißt...« Sie betonte ihre Worte mit Bedacht, um ihren Zorn und die Röte, die ihr ins Gesicht steigen wollte, unter Kontrolle zu halten. »...darunter diesen letzten mit dem unmöglichen Namen Claud, ein Mann, den ich dann übernommen habe – in jeder Hinsicht. Claud hat sich vor über zehn Jahren sterilisieren lassen, wenn du es genau wissen willst, und das solltest du, wie mir scheint. Er hätte beim besten Willen kein Kind zeugen können. Er versucht es noch immer. Hörst du mir zu?«

»Sieh mal einer an.« Er lächelte, und wieder, diesmal stärker noch, fürchtete sie sich. Dann legte sich das beklemmende Gefühl abermals. Er zuckte die Achseln und sagte mit Nachdruck: »Was bist du bloß für ein Flittchen, Mary. Muß in der Familie liegen; es mit einem zu treiben, der nicht einmal Kinder zeugen kann. Es verstehe einer die Frauen... Sieh mal einer an. Nun, vorbei. Hat nichts mehr mit uns zu tun, wirklich überhaupt nichts. Sie, Du-weißt-schon-wer, war einfach abstoßend. Sie mußte verschwinden. Sie war... ich weiß nicht.«

»War«, »war«. Die Worte hämmerten ihr in den Ohren, jedes versetzte ihr einen Schlag. »Sie, ›Du-weißt-schon-wer‹ – Jeanetta! – ist nicht abstoßend, du elende Sau!« Mary merkte nicht, daß sie brüllte. »Und überhaupt, wo ist sie? Sie ist nicht bei deiner Mutter.« Das Brüllen hatte keinerlei Wirkung auf ihn.

»Hör mal«, erklärte er mit übertriebener Geduld, »ich bin mitten im Frühjahrsputz, ich muß jetzt weitermachen. Du mußt jetzt gehen. Ich muß dieses ganze Chaos beseitigen, ich kann es nicht ertragen, Katherine kann es nicht ertragen, dieses Durcheinander...«

Mary sprang vom Stuhl auf und verpaßte ihm eine schallende Ohrfeige, in die alle Schuldlast und ein Gefühl steigender Hysterie schossen, so daß der Schlag auf seiner Wange rote Fingerstriemen hinterließ, wie ein Muttermal. Sie starrte böse auf ihn herab und sah mit Erstaunen, daß sein Blick leer wurde und umwölkt, als er sich mit der Hand an die gerötete Backe fuhr.

»Nicht«, sagte er flehend. »Nicht, bitte.«

»Wo ist deine verfluchte Tochter?« verlangte Mary mit einer Stimme, die sich zu einem drohenden Zischen senkte. Sie schob ihm ihr spitzes Gesicht dicht vor die Augen. Sein Blick irrte an ihr vorbei, über die grauen Müllsäcke an der Spüle hinweg und hinüber zu den Flügeltüren und zur Spielzimmertür.

»Sag es ihr, Jeremy, mein Junge«, sprach er. »Sie möchte es wissen.«

Der Kleine, der schließlich das Interesse an seinen Klötzchen verloren hatte, wankte mit sonnigem Lächeln von der Terrasse herein. Er trug seiner Tante drei Klötzchen und einen Schlüssel hin. Das Klingeln des Schlüssels am Ring war eine Quelle höherer Verzückung als jede Rassel. Er mochte den Schlüssel nicht hergeben.

»Dann zeig es mir«, forderte ihn Mary auf.

22

Ich habe mich immer für das reinste Rechengenie gehalten – was für ein Witz –, und nun stellt sich heraus, daß ich nicht einmal zwei und zwei zusammenzählen konnte. So sehe ich das jetzt. Der Dienstagabend, der einem sich schleppenden und wenig aufregenden Mittwoch vorausging, war einer der ersten, an dem ich mit nur geringen Mengen Alkohol im Blut ins Bett ging und mir gar nicht so sicher war, ob mir das gefiel. Nicht wegen des lieben, guten Sebastian – das war schön, und ihn morgens noch an meiner Seite vorzufinden, gehört, bei meiner derzeitigen Verunsicherung, eindeutig zu den angenehmeren Seiten des Lebens. Manchmal ist es besser, nicht nachzudenken. Und sich in den depressiven Nebel flüchten zu können, der sich auf die frühen Morgenstunden nach betrunkenen Nächten legt, hat Vorteile gegenüber dem Scharfblick der Nüchternheit. Zumindest ließen die Nachwehen eines Katers keinen Raum für anderes. Doch andere Sorgen weckten mich am Mittwoch wie heute auch, nämlich das Sodbrennen der Beobachtungen, die ich hatte machen müssen.

Wir hätten niemals zu diesem blöden Abendessen gehen sollen! Wären wir auch nicht, wäre da nicht der Druck der Verpflichtung gewesen, der von der sehr frühzeitig erhaltenen Einladung ausging und dem Wissen, daß sich nur ein kleiner Kreis versammeln würde und unser Nichterscheinen somit unangenehm auffallen müßte. Ganz habe ich meine Manieren noch nicht verlernt, einiger beginne ich mich allmählich wieder zu besinnen. Dann war da natürlich auch Mark, der darauf bestand, daß wir ihn alleine zu Hause ließen, weil er ganz froh war, die fürsorglichen Eltern mal vom Hals zu haben und sich auf einen längeren Fernsehabend freute, als wir es erlaubt hätten, den die Harrisons jedoch gestatten würden. Und Sebastian meinte auch, wir sollten. Also hatte ich ein Kleid aus dem Schrank gezerrt. Mit dem eigenen Ehemann auszugehen, hatte schließlich den Reiz des Neuen, und wie oft hatte ich derartige Vorschläge in der Vergangenheit abgelehnt, war also dankbar für die Chance, die ich noch einmal erhielt, mich jetzt schick zu machen und schwor mir, mich beim Alkohol zurückzuhalten. Ich hatte Sebastian nicht alles über Katherine und über unser abgekühltes Verhältnis erzählt, nichts über die Halskette beispielsweise. Irgend etwas lähmte meine Zunge – den ganzen Abend und auch noch, als wir nach Hause gegangen waren. Mich beschäftigten zwei Dinge, gestern und heute bis lange in die stocknüchterne Dämmerung hinein. Nicht ihr anfallartiges Erbrechen, wie widerwärtig auch immer und aus mir unerklärlichen Gründen grauenhafter es war, als den Umständen nach zu erwarten, sondern es war das Kollier, das sie getragen hatte. Ein Vermögen wert, wenn mich nicht alles täuscht, daher die Frage: Was wollte sie bloß mit meiner Kette? Ach, ich weiß, daß Diebe keine Auswahl auf der Grundlage von Bedürfnissen treffen, aber wozu, wenn sie das verflixte Ding doch nie tragen könnte? Es sei denn, sie nahm es, um es zu verkaufen. Ein goldenes Halsband trug sie, die arme Katherine, wie eine besonders kostbare Sklavin. Mir tat sie leid, noch ehe sie das ganze exquisite Essen erbrach. Das andere, was mir noch weniger Ruhe ließ, war das Scharren an der Tür, dieses eigenartige Geräusch, das der Zeitzünder der ganzen Bombe gewesen zu sein schien, das angebliche Kratzen von Katzenjungen. In *dem* Haushalt? In diesem Tempel der Reinheit und Keimfreiheit, mit dem kleinen allergischen Jeremy und bei ihrem unablässigen Bemühen, unsere Katzen zu vergiften? Unmöglich zu glauben, was immer er sagte! Nie würden sie gutes Geld für Katzen ausgeben, und ich habe auch noch nie eine Katze erlebt, die derartige Geräusche hervorbringt. Das habe ich immerhin zu Sebastian gesagt, und er spöttelte, daß sie sich wahrscheinlich Affen hielten. Ohne daß er sich weiter dazu ausgelassen hätte, scheint er seine hohe Meinung von David Allendale revidiert zu haben. Laß gut sein, meinte mein Ehemann, das geht uns nichts an. Aber mir ließ es keine Ruhe. Ich mußte an die vielen Kleider draußen an der Straße denken, und wieder lief es mir kalt den Rücken herunter. Nun vertraue ich mich ja nicht oft Mrs. Harrison an, doch von der Geburtstagsfeier habe ich berichtet, weil sie danach fragte und ich ja schlecht hätte behaupten können, es sei nichts weiter gewesen. Als sie von dem Debakel hörte, sah sie mich nur mit großen Augen an, trat von einem Fuß auf den anderen und platzte dann heraus:

»Wir haben uns so furchtbare Sorgen gemacht, Mrs. Pearson, daß wir sogar ›Kinder in Not‹ alarmiert haben.«

»Was!«

»Wir haben uns Sorgen um Jeanetta gemacht«, verteidigte sie sich. »Das habe ich Ihnen doch schon einmal gesagt.«

»Ja«, räumte ich beschämt ein. »Ja, das haben Sie. Aber den Kinderschutzbund! Also hören Sie mal! Sind sie gekommen?« Ihre Gesichtszüge entspannten sich, aber sie mochte wohl keine Einzelheiten verraten, die ganze Episode war ihr offenbar zutiefst peinlich.

»Scheint so. Ich hörte von Mrs. Allendales Schwester, daß ein Mann da war. Alles in Ordnung. Und Jeanetta ist sowieso bei der Oma, also war das ganze ein Fehlalarm.« Ich ließ die Sache auf sich beruhen, legte es aufs Eis des fröstelnden Unbehagens.

Am Donnerstag war Samantha an der Reihe mit dem Verwöhnen, zum Ausgleich für die Eifersucht (die Kleine ist ihrer Mutter ja so ähnlich!), die bedenkliche Ausmaße annimmt. Sie durfte ganz alleine mit ihrem Vater zu einem ausgiebigen Cafébesuch losziehen. Mark und ich blieben mit dem Scrabble-Brett zurück, er mit einem Bein, das ihn bis zum Aus-der-Haut-Fahren plagte, so daß das Spiel für ihn vermutlich nicht das reinste Vergnügen war, dafür aber, wie ich zugeben muß, für mich, für die das so neu ist, Zeit mit meinen Kindern zu verbringen, daß ich immer noch entzückt bin und nur hoffen kann, daß das vorübergeht, sonst kehre ich vielleicht nie mehr ins Büro zurück. Der Junge ist bei diesen Spielen so gewieft, daß er mich geradezu gewinnen »läßt«, oder er hätte es getan, wenn er nicht ebenso unkonzentriert gespielt hätte, als steckten ihn meine streunenden Gedanken an. Mir spukten immer noch die Allendales im Kopf herum und weigerten sich, in Würde abzutreten. Als Patsy an der Tür scharrte, machte ich regelrecht einen Satz, dachte an lauter wirre Dinge ohne Zusammenhang. Mark legte mit Grandezza das Wort D-I-E-B. Das Gedächtnis treibt ja häufig seinen Schabernack mit einem, doch seine verschlafene Beichte hatte ich fast vergessen.

»Mark, kannst du dich erinnern, daß du mir von einem fremden Mann erzählt hast und davon, daß Sammy meinte, er wäre noch einmal dagewesen, als du mit Papa verreist warst?«

Er nickte. »Ich hätte aber nicht...«

»Doch, das kannst du ruhig, mein Schatz. Kein Grund zur Aufregung, ich weiß sowieso Bescheid, aber wenn er in der letzten Woche das zweitemal da war, wann ist er denn dann das erstemal gekommen?« Er sah in der Frage keinen Widerspruch zu meiner Behauptung, im Bilde zu sein, und dachte angestrengt nach.

»Ach, vor einer ganzen Ewigkeit. Moment, jetzt weiß ich's wieder. Es war, bevor Jeanetta und Jeremy nicht mehr zu uns gekommen sind. Glaub ich. Er ist reingekommen, als Mr. Harry und ich Kricket geschaut haben und Mr. Harry mir alles erklärt hat. Wußtest du eigentlich, daß ein Kricketball dir den Kopf einschlagen kann, Mama?«

»Der Mann, Schätzchen...«, erinnerte ich ihn und sammelte meine Scrabble-Steine ein.

»Ach so, ja. Wir haben ihn weggejagt, Mr. Harry und ich. Er war schon oben, und da hat Mr. Harry ihn rumgehen gehört, und dann haben wir ihn verjagt. Ich hatte gar keine Angst, weil ich hatte ihn schon mal gesehen. Mit dir zusammen, aus dem Fenster, ein andermal.« Er flüsterte jetzt. »Mr. Harry hat gedacht, er hat vielleicht was mitgenommen. Er hat sich Sorgen gemacht, aber der Mann hat ja nichts gemacht. Sammy hat gesagt, als er wiederkam, wollte er ins Haus rein.«

Ich kann mich über dergleichen einfach nicht mehr so erregen. Früher hätte mich der Vorfall empört, hätte er vielleicht auch jetzt, wenn ich mich für ordentliche Haushaltsführung und nicht, wie im Moment, vorrangig für die Allendales interessiert hätte. Schließlich habe ich immer gewußt, daß Mrs. Harrisons Wahrheitsliebe Abstufungen kennt. Jetzt fiel der Erinnerungsgroschen mit Hilfe des ständig vor Augen schwebenden Bildes von Katherine mit ihrem Goldkollier. Ein mir verschwiegener Eindringling in diesem Haus, am selben oder um den Tag herum, an dem diese verdammte Halskette sich selbständig gemacht hatte. Arme Katherine, vielleicht habe ich dir auch in anderer Hinsicht Unrecht getan!

»Der Papa kommt bald wieder«, sagte ich. Es ging mir glatt von den Lippen – schön, das sagen zu können. »Dann will ich nach nebenan gehen und sehen, ob Jeanetta inzwischen wieder da ist. Vielleicht mag sie herüberkommen und mit dir spielen.« (Während ich meinen Frieden mit der Mutter machte, das sagte ich nicht.) Mark wurde gleich munterer.

»Du könntest doch gleich jetzt gehen«, schlug er hilfreich vor. In den Augen eines beinahe Achtjährigen ist die Gesellschaft Erwachsener einfach nicht mit der eines anderen Kindes zu vergleichen, und sei es auch um einiges jünger. Ich lachte.

»Also gut. Mr. Harrison kann dir solange Gesellschaft leisten. Mach keine Dummheiten.«

»Ich kann mich doch gar nicht rühren«, seufzte er.

Mir ging es nicht viel anders; jedenfalls kam ich nicht

recht vom Fleck. Immer schon habe ich nur äußerst ungern die heiligen Hallen nebenan betreten. Weil ihre Perfektion mich beschämt und weil ich auf Beschämung von jeher mit verbiestertem Groll reagiert habe. Ob bei Tage oder am Abend, ich mag dieses ach so bewundernswerte Haus nicht. Daher mußte ich, ehe ich aus dem eigenen trat, erst einmal Lippenstift auftragen und mir die Haare kämmen – das hilft manchmal. Nicht immer, und heute blieb die erwünschte Stärkung des Selbstwertgefühls aus. So hübsch und sonnig die Straße an dem Tag, herrlich jetzt bei diesem Altweibersommerwetter, mit einem Kranz letzter Strahlen der vergehenden Jahreszeit und den Bäumen, deren herabrieselnde Blätter die ersten Vorboten der kommenden Dunkelheit sind. Mark sagt, er kann eigentlich nie so recht glauben, daß es wieder dunkel wird; warum sollte es? Ich bin geneigt, ihm recht zu geben. Ich hatte nicht die geringste Lust, bei meinen Nachbarn zu klopfen, und selbst als ich fest entschlossen auf die Straße trat, bummelte ich doch wie eine Touristin. Als ich die wenigen Steinstufen nebenan hochstieg, legte ich mir ein paar Floskeln zurecht – Dank für die Einladung von neulich – und merkte erst, als mein Finger bereits auf dem Klingelknopf lag, daß die Tür nur angelehnt war. Hervorragend, dann ließe sich das Eis mühelos brechen, indem ich mit einem Scherz über herumstreunende Obdachlose vorsprach – es halte sich ein neuer in der Nachbarschaft auf, sie sollten besser achtgeben. Trotzdem ein gewisses Dilemma mit der geöffneten Tür: Einfach hereinschneien kann man nur bei Leuten, mit denen man sehr vertraut ist, ansonsten bleibt einem nichts anderes übrig als herumzustehen oder zu rufen. Ich versuchte mich soeben zu entscheiden, als sich das erübrigte.

Schreie, Schreie, noch mehr Schreie, wieder und wieder ertönten sie aus den Tiefen des Gemäuers, sausten aus dem schwarzen Loch der Diele ums Türblatt und bohrten sich wie scharfe Nadeln in meine Ohren. Katherines Schreie dachte ich – hörte ich doch seit beinahe vierundzwanzig Stunden den Widerhall ihrer Schreie in meiner Phantasie, wand mich unter den Echos, die nicht aufhören wollten, die mich von neuem lähmten. Schreie kann man nicht deuten, man kann auf Anhieb nicht sagen, ob sie Wut, blankes Entsetzen, Angst ausdrücken, doch Angst muß in ihnen wohl immer sitzen, etwas anderes zählt nicht am Schrei. Diese wollten nicht enden, und ich bin ein Feigling. Es geht dich nichts an, du bist niemandem etwas schuldig, sie ist schwanger und hysterisch, ihre Sache, nicht deine! Und: vielleicht wird jemand gemordet, vielleicht würdest du dich in Gefahr begeben, Närrin, du hast selber Kinder, du willst leben! Wie angewurzelt vor der Tür, hilfesuchende Blicke nach links, nach rechts, nichts, dann: Dort drinnen sind auch Kinder! Jeden, ausnahmslos jeden würdest du eigenhändig umbringen, der die deinen allein in einem Haus mit solchen Schreien ließe! Und du bist es Katherine schuldig, sie könnte verletzt sein, sie bekommt ein Kind, sie ist gestürzt! Geh rein! Geh rein, du widerliche, feige Trunkenboldin! In die Küche, immer den Schreien nach, nichts leichter als das, nicht zu verfehlen, erste Tür von der Diele aus, du warst erst kürzlich dort. Andere Schreie stimmen einen Mißklang an: ein Kind, der kleine Jeremy schreit mit seiner Mutter um die Wette. Die letzten paar Schritte bin ich gerannt.

Zuerst dachte ich, es wird jemand getötet, denn ein Schlachtfeld war es, was sich meinem Blick bot: die makellos reine Küche, in der ich gesessen und die ich von außen durchs Fenster bewundert hatte, war eine einzige Müllhalde. Überall irgendwelche Sachen, Müllsäcke, alles vergleichsweise wild durcheinandergewürfelt, nicht die Musterküche, die ich gekannt hatte. Als nächstes registrierte ich nach dem Bild der Verwüstung die plärrende Fratze des Kleinen, der unbeachtet an den Flügeltüren stand, das Gesichtchen rot vom Schreien, in einer Hand ein blaues Bauklötzchen umklammernd, zu Tode erschrocken. Mein irrender Blick suchte Katherine, die Urheberin der gellenden Schreie, die so anders waren als die des Jungen, sah eine Frau, die ich für sie hielt, bis mir binnen Sekundenfrist klar wurde, daß sie es nicht war. Sie rang in der Tür zum Erkerzimmer mit David. Im Gegenlicht der hinter ihnen einfallenden Sonne verschmolzen seine verwischten Gesichtszüge mit der Frauengestalt zu einer Silhouette. Sie kämpften weniger miteinander, als daß sie einander festhielten, oder vielmehr hinderte er sie, sich zu bewegen, versuchte, sie von der Tür zurückzuschieben. Sie hatten die Gesichter der Sonne zugewandt, das Gerangel hatte etwas Absurdes, und doch schrie sie. Sie bemerkten mich nicht. Dann hatte er sie endlich von der Tür weggebracht, er redete auf sie ein, mit einer Stimme, die rauh war und schneidend vor Angst. Das nächste bewußte Gefühl: Erleichterung. Es war noch niemand verletzt, kein Blut, ich war fehl am Platz, nichts als Lärm. Eine Auseinandersetzung und ein verschrecktes Kind. Doch ein Gefühl – weniger Mut als vielleicht Neugier – trieb mich vorwärts, drängte mich an den beiden miteinander beschäftigten Erwachsenen vorbei in den sonnigen Erker, wo die Kinder spielten. Ihr Zimmer, in Sonnenlicht getaucht bis in die hintersten Winkel.

Welche Farbenpracht dort, welche fürchterliche Verheerung. Kleider und zerlegtes Spielzeug, kleine Teddybärarme, zerbrochene Autos und zerrissene Poster, vor allem aber Kleider, schimmernde Stoffe, eine große, leuchtend violette Fläche. Und dahinter, eine Aureole hellblonden Haars, auf obszöne Weise goldglänzend vor Purpurgrund, ein zur Hälfte sichtbares Gesichtchen und eine winzige Hand mit riesigen Knöcheln. Am anderen Ende des violetten Tuchs war ein mageres Bein zu sehen, die Wade und der kümmerlich schmucklos in einer weißen Socke steckende Fuß. Sie rührte sich nicht.

Jetzt erst sahen sie mich, die Erwachsenen. Vielleicht, weil er sie in diesem Augenblick ohrfeigte, um ihre Schreie abzustellen – diesmal kein sanftes Klopfen der Finger, eine richtige Ohrfeige. Inzwischen war mir klar, daß sie nicht Katherine war, aber inzwischen war es vollkommen egal, wer sie war. Sie schien sich im selben Moment zu fassen, als ich ihr einen flüchtigen Blick zuwarf, und sah David fragend an, auf eine Erklärung wartend. Er war es jetzt, der losschrie. Mit vom scharfen Kontrast des Hell und Dunkel noch geblendeten Augen nahm ich nur die Verwandlung seines Gesichts in eine verzerrte Grimasse zornentbrannten, drohenden Schreiens wahr, sah eine geballte Faust sich gegen mich erheben, sah ihn sie mit der anderen festhalten. Ich begriff nur die Drohgebärde, erfaßte nur die Gefahr. Ich wandte mich um, wieder ohne nachzudenken, zögerte, bückte mich, griff das Kind am Boden in Violett, riß es hoch und rannte. Rennen kann man es vielleicht kaum nennen, ich rannte, wie es Sammy tat, als sie das Laufen lernte, ein unsicheres Vorwärtstorkeln, unschön, aber zweckdienlich, voller Entschlossenheit. Ich rempelte zur Haustür hinaus auf die Straße und vor meine Tür, hielt das Kinn auf den Klingelknopf. Arme und Beine des Dings in meinen Armen baumelten mir lose um die Mitte, die weiße Socke war aufs Pflaster geflattert – ein poröses, übelriechendes Bündel, das ich trug, feucht an meiner Bluse. Ich schoß ins Haus, an wem auch immer vorbei, der mir öffnete, brüllend auch ich: Schnell dies, rasch das, Telefon, Telefon! Ich weiß nicht mehr, was ich anordnete, aber ich weiß, es war zusammenhängend. Außer Atem die Treppe hinauf, noch mehr gebrüllte Anweisungen: Er war dicht hinter mir her! Auf der Straße! Der Mann! Er wird versuchen, einzudringen! Meine kreischende Stimme: Bringt Mark in Sicherheit, und um Himmels willen, telefoniert um Hilfe!

Wir sitzen mit ihr im Arbeitszimmer. Im Geiste sehe ich mich für immer dort sitzen. Ich hatte gehofft, mein Zittern könnte Bewegung, könnte Leben weitergeben, aber nichts. Immer noch nichts. Unten donnert jemand gegen die Tür, erhobene Stimmen, aber zu früh, um Rettung zu signalisieren. Ich kenne dich, meine Süße, ich wußte es, sobald ich dein Haar sah, und ich sitze hier und weine bittere Tränen ob meiner Blindheit, während die anderen um mich herum sich um die Rettung kümmern. Es gibt nichts Wichtigeres als ein kleines Leben, das meines eigenen Kindes oder das eines anderen, auch wenn es ein Leben wäre, das ich nicht beachtet hätte. Warum habe ich es nicht gewußt, warum habe ich es nicht gesehen? Welche Grausamkeit, welch sträfliche Dummheit! Ja, einen Arzt, ja. Solange ich das Kind fest im Arm halte, halte ich es warm. Tu mir das nicht an, Gott, du Ungeheuer, siehst du nicht, daß ich anfange zu lernen? Nie gab es untröstlichere, vergeblichere Tränen, nie eine so bittere Lektion über Wichtiges und Unwichtiges. Ich muß aufhören zu weinen und sie still halten, die Tränen fallen so kalt auf den blanken Stoff, und mein Gott, sie braucht Wärme. Ihr Gesichtchen ist vertraut, aber alt, so furchtbar, furchtbar alt. Unsinnigerweise kommt mir die Nutzlosigkeit von Gesichtscremes in den Sinn. Ich muß sie fest im Arm halten, damit sie die Wärme spürt, die ich ausströme. Unsere albernen Erwachsenenleben, sie zählen nichts. Bitte laß ihr die Wahlmöglichkeiten, die wir haben. Warum habe ich es nicht gemerkt? Er brüllt vor meiner Tür: »Gib sie wieder her! Sie gehört mir, mir, mir!« Ich gebe sie nie wieder her.

Bald kommt Sebastian. Bald kommt Hilfe.

Sie ist so kalt.

23

Mary erhob sich von ihrem Stuhl und klappte die Flügel des Schlafzimmerfensters geräuschvoll und energisch zu. Das vor kurzem noch asketisch kahle Zimmer war jetzt vollgepfropft, zu klein eigentlich für den zusätzlichen Sessel und die achtlos, aber nicht unordentlich verstreute Kleidung. Katherine saß mit untergeschlagenen Beinen im Sessel. Sie trug einen betagten Trainingsanzug, ein Relikt aus Marys sportlichen Tagen. Die Zeitschrift, die sie las, rutschte mit flatternden Hochglanzseiten zu Boden, als sie eine Hand hob, um sich das Haar hinters Ohr zu schieben. Das Lächeln, mit dem sie Mary bedachte, war artig, bemüht, ein Reflex, der nicht bis zu den Augen kam. Ein Versuch, immerhin. Mary war auch hierfür schon dankbar; sie verspürte einen so heftigen Beschützerdrang, daß sie am liebsten die Türen verbarrikadiert hätte. Jeder Gefühlsausdruck, jedes noch so kleine Zugeständnis ans Leben war dem katatonischen Zustand vorzuziehen, in dem sich ihre Schwester befunden hatte, als sie sie zuerst die Treppe heraufgeführt hatte. Katherine blinzelte zum sonnigen Fenster hin, das plötzlich vom stürmischen Herbstwind gerüttelt wurde. Besorgnis erschien auf ihrem Gesicht, und Mary bekam Angst.

»Was hast du, Kath?«

»Die Gardinen sehen furchtbar aus, die Säume sind ganz ausgefranst! Kann keine sehr gute Stoffqualität gewesen sein.«

»Oder keine saubere Arbeit«, bemerkte Mary trocken. »Du hast sie genäht. Weißt du noch?«

»Habe ich das? Ach, ja. Liberty-Baumwolle. Sonderposten. Du mochtest sie nie, du wolltest lieber Jalousien haben.«

»Mir gefallen sie gut«, beteuerte Mary, stieg auf einen

Hocker am Fenster und zog die Gardinen von der Schiene. »Also besser sie gefälligst aus, ja?«

»Gut, mach ich.«

Das war doch ein kleiner Sieg! Die kleine Schwester wurde mit einem Nähkasten versehen und kramte darin, als sei ihr der Kasten nicht völlig fremd. Alles ging in Zeitlupe vor sich, mit den übertrieben bedächtigen Bewegungen einer Betrunkenen wurden Nadel und Garn von der falschen Farbe herausgefischt, wurde der Faden mit unendlicher Mühe durchs Öhr geschoben, wurde die erste Gardine gegriffen, der Saum umgeschlagen und mit großen, ungeschickt heftenden Stichen umgenäht. Egal, dachte Mary, ist egal, wie's aussieht.

»Ich habe einmal eine ganze Tagesdecke genäht«, sagte Katherine unvermittelt.

»Stimmt. Möchtest du etwas essen, Kath? Wir haben gar nichts zu Mittag gegessen.« Sie beachtete den Schauder nicht, der der Schwester durch sämtliche Glieder fuhr, das blasse Gesicht war womöglich noch blasser, als sie kopfschüttelnd verneinte. »Na, komm«, drängte Mary sanft, »nichts Besonderes. Toast oder so etwas. Ei und Reiterchen. Du weißt doch, daß es bei meinen Kochkünsten nicht zu viel mehr reicht.«

»Ungesund«, betete Katherine automatisch herunter, »so viel Cholesterin. Vielleicht ein bißchen Toast, wenn du wirklich was machst.«

»Und Tee mit viel Milch?«

»Bitte.« Die Bewegungen ihrer Hände wurden jetzt sicherer, die Riesenstiche schrumpften und wurden exakter. Gott sei Dank. Noch kein Boden unter den Füßen, dachte Mary, aber Land in Sicht. Sie setzte sich aufs Bett, wollte den Schlafanzug zusammenlegen, den Katherine einen Großteil des Tages trug: gestreiftes Flanell. Abgelegtes Nachtzeug von Mary, die nichts wegwerfen konnte, ausgegraben und auf Katherines Beharren hin trotz Unbehagen getragen. Katherine merkte, daß ihre Schwester den Schlafanzug betrachtete und dann wegsah.

»Ich weiß, daß ich darin wie eine Strafgefangene aussehe«, sagte sie gelassen und biß den Faden ab. »Fehlen nur die kleinen Pfeile darauf. Keine Sorge, ich werde bald sein, wonach ich aussehe, wenn ich ihn trage. Strafgefangene.«

»Ach, Kath, hör auf damit. Der Anwalt hat gesagt, na ja, daß er bezweifelt...«

»Ich weiß, was er gesagt hat. Ich habe Ohren, weißt du.« Das ohne jeden Vorwurf. »Er hat gesagt, es käme auf die Anklage an, und was immer geschieht, man würde nicht immer eingesperrt. Käme natürlich auch darauf an, was Er sagt.« Es gab Namen, die sie beide nicht in den Mund nehmen konnten, selbst Mary nicht, bei allem neu entdeckten Mut und ihrer zaghaften, unkritischen, schuldbewußten Fürsorge. Es hatte eine Tochter gegeben und einen Vater, jetzt nicht mehr mit Namen zu beschreiben, obwohl ihre Gesichter in Gedanken immer wieder auftauchten. Verzerrte, aufgedunsene, vergiftete, hungrige Gesichter, die Katherine mitten in der Nacht neben der gleich ihr aufgewachten Mary aufschreien ließen. Dann nahmen sie sich in den Arm, auf eine Weise, wie sie es nie zuvor getan hatten, umklammerten sich wie Kinder in großer Angst.

»Ich liebe dich, Kath, komm, lehn dich bei mir an, ich will es besser machen« – ungeachtet des Ausbleibens einer Antwort, jedes Wort ihr voller Ernst. Man wurde bescheiden, wenn man erleben mußte, daß man von jemandem, den man zu kennen geglaubt hatte, in Wahrheit nichts gewußt hatte, gar nichts.

»Na, dann will ich mich mal um diesen Toast kümmern.« Mary raffte sich auf.

»Wenn sie mich doch einsperren«, fuhr Katherine fort, fest entschlossen, den Abbruch des Themas nicht zuzulassen, das Mary so gerne umgehen wollte, »macht mir das nichts aus, weißt du, und du darfst dich auch nicht grämen. Es käme mir vor, als würde ich eine Schuld abtragen.«

»Man kann keine Schuld abtragen. Und um Bestrafung kann es nicht gehen. Wir wissen ja noch nicht, ob Jeanetta...«

»Sie werden meinen Kopf verlangen«, stellte Katherine nüchtern fest. »Ich weiß doch, was die Leute denken. Ich lese doch diese Zeitschriften. Ich lese auch manchmal deine Zeitung. Es muß bestraft werden.«

»Du willst doch damit nicht etwa sagen, daß du dich nicht einmal zur Wehr setzen willst?«

»Nein«, sagte Katherine, widmete sich wieder der Gardine, setzte ihre Stiche schneller, »nein, das will ich damit nicht sagen.«

»Wie konntest du, Kath, wie konntest du ihn das tun lassen?« brach es aus Mary hervor.

»Ich wollte zurück«, sagte Katherine, »ich wollte wieder Kind sein.«

Mary verließ den Raum, irgendwie getröstet. Sie ging in die Küche, um etwas zu essen zuzubereiten. Katherine sträubte sich gegen jede Art Nahrungsaufnahme, ließ sich aber überreden, kleine Häppchen solchen Naschwerks zu sich zu nehmen wie Kekse, Biskuitkuchen, Müsli – pure Kohlenhydrate, nichts Raffinierteres als Eier und Cheddarkäse, nichts, was das Erhitzen einer Pfanne oder Bratendunst verlangt hätte. Käse zu Kräckern, die Eier weichgekocht, Suppe aus der Dose. Jetzt standen derlei Happen für Sophie bereit, die am Nachmittag käme, Entlastung und Prüfstein zugleich. Sie brächte ihre Mieze in einem Spezialkorb mit, trüge eine Flasche Milch bei sich und wüßte nur von den Fährnissen des Weges von der eigenen bis zu dieser Wohnung zu erzählen. Sophie, die das große Glück hatte, kaum etwas von alldem klar mitzubekommen, war in gewisser Weise sogar eine komische Gestalt. Ha, ha, viel zu lachen gab es ja sonst nicht; Marys Humor war immer schon eher von der schwarzen Sorte gewesen. Selbst den Besuch Mrs. Harrisons, die Katherine einen Teil ihrer Garderobe vorbeigebracht hatte, hatten sie überstanden. O Gott, was war die menschliche Güte unberechenbar – ebenso wie die Grausamkeit. Warum hatte sie das nie gewußt?

Katherine saß und nähte, bannte die qualvollen Gedanken in der äußersten Konzentration der Nadelstiche, hielt inne, um sich im Zimmer umzusehen. Spartanisch weiße Wände, grauenhafte Möbel, nichts, wie es gewesen war, die Sinne beleidigend. Die Art anstaltähnliches Zimmer, wie es jetzt wieder gleichbedeutend war mit Sicherheit, nichtssagend, ausgestattet mit nur Durchschnittlichem, mit Sonderangeboten, lieblos, gedankenlos erstanden. Sie sah auf den billigen Baumwollstoff der schäbigen Gardinen herab. Vom Rest hatte sie Kissen genäht, meinte sie sich erinnern zu können, hübsch. Wie die Kissen, die man sich als kleines Mädchen von sechs Jahren vorn unter den Kittel stopfte, wenn man so tat, als bekäme man ein Kind. Das waren noch Zeiten gewesen. Aus nichts wird etwas. Dies waren die Zeiten danach. Im Zimmer war es sehr warm. Schweißperlen standen ihr auf der Stirn. Sie erhob sich unwillig und öffnete das Fenster, das die verfrorene Mary lieber geschlossen hielt. Die Wohnung ging hinten auf einen Garten hinaus, links davon verlief die Straße. Am Ende der Straße lag eine Schule, und in der Ferne erklangen jetzt frisch entfesselte Kinderstimmen. Gekreische, Getrappel, Gejohle und Gespött, ein fernes Grummeln. Katherine schloß das Fenster, kehrte steif wie ein mechanisches Spielzeug in ihren Sessel zurück, sackte mit geschlossenen Augen und hämmerndem Puls darin zusammen.

Aus nichts wird etwas, aus etwas wird nichts.

Sophie trippelte auf Zehenspitzen herein, noch im Mantel, die Augen in freudiger Erwartung der Geselligkeit und des Tees leuchtend. Als sie Katherines maskenhaftes Gesicht sah, die geschlossenen Augen, setzte sie ihr vorsichtig die Katze in den Schoß und trat dann zufrieden nickend zurück. Wenn sie auch sonst nicht viel begriff, sie wußte, wie Katzen auf Menschenherzen wirken. Sieh nur: Mieze miaute aus Protest, dann aber machte sie es sich an diesem neuen warmen Ort einfach bequem, und Katherines Finger machten sich selbständig und strichen über das getigerte Fell. Die Katze begann zu schnurren, die Kinderstimmen von der Straße verebbten im Kopf.

»Also, du lebst noch«, sagte Sophie überlaut. »Aha, Gardinen.«

»Nein«, antwortete Katherine und knetete sanft den Nacken des Tiers auf ihrem Schoß. »Noch lebe ich.«

»Was Neues?« fragte Sophie schrill.

»Nein.«

»Oje. Oje, oje. Na ja, aber es heißt doch, keine Nachricht ist eine gute Nachricht.«

Lange, schmale Finger hielten inne, verkrampften sich. »Warum hast du mich nie gewarnt, Oma? Davor, wie er ist?«

Sophie bewegte sich unruhig. »Er hat doch nur getan, was man uns getan hat, meine Liebe. Ich konnte es doch nicht wissen. Laß uns jetzt nicht darüber sprechen.«

Mary brachte ein Tablett mit Tee, nicht allzu stark. Sie würden ihn mit viel Zucker süßen.

»Man hofft, solange man lebt«, zitierte Sophie und nahm die Katze wieder an sich. Katherines Bewegungen wurden jetzt lebhafter, sie griff wieder zum Gardinenstoff.

»Ich kannte mal eine Frau«, erzählte Sophie, »die hat sich ihren Lebensunterhalt damit verdient, mit Gardinennähen.« Zum erstenmal, seitdem sie zu ihrem gemeinsamen Leben zurückgekehrt waren, sah Mary einen Ausdruck von Entschlossenheit auf dem blassen Gesicht ihrer Schwester.

»Tja«, murmelte Katherine, »vor dir sitzt möglicherweise wieder eine solche Frau.« Dann begann sie zu weinen, preßte den buntbedruckten Stoff gegen die Augen, weinte lautlose strömende Tränen.

Sophie wandte sich ab, um ihr Unbehagen zu verbergen.

»Hör mal«, zischte sie Mary in theatralischem Flüsterton zu, »die können sie doch nicht zwingen, du weißt schon ... es wegzumachen, oder?«

»Nein, können sie nicht.« Katherines laute, etwas wacklige, aber trotzig entschiedene Stimme überraschte sie alle drei. »Das können sie nicht. Ich will es haben.«

Die Frauen sagten klugerweise hierauf nichts. Mary lächelte. Hier waren sie geborgen, im Warten.

Frances Fyfield im dtv

»Sie hat den Rang von P. D. James und Ruth Rendell.«
Daily Mail

Schatten im Spiegel
Kriminalroman
dtv 11371
Die Anwältin Sarah Fortune ist jung, schön, erfolgreich – und rothaarig. Was sie für einen ihrer Klienten ganz besonders interessant zu machen scheint...

Feuerfüchse
Kriminalroman
dtv 11451
Eine Leiche im Wald, und der Täter scheint schnell gefunden. Aber Helen West gibt sich nicht mit einfachen Lösungen zufrieden.

Im Kinderzimmer
Roman · dtv 11516
Katherines Leben in ihrem luxuriösen Zuhause hat seinen Preis: Sie versucht sich die Liebe ihres Mannes durch Anpassung und Unterwerfung zu erhalten, seine grausamen Spielchen stumm zu ertragen. Doch damit ist ihre kleine Tochter Jeanetta dem Sadismus des Vaters hilflos ausgeliefert...

Dieses kleine, tödliche Messer
Kriminalroman
dtv 11536
Der Täter ist geständig. Und er belastet die bis dato unbescholtene Antiquitätenhändlerin schwer. Die Staatsanwältin Helen West setzt alles daran, die wahre Schuldige vor Gericht zu bringen – aber deren krankhafte Rachsucht sucht bereits das nächste Opfer...
Der psychologisch raffinierte, spannungsgeladene Roman einer mörderischen Obsession.

Tiefer Schlaf
Kriminalroman · dtv 11786
Niemand interessiert sich besonders dafür, was der ehrbare Apotheker in seinem Hinterzimmer treibt. Als seine Frau tot aufgefunden wird, will die Staatsanwältin Helen West als einzige die Version des »natürlichen Todes« nicht akzeptieren. Ein kriminalistisch-psychologisches Kabinettstück von tödlicher Intelligenz.

Penelope Lively im dtv

»Penelope Lively ist Expertin darin, Dinge von zeitloser Gültigkeit in Worte zu fassen.«
New York Times Book Review

Moon Tiger
Roman · dtv 12380
Das Leben der Claudia Hampton wird bestimmt von der Rivalität mit ihrem Bruder, von der eigenartigen Beziehung zum Vater ihrer Tochter und jenem tragischen Zwischenfall in der Wüste, der schon mehr als vierzig Jahre zurückliegt ...

Kleopatras Schwester
Roman · dtv 11918
Eine Gruppe von Reisenden gerät in die Gewalt eines größenwahnsinnigen Machthabers. Dabei entwickelt sich eine ganz besondere Liebesgeschichte ...

London im Kopf
dtv 11981
Der Architekt Matthew Halland, Vater einer Tochter, geschieden, arbeitet an einem ehrgeizigen Bauprojekt in den Londoner Docklands. Während der Komplex aus Glas und Stahl in die Höhe wächst, wird die Vergangenheit der Stadt für ihn lebendig.

Ein Schritt vom Wege
Roman · dtv 12156
Annes Leben verläuft in ruhigen, geordneten Bahnen. Als ihr Vater langsam sein Gedächtnis verliert und sie seine Papiere ordnet, erfährt sie Dinge über sein Leben, die sie tief erschüttern. Dann lernt sie einen Mann kennen, dem sie sich ganz nah fühlt ...

Der wilde Garten
Roman · dtv 12336
Die Geschwister Helen und Edward leben in einem großen Haus mit wildem Garten. Nach dem Tod ihrer Mutter gerät das Leben der Geschwister – beide unverheiratet und Anfang Fünfzig – plötzlich in Bewegung.

Hinter dem Weizenfeld
Roman · dtv 12515
Ein Roman von Müttern und Töchtern, Untreue und Eifersucht, Selbstbetrug und Solidarität.

Margriet de Moor im dtv

»Ich möchte meinen Leser genau in diesen zweideutigen Zustand versetzen, in dem die Gesetze der Wirklichkeit aufgehoben sind.«
Margriet de Moor

Erst grau dann weiß dann blau
Roman · dtv 12073

Eines Tages ist sie verschwunden, einfach fort. Ohne Ankündigung verläßt Magda ihr angenehmes Leben, die Villa am Meer, den kultivierten Ehemann. Und ebenso plötzlich ist sie wieder da. Über die Zeit ihrer Abwesenheit verliert sie kein Wort. Die stummen Fragen ihres Mannes beantwortet sie nicht.

Der Virtuose
Roman · dtv 12330

Neapel zu Beginn des 18. Jahrhunderts – die Stadt des Belcanto zieht die junge Contessa Carlotta magisch an. In der Opernloge gibt sie sich, aller Erdenschwere entrückt, einer zauberischen Stimme hin: Es ist die Stimme Gasparo Contis, eines faszinierend schönen Kastraten. Carlotta verführt den in der Liebe Unerfahrenen nach allen Regeln der Kunst.

Rückenansicht
Erzählungen · dtv 11743

Doppelporträt
Drei Novellen · dtv 11922

»De Moor erzählt auf unerhört gekonnte Weise. Ihr gelingen die zwei, drei leicht hingesetzten Striche, die eine Figur unverkennbar machen. Und sie hat das Gespür für das Offene, das Rätsel, das jede Erzählung behalten muß, von dem man aber nie sagen kann, wie groß es eigentlich sein soll und darf.«
Christoph Siemes in der ›Zeit‹

Angelika Schrobsdorff im dtv

»Die Schrobsdorff hat ihr Leben lang nur wahre Sätze geschrieben.«
Johannes Mario Simmel

Die Reise nach Sofia
dtv 10539
Sofia und Paris – ein Bild zweier Welten: Beobachtungen über Konsum und Liebe, Freiheit und Glück in Ost und West.

Die Herren
Roman
dtv 10894
Ein psychologisch-erotischer Roman, dessen Erstveröffentlichung 1961 als skandalös empfunden wurde.

Jerusalem war immer eine schwere Adresse
dtv 11442
Ein Bericht über den Aufstand der Palästinenser, ein sehr persönliches, menschliches Zeugnis für Versöhnung und Toleranz.

Der Geliebte
Roman
dtv 11546

Der schöne Mann und andere Erzählungen
dtv 11637

Die kurze Stunde zwischen Tag und Nacht
Roman
dtv 11697
Jerusalem – Paris – München: Städte, mit denen die Erzählerin schicksalhaft verbunden ist.

»Du bist nicht so wie andre Mütter«
Die Geschichte einer leidenschaftlichen Frau
dtv 11916

Spuren
Roman
dtv 11951
Ein Tag aus dem Leben einer jungen Frau, die mit ihrem achtjährigen Sohn in München lebt.

Jericho
Eine Liebesgeschichte
dtv 12317

Grandhotel Bulgaria
Heimkehr in die Vergangenheit
dtv 24115
Eine Reise nach Sofia heute.

Herbert Rosendorfer im dtv

Der Prinz von Homburg
Biographie
dtv 11448
Gescheit, anschaulich, genau, dennoch amüsant und unterhaltend schreibt Rosendorfer über diese für Preußen und Deutschland wichtige Zeit.

Ballmanns Leiden oder Lehrbuch für Konkursrecht
Roman
dtv 11486

Die Nacht der Amazonen
Roman
dtv 11544
Die Geschichte Christian Webers, Pferdeknecht aus Polsingen, »alter Kämpfer« und Duzfreund Adolf Hitlers, ist das Satyrspiel zur Apokalypse der Nazizeit.

Herkulesbad / Skaumo
dtv 11616

Über das Küssen der Erde
dtv 11649

Mitteilungen aus dem poetischen Chaos
dtv 11689

Die Erfindung des SommerWinters
dtv 11782

... ich geh zu Fuß nach Bozen und andere persönliche Geschichten
dtv 11800

Die Goldenen Heiligen oder Columbus entdeckt Europa
Roman
dtv 11967
Östlich von Paderborn: Außerirdische landen in Deutschland, und unaufhaltsam bricht die Zivilisation, unterwandert von der Heilssüchtigkeit der Menschen, zusammen.

Der Traum des Intendanten
dtv 12055

Ein Liebhaber ungerader Zahlen
Roman
dtv 12307

Don Ottavio erinnert sich
Unterhaltungen über die richtige Musik
dtv 12362